Fifteen Chapters
on
Greek and Latin Poetry

# ギリシャ・ラテン文学

## 韻文の系譜をたどる15章

逸身喜一郎

研究社

# はじめに

本書の第一の目的は、ギリシャ・ラテン文学に関心をもたれた人たちを、個々の作品へと案内することにある。そして実際すでにいくつかの作品を読んだ人たちや読むことを試みられた人たちには、諸作品を伝統の流れの中に位置づける文学史――ただしあくまでひとつの文学史――を提供することで、作品理解を深めていただくことを希望している。さらにまた、研究を志す人たちや研究者の方々にも読者となってもらい、私のギリシャ・ラテン文学の総体を捉える見方の是非を判断していただくことも願っている。

もうすこし具体的に言い換えると、本書ではたんに「ギリシャ・ラテン文学にはどんな作品があるのか」を紹介するだけではなく、「それらは相互にどのように関連しあっているのか」をも解説する。さらに野心的ではあるが、翻訳で読むということから生じる限界があることを意識しつつも、「それらはどういった文章でき上がっているのか」ということを把握できるようにすることもやってみたい。

副題の「韻文の系譜」が示すとおり、本書で取り扱っている作品は韻文だけである。散文はすべて省略した。韻文を別のことばで言い換えれば「詩」であるが、日本語の「詩」から思い出されるものとはかなり違う。まずギリシャ・ラテンの詩にはきわめて長いものもある。ホメーロスの『イーリアス』（現行の岩波文庫では上下二冊）も韻文であるし、ギリシャ悲劇もそうである。また内容も実にさまざまであるし、叙述の形態も一様ではない。

「系譜」ということばにも説明が要るだろう。本書はふつうの文学史のように年代を順に追うことを避け、あたかも諸名家の系譜をたどるかのように、詩の各ジャンルごとにジャンル年代を下ってはまた遡るようにして記述されている。

古典文学は先行する作品（「先祖」）を、常に意識してできあがっている。そこでジャンル（「一族」）を中心にまとめたほうが、全体の流れは言うに及ばず、個々の作品の成り立ちも把握しやすい。この構成と配列の工夫の点で、本書には少しばかり独自性があると私は自負している。

本書の成り立ちは、今から二二年前に放送大学教材として刊行された次の書物に遡る。

『古代ギリシャ・ローマの文学——韻文の系譜』　一九九六年三月　放送大学教育振興会

これは一九九四年夏前に依頼を受け、ただちに一五章に諸作品をふりわけることから計画を開始、翌九五年八月末までの一四ヶ月間に、つまり一月足らずで一章ずつ書くという、今振り返ってみてもよくできたものよと思うペースで、一気呵成に書き上げたものである。その四年後に増補改訂版が出版された。それを機会に一九九六年版の誤記を正し曖昧な記述を明瞭にしたのみならず、一部の項目を増やしながら全面的に書き直したのが次のタイトルである。

『ギリシャ・ローマ文学——韻文の系譜』　二〇〇〇年三月　放送大学教育振興会

結果として二〇〇〇年版は全体で二割強の増加になった。その四年後にラジオ放送を使った放送大学の講義が終了、同書の販売はしばらく続けられてはいたものの、いつしか絶版となった。この二〇〇〇年版が、今回、研究社から再刊するにあたってもとにした版である。

全体の構成や章分けには変更がない。一八年という長さは——初版原稿を書き始めたときから数えれば二三年は——戻るには遠すぎる。初版は成立の事情もあって、トピックを絞っており、ときに思い切った断定を含むが、それなりにひとつのスタイルをもっている。そこで中途半端な加筆訂正ではかえって読みづらくなることを考慮して手を入れすぎないように心がけたつもりであるが、しかし結局のところ、すべての章にわたって程度の多寡はあれ、様々な書きかえがなされている。ときに章をまたいで移動した部分もある。さらに引用パッセージの解説も丁寧にした。結果として分量が、二〇〇〇年版に比べても、三割近く増えている。

新たに加えた項目のうち、主だったものは次の通りである。第5章（ルーカーヌスの本筋からの「逸脱部分」）・第6章（教訓詩と叙事詩との関連の再考）・第7章（テオクリトスとウェルギリウスの牧歌の比較・カトゥッルスの「ペーレウスとテティスの結婚式」ほか）・第8章（アルキロコスとシモーニデースの新しく発見されたパピルス、カトゥッルス、カッリマコスの『イアンボイ』、ホラーティウスの『エポーディー』）・第9章（プロペルティウスやオウィディウスの縁起譚）・第10章（サッフォーとステーシコロスの新しく発見されたパピルス）・第11章（カトゥッルスの実験）・第12章（バッキュリデース、ピンダロスの神話と悲劇などとの関連）・第14章（アイスキュロスの『アガメムノーン』、ソフォクレースの『アイアース』と『オイディプース王』）。

加筆の理由は大きくいって三つある。ひとつは、牧歌やエピュッリオンやエレゲイアやイアンボスといった、どちらかといえばマイナーなジャンル、ならびに、教訓詩と抒情詩の歴史的展開を、二〇〇〇年版よりもっとくっきりと描きたかったことである。二つ目の理由はこのこととも関わるが、この二十数年に発見されたいくつかのパピルスは、とりわけアルカイック期の詩人たちの「系譜」に再考を迫るものであった。最後に二〇〇〇年版は、ギリシャ悲劇について作品に基づいた具体的な記述が少なすぎた。そこでこの機会にいくつかの悲劇について、私の考え方を提案することにした。

以上とは別に、第4章と第11章には、私の次の書物から取り入れたところが少しある。

『ラテン文学を読む——ウェルギリウスとホラーティウス』（岩波セミナーブックスS14）二〇一一年　岩波書店

これは、当初、放送大学教材の記事の充実をもくろんで、それをきっかけに同書を書き進めたことによる。結果として字句修正の域を越えてはいないのは、第2・3・13・15章だけである。『イーリアス』や『オデュッセイア』に関しての記述に新たに踏み込んだなら、収拾がつかなくなることを恐れたからである。ただしそこでも注は増えている。これに限らないが、やや専門的と思われる記述は注に回した。事態を正確に、より深く理解されたい方、研究者を志す方は、注もまたとばさずに読んでいただきたい。

本書の最大の特色は、良くも悪しくもひとりの人間の手になる、個人的な語り口にのせた文学史という点にある。ギリシャ・ラテン文学の主要な作品とそれらを説明するために必要な諸作品を、私ひとりの選択で一五章に割り当てた。一五章に分割するという構成は、そもそもの成り立ちが放送大学の講義に併行するテキストであるという外的条件によるけれども、割り当てそのものには、ジャンルと作品それぞれの重要性が、まずまず妥当に反映できたと思う。

ジャンルを優先するという原則から、ラテン語作品がギリシャ語作品と併置されることになる。これによりすべてのラテン文学はギリシャ文学と競いつつ模倣したということが、いっそう明瞭になった。そして両者を結ぶ要としてのヘレニズム期の諸作品がもつ重要性の指摘、「作品成立の場」という用語——すなわちジャンルと社会的文脈との関連——、ラテン文学におけるジャンルの混淆（クロス・オーヴァー）などの記述が本書の特徴である。ジャンルにからむ問題は、近年、初版を出版した頃よりも、研究者の間でますます議論を引き起こすテーマになっている。

さらに同一の題材（神話）を扱っている箇所を意識的に選んで、章をまたいで例として引用し、同じ神話上の人物があちらこちらで顔を出すように工夫した。そうすることで個々の作品のモチーフとなっている題材（神話）の紹介が簡略になるばかりでなく、何より題材の連関そのものが、作品成立の歴史と独自性に関する重要なトピックであることを示したかったからである。

とはいえ扱うべき対象はあまりにも大きい。ひとつのジャンルはいうにおよばず、一詩人の研究の全容はもとより、一作品だけとってみてもその広がりはもはやひとりの手に余るほどである。よってこの本は著者である私が重要であると思う視点から捉えた、ある意味で個人的な作品紹介にならざるをえない。そしてその内容も、私の従前からの関心事である、「どうしてそれぞれの作品は今あるような姿をしているのか」、すなわち「何が書かれているか」ということにもまして、むしろ「どうしてこうした文章で書かれており、このように構成されているのか」という問いの考察に大きく傾斜しているし、作品の紹介もその角度から（といっても「角度」はひとつではない）なされている。もちろんこの問いには正解はない。しかしもし私の取り組み方が、より可能性の高い、ありえそうな説明となっていれば幸いである。

ひとつ弁解しておかねばならないことは、本書にはいわゆる論旨の典拠に関する注がいっさいない。これは、そもそも初版が放送大学の教材であったという成立事情にもよる。「教科書」として出発したこの本は、かなりの部分が一般に受け入れられている考え方をもとにしている。もちろんいくつかの可能性があるにもかかわらず、一部の見解に従ったり、私の判断を優先したところもある。そういうところでは原則として、「私」という語を表にだした。問題はそのための論証が必要なところであるが、そこにだけ文献表と注とをつけるのはあまりに統一を欠くことになる。その一方で、もし研究書本来がやるように文献表をあげるならば、半世紀近くにわたって読んだ書物（研究書や論文、とりわけ注釈）——丁寧に読んだからもはやどれだけ影響を受けているかが自分でも把握しきれないものもあれば、読みたいところだけ読んだものもあるし、場合によっては受け入れられないと思った記憶だけで細部を忘れているものもある——のタイトルが並ぶことになる。傲慢と言われればその通りであるが、本書にそれは不必要であると判断した。

以下、本書を利用されるにあたって知っておかれたほうがよい諸規則を説明する。

各章のあらましについては、第1章「序論」の末尾で紹介した。

巻末には「文例」として、本文と関連する作品ないし詩句を、抜粋・翻訳した。こうした箇所は本文中に「文例X」として指示してある。随時、参照をお願いする。

ジャンルごとに歴史をたどる結果、ときに同一人物に関する記述が異なった章に分散することがある。これはひとりでいくつものジャンルに手を染めた、一部のヘレニズム・ローマ期の詩人——特にカッリマコスとカトゥッルス——には、とりわけ目立つ本書の弱点である。そうした場合、せめてもの代償として、クロス・レファレンスを容易にするために、参照箇所を本文中に表示した。さらに参照箇所の表示は、概念や特殊な用語、あるいは時代背景など、多岐にわたる。同時に索引からも関係箇所にたどりつけるようにしてある。

詩人の名前はとりわけ重要であるから、索引とは別に「詩人辞典」を作成した。初めてギリシャ・ラテン文学に接する方は、人名や術語の洪水にびっくりされるかもしれないが、この部分や索引を有効に利用していただきたい。

ギリシャ語・ラテン語の固有名詞の日本語かな表記については少なからず問題がある。そこで巻末に「補遺1」として私のよって立つ原則を記した。またギリシャ語の場合、どのようにローマ字で記すかも問題になる。これについてはラテン語化された形を踏襲している（したがってかな表記とローマ字表記が、ギリシャ人の場合、必ずしも一致しない）。これは英語その他の形とおおよそのところ等しい。一致しない場合でも類推できる。日本語のかな表記以外に、あるいはそれ以上に「ローマ字形」を覚えておかれたほうが、何かと便利である。

韻文のジャンル区分は、第一義に「韻律」による。そこでそれぞれの韻律がどのような姿をしているか、「補遺2」にまとめて記しておいた。

また韻文の精髄は、原語なしに味わえない。本書はギリシャ語・ラテン語の知識はいっさい、前提としていないけれども、興味をもたれた方に少しは原文の機微にふれていただくよう、「韻律図解」の項をもうけてある。語順の自由度が著しく高いギリシャ語・ラテン語の、単語ひとつひとつに「意味」をふっておいたし、「韻律図解」に引いたパッセージはすべて「文例」に含まれているから、「音」と「意味」とが、原文でどう工夫されているかも見てとれよう。また「韻律図解」の具体的な手引きとして、第11章の本文の中で（250ページ以下）、ホラーティウスを例に解説した。

本書の再刊を、大幅な増補改訂ともども受け入れてくださった研究社に、心より御礼申し上げたい。そもそも再刊は、編集担当の高野渉さんのおかげである。高野さんは大学一年生のときに、私が二〇〇〇年版を使って行った講義を聴いたことがあったとのことである。そしてこの本のことを覚えていて、再刊を私に提案してくださった。私にはいつかは再刊したいという希望はあったけれど、なかなか踏ん切れずにいた。高野さんからはその決断の後押しのみならず、編集者として実に様々な提案ともども、誤りや、文章の曖昧な箇所の指摘をいただいた。おかげで本書は、新しい姿で再生した。「著者冥利につきる」という言い回しは、まさにこういうことをいうのであろう。

本書の性格からして、作品それぞれの日本語訳の一覧が不可欠である。それらを網羅した「文献案内」は、小林薫さんに全面的に負っている。さらに小林さんは「詩人事典」の作成にも尽力いただいただけでなく、全文を通読して、事実関係の誤謬や疑義を指摘し、さらには分かりにくい表現の代案まで提案してくださった。感謝申し上げる。

出版業界の厳しい状況について言われ出して久しい。ギリシャ・ラテンという、空間も時代も遠く隔たった書物についての本は、はじき出されそうな勢いである。しかしひとは歴史の中にいる。越し方をふりかえらずして行く末は見えてこない。もし昔の書物が分かりにくかったなら、いったん本棚に戻し、時を経て自分が熟成するのを待てばよい。ただただ現在に生きる自分を中心にすえ、自分に役に立つことをめざすだけでは、あまりに浅薄な文化ではないか。

二〇一八年四月

逸身喜一郎

# 『ギリシャ・ラテン文学――韻文の系譜をたどる15章』目次

# 第1章 序論

ヨーロッパの文学を一貫する特徴のひとつに、淵源をたどればギリシャ・ラテンにたどりつく「ジャンル」の意識がある。後代は常に先行する作品の様式を規範と仰いだ。古典文学のうち韻文で書かれた主な作品を、単に年代順ではなく分野ごとにたどりながら、各ジャンルの特質を明らかにするのが本書の目的である。古典古代は一千年以上にわたる。その間に社会のありさまはいうまでもなく、作品の発表と受容の場も変化した。そこでまず、こうした歴史の簡単な把握と、ギリシャ語・ラテン語の特徴、さらにジャンルとはどういったものかを概説する。

## ギリシャ文学とラテン文学

古代ギリシャで生まれた文学と聞けば、人はまず何を思い出すだろうか。この本を手に取られた方なら、きっといくつかの名前をご存じに違いない。おそらくホメーロスの『イーリアス』『オデュッセイア』、さらにギリシャ悲劇が思い浮かんでくる。そしてさらにプラトーンときて、しかしあれは文学ではなく哲学か、とためらわれるかもしれない。その一方、ヘーロドトスとかトゥーキューディデース（ツキジデス）は、歴史に分類されるのか、という疑問も同じように生じよう。とまれギリシャ語で書かれた書物の日本語訳の歴史は長く、それだけによく読まれている。

何が文学か、ということについて考えるのは後回しにして（⇩《「哲・史・文」という区別》4ページ）、ではラテン文学と聞いた場合はどうなのか。この場合、ここでいう「ラテン文学」は「ラテンアメリカ文学」ではないとのことわりをいれなければならないが、それはそれとしてラテン文学から何が思い出されるか。ギリシャ文学に比べると圧倒的に数少なかろう。もしウェルギリウスの『アエネーイス』を思い出し、さらに実際にそれを読むことに挑戦されても、『オデュッセイア』よりもとっつきが悪い。そもそもラテン文学の翻訳はギリシャ文学に比べて少ない。ラテン語を学んでみようと挑戦する人の数はギリシャ語よりもはるかに多いのに、どうしてそうなるのか。これについて考えてみることもひとまず後回しにする（⇩《古典期とヘレニズム期の断絶・ヘレニズム文学とラテン文学の親和性》16ページ）。

## 人文科学ないし人文主義

本書が扱っている対象を明確にするために、別の術語を持ち出そう。「人文科学」という日本語がある。これは学問を分類するための用語になっている。大雑把に言い換えれば、「哲学・史学・文学」の総称である。この語が大学で使われるようになったのは、（厳密な語史をたどらずにいうと）第二次大戦後の大学改革によると見てよかろう。もともと英語の the humanities の翻訳である。

いっぽう似通った術語に「人文主義」という日本語がある。こちらはもう少し近代の歴史学と結びついている。つまり「ルネサンス」という歴史概念と不可分にある。「人文主義」の語源は humanism である。こちらは「フマニスムス」とラテン語をそのまま音訳して、その場合には「ギリシャ・ラテン語の古典研究」と説明がつく。「ヒューマニズム」という日本語と区別するためである。

人文科学なり人文主義という日本語を、最初に発案された人が誰なのか、私は調べていない。「人文」という漢語は古くからあったと辞書には記されているが、the humanities や humanism とそれとは直結しない。ちなみにこの二つの英単語には「人」はあっても「文」はない。その語源はラテン語 homo「人間」の形容詞形 humanus「人間の、人間に関する」である。ではなぜ「人間」なのか。そしてどうして「ギリシャ・ローマに書かれた本を読むこと」さらに「ギリシャ・ローマ研究」が humanism なのか。

これらのことばの成り立ちを簡単にいえば、そこには「神に関わらない」ということが含意されている。英語で「神学」のことをdivinityというけれども、これはラテン語のdivinus「神の、神に関する」が語源である。ここで「神」というのはいうまでもなくキリスト教の神である。つまり「神の領域」と「人間の領域」が、暗黙裡に、しかし截然と区分されている。

こうした単語群と本書の対象とがつながる理由を考察するために、役立ちそうな例をもうひとつあげる。英国オクスフォード大学の「古典学部」ではギリシャ語・ラテン語で書かれた書物を多岐にわたって学ぶが、そこにはたとえギリシャ語・ラテン語で書かれていても、「聖書」やキリスト教関連の書物は含まれない。(1) この古典学部の名称は **Literae Humaniores** である。**literae** は（litteraeと記すのが標準ラテン語であるが）「書かれたもの」つまり「（広義の）文学」を意味するラテン語である。**humaniores** は **humanus** の比較級である。この比較級を「より人間的な」と訳してはまずい。含意されているのは「神の側の」と対比された「人間の側の」「人間に関する」ということである。

つまりヨーロッパで昔の書物について学ぼうとすれば、それらはギリシャ語・ラテン語で書かれた書物と同義であるので、さらにそこから「聖書」ないし「神学関連の書物」を引き算すると、「古典学」という図式となる。ずいぶん乱暴なまとめ方であるけれど、この本の出発点として、これでよしとする。

## 西洋古典学

古代ギリシャ・ローマの時代に著された書物一切を、その内容の如何を問わず研究の対象にする学問がある。その名を日本語で「西洋古典学」という。先にオクスフォード大学の学部の呼称を引き合いに出したが、普通の英語では、The

(1) キリスト教関連の文献の内容それ自体に取り組むというより、むしろ古代ローマ末期の歴史や思想史を考察するために扱う「史料」という位置づけなら、もちろん話は違ってくる。

Classicsとか、Classical Studiesとなる。古代ギリシャに著された書物は（古典）ギリシャ語[2]で書かれており、ローマの書物はラテン語で記されている。したがって西洋古典学とは、ギリシャ語・ラテン語で記された書物の研究である、といってもおおむね間違いではない。ただしギリシャ語は中世（いわゆるビザンチン時代）を経て近代のギリシャ語にまで連綿とつながっている言語であるし、ラテン語もまた中世・近代になってからも日本人が想像するよりはるかにヨーロッパ世界で通用していた言語であるから、ギリシャ語・ラテン語で書かれた書物全体と西洋古典学の対象とが必ずしも一致するわけではない。

「古代ギリシャ・ローマの時代」と冒頭に書いたが、時代区分に関しても、古代世界の終わりをどこで線引きするのかが問題となろう。なるほど紀元後四七六年の西ローマ帝国の終焉をもって古代世界の終結とする図式はそれなりに妥当である。けれどもたいていの歴史の時代区分がそうであるように、ある年をもって何かが完全に終わったり始まったりするわけではない。このことはちょっと考えればすぐに想像がつくだろう。そもそも西ローマ帝国の滅亡後も約千年間、東ローマ帝国はギリシャ語世界の中心として持ちこたえた。彼らは自分たちのことを「ローマ人」と呼んでいた。ところで「西洋古典学」の「西洋」であるが、このことばを最初に使い始めた日本の人たちの意図は、中国や日本にも古典があるから、それとの対比のために「西洋」という限定をつけたことにあった[3]。いうまでもなく欧米で「古典（クラシック・the classics）」といえば、第一義は「ギリシャ語ないしラテン語で書かれた書物」となる。ここでは古典の普遍的な意義を考えることは脇にのけ、古典古代の時代とは、すなわち先述したように限定されたギリシャ・ローマ時代を指す、と理解されたい。

## 「哲・史・文」という区別

さて、この書物の題名『ギリシャ・ラテン文学』には、「文学」ということばが入っている。しかし実のところ、哲学・歴史・文学という分類は、古典古代の書物に不適切である。いわゆる哲学者の代表にあげられるプラトーンの作品、たとえば『ソークラテースの弁明』は、古代の基準に従っても現代の慣用に照らしても文学であるし、同じことは歴史家とみなされるへーロドトスの『歴史』についてもいえる。[4] これらの作品が「哲学」や「歴史」に分類されているのは、哲学や歴史の研究対象もしくは史料として頻繁に扱われているからだろう。しかし図書館の分類を考えればすぐ分かるように、どんな分類にも無理がある。無理を承知で分類しなければ、分類という作業はそもそもなりたたない。

哲学とは、当該書物が扱っている問いと答えが正しいか、もし成り立たない点があるならそれをどう考えるべきか、と時間を超えて真理を問題にする学問であり、いっぽう歴史学とは、当該書物に描かれている事件やその背景、さらに因果関係は本当にそうなのかと疑いを抱き、実際には何が起きたかを追究する学問、とかりに乱暴にまとめたら、では学としての文学とは何なのか。文献学（本文校訂）・作品批評・文学史、とあげられようが、簡単に答えられるものではない。ただし対象としての「文学」[5]（literature）は、西洋古典学の立場からいえば「文字で綴られた一切」を指す。

この大原則を前提とした上で、なおかつ本書からはプラトーンやへーロドトスを割愛した。それはひとえに限られた制約の中である程度一貫した筋をもたせるべく、扱う対象を「韻文作品」に限定したからである。結果としてプラトー

(2) 今日、話されたり書かれたりするギリシャ語を「現代ギリシャ語」というのに対して、古代のそれを「古典ギリシャ語」という。日本語もそうであるように、ことばは時代とともに文法や単語が変化するが、同時にまたつながっている。

(3) しかしもともと漢語の「古典」ということばに、西洋の「クラシック」に相当する意味はなかった。むしろ中国では書物（「経書」）は時間を超越していかなる時代においても常に社会の求心力であった。この間の事情については逸身喜一郎他（編）『古典について、冷静に考えてみました』（二〇一六年、岩波書店）所収の諸論文、とりわけ川合康三と塩川徹也を参照。

(4) 現代日本語における「文学」の漠然とした慣用のひとつに、「小説の言い換え」がある。しかし「詩」もまた文学の一部であることを考えればすぐ分かるように、この慣用は誤っている。そもそも「小説」は一九世紀の産物である。さらに「文学的」という単語が「非・論理的」ないし「非・具象的」「感情的」の意味で日常使用されていることも、「文学」という単語の使用をややこしくしている。

(5) ラテン語で「文学」にあたることばは、litterae である。Litterae Graecae といえば、「ギリシャ語で書かれた書物」を指す。Litterae はさらに個々の作品のみならず「書物を通じて学ぶこと」すなわち「学問」をも指した（さらに「手紙」も意味する）。単語 litterae そのものは littera の複数形で、単数形ならば「（一）文字」を指す。ちなみにこうした用法すべてが英語の letter, letters に取り入れられている。

ンやヘーロドトスのような「散文作品」は省略することになった。ところで「韻文作品」を別なことばで言い換えれば「詩」である。その意味からすればたしかに本書の題名は、今日、漠然と用いられている「文学」ということばの用法に近づく。しかしだからといって私が、「文学」を狭く捉えようとしているのではないことを繰り返しておきたい。

さらにこれに付随して確認しておきたいことがある。ひとくちに「詩」といっても今日の日本語の含意するものとは、その内容が相当にかけ離れている。今日の常識に基づいて「文学」ないし「詩」ということばに先入見をもたないでいただきたい。とすれば当然のことながら「韻文とはいかなるものか」という説明が必要になってくる。

## 韻律

古典文学、すなわちギリシャ・ローマの文学は、散文と韻文とに大きく分かれる。この区分は古代世界において根本的な分類である。それが自明であったことについてプルータルコスの『対比列伝』（『英雄伝』）から面白いエピソードを引用しよう（「ルークッルス伝」一・五）。ローマの政治家のルークッルスは学識の豊富な人物であったが、あるとき冗談で、自分はギリシャ語でもラテン語でも、そして韻文でも散文でもマルシー戦争について書けるけれども、そのどれにするかは籤《くじ》で決めるといって、実際に籤の結果、ギリシャ語散文で歴史を書いた、という（この作品は散逸して今日まで残っていない）。つまりローマの文人にとって韻文と散文の区別は、ギリシャ語とラテン語の差異と同じように捉えられていた。[6]

韻文とはこれから徐々に説明するように、韻律にのせてできあがっている作品であって、それに対して散文は、韻律のルールによらずに書かれている作品である。では、韻律とは何か。

韻律とは、ことばから意味を取り外した「音の規則性」を指す。「音」という限定をつけるのは、詩には同語反復や対句のように意味に基づく規則性もあるからであるし、そもそも「文法」そのものが、単語の変化形や構文の規則である。音の規則は対比によって生み出される。その対比も強弱・高低、いろいろある。英語やドイツ語は強い音節と弱い音節との対比が規則的に配置される。中国語の詩（漢詩）の場合、高低である（平仄という）。日本語の場合、五音節ないし七音節のかたまりが単位となっている。

これに対して古典語（ギリシャ語・ラテン語）の場合、音の規則は、音節の長短の配置によって成立している。音節の強弱や高低によるのではない。長音節と短音節とが規則的に配列されたならば韻文となる。さらに付言すれば、漢詩や近代ヨーロッパ詩とは異なり、「脚韻」ないし「押韻」（行末の音節の母音と子音とを同一にすること、これより「韻を踏む」という表現が生じる）は、古典語には存在しない。

韻文の中では、長音節と短音節とが一定のルールによって何度も繰り返される。そしてこのルールは、叙事詩・抒情詩・悲劇といったジャンルによって種類を異にする。すなわちジャンルによって韻律は違ってくる。逆に、ジャンルの違いのもっとも目につきやすい特徴が韻律である、ともいえる。(7)

韻文の繰り返しの単位は「行」である。厳密にいえば、繰り返しは耳で把握できるわけだが、それを文字を使って視覚的に表現したのが「行」である。「行」と、意味上の単位である「文」とは、必ずしも一致しない。「行」をまたいで「文」がつながることもあるし、「行」の途中で「文」が終わることもある。(8) とはいえ「行」と「文」とが一致して終わることは自然であるし、実際、その数は多い。

ジャンルと特定の韻律との関連が密接になった結果、韻律と詩の内容との間にもある種の結びつきができあがった。これについてギリシャ人は、個々の韻律の性質（エートス）が、それにのせて綴られる作品の内容を規定したかのような

(6) さらにこの記述から、ルークッルスの時代には、このあと述べるような韻文諸ジャンルと作品発表の場との関係が失われ、もはや韻文と散文とは表面的な媒体の差になっていたことがうかがわれる。

(7) たとえ長短の成り立ちが似ていようとも、メロディーにのせて「歌う」のか、それとも朗誦・朗読のように「語る」のか、その違いによって、実際の音の響きは大いに変わったであろう。それに加えて、テンポ・節回し・一緒に演奏される楽器なども、ジャンルによって異なったはずである。しかし古代の音楽が実質的に失われてしまった今日、音節の長短という文字を通して拾いだすことのできるルールだけが、確実に把握しうる資料となっている。それが「韻律はジャンルによって異なる」ということの今日的な意味である。

(8) もとより正確に一致させられないが、巻末の「文例」では、原文の行にあわせるように日本語の訳文も改行した。

発言を、時折行っている。おそらくこの種の記述にもいくらかの真理が含まれていようが、実際にはむしろ、その韻律で作られた過去の作品の総体（これがすなわちジャンルである）が生みだす漠とした印象が、その韻律本来の性質と感じられたのであろう。

ことばの内容を重視する科学隆盛の今日、韻律が重要だった時代は想像しにくいかもしれない。しかし人類が太古の昔より何がしかの発展を遂げて、ことばが単なる生活の便宜のための合図や道具ではなく、それ以上の何かであることが受け入れられる基盤ができたとき（これを文化といわずしてなんといおうか）、まずできあがったのは散文ではなく韻文である。ことばは耳によって受け止められたから、聞いて心地よいものが歓迎されたのは当然であった。それだけでなく、韻律は記憶の鍵となる。暗唱という作業には、散文よりも韻文のほうがはるかに適している。

さらにまた韻文は、日常生活の中で用を足せば事足りることばと当然ながら異なって、聞き手を日常世界から離れた別世界へ誘導する効果ももっていただろう。そうした魔法に満ちたことばを織り成せる人物は、特別な能力を備えている、と尊敬されたであろうから、自分たちの存在理由を高めるためにもいっそう、しろうとにはそう簡単に作り出せない、日常語とは異なる響きが追求されたことであろう。韻文を作りだすためには技術が不可欠である。そしておよそ技術というものは、それ自体の働きで進化する。

## 古典文学と近代文学の相違

今日の書物、とりわけ小説は、作者と読者の双方いずれの側から見ても個人的な営みの成果である。作家は私室に閉じこもるようにして書物を著す。できあがった作品を、今度は読者がひとりひとりの選択で買い求め、好きな時と所を選んで読む。

こうした仕組みはしかしながら近代以降に発達したものであり、古代世界には存在しなかった。古典期までのギリシャの文芸は、元来、大勢の人々を相手に語られ、あるいは歌われ、上演された。読むのではなく聴くのである。そこに作者と聴衆とが共有した「場」が成立する。そして作品は、あとで詳しく述べるように、ジャンルごとに固有の上演の「場」をもっている。

今日では、古代の作品も書物となって出版されている。(9) 出版された書物を読む側・研究する立場から見ても、古典文学が近代文学と大きく相違する特徴がある。近代の文学作品の歴史は、文学者の歴史になりうる。読者の関心が作品を著した作者のひととなりに向かうのは不可避であるが、作家について何がしかの客観的な記述が可能になるのも、作品とともに作家についての諸資料（たとえば日記・手紙・同時代の証言）が豊富に残存しているからである。これに反して古典文学の場合、作家について得られる知識は、とりわけギリシャの詩人たちの場合、皆無に等しい。なるほどときに逸話めいたものが伝わっているが、それらは極論すれば作品の内容をそのまま無条件に、作者の人生と同一視することから生まれた記事でしかない。逸話は所詮、逸話でしかなく、その信憑性についてはまったくといっていいほどにあてにならない（ローマの場合、人にもよるが、いくらか生涯を再構成できる詩人がある。といっても近代人との差異は著しい）。よって古典文学史は時代背景を別にすれば、作品と作品のつながりの歴史、すなわち「作品群」の歴史にならざるをえない。

## 時代区分

ここでギリシャ・ローマ時代の区分方法を記しておく。といっても厳密さを求めず、本書を理解するのに役立つ程度におおざっぱな区分である。アルカイック期 **archaic**・古典期 **classic**・ヘレニズム期 **Hellenistic** という区分は、本来はギリシャの美術、特に建築と彫刻を叙述する美術史の用語として使われ始めた用語である。しかしこれはギリシャの文学を知るにも便利な分け方である。

(9) 古典古代を一様に扱うと、本当のところは乱暴な議論になる。実はローマ時代には「出版」に近い事態が生じていた。つまり個人が作品を入手できる仕組みができあがっていた。そしてこれに近い状態は、紀元前五世紀末のアテーナイですでに始まりかけていた。しかしこのことは以下の記述の大筋に影響しない。

まずギリシャ文化の中心となる時代として、紀元前五世紀から四世紀を「古典ギリシャ中の古典期」として真ん中にすえて、その両脇にアルカイック期およびヘレニズム期を従えるようにして置く。古典期についてもう少し細かくいえば、前四八〇年（ギリシャ人がギリシャ世界の東西において、サラミスの海戦ならびにヒーメラの海戦で、ペルシャとカルターゴーを破った年）あたりを上限に置く。下限はヘレニズム期の開始、すなわちアレクサンドロス大王の東征（紀元前三三四年）ないし没年（前三二三年）である。古典期の特徴をよく知られている建築であげれば、アテーナイに今もそびえたつパルテノン神殿である。

古典期に先立つ時代がアルカイック期である。紀元前七世紀半ばから五世紀初頭までの頃を指す。彫刻でいえば、まだ動きがともなわず、顔つきにも目立った個性がよめない。「アルカイック・スマイル」という特徴を聞かれたこともあろう。この「動きがともなわない」という表現を比喩的に用いれば、アルカイック期の文学の特徴にもあてはまる。(10)

古典期に続く時代がヘレニズム期である。ヘレニズムとは、アレクサンドロス大王の東征にともなって起こった、東方世界のギリシャ化を指す（ギリシャ語でギリシャ人のことを「ヘッレーネス」と呼ぶことに由来する）。ヘレニズム時代には文学も大きな転換を迎える。その下限として、ローマのエジプト併合（前三〇年）を設定する。とはいえその後もギリシャ文学がなくなるわけではない。ギリシャ語はローマ帝国の東半分で使用され続けたからである。

ローマはヘレニズム期からすでに地中海西方での大きな勢力であった。文学を考える場合の時代区分としては、エジプトの併合をもって完成する地中海世界の統一、(11) 続くオクターウィアーヌスがアウグストゥスの称号を得て事実上の皇帝に就任する前二七年を境に、共和国時代と帝政時代とを区分するのが、何かと便利であろう。(12)

## ジャンルと「場」・「場」と約束事

叙事詩や悲劇といった韻文個々のジャンルは、それらが歌われたり語られたりする、たとえばお祭のような「場」と密接に関わっていた。「場」とは、作品の社会的な文脈と言い換えられるかもしれない。典型的な例をあげれば、ギリシャ悲劇とディオニューシア祭の関係である。詳しくは第13章で取り上げるが、悲劇はこの祭のだしものであって、祭を離れて存在しえなかった。

このことは大なり小なり他のジャンルの作品にもあてはまる。内容から見たジャンルの相違は、作品に接することのできる「場」の相違である。語られ、歌われ、あるいは朗読される場の性格にふさわしいように作品は作られる。運動競技の勝利者を祝う会ならば、勝利者を讃える。宴席ならば酒なり恋、あるいは世相に対する悲憤慷慨を歌う。祭儀の折に神様にあてて歌われる「讃歌」(13)ならば、その神様の事績と権能を列挙する。こうしたことは作者にも聴衆にも自明であった。「場」それぞれに約束事が細かに決められており、当然、約束事は厳格に守られた。

その約束事の中には、詩の制作に関わる人物はどういった出自であるかということも暗黙裡に含まれていた。実際、悲劇のように、特定の家と制作が結びついていて、世襲の家柄なしにそのジャンルが生まれえなかったのではないか、と思われるものもある。

「場」は、制度の上でも、ものの見方・考え方からも、作品に制約を課す。公的な「場」（たとえば「祭」）で歌われたり語られたりする作品と、私的な「場」（たとえば「宴会」）で歌われ語られる作品とでは、了解事項や約束事が異なってい

(10) ホメーロスは今日に伝わるギリシャ最古の文学であるし、ギリシャ人もまた、誰よりも古いと思っていた。だから理屈からいえばアルカイック期に所属するはずである。しかるにアルカイック期ということばには、どうしても「草分けの時代」、すなわち「完成以前の段階」という響きがつきまとう。しかしこれから再々述べることになるが、ホメーロスの二つの叙事詩、とりわけ『イーリアス』は、ギリシャのみならずラテン文学においても、あらゆるジャンルの文芸を通しての規範であった。規範という概念は、古典という概念と不可分である。そこでホメーロスにはアルカイック期ということばは避けられるのが実情である。

(11) この時期のローマ史については、第4章注（6）参照。

(12) 「黄金時代」と「白銀時代」という呼称がラテン語・ラテン文学に用いられることがある。その場合、「黄金時代」は共和政末期からアウグストゥスの没年（後一四年）、「白銀時代」はそのあとからトライヤーヌス（トラヤヌス）帝の没年（後一一七年）までを指す。

(13) **hymnos**（ギ）**hymn**（英）。祭に際して歌われた歌。まず神の名を呼び、神の権能を列挙する。その後、その神にまつわる物語を紹介するのが普通である。作者がホメーロスの名前で伝えられている『ホメーロス風讃歌』については、のちに一部紹介する（⇩第7章《エピュッリオンの原型（?:）》172ページ）。

る。さらにまた公的な「場」といっても、発生や目的の点でひととおりではない。私的な「場」にもそれぞれ異なる状況がある。こうした「場」の違いは、詩人と聴衆が共有するルールの違いである。

だからこそそれぞれのジャンルの約束は、作者のひととなりにもまして作品を決定するし、ひとりの詩人が性質を異にする「場」で活躍することは、そもそもありえなかった。言い換えれば、同一作者が複数のジャンルに手を染めることは考えもよらなかった。なぜなら個々のジャンルは別個の「活動」、あえていえば「社会活動」であって、「文学」という、より高次の営みを構成する一部とは見なされていなかったのである。このような状態がおおむね紀元前五世紀ないし四世紀まで続くのである。

## 公的な「場」と私的な「場」（シュンポシオン）

もっとも公の性格の強い「場」は祭である。一年のうちのある特定の日に限って、その社会の成員が寄り集まって傾聴する中、その日のために準備された特別の作品が、普段の話しことばとは異質なことばにのせて語られる。これが公的な「場」のひとつの極にある。

同じく公的な「場」といっても、もう少し内輪の集まりに近いものもある。たとえばオリュンピア競技の優勝者が故郷に戻った際、故郷のポリスをあげて祝宴の席で歌われ踊られた競技祝勝歌は、狭いコミュニティーの特定の目的に合致するよう作られている。

ただし、祭と反対の極にある私的な色彩の強い作品とて、今日の意味での私的さとは異なっている。たとえば抒情詩の中でも独唱歌は、「私」の存在が表面に出てくる、とされている。しかしこのジャンルは、古代ギリシャのアルカイック時代から古典期にかけて盛んであった、シュンポシオン[14]という集まりと密接な関連があった。

シュンポシオンとは、豪族・名門貴族・僭主・富裕な市民など当該ポリスの政体によってその構成員は異なるものの、各地の有力者を中心に男たちが集まって酒を飲みつつ談論した場である。他の地域からやってきた者も客として、シュンポシオンに招かれた。その中には歌に卓越した者もいた。ときにそこで歌が作られ、その歌はまた新たなシュンポシオンの席で披露され、やがて各地に伝播していったと思われる。これが抒情詩のひとつの典型（たとえばアナクレオーンの作品）である。

酒席の歌によくあるようにこうした歌では、歌い手個人の想いが、歌の中の「私」に仮託された形式をとっている。そこで歌を聴く人々は歌の中の「私」を、作者その人と同一視して受け入れる。しかしその実、それは同時にある種の仮構でもある。第8章（エレゲイア）や第10章（独唱歌）で詳述するが、アルカイック期のこの種の作品の中では、作者は「私」という名の役割を演じているともいえる。したがって「私」の歌という設定であっても、それは近代、特にロマンチシズムが隆盛だった頃に当然のごとく想定された、「作者個人の内面の真実の告白」とはまるで異なる世界である。

その他、残存する作品例が少ないから本書では取り上げないけれども、「婚礼」や「葬式」も、私的な「場」と言い切るほど私的ではないし、かといって祭ともまた違う。要は公的か私的かはあくまで程度の問題であって、単純な二分法をあてはめてはまずいことを理解されたい。

## ジャンルの違いを表す指標

それぞれのジャンルは、作品の内容のみならず形にも決まりを与えた。全体の様式・構成はいうまでもなく、ギリシャ語の場合、使用されうることば——「方言」[15]——もジャンルが違えば違うのである。しかも方言ごとに異なるのは単語の別にとどまらない。音韻・活用語尾・措辞（統語法）にも違いがある。

(14) symposion. これをラテン語綴りに変えたものが symposium であり、それをさらに英語読みしたものが「シンポジウム」である。語源的には「一緒に飲む（集い）」と分析できる。

(15) 日本語の通常の用法では、「特定の地域に限って話される、共通語と異なる語形ないし発音」を指すのに対して、言語学的な用法では、偏りは地域差に限らない。古典ギリシャ語の「方言」とされるものには、「イオーニア方言」「ドーリス方言」のように地域差を表すものと、必ずしも地域差だけでなく、たとえば「叙事詩の方言」epic dialect といった、詩のあるジャンルに固有のものとがある。

そしてジャンルの違いを端的に示す指標が、何度も繰り返すが韻律である。けだし韻文を韻文たらしめるものが韻律であって、ジャンルが異なれば韻律もまた異なったから、たとえ内容に関する類似と相違については判断する者によって意見が分かれようとて、形式的区分の中でももっとも基礎的区分である韻律に関しては判断の食い違いが起こりようがない。だから同じ韻律でしたためられている作品は、内容が著しく異なっていても、ひとつにくくられる。たとえばヘクサメトロスという韻律（⇩補遺2）でできあがった作品は、内容の如何を問わず、ひとまず「エポス」というジャンルに入れられる。

これはすでに古代からの慣習であって、なにも現代の研究者のご都合主義ではない。ただしいかにもこれでは不便であるから、もう少し内容に即した名称のジャンルもたてられた。これについてはおいおいふれることになる。

## 規範意識と「創始者」

どのジャンルにも、あるとき天才が出現する。「天才」ということばを軽々に使うのを控えるなら、古典ギリシャの諸ジャンルを眺めた場合、今日にまで伝えられているもっとも古い作品が、すでに完成の域に達した姿であるとき突然に出現した、といってもよい。叙事詩のホメーロスしかり、悲劇のアイスキュロスしかり、あるいはヘーロドトスの歴史やプラトーンの哲学しかり。そしてひとたび世間に認められた天才の作品は、規範となってその後の諸作品を縛ってしまう。後代は先駆けとなった作品をあるいは手本とし、あるいはそれに反発して、なおも新たな試みを加えようとするからである。さらにこの過程から規範には新たな細則が付与されていく。伝統とはまさにこうしたものである。

とはいえ実際には各ジャンルの歴史はもっと古いはずである。しかしそもそもの発端は歴史の遠く奥に霞んでしまっていて、今日ではもはや知りようがない。さらにまた散逸した作品がきわめて多いことを考えあわせると、具体的にジャンルの展開の歴史をたどるといっても限られたものになってしまう。

ギリシャ人は「創始者」という概念を偏愛した。実にあらゆる事物や行為に関して、それを最初に作りだした人物あるいは最初に行った人物を特定した。たとえば悲劇の場合、創始者は（一説によれば）テスピス[16]なる人物である。テスピスについて今日確実に分かっていることはほとんどないが、おそらくアイスキュロスをはじめとする、のちのギリシャ悲劇の約束事の土台を作ったのであろう。とはいえ彼より以前に演劇らしきものがなかったとは、とうてい考えられない。身ぶりとことばを使って何かの出来事・行為をなぞることは、ほとんど人類の習性とでもいえるからである。

伝承の中で「創始者」をたどってゆくと、場合によっては通常の人間の領域を越えてしまうことすらある。ホメーロスは事実上、叙事詩というジャンルの創始者扱いをされているが、その以前にはオルフェウスのような神話上の人物の名が見え始める。そしてある種のホメーロス伝説によれば、彼自身、川の神とかニンフの息子になってしまうのである。だからあまりギリシャ人の伝えるジャンルの歴史に頼ることはできない。今日に残存する作品そのものの質の判断が、結局のところ我々に求められる。

## 「汎・韻文」という考え方

同一作者が複数のジャンルに手を染めることはない、と先に記した。ではいったい、いつの頃「汎・韻文」、つまり韻文のすべてのジャンルを束ねるものとしての「文学」という概念が誕生したか。

プラトーン作『饗宴』の末尾でソークラテースが、悲劇と喜劇の両方にひとりの詩人が手を染めるようにそそのかしているところ、あるいはアリストテレースの『詩学』あるいは『弁論術』の中で、叙事詩と悲劇とが同一視点から論じられていることなどを考慮に入れると、紀元前五世紀から四世紀への世紀の変わり目には、少なくとも一部のインテリはジャンルの違いを大所高所から眺めることができたようである。散文の発達がこの傾向を促した。そして紀元前三世

(16)（町の）ディオニューシア祭における、最初の悲劇の上演は紀元前五三五年から五三一年の間と伝えられている。テスピス Thespis についての後代の言及は、（岩波版）『ギリシア悲劇全集』第一三巻「群小詩人断片」の当該項に全部、集められている（⇩文献案内の第14章）。

紀のヘレニズム時代になると、ひとりでいくつものジャンルにわたって作品を作る人物が出てくるのである。この章の冒頭で紹介したルークッルスは、それが当たり前になった時代の人物である。

## 古典期とヘレニズム期の断絶・ヘレニズム文学とラテン文学の親和性

アルカイック期・古典期において、ジャンルの差は「場」の相違であった。ところが紀元前三世紀になって、新興都市アレクサンドリアに文芸の中心が移ったヘレニズム期になると事情が変わる。従来のポリスのありようと密接に結びついていた文芸は、限られた読者を指向する、知的な営みへと変容するのである（ヘレニズム期以降の文学の特徴については、第五章で取り上げる）。

アレクサンドリアはアレクサンドロスが建設した新しい都市である。そこにはギリシャ世界各地から人々が集まってきた。彼らが生まれ故郷で持っていたかもしれない昔ながらの地域の伝統、いいかえれば「場」は、ご破算になった。それにもかかわらず伝統的なジャンルの約束の影響力は依然大きい。新しい作品は先行する作品を規範として仰ぐのであるが、その際、先達の作品研究によって蓄積された厖大な知識にもとづく蘊蓄が、競うようにして傾けられた。「場」が社会との関係を失って、「仮想の場」が文芸サークル内部で設定され、それに合わせて「文学作品」が作られた、といってもよい。「仮想の場」であるからこそ、規範意識は屈折し、先鋭化する。さらに後述するアレクサンドリアの「図書館」の学者たちが中心となって詩を作ったことが、この傾向に拍車をかけた。

作品は、特定の文芸サークルに属している人達を相手にして朗読される。つまり一般市民から、特定の「通人」へと対象が変化した。この変化は作品の質にも跳ね返ってくる。例外を無視して簡単にいうと、古典期までの作者は、その「場」にいる人なら誰にでも分かるように作品を作った。ところがヘレニズム期になると、文芸の素養のある人にだけ分かるように、もっと露骨な言い方をすれば「分かる人にだけ分かればよい」、さらには「誰にでも分かるような作品は質が低い」という意識の下に作られるようになったのである。(17)「通」にだけ分かる文学こそ高尚であるという美意識を流布した点で「学者詩人」カッリマコスは、同時代ならびに、ラテン文学を含む後代に決定的な影響を与えた。もちろんそうではない作品もあったはずである。しかし結果としてカッリマコスが批判したであろう作品はおおむね淘汰されてしまって、後代に伝わっていない。

この事情はローマにおいても同様である。ラテン文学はギリシャの文化の圧倒的な影響下にあった。それもホメーロスを筆頭とする初期ギリシャを規範としつつ、同時にヘレニズム時代のギリシャ文学の屈折した魅力もまたラテン語に移入しようとしたから、二重にギリシャに負っていることになる。総じてラテン文学がギリシャ文学に比べてなにかしら取っつきにくく、難しく思われる理由のひとつはこの辺にある。ラテン文学の作品は、当の作品がギリシャ文学のどれと何を同じうし、どれと何を異にしているか、一行一節、場合によっては一単語に至るまで逐一、判断し、評価し、味わうことのできる読者に当ててしたためられているのである。だからラテン文学を理解するためには、直接の手本がアルカイック期や古典期にあったとしても、単にそれと比べてよしとしてはならず、ヘレニズム期の文学の「バイアス」もまた考慮されなくてはならない。もしギリシャ・ラテン文学をふたつに分けるなら、ギリシャ文学とラテン文学という分け方にもまして、ギリシャ古典期以前の文学と、ヘレニズム・ラテン文学という区分の方が適切である、と私は思っている。

ジャンルには歴史の過程が集約されている。たとえばどの叙事詩にも、時代とことばの相違に関係なしに守られ続けた約束事が存在する。具体的には、ホメーロスの作品と同じ形式が模倣されるのである。ホメーロスはいつの時代にも叙事詩を作る際のお手本、ないしは対抗すべき目標であった。いいかえると、ホメーロスと同じ約束を守っていること

(17) 散文の発達も韻文の先鋭化を促した。技巧的な散文は、もともと法廷ないし政治の場での演説に端を発した。しかしそれだけではなく、ヘーロドトスの『歴史』が忽然と姿を現わしたあと、散文はあらゆる領域の報告・考察・思索を伝えることを目指しはじめた。どんなことでもしなやかに表現できるようになった言語は、韻文を作りだす詩人ひとりひとりに、なにゆえ自分の作りだす文章が散文ではなく韻文でなければならないか、深刻な反省を強いたことであろう。

がホメーロスと同一のジャンルへの帰属の証であり、叙事詩というもっとも高尚な文学であることを意味した。ジャンルを異にするということは、単に形式の相違だけではすまず、自分がどのような精神の後継者であるかというマニフェストともなった。

ひとつのジャンルを追うことで、伝統の継承と、それに拮抗する個々の作者の独自性とが、内容と形式の双方から見て取れる。したがってジャンルのなんたるかを把握しないかぎり、古典期以前の「素直な」詩文はもちろん、ヘレニズム・ローマ期の「洗練された」詩文の理解もまた困難である。そしておそらくいつの時代のどこの国のものであれヨーロッパ文学は、それが受けたラテン語ラテン文学の圧倒的影響力を抜きには理解しえないことを考えあわすと、好むと好まざるとに関わらず古典文学のジャンルの知識が不可欠なのである。思えばヨーロッパ文学、少なくともある時代までのヨーロッパ文学は、たいそう知的な営みであった。

## アレクサンドリアの「図書館」

ラテン文学にまで話を進めてしまったが、もう一度、ヘレニズム期に戻る。アレクサンドロスの東征によってギリシャ世界は拡大した。文芸史上、特記すべき重要な事実は、文化の中心がアテーナイからプトレマイオス朝[18]の首都アレクサンドリア（正しくはアレクサンドレイア）に移ったことである。

アレクサンドリアに「図書館」が作られたことも、この後の時代の文学作品に大きな影響を与えた。この古来有名な「図書館」とはムーセイオンの一施設であり、ムーセイオンは「ムーサイの神殿」とでも訳せる。女神ムーサ（これを英語読みしたものがミューズである）、その複数形のムーサイとは、音楽に限らず、文芸・学問全体の守護神であった[19]。だから「図書館」というのはムーセイオンの果たした役割の一部を表したにすぎず、今日に対応する機関を探せば、むしろ「大学」ないし「研究所」のほうが適切であろう。ちなみに「ムーセイオン」というギリシャ単語をラテン語風になおし、それをさらに英語読みすると「ミュージアム」となる。

ムーセイオンの学者たちは、ギリシャ各地のあちらこちらにばらばらに散らばった、いってみれば古文書とでもいうべき状態で保存されていた作品を集め、分類し、一覧できるように並べ、比較検討し、誤りを正し、後代の標準となる校訂本を作成し、パピルスの巻物にしたのである。つまり彼らのおかげでギリシャのアルカイック期や古典期の作品が、まとまった形で、そのつもりになればジャンル毎、作者毎に比較検討しながら、読めるようになった。それとともにある種の選別もなされた。「三大悲劇詩人」とか「九人の抒情詩人」という選択は彼らの判断による。

## パピルスの巻物

ムーセイオンはギリシャ全土から膨大な書物を収集した。当時の書物は、日常の文書同様、パピルスに記され、パピルスは巻物の形態をとっていた。

パピルスから「紙」を作る手順は次のようになる。パピルスの茎の皮をむいたあと、中心部を帯状に切って、維管束をたてよこに重ね合わせ、潰れた髄から出る液をのりにして貼り合わせる。さらにこの「紙」を何枚かつなぎ合わせて「巻物」を作る。

今日の西洋諸言語のように、ギリシャ語は左から右への横書きである。だから縦書きの日本の巻物とは違って、パピルスの「巻物」において文章は、字の大きさによって相当の違いがあるが、二十行なり三十行単位のコラム（段）状に書かれる。そのさい各段の上下の方向はパピルスの巻かれる方向とは直角に交わる。つまりパピルスを繙《ひもと》くにしたがって、段が次々に、適当な間隔をおいて現れてくる。

巻物という形態上、ひとつの巻物の中に書かれる作品の長さが限定される。一巻につき、おおむねギリシャ悲劇一篇

(18) 前三二三〇年、アレクサンドロス大王の死後、部将プトレマイオスによってエジプトに建てられた王朝。前三〇年、クレオパトラの死によって断絶する。
(19) ムーサイが九人と数が決定され、さらにその一人ひとりが担当する職掌が決められたのは、ヘレニズム以降のことである。

一五〇〇行くらいが限度かと推測しうる。ひとつひとつの作品が短い場合にはおおむね作者ごとにまとめられたが、他の作者とまとめられてひとつの巻物に書かれたこともあったろう。同一作者の作品は類似作品がまとめられたが、その基準は韻律であったり内容であったりして必ずしも一様ではない。いっぽう長大な作品の場合には分割され、以後「第一巻」のように呼ばれることになる。そして巻物の冒頭に作者名と題名とが記された。それまで作品名というものがなかったものも、このときはじめて題名がつけられたのである。後代の記述がたとえば「ピンダロスの作品は、競技祝勝歌が四巻、（中略）、合計一七巻であった」という場合、このようにしてできあがったパピルスの巻物を数えている。

こうしたパピルスが次々と転写され、読者に供された。巻物は紀元後（紀元前ではない）二世紀頃から、徐々に「本」[20]のかたちに変わり始める。しかし古代世界の没落にともない、古典文学の書物は歴史の表面から姿を消す。書物に関心がなくなると転写されなくなる。モノとしての写本はいつしか朽ちてしまったり、捨てられてしまう。今日、読むことのできる最古の写本は、例外[21]はあるが紀元後九世紀を遡らない。よってこれらを中世写本と呼ぶ。つまりこの頃から、それまで長い間、読まれることなく捨ておかれていた書物が、今一度、コンスタンチノープルを中心とする東ローマ帝国で転写され始めた（そして転写のもとになった古い「本」は消失した）。この転写によって途切れそうになっていた伝承がつながった。ただしギリシャの書物が西ヨーロッパで読まれるようになったのは、もっともっと後のことである。これがいわゆるルネサンスである。

書物に関心が広がると、写本がまた写される。しかしその間にも写本は失われていく。また転写という作業は、必ず写し間違いを含むといえる。だから写本が複数残っている場合には、それらを比較すると、内容が違っていることも少なくない。本書で取り上げているギリシャ・ラテン文学も、こうした写本に基づいている。もちろん詩人と作品によって、伝えられた写本の数の差は著しい。たった一本の写本が残されたおかげで、今日でも読むことができる作品は、けっしてまれではない[22]。

以上のような伝承の例外として、きわめて幸運にもエジプトの砂漠の下から、あるいは壊れたミイラ・ケースから[23]、パピルスの巻物の残存が発見されることがある。「パピルス断片」とは、これを指している。大きなパピルス断片は一九世紀末以来、あらかた解読され発表されているけれども、小さな断片の同定はきわめて専門的な作業に頼るから、過去に発見されてヨーロッパに持ってこられたものの、いまだ未発表のものも残っている。さらにミイラ・ケースの場合には、ケースが破損したときに初めて取り出される断片なので、文字通り新発見も起こりうる。パピルスの解読には、書かれた文字とその内容の知識のみならず、モノとしてのパピルスの、たとえば繊維一本一本をつなぎあわせるための知識も必須である。その結果、ばらばらになって保管されていた小さな諸断片が、二一世紀になってようやく同定と解読に成功し発表される事例もある。韻文の場合、韻律や方言、固有の語彙語形が、同定の重要なてがかりになる。本書の改訂にあたっても、最新の発見について何例か紹介することにする。

## 学者詩人

すでに述べたように、ホメーロスやアルカイック期の詩人たち、さらに古典期の悲劇や喜劇などが今日に伝わったのは、アレクサンドリアの学者たちのおかげである。しかし彼らの活動は、作品の収集・分類・校訂にとどまらなかった。彼らは研究の成果をしばしば散文で記したが、その中でもある者は、自ら詩作にも手を染めたのである。それは研究成

(20) コーデックス(冊子本)codexという。ページを一葉ごとめくって読むことになる。当然のことながら巻物より、読みたいところを見つけやすい。コーデックスの材料にはパピルスとともに、羊皮紙も用いられた。
(21) ウェルギリウスは中世初期にも特別に遇せられたので、紀元後五ないし六世紀の挿し絵入りの写本が伝わっている。
(22) 写本伝承の歴史は西洋古典学理解のため必須であるが、本書ではやむなく省略した。ギリシャ悲劇に限られるが、もう少し詳しい解説は、(岩波版)『ギリシア悲劇全集』第一〇巻所収の拙稿「ギリシア悲劇断片集解説」(特に、二「「断片」が「断片」になるまで」と、四「パピルス」の項)を見られたい。ギリシャ・ラテン全般の日本語で読める最良の書物は、L. D. レイノルズ/N. G. ウィルソン(西村賀子+吉武純夫訳)『古典の継承者たち』(一九九六年 国文社)である。
(23) ミイラは棺の中に入れて葬られる。この棺(ミイラ・ケース)は、パピルスを貼り合わせた厚紙からできている。使用されるパピルスはたいてい「反故紙」である。ケースが壊れたときに、厚紙の層をうまくはがせば、字が読めることもある。

果の実践的活用とでもいうべきものである。だから以前のように一詩人一ジャンルというのではなく、ひとりの詩人がいくつもの異なるジャンルを手がけることになる。

ジャンルのクロス・オーヴァーという事態すらヘレニズム期以降には起こった。たとえばあるジャンルの約束事に従いつつ、本来なら別なジャンルにふさわしい内容を取り入れる。そこに新機軸を求めるのである。たとえばカッリマコスはそれまでならエポスで書かれた内容を、エレゲイアやイアンボスといった別ジャンルの韻律で作るという実験をする（⇩第8章《カッリマコス》193ページ）。このジャンルのクロス・オーヴァーはラテン文学にも持ち込まれ、ますます過激化する。本書で取り上げた作品から一例をあげれば、オウィディウスの『恋の技術』は、それ自体はエレゲイアでありつつ、本来はエポスのひとつである教訓詩のようなふりをする（⇩第9章《オウィディウスの『恋の技術』》216ページ）。このような作品を理解するためにも、各ジャンルの理解が必須となることはいうまでもない。ジャンルの枠がきっちりと固められていればこそクロス・オーヴァーも可能であるし、新機軸を求める作者の意図も読者に伝わりうるからである。

初期ギリシャから十分にはっきりとした色合いで互いに区別されていた諸ジャンルの糸は、時代が下がるにつれよじれもつれるとはいうものの、決して本来の鮮やかな色彩を失うことはない。その糸ひとつひとつの色を認めない限り、ヘレニズム文学やラテン文学の正当な理解は難しかろう。

## ギリシャ語とラテン語

アレクサンドリアで隆盛を極めたヘレニズム期の文学は、以上述べてきたように、古典期とは異なる精神を有した。ギリシャ語についても、古典期までポリスごとに違った方言が用いられていたが、ヘレニズム時代になると、「コイネー」と呼ばれるギリシャ語が共通語として広く使用されるようになった。それにもかかわらず、エポスが端的にそうであるのであるが、ジャンルごとの方言差は依然、維持された。アレクサンドリアから地理的に隔たり、時間的にも古い方言が模倣された結果、過去の優れた詩人に用いられた方言は、それぞれが文芸語になったのである。

ギリシャ語の影響力は地中海世界で諸民族を圧倒した。この時期、すべての民族はギリシャ語でことばを綴るしかなかった。その中にあってローマ人は地中海世界で唯一、自分たちの言語で「文学」を残しえた民族である。とはいえローマは終生、ギリシャ・コンプレックスを持ち続け、何とかしてラテン語をギリシャ語の位置にまで高めたいと望んだ。ローマの詩人ホラーティウスの有名な詩句をひけば、「征服されたギリシャは野蛮な勝利者を征服した」（『書簡詩』二巻一番）のである。キケローの散文や、ウェルギリウスあるいはホラーティウスの韻文からラテン語を読み始めると気づかないことであるが、ラテン語があれほどの表現力を得るためには、ただならぬ努力が払われなければならなかった。

ギリシャ語は、ローマ帝国の崩壊に至るまで、ついにその優越した立場を失うことがなかった。ローマ世界はギリシャ語・ラテン語、双方を公用語とするバイリンガルであったことは留意されねばならない。たとえばローマ皇帝アウグストゥスは自分の業績 *Res Gestae Divi Augusti* を帝国全土に刻ませた。そのうち（トルコの）アンカラに建立された碑文は今日まで残存しているが、これはラテン語・ギリシャ語、両方で刻まれている。

ローマの知識人はギリシャ語の教育を幼くして受け、長じてしばしばギリシャに留学した。だから彼らはギリシャ語をよく理解した（それに反してギリシャ人はそれほどにはラテン語に精通しなかったようである）。

ローマ帝国はやがて東西に分裂する。[24] このときの東西分割の線は、おおむね今日のセルビアとクロアチアの境界となる。後の正教とローマン・カトリックとの、あるいはギリシャ文字（ないしそれよりできたキリル文字）文化圏とローマ字文化圏との境界である。西ローマ帝国は先に滅び[25]、あとに残った東ローマ帝国はギリシャ語世界の後継者を自負した[26]。ラ

(24) 紀元後三一二年、コンスタンティーヌス帝のキリスト教改宗。三二四年、コンスタンティーノポリス建設。三九五年、テオドシウス帝の子供たちによる帝国分裂。

(25) 四七六年。すでに四一〇年に、ローマ市はアラリック率いる西ゴート族に略奪されている。

(26) 後述する古典再発見後の東ローマ帝国の知識人は、アッティカ方言を模倣しようと努力した。さらに一四五三年のオスマン・トルコによる帝国滅亡後も、ギリシャ語はギリシャ正教とともに生き続けた。ただし古典文学の教養は、中世初期から衰退の一途をたどる。六

テン語が再び西ヨーロッパの指導的な言語として、ひいては世界語としての位置を取り戻すには、数世紀待たねばならない[27]。

ラテン語はギリシャ語同様、印欧語族[28]に属している。したがって、両者は基本的に同じシステムによっており、名詞・形容詞の「性・数・格」変化、動詞の「人称・時制・法・態」などの活用が著しい。どちらの言語も活用がはなはだしいから語順が自由になれる。たとえば今日の英語のように、動詞の前にくれば主語、後ろにあるから目的語、といった制約はない。すべての語の文章における機能は、格で明示されるからである。また同じように、形容詞は修飾される名詞の直前ないし直後に置かれなくてもよい。どの形容詞がどの名詞に係るかは変化形が示しているからである。こうした語順の自由さは、韻文においてひときわ著しい。あるいは分詞も、どの名詞に対応しているのかが明確に示されるから、今日ならさしずめ接続詞や関係詞を使うところに多用されて、結果として文章が密になる。

しかしギリシャ語とラテン語との相違もまた無視できない。何よりも大きな違いは、ラテン語の語彙数がギリシャ語に比べて少ないことであろう。結果として細かなニュアンスを表現するのに、ときには新語を作りだすことまでをも含めて、ラテン詩人は相当な苦労を強いられた。その新語であるが、ギリシャ語では複合語がきわめて容易に、いろいろな組み合わせで数多く作られるのに反して、ラテン語にはそもそも複合語がまれである。もう少しテクニカルな側面で言うと、ラテン語本来の語彙には短い音節があまり含まれてはいなかった。そもそもラテン語の韻律は、元来、ギリシャ語の韻律のように、長音節・短音節の配列にはよらなかった。にもかかわらずギリシャ語のまねをして、韻律の数え方までギリシャ語風にした。そのために、短音節の配置は困難を極めた。今日、ウェルギリウスやホラーティウスを読む際、何の苦もなく長短が配備されているように見えるが、実際にはそこに至るまでにすさまじい格闘が隠されているのである。

## ギリシャ神話

古代ギリシャ文学というと、しばしば「ギリシャ神話」が連想される。ここでしばしば誤解されている事項である、「神話」について補足しておきたい。

「神話」という日本語に訳されているギリシャ語の単語ミュートス mythos（これが英語の myth の語源である）は、元来、「話」を意味するにすぎなかった。もう少し限定が加わっても、「遠い昔の話」ないし「たとえ話」といった趣で、どこにも日本語の「神話」のように、「神」という意味合いは含まれていない。もちろんその中には神々が登場する話も多い。しかし神は決して「神話」に不可欠ではないのである。このことはあらためて確認しておく必要がある。だから場合によっては「神話」の代わりに「伝説」という日本語を使ったほうが誤解が少ないこともある。

むしろ大事なことは、そうした物語の中核となる部分は、今日に伝わるギリシャ・ローマの作品ができあがった時代よりもはるかに古い昔にすでにできあがっていたことである。できあがっていた、という言い方は、少しまずいかもしれない。というのは、大筋を変えない限りにおいて、細部を付け加えたり、省いたり、登場人物を増やしたり、といろいろな改変が自由であったからである。

---

世紀後半から九世紀前半までは、古典にとっての暗黒時代である。九世紀の半ばをすぎた頃から古典の再発見が始まり、新たに写本が書かれだす。

(27) おおざっぱな言い方をすれば、ラテン語は「暗黒時代」の間に、（フランス語・イタリア語・スペイン語などの）ロマンス諸語に分裂し、変化していった。ラテン語が中世ラテン語として再び西ヨーロッパの共通語となるのは、これらのロマンス諸語がある程度の形式を整えるのと、軌を一にする。

(28) **Indo-European Languages.** サンスクリット、ペルシャ語、ギリシャ語、ラテン語、スラブ語、ゲルマン語、ケルト語などを含む大語族。さらにこれらの言語が、ゲルマン語からの英語とかドイツ語、あるいはラテン語からのロマンス諸語というように、新たな言語を生みだした。音韻ならびに文法の比較から、それぞれの言語は共通の祖語から発展したことが分かる。インドからヨーロッパに広がっているので、この名がついた。

しかし、最古のギリシャ詩人であるホメーロスないしヘーシオドスよりもなお神話は古いことには変わりがない。ホメーロスやヘーシオドスですら、既存の神話を材料にして自分たちの作品を作ったのである。いわんや後代の詩人たち、すなわちギリシャ悲劇の作者に始まって、今日「ギリシャ神話」という題目の下に語り直されて出回っている大部分の書物の種本を提供しているローマのオウィディウス（⇩第5章《オウィディウス『変身物語』》111ページ）に至るまで、ギリシャ・ローマの諸作品の中に神話が書かれているといっても、それが当該神話の本来の姿を伝えているとは限らない。すでに相当に潤色が加えられているのである。

ただし、「神話本来の姿」という表現は誤解を生む。あたかも正しい姿があったにもかかわらず、後代の人間がそれをねじまげてしまったかのような感を与えるからである。神話の「最初」をあたかも「歴史的事件」のように想定して、当該神話の後代の様々なヴァージョンを比較検討して「ひとつの正しい姿」に戻す、というのは誤謬である。そもそも神話の原型は「歴史的事件」ではない。もちろんひとりの詩人の「癖」を考慮して、その詩人がその神話のどの箇所をどのように変形したかを想定することは重要である。そうしたことを記述する際に「本来の姿」といった表現は便利である。しかしそれと、神話の「最初の形」（そのようなものがあったとして）を「歴史的事件」のごとく扱うこととはまったく異なる。

神話はいま我々が読むことのできる作品の素材の大きな部分を担っている。そして神話は常にその姿を変える余地を残していたから、今日のことばを使えば、「解釈」の幅を多分に残していたのである。ギリシャ・ラテン文学の多くは、読者が様々な神話の内容に精通していることを前提にしている。もちろん詩人により、あるいはその作品が作られた時代により、求められている知識の多寡には差異がある。時代が下るにつれて知識が累積していくのは、神話も同じである。だからとりわけヘレニズム期以降には、あえて人の知らない神話を探しだして使用することが、ひとつのファッションとなった。さらにはあたかも神話のような体裁をした物語を新たに作りだすことすら行われた。

とはいえ古典文学全体を通じて主流をなすのは、読者があらかじめ当該の神話について、とりわけその結末について、すでに何がしかの知識を所有していることを前提にしてできあがっている作品である。言い換えればどれほど波瀾万丈の趣をとる物語であっても、最後の落ち着き先について読者が知らないことはありえない。

だからこそ神話はしばしば教訓として機能する。神話は種々の人生の範例（パラダイム）を提供してくれるからである。ある神話上の人物の名前それだけでも、その人物の関わった事件を思い起こさせる。さらにはその人物の性格まで、漠然とではあるが人々の共有する知識となっているのである。類比は危険であるがあえてたとえを持ち出せば、「織田信長」だとか「吉良上野介」といった名前の喚起力を想像してもらいたい。

## 本文校訂

学問としての西洋古典学の究極の意義は古典作品の本文校訂につきる。本文校訂、別名、「古典文献学[29]」とは、可能な限り正しいテクストを再構成することである。古典文献学から見たジャンル研究の意義について、最後に簡単にふれておきたい。

ジャンルの問題は「スタイル（様式）の判断」に大きな意味をもつ。ここでスタイルというのは、形式のみならず文体（単語や語形の選択と並べ方）をも含意する。ひょっとするとこのスタイルの違いを見極める能力は、個々の単語の用例に知《ち》悉《しっ》することとあいまって、西洋古典の研究者に求められている大事な要素、いや最大の要素かもしれない。

本文校訂の重要性とその方法については、ギリシャ語・ラテン語の知識なくしては説明が難しく、ひいては本書の範囲を超えるのでここでの説明は簡単にしておこう。ただ次のことだけは是非、理解していただきたい。

---

(29) ドイツ語の Klassische Philologie の訳語。（『広辞苑』によると）「文献学」という語は上田敏によって作られたことになっている。しかし国文学者の上田萬年が文献学ということばの流布に大なる影響があった、とする記事もある。初出に関して門外漢の私にはこの先、不明である。文献学はときおり誤解されることがあるが、（物としての）写本の学ではない。「写本学」（codicology）は、「文献学」のひとつの部門、ないし補助学問である。なお英語では通常、philology の語は用いず、classical studies と呼ぶ。本文校訂は textual criticism である。

本文校訂では、ある文章のひとつの単語（語形）ないし単語群や文章が、いくつかの写本によって異なって伝えられている場合はもちろん、ひとつの写本によってしか伝えられていない場合でも、本当にそれでなくてはならないかどうかを疑い、確かめる。そして正しい形を提案する。そうした作業は一見すると、その読みが作品の内容を左右しない限り、必ずしも常に重要ではない、どうでもよいことと思えるかもしれない。しかしある単語のある箇所の用例が、その単語の別の箇所の用法を支える根拠となる場合がないわけではない。辞書とか文法は根底のところで、この原則によっていることを思い出してもらいたい。同じ語の（あるいは同じ形の、あるいは同じような文章の）適切な用例が他にもあることを示すことによって、写本上の、あるいは写本を訂正した読みの、用法の正しさを保証するのである。だからある箇所でのある単語の読みの訂正や、そのまま訂正せずに受け入れることが、他の文章の、ひいてはその作品の解釈、あるいはその作者の理解、さらには文学史全体に少なからず影響を与えることが、ありうるのである。比喩的な言い方になるが、すべての古典作品は相互にネットワークを作りだしている。一語をおろそかにすると手ひどいしっぺ返しを食らう。

読みの正しさを知るには写本を見ればよいではないかという人がいるかもしれない。しかし現存の写本は、すでに述べたように、ウェルギリウスのような特例を除けばギリシャ語作品もラテン語作品も、最古の写本が紀元後（紀元前ではない）九世紀を遡ることがない。だから一例をあげれば、紀元前五世紀に上演されたアイスキュロスのギリシャ悲劇と最古の写本との間には、なんと千三百年以上の隔たりがある。作者作品によっては、最古の写本の成立時期がはなはだしく遅いものすらある。さらに写本間の読みの不一致は多種多様である。また現存の写本が一本しかない場合もある。そして伝承の過程での写し誤りは必至である。作者のことばが正しく伝えられていないこと少なからず、と想定してかからねばならない。実際、このようにおおげさなことをいわずとも、とりわけギリシャ語の詩の場合、写本のままでは意味を読みとれないことが少なくない。つまり写字生は意味も分からず転写していた。だから校訂なくして本はありえない。写本のままだとどれだけ読めないかを知るために、校訂本の、通常下段に報告されている読みに従って、近代以降の訂正読みをすべて排除して読んでみるとよい。どれだけ本文校訂の伝統のおかげを受けているかがすぐ分かる。(30)

そして場合によっては、本文校訂は作品の「真作・偽作・改作」の問題と関連してくる。作品の真偽問題は人が考える以上に深刻である。写本がある作者の名前を伝えているから、それをそのまま受け入れればよいではないかといった、甘い話ではない。顕著な例は法廷弁論演説[31]（これはギリシャ散文全体の中で重要な位置を占めるジャンルである）であるが、「書物」が流布する過程で（古代世界にあって書物はすべて書写されたことを忘れてはならない）、ある書写原稿が有名な作家に帰されることはまれではなかった。したがって後代、ある作家の作品群としてまとめられた書物には相当数、当該作者の作品ではないものが入り込んだと考えられるのである。そもそも作品群をまとめる時点で、すでにそれぞれの作品の「真の」著者が誰であったか、分からなくなっていたことはかなり多かったと思われる。たとえていえば骨董の世界で起こることが、すでに古代の文学の世界に生じていた。作者としては必ずしも偽作をこしらえようとしたわけでないにもかかわらず、流通の過程で「偽作」になってしまうのである。

ここまで、西洋古典学の背景についてひととおり解説した。最後に、本書が取り扱っているジャンルについて、各章ごとに概観する。

## エポス

第2章から第7章までは、ヘクサメトロスという韻律を用いて作られたエポスを扱う。ホメーロスは古典古代を通じて、もっとも尊敬されもっとも影響力のあった詩人である。しかしそれとともにヘーシオドスもまた同じ韻律で作品を

(30) しかしこれまた当然のことながら、提案された校訂が正しいとは限らない。それはどれほど優れた研究者であってもあてはまる（むしろ優れた研究者であればあるほど、多くの校訂を提案するから、「間違った提案」もまた多いかもしれない）。
(31) リューシアース Lysias（444? - c.375B.C.）、イソクラテース Isocrates（436-338B.C.）、デーモステネース Demosthenes（384-322B.C.）など。

作った。この二人に始まるジャンルを総称して「エポス」と呼ぶ。古典語にはこのエポスということばしかなく、エポスをそれ以上に細分しないのである。しかしエポスは（ならびにヨーロッパ諸言語のそれを語源にもつ単語、たとえば英語の epic は）、日本語でしばしば「叙事詩」と訳されてきた。しかしヘーシオドス流の作品を「叙事詩」というにはいささか無理がある。それにそもそもエポスには「箴言《しんげん》」の要素もあった。そこでいわばホメーロスを祖として戴《いただ》く「叙事詩」（狭義の「叙事詩」）と区別したい場合、ヘーシオドスの流れをくむ作品は、今日「教訓詩」didactic poetry と呼ぶことが多い。私はこの訳語は不適切であるとは思うものの（理由は第6章で述べる）、とりあえず本書ではそれに従うことにする。

ホメーロス流のエポスはしばしば「英雄叙事詩」と称される。本書ではホメーロスの『イーリアス』（第2章）と『オデュッセイア』（第3章）をまず取り上げる。ついで英雄叙事詩の概念に多大な変更を迫る、ラテン文学の最高峰、ウェルギリウスの『アエネーイス』を対比させる（第4章）。そのあとで、あらためて叙事詩の流れを概観しながら、意識的に新たな作品を模索している三つの、私の表現を使えば「反主流」の作品（アポッローニオス『アルゴナウティカ』・オウィディウス『変身物語』・ルーカーヌス『内乱』）を紹介する（第5章）。一方ヘーシオドスの流れに従う「教訓詩」の系譜は第6章で追う。

さらに「牧歌」bucolic; pastoral poetry もまたヘクサメトロスで書かれてはいるが、「叙事詩」とは明らかに内容を異にする。もっともこれはヘレニズム期の詩人テオクリトスによって開発された後進のジャンルであって、古典期以前には存在しなかった。彼と、その影響下に成立したウェルギリウスの『牧歌』を、第7章で取り上げる。

ヘレニズムならびにラテン文学には、今日の研究者がエピュッリオン（epyllion 小叙事詩）という名称でくくる、一群の短い「物語詩」がある。第7章ではこれにも言及する。その他、神々にあてて歌われた「讃歌」（hymn）もまた、ヘクサメトロスでできあがっていた。しかし本書であらためてその流れをたどることは割愛する。

## エレゲイアとイアンボスとエピグラム

第8章と第9章はエレゲイアにあてられる。あらゆる韻文の中でどれよりも高尚と認められたエポスに対して、エレゲイア[32]は傍流の役割を担った。紀元前七世紀に活躍したアルキロコスの流れを汲むこのジャンルは、やがてヘレニズム・ローマ期に著しい発展を遂げる。第8章でエレゲイアを概説するとともに、アルキロコスからカッリマコスまでのギリシャのエレゲイアの流れをたどる。ついで第9章では、ラテン文学で発展した特異なジャンルである、エレゲイアで作られた恋愛詩を扱う。

またアルキロコスはエレゲイアの他にもうひとつ大事なジャンルの始まりに位置する。それがイアンボス[33]である。これは風刺・揶揄・個人攻撃・性に関する冗談としばしば結びついた。イアンボスの伝統はおそらくカッリマコスによって再興され、ラテン文学にも移入される。さらにエレゲイアと密接につながっているエピグラム[34]にも、簡単であるが言及する。エピグラムはエレゲイアと韻律の構造は同一ではあるが、はるかに短い詩型である。元来、碑銘として始まったこのジャンルは、のちにあらゆる主題を扱うようになった。

## 抒情詩

第10章から第12章までは抒情詩である。今日、抒情詩ということばが当てはめられているジャンルには、ギリシャ詩の場合、独唱歌と合唱詩とがある。「抒情」ということばは必ずしもこのジャンルの性質を言い表していないのである

(32) elegeia（ギ）。ラテン語では「エレギーア」(elegia) となるが、本書ではすべてエレゲイアで通すことにする。英語では elegy「エレジー」である。
(33) iambos（ギ）。ラテン語形は iambus.
(34) epigramma（ギ・ラ）。epigram とは、英語形である。

が、とりあえず「リュリカ」[35]（lyrica）の訳語として、この名前を用いておく。独唱歌と合唱詩の違いは、単に、ひとりで歌ったか、大勢であったか、にとどまるものではない。詳しくは第10章前半部で説明するが、そもそも発表の「場」が異なる。韻律・方言もまた、随分、違っている。第10章ではそのあと、三人のアルカイック期の独唱詩人（サッフォー・アルカイオス・アナクレオーン）と、ひとりの合唱詩人（ステーシコロス）について解説する。

歌はどんな文化にも存在する。当然ながら、アルカイック期の独唱歌のあとにも新しい歌が次々にできあがったはずであるが、それらは伝承されていないに等しい。だいたい日常生活の中で歌われた歌は、文芸とみなされていなかった。その一方で、合唱歌であれ独唱歌であれ、伝統的形式を踏まえた作品も作られたのであるが、一部の引用とパピルス断片を除いてすべて散逸した。

しかし抒情詩というジャンルは、五世紀を経たあとに再生する。ホラーティウスの『カルミナ』である。彼はサッフォー・アルカイオスの韻律に、それまでは違ったジャンルで扱われていた新しい素材をものせて、ものの見事にラテン語に移しかえ、近代ヨーロッパの「抒情詩」の原型となった。とはいえその歌は歌われたのではない。この間の事情を第11章で扱う。

ギリシャの抒情詩中、唯一、中世写本を通じて今日まで伝承されているのが、ピンダロスの「競技祝勝歌」である。この、発表の「場」の性格を無視しては理解しえないジャンルを、第12章で取り上げる。またパピルスの発見によって、バッキュリデースについてもよく読めるようになった。これについてもこの章で解説する。

### 演劇

ギリシャ悲劇・喜劇は、アテーナイのディオニューシア祭で上演された「だしもの」であって、今日の意味での単なる演劇ではない。当然ながら、いろいろな約束事がある。これについて第13章で概括したあと、悲劇（第14章）・喜劇（第15章）の展開の歴史をたどる。

本書で紹介する詩人たちを以上のジャンルのそれぞれに時代別に並べたのが、次に掲げる「年表」である。ただし年表といってもきわめて大雑把なものである。その理由は、詩人たちの多くは、生年も没年も不明であって、彼らの活躍した時代も推論によるから、研究者によって違うことも珍しくない。そこで本書の年表は、それぞれの世紀を二分して、その枠に詩人たちを入れたにすぎない。

ヘレニズム期以降、複数のジャンルに手を染めた詩人たちもいる。そういう人物は、それぞれのジャンルごとに名前が重複してあげられている。

(35) 第10章「「抒情詩」ということば」の項で説明するが、「リュリカ」とは、語源的に「楽器リュラー（lyra, リラ、竪琴）にあわせた歌」の意味である。

| 時期 | 年表 | 歴史上の出来事 | エポス（叙事詩）<br>2-5 章 | エポス（教訓詩）<br>6 章 | エポス（牧歌・エピュッリオン）<br>7 章 | エレゲイア・イアンボス<br>8-10 章 | 抒情詩<br>11-12 章 | 演劇<br>13-15 章 |
|---|---|---|---|---|---|---|---|---|
| アルカイック期 | 前 8 世紀以前 | | ホメーロス | ヘーシオドス | | | | |
| アルカイック期 | 前 7 世紀前半 | | | | | | | |
| アルカイック期 | 前 7 世紀後半 | | | | | テュルタイオス<br>アルキロコス<br>ミムネルモス | アルクマーン | |
| アルカイック期 | 前 6 世紀前半 | ソローンの改革 | | | | ソローン | アルカイオス<br>サッフォー<br>ステーシコロス | |
| アルカイック期 | 前 6 世紀後半 | 509 ローマ共和政 | | | | テオグニス | イービュコス<br>アナクレオーン | |
| 古典期 | 前 5 世紀前半 | 490 ペルシャ軍の侵攻（第 1 次）<br>480 サラミスの海戦<br>479 プラタイアの戦い | | | | | ピンダロス<br>シモーニデース<br>バッキュリデース | アイスキュロス |
| 古典期 | 前 5 世紀後半 | 431-404 ペロポンネーソス戦争 | | | | | | ソフォクレース<br>エウリーピデース<br>アリストファネース |
| 古典期 | 前 4 世紀前半 | 399 ソークラテース裁判 | | | | | | |

| | | | | | | | | |
|---|---|---|---|---|---|---|---|---|
| | 前4世紀 後半 | 338 カイロネイアの戦い<br>331 アレクサンドリア建設<br>323 アレクサンドロス死亡 | | アラートス | | | | メナンドロス |
| ヘレニズム期 | 前3世紀 前半 | 264–241<br>第1次ポエニ戦争 | アポッローニオス | | テオクリトス<br>カッリマコス | カッリマコス | | |
| ヘレニズム期 | 前3世紀 後半 | 218–201<br>第2次ポエニ戦争 | | | | | | プラウトゥス |
| ヘレニズム期 | 前2世紀 前半 | | | | | | | テレンティウス |
| ヘレニズム期 | 前2世紀 後半 | 149–146<br>第3次ポエニ戦争 | エンニウス | ニーカンドロス | | | | |
| ヘレニズム期 | 前1世紀 前半 | | | ルクレーティウス | カトゥッルス | カトゥッルス | | |
| ヘレニズム期 | 前1世紀 後半 | 49 カエサルのルビコーン渡河<br>44 カエサル暗殺<br>30 クレオパトラとアントーニウス自殺<br>27 オクターウィアーヌスがアウグストゥスとなる | ウェルギリウス | ウェルギリウス | ウェルギリウス | ホラーティウス<br>プロペルティウス<br>ティブッルス | ホラーティウス | |
| | 後1世紀 前半 | 14–37 ティベリウス | オウィディウス | | | オウィディウス | | |
| | 後1世紀 後半 | 54–68 ネロー | ルーカーヌス | | | | | |

第2章

# エポス・叙事詩（1）『イーリアス』

『イーリアス』は西洋最古の文学であるとともに、その後の古典文学に著しい影響を与えた。その構成と成立の問題を中心に、英雄叙事詩の特質、ならびに口誦叙事詩なる概念について説明する。

## 「トロイア戦争物語」と『イーリアス』

ギリシャのとあるポリスの王妃ヘレネーが、トロイアからやってきた王子に誘拐された（もしくは駆け落ちをした）。彼女を取り戻すべくギリシャ軍は大挙してトロイアへ攻めていく。こうしてトロイア戦争が起こり、やがてトロイアは滅亡した。これがトロイア伝説の根幹である。

『イーリアス』[1]とは「イーリオンの歌（物語）」の意味で、「イーリオン」とはトロイアの別名である。簡単な世界史の常識に従えば、『イーリアス』はトロイア戦争を描いた叙事詩ということになっている。たしかにトロイア戦争が扱われていることはいる。

しかし実際にホメーロスの『イーリアス』を少しでも繙《ひもと》けばすぐに分かるように、その中で取り上げられている物語はトロイア戦争の一部始終ではない。『イーリアス』が始まった時点ですでに戦争は九年を経過していることになっているし、トロイアの陥落を待たずして『イーリアス』は終わる。それどころかトロイア戦争がどうして勃発するに至ったか、その理由すら明示されることがない。

ホメーロスはひとりの人物（アキッレウス）の行動に焦点を絞って『イーリアス』を構成した。トロイア戦争の発端についてのエピソード（いわゆる「パリスの審判」）(2)も、トロイア陥落の描写（木馬の話）(3)も、『イーリアス』からは省略されている。それのみかトロイア戦争物語は実に膨大なエピソード群から構成されているが、それらの多くは黙殺されているのである。

「アキッレウスの怒りを歌え」という句で――原文の語順に即していえば「怒り」という単語で――『イーリアス』は幕を開ける。彼が、味方であるはずのギリシャ軍の総大将アガメムノーンに侮辱され、激しく怒るところから物語は始まり、怒りはさらに親友パトロクロスの戦死によって増幅するが、やがて消失することで（この消え方がホメーロスの妙ともいえる。後述）、『イーリアス』は終わる。しかしながら、ここがこの作品の実に不思議かつ厄介なところなのであるが、『イーリアス』を「アキッレウスの物語」というのも必ずしも正確ではない。彼とは直接に関係のない戦闘もまた入念に記述されているし、アキッレウスの行動にしても一部始終が描かれるわけではないからである。

---

（1）*Ilias* が英語で『イリアッド』*Iliad* となるのは、その語源がラテン語の主格以外の語幹（たとえば対格形 *Iliada* ないし *Iliadem*）によるからである。

（2）ヘーラー・アテーナー・アフロディーテーの三女神は、誰がもっとも美しいかを争った。ゼウスはその審判をトロイアの王子パリスに委ねた。アフロディーテーは「世界一の美女」ヘレネーを餌にして、自分を選ばせた。この物語はトロイア戦争をめぐる「叙事詩の環」（⇩第5章《「叙事詩の環」》103ページ）のひとつ『キュプリア』が扱っていたことが分かっている。「パリスの審判」を今日に伝える作品では、図像資料を別にすれば、エウリーピデースのいくつかの悲劇の中での言及がもっとも古い。話の細部にはいろいろ違いがある。近現代での著述で紹介されているおそらくいちばん有名なヴァージョンは、古代末期のルーキアーノスの散文作品による。なお『イーリアス』第二四巻二九～三〇行は、この物語を前提にしてできているように思える箇所であって、ホメーロスは戦争の原因と責任とを最大限、人間に近づけるべく、意図して「パリスの審判」への言及を省いていることの証左とされたり、逆にこの二行の真偽が問題になったりする。

（3）トロイア戦争の決着がつかなかったので、ギリシャ軍はオデュッセウスの発案により、巨大な木馬を建造し、その中に将兵を隠し入れた。トロイア軍はギリシャ勢が帰国したと誤解して、木馬を城内に引き入れた。この計略によってトロイアは陥落する。『オデュッセイア』第四巻に少し、第八巻により長い言及がある（⇩第3章《木馬の話》60ページ）。しかし古来、もっとも有名な叙述はウェルギリウス『アエネーイス』第二巻である（⇩第4章《カルターゴー到着まで》86ページ、《『イーリアス』のギリシャ軍と『アエネーイス』のトロイア軍》92ページ）。

そもそもアキッレウスの行動の全容を通して語るならば、何より大事な事件になったはずのアキッレウスの戦死すら、『イーリアス』は扱わない。もっとも彼がやがてまもなく死ぬこと、ならびにアキッレウス自身、迫りくる死を自覚していることへの言及は、要所要所でなされている。さらにこれは解釈の領域に踏み込むことになるが、彼の友人パトロクロスの死ぬさまに、実はアキッレウスの死が暗示されているという見方も十分に可能である。とはいえ『イーリアス』はアキッレウスの死も、トロイアの滅亡も、あくまでその枠の外においている。

なぜこのような構成になっているかという問いは、実のところ、どのようにして『イーリアス』が成立したのかという問いと密接に関連している。ただし、以下の叙述のもとになる『イーリアス』成立に関しての仮説（仮説といっても大筋ではほぼ間違いない通説である）は、『イーリアス』そのものの語句を詳細に読み解くことから生じた、いわば内部証拠によるのであって、外的証拠となるべき歴史的文書は『オデュッセイア』を除いて存在しない。(4) ヨーロッパ文学の始まりとして燦然と輝いている『イーリアス』は、文字資料としても、ギリシャ文学最古の書物である。

## ホメーロスの独自性

ホメーロスは読者（正しくは聴衆というべきであろう）が、トロイア戦争の顚末《てんまつ》だけでなく、様々なエピソードをも熟知していることを前提にして『イーリアス』を作っている。言い換えれば『イーリアス』成立以前にも、『イーリアス』が扱っているのと同じような事件を扱った叙事詩は、その緊密度を不問にすれば、おそらくいくつも存在したはずである。しかしその一方、現在ホメーロスの作として我々が読むことのできる『イーリアス』には、この作品を単なる戦記物語以上のものにしようとする作者の意図と工夫が明らかに認められる。つまり、細かな証明を避けて飛躍を恐れずに言えば、それ以前の「トロイア戦争物語」を超えた、『イーリアス』ならではの独自性が見受けられるのである。

たとえばヘレネーである。トロイア戦争の元凶であるこの女性を、作者はその気になれば、悪女とも、あるいはその反対に、神々に操られる傀儡《かいらい》とも描けたはずである。しかしホメーロスの描くヘレネーは、そのいずれでもない。感情のないセックス・オブジェクトでもなく、男を翻弄するわけでもない。トロイアの大人たちは彼女のためこういう事態になったのもやむをえないと納得しているし、その一方でヘレネー自身、自分の行いに反省を繰り返す。彼女は、その美しさと優しさのゆえに多くの人間に破滅をもたらすことになる、そして同時にそのような自分の本性を自覚してはいるけれども自分からは何もできない、いかにも当時の人々が思い浮かべるであろう「女性」らしい女性なのである。

あるいはアキッレウスの怒りが最初に向かうアガメムノーンは、ギリシャ軍の総大将でありながら、その器ではない人物として描かれる。一方トロイアの大将のヘクトールは、国の安全を担う者としての責任感にあふれ、妻を思い、かつ己の栄誉を大切にする。間違っても彼は憎むべき敵将ではない。しかも自身の人間らしい判断の誤りから生じる彼の死は何とも哀れであり、彼の葬儀はトロイア陥落にともなって起こる様々な悲惨な出来事の予兆である。端的にいえば、彼は読者の同情を集めるべく描かれている。このヘクトールを無惨に殺戮し、それのみか死体をも凌辱するのが主人公のアキッレウスである。戦争の敵味方を善玉と悪玉とに配置してよしとする単純な図式は、この叙事詩からほど遠い。人間は善玉と悪玉とに二分されるものではない、という考え方は、至極当たり前のように聞こえるかもしれない。しかし物語の歴史を振り返って見た場合、途方もない発見である。

## アキッレウスの怒り

『イーリアス』は今日、全二四巻に区分されて伝わっている。これは『オデュッセイア』も同様である。しかしこの二四巻という分け方は、現行『イーリアス』の校本の基礎を作ったアレクサンドリアの学者たちの工夫であって(5)、ホメ

（4）線文字Bで書かれた、いわゆる「ミュケーナイ文書」は、古いギリシャ語の様相と、当時まつられた神様の名前などは伝えてくれるが、畢竟、それだけでしかない。

（5）ギリシャ・アルファベットの大文字が『イーリアス』に、小文字が『オデュッセイア』にふられている。アルファベットが二四文字という数に落ち着いたのは、紀元前四〇三年のことであるから、二四巻立てはどんなに早くても、それ以降と考えられる。

ーロス本人の考えたものではない。とはいえこの巻数分けは、ホメーロスの意図をかなり適切に反映している。つまり『イーリアス』の構成と合致する。

物語の展開の上で要となる第九巻と第一六巻は、冒頭と結末から中央に向けて数え進めれば、ちょうど左右対称の場所に位置する（第一六巻は後ろから数えて九番目である）。その他にも、第一巻と第二四巻とか、第三巻と第二二巻という風に、全体の構成にシメトリーを見いだすことはそれほど難しくない。もっともこうしたことにこだわりすぎるのは危険ではあるが。ともかくここでアキッレウスの怒りの進展を、巻数を示しながら追ってみよう。

第一巻でアキッレウスの怒りの原因が示される。アキッレウスは誰よりも秀でた戦功をあげているにもかかわらず、戦利品の分配をめぐって総大将アガメムノーンの強欲をたしなめたばかりに、いったん与えられた女性を奪い取られるという侮辱を受ける。戦利品の多寡がそのまま名誉の高低を示しているのが、『イーリアス』が描いている社会の前提となっている価値観である。非はアガメムノーンにある。アキッレウスはもはやギリシャ軍に加わるつもりはないと、戦闘から身を引いてしまう。さらに彼の不在の重大さを感ぜしめるべく、彼の母親である女神テティスは、ゼウスにギリシャ軍の敗走を嘆願する。

第九巻、戦いの流れが変わりトロイア軍が優勢になったので、アガメムノーンは味方の忠告をいれて謝罪に応じる。そして詫びの印としての膨大な贈り物のリストを使者に託す。しかしアキッレウスは、アガメムノーンの謝罪は口先だけでしかないと、和解を拒絶する。それのみか、彼の怒りがどれほど深いものであるかが、アキッレウスの口から激烈なまでに明らかにされる。それまでは単に侮辱を受けたことに根ざす単純な怒りであると我々は理解していたが、この巻でのことばの応酬を通じて、実はもっと根深い怒りであることに思い至らされるのである。これについては後ほど詳しく述べる。

第一六巻でさらなる怒りの原因が加わる。アキッレウスには無二の親友パトロクロスがいた。パトロクロスはギリシャ軍の劣勢に心を痛める。そしてアキッレウスが戦線復帰をしないのなら、自分がアキッレウスの武具を身にまとい、彼の代理となって参戦することを許可せよ、と申し出る。アキッレウスはやむなく承知するが、決してトロイア軍を深追いすることのないように、特にヘクトールとは戦わないように、と戒める。しかしパトロクロスは、はなばなしい戦功をあげるものの、調子に乗って攻め込みすぎて、ヘクトールに殺されてしまう。

友人戦死の報がアキッレウスに届く（第一八巻）。彼の願ったギリシャ軍の敗北は、彼の思惑とは違った形で成就したのである。友を殺したのは自分であるとアキッレウスは嘆く。母テティスは、もし彼がヘクトールを殺せば、そのときがアキッレウスの死のときであると忠告する。しかし彼は、もはや自分に生きている意味がないと、復讐にむかう。このことより彼の死の自覚と怒りの深化とがあいまって、彼の破壊力を加速させる。

アキッレウスはギリシャ軍の戦線に戻るが、アガメムノーンとの和解など、今更どうでもよい（第一九巻）。一同は宴を張っているが、彼は食事を拒絶する。彼には社会性が失われた。それのみかおよそ人間らしいところが残っていないといえる。パトロクロスが死んでしまい、そして誰よりも秀でた自分の死ぬことが決まっている以上、生きとし生けるものすべてが、生きているゆえに彼の怒りの対象と化す。彼と遭遇する敵は、惨《むご》たらしく殺戮されるのみ。

そして第二二巻でヘクトールが彼と対決するに至る。ヘクトールは前日の勝利のあと、味方の忠告を蹴って、トロイア軍を野営させたことの責任を感じている。彼は一瞬、アキッレウスにひるむし、両親は城壁の上から彼の逃走を哀願するけれども、彼の名誉心はアキッレウスとの対決を選ばせる。そして哀れにも神々にまで嘲られるようにして敗北し、殺される。

アキッレウスの怒りはヘクトールの殺戮によっても収まらない。死体の踵《かかと》に革ひもを通し、馬で引きずって凌辱し続ける（第二四巻）。ここで神の介入が起こる。ヘクトールの父親プリアモスは、夜間、単独でアキッレウスの陣屋を訪れ、息子の死体の返還を嘆願する。老王の姿に彼は、故郷に残した自分の父親、もはや自分の先立つことが決まっている以上、会うことの叶わぬ父の姿を見る。彼は死体を清めた上でプリアモスに引き渡す。こうして彼は人の命のなんたるかを知り、人生と和解する。

『イーリアス』はヘクトールの葬儀の場面で終わる。しかしそれはトロイア陥落と同義である。

## 定型句と口誦叙事詩

『イーリアス』と『オデュッセイア』には、いくつかの単語からできている決められた言い回し（定型句）が、繰り返し使用されている。定型句は、エポスの韻律であるヘクサメトロスと密接に関係している（この韻律については、補遺2の当該項を参照のこと）。

たとえば「足の速いアキッレウスが」**podas ôkys Akhilleus** という定型句は、第四脚の半ばから行末までの位置を占める。もしそれと同じ部分に別な主語を置きたかったなら、ヘクトールなら「きらめく兜のヘクトール」**korythaiolos Hektôr**、ゼウスなら「黒雲集めるゼウス」**nephelêgereta Zeus** という按配である。これらはどれも長音節・短音節の配列と全体の長さが同一なのである。逆に同じゼウスであっても位置を変えて使いたい場合のために、「智恵あるゼウス」**mêtieta Zeus** や、「神々と人間たちの父」**patêr andrôn te theôn te** のごとく、その位置の韻律にぴったり合う言い回しが用意されている。つまり身も蓋もない言い方をすれば、「黒雲集めるゼウス」も「智恵あるゼウス」も「神々と人間たちの父」も、その意味は単に「ゼウス」でしかない。

定型句はこうした「枕詞」のたぐいに限らない。「その者に……して、翼あることばをかけた」といった分詞プラス動詞の句、「エーオース（曙の女神）は、不死なる神々と死すべき人間とに光をもたらすべく、高貴なティートーノスのベッドから身を起こした」（これは「夜が明けた」に等しい）という文章、などなど様々である。そして詳細は避けるが、こうした韻律上の位置と密接な関連を有する表現は、必ずしも『イーリアス』の内部で繰り返し使用されていなくても、あるいは単語群ではなく一単語レベルであっても、別の定型句との関連その他から、既製の言い回しであることがうかがえることが少なくない。その一方で、単なる言い回しではなく、たとえば武具の準備、食事の支度といったたぐいの、もっと大きな場面の文章の配列にも類型化が顕著である。

こうした緻密な体系が発達した理由として考えられた理論が、口誦叙事詩である。詩人は聴衆を相手に、長大な物語を語って聴かせたであろう。ヘクサメトロスを次々と、休みをとることなしに口頭で綴っていく詩人なればこそ、このような仕組みの助けが必要となる。つまりある一定の長さの言い回しが、韻律上、必要な部分にうまくあてはまるから、いちいち考え込まなくてもすみ、前へ進める。もし仮にひとりの詩人がペンと紙と、さらに十分に推敲を重ねる時間を与えられたとしたならば、このような仕組みは必要ではない。定型句は、何代もの口誦叙事詩人が長い年月の間に作り上げた産物である。だからホメーロスのことばに、あとで述べるように、様々な時代のことば、異なる地域の方言形が混在していても不思議ではない。

口誦叙事詩人は、既製の題材を口頭で物語る。といっても、口誦とは、すでにできあがった文章を覚えていて、それをそのまま一字一句間違わずに復唱することを意味するのではない（ちなみに古典学者が「口承」ではなく「口誦」の字をあてるのは、この間の事情を明瞭にしたいからである）。彼はその場で新しい詩を、その場の状況に応じて組み立てるのである。その場の状況に応じて、たとえ同じ題材であっても、長短各種のヴァージョンが、細部を膨らませたり省略したりして作られうる。といっても無から詩はできない。単語・文章・場面・物語の展開、様々なレベルでストックがあって、臨機応変に大きくも小さくも組み合わせられる。こうした作業を可能にするシステムが長い長いエポスの伝統として、ホメーロス以前に十分に発達しできあがっていた。『イーリアス』以前にも『イーリアス』があった、という主張は、こうした背景を想定した上でのことである。

## 定型句の意識的活用

しかし今ある『イーリアス』は、すでにあった材料の単なる応用というには、あまりにも深みがある。ホメーロスは（いつもそうであるかどうかは別としても）、同一表現を繰り返し用いるという、ある意味では制約を逆手にとって、そこに意識的に何かを付与する。

もっとも顕著な例をひとつあげる。パトロクロスの死の場面（第一六巻）とヘクトールの死の場面（第二二巻）である。これは巻末に、文例A1・A2として引用した。

二つの場面は酷似している。勝者（ヘクトール／アキッレウス）は、敗者（パトロクロス／ヘクトール）に致命傷を与えたあと、死にゆく者に侮辱の言を吐く。しかし敗者はそれに答え、今は勝利に驕《おご》っていようとやがて勝者にも死が必ず来ると、さらなる勝者（アキッレウス／パリスとアポッローン）の名前まであげて、相手の死を予言する。そのあと、

魂は四肢から離れ、冥府へと飛び去って行ってしまった、
雄々しさと若さとを後に残し、おのが運命を嘆きながら。

この部分はまったく同一の定型句である。しかし面白いことにこの二行は、あれほど戦死者の続出する『イーリアス』でありながら、他の場面では一度も使われていない。まるでこの二人のためだけに、とっておいた表現であったかのようである。(6)

構成とフレーズ双方にわたるこの同一性は、「やった者はやり返される」という繰り返しを強烈に印象づける。パトロクロスはすでにサルペードーンなる、トロイアに救援に来た勇者を殺しているのであるが（サルペードーンはゼウスの息子であるが、ゼウスとていかんともしがたいのである）、サルペードーン・パトロクロス・ヘクトール・アキッレウス・アポッローンという連鎖の歯車が、着実に回転していることが我々に分かる。その非情さを何と呼べばよいか。「運命」ということばがすぐに思い出されるが、しかし私にはそれではどうも安直にすぎると思えてならない。

とまれ二つの場面には決定的な違いがある。全体が基本的に同一であるからこそいっそう、その相違は際立つ。自分の死の予言を聞いてヘクトールは、「いや、勝つのはアキッレウスではなく自分かもしれない」と、はかない幻想に身を託す。それに反してアキッレウスは、「それがどうした、私は自分が死ぬことを承知している」と言いながら、ヘクトー

ルを殺す。この違いはあまりにも大きすぎる。

誇張を承知で言えば、この人生観のギャップに、すなわち、死を覚悟していながらも、もしかすると自分が勝つかもしれないという幻想を抱ける、人間らしく優しいヘクトールと、冷酷にヘクトールを殺し、かつその当然の帰結として自己の死を受けとめる、おぞましくもすべてを見すえているアキッレウスとの差異にこそ、『イーリアス』の、もっとも重要な主題が現れている。

このとき発せられるアキッレウスのことばも、定型句という観点からみれば興味深い。アキッレウスのことばは、正確には

> 死ね、私は死を受け入れるつもりだ、
> ゼウス、あるいは他の不死なる神々が、それを果たすことを望むときに。

である。巻末の韻律図解Ｉａを見れば分かるように、「死ね」という命令形は原文でも行の冒頭に位置している。しかも

---

（6）正確にいえばこの二行の定型句のうち後半の一行（第一六巻八五七行＝第二二巻三六三行）は、第二二巻では、大部分の写本（と一枚のパピルス）には書かれているけれども、一部の中世写本（と二枚のパピルス）には含まれてはいない。ここから二つの事態が想定できる。①大部分の書いてある写本が正しい。つまり私が本文で想定しているように、本来からこれは二行からなる（そして『イーリアス』のこの二箇所でしか使われていない）定型句である。②一部の書いていない写本が正しい。つまりもともと二二巻三六二行のあとに三六三行は存在しなかった。②の場合、ではなぜ大部分の写本に「余計な行」が入ったかを説明しなければならない。それは一六巻八五七行と同じようにあるべきであると考えた人物が、伝承の過程で欠落があったと判断して書き加えた、ないし本来この定型的表現は二行揃っているべきと考え、故意に挿入した。いずれの動機にせよ、その書き加えが誤って定着し、大部分の写本に写されたことになる。①の場合、後半の一行は一部の伝承から欠落したことになる。その理由としてまずは不注意な欠落（写し落とし）が考えられるが、しかし②のような経過、すなわち過去における余計な書き加えがあったと考えた人物が、故意に削除した、という可能性もある。『イーリアス』の写本伝承は、他の作者作品と比較しても格段に複雑であるが、それを措いても、本文校訂とはこのように、常に校訂者に判断を迫るものである。

その真後ろに、原文では「死」という名詞と、「私」という意図的に強調された代名詞が、直結して置かれている。対比は歴然である。もう少し隈取りを施して訳せば、「死ね、おまえは。そして私も死ぬ」となろうか。それともむしろ「死ね、おまえは。しかし私も死ぬ」のほうがよいだろうか。命令形「死ね」のもつ冷酷さは、何ともおぞましい。それはそれとして、「死ぬ」という単語そのものなら『イーリアス』にはそれこそ無数に用例がある。しかしながら命令形のこの語形となると、『イーリアス』全体を通じてここにしか用例がない。ホメーロスはアキッレウスを描きだすために、独自の表現を探しあてたのではないか、と思いたくなる。

ところが実は、冒頭の「死ね」の一語を除いた二行、すなわち「私は死を受け入れるつもりだ、ゼウス、あるいは他の不死なる神々が、それを果たすことを望むときに」という文章になると、それが現れるのは『イーリアス』ではここが最初ではない。第一八巻でアキッレウスが、母親テティスの「もしおまえがヘクトールを殺せば、そのときにはおまえも死ぬだろう」という予言ないし諫《いさ》めを振り切って戦場に赴く際に発することばの一部とまったく同一である。するとここは定型句だろうか。それともホメーロスが意図的に作り上げ、二度、ライト・モティーフのごとく繰り返し使用した、定型句もどきの表現なのだろうか。そういえば先の「魂は嘆きの声を上げつつ、……」も、効果を考えてのことだろうか、二度しか用いられていない。

しかしさらに調べると、その内部の「ゼウス、あるいは他の不死なる神々が、それを果たすことを望むときに」は、小さな定型句（ないしはそれに準ずる、韻律上の位置と単語の形が不可分である表現）が積み重なってできあがっている。仮に全体がホメーロスの「創作」した表現であるとしても、あくまで定型句がベースになっている。「一回きりの表現」と「定型句」はかくのごとく『イーリアス』の至るところで絡み合っている。「オリジナリティー」対「伝統」、という単純な図式は、不適切であることが分かる。両者は二項対立ではない。

## ヘクトールの死

ヘクトールは優しい人物である。第六巻で妻のアンドロマケーは、ふたりの子供を抱いて、夫に死なないでほしいとの願いを口にする。この、夫婦がことばを交わす有名な場面は、そうと明示されてはいなくても、実質的に「最後の別れ」の機能を果たしている。妻へのいたわりと、あるいは幼い息子が将来、自分よりも優れた人物になってほしいとの希望は、彼の名誉心と交錯して、我々の心を揺さぶる。また彼は心正しい。無責任なパリスを叱責する。彼はトロイアは道義的に敗北してもやむをえないと知っている。

ひょっとするとホメーロスは、たとえ死を覚悟していながらも、もしかすると自分が勝つかもしれないという無益な希望を抱けることもまた、人間らしさの証《あかし》と思っているのかもしれない。パトロクロスの予言を聞いたときだけではなく、最後の最後まで、彼は希望に翻弄される人物だからである。

アキッレウスとの対決に際して、一度は決闘を覚悟したものの彼は逃走する。その彼が踏みとどまるきっかけを作ったのは、彼の兄弟に化けた女神アテーナーが励ましたからであった。その励ましに応え、彼は踏みとどまって敵と対決する。しかし気がつくと、兄弟は姿を消しており、彼は神にだまされたことを知る。このようにギリシャの神は大層、酷薄な一面をもつが、しかし見方を変えればそのおかげで、ヘクトールは英雄としての死を全うしえたともいえる。

## 第九巻のアキッレウス

ヘクトールが守りの人であるに対して、アキッレウスは攻撃の人である。当初、彼の怒りはアガメムノーンに対してであった。それが実は全ギリシャ軍に、さらにいえば社会の成り立ちにまで向かっていることが明瞭になるのが第九巻である。

第九巻は『イーリアス』を理解する上でこの上なく重要である。(7) 特にアキッレウスの怒りのことばは、伝統的な叙事詩の価値観を壊しかねないまでにすさまじいエネルギーに満ちている。論理的脈絡はしばしば途切れてしまい、詩行の途中から新しいトピックに突入する。そもそも英雄叙事詩の理念にまで疑義を呈する怒りには、伝統的な口誦叙事詩のことばでは十全に表現しきれなかっただろうから、我々が補わなければならない。

アガメムノーンとアキッレウスには、決定的な「ずれ」がある。アガメムノーンは謝罪するという。だからこそ膨大な品物をアキッレウスに渡すというのである。しかし本当に彼は反省しているといってよいのか。なぜなら一方で彼は、この贈り物によってアキッレウスも折れるべきだ、と広言しているのである。なるほどアキッレウスのもとに遣わされた使者であるオデュッセウスは、まずギリシャ軍の窮状を述べ、ついでアキッレウスの父親が出征前に与えた、気位を抑えて誰とでも穏和に付き合うようにとの諭《さと》しを思い出させ、そのあとアガメムノーンの贈り物の品々を復唱するという、まことに巧みな、理路整然とした説得をするのであるが、アガメムノーンのことばのきわどい部分だけは省く。しかしアガメムノーンの真意をアキッレウスは、直接、耳にするわけではないけれども、察知してしまう。「腹の中で思っていることと口にのせることとが違う者は、いとわしい」。これがまず怒りの根底である。

そもそも「謝罪」とはどういうことなのか。いったん犯した過誤は、取り消しがきかない。それでは金銭を積めば謝罪になるのか。金銭の問題ではない、心の問題である、ということはいえる。しかし戦利品が名誉の印である社会において、それ以外に謝罪の表しようがあるのか。これはきわめて今日的な問題でもある。「損害賠償」や「慰謝料」、さらには「謝って済むことではない」という日本語のフレーズが、今の日本でも通用することを指摘しておこう。

アキッレウスはアガメムノーンの強欲さを非難する。「どれだけ働いて成績を上げても、自分の得るところはない。欲張りなアガメムノーンが我が物にするからである」。この攻撃の直接の対象はアガメムノーンであるが、その実、すべてのギリシャ軍でもある。「陣屋に残ってぼんやりしていても、必死で戦っても、分け前は同じ、卑怯者も勇気ある者も同じ値打ちに見られる。何もせぬ者も、さんざん働いた者も、同じように死ぬ」。

彼の強烈な自負は、強烈な屈辱感を引き起こしている。しかもこの背景には、どの社会にも生じる難問があることがみえる。誰よりも優秀な者が、単に素質のみならず、事実、誰にもまして成果を上げた場合、どのように遇せられるべきか。実力相応の処遇を受けるべきだというはたやすい。問題は、その処遇を誰がどうやって決められるのか。

アキッレウスは、ついにトロイア戦争そのものの意義にまで、怒りの矛先を向ける。「なぜギリシャ軍はヘレネーのために戦わねばならないのか。アガメムノーンと（ヘレネーの夫である）メネラーオスだけが妻を愛するというのか」。ヘレネー奪還はトロイア戦争の大義名分である。さもなくば戦争を起こすべきではなかった。この疑問を突き詰めると、実に大変なことになる。[8]『イーリアス』は元来、トロイア戦争であげられた勲《いさお》しを歌った叙事詩である。もし大義に疑義が呈されれば、勲しそのものが色あせることになり、ひいては英雄叙事詩が成り立たない。

アキッレウスは「もはや自分は戦う気はない、故郷に帰る」と宣言する。アガメムノーンがくれるという品物など、受けとる気はない。ついには「物は失っても、再び手に入れられる、しかし命はいったん失うと、もはや取り戻せない」、とまで口にするのである。

---

（7）第九巻は『イーリアス』成立の問題に関しても、おそらくもっとも重要な論争点である。論点を省略して研究者のひとつの立場を紹介すると、この巻全体が『イーリアス』が成立したあとに、あとから付け加えられたものである、とする考え方がある。第一一巻六〇九行でアキッレウスが、「（ギリシャ軍が苦境にあるから）彼らはもうすぐやってきて私の助力を請う」というのがいちばん分かりやすい証拠であろう。しかしそれに反して私は、オデュッセウスとアイアースの「二人」が使者となってアキッレウスを訪れたにもかかわらず、アキッレウスは和解の申し出を却下する、という話がなかったならば、『イーリアス』は肝心な部分を欠くことになる、と考える。動詞が双数形（主語が対になった二人）である以上、使者は二人でなくてはならない。しかし実は使者にはもうひとり、アキッレウスのかつての守り役フォイニークス老人も加わっている。彼の説得の中にある「アーテー」（判断の誤り）と「リタイ」（嘆願）の寓話については、それが『イーリアス』に奥行きを与えることは認めるが、それなくして『イーリアス』がありえない、とまで言い切るにはためらいを感じている。単純にいえば、フォイニークスは「二人の使者」に、あとから付け加えられた。ただしこのように考えてもなお、問いは残る。付け加えた人物もホメーロスというべきか、それともホメーロス以降の人物とすべきか？

（8）実際にこの疑問は、ピンダロス『ピューティア競技祝勝歌』一一番を経て（⇩第12章272ページ）、のちのギリシャ悲劇の中で、何度も発せられる。本書ではアイスキュロスの『アガメムノーン』を例に引いた（⇩第14章《犠牲にされたイーフィゲネイア》305ページ、《クリュタイメーストラーの殺害動機》309ページ）。

「命あっての物種」は、ある意味で世間の常識であろう。しかし場所は戦場である。戦争とは、命を捨てても得るべき何か、守るべき何かがある、という前提があって初めて成り立つ。もし将であれ兵であれ、現に戦っている人間が各自、「自分の命は何にもまして大事である」と主張したならば、味方の命を危険にさらすことになる。

もちろん今日の常識はここで「侵略戦争」と「防衛戦争」との区別をつける。同じように戦場にいても、トロイアを守って先頭に立つヘクトールの口からは、絶対にこのようなことばは出てこない。ではアキッレウスは「侵略戦争」だから帰国するといっているのか。そうではない。彼の生きている社会は、元来、栄誉が何にもまして勝る社会なのである。にもかかわらず彼は、いかなる栄誉も命に劣るとの認識を表明した。ということはもはや彼は英雄社会からの脱落者である。

事実、彼は母親テティスから受けた予言に言及する。トロイア戦争を遂行すれば、帰国の望みは絶たれるが、不朽の栄誉が残る。帰国すれば、栄誉は失われるが、長生きする。この栄誉と長生きの二者択一を迫られて、彼はこの箇所では長生きを選び、それのみか、彼がいなくては――この留保は重要である――トロイア陥落は不可能であり、そうなればギリシャ軍に栄誉が生じる見込みはないから、全員、帰国せよ、とまで主張するのである。

アキッレウスの演説は、真の意味での「自己中心的」な考え方で成立している。苦境に立っている他のギリシャ軍への同情はない。だからこそ、この巻の最後で、いまひとりの使節のアイアースの吐くことばは、短くも的確である。「我々の使命は無駄に終わった。アキッレウスは自分のことのみ考え、戦友を顧みない冷酷な男である。兄弟や子供を殺されても人は賠償を受け入れ耐えるものであるのに、彼は女を奪われたという理由で頑なになっている」。

「兄弟や子供を殺されても人は賠償を受け入れ耐えるものである」ということばは、誰よりも大事な友パトロクロスがやがて死ぬことを知っている我々（というよりも、『イーリアス』の聴衆すべて）には、強烈なアイロニーとなる。そしてこの非難だけが、この巻のアキッレウスの胸に沁《し》みいるが、しかし陣営復帰を拒絶し続けるのである。

パトロクロスの死後、自らも死ぬことを覚悟した後のアキッレウスの怒りのすさまじさについては、上で述べたので、もはや繰り返さない。彼の怒りの対象はヘクトールとなっているが、その実、自分も含めた人間全般、さらには神々、言い換えれば世界が、現にかくあること、そのこと自体に向かっていると、いえなくもない。本書ではこれ以上立ち入ることができないが、これはホメーロスという人の世界観とも絡んでいるのかもしれない。つまり正義とか美しさとか、こういった大事なもの、そしてそもそも世界そのものが、神々によって支えられているにもかかわらず、その神々はときに軽佻浮薄としかいいようのない振る舞いをする。このパラドックスに対する怒りともいえるのである。第二一巻、彼は「河の神」とも戦闘を交え、火の神も参入する。神の定義は「不死なるもの」だから、神と戦っても勝利するはずがない。しかしアキッレウスはできるものなら神をも殺したい。戦争は宇宙的規模に達する。

こうしたおぞましい怒りは、ヘクトールを殺し復讐を遂げただけで終わるはずがない。つまり何をしても、たとえヘクトールを殺してパトロクロスの仇を討っても、決して報われることのない怒りないしは憎悪が、『イーリアス』の最後の最後まで、強烈に続いている。だからこそこの怒りは清められなくてはならない。それは他人がどうこうするものでなく、アキッレウス自身のうちで、決着がつけられねばならない。怒りの終焉なくしては、根本において何かが間違っていることを、ホメーロスは知っていた。その意味で第二四巻のアキッレウスとプリアモスとの出会いは、このうえなく重要である。しかしその意義を知るためには、読者はまず、アキッレウスの怒りを深く共有しなければならない。

## 「並びの巻」

以上、アキッレウスの怒りをみすえてきた。しかし『イーリアス』の中には、アキッレウスの怒りとは関係のないエピソードもたくさん含まれている。

『イーリアス』構成の面から見て、第一巻と第九巻直前との間に挟まれた諸エピソードは興味深い。そのもっとも顕著な部分は第三巻の、メネラーオスとパリスとの一騎打ちである。この巻の冒頭、両軍はこれ以上戦争を続ける代わりに、ヘレネーの二人の「夫」どうしを競わせてその勝者にヘレネーを譲る、という取り決めをした。その一騎打ちのありさまを、ヘレネーやトロイアの老人たちが、城壁の上から眺めている、という設定である。

どうして今頃になって決闘が起こるのか。この決闘は、もっと早い時期に起こっていてもよかったのではないか。この印象はプリアモスとヘレネーとの対話でいっそう強められる。プリアモスは城壁から戦場を見おろし、ギリシャ軍の大将たちの名をいちいちヘレネーに尋ねるのであるが、これは戦争開始後九年目の出来事としてはちょっとおかしくないか。

一騎打ちは女神アフロディーテーの介入によって流れてしまう。続く第四巻の冒頭には、神々の会議が置かれ、ヘーラーが何としてでもトロイアを滅亡させずにはおかないと、その理由は告げぬままに憎悪をあからさまにする。これもとっくの昔に決まった既定の事実ではなかったか。

一騎打ちの間、休戦が取り決められたのであるが、これも神々によって破られるようにしむけられる。この巻の終わりにはアガメムノーンが主だった大将たちを激励する。いわばギリシャ軍ひとりひとりの人物紹介を兼ねている。紹介といえば、ギリシャ軍の壮大なカタログが、第二巻の後半を占めている。

つまりこうした出来事は、その機能から見れば、トロイア戦争が始まった直後の出来事が語られているのに等しい。しかし叙述の上では、あくまで「今」の出来事として描かれているのであって、物語の時間を遡らせたりはしない。今日、こうした場合普通とられる叙述の方法では、回想が典型的なように、物語内部の時間が、語りの順序と相前後していることをはっきりさせる。ところが『イーリアス』にあっては、あくまで物語の中の時間は、一方に向かってひたすら前に進む。そしてここの場面のように、実は「昔」の出来事であっても、まるで「今」まさに起こっていることのように描かれる。けれどもそれが「昔」の出来事であることには聴衆は当然気づくし、作者もまた気づかれることを期待しているようである。

ホメーロスは時間を遡るという語りのテクニックをいまだ知らなかったのであろうか。しかし（同じ作者かどうか、問いは残るが）『オデュッセイア』においては、次章で述べるように巧みに回想が取り入れられているし、同時進行する複数の出来事が、うまく整理されて語られる。

こうして時間の流れにだけ注目すれば、『イーリアス』には、アキッレウスの怒りの物語とは無関係に並列して置かれている箇所が少なからずあることに気づかされる。第五巻のディオメーデースの活躍、第七巻のアイアースとヘクトールの一騎打ちなどは明らかにそうである。これらの出来事が、アキッレウスが怒りを覚え戦線を離脱したあとに起きたとしても、もちろん不都合はないけれども、かりにそれ以前であったとしても、これまた問題はまったくない。ホメーロスは「トロイア戦争物語」を「アキッレウスの怒りの物語」に再構成する過程で、本来ならば「怒りの物語」に入りきらない事件をも、いわば「並びの巻」(9)として取り込んだと考えられるのである。

## 成立と伝承

口誦叙事詩人が通常、一度の「上演」で語りうる内容は、語り手と聴衆、双方の肉体的条件を考えれば、さほど長いものであったとは考えられない。このことを念頭に置けば、『イーリアス』のまずあげられるべき特徴は、そのあまりの長大さである。

しかしそれにもまして重要な特徴は、話の緊密さであり精妙さである。たしかに、口誦叙事詩に由来すると思われる小さな矛盾がないわけではない。たとえばすでに殺されたはずのマイナーな人物が、まだ生きているかのように名前をあげられたりする。しかしそれを補ってあまりあるのが、構成の妙である。いったいこれほどの作品が文字なしに、頭の中だけで構成されえたろうか？

『イーリアス』（と『オデュッセイア』）の中には、考古学的に見て新旧、いろいろな事項が入り交じっている。たとえば違った時代に属する武器（その顕著な例が盾である）が、「併用」されているかのごとくである。

（9）「並びの巻」とは、源氏物語の構成に関して古くから使われている表現である。私は、本筋をたどる巻と、それとは並行してエピソードを述べた巻とを区別する程度の、便宜的な表現として借用した。

またその方言は、基本的にはイオーニア方言形ではあるが、かなりのアイオリス方言を含む。さらにはおそらくミュケーナイ時代の残滓とも想像できる特殊な語彙すら見いだされる。こうした方言は文字通り混在しているのであって、今日のたとえば小説が地方色を出すため特定の登場人物に方言をしゃべらせる、というのと違い、地の文の中で、異なる方言が共存する。

同様に音韻その他のことばの進化から判断しても、個々の単語の形態——分かりやすい例をあげれば名詞や動詞の変化形の語尾——までもが新旧混在の状態であって、特定の時代相を示唆しない。これは伝承を保守的に維持しつつ、しかし一言一句の記憶ではなく絶えず新たに作品を作りだすという、口誦叙事詩の性格を考えれば、当然である。古い単語や方言によって異なる語形は、もしそれが韻律上の特定の位置にうまく適合するならば、その位置に限って、使用され続ける。

しかし口誦叙事詩という考え方ができあがる前には、そういう説明はなされなかった。ホメーロスが精緻な研究対象となった近代以後、『イーリアス』はひとりではなく何人もの詩人の手によって成立した、という仮説が発展した。それは話の細部の矛盾や、時代や地域の異なることばの混在を、あるいは似たようなエピソードを説明するために、さらには先に「並びの巻」の項で説明したような構成の妙をただただ皮相的に取り上げて、『イーリアス』をあたかも何層にも積み重なった古代遺跡のようにいくつもの層に分け、この部分はどの層に属し、こちらの層はあちらの層のあとにできたとしないと辻褄が合わない、このエピソードはかのエピソードを手本にして成立している、といったたぐいの分析であった。当然、その過程でひとりの作者は消し飛んでしまい、ホメーロスという名前は、ある層の作者ではあっても、『イーリアス』全体から見た場合、あまり意味を持たなくなってしまったのである。

もちろんそれに対して、『イーリアス』には隅から隅まで一貫性がある、分析にしか興味をもたない研究者たちは本当にはよく読めていないからそれが分からないのだ、とする反対の立場もあった。しかし彼らの、自称「丁寧な読み方」は概して「深読み」とでもいうべきものであって、緻密な分析の前では説得力をもたなかった。

今日、『イーリアス』がひとりの作者の手によるという場合、それは深読みを重ねての上ではない。いくら細部でホメーロスの年代の鍵を見いだしたと主張しても、単語にしろエピソードにしろ、それはホメーロスが扱いえた「材料」についての議論で、彼が構成した作品の年代決定とは異なるレベルの議論になる。この区別をつけたことこそ、口誦叙事詩理論の最大の功績である。

しかしこれで『イーリアス』成立に関する問題が解決したわけではない。『イーリアス』以前の無数のトロイア物語はさておいて、仮にある段階で『イーリアス』が「完成した」としよう。しかしだからといってその『イーリアス』が、一字一句そのままに保存されたとも考えられない。

常識的に言って、ホメーロスなる人物への言及が後の作品の中に出現し始める時代よりも以前に、ホメーロスがいたとしうる。これが通常、ホメーロスの年代決定の下限である。しかし非常に懐疑的になれば、そのホメーロスの作品と、現在、我々が読むことのできる作品は、いったいどの程度まで同じなのであろうか?

ギリシャにフェニキア文字が伝えられたのは紀元前八世紀らしい。あるいは前九世紀かもしれない。しかし文字が伝来したからといって、すぐさま、元来、文字なくして作られていた口誦叙事詩の伝統の最後に位置する『イーリアス』が、一言一句、しっかりと「記録」されたことにはならない。文字伝来と、書物としての『イーリアス』の成立との間には、かなりの隔たりを想定すべきだろう。この問いについては『オデュッセイア』のあとで、もう一度あらためて考える（⇩第3章《『イーリアス』と『オデュッセイア』の作者》74ページ）。

紀元前六世紀にはキオス島に、「ホメーリダイ、すなわちホメーロスの末裔」と称する吟遊詩人のギルドができていた。この島はホメーロスの出身地を主張していた土地のひとつである。しかし彼らの語った『イーリアス』のテクストが、どれほどすでに固定されたものであったか、なんら確証はない。その一方で、吟遊詩人がなおも、新たな詩行やエピソードを「付加」したことは、間違いなかろう。研究者は、こうした「付け足し」は、『イーリアス』の本質には影響のない、末梢的な部分であると考えたがる。しかし、「本質」とか「末梢」とかと言い出せば、たちどころに『イーリアス』の構成の分析に立ち戻る。

つまりホメーロスがいつ、どこで活躍した、どういう人物であるかという問いは、『イーリアス』を『イーリアス』たらしめているのは何であるのか、という問いと不可分なのである。

# 第3章

# エポス・叙事詩（2）『オデュッセイア』

同じホメーロスの名で伝えられていても、『オデュッセイア』は『イーリアス』に比べると、物語の内容にも構成にも「新しさ」が見られる。もともとその核に、おとぎばなしの要素をもつものの、『オデュッセイア』は、『イーリアス』とは異なるモデルの英雄叙事詩となることに成功している。

## おとぎばなしとしての「冒険譚」

「冒険を求めて旅に出た主人公が、怪物や異様な出来事に次々と遭遇するけれども、危機一髪そこから脱出し、無事、故郷に帰還する」という物語は、世界各地の諸民族が有するメルヘンである。たいていの場合、主人公は単に体力武力に勝るのみならず、正しい判断力をもち、知恵に優れ、機転を利かす才も備えている。

神話上の人物であるオデュッセウスもそうした冒険譚と結びついている。「知恵多きオデュッセウス」polymêtis Odysseus あるいは「忍耐強く輝けるオデュッセウス」polytlas dîos Odysseus という表現は、叙事詩の伝統の中に根づいている古い「定型句」である（⇩第2章《定型句と口誦叙事詩》42ページ）[1]。もっともこの「知恵多きオデュッセウス」のもとをたどれば、そもそも彼こそ木馬の計略をあみだして、トロイア陥落のきっかけを作りだした人物であったこととも関連しているのであろう。

（1）これら二つの定型句は「枕詞」の長さが違う。長さの違いはヘクサメトロス上の位置の違いに対応しうるようできている。

トロイアを攻め落としたあと、オデュッセウスは妻の待つ故郷を目指すが、嵐にあって漂流する。そして帰国までの間、試練ともいうべき様々な目にあう。望郷の念すら忘れさせてしまう甘美な実であるロートスを食べる人たち、人間の肉を食らう一つ目の巨人キュクロープス、部下を獣に変えてしまう魔法使いにして美女のキルケー、せっかく風の神が風を閉じこめておいてくれたのにその大袋を開いてしまう欲張りの船乗り、美しい声で船人を海底に誘い込むセイレーン、触手で船乗りを掠《さら》う怪物スキュラーと大渦巻カリュブディスの狭間を抜けての航行、などなど、数々の災いにあうたびに部下を少しずつ失い、ついにはたったひとり本人だけは何とか危機をくぐり抜けて、妻ペーネロペイアのもとに戻ってくる。妻との再会は、冒険ないし試練を増やせばいくらでも長くすることができるお話の大団円である。

## 『オデュッセイア』の叙述形式の特徴

しかしホメーロスは『オデュッセイア』[2]を、このように順序だてた筋立てに基づいて作りはしなかった。なるほどトロイア陥落・漂流と冒険・帰国・妻との再会という要素はすべて取り入れられている。しかしもはや「おとぎばなし」とはいえないこの叙事詩では、それらは順番どおりに語られることがない。すなわち物語は、出来事の生起した時間の流れに沿って進行していないのである。

こうした筋の流れの点で『オデュッセイア』は、『イーリアス』同様、構成に工夫を凝らしている。むしろその筋は『イーリアス』よりもはるかに複雑にできており、ある意味で今日の小説の元祖ともいいうる。

## 「回想場面」

『オデュッセイア』第一巻、すなわちこの物語が開始した時点で、主人公オデュッセウスの冒険、とりわけ人間世界から遠く離れた空想の世界での冒険は、すでにあらかた終わったことになっている。彼は今、女神カリュプソーの島に引き留められているのであるが、この女神とのエピソードは、トロイアから彼の故郷イタケーに至る道筋の、最後から数えて二番目の出来事という計算になる。

『オデュッセイア』は、息子テーレマコスの話（これについては後述する）と、オデュッセウスがカリュプソーの島を出て、少女ナウシカーとその両親の国に到着するいきさつとが、同時進行する形で展開する。ナウシカーの住む国（その住人をファイエーケス人という）での出来事が、主人公の漂流記という点からすれば、最後のエピソードである。オデュッセウスは筏《いかだ》が難破して浜辺に打ち上げられるが（第六巻）、そこで美しくも凛々《りり》しい王女ナウシカーに出会い、助けられて宮殿を訪れた。そして主人公自らの口から、先に列挙したような冒険の数々が明らかにされる（第八巻）。つまり『オデュッセイア』全体の、最初の三分の一が終わった第九巻になって初めて、トロイアを船出してからの漂流と、先に列挙したような冒険の物語が語られるのである。

だから第九巻から第一二巻では、映画でいうところの「回想シーン」に似て、時間は大きく昔に戻る。このような時間を相前後させる語りのテクニックは、『イーリアス』には一度も見られなかった。『イーリアス』ではすべての出来事が――実際にはアキッレウスの怒りの物語よりも時間的に前に位置させたほうが理にかなっていると思われるエピソードをも含めて――強引に、前から後ろへと一直線上に並べられていた（⇩第2章《並びの巻》51ページ）。そしてこの部分ではオデュッセウス自らが、自身のこれまでの経験を他の登場人物に物語る体裁をとっている。つまりそれまでの三人称仕立ての客観的な叙述から、一人称仕立ての主観を交えた苦労話へと語り口が変化する。こうして、オデュッセウスが語るいささか荒唐無稽なお話の数々は、物語中の物語となるおかげで、空想的な出来事を極力排する叙事詩の枠組みの中にうまく収まるのである。

（2）*Odyssea.*『オデュッセイア』とは、「オデュッセウスの歌（物語）」の意味である。

## 木馬の話

この、オデュッセウスが自らの体験を語りだすきっかけになったエピソードにも工夫が施されている。オデュッセウスは今、己の身分を伏せたまま、ファイエーケスの人々にもてなされている。その宴席でとある吟遊詩人が、これまた劇中劇ならぬ叙事詩中叙事詩とでもいうべき形式で、トロイア陥落の、それも木馬のいきさつを歌いだす。木馬の中に兵士を潜ませておき、トロイア人に城内に木馬もろとも引き入れさせるという話である。(3)

トロイア陥落の決定打となった木馬の計略は、オデュッセウスの発案による。オデュッセウスは自分のかつての活躍を聞いて思わず落涙する。その結果、彼の身元が判明し、彼は問われるままに己のこれまでの冒険譚を語り始めたのである。オデュッセウスがたまたま立ち寄った先で、彼の過去の出来事が叙事詩となって歌われている、しかもそれを当人が鑑賞する、という設定は、何とも大胆な着想といえるだろう。この技法は後代の詩人を刺激した。次章で取り上げるウェルギリウスの『アエネーイス』には、巧みな模倣が見られる（⇩第4章《カルターゴー到着まで》86ページ）。

吟遊詩人が語る木馬の話は、このように二つの機能を有している。ひとつは物語の大筋に沿ってのオデュッセウスの身元証しであり、ひいては彼に冒険譚を語らしめるきっかけ作りである。しかしそれにもまして重要なもうひとつの機能は、『オデュッセイア』を、オデュッセウスの帰国物語の枠に留めることなく、それ以前の出来事であるトロイア陥落にまで遡り、トロイア戦争の物語全体を視野に入れ、それに連なるものとして位置づけたことである。

## 冥府行――死者の国への旅

この種の工夫は『イーリアス』にもないわけではないが、『オデュッセイア』のほうがはるかに洗練されている。別な例をあげよう。

オデュッセウスはかつてトロイアで、アキッレウス・アガメムノーン・アイアースといった人たちと一緒に戦った。

その戦友たちと「再会」するような機会があれば、オデュッセウスの人生全体の見通しに、奥行きを与えることになるだろう。とはいえ彼らはすでに死んでしまっており、普通のやり方では、もはや時間の遡行は不可能である。それにもかかわらず、ホメーロスは今一度、彼らに出会わせる工夫を編みだすのである。

先に、オデュッセウスがトロイアを離れたあとで遭遇した危機をともなう冒険の数々を列挙したが、そのときにはひとつ、大事な事件に言及しなかった。それが「死者の国への旅」（冥府行）である。魔法使いキルケーの指示に従い、オデュッセウスは予言を聞くという名目で冥府に赴く。そして、生きている人間からすれば「最果ての地」で、死者に囲まれる唯ひとり命ある者として、文字通り多種多様な人々の亡霊と会うのであるが、その中にかつての戦友の三人もまたいる、という設定になっている。

三人は三様の死に方をした。アガメムノーンはつつがなく帰国できたものの、妻クリュタイメーストラーとその愛人によって殺された。その無残な出来事の一部始終が、殺された当人の口から語られる。のちにギリシャ悲劇で幾度も取り上げられて有名になるこの夫殺しの物語は[4]、トロイア戦争物語全体の中では、『帰国物語』（散逸）の一部を構成していた（⇩第5章《「叙事詩の環」》103ページ）。それが今我々の手にある『オデュッセイア』の中では、悪妻（クリュタイメーストラー）と貞淑で賢い妻（オデュッセウスの妻ペーネロペイア）という対比のもとに位置づけられている。

ちなみにアガメムノーンの息子のオレステースは、のちに、父親の仇討ちを果たした。このオレステースへの言及もまた、『オデュッセイア』冒頭の、オデュッセウスの息子テーレマコスを中心に話が進んでいく部分を中心に、たびたび現れる。テーレマコスに息子の務めを思い起こさせる範例（パラダイム）として、オレステースは機能しているのである。神話には「範例としての機能」がある。それは、ギリシャ・ラテン文学を通じて利用される（⇩第1章《ギリシャ神話》25

（3）第2章注（3）にも記したように、古来、もっとも有名な叙述はウェルギリウス『アエネーイス』第二巻にある。『オデュッセイア』のこの部分の叙述は短い。つまり『オデュッセイア』におけるこのエピソードの主眼は、次に記すオデュッセウスの落涙にある。
（4）アイスキュロス『アガメムノーン』・ソフォクレース『エーレクトラー』・エウリーピデース『エーレクトラー』など（⇩第14章）。

ページ）。この部分はその最初期の一例である。

今、この冥府での場面でもアガメムノーンの殺害は、パラダイムとして有効である。オデュッセウスは「ギリシャ軍の総大将」とトロイアで別れたあと初めて、彼に起きた事件を知るとともに、自分の妻とて、はたして昔のままであるのかどうか分からないことを思い知らされる。

アキッレウスもまたオデュッセウスと親しげに語らう。彼はトロイア陥落以前に、『イーリアス』の表現を使えば、名誉なき長生きよりもむしろ栄誉を選びとって戦死したわけである。ところがここではそれを否定するかのごとき「たとえ農奴としてであろうとも、死より生が望ましい」という言辞が、彼の口から出てくる。いうまでもないが、これはあらゆる困難と屈辱を耐え抜いて、何としてでも故郷に戻ろうとする、オデュッセウスの生き方を支える人生観と呼応している。

三人の中でもっとも印象深いのが、アイアースとの遭遇である。オデュッセウスとアイアースは、『イーリアス』の第九巻で、戦線を離脱したアキッレウスに復帰を促す使者として、一緒にアキッレウスを訪ねたことがあった（⇩第2章《第九巻のアキッレウス》47ページ）。オデュッセウスとアイアース、二人はともに武勇に優れてはいる。とはいえ二人の差異は、「雄弁なオデュッセウス」対「寡黙なアイアース」という構図に、何よりもよく現れている。この二人はいつの頃からか神話の中で、宿命的なライヴァルのように描かれることになってくる。徹底して弁に頼るオデュッセウスと、徹底して無口なアイアースの対比は、冥府での、いわば最後の出会いでも、あますところなく描き尽くされる（文例B）。

アイアースはオデュッセウスに憤っている。そのいきさつはこうである。

アキッレウスの死後、その武具は「ギリシャ軍中、もっとも優れた勇者」に与えられることになった。アイアースとオデュッセウスが名乗りをあげるが、第三者の判定によりオデュッセウスが獲得する。この判定に彼は深く傷つき、自殺した。(5) アイアースの屈辱感と怒りは、『イーリアス』のアキッレウスの姿と似ている。優れている者が正当に評価されないために激怒するという型の類似は、この神話ないし『イーリアス』『オデュッセイア』両叙事詩の成立に関して面白い材料を提供しているが、今ここではこれ以上、考えないことにする。

アイアースの怒りは死後も解けてはいない。その亡霊はオデュッセウスの姿を認めると、いまだ憤怒に眼をらんらんと輝かせて、オデュッセウスが話しかけても口をきこうともせず、無言のまま立ち去っていく。二人の和解は「終生」ない。このつらい思いは、当事者である主人公が、一人称で述懐することによっていっそう明白になる。ここに、自分のほうが劣っていると自覚しているにもかかわらず、ライヴァルより優れていると正当ならずも評価されてしまうことになった人間の苦悩を読みとるのは、あまりに我々の実人生に引き寄せた、矮小な深読みかもしれない。ともあれこのオデュッセウスのつらい思いも、そして『イーリアス』のアキッレウスのように怒りを昇華することも奪われて、いまなお恨みに苛まれているアイアースも、ともにひとの心を動かす。

後代の詩人たちはこの場面に強烈な印象を受けた。悲劇詩人ソフォクレースの『アイアース』には、アイアースの怒れる魂を鎮めようとするオデュッセウスが描かれている（⇩第14章《ソフォクレース『アイアース』・自己中心的な主人公》313ページ）。またウェルギリウスは、『アエネーイス』の中で、主人公アエネーアースのために自殺したカルターゴーの女王ディードーに、アイアースを投影させる（⇩第4章《「冥府行」とディードー》88ページ）。

これら三人の戦友との遭遇から明らかになる諸事件、すなわちアガメムノーンの殺害・アキッレウスの戦死・アイアースの自殺も、その前にあげた木馬の話も、どれもトロイア戦争の大きな物語圏を構成する大事なエピソードであるが、『イーリアス』では扱われていない。あたかも『オデュッセイア』の作者は、『イーリアス』からこぼれ落ちたエピソードを、ここで拾い上げているかのような構成をとる。この問題については最後にまた考える。

（5）この物語も「叙事詩の環」（⇩第5章《「叙事詩の環」》103ページ）のひとつ『小イーリアス』*Ilias Parva* に含まれていた（あるいはむしろ『アイティオーピス』*Aethiopis* であったかもしれない）。今日に伝わる作品では、ソフォクレースの悲劇『アイアース』が圧倒的な迫力を有する。『アイアース』については第14章で詳しく論じる。アイアースは後代、しばしば、オデュッセウスが機敏で知略に富むのに対して、力持ちであるものの鈍重であるかのように描かれる。しかしこの二人が何かにつけ対照的であることは認められるけれども、『イーリアス』の中で描かれているアイアースは、寡黙ではあっても決して愚かではない。

## テーレマコスの物語

上記三人の英雄は、トロイアで戦死したか、さもなければ帰国直後に殺されたわけだが、そうでない英雄もいる。そのうちメネラーオスとネストール、さらには英雄ではないけれども重要な人物へレネーに言及することも作者は忘れない。ただしそれはオデュッセウスの息子テーレマコスを通じてである。『オデュッセイア』にはいくつかの物語の要素が融合している。まずはオデュッセウスの冒険譚であるが、これについては最初に述べた。次に息子テーレマコスの成長の物語がある。

オデュッセウスがトロイアに出征した際、あとには妻ペーネロペイアと幼い息子のテーレマコスが残された。トロイアが陥落したのちも彼は帰国しないし、その行方も杳《よう》として分からない。それにつけ込むようにして、ペーネロペイアに求婚者たちが押し寄せて、彼らはよってたかってオデュッセウスの館をほしいままにする。しかしその乱暴狼藉を抑える能力が、いまだ若いテーレマコスには欠けていた。彼は不愉快な現実に対し、半ば諦めている。

『オデュッセイア』は第一巻で、この息子が自己の責任に目覚めるところで始まる。そして彼はただ単に、なるがままに月日を過ごすのではなく、自分の力で父親の情報を求めることを決心し、求婚者たちの妨害を振り切って旅立つ。その行き先がメネラーオスでありネストールなのである。

テーレマコスは彼らが語る父親の姿（その中には木馬への言及もある）に誇りを回復する。そして、たとえ土地としては貧しくともかけがえのない場所、すなわち故郷のイタケーへと再び取って返す。やがて彼は父親と再会を果たし、父親を助け、秩序を回復することになる。自分に自信のなかった青年が、誇りを回復し、大人として独り立ちする物語――のちの教養小説の先駆ともいえるものが、『オデュッセイア』の二つ目の糸である。

## 父子再会と夫婦再会への手順

第一六巻になって初めて父と息子がイタケーで再会する。すでにオデュッセウスは、ファイエーケス人の船で送られて、故郷イタケーに到着している（第一三巻）。息子のテーレマコスのほうもメネラーオスの館を発ち、イタケーに戻ってくる（第一五巻）。両者はともに、オデュッセウスの忠実な家来の豚飼いエウマイオスを訪れる。ここでオデュッセウスとテーレマコスの二つの筋は一本になる。この間、再会の場面に至るまで、二人の動きが平行して描写されている。物語の語り口そのものが、事件の進行が単線的な『イーリアス』に比べると、複雑になっている。

さらに工夫が凝らされているのは、まさにこの瞬間、妻ペーネロペイアにとっても危機というべき時が、同じく設定されていることである。彼女は再婚を迫る求婚者たちの圧力にもはや抗しきれず、弓の競技会を催し、その勝利者に自分は嫁ぐ覚悟を固めたのであった。これより『オデュッセイア』の山場ともいうべき、オデュッセウスが自分の妻と館を取り戻す物語へと収斂していく。

## 夫婦再会とおとぎばなしの要素

『オデュッセイア』を構成する、第三の、そしてもっとも重要な物語が、夫婦再会の話である。この話の根底にもおとぎばなしの要素があることが色濃くうかがえる。

ペーネロペイアの考えだした弓の競技会とは、オデュッセウスの残した大弓を引き、的を射ることのできる人物を夫にする、というもので、当然、それができる人物なら夫オデュッセウスに匹敵する人物たりうる、という前提にのっている。そもそも、高貴な女性が数ある求婚者からひとりを選びだすにあたって求婚者たちに難題を出し、それを乗り越えた者と結ばれる、いっぽう求婚者の立場からいえば、他の誰にもできない試練を経た結果、妻を得る、こういう話は「おとぎばなし」以外の何物でもない。さらに、妻のほうは決断を引き延ばしに引き延ばしていたものの、もはやこれまでというところまで追い込まれ、やむなく決断したときに、運よく主人公の夫が帰国する、というタイミングのよさもまた、「おとぎばなし」的といえるだろう。

そこで『オデュッセイア』もおとぎばなしのパターンに沿って考えると次のような展開が予想される。妻が考案した弓の競技会に夫が身分を偽って参加する。そして彼が勝利者となる。妻はその勝利者と、本当は自分の夫とは知らず再婚することになる。しかし最後の最後で実はそれが本当の夫であったと真相が判明し、大団円を迎える。ただし、実際の『オデュッセイア』はこのように単純にできてはいない。

## 身分を隠す夫

オデュッセウスは息子には、自分が誰であるかを明らかにする。またそのあとに、忠実な豚飼いエウマイオスにも身分を明かし協力を求める。にもかかわらず妻には、最後の最後まで身分を隠し続ける。

もとよりこのことの理由は、筋の上から説明可能である。館を荒らしている求婚者たちに巧みに接近し全員に報復を加えるためには、身分を伏せていなくてはならない。彼は敵を油断させるべく、乞食に化けて館に入り込む。計画をうまく運ぶためには、妻もまた無知のままであったほうがたしかに好都合である、という説明は不可能ではない。

しかしそれだけならば、あらかじめ妻にも正体を示しておいてもよいはずである。弓競技を求婚者たちに提案し、一同を呼び集めておくことで、夫に復讐の機会を与える。夫婦で協力して求婚者たちを成敗する。先ほど想定した筋立てとは違うが、これはこれとして、十分に成り立つお話の展開である。

そこでさらに妻の心がいまだ貞節かどうかを試すという理屈も考えられる。実際、オデュッセウスがそれを口にする箇所がある。そういえば先に冥府でアガメムノーンは、自分の妻とペーネロペイアとを比較した。

その一方でオデュッセウスは苦境に立っている妻に、夫の友人と偽って「忠告者」の役割をも演じるし、「オデュッセウスは必ず帰国する」といって、安心させたりもするのである。妻に黙っておきたいのならば余計な行動ともいえよう。しかしむしろ、そもそもこうした「善意の変装物語」そのものが、おとぎばなしの型のひとつであることを思い起こすべきであろう。

この種の物語の基本は、「愛すればこそからかう」という、人間感情に発するある種の悪戯そのものの展開にある。真相を知っている聴衆も、主人公と一体化して、いつその正体がばれるかスリルを楽しめる。そういった点から見れば、この叙事詩においても、変装の動機の設定は必ずしも重要ではないともいえる。

さらにこういうおとぎばなし的な要素も加えられている。ペーネロペイアは求婚者たちの中から誰かひとりを選ぶようにとせっつかれていたのだが、自分は舅、つまりオデュッセウスの父親の経帷子《きょうかたびら》を織りあげたい、それができあがるまで待ってほしい、という口実を考えた。そして昼は織物に精を出すふりをしながら、夜になるとそれをほどくことを繰り返すことで時間を稼ぐのであった。ところがその計略を見破られてしまい、やむをえず、弓の競技会を催すことになった、というのである。

## 深謀遠慮？　ペーネロペイアの発案による弓競技

とはいえ『オデュッセイア』を丁寧に読むと、奇妙な事実に気づかされる。ペーネロペイアはオデュッセウスと対面をしたものの、夫はついに身分を明かさない。再会は引き延ばされる。彼は「あなたの夫はすでに帰国している」とまで言うけれども、当然のことながらペーネロペイアはそのことばを気休めと受け取っている。しかし、まだ夫の帰国に気づいていないという設定にもかかわらず、彼女の行動は、しばしばオデュッセウスの計画に、あまりに都合よく符合するのである。

そもそも弓競技を催し、その勝利者と再婚するという決断は、ペーネロペイア自身の発案による。姿をやつしたオデュッセウスは、単にそれを受けて、その案を引き延ばさないように、と助言するにすぎない。

また乞食に化けたオデュッセウスが、自分もまた弓競技を試してみたい、と言いだした際、求婚者たちは生意気であると拒絶する。しかしペーネロペイアは、たとえこの乞食が勝とうとも、自分が結婚するはずがないではないか、といって、求婚者たちを結果として安心させる。そのおかげでオデュッセウスは弓を手にし、求婚者たちを射殺する機会を得るのである。思えば試練の手段が「弓」になっているのも、うまくできた設定である。

このことを突き詰めると、いったいいつペーネロペイアはオデュッセウスの帰国に気づいたかという問いにまで発展する。研究者によっては、求婚者殺戮以前の早いところで、ペーネロペイアは「半ば無意識に」気づいていたとか、あるいは積極的にオデュッセウスの計略に協力している、と考えるほどである。

## 二つの物語元型

ひょっとすると現行の『オデュッセイア』は、別個のおとぎばなしのパターンから出発した、相異なる二つのヴァージョンを下敷きにしているのかもしれない。このうち最初の型では事件がこう進む。

夫と妻とは早い段階で再会する。夫婦は協力して計画を練る。それに基づいて、妻のほうは求婚者たちを誘惑し、「試練」を提案する。夫は変装して彼らに近づく。そして復讐が成就する。

もうひとつの型ではこうなる。妻の再婚引き延ばしの策はもはや尽きた。妻はやむなく「試練」を考案して、その合格者との再婚を決意する。まさにそのきわどい瞬間に夫が帰国する。夫は妻に身分を知らさないままに、自分も「試練」に参加する。そして合格。夫は妻と「再婚」したあとに、真相を告げる。

あくまで私見であるが、『オデュッセイア』の作者は、過去にできあがっていた、そのままでは相互に矛盾を含むヴァージョンの面白いところを、欲張って両方とも取り入れたのではないかと思われる。もちろん物語の根本にあるのは、ともに辛抱づよく、容易に感情に溺れることがなく、試練に耐え抜いた夫婦の再会であり、再会の場面にこそクライマックスが置かれねばならない。しかし「聡《さと》い心のペーネロペイア」periphrôn Pênelopeia ならば、あたかもすべてを見通しているかのように行動しても許されはしないだろうか。(6)

このことを物語を受容する聴衆（読者）の立場から考えてみよう。「再会」の瞬間はぎりぎりまで引き延ばされて、それだけスリルと期待は募る。それと同時にこの賢い妻ならば、夫が夫であることを直感し、何の指図を受けなくても夫の計略に上手に協力してくれるだろうという、聴衆の抱く（虫のよい？）予想をもまた、満足させてくれる。賢い妻の賢いゆえんは、情報の授受を逐一、必要としない。

しかしながら上にあげた二つの物語の型は、日常生活のレベルで考えれば、本来なら相反する設定である。だからそのどちらをも満足させるために細部が入念に仕上げられ効果を発揮すればするほど、ひるがえって細部どうしを見比べた際に、当然、齟齬《そご》が生じてくる。しかし物語の効果という点からすれば、やむをえない細部の矛盾を含んではいるものの、全体としては物語のつぼを心得た構成なのである。夫の帰国をいまだ知らず、かつ夫に計略の機会を与え最大の協力をする妻を描きだすという、この大目的のためには、オデュッセウスとペーネロペイアの諸行動が細部において少々齟齬をきたしていようとも問題ない。結果として物語全体が意図するところは決して破綻をきたしていない。このように作者は主張したかもしれない。

もちろん、これはあくまで私の見解である。いずれにせよ、夫の帰国をいまだ知らず、かつ夫に計略の機会を与え最大の協力をする妻、という矛盾を読み解くためには、『オデュッセイア』もまた、口誦叙事詩であることを抜きにして考えてはならないだろう。

現行の『オデュッセイア』はクライマックスを夫婦の再会に位置づけている。正確にいえば妻が、夫を夫として認知する瞬間がクライマックスである。なにしろ二人の別離の期間はあまりに長い。ペーネロペイアがただちにオデュッセウスを認めなくとも不思議ではないし、夫婦それぞれが用心して相手の本心を探ろうと画策するのもやむをえない。しかし物語がもつれるのは、そうした心理的理由や、計画を成就させるための手筈《てはず》というよりも、むしろ再会を可能な限

（6）periphrôn Pênelopeia は「忍耐強い、輝けるオデュッセウス」polytlas dîos Odysseus とヘクサメトロスのまったく同じ位置を占める、口誦叙事詩の伝統に由来する「定型句」である。

り引き延ばして緊張を煽っている作者の手腕と、後述する、実に意外な認知の方法の意外性を際立たしめるところにあると思われる。

## クライマックスとしての再会

オデュッセウスの求婚者成敗は、たしかに大きな山場である。しかし現行の『オデュッセイア』のヴァージョンでは、それもまた、究極の山場に向かう過程の、数ある試練のひとつにも見える。

実際そのクライマックスでホメーロスは途方もないどんでん返しを考えている。物語の劇的な展開は、当初から、彼と彼の妻との再会に絞られていた。なにしろ彼は女神カリュプソーの、もし自分と結婚すれば不死にしてやろうとの申し出すら拒絶して、「その容貌も体形もはるかに劣る」ペーネロペイアを選んだ。さらにファイエーケスの王は王女ナウシカーとの結婚をも示唆したが、オデュッセウスは帰国を願った。それほどまでに優れた妻なのである。再会への期待は高まる。

どうやってオデュッセウスがペーネロペイアを前にして、自分こそオデュッセウスであることを明らかにするのか。このことへの興味が、現存の『オデュッセイア』を引っ張っていく原動力となっている。実際、『オデュッセイア』の中には彼の身分あかしに関して、いくつものヴァリエーションが工夫され、この場面に至るまでの様々なところで盛り込まれている。

## 認知の方法（ヴァリエーション）

たとえばオデュッセウスが乞食の姿で館にたどり着いたとき、ペーネロペイアは乳母にオデュッセウスの足を洗わせる（第一九巻）。乳母はその脚に傷痕を認める。それこそオデュッセウスの幼少からの痕で、そのために乳母は彼の素性が分かってしまう。にもかかわらずオデュッセウスはその口をふさぎ黙らせる。妻はそれに気づかない。

このあと、オデュッセウスが忠実な豚飼いに身分を明かすが、その際、証拠としたのもこの傷痕であった（第二一巻）。となればさらにこのあと、妻の前で傷を見せる、あるいは妻がそれに気づくというのは、あまり面白くない。あるいはオデュッセウスが昔から飼っていた犬がいる。老いた犬は主人を直感する。そして懐かしさのあまり息絶える（第一七巻）。犬は人間と違って変装にだまされない。しかし主人の変装を暴露することもできない。

オデュッセウスが故郷に戻ったあと、最初に自分の身分を明かすのは幼子として残していった息子のテーレマコスであった。彼らが出会うのは、厳密に言えばなるほど「再会」ではあるが、むしろ初対面に近い。オデュッセウスは乞食の姿に変装しているけれども、女神アテーナーのおかげで、一瞬、元の神々しい姿に戻る。息子はその姿と父のことばに納得する（第一六巻）。

オデュッセウスは最初に妻と出会ったとき、自分は漂流したクレータ人だと偽り、オデュッセウスを見かけたことがあるという、まことしやかな嘘話をする（第一九巻）。ペーネロペイアはそれが本当のオデュッセウスかどうか確かめようと、詳しい描写をせがむ。その際、オデュッセウスの特徴として描写する衣服やブローチは、まぎれもなくペーネロペイアがオデュッセウスと認める品々である。仮にもし、ここでオデュッセウスがそれらの品を取りだしえたならば、それが証拠となって身元証明が可能であったろう。しかしもちろん彼はすべての品を失っている。証拠の品による証明はありえない。

あるいは先に取り上げた、ファイエーケス人との宴の場面。トロイア落城のさまを聞かされたオデュッセウスは、思わず落涙して、図らずもその身元を明らかにした（第八巻）。

少し深読みになるが、オデュッセウス漂流譚中の「一つ目巨人」のエピソード（第九巻）。この巨人の島に一行がたどり着いたとき、巨人は部下を食らう。オデュッセウスは彼に酒を与え、眠らせ、眼を潰して脱出するのであるが、その際、自分の名前を「ウーティス」、すなわち「誰でもない」（英語でいうnobody）と告げる。眼を潰された巨人は仲間を呼び集め被害を訴えるが、「誰でもないが眼を潰した」、すなわち「誰も眼を潰していない」としか言えないので、仲間たちは引き上げてしまう。いうまでもなくこのエピソードそれ自体はおとぎばなしに起源をもつ。しかしオデュッセウスがいったん、誰でもない身分にまで落ちてしまっていることを、そしてその失った名前を実体ともども取り返すことが、彼の帰国の旅の究極の目的であることを、如実に示しているともいえるのである。何より名前そのものが、偽りの認知の手段にもなりうることをも示唆している。

オデュッセウスの能力もまた、彼の彼たる証《あかし》となりうる。求婚者たちは弓矢の争いでオデュッセウスに敗北する。オデュッセウスはおのが膂力《りょりょく》を彼らに見せつけ、有無をいわさず納得させた（第二一巻）。しかし武力だけでは妻は納得しないだろう。

妻ペーネロペイアには、以上あげた様々な方法とは違ったやり方のほうが、物語として明らかに面白い。そして事実、作者は、傷の痕・直感・証拠の品・説得・能力の顕示、それらのいずれでもない実に卓抜な手法を考えつくのである。

## 最後の試練・夫婦の認知

求婚者たちを殺戮したあと、オデュッセウスは妻に自分の本性を明かす。しかしペーネロペイアはいたって冷静である。テーレマコスは母の冷たさをなじる。オデュッセウスも鼻白む思いで、ひとりで眠りたいという。しかしその場に及んでも彼女は、夫のためにベッドを運んできて用意するように命じるだけである。

このことばを聞いてオデュッセウスは心底怒りだす。なぜなら彼ら夫婦のベッドは、家を建てる前から生えていたオリーブの大樹から枝を払ってこしらえたものであって、文字通り根が生えている不動のベッドなのである。このことは彼と妻しか知らない秘密である。『オデュッセイア』の読者もここで初めてそんなことがあったことを知る。ベッドを動かせとは、不貞があったに違いない。

この夫の怒りに接して、ペーネロペイアはそれまでの緊張が一度に解けたかのように、わっと泣きだしてしまう。二人だけの秘密を知っていることこそ、夫の夫たる証拠なのであった。

聴衆の予想を裏切るこの場面の面白さは、オデュッセウスが自ら進んで夫と妻しか知らない秘密を明かして証拠とするのではなく、「聡い心の」ペーネロペイアにだまされ怒らされて、思わず秘密を口にしてしまうところにある。つまり何事も彼の意図の通り進行させてきた、知恵と忍耐とを備えたオデュッセウスであるが、これだけが彼の予期せぬ出来事、計画外の出来事であった。

それまでオデュッセウスは常に自分から時と場合を選んで、己の身分を明かしてきた。ところがペーネロペイアに対しては、主導権をとることができなかったのである。オデュッセウスが「我を忘れて」怒ったとき、言い換えればオデュッセウスがオデュッセウスでなくなったときに初めて、妻は彼を認知するのである。

オデュッセウスが主導権をとって認知させるのではなく、ペーネロペイアによって知らずに「最終試験」をされることは、人生を自分の意向に沿って動かし、かつ、その知恵で危機を乗り切ってきたオデュッセウスの生き方とは相容れない。しかしそれを受け入れることが、オデュッセウスが最後の試練に合格するということを意味しているかのようである。

いうまでもなく「根が生えていて動かすことのできない」ベッドこそ、夫婦愛を具象化したものであり、オデュッセウスに何としても帰国を求めさせた原動力である。だからこそ彼がカリュプソーに描写した妻の姿「私の妻はあなたと比べて……」が意味をもつ。望郷の念にかられているオデュッセウスに帰国を許したカリュプソーも、物語がオデュッセウスとペーネロペイアの文字通りハッピーエンドとしてのベッド・インで終わればこそ、納得できるというものである。さもなくては彼女はいっそう不幸であったに違いない。同じことがナウシカーにもいえるかもしれない。

古くから伝わるオデュッセウス伝説を洗練して、現存する『オデュッセイア』へと作りあげた詩人の功績の中でも、このベッドの「発明」を、最大のものであると私は認めたい。もし『オデュッセイア』成立の長い伝承のどこかでホメーロスを位置づけるなら、この詩人がホメーロスと呼ばれてしかるべきである。

## 『イーリアス』と『オデュッセイア』の作者

『オデュッセイア』も『イーリアス』同様、口誦叙事詩の長い伝統のもとにできあがったことに間違いない。物語の類型の観点からその最初の姿へ遡ろうとすると、もともと内容や趣旨の異なる様々な話が組み合わさって、ひとつの大きな物語へとまとめあげられていくありさまが見てとれよう。たしかにところどころに齟齬らしきものは認められなくもない。しかし今日に伝わる『オデュッセイア』は、いくつかの物語を単純に継ぎ足して並べたものでは決してなく、ひとりの詩人の確固とした企画に基づいて構成されている。もはやこのことは、研究者の大勢が認めるところといってよいであろう。

それではその作者は誰で、いつ頃の詩人だろうか。そして、これはもはや我々には解くことのできない疑問であるが、『イーリアス』と『オデュッセイア』をともに今ある姿にすることのできた詩人は、はたして同じ人物なのか。

古代人は『イーリアス』『オデュッセイア』二つの叙事詩をともども、ホメーロスに帰している。トロイア戦争をめぐるエピソードを綴った、もはや散逸してしまった他の群小叙事詩には、それぞれに異なる作者の名前を伝えていることからして、この伝承をあながち無視することもできない。

結局のところこの問いは、今ある『イーリアス』と『オデュッセイア』は、どのような手筈を経て文字に書き留められたのか、という問いにたどりつく。何度も繰り返しているように、私は、いま人々に読まれている『イーリアス』と『オデュッセイア』は、それぞれひとりの詩人の確固とした企画に基づいて構成されている、と考える。ここから想像できることは、たえず細部で姿を変えつつ口誦叙事詩の伝統の中で何度も繰り返し語られていた作品が、歴史上のある時点で、「一気に」文字に書き記されたことになる。「一気に」といっても、それが何日間にわたったかは不明である。それでも最初に書かれた箇所と最後に書かれた箇所との間に、それほど長い時間があったとは思えない。

いったい『イーリアス』『オデュッセイア』という、これら長大な作品がどちらも、同じ頃に文字にされえたか。しかしその前に考えておかねばならないのは、ホメーロスとは、語った人なのか、それとも文字にした人なのか、という問いである。

二つの可能性が考えられる。ひとつは、ホメーロスとは、誰か文字を記すことを知った書記を前にして、『イーリアス』ないし『オデュッセイア』を語って記録させた人物、とする想定である（この仮説を認めるには、それ以前に一万五千行の『イーリアス』と、一万二千行の『オデュッセイア』が、文字なしに頭の中で細部まで構築可能か、という疑義に対して、文字を知らない詩人なら可能である、と言い切る必要があるし、そう言い切ったとしてもなお、いくつもの難点を指摘できよう。それでもひとつの考え方として有効であると私は思っている）。もうひとつの可能性は、ホメーロスとは自分で字を書くことを学んだ口誦叙事詩人であって、それまでは語るだけであったのが、文字に遭遇した結果、自分でそれを記録にした、とする想定である。後者の立場に立つと、作者は何度か、書き直しをしたかもしれない。前者にしても、語りを文字にした人物がその文字を読み上げ、それを詩人が聴いてさらに細部を補い、記録者がまたそれを採録する、という手順が何度も繰り返されたと考えてもよかろう。

いずれにせよ、いったん文字にされえた『イーリアス』『オデュッセイア』であっても、その後、まったくテクストが固定したとは考えられない。ホメーロスの作品が「劣化」とまで言わずとも、刻々姿を変えていたことは間違いない。アレクサンドリア以前の著作、たとえばプラトーンが引用する「ホメーロス」の詩句が、ことばの細部で現行のホメーロスと一致しないことはまれではないし、アレクサンドリアの学者たちが知恵を振り絞って（たとえ彼らの校訂作業の依って立つ原則が、必ずしも今日の文献学とは同一でなかったとしても）、この行は真正のホメーロスにあらずと判断を重ねた痕跡が見られるのである。こうしたことから、現在我々が所有しているテクストの、一行一語に至るまで、「原作者ホメーロス」に帰してよいとはいえないだろう。決定版『イーリアス』ないし『オデュッセイア』ができたあとでも、細部での割愛、追加は、頻繁に生じたと考えられる。ひょっとすると、付け加えられたのは数行の長さどころか、大きなエピソードが丸ごと入り込んだ可能性すらある（『イーリアス』第一〇巻はそのように、すでにアレクサンドリア時代から考えられている）。

我々はこうした付け加えの部分は、『イーリアス』や『オデュッセイア』の本質には影響のない、末梢的な部分であると考えたくなる。さもないと、そもそも議論の出発点である、現在の『イーリアス』と『オデュッセイア』は統一した意図の下にできあがっている、という大前提が成り立たなくなる。

そうなると、議論はどうしても循環してしまう。つまり、何が本質で、何が末梢かを判断するためには、『イーリアス』を『イーリアス』たらしめている部分、『オデュッセイア』を『オデュッセイア』たらしめている部分、それが何であるのか、という問いに答えなければならない。それを経ずして、ホメーロスとは誰なのか、という問いは答えられない。その上で、『イーリアス』の作者と、『オデュッセイア』の作者は、同一であるのか、という問いが、あらためて問われることになる。

仮に二人は別人であったと想定してみよう。そう思わせる差異は、話の構成、物語を話す者と聴く者との共通の前提となる社会のありよう等々に、感じられなくもない。

ひょっとすると『イーリアス』の文字への定着の成功に刺激された、『イーリアス』よりも後の世代の別の詩人が、その後（ただちに？　それとも何十年後かに？）『オデュッセイア』を文字化した可能性とてありえないことではない。彼は『イーリアス』に慣れ親しんでいるのみならず、『イーリアス』の作者に競争意識をももっていたかもしれない。

この詩人は、たとえば回想シーンの活用のように『イーリアス』の作者が知らなかった工夫をも取り入れたし、『イーリアス』の中で省かれた、トロイア戦争にまつわる他の重要なエピソードにも言及した。「冥府行」の項で、『オデュッセイア』がトロイア戦争に言及する際、『イーリアス』に含まれていないエピソードを選んでいるという趣旨のことを指摘した（⇩63ページ）。これは『オデュッセイア』の作者が『イーリアス』を意識している表れかもしれない。

あるいは『イーリアス』のアキッレウス像と、『オデュッセイア』中、冥府にいるアキッレウスの述懐との相違も無視できない。もちろんこの相違は、二つの叙事詩の根本にある、世界観ないし人生観の相違に帰着しうるが、ひとりの作者が両者を共有できるだろうか？

他にも『イーリアス』と『オデュッセイア』の違いは指摘できる。たとえば神々についてである。『イーリアス』では神々は人間世界に著しく干渉してくるが、その干渉は人間をはるかに越えているいろいろな力の表れと読みとれよう。要するにそれらの力はときに理不尽に働くのである。理不尽に働く力を擬人化すれば、ときに神々は軽佻浮薄となる。それに対し『オデュッセイア』では、真に重要な働きかけをする神はアテーナーひとりしかない。アテーナーはオデュッセウス・ペーネロペイア・テーレマコスに代表される正しい人々の味方をし、求婚者たちに代表される無法者を懲らしめる。『オデュッセイア』の中の女神は、ときに物語の進行を今日の眼からすればつまらなくさせるほどにまで、勧善懲悪をバックボーンとしている。『イーリアス』の詩人と『オデュッセイア』の詩人とは、人生、ないし、世界の見方が違っているのではなかろうか。

二つの作品に別個の作者を想定したとき、ホメーロスというかけがえのない名前は『イーリアス』と切り離せない。とすればさしづめ『オデュッセイア』には、「『オデュッセイア』の詩人」という名しか、与えられないことになる。

第4章

# エポス・叙事詩（3）『アエネーイス』

ウェルギリウスはローマ建国を描いた叙事詩『アエネーイス』を作るにあたり、『イーリアス』『オデュッセイア』を、ともども規範にすえた。とはいえこのローマの叙事詩を貫いている精神は、ホメーロスとは随分、違っている。エポスのラテン化は容易ではなかったが、陰影に富む作品が生まれることになった。

## ローマ建国神話と叙事詩

ラテン文学の金字塔というべきは、ウェルギリウスの『アエネーイス』であろう(1)。この作品によって初めて、ローマはそれまでの長いギリシャ・コンプレックスから脱却し、自分たちの文学を持ったという自負を得ることができた。後代に与えた影響は絶大である。

『アエネーイス』は壮大な意図の下に計画され、できあがっている。ローマ人がこの作品によって与えられた自信は、ひとつには物語の内容そのものによるが、それとともにホメーロス以来のギリシャの伝統を正当に継承しえたこともあずかっている。この二つは、『アエネーイス』という作品の中に見事に融合している。

『アエネーイス』のプランの根底には、ローマの建国神話を叙事詩の形式に倣って叙述することがある。ローマは徐々にその版図を拡大し、ウェルギリウスの時代に地中海全域を支配する「帝国」にまで発展したけれども、しかしそもそもローマの起源は、今日のローマ市よりも狭い地域に住み着いた人々の小さな「都市国家」であった。そのローマでは、狼に育てられた双子のロームルス、レムスの物語（詳細は⇩注（9））が、この民族本来の建国神話として古くから伝承されていたが、いつのころからか、トロイアの英雄アエネーアース[2]の「旧世界」からの移住を主題とする、ギリシャ神話の枠組みにはめ込まれた物語もまた、民族の支えとなった。

『アエネーイス』はその名の通り、アエネーアースを題材にした英雄叙事詩である。しかし実際にできあがった『アエネーイス』という作品は、単に神話的過去を文芸の伝統に当てはめてよしとするにとどまってはいない。なるほど物語の筋をたった一行で要約しようとすれば「主人公アエネーアースが、ギリシャ軍によって陥落したトロイアから脱出して様々な試練を経たあとに、イタリアに新たな国をつくるいきさつ」となろうが、しかしこの叙事詩が取り扱っている内容は決してこれだけではないのである。

## 現在のローマに至るまでの道筋

この叙事詩の野心的な試みは、ローマの歴史を丸ごと扱おうとする点にある。アエネーアースに始まり、ロームルスのローマ建国を経て、さらにそれより先のまさに今、『アエネーイス』が成立する現時点、すなわちオクターウィアーヌス[3]が権力を掌握していわゆる「ローマの平和」を確立した今このときに至るまでを、過去の地点から遠く見すえるという体裁をとっている。つまりあとで述べるように、筋の展開の上では「予言」という手段を用いて、アエネーアースに子々孫々の栄光までを見せているのである。この予言を少し身を引いて眺めれば、今や全世界に栄光を確立したローマ

（1）『アエネーイス』とは「アエネーアースの歌（物語）」の意味で、語の形態はギリシャ語風になっている。英語の *Aeneid* は *Iliad* 同様、ラテン語対格 *Aeneidem* を語源としている。

（2）**Aeneas** は、ラテン語風に綴られた語形である。ギリシャ語では「アイネイアース」となるが、本書では「アエネーアース」で一貫する。

（3）ガイウス・オクターウィウス **Gaius Octavius** として紀元前六三年に生まれる。母親はユーリウス・カエサルの姪である。カエサルの養子となり、ガイウス・ユーリウス・カエサル・オクターウィアーヌス **Gaius Iulius Caesar Octavianus** となる。前四四年のカエサル暗殺以来、前二七年、彼が元老院からアウグストゥスの称号を得るまでの主な政治・軍事行動については、注（6）参照。

帝国は、すでに神話の時代においてかくなるべしとあらかじめ保証されていたというイデオロギーが示されている。こう極言してもよかろう。

アエネーアースがトロイアの英雄であるという設定も意味深長である。トロイア戦争はギリシャ軍の勝利に終わったけれども、その、敗北したトロイアの末裔が、やがてギリシャをも含む全世界の覇権を握る。まさにローマのギリシャ・コンプレックスを解消する構図である。

ローマは世界全体を自分たちの勢力下に治めることに対して、なんら疑念をもつことはなかった。さらにいえば彼らの祖先たちが国家に身を捧げたことを誇りに思っていた。そもそもローマの歴史の中には、質実剛健と自己犠牲とに彩られた英雄のエピソードが、数えられないほどに伝えられているのである。彼らは体質的に個人主義を嫌っていた。

## アウグストゥス賞賛

しかしここ一世紀のローマの政治状況は、ひどいものであった。いかに口先で古い時代の「共和政」を賛美しようとて、実際には個人的野望に裏打ちされた有力者たちの間の内戦が続いた。財産没収・国外追放・暗殺は、ローマの国土とモラルを荒廃させて、もはやローマは外敵のためではなく、自らの害毒で滅亡しかかっていた。

国家称揚を前面に押しだした叙事詩というと、今日の我々にはどうしても忌避感がつきまとう。しかしオクターウィアーヌス(アウグストゥス)と同時代の人々の立場に立てば、彼こそ内戦を終結し、地中海世界全域に秩序の回復と文明をもたらし、全世界を真に統一しえた指導者なのである。となれば彼をその先祖——オクターウィアーヌスはユーリウス・カエサルの姪の子供であり、カエサルの養子となったが、ユーリウス家は、アエネーアースの息子イウールス(ユールス)の子孫と称していた——と結びつけ、紆余曲折はあったにせよ、ローマの発展は定められた一筋の道のりであるとする心情は理解されなければならない。

第5章で紹介するが、エポスの伝統の中ではある頃から、「ペルシャ戦争」や「アレクサンドロス大王の東征」のような歴史的事件を題材にして英雄叙事詩を書く試みが起こっている。したがってオクターウィアーヌスが地中海世界を統一し、いったんは崩壊するかと思われたローマの再興を成し遂げたことを題材にした叙事詩ができあがっても、なんら不思議がなかった。もっと題材を絞ってアントーニウスとクレオパトラを下した「アクティウムの海戦」[4]だけですら、叙事詩になりえたろう。

ウェルギリウスのパトロンであるマエケーナース[5]は、オクターウィアーヌスに信頼された政治家であり友人であった。そこであるいは詩人には、かかる生臭い叙事詩を作るようにとの圧力も、陰に陽にかけられたかもしれない。しかしいかにオクターウィアーヌスの功績を認め、彼に感謝しようとて（ウェルギリウスが本気でそれを認めていたことはまず間違いない）、オクターウィアーヌスは生身の政治家であって英雄ではない。だいたい彼の健康状態は頑健とはほど遠かった。しかもカエサルの暗殺以降の彼の行動は、権謀術数と冷酷な権力志向に彩られている。[6]オクターウィアーヌスを美化す

(4) アクティウム Actium はギリシャ北西部の岬（ギリシャ語ではアクティオン Aktion）。アントーニウス、クレオパトラ連合軍とオクターウィアーヌスとの決戦が行われた。戦力は両軍互角であったが、クレオパトラの艦隊が戦列を離れ、アントーニウスもこれを追ってエジプトに退却した結果、オクターウィアーヌスの勝利となる。オクターウィアーヌスはエジプトに軍を進め、翌年、クレオパトラとアントーニウスの死によってエジプトをローマに併合する。ここに地中海全域がローマの支配下に置かれる。

(5) Gaius Maecenas（?-8B.C.）オクターウィアーヌスの腹心の部下。政治折衝の代理を務め、オクターウィアーヌスのローマ不在中の代理であった。ウェルギリウス、ホラーティウス（⇩第11章）、プロペルティウス（⇩第9章）はじめ、多くの文人のパトロンとなる。ちなみに「芸術支援」の意味で使われる「メセナ」なる語は、彼の名に由来する。

(6) カエサル暗殺後、カエサルの後継をめぐってアントーニウスと対立。当初はキケローはじめ元老院側に味方する。ムティナの戦いでアントーニウスを敗走させる。しかしアントーニウスと妥協。前四三年、アントーニウス、レピドゥスと三頭政治樹立。彼らと手を組んでキケローなどの追放・処刑・財産没収を冷酷に進める。前四二年、フィリッピーの戦いに加わるが、罹病。アントーニウスが、カエサル暗殺の首謀者カッシウス、ブルートゥスを破る。前三九年、オクターウィアーヌスの姉とアントーニウスとの結婚。前三八年、セクストゥス・ポンペイユス（大ポンペイユスの息子）を相手に苦戦。前三七年、三頭政治の延長。前三六年、セクストゥス・ポンペイユスの敗北。レピドゥスの排除。ローマの西半分を支配下に置く。再びアントーニウスと対立。前三二年、クレオパトラに宣戦布告。前三一年、アクティウムの海戦。前三〇年、アレクサンドリア陥落。前二九年、凱旋式。元老院首席。前二七年、元老院からアウグストゥスの称号を得る。

るだけの作品ならば、空疎なプロパガンダになってしまう。かといって公正な政治・軍事の記録では、伝統を踏まえた叙事詩の形式とは、どうしても軋轢を生じるであろう。

そこでアエネーアースである。明示こそされてはいないが『アエネーイス』の主人公には、オクターウィアーヌスが重ね合わされていると見るべきである。

## 『アエネーイス』の基調

ローマの建国（統一）という大義の実現には犠牲がつきものである。その犠牲の大きさに当惑して後込みしてはならないが、だからといって単純に、犠牲もやむをえないと切って捨てるだけでは人を納得させることはできない。冷厳な指導者を嫌うだけでは共同体は存亡の危機に立つ。暴力を用いずして平和は保ちえない。とはいえたとえ感傷と映ろうと、捨てねばならなかったものへの哀惜もまた、それはそれとして認めるべきであろう。

おそらくこのような想いがウェルギリウスにあった。それゆえこの叙事詩には単なる勇ましさのみならず、なんとも憂愁に満ちた思いが充満しているのも当然であるし、かつそれが『アエネーイス』の魅力である。さらにいえばこの詩では、秩序とは暴力を内包するものであるとする冷徹な視線と、情熱ゆえに暴力に滅ぼされる人間への同情とが、どちらが優位に立つのでもなく拮抗している。

## ギリシャの叙事詩のラテン化

『アエネーイス』にはさらに別の野望もあった。ホメーロスの叙事詩、それも『イーリアス』『オデュッセイア』の双方を、ラテン語世界に移植することである。

ギリシャ人にとってホメーロスは特別な位置を占めていた詩人であり、ホメーロスを祖とするエポスというジャンルは、他を圧倒する、もっとも高貴とされた文芸ジャンルであった。代々の子供たちはホメーロスを暗唱することで教育を受けた。そしてギリシャの文学は、ローマの上層階級・知識人にとっても必須の教養であった。ゆえにギリシャ文学に並び立つものとしてラテン文学を立ち上げるためには、エポスというジャンルの継承がどうしても必要だった。その趣旨からいってまずやるべきは、ギリシャ語とは音韻・語彙・文法の点でかなり異なったラテン語を、本来、外国語の韻律であるヘクサメトロスにのせ、その規則に適合させることであった（⇩第1章《ギリシャ語とラテン語》22ページ）。けだしエポスのエポスたるゆえんは、最低限、ヘクサメトロスにあったからである。

ラテン語でヘクサメトロスを作る試みは、ラテン文学においてエンニウス以来、何度もなされてきた。当初はまさに「数あわせ」といった体の、かなり奇妙な出来映えであったが、工夫が蓄積されるにつれて洗練の度合いを増してきた。ウェルギリウス自身、すでに『牧歌』と『農耕詩』において十分になめらかな表現を手にしている。

巻末の韻律図解（Ⅰc）にはラテン語のヘクサメトロスの例として、『牧歌』から引用してある（『牧歌』については⇩第7章）。ホメーロス同様のヘクサメトロスが、細かな規則に至るまで、すでにラテン語に採用されていることが見てとれる。いまひとつこれに関してやや脱線して付け加えると、ウェルギリウスの詩にはどの作品においても、何ともメランコリックな響きがある。それは必ずしもことばの意味からだけ生じているのではない。どこがそうなのかうまく伝えるのは難しいが、ウェルギリウスは実に音楽的に、音の響きに細やかな神経を使って工夫を凝らしている、とだけ言っておきたい[7]。

しかし韻律はあくまで出発点である。語彙や文章にもまた叙事詩風とでもいうべき特徴が、ホメーロスには数々ある。端的な例をあげれば定型句とか比喩の使用である。これらをラテン語に取り入れるために、場合によっては新たに造語する必要も生じた。こうした工夫は叙事詩の文体を、日常語とは違った高みへと持ち上げる。けれども失敗すると無惨である。虚飾に彩られた空疎な文体になってしまう。ウェルギリウス以前のラテン語の詩的文体には、この傾向がない

（7）ラテン語のヘクサメトロスは洗練の過程で、golden line と呼ばれる、ギリシャ語にはなくラテン語独特の単語の配置の工夫までも生みだしている。これは一行を形容詞ａ―形容詞ｂ―動詞―名詞Ａ―名詞Ｂの順に並べたものである（ａはＡを、ｂはＢを修飾する）。

とはいえない。

## アエネーアース伝説とロームルス神話

主人公のアエネーアースはすでにギリシャのエポスの中に根を下ろした人物である。彼は『イーリアス』の中でトロイア軍の一員として登場する。その父親がトロイア王家の血を引くアンキーセース、母親が女神アフロディーテーであることも、『イーリアス』第二〇巻で、アエネーアースがアキッレウスと一騎打ちをする際に語られる。[8] またなぜ女神が人間の男の子種を宿すことになったか、そのいきさつも、いわゆる『ホメーロス風讃歌』のひとつ『アフロディーテーへの讃歌』に詳しい（⇩第7章《エピュッリオンの原型（?・）》172ページ）。

このアエネーアースが陥落したトロイアから脱出してイタリア半島に逃れローマを建国したという神話は、かなり以前からローマに存在した。ウェルギリウスが創作したわけではない。イタリア半島にはローマ以外にも、ギリシャ神話の英雄の末裔を祖とする町があった。ギリシャ文化の周辺にいたイタリアの諸民族は、ギリシャ文化の伝統の中に自分たちを位置づけようとしたのだろう。

一方ローマ人がそれ以前からもっていた本来の建国神話によれば、ローマを建国したのは、狼に育てられた双子のロームルス、レムスである。[9]「ロームルス」という名前と「ローマ」という名前は、すぐに分かる通り同じ根をもっている。

そこで両者の矛盾を回避せんとして、アエネーアースはロームルス以前にいた人物と位置づけられ、彼の建てた町はローマではなく近隣の別の町とされた。そしてアエネーアースの末裔からやがてロームルスの母親が出てくるという、いわば神話を合理的に再構成しなおす形で、トロイア戦争神話とローマ建国とが一体化させられる。この順序をとらざるをえなかったのは、ロームルスによる建国が（ローマ人の計算した結果を今日の表記に直すと）紀元前七五三年であったのに対し、トロイアの陥落は（ギリシャ人の有力な説に従うと）紀元前一一八四年だったからである。

## 「本歌取り」

『アエネーイス』は全一二巻からなる。前半の六巻は『オデュッセイア』を、後半の六巻は『イーリアス』をモデルにしているとは、昔よりいわれていることである。つまり前半ではアエネーアースのトロイア脱出からイタリア到着までの旅が、そして後半ではイタリアでの戦闘が、扱われているからである。この見解は大筋ではもちろん正しいけれども、しかしことはそれほど単純ではない。

たしかに筋立てや題材の処理の点で、『アエネーイス』のエピソードは、『イーリアス』ないし『オデュッセイア』の特定の場面を明瞭に思い起こさせるよう、意識的に作られているように見える箇所が少なくない。この手法を、さしあたり「本歌取り」と呼ぶことにする。(10)

ひとくちに「本歌取り」といっても連想の規模の大きさは種々様々であるし、また内容から見ても、連想が表層にとどまりある種の知的なおかしみを呼び起こすものから、きわめて深刻な対比と類似に関わるものまで、ひとおりではない。

---

(8)『イーリアス』の主人公のアキッレウスは、女神テティスが母であり、人間の男のペーレウスが父である。男の神と人間の女から生まれた英雄は数え切れないほど多いが、その逆の組み合わせは実に少ない。このことも『アエネーイス』と『イーリアス』とを結びつける。

(9) リーウィウス Titus Livius『ローマ建国史』*Ab Urbe Condita* 第一巻の記述によれば概略は次の通り。アルバ・ロンガの王ヌミトルは弟のアムーリウスによって王位を簒奪される。アムーリウスはヌミトルの娘が子供を生むことがないように、（一生、処女でなければならない）ウェスタの巫女にする。しかし彼女は神マルスによって身ごもり、ロームルス Romulus とレムス Remus の双子を産む。アムーリウスは双子をティベル川に流させる。しかし雌狼が赤子に乳を与える。やがて牧夫に発見され、成長した二人はアムーリウスを殺害し、ヌミトルを復位させる。のちのローマのパラティーヌムの丘に町を建設するが、ロームルスの建てた城壁の礎石をレムスが跳び越えたため、ロームルスは彼を部下に命じて殺させる。

(10)「本歌取り」というのは日本の和歌の世界の用語である。たとえば万葉集のある歌を知っていることが、和歌を作る人にもそれを聞く人にも常識となっている。そうすることで新たにできた歌が奥行きをもつ。同じような現象が、ホメーロスとウェルギリウスとの間にもみられる。模倣であって、模倣ではない。これがまさに本歌取りの本歌取りたるゆえんである。ただし日本の和歌は叙事詩と比べるとあまりにも短い。これは大きな留保である。

ない。いずれにせよこうした箇所は、ホメーロスの作品の知識がなくともいちおうそれなりに理解はできるものの、「本歌」を知っていればよりよく味わえることになる。

そもそも『アエネーイス』の冒頭からして、ホメーロスの両作品が意識されている。『イーリアス』と『オデュッセイア』の冒頭にはそれぞれ「アキッレウスの怒りを歌え」および「かの機略に富んだ男（オデュッセウス）を歌え」というムーサに対する呼びかけが置かれ、このあと「怒り」ないし「男」が関係代名詞で増幅される長い序詞（プロオイミオン）となる。こうした序詞で始めることがエポスの約束であった。

『アエネーイス』もそれに従う。その序詞の冒頭の句は「戦争ならびに男のことを私は歌う」であって、たったこれだけのことばの中にも『イーリアス』と『オデュッセイア』の双方の出だしを兼ねた表現になっている。

こうした例をあげ尽くすことはとてもできることではない。以下で紹介する例は、すでに本書の『イーリアス』と『オデュッセイア』の章においてなにかしら言及した部分に、何らかの形で関連しているところに限られる。

## カルターゴー到着まで

序詞に続く場面は神々の会議である。アエネーアースに味方するのはウェヌス（アフロディーテー）[11]、彼に敵意を抱いているのがユーノー（へーラー）という構図である。これは『オデュッセイア』の冒頭がやはり神々の会議であって、オデュッセウスの味方がアテーナー、敵対するのが（『オデュッセイア』ではたまたま留守という設定であるが）ポセイドーンというのに照応する。またへーラー対アフロディーテーという女神対立の構図は、『イーリアス』以来の図式である。[12]とにかく女神たちのそれぞれの思惑を秘めた妥協が成立して、アエネーアースはすでにイタリア半島近くにまで来ていたのに、南方はアフリカのカルターゴーへ流される。

物語が始まる時点で漂流者の長い旅路がすでにほとんど終わっているという設定は、『オデュッセイア』と同一である。オデュッセウスは長い間、女神カリュプソーに引き留められていたが、ついに女神は説得に応じて彼を断念する（第五巻）。しかし筏で船出したオデュッセウスは、ポセイドーンにより再び難破させられ、ファイエーケス人の国に漂着して、そこで王女ナウシカーに出会った（第六巻）。同じようにアエネーアースも、ユーノーが企てた嵐にあったあと、漂着した土地で女性に出会うことになる。カルターゴーの王妃ディードーである。

ディードーと出会う少し前に、アエネーアース一行（彼はオデュッセウスと違ってひとりではない）は、カルターゴーの神殿を眺めている。そこにはなんとトロイア陥落のありさまを綿密に描いた図像が施されているのである。このような、実際にはとても制作不可能な細かい表現を有する仮想の図像作品の、ことばによる「精緻な描写」（今日の研究者によりエクフラシス[13]という術語で呼ばれる）もまた、ホメーロス以来の叙事詩の伝統である。有名かつ長大な例をひとつあげれば、『イーリアス』第一八巻のアキッレウスの盾の描写である。

アエネーアースは自分たちの姿を描いた図像に、「この地にまで我々の名声は届いている」と落涙する。この印象的な場面は『オデュッセイア』第八巻の同じく落涙の場面、オデュッセウスがファイエーケスの宴で、吟遊詩人の歌うトロイア陥落の木馬のくだりとわが身の活躍を聞いて、思わず落涙する場面と照応している（⇩第3章《木馬の話》60ページ）。

アエネーアースはディードーに歓迎される。そして求められるままにそれまでの出来事を物語る。つまりトロイア陥落の情景（木馬を城内に引き入れることを阻止しようとして大蛇に襲われる予言者ラーオコオーンの、後代にも有名なくだりもここにある）が第二巻を、それに続く漂流のいきさつが第三巻を占めている。

主人公が自分の被ったそれまでの苦難を一人称で物語るという形式も、『オデュッセイア』に倣っている。『オデュッセイア』第九巻から第一二巻には冒険の数々が順次、登場した。しかしいかに部下たちを失うつらい出来事であったと

(11) ローマ人は自分たち本来の神々を、ギリシャの神々に対応させた。文学の中では、ウェヌスとはアフロディーテーと「同一人物」、あるいはアフロディーテーのラテン語名と、事実上、見なしても構わない。
(12) 厳密にいえば『イーリアス』では、ヘーラーがアテーナーと組んでギリシャ軍をひいきする。アフロディーテーはトロイア側に立つ。
(13) ecphrasis. ただしこの単語が実際に登場するのは、古典後期の修辞学文献の中である。

はいえ、オデュッセウスの経験した冒険は、所詮、おとぎばなしの世界に属している（⇩第3章《おとぎ話としての「冒険譚」》57ページ、《回想場面》58ページ）。主人公が才覚を働かせて危機を脱出する物語の数々は、どのように物語られても究極のところでは深刻にならない。

それにひきかえアエネーアースの漂流譚は、何とも陰鬱な雰囲気に包まれている。祖国再興の地を探しつつ寄港する土地は、どこも不吉な趣に満ちている。何よりアエネーアースはその途中、父親アンキーセースをなくしているのである。[14] もちろんヘレニズム風の、機知に溢れた趣向もなくはない。オデュッセウスと同様に、アエネーアースも一つ目巨人キュクロープスの島のそばを通る。そしてそこで男をひとり拾い上げるのであるが、これはオデュッセウスの部下で、運悪く一行の船出に間に合わなかった、という設定になっている。

## 「冥府行」とディードー

『オデュッセイア』の主人公が自らの口から物語る冒険譚の中で、「冥府行」は異色な存在であった（⇩第3章《冥府行——死者の国への旅》60ページ）。このオデュッセウスに与えられた義務は、単なる冒険の枠に入りきらない試練である。「冥府行」は同じようにアエネーアースにも課される。しかし彼の場合には、すでに航海は終了して目的地のイタリア半島に到着しており、そこのクーマエ[15]という所から冥府に下っていくのである。だからその描写は地の文の続きである。つまり自身が物語る冒険譚の枠の中からは外されて三人称で描写されている。そしてその分、客観的な事実となる。

冥府行が描かれる第六巻は、構成の上からも内容上も物語の折り返し点にあたる。アエネーアースの経験する「冥府行」は、いくつもの重要なエピソードを含んでおり、アエネーアース像を転換させる大きな契機となる。とりわけ主人公が出会う最大の事件、そしておそらくウェルギリウスがホメーロスと異なるもっとも重要な箇所といえる部分は、やがて生まれいずるローマの末裔たちの魂の行列を主人公が眺めて、己の使命を実感するところである。しかしこれについてはむしろ相違点として、のちに考えることにしよう。二つの作品における冥府の描写の類似は、細かくあげるときりがないので、ここではエピソードひとつだけに留める。ディードーの亡霊との邂逅である。

予想されたことであるがアエネーアースとディードーとは恋に落ちた（第四巻）。アエネーアースはディードーから、カルターゴーの王となることを保証される。それはローマ建国の使命を放棄することを意味する。カルターゴーはローマにとって宿敵とでもいうべき存在であり、したがってアエネーアースとディードーとの恋は、歴史的視点からみれば絶対に成就するはずがない。こうした深刻な恋は『オデュッセイア』にも『イーリアス』にも登場しない。人はここにヘレニズム時代の影響を見る。とりわけアポッローニオスの『アルゴナウティカ』で描かれた「メーデイアとイアーソーンの恋物語」にモデルを見いだす（⇩第5章《『アルゴナウティカ』》109ページ）。

アエネーアースは祖国再建の務めを忘れてしまった。ところでカルターゴーはフェニキア人の建てた国である。よって東方と結びつく。東方世界は奢侈におごり軟弱であるとするステレオタイプな見方は、すでに紀元前五世紀のギリシャ人が有していた。ローマ人はこの世界観を、自分たちより東の国のギリシャにもあてはめる。アレクサンドリアのプトレマイオス朝はエジプトとギリシャの混淆である。東方の奢侈と恋に溺れたアエネーアースとディードーとに、現実世界のアントーニウス(16)とクレオパトラを認めても、あながち無茶な空想ともいえない。

しかし神々の介入がここで起こる。ユーピテルはメルクリウス（ヘルメース）を遣わせて、彼に「定められた道筋」「彼の使命」を思い起こさせる。そういえばヘルメースは、オデュッセウスを引き留めていたカリュプソーのもとにも赴い

---

(14) ちなみに、年老いた父親を肩に抱いて、燃え盛るトロイアから脱出するアエネーアースの姿は、古くから貨幣にも刻まれている。まさに定型句もどきの表現である pius Aeneas を集約した図像である。ラテン語 pius「親孝行な」については後述（⇩95ページ）。

(15) クーマエにはシビュッラ（シビラ）という巫女がいる。この巫女の指示に従い、アエネーアースは黄金の枝を折り、それを掲げて冥府に行く。

(16) Marcus Antonius（c.83-30B.C.）カエサル麾下の軍人、腹心として活躍。カエサル暗殺後、オクターウィアーヌスと対立と妥協を繰り返すが（⇩注（6））、最終的に「アクティウムの海戦」（⇩注（4））で敗退し、エジプトで再起を図るが、部下からも裏切られて、自殺。卓越した軍隊統率力と豪放磊落な人柄で人気があったが、放縦で、怒りやすく、奢侈に溺れたと伝えられる。

て、オデュッセウスの出帆を促した神であった。

しかしその先は大いに違う。オデュッセウスがカリュプソーを納得させた上で、故国への帰還と妻との再会を目指したのに反し、アエネーアースは何ひとつディードーに告げることなく、黙ってディードーを捨てて出帆する。かなり卑怯なやり方であると読者は思わざるをえない。ディードーは嘆き悲しみ、かつ猛烈に怒り、薪を重ねた山を組ませ、わが身を剣で突き、身を投じ、点火させる。海上ではアエネーアースが、たち上る煙を眺めて不安な思いに捕らわれる。ちなみにディードーの怒りは、後代の歴史的事件である「ポエニ戦争」の伏線となる。[17] 周知のようにカルターゴーとローマとは宿命的な対決を繰り返し、とりわけアルプスを山越えしたハンニバルには大敗北を喫し、イタリア半島を蹂躙される。[18]

ある意味でこの将来への不安は、キュクロープスの眼を潰して脱出・船出するオデュッセウスにモチーフを頼っている。しかしいうまでもないが、その道徳的責任の重苦しさは比較にならない。

さて冥界でディードーの魂と再会して、アエネーアースは懐かしさのあまり思わず声をかけるのであるが、しかし亡霊は、いまだ憤怒に眼をぎらつかせながら無言のまま立ち去ってしまう。これは『オデュッセイア』に明確なモデルがある（⇩第3章《冥府行——死者の国への旅》60ページ）。アイアースの魂は、オデュッセウスに対する恨みを決して忘れてはいなかったのである。

『アエネーイス』の「本歌取り」の中でももっとも有名な箇所を、「本歌」ともども、巻末に並べてみた（文例BとC1）。そこには明瞭な類似点と同時に、ウェルギリウスならではの特徴も見てとれよう。たとえば冥府はウェルギリウスによって、森の中の暗がり、しかし真っ暗闇ではなく夕方の薄暮のように描写される。ディードーの姿は、細い細い三日月のように、それも実際に見たのではなく見たと思っただけかのように、頼りなげに見える。こういう比喩は、まさにウェルギリウスのものであって、ホメーロスではない。全体の調子もいっそう切なげに、かつ憂愁の念を帯びている。

オデュッセウスはアイアースとの邂逅を一人称で語る。それに対してアエネーアースとディードーは三人称で描写される。先にもふれたように、この違いの効果は大きい。アエネーアースが恨まれているのはまったく否定しようのない事実であることが、ひときわ強調されることになる。作品『アエネーイス』の成立の百数十年前に、ローマがカルターゴーを地上から抹殺したのが、歴史的事実であるように。

## ラティウムにて

冥府行のあと、アエネーアースはラティウム(19)に来る。そして土地の王の娘と結婚することになる。ところがこの神託が下る以前、娘にはトゥルヌスという有力な婿候補がいた。アエネーアースの邪魔をしようとするユーノーの介入もあって、両者は戦いに突入する。アエネーアース率いるトロイア軍と、トゥルヌス率いるイタリア先住民軍との戦いが、『アエネーイス』後半のテーマとなる。

トゥルヌスは「第二のアキッレウス」と称される。トロイア人の最大の敵であるからである。しかし図式は必ずしも単純ではない。何よりも結末では役割の逆転が起きる。トゥルヌスがパッラースというアエネーアースの愛する少年を討ち、その仇討ちにアエネーアースがトゥルヌスを殺すのであるが、これを『イーリアス』の図式に当てはめれば、パトロクロスの役割をパッラースが、ヘクトールの役割をトゥルヌスが、アキッレウスの役割をアエネーアースが受けもっていることになる。つまりトゥルヌスは、アキッレウスからヘクトールへと役どころを代えさせられているのである。

(17)「ポエニー」とは、ラテン語でフェニキア人のことであり、なぜカルターゴーの人々をフェニキア人と言うかといえば、カルターゴーはもともとフェニキアの植民都市であったからである。ディードーがフェニキアから逃げてきてカルターゴーを建設するありさまも、『アエネーイス』の中で描写される。
(18)この歴史的事件も『アエネーイス』の中で、ユーピテルによって予言される（第一〇巻一一行以下）。
(19)イタリア半島のローマ周辺を指す地域名。ちなみにラテン語 lingua Latina とは、「ラティウムの言語」の意である。

## 『イーリアス』のギリシャ軍と『アエネーイス』のトロイア軍

『アエネーイス』後半部分においても、ホメーロスからの「本歌取り」はいくつも見つかる。しかしむしろ注目すべきは、『イーリアス』と『アエネーイス』との、今あげたような人物設定の立場の違い、あえていえば「ねじれ」である。そこでむしろ「本歌取り」を追うことを中断して、両者の相違を全体の視野から考察してみたい。

『イーリアス』と『アエネーイス』は、それぞれの物語の主人公が帰属する軍、すなわち『イーリアス』中のギリシャ軍と『アエネーイス』中のトロイア軍の、立場の相違からして違っている。前者はヘレネー奪還という正当な理屈を掲げて攻めてきた。さらに彼らには帰る故郷がある。なるほど落城後（『オデュッセイア』までも視野に入れれば）、帰路の船出をしたあとに彼らは神々の憎しみを買い、その一部は悲惨な目に遭うかもしれない。とはいえオデュッセウスのようにどれほど難儀をしても、アテーナーに絶えず見守ってもらえたりするのである。

それに反し後者は、一度、完膚なきまでに敗北している。単に軍事的に負けただけではなく、トロイアは神々に憎まれ、見捨てられたのである。『アエネーイス』第二巻でトロイア陥落のさまがアエネーアースの口を通して描写されたが、その中で、木馬をギリシャ軍の計略と見破り、破壊を命じたラーオコオーンが、その子供ともども神々の送った大蛇に惨殺される。[20] 真相を見抜いた予言者が神々に罰せられ、嘘も巧みなギリシャのスパイがよしとされる。それのみかアエネーアースは、荒れ狂う神々の姿を業火の中に認めてもいる。この経験はトラウマとなって尾を引いている。いわばアエネーアースは「見るべきものは見つ」といえるありさまなのである。

それにもかかわらずイタリアでの新たな戦いで、トロイア軍が今度は敗北しない、と定められている。これは一見、『イーリアス』において、ギリシャ軍が勝利を収めることに対応しているかのようである。しかしその先が異なる。パトロクロスは死に、ヘクトールも死に、アキッレウスがやがて死ぬことは明白である。『イーリアス』第二四巻の静謐は、死の影を帯びてのことである。

それに反し、アエネーアースは生きのびる。それのみかやがて子孫を残し、将来のローマの繁栄の礎を築くことが約束されているのである。そもそも厳密にいえば、ラティウムでの戦いに勝利も敗北もない。トロイアからやってきた民族ともともとイタリアにいた民族は融和して、新たな国に統合される。トロイア軍が戦った相手のイタリアの先住民もまた、現実のローマ人の祖先の一部である。

## 払われた犠牲（1）ニーススとエウリュアルス

それもあってか、物語の結末に至るまでの間の死者が違っている。『イーリアス』においては、ギリシャ軍の陣営で戦死する大物は、パトロクロス以外誰もいない。名のある大将たちは、全員、生き残る。ところが、『アエネーイス』のトロイア軍は、実に大きな犠牲を払っている。

アエネーアースに愛されているパッラースはトゥルヌスに殺される（第一〇巻）。パッラースの戦死はパトロクロスと類似関係に置かれているが、パトロクロスはアキッレウスより年長であった。若々しい少年の死はひときわ無惨である。ローマが建国のために支払わねばならない犠牲の大きさを、凝縮しているかのように。

その少し前でも、同じように若々しい少年の死が語られる。ニーススとエウリュアルスという名の、互いに愛し合っている若者二人の、壮絶な戦死のエピソードである。この部分は巻末に引用しておいた（文例C2）。ニーススとエウリュアルスは二人して敵に夜襲をかけた。夜襲はある意味で成功したけれども、二人は敵に発見され追いつめられる。夜襲の提案を行ったのは、年上のニーススであり、少年エウリュアルスは愛する者に従っただけであ

---

（20）予言者は将来起きる惨事を知っているが、そのことばは普通の人には通じず信じてもらえない。こうした予言者の姿もギリシャ文学の範を仰ぐ。有名な例はギリシャ悲劇にある。アイスキュロス『アガメムノーン』に登場するカッサンドラーであり（⇩第14章《予言者カッサンドラー》310ページ）、ソフォクレース『オイディプース王』のテイレシアースである（⇩第14章《ソフォクレース『オイディプース王』》318ページ）。

った。これがニーススの、「ただ彼は、これほどにまで不幸な友を、あまりに激しく愛しすぎただけなのだ」ということばの背景にある。「あまりに激しく愛しすぎたために殺される羽目になる」という設定は、まぎれもなくウェルギリウスのものである。

いまだ若いエウリュアルスの死にゆくさまは、深紅の花が鋤に根を刈り倒されるさまに、さらに罌粟《けし》の花が雨に打たれ頭を垂れ下げるさまになぞらえられている。この有名な比喩も『イーリアス』にモデルがある。[21]しかしたしかに「本歌取り」であるとはいえ、パトスの度合いの点ではるかにしのいでいる。壮絶な美しさも、エロティックなまでに感じとられよう。

引用末尾には「ローマが磐石である限りニースス、エウリュアルスの二人の英雄の名も不滅である」という一節が置かれている。つまりローマがローマである限り、こうした美しい戦死のさまは歌い続けられる。こうしたことばに、いわゆる軍国主義ないし偏狭なナショナリズムとでもいうべき臭いを感じとり、この叙事詩を忌避する人もなくはない。しかしもう一度、ローマの歴史を思い出さねばならない。ローマ人からしてみれば、ローマは祖先たちの、文字通り流された血の上に成り立ってきたことは、否定すべくもない事実である。

この一節は同時に、「もし詩に力があるならその名誉を永遠に伝えよう」という、詩人自らが表に出てきて発する、ことばの上では謙遜を装ってはいるもののその実、誇らしげな宣言となっている。「人の肉体は死ぬが、その栄誉はことばによって未来に伝えられる」というモチーフは、「詩人にはそれを伝える使命がある」というモチーフとあいまって、ギリシャ・ラテン文学を貫く、大きな流れを構成するのである。[22]

## 払われた犠牲（2）ラウスス

イタリア人の若者もまた死ぬ。心優しい親思いの少年を殺すのは、アエネーアース自身である。少年の名をラウススという。傷ついた父親を守ろうとして、いわば父親の身代わりになって殺される。なるほどその父親は傲慢で残虐で、好意的に描かれていない男なのだが、ところがラウススはそれにふさわしくない、よくできた息子である。とはいえ彼は敵であり、しかもウェルギリウスは、彼を殺す人物をアエネーアースに設定する。

この二人が対決する場面のキーワードにあたるのが pius なる形容詞（名詞にすれば pietas）である。pius というラテン語はなんとも幅の広い意味をもつ単語であるが、『アエネーイス』に即していえば「国・父親・子孫、さらには神々に対する責務の感が強く、しかもそれらを義務としてではなく進んで愛する」とでもなろうか。これこそローマ人の美徳なのである。そしてアエネーアースは自分で「私は pius なアエネーアースです」（第一巻三七八行）と自己紹介をするほどにまで pietas を体現した人物である。そのアエネーアースがこの場面では、やはり pius なラウススを殺す。pius なるものが pietas ゆえに、もうひとりの pius なる若者を殺さなくてはならない。なんともこころ動かされる皮肉な構造であるが、これは『イーリアス』には見られないパターンであるとともに、ギリシャ人とは異なるローマ人の精神を如実に反映している。[23]

ラウススが自分に向かってくるのを見て、アエネーアースは次のようにいう（第一〇巻八一一～八一二行）。

死すべき者よ、なぜおまえはかかってくる、自分の力に勝ることに逸るのか、
おまえの親孝行（pietas）が不注意なお前を騙している。

(21) この比喩は、ホメーロスとウェルギリウスとの間にステーシコロス（⇩第10章《ステーシコロス》233ページ）が、ウェルギリウスの後にはオウィディウスが使用する（⇩第5章《先人に対するライヴァル意識》114ページ）。

(22) 本書で扱う箇所に限っても、『イーリアス』のアキッレウスの栄誉と長生きの二者択一（⇩第2章《第九巻のアキッレウス》47ページ）、ピンダロスの自負（⇩第12章《詩人の自負》261ページ）、さらには、ホラーティウスの『カルミナ』第三巻三〇番（⇩第11章《ホラーティウスの『カルミナ』》241ページ）と連なっている。

(23) もちろん「親孝行」がギリシャ人にとって美徳でなかった、ということではない。戦場で父親を守って落命する息子という型のモデルは、トロイア戦争のエピソード（父親ネストールと息子アンティロコス）にある。

pietasがおまえを欺いている、という言い方にはある意味ではリアリズムがあるものの、無惨である。(24)
ラウススは殺された。

そして命は風の中を
嘆きながら冥府へと去っていった、肉体を後に残して。

この八一九~八二〇行は、『イーリアス』のきわめて印象深い定型句のほぼ忠実な翻訳である。『イーリアス』の中では「魂が雄々しさと若さとを後に残して、己の運命を悲しみつつ冥府に去る」という表現が、たいそう重要な殺害シーンに二度、それもまったく同じことばで、しかし他の人には使われず二人の重要な人物(パトロクロスとヘクトール)にだけ限って使われていた(⇩第2章《定型句の意識的活用》43ページ)。そのとっておきの表現が、ここで少年ラウススに使われている。あたかも彼が、アエネーアースが殺さなければならない敵の中でも特別の者であったかのように。

## 将来への展望

この章の冒頭でふれたが『アエネーイス』は、後の時代の歴史的事件への言及を含む。この点はホメーロスの叙事詩と際立って異なる特色である。

神話上の人物であるアエネーアースに、現実の人物であるオクターウィアーヌス(アウグストゥス)が重ね合わせて受け取られるように作品が作られていることはすでに述べた。人物像の重ね合わせのみならず、さらに予言という形式を使うことで、『アエネーイス』が作られている現在までの歴史が物語の中にとりこまれる。アエネーアースに始まる神話の中に、狼に育てられたロームルスによるローマ建国の神話も取り込み、さらに時間を延ばし、まさに今の今——すなわちウェルギリウスと同時代の政治家であるオクターウィアーヌスが権力を掌握し、内戦で荒廃の極みに達していたローマに平和を回復させたのみならず、周辺の諸民族をも制圧することで地中海世界を統一し、いわゆるローマの平和を確立した今まさにこの時を、神話という過去の時点から遠く見すえ、それはすでに神話の時代から定められていた、とするのである。

これを図示すると次のようになる（次ページ）。いま時間軸に沿うかたちで線を引く。『アエネーイス』という物語の中で展開する「今」（A）は、トロイア陥落（B）から時間がたって、一行がカルタゴーに漂着したところから始まる。トロイア陥落とその後の旅は、つまり（B）から（A）までは、「過去」の出来事である。これはアエネーアースが（第二巻と第三巻で）回想しつつ物語った。

「今」と「過去」だけではない。「未来」がある。「未来」の最たるものは、『アエネーイス』という作品ができあがりつつあるアウグストゥスの時代（C）である。その「直前」にはアクティウムの海戦（D）がある。もっと前にはハンニバルのローマ侵略があるし（E）ロームルスによるローマ建国もある（F）。この（A）からすれば未来にあたる（F）、（E）、（D）、さらには（C）、あるいはその先までもが予言されているのである。

第六巻でアエネーアースは、冥府で父親の霊に出会う。父親はやがて生まれでてくる魂の行列を見せてくれる。その中には、ロームルス、一挙に時代が下ってオクターウィアーヌス（アウグストゥス）、再び戻って残り六人の王たち、[25] さら

(24)「死すべき者よ」（moriture）という動詞の未来分詞の呼格形を使った呼びかけは、いかにもラテン語を生かしたウェルギリウスらしいことばづかいである。未来分詞とは、現在分詞が「いま～している」という機能をもつのと同じように、「将来～することになる」という機能を備えた変化形である。「死すべき者」という訳語は適切ではないかもしれない。なぜならギリシャ語では「不死なる神々」に対立する概念として人間一般を「死すべき人間」と表現するから、単に「人間」を言い換えただけであると捉えられかねないからである。そうではなく、ここでの含意は、「死ぬことが決まっているおまえよ」「おまえはもうすぐ死ぬのだ」ということになる。しかもそれは誰によってかといえば発話者（アエネーアース）によってである。総じて受動表現をラテン語は動作主を明示しないで多用する（ここは受動態ではないが）。

(25) ロームルスを含めて初期ローマには七代にわたって王政が続いた。七代目の王タルクィニウス「暴虐王」Tarquinius Superbus が追放されて、ローマは共和国となる。

には共和制下の英雄たちがいて、それぞれの事績が紹介される。

しかしリストの最後尾を占めるのは、悲しみに満ちた魂である。これは、偉大な業績を上げ、将来を嘱望されているにもかかわらず、夭折する（ことが決まっている）オクターウィアーヌスの養子のマルケッルス[26]の魂なのである。勇ましく華やかな行列は突然ここで中断して、アエネーアースは地上に戻る。あたかも歴史は輝かしいだけでは済まないとでもいうように。

第八巻でアエネーアースは、友軍を求めて将来ローマとなる土地へと赴く。水をとうとうと湛えたティベル川を遡れば、今はまだ牛が草をはむ、のどやかな村に出る。やがてはそこに建造物が立ち並ぶであろう。将来のローマの権威の中心、カピトーリウムの丘のユーピテル神殿となるところは、小さな祠があるのみ。同様にその他、今日のローマの様々な祭儀の来歴が、古の文脈で明らかにされるのである。

同じ巻でアエネーアースは母親である女神ウェヌスから、盾を受けとる（これは『イーリアス』第一八巻で、アキッレウスが母親である女神テティスから盾を受けとるのに対応している）。ここにも狼に育てられる赤子から始まって、いくつもの「出来事」が図像という形で紹介される。とりわけもっとも多くの行を割いて描写されるのが、アクティウムの海戦である。といってもすべては「神話化」されている。泡立つ海を蹴って逃げゆくクレオパトラの背後には彼女の自殺を暗示する蛇がしのびより、天上では獣面をしたエジプトの神とローマの神々が相争う、という風に。さらにはアウグストゥスの凱旋式が絵になっている。このあとアエネーアースはこの盾を振るって戦う。文字通り、ローマの歴史を一身に担っていることになるのである。

## 三人の主人公

『イーリアス』のアキッレウスは、ある意味で「わがまま」である。自分の怒りのために、平然と友軍を滅ぼすだけでなく、自分すら死に追いやる。死を決意すれば世界全体をも焼き尽くさんばかりとなる。

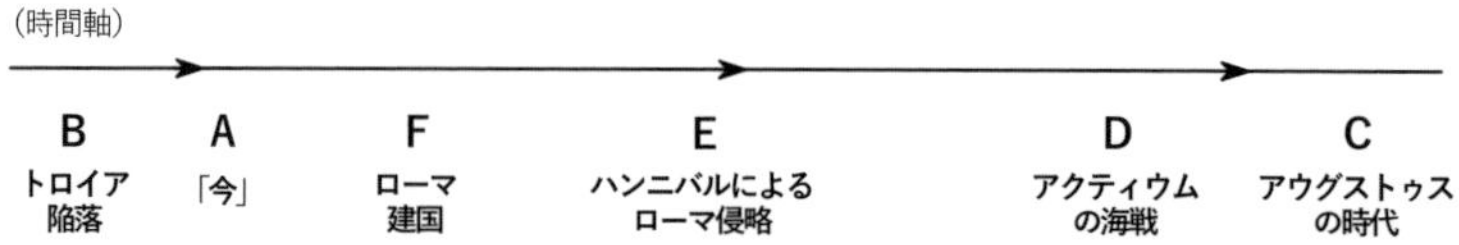

しかし、元来、名誉とか誇りはそうしたものかもしれない。名誉の追求なくして英雄は凡人の枠を脱しえないが、そのために払わねばならない代償は、凡人の支えきれる域を越える。栄光と悲惨とは表裏一体で、かつその振幅の大小が、英雄とそうでないものとを区別する。『イーリアス』のこの精神はギリシャ悲劇に受け継がれ、ギリシャ文学の強烈な主張となる。ディードーはアエネーアースより、はるかにギリシャ文学の本流に近い。それもあってか「ギリシャびいき」はしばしば主人公よりも彼女を好む。しかしこれもまた作者ウェルギリウスのしたたかな計算と、かつ強烈な倫理観のなせるわざであろう。

『オデュッセイア』の主人公も、違った意味で強烈な意志と個性とを有している。彼は何としても生き抜いて、いかなる屈辱に耐えても、取り戻すべきものは取り戻す。

これら二人と比較してみると、アエネーアースの場合、個人の意志で動くことそのものが評価されていない。個人がすべきは、自己の欲望を抑え、秩序を守り、使命を遂行し、約束された将来への犠牲となることかもしれないのである。ギリシャとローマの「理想像」の違いは大きい。ギリシャ人からみれば、ローマ人は生真面目で、人間性を無視し、しかもどうかすると偽善者にも近寄れる。反対にギリシャ人は、大人の責任を知らない子供のようである。

---

(26) Marcus Claudius Marcellus（42-23B.C.）オクターウィアーヌスの甥（姉の子）。オクターウィアーヌスは彼を高く評価し、ひとり娘ユーリアと結婚させた。「元首」の後継者と目されていたが、夭折した。葬儀ではオクターウィアーヌス自ら、追悼演説をした。

第5章

# エポス・叙事詩（4）　反主流の叙事詩

偉大な作品との葛藤から、新しい作品が生まれてくる。本章では、ホメーロス・ウェルギリウスとの対決を通じて生まれた新しい傾向の叙事詩から、アポッローニオス『アルゴナウティカ』・オウィディウス『変身物語』・ルーカーヌス『内乱』を選んで、それらの異質さを明らかにする。

## 「反主流」

「反主流」という言い方は私がこの本を書くにあたって考えだした表現である。このフレーズをあえて選んだのには次のような理由がある。

これまで三つの章にわたってふれてきたように、ホメーロスの『イーリアス』と『オデュッセイア』は、叙事詩というジャンルのみならず、古典文学を通じて規範とされた。そしてウェルギリウスの『アエネーイス』は、ホメーロスとの格闘を通じてまさにホメーロスの後継者の位置を獲得したばかりか、それ自体がラテン文学の最高峰と目されるようになり、叙事詩の新たな規範となった。

それに対して、アポッローニオス、オウィディウス、ルーカーヌスの三人は、なるほどホメーロス、さらにはウェルギリウスと対決して、叙事詩の伝統に属しつつも独自の作品を作りだすのに成功したし、そしてたしかに彼らの作品には新機軸があるものの、ホメーロスやウェルギリウスと対等に並べるには少し問題がある。彼らの作品のすばらしさは、あくまでホメーロス、ウェルギリウスあってのものであり、そういう意味で、規範に対する反逆、主流に対する反主流、なのである。

彼らの作品それぞれの特徴を、順次、洗いだし分析する前に、あらかじめ三人の属した時代区分はじめ、いくつかの基礎事実を確認しておく。

## アポッローニオス

アポッローニオスは、紀元前三世紀、すなわちヘレニズム時代のアレクサンドリアの詩人である。当然のことながらギリシャ語で作品をしたためており、ウェルギリウスよりも古い時代に属している。彼は、同名の他の人物と区別するために、通常、「ロドス島のアポッローニオス」を意味する「アポッローニオス・ロディオス」と呼ばれることが多いが、どうして「ロドス島」と関連づけられるのか、その真の理由は不明である。また古伝の一によれば、あとで述べるカッリマコスと不和が生じたとされ、その立場から書かれた文学史もある。しかし私はその立場をとらない。むしろアポッローニオスはカッリマコスの美意識に与した一派であると考える。そのカッリマコスの主張については、このあとかなり詳しく説明する（⇩《カッリマコスの主張》106ページ）。

アポッローニオスの作品は、『アルゴナウティカ』という。その題名を意訳すれば『アルゴー号冒険物語』（ないし『アルゴー船物語』）となる。「アルゴー号」とは神話上、人間が最初に建造した船の名前である。イアーソーンなる人物が、仲間を募ってこの船に乗り込んで、黄金の羊の皮を求めて黒海の奥深いコルキスという土地にまで冒険旅行を行うというのが話の大筋である。遠征に加わった英雄たちを総称して、「アルゴナウタイ」すなわち「アルゴーの船乗り」と呼ぶ。[1] この物語そのものは古くからあった神話であるが、それを題材にしてアポッローニオスは、いかにもヘレニズム時代の文学らしい叙事詩を作ったわけである。ヘレニズム時代の文学全般の特徴については、すでに第1章でもかなり詳しく

（1）余談になるが、英語で「宇宙飛行士」のことを astronaut と称するが、これは Argonaut をもじってできた造語である。astro- は「星」を意味する。

記述しておいた（⇩《古典期とヘレニズム期の断絶・ヘレニズム文学とラテン文学の親和性》《学者詩人》）。

## オウィディウス

オウィディウスはローマの詩人で、ウェルギリウスよりも一世代、若い世代に属する。つまりウェルギリウスが万感の思いを込めて讃えた、オクターウィアーヌスによって確立されたローマの平和が、もはや自明の事実であった世代なのである。この違いは大きい。彼が、ウェルギリウスのあとからやってきた、ウェルギリウスと対抗せざるをえない詩人であったことを忘れてはならない。

またオウィディウスの詩人としての出発点は、エポスではなくエレゲイアである。のちほど第8章および第9章で扱うエレゲイアは、エポスに対して傍流に位置するジャンルであった。しかしこの章で取り上げるオウィディウスの作品は、彼が唯一、エポスの韻律であるヘクサメトロスでしたためた作品『変身物語』である。

『変身物語』という日本語の翻訳はもはや定着したと思われるが、もともとのことばでは『メタモルフォーセス』と呼ばれる。**Metamorphoses** 単数形でいうと **Metamorphosis** となるが、この単語は「姿を変えること」を意味するギリシャ語である。余談になるが英語その他の近代語では「昆虫の変態」、つまり毛虫がさなぎに、さらにさなぎが蝶になることを、**metamorphosis** という。

オウィディウスの『メタモルフォーセス』つまり『変身物語』は、人間が花や、虫や、岩になる、変身神話を集めた作品である。水面に写った自分の姿に恋いこがれて水仙の花に変身した少年ナルキッソス（ナルシス）の話、今日のナルシストということばのもとになった物語をご存じの方は多かろう。あの種の話の集大成がこの作品なのである。

## ルーカーヌス

三番目の詩人、ルーカーヌスもローマの詩人であるが、時代はさらに下って皇帝ネローの時代の人物である。ウェルギリウスのおよそ百年あとの世代に属している。つまりウェルギリウスの名声と権威が、ラテン文学の伝統の中にすっかり確立してしまった時代の人物である。

ルーカーヌスは皇帝ネローに対する陰謀に加担するが、陰謀は発覚する。ために自殺を命じられ、二六歳で若死し、その結果、彼の唯一の作品は未完成のままに終わった。彼の叙事詩の名前は『内乱』という。(2) 原題のラテン語の *Bellum Civile* とは、英語でいえば **civil war** で、つまり外敵に対してではなく、一国の内部で市民どうしの間で起こった戦争を指す。ルーカーヌスが扱っているのは、ポンペイユス(3)とユーリウス・カエサルの間に勃発し、カエサルの勝利のうちに終わった内戦である。

このように神話世界ではなく歴史的事件に題材をとった叙事詩は、決してまれではなかった。ただそうした作品が大部分散逸した結果、ルーカーヌスの『内乱』は、今日、やや珍しい例に映るだけなのである（⇩《年代記としての叙事詩》116ページ）。

なお『内乱』は、両陣営の決戦の場となったテッサリアの地ファルサーロスにちなんで『ファルサーリア』*Pharsalia* とも呼ばれている。こちらの名前で紹介されることもある。

## 「叙事詩の環」

『イーリアス』と『オデュッセイア』が口誦叙事詩の伝統の中から生じてきたことについては、すでに第2章と第3章

---

（2）本書の元本で私は「この作品が日本語に翻訳されていないこともあり、まだ日本語で定訳というべきものがない。私はいちおう、『内乱記』としておく」と記した。その後、大西英文訳が『内乱――パルサリア』という題名で刊行された。

（3）Gnaeus Pompeius Magnus（106-48B.C.）当初、スッラ麾下の軍人として活躍。しかし後、しだいに民衆派と接近。スパルタクス鎮圧、外敵に対する勝利、海賊討伐など軍功は著しい。カエサル、クラッススと三頭政治。東方、およびスペインを勢力圏におく。一時はもっとも勢力を有した政治家。カエサルと対立する元老院に担がれる。ファルサーロスの戦い（前四八年）でカエサルに敗北。エジプトで暗殺される。

で説明した。トロイア戦争をめぐる伝説圏には諸々のエピソードがあったが、『イーリアス』と『オデュッセイア』からはずれてしまった話——たとえば戦争の発端である「パリスの審判」、『イーリアス』にたびたび予言として言及される「アキッレウスの死」、ウェルギリウスの『アエネーイス』第二巻のモデルである「木馬の計略とトロイア陥落のありさま」などを扱っている叙事詩群があったことが、それらの梗概だけを伝える後代の記述によって知ることができる。さらにトロイア戦争をめぐる伝説のみならず、その他様々な英雄伝説、たとえばオイディプースの物語とその二人の子供たちの争い（テーバイ伝説 ⇩第14章《アイスキュロスの三部作形式・オイディプース伝説》297ページ）や、神々と巨人族との戦争（ティーターノマキアー）[4]もまた口誦叙事詩として、物語の核心となる部分は大筋に縛られつつも、細部は自由に改変されながら伝承されてきた。こうした神話・伝説も、『イーリアス』『オデュッセイア』ができあがったあと、しかしそれほど違わない頃に、長編叙事詩としての形を整えたらしい。それらのあるものは、作者の名前ともども題名こそ古典後代に言及されてはいるものの、ことごとく散逸してしまい、今日ではもはやごくわずかな引用断片を除いて読むことはできなくなった。古代後期の呼称を踏襲してこれらを「叙事詩の環」[5]と総称する。これらの「叙事詩の環」はおそらくホメーロスをお手本にしてできたものと想像される[6]。

それらのごくわずかな断片と、あらすじに言及した後代の書物の記述などから推測するに、「叙事詩の環」はエピソードの羅列からなる作品であって、ホメーロスの『イーリアス』『オデュッセイア』に見られるような、考え抜かれた緊密な構成をもっていなかった。さらに内容上も、奇想天外な怪物が登場したり、ご都合主義的に事件が展開したりで、人間存在に対する真摯な考察を欠いていた。したがってこれらが散逸し、その一方『イーリアス』『オデュッセイア』が後世に伝わったのも、当然のことと思われる。事実、すでにアリストテレースが厳しい評価を下している[7]のである。

## ホメーロス・ヘーシオドス以降の叙事詩

しかしながら長編叙事詩はそのあとの時代にもえんえんと作られ続けた。今日に伝わる題名その他の引用から判断するに、叙事詩の素材は「テーバイ伝説」とか「ヘーラクレースの十二の功業」といったあいも変わらぬ英雄伝説か、さもなくば「ペルシャ戦争」とか「アレクサンドロス大王の東征」といった歴史上の事件の物語化であったようである。叙事詩は通俗的に、一種の「講談」のような役割を果たしていたと想定しても、それほど的外れではないだろう。

ただしその韻律はヘクサメトロスであり、単語の変化形や語彙などそのことばは、ホメーロス・ヘーシオドス流のエポス独自の方言が使われていたことを忘れてはならない。韻律と措辞こそが、凡庸な詩人にも自分は叙事詩のごときものを作っていると錯覚させ、判断力のない聴衆・読者がそれらを叙事詩として歓迎する最低限の枠組みであったからである。

---

（4）厳密にいえば、ティーターノマキアー Titanomachia とは「ティーターン族との戦争」であって、巨人族（ギガンテス）との戦争は「ギガントマキアー」Gigantomachia という。しかし両者はしばしば混同してその名を引用されている。ティーターン族とはゼウスの父クロノスの兄弟たちである。ゼウスは父クロノスとその一族に対して覇権争奪の戦争を起こした（⇩第６章《覇権継承神話》125ページ）。

（5）epikos kyklos. 厳密にいえばこのことばは、「神々の創生」に始まり「ティーターノマキアー」や「テーバイ伝説」を経て、「トロイア戦争伝説」すべてを総称して用いられた語である。しかし狭義には、トロイア戦争を題材にした、そして今日、残存していない、次の作品を指す。『キュプリア』*Cypria*『アイティオーピス』*Aethiopis*『小イーリアス』*Ilias Parva*『イーリオスの陥落』*Iliou Persis*『帰国物語』*Nostoi*『テーレゴネイア』*Telegonia*. これらの簡にして要をえた解説は、松平千秋訳『オデュッセイア』（岩波文庫）上巻解説参照。

（6）もっと正確にいえば次のような過程が考えられる。「叙事詩の環」として作者名とともに梗概が伝えられている作品の素材となっている諸エピソードは、『イーリアス』よりも古くからあった。そのエピソードの核心となる人物名と行動、叙述の型、決定的な言い回しなどは『イーリアス』の作者（ホメーロス）もまた知っていた。ただホメーロスは元のエピソードを『イーリアス』の出来事の生起の順序の枠から外したばかりか、ときに換骨奪胎して別のエピソードに変形して利用したこともあった。結果として元のエピソードはそのままでは『イーリアス』には含まれなかった。同じことが『オデュッセイア』にも起きた。『イーリアス』『オデュッセイア』の成立後、両者に含まれなかったエピソードを集め、だらだらと並べたのが、「叙事詩の環」であった。

（7）『詩学』二三章（一四五九ａ）で、ホメーロスと他の（叙事）詩人たちとを対比させて、ホメーロスは中心主題と挿話との関係を見定めているのに反し、『キュプリア』や『小イーリアス』は、挿話を野放図に並べている、といった趣旨の評価をしている。

## カッリマコスの主張

しかしこうした一般の風潮に逆らう、激烈な改革を鼓吹した人物が出現する。それがヘレニズム時代のアレクサンドリアで活躍したカッリマコスである。彼の影響力がどれほど強烈であったかは、今日に残存した作品から見てとれる。というのも、カッリマコスの軽侮の対象となった作品はものの見事に散逸してしまう一方、これ以降の文芸はヘレニズム期・ローマ時代を通じ、彼の主張の影響を蒙《こうむ》らざるをえなかったからである。前章でウェルギリウスの『アエネーイス』について述べた際にはことさらにふれはしなかったけれども、カッリマコスがウェルギリウスに及ぼした影響力も、実は多大なものがあった。

カッリマコスは、凡庸な叙事詩人たちがあいもかわらず作りだす、手垢にまみれた叙事詩に我慢ならなかった。しかしカッリマコス自身は叙事詩を作らなかった。むしろ「もはや今の時代に叙事詩は作れない」ということにこそ、彼の主張があった。

彼の主張は論じられるというより、実践の場、すなわち実際に彼が作った詩そのものによって提示されるか、もしくはそうした作品にちりばめられているモットーで有名になった。

「馬車に踏みにじられた大道は避けて、人知れぬ小道を歩め」

「濁った大河の水ではなく、清らかな泉を求めよ」

「家畜は太らせよ、しかし歌は細身であれ」

こういったモットーが彼の主張[8]を表している。ちなみに最後のモットーは、ウェルギリウスもまた『牧歌』の中で掲げている。彼もまたカッリマコス派として出発したのである。

モットーからすぐ分かるように、大きな道、大河、太った家畜のように、「大きなもの・太ったもの」は、踏みにじられ、濁っており、それだからこそ拒絶される。逆に小道や泉は、人知れず清らかであるからこそ求められねばならない。「大きい」「太った」という否定されている性質は、実際に長大な作品を指してもいたであろうが、それとともにたとえ長さは短くとも、内容やことばが大げさな、中身の薄い表現を非難してでもあっただろう。また「踏みにじられ・濁った」には、何度も何度も使われた手垢にまみれた題材、よく考え抜いて使用されていない凡庸な表現が意味されている。

## いわゆるカッリマコスとアポッローニオスの「不和」

カッリマコスの痛罵が、四巻合わせて六千行になんなんとするほどに「長大な」叙事詩である『アルゴナウティカ』に向けられているとする見解は、すでに古代後期からあった。そしてカッリマコスと、『アルゴナウティカ』の作者アポッローニオスとの間に、不和を想定する逸話も伝えられている。しかし今日のヘレニズム文学研究者の大勢は、カッリマコスの論敵はもはや消されてしまった凡庸な詩人たちであって、アポッローニオスはむしろカッリマコスの主張に倣って、しかもあえて（表面的には）「長い」叙事詩を作って見せた、カッリマコスに与する詩人と位置づけている。例えば祭の由来を記すことは（⇩第4章《将来への展望》96ページ）、きわめてカッリマコス好みである（⇩第8章《カッリマコスの『アイティア』》194ページ）。本書の私の考え方もそれに従う。

カッリマコスはホメーロスの措辞をとことん研究した。ところが彼の蘊蓄《うんちく》が最大限発揮されたのはエポスではなく、エレゲイアの詩型による『アイティア（縁起譚）』である（⇩第8章《カッリマコスの『アイティア』》194ページ）。彼はヘクサメトロスの作品をも作ったが、それはもはや「叙事詩」とはいえない『ヘカレー』（第7章「カッリマコスの『ヘカレー』」162ページ）であり、あるいは『神々への讃歌』――これも讃歌本来の主旨とは異なり、実際の祭の場とは関係のない「非実用的」な讃歌である――であった。

（8）この通りのことばづかいではないが、エピグラム二八番、『アポッローンへの讃歌』一〇五～一一二行など。

## カッリマコス派の特徴

アポッローニオスも含め、カッリマコスならびに彼の流れに沿った詩人たちの特徴は、次のようなものである。

①なぜ書くか、いかに書くか、ということへの極度に研ぎすまされた反省、ないし自意識。

②ホメーロス・ヘーシオドスなど先人の作品の、語形・語彙・方言・措辞・統語法・韻律の研究に基づく、古語・稀語の意識的な、ときにはわざとねじまげた使用。

③上記二つのこと、および下記の⑤にも関連するが、単語ひとつひとつに対する細かな配慮。どの単語も埋め草として使われず、かつ、たとえば当該単語の語義の解釈をめぐる論争史への関与(古語の語義をめぐって論争がある場合に、一方の語義に荷担していることを示すべく、その語をわざと用いる)など、表面の意味とは別のメッセージをあわせもつことが少なくない。

④一般には知られていない珍しい神話・伝説への偏愛。たとえ定番化された物語や類型的な場面であっても、取り上げ方は奇異をてらうまでに斬新である。

⑤ホメーロスなどのことばづかいや場面へのさりげないほのめかし、あるいは「本歌取り」、あるいは「パロディー」。

## アポッローニオスとホメーロスとの差異

アポッローニオスとホメーロスの叙事詩との差異は、たとえば次のような工夫に見てとれる。いかにもホメーロス風の場面設定でホメーロス風の人物がホメーロス流に語る場合であっても、その単語はいちいちホメーロスのことばとは異なっている。その一方でホメーロスでしか用いられない古語・稀語も使用されるが、それらはわざと文脈をホメーロスと違えている。さらに「翼あることばをかけた」といったたぐいのホメーロスの常套句は、まかり間違っても使用されることがない。そのくせ単語も文章も場面設定も筋の運びも、どれもホメーロスをはじめとする先行文学のそれを思い出さずしては読めないし、それを思い出さずに読むような読者は無知のそしりを免れない。つまりある観点から見れば模倣であるが、同じものを別の観点から見ると新規の工夫が施されていることが分かるようにできている。徹底して自覚的な「模倣」によって、凡庸な「亜流」でなくなっているのである。そしてちょっと見ただけではホメーロスと同一の流れを汲むエポスの単語・方言形・韻律からなると見えた文章は、少し精読するだけで、まるで異質の文体であることが分かってくる。

巻末に引用した文例Dから一例をひけば、

> 心臓を苦しみにいぶらせていたが、その考えはあたかも夢のように、
> 立ち去ってゆく者の跡を忍び足で追い、空をさまよった。

といった文章は、絶対にホメーロスからは生まれてこない。ところが「あたかも夢のように、空をさまよう」という比喩それ自体は『オデュッセイア』に手本がある。ただしなんと、火葬に付され肉と骨から離れた魂の、冥界における浮遊の比喩である。

さらに目を先にやって後続の『アエネーイス』と比較すれば、ウェルギリウスがどれほどアポッローニオスないしカッリマコス流の、デリケートで陰影に富んだきめ細やかな美しさを意識しながら、なおかつアポッローニオスのようにエクセントリックになる弊を避けて、平易なことばづかいでそれを表現しえたか、その本当の才能に驚かされることとなる。

## 『アルゴナウティカ』

『アルゴナウティカ』（『アルゴー号冒険物語』）は全四巻からなる。英雄イアーソーンが様々な英雄たちを結集し、アルゴ

ー号を黒海の奥のコルキスまで操って、黄金の羊の毛皮を取ってくるという、古くからあった冒険譚が大枠をなす。第一巻と第二巻ではコルキス到着までの出来事を扱い[9]、第四巻はコルキスからの脱出と帰国途中の出来事が語られる（彼らは往路と復路とで道筋を変えるのである）。

有名な場面は第三巻である。コルキスの王女メーデイアはイアーソーンと恋に落ちてしまう。メーデイアは逡巡のあと、父親を裏切ってイアーソーンに助力し、ともどもギリシャへ向かうことになる。エウリーピデースの悲劇で有名な、メーデイアのわが子殺しはこの作品の枠の外に置かれている（⇩第14章《エウリーピデース『メーデイア』『ヒッポリュトス』》323ページ）。しかしやがて事態がそのように進むことを読者は予想し、意識させられる。

第三巻では、メーデイアの恋心（エロース）の芽生え、父親と祖国への義務との葛藤、葛藤を回避するものとしての自死への誘惑、恋を選びとる決断、こうした一連の心の動きが、モノローグと落ちつかない行動の描写によって入念にたどられる。この部分の代表的な箇所を巻末に引用した（文例D）。

さらにそれに呼応するように、恋の相手のイアーソーンもまた共感から恋に落ちてしまう。叙事詩をはじめとする高級な文学の中で、恋の発端から成就までの過程を、悲劇を予感させつつ、徐々に動きを高めるように丹念に扱うことは、現存の作品で見る限り『アルゴナウティカ』をもって嚆矢《こうし》とする。たとえばエウリーピデースの悲劇『メーデイア』（⇩第14章）は同じメーデイアとイアーソーンを扱っていても、メーデイアはイアーソーンの裏切りを恋の問題としてではなく、敵による侮辱として、さらには自らの名誉を敵の嘲笑から守るべき問題として捉えている。

もちろんエロースは、サッフォーをはじめとする抒情詩や、悲劇、あるいは散文（たとえばプラトーンの『饗宴』）で取り上げられてはきている。しかし一般的には、恋心が文芸の中で重要な題材になるのはヘレニズム時代以降のことといってよい。そして登場人物の尋常ならざる振る舞い、苦悶と恍惚が発する独白といった表現を通じて、この情熱の並外れた力をえぐりだした点で、『アルゴナウティカ』はラテン文学に多大の影響力を与えるのである。先にも述べたように『アエネーイス』のディードーも、この影響下に描かれた人物であった（⇩第4章《「冥府行」とディードー》88ページ）。

## ウェルギリウス以後

アポッローニオスにとって究極のライヴァルがホメーロスであったとすれば、同じことがオウィディウスとルーカーヌスにとってもあてはまる。それどころかライヴァルはさらにもうひとりいる。ウェルギリウスである。ローマ人はギリシャ人を支配下に置き、東方の諸王国を征服したけれども、文化の面でギリシャに劣るという意識に苛まれていた。絵画や彫刻ならば運んでくることもできよう。しかし詩文はそうはいかない。ホメーロスに匹敵する「ラテン語の叙事詩」をもつことは、ローマ人の長年の悲願であった。

そしてついにウェルギリウスの『アエネーイス』によって彼らの希望は満たされた。ウェルギリウスは生前からローマ人に讃えられ続けたし、死後、その評価はますます高まっていく。『アエネーイス』は学校で教えられ、子供たちはそれを暗唱する。

このことはウェルギリウス以降の叙事詩人にとって、新たな試練となる。新しい世代はホメーロス以来の叙事詩の伝統のみならず、さらには『アエネーイス』にも対抗しなくてはならない。『アエネーイス』の偉大さを意識すればするほど、『アエネーイス』とは異なった叙事詩の模索が必要となる。

## オウィディウス『変身物語』

オウィディウスの『変身物語』を叙事詩に入れるのは、厳密な意味では誤りであろう。『変身物語』は『イーリアス』や『オデュッセイア』のように、大きな出来事をひとりの人物を中心にすえて物語ってはいないからである。それとは

---

（9）第一巻の最後のエピソードが少年ヒュラースの失踪にまつわるエピソードであり、第二巻の冒頭が「ふたごの神」ポリュデウケースの拳闘の勝利である。この構成とテオクリトスの作品には、それぞれの成立に何らかの関連があったと予測させる（⇩第７章《テオクリトスとモスコス》161ページ）。

まったく逆に、『変身物語』の中には大小あわせて数百の神話が登場する。たしかにそれらの神話に共通点はある。ここで取り上げられている神話はすべて、何らかの意味で人間が他の生き物あるいは無生物に姿を転ずる話であるか（まれにその逆の変身もある）、本来、変身と関係がない物語であってもその結末を変身のエピソードで締めくくる。しかしそれ以上の内容上ないし思想上の連関はまったくない。[10]

ところが、あくまで語り口という形式の上だけであるが、それらの諸神話は連綿とつなげられており、『変身物語』全体を見れば長い長いひとつの物語という体裁を保っている。そのつなげ方は多種多様である。人物Aが何らかの変身の神話を語り終えると、その次に人物Bが別な変身神話の話をする、といった単純な並列形式だけではない。人物Cが語る話の中の主人公Dが、話の中の話として入れ子状に変身神話を語る場合もある（話の中の話は、『オデュッセイア』がすでに洗練を重ねた技法である）。

あるいは少女アラクネー（彼女自身、最後に蜘蛛に変身させられてしまう）の織る織物の図柄ひとつひとつが細かく描写されるが、それらはすべて変身を題材にしている、といった風に、入れ子にも多様性がある。ときには、それまで変身神話を語っていた語り手にすぎないと思われていた人物が、最後に変身してしまって読者を驚かせたりもする。その他、「同じ頃、別の地では」式の、単に連想に依存しただけのとってつけた話の移行もあるけれども、それでも地の文はあくまでとぎれることはない。その意味でこの作品は「長編叙事詩」そのものを皮肉った、全体で一万二千行からなる「長編」なのである。

## 縁起譚

一般に変身の物語は縁起譚と容易に結びつく。たとえば、なぜ蜘蛛が糸を出すのか、ということの説明として、蜘蛛はもともとアラクネーという少女であった（そもそもアラクネーとはギリシャ語で蜘蛛のことをいう普通名詞である）が、機織《はたお》りの技術の巧みさを無謀にも女神ミネルワ（ギリシャのアテーナーに相当する）と争ったために、女神の怒りをかって蜘蛛に変えられた、という風に、個々の生き物や事物の性質が、人間の行動に照応させて説明される。

もっともオウィディウスは従来の縁起譚にひねりを加える。アラクネーの物語でも、どうやら本当のところ技量に勝るのは、女神ではなくアラクネーのほうであることが、オウィディウスの叙述から見てとれる（文例E）。ミネルワの怒りは嫉妬にかられてのことであり、理不尽ですらある。だから表面上「神様と争ってはならない」といった通俗的な教訓がしつらえてはあるものの、あくまでもそれは見せかけの格好だけでしかない。

アラクネーの織りだす織物には絵が描かれている。それはどれも男の神々の情事であり、人間の女を身勝手に凌辱するさまである。そしてそのいずれにあっても神々は何か別の姿に身をやつしている。つまりひとつひとつが変身の物語なのである。その絵柄の紹介は、ときには二行にわたるものもあるけれども、どうかするとわずか半行たらず、変身した姿の種類の指示と凌辱された女の名前だけ、という場合すらある。

つまりこうした場合、読者はそれぞれの変身の神話をあらかじめ知っていなくてはならない。というか、むしろ、知識を備えた読者を喜ばせるように対象を絞った書き方になっている。これはいうまでもなくヘレニズム時代の傾向である。そしてこれは後述するように（⇩第９章《神話の機能》213ページ）、オウィディウスの先輩格にあたるエレゲイア詩人プロペルティウスが神話を導入する技法にも通じる。

またアラクネーの織りなす図柄の描写は、現実には存在しえないまでに巧みにできあがった工芸品の、ことばによる描写である。こうした技法をエクフラシスということを、前章『アエネーイス』の第一巻、トロイア陥落のありさまを

(10)しかし『オデュッセイア』にもエピソードの並記がある。その第九巻から第一二巻は、いろいろ珍しい冒険譚が次々に起きる部分である。こうした「次々に生起する出来事」は、その出来事どうしには因果関係がない。どれかを省いても、あるいは新たに付け加えても、構成上は問題がない。その意味で『アルゴナウティカ』の第一巻・第二巻・第四巻の大部分も「次々に生起する出来事」の羅列といえる。しかも多くは地名の縁起である。エポスではないがカッリマコスの『アイティア』全四巻（⇩第８章《カッリマコスの『アイティア』》194ページ）も、様々な縁起譚の並記であったと想定できる。『変身物語』ほど自覚的に極端でないにせよ、エピソードの並記は、叙述形式としてはもっともありふれた形式である。

描いた神殿の絵を眺めて涙する主人公について言及した際、ふれておいた（⇩第4章《カルターゴー到着まで》86ページ）。エクフラシスの最初の例は『イーリアス』第一八巻の盾の描写であるが、エクフラシスは叙事詩の中に含まれねばならない部分として、伝統のうちに収まっているのである。

## 先人に対するライヴァル意識

ひねりを加え趣向を凝らした縁起譚といえば、ヘレニズム期に巨大な作品があった。カッリマコスの『アイティア』である（⇩第8章《カッリマコス》193ページ、《カッリマコスの『アイティア』》194ページ）。『アイティア』はエポスではなく、エレゲイアで書かれていた。そしてもともとオウィディウスはエレゲイアから出発した詩人なのである。ところがオウィディウスは『変身物語』を、彼の作品の中では唯一、ヘクサメトロスで作っている。しかもその中にはウェルギリウスの詩行の意図的な借用がある。どうやらオウィディウスの『変身物語』には、カッリマコスとウェルギリウスの双方に対抗せんとするもくろみがあるらしい。

ウェルギリウスの詩行の借用の例をひとつだけあげる。第一〇巻、アポッローに愛されていた少年ヒュアキントゥス（ヒアシンス）は、神の投げた円盤に当たって死んでしまい、死後、神によって花へと変えられる。少年の死にゆくさまは、手折られた花のしおれるさまにたとえられる。この部分の描写には、「罌粟《けし》の花」「頭を落とす」「首が両肩に沈む」など、先に引いた（文例C2）『アエネーイス』第九巻の、瀕死のエウリュアルスの描写とまったく同じ単語が、韻律上、まったく同じ位置に、ただし少し構文は変えられて使用されている。さらにそのあとに発せられるアポッローの嘆きには、「おまえを愛したことが罪でなかったなら、何が罪であろう?」と、ニーススのことばを思い出させる表現も揃っている。単に、瀕死の美少年とその死の原因をもたらした恋人、という設定が模倣になっているというのにとどまらない。ここまでくると、模倣というよりむしろ「本歌取り」といったほうが適切であろう。[11]

しかし類似はここまでである。ニーススとエウリュアルスのエピソードに見られた強烈なパトスは、アポッローとヒュアキントゥスのエピソードからは落ちてしまっている。愛する少年の殺害者を追いつめ、復讐を果たして自らも壮絶な死を遂げるニーススとは異なり、アポッローがいくら嘆こうとて神は神であるがゆえに死ぬことはないのである。オウィディウスは読者の感情移入を拒絶する。ウェルギリウスに対する皮肉な諧謔を基調にした、冷徹な遊びである。

かつてオウィディウスはウェルギリウスを讃え、その一方、ウェルギリウスが「高貴なエポス」たる叙事詩に貢献したのと同様に、エレゲイアは自分に負うと自賛した。今、彼はウェルギリウスと同じ土俵にたって対抗しようとする。しかし『アエネーイス』はあまりに偉大であった。もはや英雄伝説に題材をとることもできず、ローマの歴史を題材にするにも困難がある。

彼は長い物語を放棄し、洗練された短い話を集積する一方で、ヘーシオドス流の天地の創造と人類の誕生、つまり石が人に変身する神話から語り始め、最後をトロイア戦争からアエネーアースのローマ建国、そしてユーリウス・カエサルが死後、星に変わるという、「つい先頃、起こった神話」にいたって締めくくる。つまりあくまで格好だけはカッリマコスの嘲罵の対象になりそうな、年代記の形式を踏まえているのである。

## 格好だけの叙事詩

この「格好だけ」という点は重要である。『変身物語』の読者なら誰でも気づくように、この作品の真骨頂は個々のエピソードの精彩にある。どれほどひとつひとつの話が魅力的であるかの何よりの証拠は、月桂樹に代わったダフネー、水仙のナルキッソス、アポッローン（アポッロー）に誤って殺されたヒュアキントゥス等々、いわゆる「ギリシャ神話」として（日本人も含む）近代人の誰もがどこかで読んだり聞いたりしている話のタネがことごとくこの本の中にあること、さらに、ルネサンスからバロック・ロココを通じて西洋の絵画の題材として扱われているギリシャ神話は、そのほとん

(11) そしてそもそも首をたれる「罌粟の花」の比喩それ自体が、ウェルギリウスによる『イーリアス』の本歌取りであって、それは合唱詩のステーシコロスも怪物ゲーリュオーンの死に行くさまの描写に使用していた（⇩第10章《ステーシコロス》233ページ）。

どが『変身物語』の一場面を描いたものであることを思い出せばよく分かる。『変身物語』を読んでギリシャ神話が分かったと思ってはならない、『変身物語』は本当の意味でギリシャ神話でないと、どれほど正論を振り回そうとも、近代ヨーロッパの一般的文化史としては、ギリシャ神話とは、すなわちオウィディウスの『変身物語』なのである。

ところがオウィディウスは自分の作品の魅力がどこにあるか十分に承知しながら、わざとそれらに年代記の枠をはめ、かつ諸神話を一連の語りでつなぎ合わせた。個々の神話の間には、類似・対比等々、工夫が凝らされているし、神話のつなぎ方は先に述べたように極度に技巧的で名人芸としかいいようがないが、あくまでそれ全体は、「長い話を物語ること」のパロディーなのである。つまりカッリマコスが反叙事詩のマニフェストとしてエレゲイアで扱った題材を、わざわざヘクサメトロスに戻し、ウェルギリウスが全力を傾注し工夫を凝らした神話と歴史の相克を無視するがごとく、わざと凡庸に時間の枠の中に並べるのである。ひょっとすると彼はカッリマコス以上にカッリマコス主義者であって、短い作品がどれほど魅力的で、それに反し長編叙事詩がどれほどつまらないかを、実践してみせたかったのかもしれない、と思いたくなるほどである。

## 年代記としての叙事詩

英雄伝説に題材を仰ぐのではなく、実際の歴史的事件を扱って叙事詩を作った詩人の出現は、紀元前五世紀にまで遡る。サモス島のコイリロスなる叙事詩人は、もはや叙事詩の題材が残っていないことに嘆息して、

草原がいまだ鎌をしらない時代に、歌にたけたムーサの従者は、
何と幸せであったことか。
今やすべてが歌われてしまった……

というプロオイミオン（序詞⇩第４章86ページ）で、その叙事詩を始めた（ただしこの作品は、この他のごくわずかな引用を除きすべて散逸）(12)。そうした彼の選んだ題材はペルシャ戦争であったのである(13)。

このプロオイミオンにヘレニズム時代の詩人の響きの前ぶれを読みとることは難しいことではない。とまれ彼の選んだ道筋はそののち大道となった。すでに述べた通り「アレクサンドロス大王の東征」のような歴史的事件は、（凡庸な?）叙事詩人たちにきわめて一般的な材料を提供することとなった。今日の我々の感覚とは異なり、「神話」と「歴史」はともに「物語」という点でひとつにまとめられ、そこに区別は設けられていなかった。たとえば、ローマのおそらくウェルギリウスと同時代の詩人であるマーニーリウス（⇩第６章《「教訓詩」と「叙事詩」の関係・再考》141ページ）は、その『占星術』の第三巻冒頭の「序詞」の部分で、自分は次のような詩を作らないといってテーマを列挙するのであるが、そこでは神話と歴史的事件とが一緒に羅列されている。以下そのカタログをたどってみる。「巨人族と神々の戦い」「トロイア戦争」「アルゴー遠征とメーデイア」「スパルタとメッセーニアの戦争」「七人の武将のテーバイ攻略」「ペルシャ戦争」「アレクサンドロス大王の戦争」。

マーニーリウスが並べているのはすべてギリシャの戦争であるが、ラテン文学においてはそこにローマの戦争が加わる。初期叙事詩にはナエウィウスの『ポエニ戦役』（散逸）があり、それを継承してエンニウスの『年代記』（散逸、ただしキケローその他、引用はかなり多い）が登場した。

エンニウスの作品はアエネーアースのローマ建国から彼の同時代までを覆っていた。ウェルギリウスのために道を切り拓いた功績はいうまでもなく大きい。そういえばウェルギリウスもまた先に述べた通り、「つい先頃」起こった出来事

(12) 本文でパラフレーズした部分はプロオイミオンの一部ではあるが、冒頭そのものではない。本当の冒頭と思われる詩行と、この部分が、ともにアリストテレース『弁論術』三巻一四章（およびその古註）で引用されている。（*Supplementum Hellenisticum* 316、317）

(13) コイリロスについてホラーティウス『書簡詩』第二巻第一歌二三二行以下は、駄作であるにもかかわらずアレクサンドロスに気に入られ、金を稼いだと酷評している。

への言及を神話の中に取り入れているのである。

## ルーカーヌス『内乱』

ルーカーヌスがカエサルとポンペイユスの抗争を軸に、愛国者（小）カトー[14]をからませた叙事詩『内乱』を作った背景には、こうした伝統がある。もっとも、カエサルたちは歴史上存在したとはいえ、ルーカーヌスを遡ること、一世紀以上も前の人物である。ルーカーヌスが多くの潤色を施し、ときには歴史的事実と反する設定を導入したとしても、非とするに当たらない。

ルーカーヌスは毀誉褒貶《きよほうへん》のはなはだしい詩人である。その詩文は一種異様な力に満ちているが、何ともあくが強く、読者に好悪の判断を迫ってくる。もちろん文学史をたどって説明を施せば、彼の文体はセネカの悲劇の文体に影響されているし、さらにオウィディウスに遡れる。そしてより根底にあるのは、ローマの教育の基本となった弁論術であり、修辞学の影響である。

しかしルーカーヌスにおいて特異な文体は極地に達した。詩語は意図的に避けられ、散文のことばに取って代わられる。ひとつの文章はしばしばわずかな数の単語からなり、文章と文章はたたきつけられるように積み重なっている。警句は小気味よいがそれも程度の問題で、あまりに警句が続くと食傷気味になる。戦闘場面をはじめとする克明な細部の描写と、星辰・風・河川その他の地名・蛇などの動植物、こうした事物のカタログは、話の大筋からの逸脱となり、全体との釣り合いを失している。

そもそも、話の本筋を追いながら出来事を物語ることは放棄されていて、個々の場面をいかに際立たせるかに工夫が凝らされている。そのために場面と場面の結びつきは希薄といってよい。誇張は極端で、ことばはことばそのもののために独り歩きし、描写されている行動が現実には起こりえないことは明白である。頻繁に出現する撞着語法[15]は、理が勝りすぎる感を与える。作者はしばしば語りの中に割って入り、ローマ国家はじめ、人間ではないものに対しても二人称で呼びかける。(16) その他、修辞疑問文や反実仮想など、各種の修辞の技法が徹底的に多用されるさまは、詩と言うよりも弁論にふさわしい。あたかもウェルギリウスと異なることが第一の目的であったかのように、すべての点でウェルギリウスと異なっている。

ウェルギリウスとの相違は、単に表現の問題にとどまらない。カエサルもポンペイユスもともに共感されることなく、とりわけカエサルの場合には、むしろ非道さが強調される。なにしろことは内戦、つまり「凱旋式のありえない戦争、ローマが自分自身に突き立てた刃」である。ローマ市民がローマ市民相手に血を流す戦いにあっては、勇敢という美徳すら悪徳に変容する。

戦闘はもはや、個人の名誉が賭けられた、武勇と勲《いさお》しを発揮する場面ではない。たとえ固有名詞が与えられていたとしても無名同然の者たちの間での殺戮が、傷口と血糊のさまも生々しく、しかし単調さを避けるためにか、アクロバティックな、およそ現実には起こりえない死に方とともに描かれる。

ルーカーヌスのカエサルは、破壊と流血それ自体に快を覚える人物である。そしてルーカーヌス自身あきらかに、火と剣を描くことにただならぬ情熱を黒々と燃やしている。たとえばカエサルは万古不易の鬱蒼と茂った森に、おののく兵士たちの先頭に立って斧を入れる（第三巻・文例Ｆ）。

---

(14) **Marcus Porcius Cato**（95-46B.C.）第三次ポエニ戦役の雄である（大）カトーの孫。両者を区別するため「（小）カトー」、あるいは逝去の地であるウティカにちなんで「ウティカのカトー」**Cato Uticensis** と呼ばれる。ストア派の信奉者。古来のローマの質素と尚武の気風を鼓吹し、現実をわきまえない狂信的な共和国擁護派。カエサルと敵対し、ポンペイユス側につくが、敗北後、自殺する。

(15) **oxymoron.**「不和なる協調（**concordia discors**）」のように、本来の字義からすれば矛盾している、修飾語と被修飾語の相容れない組み合わせ。

(16) 三人称で叙述してもとりわけ差し障りがあると思えない者に対して、固有名詞で呼びかけ、かつ二人称で叙述する技法は、すでにオウィディウスの『変身物語』でも、かなり頻繁に用いられる。そもそもこの技法はすでにホメーロスにもあるし（文例Ａ２八四三行）ウェルギリウスにもある（文例Ｃ四四六行）。しかしルーカーヌスの場合には用例があまりにも多く、かつ呼びかけられる対象が、人間以外のものも多い。

原生林を切り倒すことはおぞましい行為であるとの思いは、なにも今日の「地球を愛する」式の運動を持ちだすまでもなく、古代ギリシャ・ローマの人々にも見られた考えである。しかしこの森に対する畏怖の念を表すのにも、ルーカーヌスは決して素直ではない。その森は、先住民が人身御供《ごくう》を捧げる場所であり、鳥も飛ばず、風すらそよがない、おどろおどろしい森なのである。そのおどろおどろしさの描写がえんえんと続く。

この森に鋼を入れて倒せ、とカエサルは命じる。兵士たちは天罰をおそれてひるむ。そこでカエサルが率先して自ら罪人をかってでる。というより彼自身は神様など、はなから信じてもいないようである。神々の怒りとカエサルの怒りとを天秤にかけた兵士たちは、神々よりもカエサルに従い、森の木々は次々に倒れてゆく。それを目にしてガリアの原住民はうめき声を上げ、カエサル軍に包囲されている敵は、このような不敬が神々に罰せられざることあるまいと快哉《かいさい》を叫ぶ。

しかし事実はそうではない。「幸運はしばしば罪人をかばう」のである。いうまでもなく内戦の勝利者は「極悪人」カエサルであった。当然、ルーカーヌスは神々ないし「運命」の、「予定調和」を否定している。だからそれまでの叙事詩のように神々登場の余地はない。これがこの作品の基調である。ホメーロスとも、ウェルギリウスとも、徹底的に異なる叙事詩ができあがった。

## 本筋からの逸脱

ルーカーヌスの、気味が悪いもの、ないし邪悪なるものへの偏愛は、その過剰な想像力とあいまって、内戦の描写という本筋から離れ、ありえない場面の克明な描写にのめりこむ。第九巻では毒蛇のカタログが出てくる。この蛇たちはいちおうリビュエーの地を行軍するカトーの兵を襲うという設定になってはいるが、それはあくまで物語の枠組み上のことでしかない。作者のいちばんの関心は、異なる種類の蛇に噛まれて、それぞれに異様な死に方をする兵士たちひとりひとりの長々しい描写にある。発熱で燃える者、膿をだして肉が腐り骨まで溶けていく者、体がふくれあがり手足も分からない肉の塊となる者、全身から血を噴き出させる者などなど。蛇にはそれぞれ名前が与えられているが、いうまでもなくそのような蛇は実在しない。ただし毒蛇のカタログには先行作品がある。ニーカンドロスの『有毒動物誌』である（⇩第6章《「教訓詩」と「叙事詩」の関係・再考》141ページ）。ルーカーヌスの「行軍中に毒蛇に噛まれて死ぬ」という人物のアイディアもまた先例がある。彼はそれを、アポッローニオスの『アルゴナウティカ』第四巻に負っている。アルゴナウタイの一行もリビュエーを通るのであるが、そこで毒蛇に噛まれて死ぬ男の話がある（一五一八行以下）。毒の回り方の描写は長く、かつ克明である。ただしルーカーヌスとは違い、死ぬのはひとりだけである。

さらにルーカーヌスは、なぜリビュエーに毒蛇がいるかという縁起譚もまた、アポッローニオスに負っている。ペルセウスに首を切られたゴルゴーン（メドゥーサ）の血の滴から毒蛇が生じた。しかしアポッローニオスの簡単な記述をルーカーヌスは、これもまた尋常ならざる長さに拡大する。メドゥーサの髪の毛となっていた蛇たちのうごめくありさまも、見る者を石に変える描写も長々しいし、さらには蛇たちがメドゥーサの顔を覆っていなかったなら、たとえ背を向けていたとしてもペルセウスも石に変えられていたであろう、という、オウィディウスすら驚くような奇抜な設定まで導入している。

この毒蛇よりさらに禍々しいのが、第六巻の過半を占める、テッサリアの魔女のひとりが執り行う死者の招魂である。墓場を住処とする魔女は、火葬の薪から死体を奪い死骸を凌辱するのみならず、残忍なまじないをいろいろとしているのであるが（その描写もまたえんえんと続く）、今はセクストゥス・ポンペイユスのため(17)に新たな儀式にかかる。魔女は死者のひとりをよりしろにして、ローマの過去と、今、相争っている者たちがすべて死ぬことを語らせる。この場面は『アエネーイス』第六巻の、アエネーアースが冥府で見る、やがて生まれでる魂たちの行列（⇩第4章《将来への展望》96ページ

(17)（大）ポンペイユスの息子。カエサル暗殺後も活躍、海上の支配権を握る。オクターウィアーヌスを破ったこともあったが、最終的に敗北する。

ジ）、すなわち輝かしいローマの将来の予言のパロディーともいえるが、作者は気味の悪さ・おどろおどろしさそれ自体を描くことに全力を傾け、そしてその試みはたしかに成功した。この場面は後代に黒魔術といったたぐいを想像させる原動力となっている(18)。

## 未完成

『内乱』はポンペイユスの敗北と死亡（紀元前四八年）を経て、第一〇巻、カエサルのアレクサンドリア攻略（前四八／四七年）で中断する。ルーカーヌスは皇帝ネローの寵愛を受けたものの、やがて彼に対する陰謀に加わったがゆえ自殺を命じられた。ときに彼は二六歳である。途方もなく早熟な才能であった。

もし彼が長生きしたならば、おそらく『内乱』は『アエネーイス』に倣い、全一二巻構成をとっていたであろう。となれば、カッシウスならびにブルートゥスによって遂行されたカエサル暗殺（前四四年）が、この「叙事詩」の結末に来たであろうことが、数ある想定の中で私にはもっとも妥当と思える。そうすればカエサルの死によって形式的には大団円がもたらされたろう。さらに推敲も多々、施されたに違いない。としても、上記の評価が修正されねばならなかったとは、私には思えない。

(18) とはいえ、「死者招魂」の描写は、ルーカーヌスが初めてではない。『オデュッセイア』第一〇巻の末尾で、冥府行をするための準備として、オデュッセウスが死者の魂を呼びだす箇所がある。そして「死者招魂」それ自体を主題とするエポスがあったことが、マーニーリウスの「エポスの題材のカタログ」からみてとれる（⇩第6章《「教訓詩」と「叙事詩」の関係・再考》141ページ）。マーニーリウスはルーカーヌスより時代が先行する。

# 第6章

# エポス・教訓詩

英雄叙事詩だけがエポスではない。ヘーシオドスは、神々の系譜という形式を使うことで、諸物・諸概念を構造化した「世界観」をこの詩型に託し、かつ農夫の日々の務めを教えた。ヘクサメトロスにのせてこうした様々な知識を披瀝したり、あるいは箴言を告げる一群の作品が、古典文学には存在する。その伝統は脈々と続いていた。ただしやがては知識の内容そのものを伝えるというよりも、むしろ珍しい知識をエポスにすることに重点が置かれるようになっていく。

## ヘーシオドス流のエポス

ホメーロスとおそらくさほど時代が変わらない頃にヘーシオドスが現れる。その作品の中で言及される「私」ないし「私の父親」に関するいくつかの記述は、自伝と考えるにふさわしい響きがあるから、ホメーロスほどにはその実在が霧に包まれていない。しかしだからといってそれ以外に、彼について確たる伝記的事実が分かっているわけでもない。ヘーシオドスとは『神統記』と『仕事と日』(ならびにその他もはや散逸したいくつかの作品)の作者である、というのが、すでに古代世界における彼に関する情報の骨子である。

『神統記』と『仕事と日』はともに『イーリアス』『オデュッセイア』同様、ヘクサメトロスでできあがっている。語彙その他の点でややホメーロスとは異なるところがあるものの、基本的には同じ韻律と方言による。古代人の言い方によればホメーロスもヘーシオドスも、ともにエポスをしたためたのである。

しかし今日の常識に立つ限り、ヘーシオドスの二つの作品をその内容上、英雄叙事詩と呼ぶことには無理がある。『神統記』は神々の系譜をたどるという形式に則って、世界のありようを構造化したものといえるし、『仕事と日』は農夫の日々の務めを教え、またその立場から勤勉に働くことと正義の重要性を説いているからである。古代人の描くヘーシオドス像は、知恵を語り、知識を教える賢者である。

### 教訓詩

古典文学にはこうした様々な知識を披瀝《ひれき》する一群の作品が、ギリシャ・ローマを通じて脈々と続いている。実はホメーロスすらこのような捉えられ方をされることもあるのだが、それはさておく。ヘーシオドスの作品、とりわけ『仕事と日』のような内容をもっており、かつヘクサメトロスでできている詩の伝統を、今日、「教訓詩」didactic poetryと総称する。もっとも「教訓詩」という訳語はやや不適切かもしれない。「教訓」ということばには、生き方について諭す、という意味合いがどうしても入りこむが、この種のジャンルの作品が「教える」内容は必ずしも道徳とは限らない（didacticという英単語の語源をたどれば「教える」という語に行き着くのである）。私個人としてはヘーシオドスはともかく、それ以後の作品は「学問詩」とでも呼ぶほうが、このジャンル全体の名前としてはふさわしいと思う。

いずれにせよ、近代人・現代人にこのジャンルはとっつきにくい。もし教えるべき内容が具体的なものであるならば、とりわけそれが「科学的知識」に類するものであるならば、なにも「詩」にせずとも散文で書けばよいではないか、と感じるのが我々の常識だからである。しかしそれはある種の偏見であり、古代の、とりわけ古典期以前の常識からすれば、かけがえのない智恵を含んだことばは、詩の形で伝えられるはずであったのである。

### 『神統記』

ヘーシオドスの『神統記』は、この世界と神々の起源、さらに現在できあがっている秩序を作るにいたったもろもろの神話的出来事を扱っている。彼が系統づける神々は、実に多種多様である。本来神々には、その権能を讃え、恩恵にあずかり、あるいは恐ろしさを自分たちに及ぼさないことを祈る祭祀がなくてはならない。オリュンポスの神々がそうであるように、実際に具体的な祭祀が行われてこそ神々なのである。ところが彼が系統づける神々は、こうした本来の神々にとどまらない。崇拝の対象というよりも、むしろ単に神話の中にだけ位置づけられる神々、あるいは系譜のすき間を満たす名前にすぎないもの、海や川や泉（川や泉はニンフとして崇拝の対象であったからある意味では神々に近いが、ニンフは死ぬと考えられており、ギリシャ人の区分に厳密に従えば神ではない）、さらには人間世界に関わる抽象概念をも含む事象の数々が含まれる。

この最後のものこそ、ヘーシオドスの系譜のもっともヘーシオドスらしいところである。例をあげればただちにそれが見てとれよう。彼は「夜」を神のひとつとしているのであるが、さらに「夜」の生んだ子供たちとして次のような「神々」を列挙している。「死」「眠り」「夢」「中傷」「苦悩」「義憤」「欺瞞」「性愛」「老い」「争い」、そしてさらにその「争い」が生んだ子供として「殺人」「不法」「誓い」等々。このカタログが端的に示すように、系譜という枠組みは連想の働きを秩序だてる。そのことにより系譜は、世界に構造を与え、世界の成り立ちを把握するための、知的な工夫となっている。これこそ哲学の始まりである。

**覇権継承神話**

『神統記』の中軸をなす神話は、ウーラノス（天空）・クロノス・ゼウスの父子三代にわたる、世界の覇権をめぐる争いである。『神統記』はウーラノスはガイア（大地）をはらませたが、子供たちに日の目を見せず、大地の奥にとじこめた、と記す。ヘーシオドスは性をあからさまに書いてはいない。しかしここから、天が常に大地にのしかかって、大地に子供を生ませる暇を与えなかった、というのが本来の神話であったと読みとってもよいだろう。そこでクロノスは母親ガイアから鎌を受け取り、夜、ガイアに覆い被さるウーラノスを去勢する。

「ウーラノス」「ガイア」と片かなで書くと、いかにもオリュンポスの神々がそうであるように、「人格」を備えた神々のように響く。しかしウーラノスもガイアもギリシャ語の、それぞれ「天」と「地」を意味するごく当たり前の名詞である。根本に認められるべきはプリミティブな天地創成神話である。

こうしてクロノスが覇権を得たが、今度はクロノスが自分の子供を次々と呑み込んでしまう。しかしゼウスが生まれたとき、その母レイアーは石を赤子といつわりクロノスに与え、クロノスはそれを呑む。本当のゼウスは隠されやがて成人して、父親から兄弟を吐きださせる。そして兄弟とともにクロノスおよびその一族（ティーターン族）をタルタロスの底に投げ込む。ちなみにタルタロスとは「天と地が離れているほどに地の下深いところ、青銅の金床を投げ落とすと九日目に届くところ」とされている。かくしてゼウスの覇権は確立した。

この覇権継承の神話はオリエント（フルリ人・ヒッタイト人・バビロニア人・フェニキア人）の同じく三代にわたる覇権継承神話と、去勢・子供の呑み込み・石といった細部に至るまで類似している。これに加えて、ウーラノスとクロノスが、具体的な祭祀がないに等しく他にとりたてて神話も持たないこと、さらにはゼウスということばそれ自体が、元来、印欧祖語にまで戻れば「空」を意味したのにもかかわらず、語源が忘れ去られ、ウーラノス（天空）の孫に位置づけられていることを考えあわせると、この覇権継承神話はギリシャ人にもともとあったのではなく、オリエント起源であると考えてよいだろう。

とはいえヘーシオドスその人に、外来の神話を導入しているという意識はない。その起源が何であれ、もはやすでに土着化（ギリシャ化）してしまっている。それゆえこの神話がギリシャ人に受け入れられたのは、ヘーシオドスの時代よりもっと古く、確証はないがおそらくオリエントと積極的な交流があったミュケーナイ文明の時代ではないかと思われる。そして口誦叙事詩の伝統の中で、トロイア戦争物語などと同様、ギリシャ神話の一環として受け継がれ発展していったのであろう。ヘーシオドスもホメーロスと同様、口誦叙事詩人の伝統の最後に位置して、それを書き留めさせたか、あるいは最初に文字にした詩人であると、おおよそのところ推測できる。

## プロメーテウス神話

『神統記』で扱われているこれとは別の長いエピソードに、人間びいきで人間に火を与えた神である、プロメーテウスに関わる神話がある。これは三つの縁起譚からなる。

①供犠《くぎ》の際、どうして人間は肉を自分たちのためにとっておいて、骨と脂身だけを神々に捧げるのか。(実際にギリシャ人は供犠をこのように執り行ったのである。)

②なぜ、どうやって、人間は火を手に入れたか。

③どうして女という「厄介な種族」がもたらされたか。(この時代のギリシャの男がすべて、女とは厄介な生き物であると思っていたはずがない。しかしヘーシオドスはあたかも当然の理のごとく、こう記す。)

①の答え。プロメーテウスは肉の部分を獣の内臓に隠して、内容が乏しくまずそうに見せる一方、骨は脂肪に包んでうまそうに演出した。そしてゼウスにどちらをとるか選ばせた。ゼウスはだまされて(厳密にいうとたくらみに気づいたけれどもだまされたふりをして)骨を選んだ。だから今でも人は犠牲獣の骨を祭壇で焼く。

②の答え。ゼウスはだまされたことに立腹して、人間から火を奪った。しかしプロメーテウスが天に上って火を盗み、ウイキョウの茎に隠して地上に運んできたのである。

③の答え。ゼウスはますます怒って、「美しい災い」を作りだし人間に送り届けた。「美しい災い」すなわち女は、日々の苦しい生活の中で、蜜蜂の巣にいる雄蜂[1]のように働かず寄生して、蓄えを浪費する。しかし、かといって女なくして老年に至れば、子供がなく命の糧を欠くことになる。

ここにはいかにもヘーシオドスらしい特徴が、少なくとも二つ読みとれよう。まずは犠牲獣の分配について。元来こ

(1) ギリシャ語の「雄蜂」という単語には、「雄」という、性を示す要素はない。「雄蜂」がオスであって、女王蜂の生殖活動に貢献するという役割は、古典古代を通じて分からなかった。ただし養蜂を行っていたから、ミツバチの生態については詳しい。

の神話においては、ゼウスは完全にだまされたはずである。ところがヘーシオドスは話の自然な流れを無視してでも、ゼウスを全能の知恵あるものとして描かずにはいられない。そこでゼウスはプロメーテウスのたくらみに気づいていたにもかかわらず、わざとだまされたことになる。

なおこの神話をさらにもっと古いところにまで遡り、骨を燃やすことの起源を推測すれば、獲物が絶えることのないようにと骨を返す、狩猟民族の祈願であったろう。だいいちせっかくの獲物の肉を焼き尽くしては、何のための狩猟か分からない。当然、自分たちのために肉はとっておかねばならない。

そして女性憎悪。それも畑にしがみついて、働きづめに働かなくてはならない農夫の性癖に染みついたような、女性を必要悪といわんばかりの女性憎悪である。子供すら老後の保障としての必要悪、それを作るための女も必要悪、というのである。

## 『仕事と日』のパンドーラー

この最初の女性誕生のいきさつをめぐる神話は、ヘーシオドスのもうひとつの作品である『仕事と日』でも、詳しく取り上げられる。鍛冶・工芸の神ヘーファイストスによって「粘土をこねて作られ」、それをベースに他の神々によってあれこれと――アテーナーからは機織《はたお》りはじめ手仕事を、アフロディーテーからは美しさと性的魅力を、ヘルメースからは羞恥心のなさ（!）と欺瞞（!!）とを――付与されて、プロメーテウスの愚かな弟エピメーテウスに「災いとなるべく」与えられた最初の女は、パンドーラーという名前で呼ばれている（ヘーシオドスはイオーニア方言を使うのでパンドーレーとなる）。ちなみにこの弟の名前は、兄プロメーテウスの名前が、「（ことが起こる前に）あらかじめ知恵が働く者」と語義分析できるのに対して、「（ことが起こったあとになって初めて）知恵を得る者」となる。パンドーラーは「すべてを与える女性」を意味する。しかしこの語源はヘーシオドスの叙述の中では、妥当性をもたない[2]。

パンドーラーが人間界に来た事情は、『神統記』の記述とおおよそ同一である。しかし『仕事と日』では『神統記』にはないエピソードが付記され、ふくらまされている。パンドーラーは（開けることを禁じられていた）大甕《おおがめ》のふたを開けてしまう[3]（後代「パンドラの箱」と呼ばれることになるこの容器は、ヘーシオドスにあっては箱ではなく大甕である）。この大甕には病苦を始め、数々の災いが閉じ込められていた。それらが一斉に外に飛びだした結果、地上には災いが満ち満ちたのである。ただ「希望」だけが大甕の中に残った。

## 「希望」というメッセージ

この話を論理的に詮索すると、奇妙な点がいくつか見いだされる。どうして「希望」がいろいろな災いと一緒に閉じ込められていたのか。もっとも、希望（「期待」とも訳せる）もまた、あらぬ思惑によって人を無益な行動に駆り立てる以上、災いの一種と考えられている、と、理屈を付けられぬこともない。さらに奇妙なことは、災いが大甕から出ることによって初めて地上に災いが広がった以上、大甕の中に入っていたときには地上に災いがなかったことになり、しかるに希望はいまだ大甕の中にあるとすると、地上には希望が存在しないことになるではないか。

いうまでもなくこうした理屈はヘーシオドスの真意を捉えていない。「災いの真っただ中にも希望はある」。これこそ彼が伝えたいメッセージである。そして以前、災いを遮蔽《しゃへい》していた大甕は、今は役割が変わって、希望が霧散しないよう引き留めている、と解釈すべきなのである[4]。

（2）パンドーラーという名前をした地母神のあったことが知られている。そしてパンドーラー（すべてを与える女性）という名前は、大地の属性にこそふさわしい。しかしこの女神とヘーシオドスのパンドーラーとの関係は、いろいろ推測したくなるが不明である（推測の材料もないわけではない。ただしここで言及するには込み入っている）。ヘーシオドスが自分なりに物語を大幅に改変した可能性すらある。

（3）この「大甕」とは、高さ一メートル以上もある土器で、尖った底部を地面に突きさして固定する。用途は穀物などの貯蔵である。

（4）とはいえヘーシオドスのことばは、論理的に矛盾といえば矛盾である。そこでひょっとすれば元来、大甕には災厄ではなく良いことが満ちていたのに甕が開いたため失われてしまったのかもしれない。ところがヘーシオドスは、災いこそゼウスにもたらされたものであることを強調したいため、大甕の中味を変更した。このような大胆な推測をする研究者もいるほどである。

ちなみに大甕を題材にした教訓は、『イーリアス』第二四巻にもある。アキッレウスがプリアモスに説いてきかせる話である。

それによるとゼウスの宮殿には二つの大甕がある。ひとつには良いことと悪いことが、もうひとつには悪いことだけが詰まっている。ゼウスはある人間には良いことと悪いことを混ぜ合わせて与え、しかるに別な人間には悪いことだけを与える。良いことだけが入った大甕はなく、良いことだけをもらえる人間はない(5)。

これとても元来、単純な構成の説話にホメーロスが修正を加えたとの推測が可能である。人生には良いことと悪いことが混ざりあっている、それは良いことの入った大甕と悪いことの入った大甕から混ぜ合わせて与えられるからだ、というのが、説話の最初の姿として想定でき、純粋に悪いことしかない人生、というのは、それをもとにして何ともペシミスティックに、あるいはリアリスティックに、修正された段階である、と思えるからである。このように『イーリアス』『オデュッセイア』と『神統記』『仕事と日』とは、大筋では別ジャンルではあるものの、細部をみればこのように共通するモチーフもある。定型句と同じように、広義のエポスの伝統、すなわち口誦叙事詩の伝統に属していたからである。

## 神話の改変

それはそれとしてホメーロスの伝える説話同様、ヘーシオドスにおいても、そもそも大甕はゼウスから与えられたものである、と考えると筋が通る。けれども『仕事と日』の中では、大甕の起源について何も明示されていない。だいいちパンドーラーが大甕を開けてはならないという命令を受けていたことすら、ヘーシオドスは書いていないのである。

このような場合、ことばの足りなさを読者のほうで補わなくてはならない。たとえ書いてなくても了解が必要とされる。そうした例はホメーロスにもないわけではないが、ヘーシオドスのほうがはるかに多い。しかし逆説めいた言い方になるが、ここにもヘーシオドスの個性が感じられる。彼の連想に基づく思考の中では、細部に相矛盾する表現を含んではいるものの、自分の語りたいことは無理なくつながっている。ところが彼はこれを十分に表現するすべをもっていない。ことばを過不足なく与えることができないのである。

## ヘーシオドスより後のプロメーテウス神話

プロメーテウスは人類の創生にまつわる神話と結びついている。これに関して後代には様々なヴァージョンが伝わっている。たとえば最初の人間を粘土で作ったのは、オリュンポスの神々ではなくプロメーテウスその人であるというように。あるいはエピメーテウスが愚かにも、いろいろな性質を諸動物に分配し尽くしてしまって、人間のためになにもとっておかず何も残さなかったために、プロメーテウスが憐れんで、火を与えたというように。

こうした後代の神話は、ヘーシオドスの伝える神話をいっそう洗練して面白くしたヴァージョンであるかもしれないし、そうでないかもしれない。たまたま後代に記されていても、神話の古い形が伝承され残されている可能性もあるからである。ヘーシオドスは現存する書物の中でプロメーテウスの名を伝える最古のものであるけれども、だからといってただちにそれが原形にもっとも近いと、必ずしもいえるわけではない。

## 五つの時代

パンドーラーの大甕開《あ》けに続く『仕事と日』の叙述は、人類の発展というより堕落の過程をたどる、「五つの時代」の神話である。論理の整合性からいえば、この神話とプロメーテウス／パンドーラーの神話とは辻褄は合わないが、併置されている。

（5）本文では「二つの大甕」と記したが、実は『イーリアス』のこの部分の読み方については、すでに古代より大甕の数が二つ（善悪ひとつずつ）なのか、三つ（善がひとつで悪が二つ）なのか、議論があったことが分かっている。後者の解釈を取っている（と思われる）ピンダロスは（『ピューティア祝勝歌』三番）、「良いことひとつに対して、悪いこと二つが結びついている」という。

黄金時代・白銀時代・青銅時代と、代が変わるごとにどんどん悪くなってきた時代は、いまや最悪の「鉄の時代」になっている。このような、人類は堕落を重ねて現代に至ったとする「堕落史観」はとりたてて珍しいわけではないし、堕落の過程を優れた金属から劣悪な金属にたとえるのも自然な発想である。さらにギリシャ人は鉄の到来がさほど古くないこと、自分たちの記憶の届く範囲にあることを忘れていなかった。青銅器文明から鉄器文明への移行を歴史的事実として覚えており、それを神話に投影したのである。そして鉄はおぞましい武器と争いの象徴となる。

この神話の語り口にもヘーシオドスの独自性が見てとれる。ヘーシオドスは、四つの金属の名前と劣悪化への一方通行という、叙述の規則性を壊してまで修正を加えている。彼は青銅の時代と鉄の時代との間に「英雄の時代」を置く。英雄叙事詩の前提となる「常識」に従えば、英雄は今の人間に比べ優れていた。あるいはここにミュケーナイ時代の栄光の、かすかな記憶が反映しているのかもしれない。とまれヘーシオドスの記述に従えば、英雄の時代はそれに先立つ青銅の時代の人間たちよりも優れ、正義をわきまえ、死後も「幸福の島」に住むことができる。順次下ってきた悪化の過程は、いったんここで逆転している。

## 『仕事と日』のモラル

『仕事と日』を貫いて強調されることは二つある。ひとつは「正義」の大事さである。権力を握った者が力に任せて好き勝手に振る舞ってはならない。

いまひとつは額に汗して働くことの重要さである。勤勉な労働こそ、餓えを退け、富へと導く。その他、きわめて具体的な生活の知恵や人生訓、さらには我々なら迷信と片づけたくなるものも、数多く語られている。

巻末にはこうした格言を、私の好みに従ってではあるが、いくつか引用して並べてみた（文例G）。

まずは「友人は食事に呼べ、敵は捨て置け」という格言で始まる四行。敵と味方とを峻別し、味方には良きことを、敵には悪しきことを施せ、というのは、ギリシャ文化に伝統的な、もっとも基本的なモラルである。ここでも最初の行はそれを踏まえている。けれどもつづいて、「隣人と仲良くしておけ、そうすれば困ったときに助けてもらえる」という、打算的といえばそれまでだが、いかにも「生活の知恵」とでもいう句が続くのである。「隣人から借りる際には、きっちり量れ」で始まる一節も同じ発想からでた戒めといえる。それにもまして「返す際に、もしできるならより多く返しておけ」という句には、まさに生きていくための知恵がこめられているではないか。「甕を開けたときと、なくなりかけているときには、満ち足りるまで飲め」というのも理屈はともかく、酒飲みの心理というか、人生の機微をうがったというか、いかにも納得させられることばである。

## 農事暦

勤勉のすすめは『仕事と日』全編を貫いているモラルであるが、おそらく当初、農事暦の代わりとして与えられた一節も、今日の我々の目には詩的な響きをもっている。「かたつむりが昴《すばる》から逃げるようにして」で始まる三行は、その恰好の見本である。

かたつむりが昴から逃げる頃、つまり昴の星々が日の出の直前に、暁の空に姿を現し始める季節になると[6]、かたつむりは暑さを避けるように木に登りだす。これを麦の収穫の時期の合図とせよ、というのである。あるいは別の例をあげれば、（全天でいちばん明るい恒星）シリウスが、人々の頭上に、昼はわずかに夜は長く輝く頃となれば、森の木々は虫が食

(6) 太陽と恒星の相対的位置は日々変化する。その理由を地動説で説明すれば、地球が太陽の周りを一年かけて回っているからである。天動説では、太陽が日々、天球を一周する時間と、天球そのものが一周する時間にずれがある、すなわち太陽が黄道を、西から東へ少しずつ一年がかりで移動していくから、となる。一年の季節の目印としてもっともよく使われるものは、ここにあるように、日の出の直前に東の空に初めて目印となる恒星が見える日である。この日までこの星は太陽の近傍にあって太陽の光に邪魔されて見えなかった。この日のあとは、太陽よりも日ごとに早く東の空から上っていくから毎日見えるようになる。我々が昴やシリウスを冬の星と思いがちなのは、冬にはこれらと太陽との角度が大きく離れており、夜間に長時間、見えるからである。シリウスが夏の暑さをもたらす、というアルカイオスの詩（文例Q2）は、シリウスが夜明け直前に東の空に見える季節を指している。

わず斧の入れどきである、という。こうした表現が刺激となって、あとで説明するウェルギリウスの『農耕詩』の、自然界の観察に基づく、魅力的な詩句の数々が生まれてくるのである。

ヘーシオドスはホメーロスとならんで古典文学に大きな影響を与えた。とりわけ『仕事と日』は、ヘクサメトロスの詩型で記す教訓文学ないし箴言《しんげん》の系譜の祖としての地位を有している。

## 箴言の系譜

ヘクサメトロスで綴られた「箴言」の系譜は、いわゆる「ソークラテース以前の初期哲学者」にも連なっている。彼らのうち、クセノファネース、パルメニデース、エンペドクレースは、散文ではなく、ヘクサメトロスでその思想を表現したのである。

クセノファネースは、「盗み、姦通、だましあいなど、人間の間では恥ずかしく、非難の的となるものを、すべて神々に帰した」と、ホメーロスとヘーシオドスとを非難した。ところがこのクセノファネースのことばそれ自体が、ホメーロス・ヘーシオドスと同じヘクサメトロスで書かれている。つまり彼もまた詩人である。こう書けば一見奇異に見えるかもしれないが、ギリシャ人にとっては実はそうでなかったのである。

つまりヘクサメトロスは賢人のことばの響きを有していた。それと同時に、そのいわれている内容に、一個人の思いを越えた客観性を付与するものとも思われていたらしい。デルフォイの神託もまたヘクサメトロスで告げられたが、おそらくヘクサメトロスがある種の厳粛さを醸《かも》しだしたからであろう。逆にこうした、今日の常識からすれば文学ないし詩とは無縁の内容の、ヘクサメトロスにのせられた「詩行」(すなわち彼らのことばでいえばエポス)が社会に広く流布していたからこそ、エポスに上で述べたような性質が付与されたのであろう。

紀元前五世紀後半に『(ペロポンネーソス)戦史』を記したトゥーキューディデースの伝えるところでは、ペロポンネーソス戦争の開始一年後に疫病が蔓延し始めると、老人たちは、昔からこのように歌われていたではないか、と次のような、原文ではヘクサメトロス一行からなる「エポス」に言及し始めた（第二巻五四節）。

「ドーリス人の戦争と、疫病とは、まったく同時にやってくる」。

しかもこの凡庸な詩行の疫病（loimos）と言う単語について、本当のところは飢饉（limos）という、音の似通った別の単語であったとする人たちがいて、両者の間でどちらが正しいことわざであるかをめぐって以前に論争すらあったのだが、今回の惨事にあわせて「疫病派」が勝った、というのである。続けてトゥーキューディデースは将来、かりに飢饉が戦争と一緒に生じたなら、人々はまたことばを訂正するであろう、人間とは自分の経験にあわせて記憶を変更するものだから、と皮肉な口調であるがそれはともかく、この事件などもヘクサメトロスの形が、どれほど簡単に人々の口にのせられ、繰り返され、かつ変更を加えられたか、言い換えればヘクサメトロスが、少し重々しく物事を表現する手段として、日常語との差異を強調しながらもその実、ギリシャ語の日常語の中に染みついていることを示す一例と言えるかもしれない。

## ヘレニズム時代のヘクサメトロス

散文がいまだ発達していなかった時代に、ことばを正確かつ客観的に、さらに威厳を失わずに語る媒体はヘクサメトロスしかなかった。これはすでに述べた通りである。ところが散文が十分にできあがったヘレニズム時代以降の人々には、ある意味で価値が倒錯する。つまり今日の目からすればいかにも散文的な題材を選びだし、ヘーシオドスの『仕事と日』のように作品に仕上げること、つまり主題の如何にかかわらず、エレガントな詩のかたちにのせることそれ自体が、エレガントな行為と思われた。ときにはわざと奇異な材料を選んで、詩にすることすらあったほどである。とすれば夜空に輝く星座のひとつひとつを順番に、ヘクサメトロスでたどってゆくことは、なんら不思議ではない。アラートスの『星辰譜』は、そうした作品である。

## アラートスの『星辰譜』

夜間の照明が限られており星々がまばゆい時代にあって、夜空に形を読みとることは驚きと想像力をかきたてる。星々をつなぎ合わせて、それを昔から伝えられてきた形と同定することは、また楽しみでもあろう。そもそも時計も暦も、さらには方角を知るための磁石も普及していない時代、今、天空に見える星が、何であるかを知って、それを天球全体の中で位置づけることはきわめて有用であった。星々の形を覚える作業をたとえていえば、今日、地図を広げて、この長靴の形がイタリアであるという風に、国の名前を覚えるのに比べられるかもしれない。その確認の作業の結果が覚えやすい詩にのせられているならば、さらにいうなら口に出すことそれ自体が楽しい詩であればいっそう、楽しみは増したことであろう。

たとえばアラートスは、黄道一二宮を「蟹座」に始まり「双子座」まで、西から東へ順々に（これは月日の巡りに従い、新たに見え始める順序である）、全体で五行からなるヘクサメトロスにのせている（韻律図解Ⅰb・文例H）。このヘクサメトロスは文章になってはいるものの、今日の意味での詩的な文章とはまったく違う。大事な点は、十二の星座の順序にある。「蟹座」「獅子座」、ここで行が変わって「乙女座」「蠍《さそり》のはさみ」（これはのちに「天秤座」と見直される）「蠍座」、再び行が変わって「射手座」「山羊座」（厳密にいえば「山羊に変身した神の姿」）、また行が変わって「水瓶座」（厳密にいえば「水瓶から水を注いでいる者の姿」）「魚座」、さらに次の行に「牡羊座」「牡牛座」「双子座」。これらの星座の名前以外の部分は、星座をこの順序で並べつつヘクサメトロスにするための、埋め草以外のなにものでもない。

黄道一二宮とは、太陽が一年かけて位置を変え移動する道筋である天球上の大円（黄道）を一二に区分した名称である。今日、星占いであまりに有名であるが、元来、太陽や惑星の位置を示す大事な指標であった。太陰暦ならば月を夜ごとに観察すれば誰でも簡単に把握できるが、太陽暦にはもっと緻密な観測が必要となる。先のリストが「蟹座」から始まっているのも、この星座で黄道と北回帰線とが重なる、つまり太陽の夏至の位置であることによる。(7)

物事の順序を覚えるために韻文が適していることは、広い意味でのことば遊びといってもよい、世界各地の言語がもつ性格である。先の引用箇所は、実用的、かつ詩であるというアラートスの『星辰譜』の性格が、捉えやすいところかもしれない。『星辰譜』が、きわめて人気を博し、その後世に与えた影響が絶大であったのは、こういう事情が働いた。

アラートスの詩の内容の眼目は、星座それぞれの相対的位置を指示することである。天球は時刻と季節によって姿を変化させるから、たとえ夜通し見張ったとしても、一晩で見ることのできる星は限られる。さらに天空という「お椀の内側」は、果てしなく均一に連続していて区切りようがない。だから星座を順にたどることは、やってみるとすぐ分かるが、口でいうほどに自明なことではないのである。

アラートスは天の北極から始めて、天頂にいったん昇り、南の方角へそのまま下る。それが終わるといったんまた北極に引き返す。これを天の北半球について六回、繰り返すから、一度にたどる部分の幅は平均して、東西六〇度となる。これは一度に目に入れる幅として妥当な広がりである。そのあと南半球の星座（もちろん当時の人々の目にふれる範囲に限られる）が描写され、さらにそのあとにあらためて、天の北回帰線・南回帰線・赤道が、黄道一二宮同様、どの星座を貫いているかが叙述されている。

ひとつの星座には、大小はあるけれども五行程度の描写があてられている。その描写は主として、図柄が人物であるならば、その頭がどこにあり右手がどう伸びているかという風に、絵を見せずして絵を語る趣である。その反面、星座を題材にした詩ということから我々が連想しがちな、星座にまつわる神話への言及はきわめてまれである。

そのまれなる例のひとつが、「乙女座」の起源である。正義の女神は「黄金時代」と「白銀時代」には地上にあった

(7)　地軸はコマの回転軸のように揺れる。この揺れ、ないし「ぶれ」の周期（「歳差」）は、いわゆる天文学的数字ではなく、たかだか二万六千年強である。つまりギリシャ時代とはすでに約一〇分の一、違っているのである。そのため今日では夏至点の位置がずれて、当時とは異なる。地軸の先端にある天の北極も当然ずれてくる。アラートスが「ケンタウルス座」（当時は、南十字星をもその一部として含んでいた）や「アルゴー座」に言及するのは、これらの星座が現在よりも天の北極に近く位置したから、北半球にあるアレクサンドリアあたりからでも見ることができたからである。

が、人間の邪悪さに愛想を尽かして、ついに地上を離れ、星座になった。この物語は、ヘーシオドスの五つの時代の物語を下敷きにしている。

## ラテン語に移された教訓詩

教訓詩の伝統も狭義の叙事詩同様、ラテン文学に移植される。現存の作品では、エピクーロスの教説（原子論、ならびに心の平静を説く人生訓）を基盤にしてしたためられたルクレーティウスの『事物の本性について』が、その伝統の最初に位置する。

全六巻あわせて約七五〇〇行からなるこの長大な詩の第五巻には、宇宙の創成や天体（太陽・月・星々）の動き、さらには地震や異常気象、生物の生成、人間の発展など、さしずめ今日の物理学・天文学・気象学・地学・生物学・「唯物史観」などが扱う観測や推理や独断がひしめいている。科学の進歩を知っている今日の我々には荒唐無稽な考え方も少なくないけれども、しかし科学もまたこうした仮説を論駁して進化したことを思い出せば、科学史として興味深い事例も少なくない。そもそも神話的な説明と比べれば、彼の説は相当に「学問」に近い。「教訓詩」（というより私の言い方に従えば「学問詩」）と、「物語」が不可欠な叙事詩との関連については、この章の終わりであらためて考える。

## ウェルギリウス『農耕詩』

叙事詩と同様に教訓詩においても、ギリシャ文学を換骨奪胎してイタリアの風土に適応させた功績は、ウェルギリウスに帰されるべきである。ウェルギリウスは『アエネーイス』以前に『農耕詩』を書いた。『農耕詩』は、ヘーシオドスの『仕事と日』に範を仰ぐ。全四巻からなるこの書物は、畑の耕作（すなわち小麦の栽培）・果樹（とりわけブドウとオリーブの世話）・牧畜・養蜂を順に扱うが、実際の仕事の教本ではない。むしろ農に託して自然の恩恵と破壊力・神々・人生・労働・正義などに思いを巡らしている。

この作品には自然界の現象を描写したきわめて魅力的な詩句が満ちており、『アエネーイス』よりもむしろこの作品を好むと明言する人も少なくない。各巻の内部で扱われる題材は多彩にして多様であるが、なめらかに次々と移行していく。連想のつながりは微妙で、そのため各巻の全容はもとより、この作品全体のデザインを把握するのは非常に難しい。

一番顕著な例を持ち出せば、第四巻の後半に置かれているアリスタイオスの神話である。亡くなった妻を求めて冥府へ赴くオルフェウスの神話をその内部に含んでいる、このエピソードそれ自体の内容については、次章で「エピュッリオン」として紹介するが（⇩第7章《ウェルギリウス『農耕詩』のアリスタイオスの物語》169ページ）、この箇所は実に美しく、それだけでまとまりをもってできあがっており、たとえこの部分だけが残存したとしても『農耕詩』は不滅であったろうと評価できるかもしれないほどである。

とはいえあくまでこれは一部分でしかない。ところがこの部分だけを抜きだして読むことが、この作品全体の意図をどれだけ損ねることになるのかすら、一致した見解はないのである。人々の一致しうる最低限の了解としていえることは、教訓詩というジャンルは、ヘーシオドス以来、神話を内部に含むことが前提となっている、だからウェルギリウスは教訓詩というジャンルの約束を実践している。これはたしかである。ただしその場合でも、神話とその前後とは、それを理屈というにせよ、あるいは連想というにせよ、何らかのつながりが読みとれる。ところがウェルギリウスの場合、この部分と全体との関係は、何とでも説明しうるようであり、したがってどれも物足りない説明でしかない。

ヘーシオドスには先にも述べた通り、ことば足らずして全体の論理性に破綻を生じさせていると見える箇所がある。また『仕事と日』は、かなり雑多な構成でできている。それに反してウェルギリウスには（同じように第11章抒情詩のところで扱うホラーティウスにも顕著であるが）、きちんと論理立てた叙述をむしろ野暮と見なして、わざと脈絡を外しているふしがある。つまり表面上はヘーシオドスをまねた「非論理性」を、ただし意識的に装わせてあるけれども、実際には作者が想定する「分かるひと」ならば、隠された論理——意図的に脈絡がないように作ってあるけれども、その脈絡のなさの前提にあったであろう「論理」的な脈絡——が読めるはずなのである。ところが今日の我々には、彼と彼の最良の読者との共通了解を提供した書物の散逸も手伝って、その構成原理の把握は実に難しい。

## 教訓を離れた「教訓詩」(?)

そもそも『農耕詩』がヘーシオドス流の教訓詩の枠組みを借りていることは否定すべくもないけれども、はたしてこれは本来の意味で教訓詩といえるのかどうかすら疑問を抱かせる。なるほど精励刻苦の重要性(「裸になって耕せ、裸になって播け」)は至るところで見受けられる。内戦に起因する荒廃のさなかにある同時代のイタリア全土の様子を背景にすえたとき、土に接しうることの有り難さ・楽しさが、いかばかりに貴重であるかを思い起こさせることはいうまでもない。しかしこの詩の中では単に戒めが説かれるだけではない。たとえば巻末に引いた一節(文例Ⅰ)などには、本当に何かを教えることに眼目があるのだろうか。

春、「金色の太陽が冬を大地の下に追い払い、夏の光で大空を開け広げたとき」ということばで始まり、ついでその陽光の中を、巣から飛び出した蜜蜂の群が、羽音も軽やかに高く昇っていき、夏の澄み切った大気を抜けて空の星のもとにまで泳いでいる、あるいは、ぼんやりした雲となって風に流される。こうした、ただ羽音しか聞こえず、静けさに包まれた絵のように美しい描写を読めば、どれほど自然の恩恵が我々を静寂のうちに包んでくれているか、ある意味でそれは人間の意図や思惑とは無関係に、世界に満ちているかを実感できよう。

こうした場合、ウェルギリウスは大自然について何かを語ってはいるものの、むしろ彼の眼目は自然そのものをありのままに眺め、ことばに写すことともいえる。さらにいえば田園の、あるいは牧場となる山野の、絵画のような描写そのものが、『農耕詩』のもっとも魅力ある部分かもしれないのである。

どこまでも澄み切った大気の中を横切る光線と影、遠くの山々とそれと対照をなす近景にある木々や清冽《せいれつ》な水、こうした、まさにイタリアの自然としか言いようのない風景の描写は、『農耕詩』よりさらに前にウェルギリウスが作った

『牧歌』にもまして、細部は克明に、しかし全体としてはどこか儚《はかな》く、朧気《おぼろげ》に流れていく。

季節のうつりかわりは時間の推移とともに敏感に察知され、微妙に描き分けられる。蜜蜂の描写では「金色の太陽が冬を大地の下に追い払い、夏の光で大空を開け広げ」たのに対して、第一巻の農夫が耕作を開始する早春の描写では、「白い山並みに凍りついた湿気が弛《ゆる》み始める」。小さな蟻に眼がいくかと思えば、天の蒼穹を横切る虹が対置される。

しかしその一方で自然は恐ろしい。ひとたび暴風雨が吹き荒れると、ひたすらまじめに心して耕作した穀物が、たちどころに無と化してしまう。彼の描く破壊のさまは、『イーリアス』のアキッレウスの荒れ狂うさまにも似ている。自然の力は単に恩恵だけではないことをウェルギリウスは忘れずに指摘するし、破壊力を描く際の彼のすさまじい筆致は、彼の内部に潜んでいる暗い力も暗示する。

あるいは盛りのついた牡牛の、恐るべき破壊力の原動力となっているのも、広義の自然といってよい。「盛り」を「恋」と言い換えれば甘く響くけれども、「恋」の力は必ずしも楽しさだけをもたらすものではない。つまり、ウェルギリウスは、美しい絵だけ描いてよし、とはしない。静けさと荒々しさは表裏一体である。ウェルギリウスが自然について、思いを巡らしているというゆえんである。

## 「教訓詩」と「叙事詩」の関係・再考

ホメーロスとヘーシオドスとが二つの流れの創始者となって、それぞれがギリシャ文学のみならずラテン文学に至る長い伝統を作ってきた。このような理解がおおむね受け入れられているし、私のここまでの記述もその大枠に従っている。しかし二つのジャンルの関わりは、必ずしもそのような図式で納まりきれない。

まず指摘しておくべきは、すでに何度か本書でもふれているように、古代世界に「教訓詩」にあたることばがない、ということである。エポスという大きなカテゴリーがあるだけでサブカテゴリーがないことを如実に物語っているのが、アリストテレースの『詩学』の一節である。「世間の人は内容の如何にかかわらずヘクサメトロスで書いている詩人を

「エポス詩人」と呼ぶ。しかしホメーロスとエンペドクレースには韻律以外、共通点はない」。この見解は今日の我々からすれば至極当然と思える。しかし逆にいえばアリストテレースのように物事を突き詰めて考えない普通の人々にとっては、ホメーロスとエンペドクレースは同じジャンルの詩人であると理解されていたことが分かる。「エポス」はヘクサメトロスで書かれた一切の詩を指した。

それを踏まえてなおかつ英雄叙事詩・教訓詩・牧歌の三分割の根拠を古代世界に遡れば、古代後期のセルウィウスの『ウェルギリウスの「農耕詩」注解』の冒頭にたどりつく。彼は「ウェルギリウスは己の作品で様々な詩人のあとをたどった。『アエネーイス』では年月の隔たりはあるもののホメーロスに倣い、『牧歌』はさほど隔たってはいないテオクリトスに、そして『農耕詩』ははるか昔のヘーシオドスに」と記す。ウェルギリウスの死後の高い評価と彼の三作品の相違点が、分類の基準のあとづけに貢献したのである。

そしてそれが近代の分類の基礎となった。見方を変えればエポスを三分割する暗默裡の根拠は、ウェルギリウスの作品と『イーリアス』をはじめとするそれらのお手本という具体例のありようである。結果としてセルウィウスがウェルギリウスのエポスに施した分類をモデルにして、他のギリシャ・ラテンすべてのエポスが分類される、という仕組みである。しかし実際のところ、ウェルギリウス以前ないし同時代に、今日の分類に従えば「教訓詩」となるエポスを作った群小詩人たちは、自分たちはホメーロスではなくヘーシオドスの流れのエポスを作っているのである、と必ずしも思っていない。今日の人々がなんとなく共有する文学史とは異なり、教訓詩というジャンルが狭義の叙事詩とは別個に存在したとする意識は、アラートスたちのヘレニズム時代や、さらにルクレーティウス以降のラテン詩人たち全般にわたってどうやら共有されてはいなかったようである。

端的な例がヘレニズム詩人のニーカンドロスである。彼はヘクサメトロスで『有毒生物誌』を書いたが、その末尾で己の名前を出し、自分に「ホメーロス風」という形容詞をつけている。ヘーシオドスではない。しかし『有毒生物誌』の内容は毒蛇・毒蜘蛛・毒蛙のカタログで、ホメーロスとつながるところはない。要はエポスだから「ホメーロス的」

なのである。あるいはまたルクレーティウスもヘーシオドスを己の先達と見なしていない。それどころか一度たりとも言及しない。対してホメーロスは最大の詩人のみならず哲学者扱いをもされており、『事物の本性について』第一巻の序では、ホメーロスが「事物の本質を語る詩人」、言い換えればルクレーティウス同様の詩人として描かれている。

もうひとりあげればおそらくウェルギリウスと同時代に、マーニーリウスという、占星術をわざわざヘクサメトロスにした詩人がいる。彼は『占星術』第二巻の冒頭で先行するエポスの系譜をたどる。そこで時代順に列挙される作品はおおむね我々が教訓詩に分類するものであるが（ただしラテンの詩人はまるで含まれていないしギリシャの教訓詩の歴史としてもこのリストは不完全である。エンペドクレースは排除される一方テオクリトスの『牧歌』（⇩第7章）が含まれる）、面白いことに彼のカタログはホメーロスから始まるのである。彼のいうところでは、ホメーロスはすべての祖となる大河であって、その他の詩人はその水を引いている。ヘーシオドスはそのあとに並べられ、『神統記』と『仕事と日』への言及に続いて、星座一覧ないし星の運行を扱っていた作品もまたヘーシオドスに帰される。その直後にアラートスを含むであろう、星のことを歌った詩人たちが続く。もしここでマーニーリウスが星についてのエポスの系譜を作りたいならば、ヘーシオドスの今は散逸した作品を元祖の地位にもってきてカタログを作ったほうが筋が通るわけであるが、実際にはそうはしていない。

ルクレーティウスは大地や海の創世、太陽や月や星々の運行、人類の始まりなどを記したが、そのようなエポスは彼以前にもあったらしい。それを前提にしないと分かりにくい箇所が、いくつかの作品に見つかる。「反主流の叙事詩」の章で扱ったアポッローニオスの『アルゴナウティカ』の第一巻には、登場人物のひとりであり、歌の名人であるオルフェウスが、歌を歌ったことが紹介されるところがある。その歌の中には「天と地と海とが憎しみにより分離したこと、星々と月と太陽が軌道を確定したこと、山々がそびえ河川ができ生物が生じたことなどが含まれていた」と、ただし具体的な詩行はいっさいなく、主題だけがまとめられている。こうした主題からうかびあがる作品は簡単にいえば宇宙生成論であるが、ここでアポッローニオスはエンペドクレースのそれを想定しているのかもしれない。[8] そしてさらにこの場面がウェルギリウスによって模倣される。『アエネーイス』の第一巻の末尾で、ディードーの館でアエネーアースは歓待されるのであるが、その折、吟遊詩人が「月と太陽、人類と家畜の起源、雷と稲妻、星座と季節の推移」などを歌ったことになっている。つまり叙事詩に登場する人物が教訓詩らしきものを楽しんでいるという設定である。我々はついついルクレーティウスの『事物の本性について』だけを連想してしまうけれども、それもまたひとつのジャンルに属していたものであったこと、他にもそのような詩があってそれらが幅広く受容されていたことが、テーマを列挙するだけで分かったらしい。[9]

いっぽう教訓詩の中にも、ヘーシオドスのプロメーテウス神話や、アラートスの「正義の女神」が「おとめ座」になった神話、ウェルギリウス『農耕詩』のオルフェウスの神話のように、物語が含まれる。つまり教訓詩にも部分的には神話があってもよい。もっと屈折した例をあげれば、作者不詳の『アイトナー（エトナ山）』[10] では、火山の爆発の原因の推測がヘクサメトロスで綴られているのであるが、作者は神話を荒唐無稽であると否定するために、しかし実際にはいくつもの神話をえんえんと引用するのである。

オウィディウスの『変身物語』もそうした伝統に乗っていると見なしうる。その始まりには天地創造が語られ、その最後近くにはピュータゴラースが語る「万物流転」の話が置かれている。後者には時の経緯によって四大元素（火・空気・水・土）も互いに入れ替わる、とか、かつての海が山となる、といった「自然考察」（のパロディー？）も含まれる。また星の運行や稲妻を典型として教訓詩と話題が共通している。このように『変身物語』の両端は教訓詩もどきで押さえる枠組みになっている。しかし『変身物語』の中身の大半は露骨なまでに神話というかお話である。つまり『変身物語』は狭義の叙事詩の体裁と同時に、教訓詩の体裁をも含むエポスの伝統とそのサブカテゴリーとしてのジャンルに意識的なエポスであり、こういう点でも、オウィディウスはジャンル意識に鋭敏な詩人であったといえるだろう。

ルーカーヌスの『内乱』にはいくつもの脱線があるが、それらの想像力を膨らませた克明な記述と教訓詩の伝統的な題材との関わりも注目に値する（⇩第5章《本筋からの逸脱》120ページ）。第九巻では毒蛇のカタログがあり、兵士が各種の蛇に襲われ骨肉を苛まれる。しかも毒蛇の縁起としてペルセウスとゴルゴーンの神話まで言及される。あるいは第六巻では死者の魂を呼びだす魔術のさまがえんえんと描かれる。「死者招魂」が教訓詩のひとつのテーマであったことは、先述したマーニーリウスの教訓詩人のカタログの中に入っていることから確定しうる。ルーカーヌスの死者招魂は奇抜であるけれども、今はないお手本をもとにしていたのである。

## 教訓詩のテーマ・なぜ韻文なのか？

右に名前をあげた詩人たちの他にも、ヘレニズム期のギリシャ、さらにはローマには、教訓詩に分類される詩がいくつかある。それらのテーマは重なり合うところも多々あるが、二つに大別してもよかろう。ひとつは宇宙の創成をはじめとする自然の摂理である。しかしこれもまた、いくつもの分野に分けられよう。太陽の動きひとつに例を限っても、昼夜の長さと高度の変化は季節の推移の考察に結びつくし、季節の推移の観察といっても、自然界の現象との関連に焦点をあてる立場と、より厳密な暦の決定を重視する立場とでは、太陽とともに観察する対象が異なってくる。天体観測すら大前提の設定次第で、「天文学」にも「占星術」にもなる。

さらに太陽の観察から、潮の干満、月の満ち欠け、日蝕月蝕が、なぜ、どのような法則に基づいて起こるのかという方向に伸びていく関心と、明日の天気がどうなるか、いつ大風が吹くか、といった、日々の生活と密接に関連する知識の探求とがある。そして後者は自然の摂理の考察とならぶ教訓詩のいまひとつの大きなテーマである、ある種の技術の

(8) エンペドクレースは「愛」と「憎」を万物生成の原理においたことが分かっている。

(9) この種のテーマの羅列は、ホラーティウスもまた『書簡詩』第一巻一二番で行っている（『書簡詩』もヘクサメトロスでできていることに注意せよ）。この書簡の宛先のイッキウスなる人物は、「金儲けという伝染する皮膚病」に罹っていながらも、「潮の干満の原因」「季節の推移の原因」「惑星の動きの原因」「月の満ち欠けの原因」に関心を抱いている。

(10) 誤ってウェルギリウスの名前を帰され彼の作品と一緒に伝えられている諸作品 *Appendix Vergiliana* の一（⇩第7章　注（22））。

集成と接近する。技術の集成（今日風にいえばマニュアル）は、当然、その対象についての知識が必要であるから、対象となる事物のカタログという体裁をとりがちになる。

なぜこのようなテーマが散文ではなく、わざわざヘクサメトロスで書かれたのか。先述したように古くはヘクサメトロスには箴言《しんげん》の趣きがあったし、覚えやすさもあった。その一方でルクレーティウスは、「暗闇に潜むものごと」「大衆が懼れをなし後込みする理」を詩文化することは、あたかも「薬草（ニガヨモギ）を子供に飲ますときに、蜂蜜で飲みやすくするようなもの」だという（第一巻九三六行以下）。しかしそれだけではない。ヘレニズム期から顕著になる、「他人がやっていないことを題材にして、前人未踏の詩を作る」こともまた動機となった。ニーカンドロスが選んだテーマ——ひとつは「毒蛇や毒蜘蛛のカタログ」であり、いまひとつは「トリカブトなど有毒物質の解毒法」——はまさにそうした題材である。「前人未踏」は詩作の動機として、堂々と掲げられるようになった。マーニーリウスは『占星術』の中でまさにそう宣言する。しかしニーカンドロスにしろマーニーリウスにしろ彼らの知識はせいぜいほめて生半可、むしろ対象をしっかり理解してもいないし、それどころか彼ら自身も、内容が正確であろうがなかろうが構わない、と思っているのではなかろうか。

彼らと違いアラートスは真面目といえば真面目である。ヘレニズム期のエポスで残された作品が少ないから想像するしかないけれども、しかし彼はこうした新しい「教訓詩」の創始者というか、こういう素材の詩があってもよいではないかと後の世代に思わせた先駆者であったのかもしれない。

# 第7章

# エポス・牧歌（とエピュッリオン）

大都会アレクサンドリアの発展は、田園への憧れを生みだした。テオクリトスに始まり、ローマのウェルギリウスがいっそう洗練させた「牧歌」もまた、エポスの韻律であるヘクサメトロスで書かれている。本章では、あわせて「小さな物語詩」とでもいうべきエピュッリオンを扱う。これもまた、アレクサンドリアで始まりラテン文学に受け継がれるジャンルである。

## 「牧歌的」情景

「牧歌的」ということばがある。その意味するところは単にのどやかということではない。このことばを聞くと、おのずと、いくつかの要素の絡み合ったある風景が、いったいどこで知ったかも分からぬままに思い浮かんできたりすることはないだろうか。

人里遠く離れていても決して荒々しくない自然、パーンやニンフといった田園の神々が行き来するところ、困窮とも、略奪や戦火といった危険ともまったく無縁の平和な田園、草の柔らかな牧場、丘の上の樫の木、豊かな羊の群れ、昼下がり、とかげも動かない時刻、ポプラの投げかけるすずしい影、ツタがバラと絡み合うところ、糸杉、野性のオリーブ、アネモネ、ヒアシンス、冷たい泉、蝉の鳴き声、蜜蜂の羽音、こうした諸要素があわさって作りだす、どこかで見たような、それでいてけっして現実にはない、時間を超越した風景。「アルカディア」という地名を思い出す人もいよう。こうした情景設定を我々は「牧歌的」と呼び慣わしている。

いうまでもなくこうした土地は実際に存在しない。アルカディアという名前は独り歩きしている。ギリシャのペロポンネーソス半島中央部に位置する現実のアルカディア[1]は、豊かさとは無縁の、荒涼としたところである。詩人の空想が理想郷を作りだした。

## 「牧歌的」ということば

「牧歌的」ということばは英語でいえば、pastoral, bucolic, あるいは idyllic に該当する。このうち pastoral とは、ラテン語の pastor, つまり「羊飼い」がもとになっており、bucolic は、ギリシャ語の bukolos, すなわち「牛飼い」にたどりつく。最後の idyllic は、あとでふれるように、ギリシャのヘレニズム時代の詩人、テオクリトスの作品に付された名称、eidyllion に起源がある。

先にも書いたように「牧歌的」というのは、単に、「のどやかである」というのとは違う。そこには理想郷が投影されている。ところでどうして羊飼いや牛飼いが、理想郷の住人なのか。もし我々がなんとはなく、羊飼いや牛飼いに、都会のあくせくした暮らしとは正反対のイメージを抱いていたとするならば、それは長い文芸の伝統にあざむかれた誤解である。近代ヨーロッパの文芸や絵画は、その誤解に増幅に増幅を重ね、とりわけロココの絵画が決定打となったように思われる。さらにもしかすると日本人の我々には、「アルプスの羊飼い・牛飼い」といったならばいっそう、その想いが増すのかもしれない。実際の羊飼い・牛飼いの仕事は、極端な言い方をすれば「汚い重労働」であるにもかかわらず。

どこで彼らが理想郷の住人になってしまったのか。またどこから、憂愁の思いを抱いている羊飼いという姿が生まれてきたのか。

「牧歌的理想郷」は、しばしばラテン語 locus amoenus（直訳すれば「魅力的な場所」の意）という術語で表現される。その伝統は古く、「牧歌的」要素のいくつかはすでにホメーロスに見いだすことができる。『オデュッセイア』には美しい果樹や泉といった自然描写が、たとえばカリュプソーの島やファイエーケスの国と結びつけられている。戦乱のまっただ中にある『イーリアス』にすら、その「比喩」の一部に「牧歌的」要素は含まれていて、戦火との強いコントラストを提供してくれる。しかし真の意味での「牧歌」は、アレクサンドリアの詩人テオクリトスの創作である。そしてノスタルジアをともなう「牧歌的世界」を後代のヨーロッパ人の心に強く植えつけたのは、テオクリトスをラテン語世界に移し変えたウェルギリウスの『牧歌』の功績である。

## エイデュッリオン

「牧歌」の内容にふれるまえに、作品の題名について記す。テオクリトスという名のもとに伝承された二五の詩のうちほぼ半数の一四が、前述したような「牧歌」である。しかし彼は「牧歌」以外の詩をも作った。彼の作品を伝える写本には、「牧歌的状況」に設定されていない詩も多く含まれている。たとえば作品二番『まじないをする女』（⇩156ページ）は、不実な恋人をひきもどすためにまじないをしている女の独白だけで成り立っているが、この女がいるのは田園ではなく都会である。あるいは一三番『ヒュラース』（⇩161ページ）は、ヘーラクレースが主人公である神話である。こうしたそれぞれの作品が別個に発表されたのか、それともある程度まとめられて世に問われたのかも不明である。そもそも今日に伝わるテオクリトスの作品がまとめられたのは、テオクリトスの死後、二〇〇年くらい経ってからと想定できる。つまり彼の作品全体をたばねる「書名」にあたるものはない。この点で、全一〇篇の構成まで工夫されたウェルギリウスの『牧歌』とは大いに違う。(2)

(1) ギリシャのペロポンネーソス半島の中央山岳部の地域名。アルカディアを牧歌的理想郷として最初に描いたのは、ウェルギリウスの『牧歌』第七番および第一〇番である。テオクリトスは『牧歌』の舞台をシチリアないしはエーゲ海のコース島においていた。おそらくウェルギリウスおよびローマ人にとって、シチリアという名称は現実的にすぎたのであろう。

(2) 『牧歌』という日本語の題名はすでに定着している。よって本書でも踏襲する。英語での通称は *Eclogues* である。ラテン語 **ecloga**（複数形は **eclogae**）はギリシャ語からの外来語であり「短い詩」の意味を有するが、語源的には「選び抜かれたもの、選択」に由来する。

テオクリトスの作品はローマ時代から半ば慣習的に、内容を問わず、すべて（エピグラムを除いて）エイデュッリオン（eidyllion）と称されてきた。この単語は近代ヨーロッパの諸言語では、たとえば英語の idyll のように、上で述べたような典型的な「牧歌的」状況と結び付けられて使用される。しかし元来、そのような含みはまったくなかったし、それどころかなぜこの名前が付けられたのかはまるで分からない。エイデュッリオンというギリシャ語は、形態上、「エイドス **eidos**（姿）」という単語に縮小語尾のついた形と分析できるけれども、そもそもテオクリトス自身がこの単語を知っていたことすら疑わしい。

本書では『ヒュラース』のように、テオクリトス自身の命名である可能性があり、かつ通称として人々が受け入れている作品を除き、原則として作品名を書かず、作品「第一番」のように番号だけで記載することにする。意味を捨象した『エイデュッリオン』ならともかく、『まじないをする女』や『ヒュラース』を、たとえば『牧歌』二番と表記することはあまりにも実体と違っており、違和感が残るからである。(3)

さらに今日テオクリトスの名のもとに伝わる作品の中には、彼以外の詩人の作品も紛れ込んでいる。(4) パピルスの巻物をつくる段階で、作者をこえてひとまとめにされた可能性も考えられる（↓第1章《パピルスの巻物》19ページ）。こうした「混乱」は中世写本にももちこまれている。写本ごとに採られている作品は同じでないし、作品を並べる順序もまちまちである。

## 「牧歌」の主題と構造

テオクリトスの「牧歌」にもウェルギリウスの「牧歌」にも、先に描写したような設定の下、牧童（羊飼いや山羊飼い、あるいは牛飼い）が葦笛を吹き、それにあわせて歌を歌う、そういう作品が含まれている。歌はしばしば二人の牧童の「歌くらべ」の体裁をとる。そしてこれまたしばしば牧童が歌う歌はそれ自体が独立した詩となって、もともと詩である地の文の中に「入れ子」構造となって含まれる。その代表例としてテオクリトスの「第一番」の出だしの部分を巻末に引用した（文例J）。この詩では、羊飼いテュルシスが山羊飼いに請われて、恋に苦しみやつれ死ぬダフニスの歌を歌う。二人の牧童が交わす会話と、羊飼いに歌われる歌の内容との双方が、ともに「牧歌的世界」に属するのである。[5] 牧童は物質の面で豊かでないかもしれない。しかし彼は自由である。彼には悠久の時があり、心を落ち着かせ豊かにしてくれる余裕——閑暇——がある。まさに理想郷であるが、しかし本当のところ、田舎の暮らしを現実に知らない、都会人の抱く理想郷である。テオクリトスの牧童たちがそうであるように、牧童はいかにも行儀の良い、洗練された姿で描かれている。

そしてしばしば牧童は恋をする。それも叶わぬ恋である。片思いのつらさは自ら笛を吹き、歌を歌うことによって癒される。「音楽こそ心を癒す」。これも「牧歌」の大事な主題のひとつである。あるいはそれとは一見すれば逆の結果をもたらすが、歌を歌ってもなおやつれ、あるいは死ぬ者の姿もまた——たとえばテオクリトス「第一番」で「入れ子」になった歌の主人公のダフニスのように——、歌として歌われることもある。死への憧れもまた、どこか甘美である。

## テオクリトスとウェルギリウスの背景

テオクリトスは紀元前三世紀のアレクサンドリアで活躍した詩人である。出身は当時のギリシャ世界の西端のシチリア島であり、エーゲ海のコース島[6]とのつながりも伝えられてはいるし、個々の詩の内容からもそれらの場所との関連は

---

ウェルギリウス自身がどのように呼んだかは分からない。セルウィウスの古注には *Bucolica* とある。

（3）古澤ゆう子訳『牧歌』は、書名として『牧歌』を採用しつつその一方で、それぞれの作品を『エイデュッリア』第二歌のように記している（明らかに妥協策である）。「エイデュッリア」とは「エイデュッリオン」の複数形である。

（4）作者名が記されているものには、モスコス（後述）とビオーン Bion のものがある。それ以外にも、かなりの数の「偽作」（厳密にいえば作者不詳作品）が一緒にまとめられている。

（5）「入れ子」構造はオウィディウスの『変身物語』において様々に工夫を重ねられ、発展し、行き着くところまで行ったけれども（⇩第5章《オウィディウスの『変身物語』》111ページ）、そもそも『オデュッセイア』に手本がある（⇩第3章《回想場面》58ページ）。

（6）エーゲ海上の島。ドデカネス諸島の一。サモス島の南、ロドス島の北、小アジアの沖合いに位置する。紀元前五世紀にヒッポクラテー

指摘されるが、しかし実際の活躍の中心は、プトレマイオス王朝の首都であるアレクサンドリアであった。アレクサンドリアは、もはや古いポリス社会の制度が解体したあとに、人工的にできあがった大都会といえるだろう。こうした中から都会人の抱く田園趣味が生まれてくるのである。

そして同じことは、ウェルギリウスの世界である紀元前一世紀のローマについてもいえる。ローマは全世界の女王たる大都会である。ただウェルギリウスの場合、一世紀近い内乱のもたらす荒廃が背後にあるため、閑暇の有り難さはより切実に、かつ哀惜の思いがこもっているように感じとれる。あるいはウェルギリウス生来の気質とでも言うのだろうか、彼の『牧歌』には何とも郷愁に満ちた、メランコリックな雰囲気が漂っている。

## テオクリトスの方言と韻律・人工的な「素朴さ」

テオクリトスは同時代のシチリアないしコースのことばを思わせる、ドーリス方言を用いている。古くはギリシャ語はポリスごとに方言を異にしたが、この当時にはギリシャ世界全域ですでに、コイネーと称されるアッティカ方言[7]を基礎にした共通語が使用され始めていた（⇩第1章《ギリシャ語とラテン語》22ページ）。

もともと詩のジャンルと方言には固有の結びつきがあった。ドーリス方言を文芸作品に使用する慣習は合唱歌というジャンルの伝統であって（⇩第10章）、たとえば紀元前五世紀前半のピンダロス（⇩第10章ならびに第12章）にも見られる現象である[8]。ただしピンダロスがドーリス方言を使用したのは、合唱歌というジャンルの約束事に従ったためでもある。それにピンダロスの場合ドーリス方言といっても、あまりにも特異な音韻や語彙の使用を避けた、かなり方言色を薄めた言語であった。それに対してテオクリトスがドーリス方言を用いる根拠はこれとは異なる。テオクリトスは奇異な変化形を用い、わざと野卑な単語も交えて、結果的に田舎臭さを強調する。つまり方言それ自体からも、田園趣味を浮かび上がらせようとする工夫が感じられる。

しかしそれでいながら韻律は、ヘクサメトロス、すなわちホメーロス以来のエポスの韻律である。いうまでもなく現実の牧童が口にする日常語は、ヘクサメトロスとはまったく無縁である。つまりこのことひとつだけでも方言の使用とリアリズムとは関係がないことは明白であろう。要するに、人工的な素朴さ、素朴なふりを装った素朴さ、なのである。

そしてテオクリトスのことばの中にも、叙事詩の語形と語彙がかなり混在していることが見てとれる。叙事詩の方言においては、文法的には同じ単語の同じ変化形を用いればこと足りる場合でも、韻律上の要請によって多様な形が混在するが、それと同じことが起きているのである。(9) しかし必ずしもそれだけが理由でない。テオクリトスもまたカッリマコス流の、知的な趣向を重視する一派に属している。テオクリトスの方言はなるほど方言ではあるけれども、やはり詩的人工言語であることもまた強調されてよい。つまり田舎臭い素材が先にあってそれにホメーロスの化粧を施したというよりもむしろ、ホメーロス以来の伝統を意識的に改変すべく、新たな素材を開発したのである。

なお付言すると、テオクリトスは一部の作品において、アルカイオス（⇩第10章）の模倣を試みて、彼やサッフォーの抒情詩と同じ方言（レスボス方言）を、彼らの韻律にあわせて使用しさえする。(10) こうした作品の成立にも、古い詩人を研

スが医学の「研究所」をおいたことで有名。プトレマイオス二世の生誕の地。テオクリトスの作品第七番（この作品は、牧歌というジャンル、ならびにヘレニズム時代の詩人としてのテオクリトスの詩論を考える点で、きわめて重要である）は、コース島を舞台に設定している。

(7) アッティカとは、ギリシャのアテーナイおよびその周辺の地域を指す。事実上、「アッティカ」ということばは「アテーナイの」というに等しい。方言を大別した場合、イオーニア方言との近似性は大きい。今日、「古典ギリシャ語」として最初に修得するのは、この方言である。

(8) さらにギリシャ悲劇でも合唱歌の部分には、母音 ē の代わりに ā を使うという、きわめて緩やかであるがドーリス方言の要素が入っている。その本当の理由は分からない。

(9) 叙事詩の方言においては、単語の同一であるべき活用形が韻律にあわせるべく多種多様である。ことばの歴史的展開にもとづいて判断すると、新旧混在の状態といえる。これは本来、口誦叙事詩の成立と伝承に関係している現象である（⇩第2章《成立と伝承》53ページ）。

(10) これらの作品は内容を別にしても、ヘクサメトロスでないからエポスのカテゴリーに入らない。作品二八番と三〇番は、「拡大アスクレーピアデース風」the greater asclepiad と呼ばれる韻律形である。この韻律でできているアルカイオスとホラーティウスの作品を、巻末の韻律図解Ⅷa・bとして示した。サッフォーの作品はアレクサンドリアで韻律ごとに区分して編集されたことが分かっているが、第

究することから生まれた、ひとつの実験精神が見てとれよう。

テオクリトスはまた同語反復を好んで使う。その極端な形がリフレイン（ルフラン）である。先に言及した死に行くダフニスの歌（作品「第一番」の「入れ子」部分）は、「始めよ、ムーサイ、始めよ、牧歌を」という行が区切りとして、数行おきに、文脈とは無関係にはさまれる。そしてリフレインは「牧歌」というジャンルを示す構成要素と見なされるようになる。アルカイック期から古典期の「高尚な」詩の中で、リフレインは皆無といってよいほど使用されていない。しかしおそらく民間に流布した俗謡のたぐいには多用されたことだろう。つまりこれにもテオクリトスの意識的な田舎好みを見てとれる。

## ウェルギリウスの『牧歌』の構成

全一〇歌から成るウェルギリウスの『牧歌』は、テオクリトスとは異なり詩人自身の構想によって組み立てられていることは自明である。ただ、その構成原理については、それぞれの詩そのものがきわめて暗示的で、象徴に富み、意識的に焦点を結ぶことなしに流れるがごとくできあがっていることもあって、少し踏みいれば甲論乙駁になるが、前半部五歌と後半部五歌がシメトリカルであることは、誰が見てもすぐ分かる。

たとえば、最後の歌の結尾の黄昏《たそがれ》の長い影は、第一番の冒頭の木陰と響きあっているし、後半部の最初に当たる第六番の冒頭には、新たな序詞が配置されている。第三番と第八番はもっとも長い歌であるが、前半・後半それぞれの中央に置かれ、ともにポッリオー(11)を讃える辞を含む(12)。

このように、詩人が意識的に作品集の構成を案配することは、ヘレニズム時代に始まったようであるが、ローマ期に至って普通となる。たとえば『イーリアス』『オデュッセイア』の二四巻立てはホメーロスとは無関係な、アレクサンドリア時代に始まった工夫であるが（⇩第2章の注（5））、それに反してアポッローニオスの『アルゴナウティカ』全四巻はおそらく詩人の意図に基づいているし、ウェルギリウスの『農耕詩』全四巻および『アエネーイス』全一二巻、さらに後述するホラーティウスの『カルミナ』（全三巻、プラス、のちに発表された第四巻）の内部の配列は、詩人の精緻な計算に基づいているのである。

## ウェルギリウスのモデルとしてのテオクリトス

ウェルギリウスはテオクリトスの詩をラテン語に取り入れた。しかも彼がテオクリトスから取り入れたのは、先に書いたような「牧歌的世界」という設定だけではない。細かなことから指摘していくと、まず同じ固有名詞が使われる。たとえばテオクリトス「第一番」に登場する羊飼いテュルシスと同じ名前の人物が、ウェルギリウスの『牧歌』七番で歌競べをするように。さらにテオクリトスはある詩に出てくる人物名を別の詩の中でも使うのであるが（もっとも同じ名前だからといって必ずしも同一人物として見る必要はない）、それと同じことがウェルギリウスによってもなされるのである。しかもその名前はテュルシスのようにテオクリトスの人物と同名で、ただし人物名の組み合わせは変えて使われる。だか

三巻には、この韻律でできた作品が集められていた。アルカイオスもまた、この韻律を使っている。テオクリトス作品二九番は、「サッフォー風一四音節行」Sapphic fourteen-syllable line で、これはサッフォー第二巻の韻律である。もっともこれらの韻律は同一形態の行が一行単位で繰り返されるので、その点ではヘクサメトロスに似ている。

(11) Gaius Asinius Pollio（76B.C.-A.D.4）ローマの軍人政治家にして文人。ユーリウス・カエサルを助け、いくつもの軍功をあげる。彼の暗殺後、アントーニウスにつき、オクターウィアーヌスと対立する。前四〇年執政官。この頃を境に、アントーニウスから距離を取る。前三九年、凱旋式。ローマ最初の図書館を建設。アクティウムの戦いでは「中立」。ウェルギリウスやホラーティウスと親交あり。ローマの内戦の歴史を書く。これはポンペイユスとカエサルの対立から始まり、少なくともキケローの死、おそらくフィリッピーの戦いまでを扱っていたが（その先もっと後の出来事を含んでいたと想定する研究者もある）、散逸した。プルータルコスの『対比列伝』（『英雄伝』）ならびに、アッピアーノス Appianus の『ローマ史』（グラックス兄弟からアクティウムまでの内乱時代を通して扱っている）は、この作品に負うと考えられる。

(12) 第八番では名前が明示されていない。「イリュリアの海岸沿いに遠征し、悲劇を書いている」とされる人物を、古代末期の注釈家のセルウィウスはオクターウィアーヌスとしたが、近代の研究者は伝統的にポッリオーと解してきた。ポッリオーが悲劇を書いていたことはホラーティウスが彼に捧げた献辞（『カルミナ』第二巻一番）から分かる。しかしここにきて、また一群の研究者はオクターウィアーヌス説に回帰している。

らウェルギリウスの作品は、あたかもテオクリトスの作品と重なり合い、その延長上にあるかのように思わされる。もちろんもっと大きな翻案もある。以下、ウェルギリウスの『牧歌』八番を例にして、彼がテオクリトスをどのように翻案しているかを確かめる。

『牧歌』八番は、大部分が二人の牧童が競い合って歌った二つの歌からできている。二人はそれぞれが、恋に苦しんでいる人物になりきって歌を歌う。前半の歌の「私」（歌の主人公）は、恋人に捨てられ死を選ぶ山羊飼いである。歌い手が失恋し歌の終わりで自殺するという設定は、テオクリトスの作品「第三番」の主人公とほぼ同じである。ただしテオクリトスの歌い手が嘆いている理由は、単に恋している女が自分に応えてくれないためだけれども、それに対してウェルギリウスの山羊飼いは、いったんは誓い合った女が自分を捨てて別の男に嫁ぐことを知っているのである。その二人の様子をあれこれ想像するから、いっそう絶望的になる。

後半の歌の「私」は女である。この歌はテオクリトスの第二番『まじないをする女』をモデルにしている。離れてしまった恋人を引きもどそうとして、まじないをしている女の独白だけで詩ができているという点で、二つの作品は共通する。二つの歌のどちらでも、かなりの部分が召使いの女に当てた指示になっていて、まじないの材料と手続きが、あれこれ言及されるのも同じである。ただしテオクリトスの女は「月」（伝統的に魔女と関わりがある）にも呼びかけるが、ウェルギリウスの女にはそれはない。またテオクリトスとは違ってウェルギリウスの女主人公は田舎にいる。テオクリトスでまじないをかけられている男については、恋の来歴から普段の生活の様子に至るまで細かに描写され、しかも今はもうこの女に飽きてしまって他の男か女かに心を惹かれており、要するに不実なことは確実なのであるが、それに対してウェルギリウスの歌の中の男は長く不在ではあるものの、不在の理由は分からない。だいたいどのような男でどんな関係かも本当のところよく分からないから、極端にいえば歌っている女が妄想しているのではないかと思えるほどである。その男の名前はダフニスであり、これはテオクリトス「第一番」を思い出させる。そしてウェルギリウスが何よりテオクリトスと違っているのは、まじないのおかげで男は現に帰ってきたのかもしれないと、しかし後述するようにこれもまた妄想のごとく描く点である。

『牧歌』八番を構成する二つの歌には、どちらにもテオクリトス「第一番」や「第二番」のようにリフレインが組み込まれている。テオクリトス「第二番」のリフレインは前半と後半とで違っている。前半では「イーユンクスよ、回って、あの男を私の家へと引き寄せよ」が、まじないのあれこれの叙述の中に挿入される。イーユンクスとはキツツキのような鳥の名前（和名アリスイ）で、これを糸車に縛りつけて回転させてまじないをする。このリフレインは九度（すなわち三かける三。三は魔法の数である）、まじないの動作ともども繰り返される。(13) 一方ウェルギリウス『牧歌』八番後半部分の歌には「わがまじないよ連れ戻せ、連れ戻せ、町から家へとダフニスを」というリフレインが、これも数行おきに繰り返される。「引き寄せよ」と「連れ戻せ」は言語が違うので同じ単語ではないものの、リフレイン全体として後者が前者を模倣していることはいうまでもない。ウェルギリウス『牧歌』八番の繰り返しは変えられず一貫して同じで、ただし最後の土壇場で変容する。突然、まじないの火が高く燃えさかり、犬が門口で吠える。そしてこの歌の最後の行のリフレインは、ことばは少しだけ、しかし意味は根本的に変えられて、「まじないをもう止めよ。止めよ、町からやってくる、ダフニスは」となる。本当にダフニスが帰ってきたのかどうかは分からない。このようにしてこの詩は思わせぶりに終わっている。

## ウェルギリウスの『牧歌』の個性

ウェルギリウスの『牧歌』には、テオクリトス風の牧歌的世界に設定された「牧童の歌くらべ」や、「成就しない恋の苦悶」と並んで、いかにも当時のローマの状況が反映している歌もある。「第一番」ではとある老人が、若い牧童とやりとりを交わす。そして後者が土地を追われこの地から出て行かねばならないのに対し、老人のほうは幸福にも「ローマ

(13) このリフレインのイーユンクスについては、のちほどピンダロスとの関連を指摘する（⇩第12章《『ピューティア競技祝勝歌』四番とメーデイア》276ページ）。

にいる神のような人」から、この先ずっと、この地で家畜の世話を続けられる保証を得たことに言及する。この「神のような人」とは（どこにも明示されないけれど）オクターウィアーヌス（アウグストゥス）である。若い牧童が土地を追われるのは、内戦により土地の所有者が変わったからである。

「第九番」にも政治が影を落とす。歌くらべをするはずの牧童のひとりは、土地の新しい所有者から追い出されようとしている。そして彼は昔あれほど歌った歌まで忘れてしまった。

遡って「第四番」では、「ポッリオーが執政官である年に生まれる赤児がもたらすであろう」新たな黄金時代が予言される。そこで幻となって浮かび上がる奇跡の世界は、牧歌を越えてしまっている。この赤児の誕生とともに、毒蛇は姿を消し、雌牛はライオンを恐れない。当初あった戦争も、やがて姿を消し、木々からは蜜が流れ、畑からはおのずと実りがもたらされる。この作品は、キリスト誕生を予言したものとして誤解され、その誤解の結果、ウェルギリウスはキリスト教の預言者として中世では受け入れられることになり、さらにそのためにウェルギリウスの作品全体が、他の古代の作品とはまったく違う待遇を受けることになる。「赤児」が本当は誰なのか、いまだ人々の推測は合意に到達しない。

一方、ヘレニズム期の詩の伝統に乗った恋の歌は、ひときわ苦悶を増す。「第八番」を構成する二つの恋の歌はすでに紹介した。それに先立つ「第六番」では、家畜ならざる歌を「太らせる」こと、すなわち長々と詩行を連ねるだけの月並みな英雄叙事詩を拒否するカッリマコス風（⇩第5章《カッリマコスの主張》106ページ）の「拒絶の辞」recusatio[14]に続いて、田園の牧神シーレーヌスの歌った歌を伝える。歌は「長い長い歌のいくつもの要約」という趣きになっている。最初は天地創造に始まるが、やがて尋常ならざる恋に苦しむ女たちが、とりわけ牡牛への恋に苛まれているパーシファエー[15]の姿を頂点にして、小さな絵画の展覧会のように次々と並べられていく。

そしてついに「第一〇番」では牧歌的世界からの別離が歌われる。自分を捨てた女への恋に苦しむ主人公はもはや牧童ではなく、実在の人物、軍人政治家にしてエレゲイア詩人のガッルスである。[16]このガッルスを、アルカディアの住人は慰める。この部分を巻末に引用した（韻律図解Ⅰc・文例K）。

この詩は、不実な恋人リュコーリスに捨てられ嘆いている詩人ガッルスに、アルカディアの住人が慰めにやってくる、という設定になっている。文例Kの引用は、アポッローが登場するところから始めたが、その前にはアルカディアの牧童たちが言及されている。成就しない恋の苦しみを音楽が癒す、という考え方は、テオクリトス以来の牧歌というジャンルのひとつの型であるが、ここではそれがさらにひねりを加えられている。

一同が、口をそろえて、ガッルスの恋の相手のことを話題にする。たとえば神アポッローは、その女は他の男を追いかけて、雪の中、戦争の中へと行ってしまった、と告げる。つまりもうあきらめたほうがよい、と勧めている。またパーンの神もやってきて、もう嘆くのはやめよ、恋の神アモルはそんなことを気に懸けない、恋の神は残酷で、草が川に飽きてしまうことがないように、あるいは蜜蜂がウマゴヤシに、山羊が葉っぱに飽きないように、いくら涙を流しても、残酷な恋の神は、おまえの涙に飽きることがない、と諭す。比喩はすべて牧歌の世界から引かれている。

それに応じてガッルスは次のように答える。アルカディアの住人たちが、自分の不幸な恋のことを歌に歌ってくれるなら、たとえ自分が死んでしまっても、そのときに私の骨はなんと穏やかにやすらぐことだろう、自分もアルカディアの住人であればどれほどよいだろう。

しかし、引用はここで終えたけれども、アルカディアも、歌も、彼をもはや喜ばせはしない。このあと、彼の独白は、私は厳しい森の中に入って、恋人の名前を木の幹に刻もう、しかし、恋の神はすべてに勝ち、我々は恋に屈するしかな

(14) 本来、ラテン語の普通名詞として「拒絶」の意。「私は……を歌う任ではない」、「私の歌は……を避ける」、といったトポスを指すのに使う。

(15) 神話上の女性。クレータのミーノースの妃。牡牛に恋をし、交わって生まれたのが（半牛半人の怪物）ミーノタウロスである。詳しい神話はオウィディウス『変身物語』第八巻一三六行以下参照。ヒッポリュトスに道ならぬ恋をするファイドラー（⇩第14章《エウリーピデース『メーデイア』『ヒッポリュトス』》323ページ）は、パーシファエーの娘である。

(16) ガッルスはこれに先立つ第六番でも、神話上の人物に交じって「要約」のひとつに登場している。

い、という行で終わる。(17)

この詩はガッルスが創始者である「恋愛エレゲイア詩」（⇩第9章）へのオマージュであり、かつ、エポスを作るウェルギリウスの秘められた自負でもあろうか。エポスの中でエレゲイアの心情にふれることの意味は、エレゲイアの類型を述べる際にもう一度取り上げる（⇩第9章《恋愛詩の類型》205ページ）。こののち時を経てウェルギリウスは、『農耕詩』を作り、そしてついには新しい英雄叙事詩『アエネーイス』の作者となるのである。

## 「エピュッリオン」の定義

牧歌はヘレニズム期のテオクリトスが始めた、新しいエポスであった。同じようにヘレニズム期に始まったエポスの下位区分として、「エピュッリオン」が考えられる。

ウェルギリウスの『牧歌』という作品集は、必ずしも狭い意味での牧歌的世界に収まってはいない。テオクリトスの作品にしても、全部が全部、「牧歌的」ではない。おそらくテオクリトスも、その後継者を自負したであろうウェルギリウスも、ヘクサメトロスという韻律にのせて、従来の詩とは異なる題材、あるいは新しい叙述形式の工夫、あえていえば実験を試みたとすらいえるだろう。ヘレニズム時代に始まったそのような実験は、それぞれにまた模倣を繰り返されていく。そうした成果のひとつが、エピュッリオンである。

今日の研究者はときに、ヘレニズムおよびラテン文学のヘクサメトロスで書かれた一群の作品に、エピュッリオン（epyllion）という呼び名を与えている。エピュッリオンとは、エポス（epos 叙事詩）に縮小語尾のついた形であり、すでに古典語としてアテーナイオスに使用例があるものの(18)、このことばの厳密な定義は古代にも現代にもない。

現代の多くの研究者が何とはなしにこのことばで了解しているニュアンスは、ひとつの物語として小さいながら完結していること、しかし単に全体の長さが短いのみならず、従来の叙事詩の題材を扱いつつも、切り口が斬新で、機知に富んだ、洗練された姿をしていること、物語のある部分は克明に描写する反面、話の流れ全体の均衡は意識的に無視すること、感情移入が少ないこと（登場人物への同情に引き込んだり、事の成り行きにはらはらさせたりすることで、読者を感情的に物語に巻き込むのではなく、むしろ結末をあらかじめ予想させたりして、突き放した見方をとらせる工夫が見られること）、また、ときにはわざとその予想を覆して意表をつく描き方をしていること、などであろうか。読者がすでに有している当該の物語（神話）の知識を当てにしており、それを承知に話の核心をずらす工夫も目立つ。さらにそのことばづかいに注目すれば、一枚の絵を見るかのように描かれていて、ある場面の細部を緻密に描写していることも特徴であろう。

しかしエピュッリオンの定義は何か、とあらためて問うてみると、なかなかうまく答えられない。こうした分類につきものであるが、より多くの作品をこの枠組みに含めようとすると定義の輪郭がぼやけるし、その反面、厳密さを求めれば次々に例外が見つかるのである。そもそも「短い」といっても、その長さはいろいろなのである。

## テオクリトスとモスコス

しかしこのジャンルが確立されていたことも、とりわけラテン文学の場合、否定しがたい。その典型が後ほど解説する、カトゥッルスの「ペーレウスとテティスの結婚式」であり、ウェルギリウスの『農耕詩』第四巻に入れられた「アリスタイオスの物語」、およびその中にさらなる「入れ子」として入っている「オルフェウスの物語」である。そしてラテン文学の常として、その手本はヘレニズム時代に求められてしかるべきであろう。そこで浮上してくるのが、テオクリトスの一三番『ヒュラース』、二四番『幼子へーラクレース』などの彼のいくつかの作品、あるいはテオクリトスと同

(17) 恋人の名前を木の幹に刻む、というモチーフは、西洋近代、ロマンチシズム隆盛の頃の詩に、たとえばシューベルトが曲をつけた菩提樹のように、繰り返し使われるセンチメンタルなモチーフであるが、その元祖は、ウェルギリウスのこの一節ではなかろうか（きちんと調べたわけではない）。ただし、ウェルギリウスにも手本がある。今、分かっている限り、カッリマコスである。

(18) Athenaeus. 紀元後二世紀末に活躍。その著書『食卓の賢人たち』*Deipnosophistae* は、宴席で物知りたちが蘊蓄《うんちく》を傾ける、という趣向を取った作品で、古典作家の多くの引用に満ちている。「エピュッリオン」という語は、第二巻六五節に「ホメーロスに帰されているエピュッリオン某々」という表現で登場するけれども、その作品が散逸している以上、我々には何も分からない。

一の写本にまとめられて伝承されているモスコスの『エウローペー』である。

ヒュラースとは、ヘーラクレースに愛された少年の名前で、二人はアルゴー号の遠征に加わっていたが、途中の上陸地で少年は泉に水を汲みに行き、ニンフに水中に引きずり込まれる。ヘーラクレースは狂ったように少年を空しくも探し回ったために、遠征離脱者の汚名を得る、というスケッチである。同じ神話は、アポッローニオスの『アルゴナウティカ』第一巻の末尾で、類似した筋の運びで描かれている。ここより二人の詩人の影響関係が、様々に類推されている。(19)

『幼子ヘーラクレース』は、ゆりかごの中で眠っていたヘーラクレースにヘーラーが蛇を放ったけれども、赤子は蛇を絞め殺してしまったという物語、また『エウローペー』はゼウスが牡牛に化けて少女エウローペーを拐《かどわ》かす物語を扱っている。ただし前者には予言者テイレシアースが告げる英雄の将来に関する予言が、後者ではエウローペーの持っている篭の描写（エクフラシス ⇩第4章87ページ）が、通常の割合を失してことさらに長々と扱われていることが示すように、物語を物語として語ることだけがこれらの作品の意図ではない。

## カッリマコスの『ヘカレー』

さらに今日ではパピルス断片と一部の引用や後代の言及を除いて散逸してしまっているが、古典後期の人々に賞賛され、非常によく読まれたカッリマコスの『ヘカレー』こそ（⇩第8章《カッリマコス》193ページ）、この種の作品中、重要な位置を占め、後代のエピュッリオンの手本となったことが、十分、考えられる。すでに第5章の「カッリマコスの主張」で述べた通り、彼は「大きな叙事詩」を断罪した。彼こそ「小さな物語詩運動」（そういうものがあったとして）の推進者なのであり、その彼が実際にしたためたエポスが『ヘカレー』なのである。

『ヘカレー』の主人公はアテーナイの英雄テーセウスなのであるが、通常の武勇譚ではない。マラトーンを荒らしていた牡牛の調教（これなら武勇譚になる）に赴く途中に、彼が雨宿りに立ち寄った、昔は豊かであったが今は貧しい農婦ヘカレーの親切なもてなしの、細部の描写への極度の入れ込みをともなう描写やそのおしゃべり、そして功業の帰路に彼女の死を見いだし、その親切を記念して彼女の名をつけるアテーナイの地区（デーモス）と、建立することになる「ゼウス・ヘカレイオス」の神域との縁起譚とを扱っていた。ただしその途中には大きな脱線（「入れ子」構造）があって、本筋とのつながりは仮説の域を出ないが、木に止まったカラスが別の鳥に話す、アテーナイ最初の王エリクトニオス誕生のいきさつや、悪い知らせを告げ口したために羽の色を白から黒に変えられてしまう大鴉にまつわる教訓話[20]などが含まれている。要するにカッリマコス一流のひねりが、本来なら英雄叙事詩となるべき物語に加えられていたらしい。カトゥッルスの「ペーレウスとテティスの結婚式」（後述）に見られる手の込んだ構成は、おそらくこの『ヘカレー』に影響されていたのではないか、と想像される。

## ラテン語で作られたエピュッリオン

こうした作品の物語形式そのものがある種のラテン詩のお手本となったと認めれば、ローマの詩人たちはエピュッリオンもまた、他のジャンル同様、ラテン語に移植しようとした、といえることになる。今日に伝わる作品から判断する限り、この分野でもカトゥッルスが先駆者の位置を占める。カトゥッルスはカッリマコスと同じように、様々なジャンルの作品を残しているのであるが、その功績のそれぞれについては後続する章の中で述べることにする（⇩第8章《エレゲイアの「移植者」カトゥッルス》196ページ、第9章《恋愛エレゲイアの先駆者カトゥッルス》203ページ、第11章《カトゥッルスの「実験」》

(19) それだけではない。続く『アルゴナウティカ』第二巻の冒頭は、ポリュデウケースが拳闘で傍若無人な男を倒すエピソードが占めている。ポリュデウケースとカストールはディオスクーロイ、すなわち星座「ふたご座」の神である。彼らもアルゴナウタイであった。そして興味深いことにテオクリトス二二番『ディオスクーロイ』は、ドーリス方言ではなく純粋にエポスの方言が使用された、このふたごの神にあてた讃歌であって、ここに拳闘で勝利するポリュデウケースの話が含まれている。物語の筋や措辞のみならず『アルゴナウティカ』内での配置もまた、両詩人の影響の緊密さを示唆する。

(20) オウィディウスの『変身物語』第二巻に、アポッローンにその恋人のことで告げ口した結果、もともと白い鳥であったのに黒くなった大鴉のエピソードがあるが、その種本である。この話は「からす座」の星座神話となる。

238ページ）。カトゥッルスはエピュッリオンをひとつしか残していないけれども、[21] クレータ島の王女のアリアドネーの物語が「入れ子」として包含されている、海のニンフのテティスと英雄ペーレウスの結婚式（二人の子供がアキッレウスである）を扱った作品は、彼の他の作品と比べても、さらにエピュッリオンというジャンルに属す他の作者の作品と比べても、傑作に数えられる（六四番）。この作品については後ほど詳しく紹介する。

カトゥッルス以外にも、誤ってウェルギリウスの名前を帰され彼の作品と一緒に伝えられている諸作品[22]のうち、『キーリス』『モレートゥム』なども、趣向も文体も互いにまるで違うが、エピュッリオンと称せられよう。以下、カトゥッルスと順序が相前後することになるが、まずは周縁から迫ることでエピュッリオンの特色を把握するために、この二作品について簡単に内容を紹介する。

キーリスという鳥の名称は、ギリシャ語 keiris すなわち「（髪を）切る女」に由来する。『キーリス』では、若い娘スキュッラの、敵将ミーノースへの恋が扱われる。彼女は父親の緋色の髪を切りとって、それを相手に贈ろうとする。なぜなら父親のその髪は、頭に生えている限り、ポリスの無事を約束すると言われていたものだった。しかし父親とポリスとを裏切ってまでミーノースに尽くしたにもかかわらず、彼女の思いはミーノースには受け入れてもらえなかった。それでもすがりついた船で海中を引きずられ、彼女は鳥キーリスに変身する。これが物語の筋である。とはいえ詩の叙述は、彼女の恋の苦悶や、波間からあげる嘆きなどに集中し、先にまとめたような出来事を物語るという体ではない。さらに冒頭では長々と、この娘のスキュッラと、『オデュッセイア』に出てくる同名の怪物との相違についての見識が披露されるが、これなどもヘレニズム期以降の詩の面目躍如といえる。なおスキュッラは、先にあげたウェルギリウス『牧歌』第六番の、「一枚の絵」のひとつであり――ただしそこでは、娘は『オデュッセイア』の怪物に変身させられているので、それだからこそ『キーリス』の作者の議論が意味をもつ――、オウィディウスもこの話を『変身物語』第八巻で扱っている。

『モレートゥム』とは、チーズとニンニクとパセリなどで作る質素な料理の名前であって、この作品は貧しい農夫が朝起きて、粉をふるい、そのあと裏の菜園から香草を取ってきて、この料理を作るまでの描写だけ（まさにそれだけ！）を扱う。意識的な馬鹿馬鹿しさ、英雄叙事詩へのからかい、田舎の生活のひそかな賛美など、いかにもヘレニズム詩の末裔である。これらのトピックは、『ヘカレー』の農婦ヘカレーの質素なもてなしに、作者が範を仰いだことによるのかもしれない。

さらにまたオウィディウスの『変身物語』中の、変装したユーピテルとメルクリウスとを、何も知らずに貧しいながらも歓待し（ここにもまた微に入り細にわたる田舎の食べ物の描写がある）、褒美として夫婦一緒に同時に来る死を与えられ、樫の木と菩提樹に変身する老夫婦フィレーモーンとバウキスの物語（第八巻）や、告げ口したため罰を受け、白い色から黒く変えられた大鴉の話（第二巻）は、まさに直接のお手本が『ヘカレー』にあると想定されている。

エピュッリオンの特徴のひとつが「入れ子」構造にあるとすると、オウィディウスの『変身物語』全体に、この特徴は見いだされる（⇩第5章《オウィディウス『変身物語』》111ページ）。となれば、『ヘカレー』起源の挿話以外であっても、『変身物語』の中の大小様々な物語のひとつひとつを、もちろん全部が全部というわけではないにしろ、エピュッリオンと呼ぶことすら可能となる。しかしここまで定義を拡張すると、これまた収拾がつかなくなる。

## カトゥッルスの「ペーレウスとテティスの結婚式」

以上のような作品を通して「エピュッリオン」というジャンルについての予備知識を備えておいて、これからカトゥッルスの「ペーレウスとテティスの結婚式」を分析してみる。このエピュッリオンには、この本のあちらこちらで言及

(21) そもそもカトゥッルスはエポスをほとんど書いていない。他にもうひとつ、仮想の「祝婚歌」（六二番）があるだけである。

(22) もはや真の作者は不明であるいくつかの短い詩が、古来、ウェルギリウス作として伝わる。一六世紀の古典学者スカリゲルがそれらをまとめて校本を作って以来、*Appendix Vergiliana*『伝ウェルギリウス作品集』と総称される。第6章144ページで言及した『アイトナー（エトナ山）』もそのひとつである。さらにウェルギリウスの自伝的心境告白とも見られる作品については別に言及する（⇩第8章197ページ注（20））。

したりこれから言及することになる神話が、いくつも重層的に取り込まれている。この詩はひとつの神話を物語るのではない。詩が進むにつれて、ひとつの神話から別の神話へと、至るところで逸れ、また戻る。しかも読者はすべての神話をすでに知っていることが前提になっている。ひとつひとつの神話は全容が順序だてて語られず、当該神話のある部分だけが克明に、かつ華やかに描出される。

この詩は全体で四〇八行からなる。以下、主だった部分を追うことでこの作品の構成を紹介するが、それぞれの部分の行数を付すことにする（ただし全部を紹介するわけではないから、紹介部分の合計を足し算しても四〇八にはならない）。あえて行数を記すには理由がある。もしもこの詩が物語として神話を語ることが目的であったと仮定したなら、部分と全体とのつりあいが、いかにバランスを失しているかに着目してほしいからである。いうまでもないがこのアンバランスこそ、むしろカトゥッルスの意図したものである。

この詩はいきなり、アルゴー船が波を切って海を渡るところから始まる。これはアポッローニオスの『アルゴナウティカ』の第一巻を連想させるようにできている（⇩第5章《『アルゴナウティカ』》109ページ）。しかしすぐ分かるように、この詩は黄金の羊の皮を求める冒険譚ではない。アルゴナウタイ（アルゴーに乗り込んだ英雄たち）のひとりにペーレウスがいた。そのペーレウスが、海のニンフたちが裸体で群れるのを波間に見て、そのひとりのテティスに恋い焦がれることで話は一挙に逸れる。ペーレウスが誰であるか（彼はアキッレウスの父である）、テティスがどのような存在か[23]といったことの説明はいっさいない。ここまで二一行である。

話は一挙にとんで、ペーレウスとテティスの結婚式が執り行われるテッサリアに移る。農夫たちがそれぞれの仕事を休んで集まってくる。豪華な館の中央に新床があり、そこにはタペストリーが掛かっている。この部分で一九行。

突然、タペストリーに描かれたアリアドネーの姿の描写となる。アリアドネーについてはこのあと説明する。彼女はナクソス島で眠っている間にテーセウスに捨てられた。彼女は浜辺に走り寄った。沖合にはテーセウスの船が見える。この部分が二六行。

ここからテーセウスがアテーナイからやってきて、かつ帰国するいきさつになる。カトゥッルスの趣旨に反した描き方になるが、この神話を順序だてて分かりやすく記すことにする。

アリアドネーはクレータ島のミーノース王と王妃パーシファエー（⇩注（15））の娘である。王は迷宮に怪物ミーノタウロスを閉じこめ、毎年、アテーナイから少年少女をその餌食に送らせていた。テーセウスは怪物退治をするために、自ら志願して、少年少女たちと一緒にミーノースの館にやってくる（⇩第12章《バッキュリデースのディーテュランボス》271ページ）。このテーセウスとアリアドネーは恋に落ち、アリアドネーは迷宮脱出のための「糸まき」を贈って援助する。テーセウスは怪物を退治し、迷宮からも脱出し、彼女を連れてクレータ島を脱出する。ここまでで四〇行。ただしその大部分がこうした出来事の描写ではない。ひたすらアリアドネーの恋心が記される（このエピソード全体がイアーソーンに恋したメーデイアを思い出させる⇩第5章《『アルゴナウティカ』》109ページ）。こうした恩義にもかかわらず、テーセウスはアリアドネーを、航海の途中に立ち寄ったナクソス島で置き去りにしたのである。

ここからアリアドネーの不実な恋人にあてた訴えとなる。裏切りの糾弾に始まり呪いに終わる彼女のモノローグは、なんと七〇行もある。この嘆きは、のちの『アエネーイス』のディードーの嘆きのモデルとなる（⇩第4章《「冥府行」とディードー》88ページ）。

彼女の呪いは成就する。テーセウスはアテーナイに接近する。あらかじめ怪物退治に成功したら白い帆を上げるはずであったのに、テーセウスはそれを忘れた。父王アイゲウスは息子が死んだと思い、岩から身を投げて自殺する（四九

---

(23) テティスの生む子供は世界の覇者となるとされていた。覇権継承神話（⇩第6章《覇権継承神話》125ページ）は、ゼウスがクロノスから覇権を奪った後も、さらなる展開が予想された。ゼウスはポセイドーンとテティスをめぐって争いそうになったけれども、彼女を人間に嫁がせることで新たな覇者の誕生を避けた。ただしこの神話は、カトゥッルスの詩の中ではいっさい語られない。にもかかわらずそれを知っていることが前提となる。このことは「テティスにペーレウスは恋い焦がれた、テティスは人間との結婚を拒まなかった、テティスはペーレウスと結ばれなければならぬことがユッピテル（ゼウス）には分かった」という、すべてテティスで始まる三行が挟まれることから読み取れる。

行。その過半は、出帆前に父王がテーセウスにあてたことばから成り、それが直接話法で引用される）。

タペストリーには別の絵がある（ここでまた突然、詩の主題がとぶ）。神ディオニューソスがやってきて、アリアドネーを妻にするのである（一五行。この部分もほとんどが、ディオニューソスの従者たちの描写である）。

こうしてタペストリーの描写が終わり、詩は元の結婚式に戻る。アリアドネーの部分は通算二五五行、詩全体の過半を占め、ペーレウスとテティスの婚礼の「入れ子」構造になっていた。神々が結婚式にやってくる。ただしアポッローンは来ない。不参加の理由をカトゥッルスは記さない。しかし読者は、やがてアキッレウスがトロイアで、パリスとアポッローンに殺されることを思い出さなくてはならない（⇩第2章《定型句の意識的活用》43ページ）（全部で三八行）。

祝宴には歌がつきものである。ここで歌うのは「運命の女神たち（パルカエ）」であり、彼女たちが運命の糸を紡ぎながら歌を歌う描写となる。パルカエは老女である。その年老いたありさまも克明に、やや皮肉なタッチで描かれる。つづいて彼女たちの歌そのものの内容である。当然ながらそれは予言である。アキッレウスが花婿花嫁から誕生すること、ならびにそのアキッレウスがトロイアでもたらす流血のさまが、六九行にわたって続く。歌は絶えず「回れ、回れ、糸車、織り糸を紡ぎ出せ」というリフレインで区切られる。リフレインはテオクリトスの導入した技法のひとつである（⇩上述《テオクリトスの方言と韻律・人工的な「素朴さ」》152ページ）。運命の女神たちの回す車は、テオクリトスのように不実な恋人を引き戻すまじないの車ではないが、しかし車であることは共通しているからリフレインも似通う。そして女神たちが歌う内容は、祝宴の歌にしては、死への言及が多い陰惨な歌である。

最後に詩人は、昔はこのように神々も人間の結婚式に集ったけれども、もはやそれは終わった、なぜなら人間は鉄の時代になり、黄金時代は過ぎ去った、と述懐する（⇩第6章《五つの時代》131ページ）。こうしてこの詩は終わる。

## 「ペーレウスとテティスの結婚式」の特徴

以上の要約から分かるように、諸神話が交錯する。しかもそれぞれの神話は、本来、別個にできあがっていた神話で、互いに関係がない。とりわけペーレウスの結婚とアリアドネーとを結びつける要素はない。もちろんここに「幸せな結婚」と「不幸な結婚」の対比を認めることはできるだろうが、しかしそれだけでは説明にならない。おそらく意外性、すなわち、関係のなさそれ自体も、理由のひとつである。

さらに様々な人名・地名がいろいろと言い換えられている。神話そのものの全容の紹介が省かれて読者の知識に頼っているように、これもまたかなりの学識を要求する。

本筋とはとりたてて関係のないディテールの描写も著しい（行数が多い）。たとえば結婚式に参集するため仕事を休んだ農夫たちの農機具の列挙（五行）だとか、半人半馬のケイローンが贈り物にもってくる花々（同じく五行）であるとか、パルカエの、糸を歯に通し、年齢のせいで乾いた唇でなめる描写のように。

タペストリーには、実際には絵にできないほどの細かさで、沖の船を呆然と眺めるアリアドネーの様子が織られていた。エポスには欠かすことのできない要素である、エクフラシスである（⇩第4章87ページ）。さらに別の面には、その場に到着するディオニューソス一行のさまが描かれていたことになっている。ちなみにこの二つの情景を、後期ルネサンスの画家ティツィアーノはまさに一枚の絵にしあげた。この本の表紙では左半分しか載せられなかったが、それが本来の姿である。

以上が、これをエピュッリオンといわなければ何がエピュッリオンになろうというほどの、まさにエピュッリオンの代表というべき「ペーレウスとテティスの結婚式」であった。そしてもうひとつ、これを排除してエピュッリオンのくくりができない作品がある。それがウェルギリウスのアリスタイオスの物語ならびにオルフェウスの物語である。

## ウェルギリウス『農耕詩』のアリスタイオスの物語

ときにエピュッリオンは、それだけでまとまった単一の作品になっておらず、より大きな、必ずしも物語ではない作品の一部として取り込まれることもある。実際、研究者がエピュッリオンという語を使いたがる局面は、本来は物語ではないにもかかわらず小さな物語が入り込んでいるときがかなり多いのである。代表例が、教訓詩の章でふれたウェルギリウスの『農耕詩』の第四巻（養蜂）にある、その中にオルフェウスの物語を包含する、アリスタイオスの物語である（⇩第6章《ウェルギリウス『農耕詩』》138ページ）。

女神キューレーネーの子供である農夫のアリスタイオスは、自分の蜂を全滅させてしまい、母親に助力を求める。これは『イーリアス』第一巻の、母親テティスに助力を求めるアキッレウスの話を思い起こさせるように構成されている。そして蜂全滅の理由を、「海の老人」プローテウスから教えられる。その際、海の老人を捕まえて、姿を変え抵抗する老人を打ち負かすが、この話がまた『オデュッセイア』第四巻の、メネラーオスが語る帰国の次第に含まれるエピソードを思い起こさせるようできている。蜂の全滅は、アリスタイオスが歌の名手であるオルフェウスの怒りをかったことに原因があった。そして蜜蜂を再び手に入れられる奇妙な方法(24)の伝授があるが、それはさておき、アリスタイオスの物語の中に入れ子になるようにしていまひとつの物語、オルフェウスの物語が挿入される。オルフェウスは妻エウリュディケーを生き返らせようと冥府に下り、いったんは願いが叶えられるが、帰路、妻が本当に自分のあとを追ってくるか不安になってその姿を確かめるべく振り返ったために、永久に妻を失うことになる。

## 物語の頂点

エピュッリオンには、必ずしもエピュッリオン独自とはいえないであろうがその特色として、物語全体の描写を一点に向けて絞り込み、そのクライマックスではそれまで滑るように進んでいた物語の流れが静止して、絵画的ともいえる緻密さで情感を凝縮させる手法が見られる。いまオルフェウスの話を例にとると、次のようになる。

オルフェウスのエピソードは、毒蛇に噛まれて死んだ妻を求めてオルフェウスが冥界へ旅立つことで始まる。彼の歌に冥府の番人も、冥界の神々も心を動かされる。再び地上への帰還を許されたエウリュディケーはオルフェウスのあとを地上に向かう。こうした人口に膾炙《かいしゃ》した周知の部分は、あっけないほどに淡々と物語られる。

ウェルギリウスの語り口の頂点はこのあとにくる。

そのとき突然、錯乱が恋する者を捕まえて、警戒を怠らせた。
もし「死」が大目に見ることを知っていたなら、許してしかるべきことなのだが。
彼は立ちつくす。彼のエウリュディケーは今まさに日の光を浴びるところ。
しかし、ああ、彼は忘れる、決意はくじかれ、振り返って妻を見つめる。

この場面でそれまでのスピーディーな語りが静止してしまう。再び闇の世界へ引きずり込まれるエウリュディケーの口からは、痛恨の別離のことばが聞こえてくる。

「何が、私とあなたを破滅させるのか？
これほどに大きな狂気とは、何なのか？」

ウェルギリウスは、妻が本当に後をついてきているか確かめるために振り返らざるをえなかったオルフェウスの気持ちを「狂気」という。第4章『アエネーイス』の「払われた犠牲（2）ラウスス」の項で長く説明した、父親思い（pius）のラウススが、アエネーアースに跳びかかってくるありさまも、ほぼ同じ単語を使って「狂気」と表現されている。ウェルギリウスにとって「狂気」とは、計算高さとは正反対の、当の人物のやむにやまれぬ行動をともなう我を忘れた状態を指す。失敗は失敗なのであるが、それがあってこそその人物は後世に伝えられるのである。ここを頂点にして、そ

(24) ブーゴーニア bugonia という。若い牛を鼻孔と口をふさいで、皮を傷つけないよう、撲殺する。骨と肉はつき砕く。風通しのよい、狭い小屋に密閉し、香草を敷く。するとやがて牛の体から、蜜蜂の群が発生するというのである。

のあとに来るオルフェウスの再度の願いと冥界の神々の拒絶は、もはや自明な締めくくりでしかない。

## エピュッリオンの原型（?）

エピュッリオンを「ヘクサメトロスでできている小さな物語」と定義して、その起源を求めて遡れば、すでに紀元前六世紀にできあがっていた、ホメーロス作として伝承されてはいるが実際の作者は不詳の、『ホメーロス風讃歌』にたどりつく。「讃歌」というジャンルの約束では、まず神の名を呼び、神の権能を列挙する。そのあと、その神にまつわる物語を紹介するのである。デーメーテールの娘ペルセフォネーが冥府の神に連れ去られた物語や、アフロディーテーが人間の男のアンキーセースの子種を宿してアイネイアース（アエネーアース）を生んだ物語は、それぞれ『デーメーテールへの讃歌』『アフロディーテーへの讃歌』の中に含まれている。

そしてこの『アフロディーテーへの讃歌』と同じ調子でできあがっている「作品」が、実は他にもある。それは『オデュッセイア』第八巻、ファイエーケス人の宮殿で吟遊詩人が語る叙事詩中叙事詩、アフロディーテーが夫ヘーファイストスの目をかすめて行い、しかし発覚し恥をかく、アレースとの情事の顛末である。これは第3章でふれた「木馬の話」に先立って語られる。

しかしながらこれらの「物語」はたしかに短いけれども、最初に述べたエピュッリオンの共通了解——切り口が斬新で、機知に富んだ、洗練された姿をしていること、物語のある部分は克明に描写する反面、話の流れ全体の均衡は意識的に無視することなど——に反している。物語は単純素直、のびのびとしている。この違いは、単なるアルカイック期の素朴な語り口と、ヘレニズム期以降の自覚的な技法との違いであって、本質的には同じジャンルといえるだろうか。それとも「小さな物語詩」というアイディアは、たとえば『讃歌』にきっかけをえたにせよ、ヘレニズム期に新たに意図して作られた新しいジャンルというべきだろうか。エピュッリオンの定義がいまだはっきりとしない以上（というか、結局のところはっきりさせられない以上）、誰もが了解する明確な答えはだせない。

第8章

# エレゲイアとイアンボス（ならびにエピグラム）

エレゲイアは、エポスという本流に対する傍流として、ギリシャ・ラテンを通じて作品が作られたジャンルである。本章ではアルキロコスから始めて、ギリシャにおけるこの詩型の発展の歴史をたどる。さらにアルキロコスはイアンボスという別のジャンルの創始者とみなされる。悪口雑言や猥雑さを旨とするこのジャンルは、カッリマコスによって変容をともないつつ復活し、ラテン文学にも持ち込まれる。カトゥッルスならびにホラーティウスに至るこのジャンルの歴史も、この章でたどる。

## エレゲイアというジャンル

エポスはホメーロス以来ずっと、ギリシャ・ラテン文学全体を通じて、何より高く評価されたジャンルであった。いわば古典文学の本流である。エレゲイアはその本流に対する傍流として、これもまた古典文学全体にわたって脈々と連なっている。

エレゲイアをエポスと区別している指標は、まずもって韻律である（後述）。けれども異なるのは単に外面的な形式だけではない。エレゲイアの内容もまた、エポス（叙事詩・教訓詩・牧歌など、すべてを含めた広義のエポス）に対する傍流として捉えられる。とりわけラテンのエレゲイアはそうである。

エレゲイアは、アルキロコス・ソローン・テオグニスといった、アルカイック期の詩人たちに始まる（これら三人については後述する）。古典期にも、イオーンや（三十人政権のリーダーの）クリティアース[1]といった著名人の名が、引用断片とともに伝えられている。しかしまとまって残存する作品はない。ヘレニズム時代にはカッリマコスが重要な位置を占める。そしてこのカッリマコスに多大な影響を受けたローマのアウグストゥス時代の一群の恋愛詩人たち（プロペルティウス・ティブッルス・オウィディウス）によってラテン文学に移植される。

ただし、古典期とヘレニズム期の中間に位置し、プラトーンの高い評価を受けながらも、カッリマコスに罵倒されているアンティマコスや、プロペルティウスが自分に多大な影響を与えた人物としてカッリマコスと並べるヘレニズム期のフィレータース、あるいはラテンの恋愛エレゲイアの「創始者」とされ、ウェルギリウスも『牧歌』でオマージュを捧げたローマのガッルス（⇩第7章《ウェルギリウスの『牧歌』の個性》157ページ）のように、同時代あるいは後代の詩人たちからこのジャンルの代表と尊敬されていたり、ないしは手厳しい批判の的となったにもかかわらず、作品が散逸してしまっている詩人が少なくない。またアルキロコスやソローン、さらにはカッリマコスにしても、その作品は彼らの作ったエレゲイア全体からみれば一部しか残っておらず、残ったものも引用ないしパピルス断片という形でしかない。そのためにエレゲイアの発展の歴史をたどるのは、エポス以上に難しいことになる。

## エレゲイアということば

英語の **elegy** は「エレゲイア」（正確にいえばそのラテン語形の「エレギーア」**elegia**）ということばに由来している。そして英語を始め近代諸言語では、エレゲイアは「哀歌」「悲歌」と解されるようになっている（英文学はじめ近代文学における「エレジー」の歴史は、本書の枠を越える）。この「エレゲイア」すなわち「哀歌」（死者を悼む歌）という理解のもとは古く、ギリシャの民間語源解釈にまで遡りうる。しかし元来エレゲイアは、後述するような韻律に基づいて作られた作品すべてを指しえた。内容とは無関係であった。

もともと「エレゲイア」ということばそのものが、一説によれば、「笛（アウロス。後述）の伴奏で歌う歌」を意味した外来語であるという。ところがヘレニズム時代以降のギリシャ人は、エレゲイアということばにいわゆる民間語源解釈をほどこし、「（死者に対する）悼み・悲しみ」ということばと結びつけた。(2) この解釈を踏襲して、ローマのホラーティウス（『詩論』）やオウィディウス（『恋愛詩集』第三巻九番）も、エレゲイアの起源が本当に哀悼歌であると理解していたようである。

もっともこの（誤った）解釈にまったく根拠がないわけではない。エウリーピデースが悲劇『アンドロマケー』の中でこの韻律を用いて、夫ヘクトールを悼む詩をアンドロマケーに語らせていることを考慮すると、おそくとも紀元前五世紀までにエレゲイアという形式を用いて死者を悼む詩ができあがっていたことは間違いない。とまれ実際に残存するアルカイック期のエレゲイアから判断するに、ギリシャのエレゲイアはそもそもが汎用の詩型であり、その韻律はいかなる内容の詩をものせることのできる韻律であった、と解すべきであろう。

## エレゲイアの上演

それでは韻律以外にも、エレゲイアの最初の段階であるアルカイック期のエレゲイアに共通する性質があるのかどうか。まずは上演形態に特徴がある。エレゲイアはある時代まで「笛（アウロス。すなわち、リードを有する、今日のオーボエのような管楽器）」の伴奏で歌われた。(3) つまりエレゲイアは、ある時代までキタラ（弦楽器）の伴奏で語られたエポス、さら

（1）Critias（460頃-403B.C.）。アテーナイがスパルタに降伏したあと成立した、反民主政治を行った「三十人政権」の、もっとも過激なリーダー。プラトーンの母のいとこにあたる。彼の「無神論」的言説を含む悲劇については、岩波版『ギリシア悲劇全集』第一三巻の当該項参照。

（2）e e legein「エ・エということ」と解釈する。e e とは（様式化された）感嘆詞のひとつで、悲しみを表現する。

（3）あるいは「歌われた」のではなく、伴奏に合わせて「語られた」可能性もある。ただしこれ以降、いちいち留保をつけず、「歌われた」とだけ記すことにする。「歌った」のか「語った」のかは、結局のところ分からない。たとえ「歌う」と訳しうるギリシャ語の単語が使われていようとも、それが「音楽に合わせて語る」をも意味した可能性があるからである。

にはやはり弦楽器のリラを奏でながら歌われた抒情詩（後述）とは、一緒に演奏される楽器の形態がそもそも異なっている。弦楽器と管楽器の違いは本質的である。弦楽器ならば、歌うにしろ語るにしろことばを発する者がことばと同時に自分自身で演奏可能であるが、笛の場合、歌いながらの演奏は不可能である。楽器演奏者が別個に必要となる。しかしヘレニズム時代には伴奏がなかったと想像できる。いつの頃から楽器の伴奏がなくなったのか、詳細は不明である。

さらに上演の場がエポスと異なる。アルカイック期や古典期のエレゲイアはシュンポシオン（⇩第1章《公的な場と私的な場（シュンポシオン）》12ページ）という私的な席上で歌われたと見なしうる。それに対してエポスが上演されたり学ばれたりしたのは、祝祭の場にせよ、教育の場にせよ、もっと公的な場においてである。ヘレニズム期以降になると、シュンポシオンそれ自体を支えるポリス社会がなくなる。

## エレゲイアの性格

時代的にもっとも古いエレゲイアであり、今日にまでわずかながら伝わるアルキロコスの作品から判断すると、エレゲイアはホメーロスやヘーシオドスを意識しながら、それをからかい、対抗してきたかのように見える。正義・神々・人間全体・社会、そうした個人を超えるものの視点にたつヘクサメトロス、とりわけホメーロスに代表される叙事詩に対して、むしろ個人・私人の立場から言いたいことを好きなように語るという姿勢をとる。堂々とした揺るぎない価値あるものを鼓吹するより、むしろ権威を無視し、豪快に笑いとばす。栄誉を理想とするよりも、斜に構える。これがさらに揶揄、軽薄さ、自嘲、さらには人身攻撃、中傷、野卑なことばを用いた猥雑な冗談と結びついている。ただしアルキロコスのこの特色は、エレゲイアよりもむしろ後述するイアンボスという別ジャンルの詩に顕著である。そこで、同じ詩人によって作られたとしても、エレゲイアとイアンボスとをどの程度まで同一視してよいか、という難問が生じる。ここではその問題はひとまず脇に置いて、アルキロコスのエレゲイアはこのようなものとして話を進める。

さらにアルキロコスとほぼ同時代のミムネルモスには、恋なくして人生に何の意味があろうと、青春を讃え、老いを忌避する詩がある。このミムネルモスが、のちにヘレニズム時代のカッリマコスのエレゲイアの手本のひとりとなったらしい。あるいはカッリマコスは意図して彼をもちあげた。したがってカッリマコスの多大な影響下にあるローマ時代の恋愛エレゲイア詩の祖のひとつは、遡ればこれに至ると想像できる。とはいえ現存するミムネルモスの引用断片には、ローマのエレゲイアと直結しうるものはない。そもそも残存する詩があまりにも少なすぎる。

しかしその一方、斜に構えるだけがエレゲイアではなかったようである。すでに古代世界においてアルキロコスとどちらが古いか分からなくなっていたエレゲイア詩人に、カッリーノスがいるが、そのエレゲイアは若者たちを戦争に向かわせるべく叱咤《しった》している。「祖国と妻子のために戦死するのは名誉なこと」「臆病者にも勇敢な者にも死は等しく不可避である」といった調子からは、『イーリアス』の影響が顕著に読みとれる。同じ頃のスパルタの人テュルタイオスにも、「白髪の老人の戦死はむごたらしい、しかるに華ある若者には死は美しい」と、若者を戦争にかりたてるプロパガンダがある。これらの「戦場で勇敢に戦え」というエレゲイアと、「命あっての人生」（⇩本章《アルキロコス》185ページ。さらに文例Ｌ１）というアルキロコスのそれとを直結させるのは難しい。

後述するテオグニスの、没落した階級への感傷と新興階級への侮蔑とに満ちた、世をすねたような憂鬱なエレゲイアも、なるほど説教を垂れる点で他の詩人たちと共通するかもしれないが、そのメンタリティーは一見したところ、アルキロコスとかなり異なっている。また「初期哲学者」に数えられるクセノファネース（⇩第６章《箴言の系譜》134ページ）にも、正しいシュンポシオンの作法について、あるいはオリュンピア競技などの優勝者を讃えることの愚について、悲憤慷慨の感にみちみちたエレゲイアがある。ひとくちにエレゲイアといっても、少なくともアルカイック期には、同じ詩型でいろいろな内容の詩が作られたといわざるをえないであろう。

ところが時代が下ってラテン文学になると明らかに様相が変わる（ローマのエレゲイアは唯一、作品がまとまって残っている）。プロペルティウス（第二巻一番・三番）やオウィディウス（『恋愛詩集』第一巻一番）は、自分たちの詩はヘクサメトロスででききたエポス、とりわけ『イーリアス』やその亜流、あるいはローマ建国以来の出来事をヘクサメトロスで記したエンニウス（引用断片を除き散逸⇩第4章《ギリシャの叙事詩のラテン化》82ページ）とは違っていることをしきりに強調した。エレゲイアはヘクサメトロスのように重々しくないというのである。プロペルティウスは、自分はカッリマコスの後継者であるとして、彼のモットーを自分の詩の中に取り入れる（⇩第5章《カッリマコスの主張》106ページ、第9章《プロペルティウス》207ページ）。そしてオウィディウスは生真面目さを馬鹿にする。本章の冒頭、「エレゲイアはヘクサメトロスという本流に対する傍流である」と記したのは、この主張を意識してのことである。

彼らが自分たちの詩をそのように特徴づけている理由に、主題ないし内容が「ローマ国家」ないし「戦争」ではなく、「恋愛」であるということもあろう。しかしその主張の骨子はあくまで韻律とスタイルの違い、すなわち自分がどの伝統によって詩を作っているかという意識の違いであり、かつそのことのマニフェストなのである。

エポスについて述べた際に指摘したように、ローマの詩人はカッリマコスを代表とするヘレニズム文学の強い影響下にあった（⇩第5章《カッリマコスの主張》106ページ）。同じことはエレゲイアについても当てはまる。となればもともとエレゲイアは多様であったにもかかわらず、その中から特に、斜に構えた傍流意識がカッリマコスに選び出され、ラテン詩においてますます先鋭化していったと推測してもよいかもしれない。

しばしばエレゲイアは、とりわけギリシャのアルキロコスなどアルカイック期のエレゲイアは、近代の書物では「抒情詩」として扱われがちである。その理由は、個人の感情が表されている、ということにある。(4) しかし古代ギリシャ・ローマ時代全体を通じて、抒情詩とエレゲイアとはまったく別のジャンルであり、互いに相容れないものと理解されていた。(5) さもなければホラーティウスの『カルミナ』（⇩第11章）とプロペルティウスのエレゲイア（⇩第9章）の差異は把握できなくなる。(6)

実際「鶏と卵」の関係になるが、エレゲイアを作る詩人と抒情詩を作る詩人とは、アルカイック期にはほとんど重なりはしなかった。(7) ローマの詩人においても、ホラーティウスとプロペルティウスの関係が典型的であるが、一方が他方のジャンルに手を染めはしなかった。(8) その理由を尋ねれば、ひとつには先に述べたように伴奏楽器の違いがある。そしてもしエレゲイアが「語り」であったとすれば、歌われた抒情詩との違いは歴然である。しかし単にそれだけではない。つまり内容の如何を問わず、韻律その他の形式上の区分が、両者を截然と分けていた。

## エレゲイアの韻律と方言

ここでエレゲイアの韻律について紹介しておく（詳しくは⇩補遺２）。エレゲイアは二行でひとつの単位（連）を構成する。前の行はエポスの韻律であるヘクサメトロスと同一である。後の行は、通称、ペンタメトロスという。ヘクサとはギリシャ語で「六」でありペンタとは「五」を意味する。そこでこの差異を利用して、時代は下るがラテンのエレゲイア詩人の代表者のひとりオウィディウスは、その作品のひとつの冒頭に置かれた詩（『恋愛詩集』第一巻一番）の中で、「自分はエポスを作ろうと意図しているにもかかわらず、アモル（恋の神、ギリシャ語のエロース）が、詩行の脚のひとつを持ち去ってしまう」とふざけた。つまりオウィディウス本人は「六脚」に作っているつもりが「五脚」になっ

（４）エレゲイアと（一部の）抒情詩とは一見したところ、ともに作者が「私」として表に出てくる点で、つまり一人称が頻繁に使われるという点で、共通している。ただしこの「私」を、どれほど作者個人にもどせるかはまた別問題である。たとえばあとで具体的に考えるが、アルキロコスの主張は本当にアルキロコスという個人の主張なのか。むしろエレゲイアというジャンルが、「私」の存在を仮に作者に託して同一化することを許しているのではないか。そして「私」が誰であるか、という問いは、抒情詩にあっても問題になる。

（５）たとえばビザンチン時代の百科事典の『スーダ』には、人名を説明するにあたり、エレゲイア詩人・イアンボス詩人・抒情詩人はそれぞれ別扱いである。『スーダ』そのものの編纂は紀元後一〇世紀あたりと想定されるけれども、豊富な孫引きを重ねているから、究極の出典はアレクサンドリアの学者に遡ると推測すべきだろう。抒情詩の抒情詩たるゆえんについては第10章で説明する。

（６）私見によれば、「誤解」は、近代の文芸学が詩を、叙事詩・抒情詩・劇と三分割したことと、「リュリカ」を、個人の心情の吐露と関連づけたことに由来する。さらに日本語の「抒情詩」（「叙情詩」）という単語が内包する意味は、誤解をいっそう大きくせしめる。この立場からすればエレゲイア詩人のほうが、抒情詩人よりも抒情的ということになってしまう。

（７）九人の代表的抒情詩人（⇩第10章）のひとりであるアナクレオーンは、独唱歌の他に、エレゲイアやイアンボスも作った（ごくわずかであるが、引用断片がある）。だから完全に相互に排除するわけではない。合唱詩人のシモーニデースについても、ペルシャ戦争のプラタイアイの戦いを歌ったエレゲイアの、かなり長いパピルス断片が一九九二年に発表された（後述）。

（８）しかしカトゥッルスは様々なジャンルに挑戦した。本書で言及している箇所については「詩人事典」を参照されたい。

て、否応なく恋愛詩になってしまう、というのである。

しかし実際はペンタメトロスは、ヘクサメトロスの六脚から単にひとつ除いただけの韻律というわけではない。ペンタメトロスは、ヘクサメトロスの頭から数えて二脚半の長さのもの（これを通称、ヘーミエペス、つまり「半分のエポス」という。しかし正確には「半分」ではない）が二つ、繰り返されてできている。「二と二分の一」掛ける「二」すなわち「五」、という計算が、ペンタメトロスという名の根拠である。

そしてペンタメトロスの場合、必ず、二つのヘーミエペスの間に単語の切れ目を置かなければならない。「二と二分の一」（ヘーミエペス）が、ことばのうえでも明瞭な単位である。「二と二分の一」の繰り返し、という構造は、ときにこの二つの「二と二分の一」が、内容上、対句を構成することによって強調される。

さらにまた別のルールもある。ペンタメトロスと、その次の連のヘクサメトロスとの間には、しばしば意味上の大きな区切りがくる。つまりヘクサメトロスはペンタメトロスに構文上つながるけれども、その逆は少ない。ペンタメトロスの終わりと文章の終わりが一致する、言い換えれば二行一連で文章が完結する傾向は、アルカイック期にはさほど顕著ではないけれども、時代が下るに従って強くなり、ついには必ず守られる規則となる。そこからさらに一組二行の、ときにはそれだけで完結した警句のような体で、相互の関係も曖昧なままに積み重ねられる「ぶつぎり傾向」の作品もないわけではない。これは次章でプロペルティウスの詩について説明する際に例示する。

乱暴なまとめ方であるが、エレゲイアはヘクサメトロスに比べて、とりわけラテン語の場合、文章が単調になりやすい。一行ごとに違った韻律を使うのだから本来ならその逆であってもよさそうなのにそうはならない。おそらくその理由はペンタメトロスの終わりで文が終わらねばならないという規則がひとつ、今ひとつはペンタメトロスが必ず二つのヘーミエペスに分割され、かつヘクサメトロスの頭のほうも、補遺2で紹介した用語を使えば **masculine caesura**, すなわちヘーミエペスの直後の切れ目で行が分けられることが多いため、結果的に短い単位であるヘーミエペスを充足する単語群が、二行の間に三回も繰り返されることによるのだろう。それに対してヘクサメトロスだけで作られているエポスのほうが、同一行の繰り返しであるにもかかわらず、切れ目が工夫されたり文章が行をまたいだりして、行の内部の単語群は様々であるし、はるかに息の長い、波打つような文章となる。いっぽう同じことの裏返しであるが、エレゲイアのほうがエポスより、文と文との関係において、つまり内容上、飛躍がめだつ。このこともまた次章でプロペルティウスの詩について説明する際に例示する。

ギリシャのエレゲイアの中では、しばしばエポスの言い回しや決まり文句がそのまま使われる。また方言は基本的にイオーニア方言であり、これもエポスと同一である（ラテン文学にはそもそもジャンルによる方言差がない）。これはエレゲイアの韻律が、ヘクサメトロスと半分同じこととも無関係ではなかろう。それにホメーロス（とりわけ『イーリアス』）の教育効果は絶大であって、エレゲイアを作る詩人なら、おそらくホメーロスをそらんじていたであろうから、ある意味内容を充足し、かつ同一の韻律に適合する言い回しはなんとしても重宝であった。ことばの使い方がルースになることを承知でいえば、口誦叙事詩の伝統はアルカイック期にもかなりの程度、健在であった。

このことは、先にエレゲイアはエポスに対抗する向きがある、と述べたことと必ずしも矛盾しない。エポスが後代に与えた影響力の大きさは、抒情詩や悲劇にもあてはまる。しかし何といっても韻律の構造の親近性に基づく影響力は、エレゲイアに比較しえない。

## エピグラム

エレゲイアと同一の韻律を用いるジャンルにエピグラムがある。エピグラムとは、そもそも墓碑や奉納物に刻まれた短い詩文を意味した。古くはヘクサメトロスやトリメトロス（後述）で記されたものもあったが、紀元前六世紀頃からヘクサメトロスのあとにペンタメトロスがくる二行一連のエレゲイアの韻律が圧倒的に多数派となり、やがてエピグラムといえば、エレゲイアの詩型で作られた短い詩である、と意識されるようになるのである。

墓碑や奉納物に刻まれた献呈のことばという性質上、本来エピグラムは、誰がエピグラムの作者であるかは問題にならず、むしろ重要であるのは、墓や品物それ自体が誰を記念してできあがったものなのか、あるいはいかなる出来事があったためにどの神に捧げられているのか、といったたぐいの情報であり、そうした情報を後世に伝えることが優先された。それに反して本来のエレゲイアはシュンポシオンの場でできたものであるから、互いに顔見知りの人物の、仲間うちの生身の人々にあてたメッセージという色彩が強いのである。

ところがヘレニズム時代になるとエピグラムは、実際の墓碑や奉納物から切り離されて、その題材を、状況を仮想した碑文にとったりするようになる。さらにはもはや碑文とは無関係に、恋愛・酒・教訓・風刺・有名人ないし工芸品の描写、その他、短く機知に富んだ詩文にふさわしいものなら何であれ、主題に選ばれようになった。当然、エレゲイアとの境界線はぼやけてくる。

ギリシャのエピグラムは、ビザンチン時代に『ギリシャ詞華集』*Anthologia Palatina* に集められ、今日に伝承されている。この作品集の核をなすのは、『花冠』という名がついた一群の作品である。『花冠』は、紀元前一〇〇年頃、メレアグロスによってまとめられた作品集であり、ヘレニズム期に作られたエピグラムと、それ以前の時代のエピグラム（ただしその大部分はおそらくヘレニズム時代の偽作）から構成されている。この『花冠』こそが、『ギリシャ詞華集』の最良部分である。また、近年ではこれとは別に、新たなエピグラムのパピルスが発見された。それはヘレニズム期の詩人ポセイディッポスに帰される一〇〇以上のエピグラムで、二〇〇一年に刊行されている。

エピグラムの最大の特徴は、短さの中で完結していることにある。ヘクサメトロスとペンタメトロスとからなる二行一連の単位が、少ないものなら一連だけ、どんなに多いものでも四ないし五連で終わる。それに反して本来のエレゲイアのほうは、何十行何百行と続くのである。しかし二つのジャンルの、相互に与えあった影響は無視できない。とりわけヘレニズム時代のエピグラムは、ローマの恋愛詩人たちのエレゲイアに多大な影響を与えている。

カトゥッルスや、紀元後一世紀後半に活躍したマールティアーリスは、ラテン語でエピグラムを作った。彼らのエピグラムは、近代ヨーロッパの「エピグラム」というジャンル意識に多大な影響を与えている。たとえば、短い表現で鋭い風刺をする、いわゆる「寸鉄、人を刺す」という想念は、マールティアーリスに負う。またジャンルを越えて、ホラーティウスの抒情詩のいくつかは、題材をヘレニズム期のエピグラムに仰いでいる。

## イアンボス

ギリシャ・アルカイック期のエレゲイア詩人のうち、もっとも精彩に富むのはアルキロコスである。しかし彼の作品の多くは散逸した。とはいえ後代の作品の引用や、たまたま発見されたパピルス断片から、かなりその様相が読みとれる。

アルキロコスはエレゲイアのみならず、イアンボスも作った。(9) イアンボスのもっとも基本的な韻律形のトリメトロスについては、やはり巻末の補遺2に記した。単純化すれば、短音節と長音節とがひとつずつ、交互に現れる韻律である。エレゲイアとイアンボスは韻律上ではっきりとした違いがあるが、では、内容面から見ても大きな区別があったのか。おそらくイアンボスはエレゲイアにもまして、猥雑さを旨とした。容赦ない個人攻撃・悪口雑言・露骨な性的表現・食べ物への言及・欲望の肯定などはこのジャンルの、おそらくアルキロコスよりも古くに遡る、本来の特徴であろう。今日まで伝わっている最長のイアンボスは、セーモーニデースの、「女のリスト」とでもいえる作品であるが（第七番）、これは女性の悪しき性癖を類型化して、それを動物起源に結びつけ、悪態をつくものである。たとえば「怠惰・不潔・貪欲」な女は「雌豚」に由来しているとするように。こうしたたぐいの話題や単語は、おそらくイアンボスというジャンルの発生時から付随するものであって、のちのアリストファネースの喜劇に直結する（喜劇の韻律は基本的にトリメトロスで

(9) イアンボスの韻律はひとつだけではなく、それぞれが別個の名称を持っているけれども、作品としてはイアンボスと総称しうる。「エレゲイア」という詩のジャンルおよびその韻律の名称と同様に、「イアンボス」という詩のジャンルとその韻律の名称——正確にいえば韻律の名称は「イアンビコス」つまり「イアンボス」の形容詞形——は、混用される。その混用のありさまを説明するのは本書の範囲をはるかに越える。ここでアルキロコスの「イアンボス」と総称しているジャンルには、韻律としてはトリメトロス（イアンビコス）のみならず、トロカイオス、さらには後述する「エポードス」を含んでいると理解されたい。

ある)。

アルキロコスの残されたエレゲイアとイアンボスとの内容上の類似点を指摘することは不可能ではない。しかし少なくとも後代にはエレゲイアとイアンボスにはかなりの違いがあると考えられており、そのことをすでにアルキロコスも意識していたのではないか、と私自身は考える。その(外的)根拠をあげておく。

①アルキロコスとならんで、古来、「人身攻撃の祖」と目されているヒッポーナクスは、(広義の)イアンボスしか作らなかったようである。

②アルキロコス以外のエレゲイア詩人たちはおおむね、悲憤慷慨に過剰なところがあるにせよ「真面目」である。そういう人たちはイアンボスを作っていない。

③カッリマコスはヒッポーナクスを評価し復活させて、それをモデルに『イアンボイ』(後述・「イアンボイ」はイアンボスの複数形)を作っているが、それはエレゲイアで作られた彼の主作品『アイティア』とは、明らかに別な領域である。あくまで想像の域を出ないが、カッリマコスはミムネルモスのエレゲイアを発掘して『アイティア』で讃えあげ、同じくヒッポーナクスを『イアンボイ』でもちあげた、そしてその結果、そののち二つのジャンルは決定的に別れたのかもしれない。

④ラテン詩人のうちホラーティウスはアルキロコスの路線を踏襲した——といってもその差異もまた大きい——作品を作った。後述する『エポーディー』である。これをホラーティウス本人は『イアンボイ』(厳密にいえばラテン語で『イアンビー』)と呼んでいた。しかしエレゲイアにはいっさい手を染めていない。一方エレゲイア詩人たちはホラーティウスとは別の世界に属している。

以上がジャンルとしての、エレゲイアとイアンボスの概説である。以下、個々の詩人に沿って、エレゲイアとイアンボス双方を説明する。

## アルキロコス

しばしばギリシャ文学の歴史の中で、アルキロコスは最初に己の生き方を主張した、個性豊かな人物、と位置づけされる。このような「文学史・思想史観」には根強いものがあり、一概に退けるのも問題があろう。しかし留意すべきは、そもそもホメーロスないしヘーシオドスとアルキロコスとでは、ジャンルが違うことである。

たしかにイアンボスはその発生からして、一切の権威に対する揶揄であると考えられる。これを「抵抗」と呼んでもよいが、けっして「社会の改変」を求めた「抵抗」ではない。それはあくまで権威を認めた上での「抵抗」である。権威が正当性と力を備えていればこそ、個人の角度から揶揄は発せられる。すべての社会がそうであるとはいえないだろうが、社会は、当の社会を支えている規範に対する「笑いをともなう攻撃」を許容する。もちろん攻撃は野放図なものではなく、それが許容される「時と場」のあることが、暗黙裡にその社会の成員の了解事項となっている。とすれば、イアンボスが権威を徹底的に馬鹿にしていようと、それは権威との間の役割分担ともいえる。

アルキロコスのあまりに有名なエレゲイア（五番）は、「自分は戦いで盾を捨ててきた、しかし命は拾い上げた、武器はまた買うことができるが命は無くしたら最後、手に入れることができない」、といった趣旨である（韻律図解Ⅱａ・文例L1）。いうまでもなく、これとホメーロス、とりわけ『イーリアス』の倫理規範との差異は著しい。しかしもしアルキロコスが、権威嘲笑の役割を担った「役者」であったと考えられるならば、彼の残した「作品」の「断片」からその伝記を再構成して、そこに権威に対抗した民衆詩人を認めるのは、少しばかりずれた話であろう。

彼は「人々」（あえて大衆・民衆と、限定して呼ぶ必要はなかろう）の期待を担って、社会規範への反抗を口に出す役割を演じたのである。もちろん同じことをしようとしても、才能ある優れた人物と凡庸な人物の別があっておかしくない。アルキロコスはその題材の選び方・取り扱い方において、要するに詩のことばを作ることにおいて傑出した第一人者であった。したがってアルキロコスが「盾ならまた別のものが手に入れられる」と歌うとき、彼はなにもホメーロスの英雄の倫理規範を否定しているのではない。ギリシャ人はおそらく、ホメーロスとアルキロコスとを無理なく共存させることができたであろう。

二〇〇六年に発表されたパピルス断片（P. Oxy. 4708）は、アルキロコスがトロイア戦争をめぐるエピソードのひとつを、エレゲイアにのせて長く物語ったことを示している。「敵から逃げることは恥ではない」とすることの範例として、トロイア戦争伝説の一エピソードを引用しているように見えるが、これは従来のアルキロコス像をかなり変更する。この断片の五行目と二四行目にテーレフォスの名前が読める。テーレフォスは、ギリシャ軍がトロイアと勘違いしてテーレフォスの土地であるミューシアに上陸したとき、その土地からひとりで彼らを追い払った。見方を変えればギリシャ軍は逃亡した。これは「叙事詩の環」のひとつである『キュプリア』のエピソードである。少なくともこれだけの長さでエポスの一部を構成するエピソードを語るということは、アルキロコスの「教養」を示している証左となる。結果としてこのパピルスは、第五番の位置づけにも再検討を迫る。

あるいはまたアルキロコスが、悪罵の限りを投げかけている男リュカンベースとその娘を、実在の親子と見なす必要もないだろう。ましてその父と娘がそれを苦にして自殺したという後代に伝わる逸話を本当にする必要はまったくない。一九七〇年代になって発見されたパピルスによって初めて読めるようになったイアンボス（一九六a番。これは断片ではあるものの、アルキロコスの作品としては今のところ最大である。韻律はエポードス（後述）であり、ドイツのケルンにあることから「ケルンのエポードス」と呼ばれることもある）からは、リュカンベースやその娘たちは、いたるところで登場させられる、ストックとしての「名前」であったことをうかがわせる。要は「高慢ちきな父娘」を相手に回してのあいも変わらぬ「性的冒険のほらばなし」には、リュカンベースや娘のネオブーレーは、欠くことのできない名前なのである。そして「イアンボス詩人の痛罵によって自殺に追い込まれる」という逸話そのものもゴシップめいた話の類型であったらしく、アルキロコスにならぶイアンボス詩人のヒッポーナクスにも見られるのである。

リュカンベース相手に動物寓話を引くイアンボスもあったことが分かっている（一七二〜八一番の諸断片）。狐と鷲が友だちになった。しかし鷲は狐の子供をさらって自分の子供の餌にした。狐はゼウスに訴える。「あなたは人間界の悪行と法に適った行いを見張っている。動物の乱暴狼藉と正義も気にかけたまえ」。鷲は報いを受ける。祭壇から盗んだ肉片には残り火があって、鷲の巣は火事となる。落ちた鷲の子は狐に食われる。「やったらやり返されるぞ」という民間の教訓か[10]。

さらにまた巻末にイアンボスの代表として引いた作品（韻律図解Ⅲａ・文例Ｌ２）も、「自分は富も、神様のような幸せも、僭主の権力も欲しくはない」と、この部分だけ抜きだして読めば、いかにも誠実な告白のように見える。しかしこのことばには、「大工のカローン」なる人物のセリフとしてアルキロコスが作った、というアリストテレースの証言がある。「大工」という設定が意味深長である。貴族的な倫理とは無縁の、市井の職人ということか。さらにこの引用は抜粋であって、この詩全体はこれで終わるのではない。ということはつまりこの先に「そして……とカローンは言ったさ」、という落ちがありそうである。そこでここから先は、古典文学の他の似通った諸作品の構成から推し量った憶測になるのだが、「富でも、神様の幸せでも、権力でもなく」とくれば、次に予想されるのは「ただ恋の喜び（性の楽しみ）があればよい」。つまりこれまたよくある「反抗」のパターンである。

## ソローン

同じエレゲイアといってもアルキロコスとは異なり、ソローンは人生知を生真面目に説く。その作品はもはや後代の引用としてしか残っていないが、それでも中にはかなり長大な作品があり、おそらく完結していると考えられるものもある。

彼のひとつひとつの言説は妥当な意見であり、部分としては理解しやすくとも、その思考の道筋は、例を多用するた

（10）このアルキロコスのイアンボスが、アイスキュロスの『アガメムノーン』冒頭の、子供を奪われた鷲の比喩に影響を与えている、と思いたくなる（⇩第14章《犠牲にされたイーフィゲネイア》305ページ）。

めもあって右にそれ左にふれて、ややそのあとをたどりにくい。これは老人の繰り言にしばしばありがちなことともいえようが、そうしたソローンの個人的資質に還元すべき問題というより、むしろアルカイック期の作品に特有の、表現方法の特質のためであろう。ホメーロス・ヘーシオドスに始まりピンダロスに至るまで、あるいはアイスキュロスも含めてよいかもしれないが、アルカイック期の文章では、従属構文が未発達であるがゆえ、並列構文を多用する傾向がある。その結果、ときに話の流れが分かりにくくなる。

少し長くなるがこうした詩の構造を表している一例をあげてみよう。その要点が、神々の与えてくれる富――これは不正な手段で得たのではない富というのに等しい――と、世間の正しい評価――「友人には親切で敵には容赦しない」[11]と人に評されること――とを求めることにある作品（一三番）は、次のような展開をとげる。

始めに上で述べたような主題が提示される。ついで正しい富は確固としたものであるのに対し、道理に反して無理やり取得した富は災いを招く、とくる。これが対比構文で示される。そのあと不正は長続きしない、そうではなくてゼウスがすべてを見ている、と連なる。このあたり文章と文章が「そして」と「しかし」で結ばれ、理由句ではない。そして長い比喩が続く。突然襲ってくる災いが、一天にわかにかき曇り突風をともなう春の嵐にたとえられる。もっともゼウスは天候や嵐・雷の神であるから単なる比喩ともいえない。この比喩の部分は「あたかも」という単語で始まり、いくつかの文章が並んだあと、「そのように」という語でたとえられるものが導入され締めくくられる。これはホメーロスがしばしば使用する形式に倣っている。

ここで「しかし」不正な人物が罰せられないことがある、とソローンはつなげる。なぜなら世の中を少し眺めれば否応なく気づかされるように、不正な人物が繁栄していることはよくあることであるからである。とはいえ正義が虐げられ不正がのさばることに理屈を見いだすことを、ソローンは潔しとはしない。だからこの文章のすぐあとに続けて、「しかし」そう見えるだけで本当はそうではない、となる。本当は、そういう人物の子供や孫が、祖先の不正の償いをしなければならないのである。

我々は善人であれ悪人であれ、災難にあうまで万事うまくいくと思いがちである、と話は変わる。これは連想による話題の転換である。病人は健康を期待する。以下、諸例が並列的にえんえんと続く。貧乏人は富を願い生活の糧を求める、という文をきっかけに、そのあとは様々な職業につく人々の生業のカタログとなる。その項目の最後よりひとつ前が占い師、最後が医者であるが、占いも神々が助力すれば災いを未然に読めるものの、結局のところ定められたことは避けられないし、医者とて、誰の病をも治せるわけではない。「ある人間には薬を与えても苦痛は除去されず、しかしある人間に手をふれれば治癒する」。つまり神々の決めたことは逃れられない。ここで話は最初に循環して、人々の求める富もさらには災いも、やってくるのは神々からであるとなる。

以上、長々と筋を追ったが、その構成原理の一端がうかがえよう。つまり連想なり例なりで本筋から離れたように見えるけれども、その脱線はまた元のところへ戻る。脱線部分はいわばループを作っているが全体では一筆書きとなる。しかも最初と最後もまたつながって全体としても大きな円をなす。こうした円環構造がアルカイック期の叙述の特徴である。

## テオグニス

テオグニスは、アルカイック期のエレゲイアのうち唯一散逸を免れ、中世の写本を通じて今日までまとまった形でその作品が伝えられた詩人である。しかし全体で一四〇〇行近くあるその「作品」は、まるで統一された体をなしていない。むしろ何の脈絡もない章句の集大成というべきであろう。

しかもその中には明らかに作者の異なる詩行が混入している。たとえばペルシャ戦争後の所感までもが含まれているが、これはテオグニスの活躍した年代とは合致しない。さらには、他の書物の中で、ソローンやテュルタイオス、ミム

(11) これがアルカイック期のギリシャの基本的モラルであったことは、先にヘーシオドスのところでも述べたとおりである（⇩第6章《『仕事と日』のモラル》132ページ）。

ネルモスに帰されて引用されている詩行までもが一緒になっている。このことは伝承のある段階で、すでに当該の詩行の作者が誰であったかが分からなくなっていたことをうかがわせる。さらにはほとんど同一詩行の繰り返しも少なくない。集大成の段階で重複がそのまま移行してきたのであろう。

かかるありさまの写本を見て推測できることは次のようなことである。現存の写本はいくつかのアンソロジーを寄せ集めたものであろう。そしてそのもとになった個々のアンソロジーも必ずしも一貫して編集されていなかったろう。おまけにもともと個々の章句と章句とが、統一された構成を意図したデザインのもとにできてはおらず、近代のアフォリズムのように短い章句の寄せ集めである。「節操のない男を友にするな」という句が繰り返し出てくる一方で、「蛸のように状況に応じて色を変えよ」という句もある。もちろん両者がひとりの人物によって、異なる状況の下に発せられた、と考えることもできなくはない。しかし矛盾といえば矛盾である。となれば「テオグニス」のものとされている個々の詩行を、どこまでテオグニスに帰してよいかはかなり難しい。作者の抽出は厳密には困難である。とまれテオグニスの全体としての印象は、没落貴族の憤慨であり、怨嗟が強く、正義の回復に懐疑的で、ペシミズムが強い(12)。

## アルカイック期のエレゲイア

何度も繰り返すように、アルカイック期のエレゲイアはシュンポシオンの席で歌われた。仲間うちの、酒を囲んでの陽気な集まりである。当然、酒の賛美や、酩酊が暴きだす人間性への言及、酒の飲み方に対しての訓辞などが、作者の如何にかかわらず、あちらこちらに散見する。

同時に年長者の若輩にあてた人生に関する説教が多いのも、こうした席につきものの話題と考えればよく分かる。あるいは世の中の間違った風潮に対しての批判ないし慨嘆、自分の不遇に対する憤りや自嘲、自分を破綻においやった「敵」ないし「成り上がり者」への侮蔑と憎悪も、基本的に同じような考えの持ち主が集い、酒を酌み交わす場であるシュンポシオンの席ならばこそといえる。

またそれらとはやや性格を異にするが、「恋」ないし「性」に関する省察（ただしアルカイック期の顕著な特徴であるが「少年愛」が多いし、「少年愛」の省察は必ず年上の男の立場からであって、「愛されている少年」からなされることはまったくない）も、酒につきものの話題であろう。

アルカイック期のエレゲイア詩人に共通の話題を見つけられなくはない。テュルタイオスの「老年は醜く若者は美しい」という価値判断は、ほとんどアルカイック期共通のオブセッションとでもいえようか。ミムネルモスの「厭わしい老い」と直結しているこのモチーフは、テオグニスにもしばしば登場する。たしかに帰されている作者の違いは個々のパッセージに違いを与えてはいる。テオグニスとアルキロコスとはややもすると正反対のように捉えられがちである。前者は新興成金を憤る没落貴族であるのに反し、後者は意気軒昂な下層民として、といった風に。あるいはソローンは正義の回復を信じているし現実に社会改革を志した政治家であるが、対してテオグニスは正義の欠如を憤るのみである。しかし、このように一見すると対立しているかのような両者にも、よく見ると共通のモチーフは少なくない。何よりも「主観的」に意見を表明する姿勢が共通する。

つまりエレゲイアは、立場の如何にかかわらず成り立つ公正な真理の叙述というよりも、むしろ、私の歌はある種の立場からの意見の表明なのだ、と最初から認めてしまっている。ヘクサメトロスで書かれた教訓詩が、ある高みから客観的に事実として述べられるのに反し、同じように教訓を述べていても「私」が出てくるエレゲイアには、主観的・個人的色彩がつきまとう。そうした点で「主観的」というのである。思えば、ことわざはエポスであってもエレゲイアではない。[13]

ただし「主観的」なものすなわち「個人的」であると、必ずしもいえないだろう。なぜなら自分の意見を強く押しだ

---

(12) そこでこういうトーンがあって、詩句がキュルノスという名の若者にあてられているものを、テオグニスの「真作」と考える。もっともこれも突き詰めればひとつの約束事である。

(13) エポスは「賢人のことば」「箴言」の響きを有していた（⇩第6章《箴言の系譜》134ページ）。

すことばかりが「主観的」ではない。むしろこうした詩人たちは自分のいいたいことを歌うのではなく、シュンポシオンの席を共有する聞き手が聞きたがっていることを歌っている、ともいえる。あえて誇張していうなら、聞き手に受けることを狙ったのである。「自分」と「聴衆」という二分法は正しくない。優れた詩人が自分の望むところをうまく歌えばこそ聞き手に喜んでもらえる。あるシュンポシオンの席では受け入れてもらえない考え方も、別の席では歓迎されることもあったであろう。だから主観性は共有されうるし、同時に詩人の話題も語り口もあらかじめ聴衆の期待の枠を出ることはない。その期待の大枠こそがアルカイック期のエレゲイアというジャンルなのである。

## シモーニデース

第10章で詳しく述べるようにアレクサンドリアの学者たちは、九人の代表的抒情詩人のひとりとしてシモーニデースを数えている。古代世界において彼の名声は高いものの、引用断片は少なく、パピルスの発見にも恵まれなかった。つまり彼の詩の特徴を捉えるには、残された作品はあまりに断片的であった。しかし一九九二年に、彼の手になるエレゲイア（ひとつの作品ではなくいくつかの異なる作品）のパピルスが発表され様相は変わった。

新しく発見されたエレゲイアのひとつ（一一番）は、ペルシャ戦争中の戦闘のひとつである「プラタイアの戦い」を描いている。この戦いでスパルタ王のパウサニアースがペルシャ軍を破り、ギリシャの勝利を決定的にした。この詩の見つかった部分は次のような想定のもとで復元され、それが受け入れられている。

トロイア戦争がペルシャ戦争のパラダイム（範例）となる。そこでまずトロイア戦争で戦死したアキッレウスに対する呼びかけに始まり、彼の遺骨がパトロクロスの遺骨と混ぜ合わせて葬られること、そして続くトロイアの陥落が短く描写され、戦死したギリシャ人たちの栄誉が歌によって今に伝わることへと移行する。ここで「私」はアキッレウスに別れを告げ（この別れの告げ方は、『ホメーロス風讃歌』を思わせる）、新たにムーサイを呼びだして、今回プラタイアで勝利し、ギリシャを隷属に陥ることから護った戦死者の栄誉を高める、と宣言する。このあとプラタイアの戦いに至るパウサニアースの進軍が、ただし神話的ないし叙事詩的色彩を帯びて描出され始めるが、パピルス断片はここで途切れる。ペルシャ軍が侵略の罰を受けたとする考え方は、ペルシャ戦争を克明に記述したヘーロドトスの『歴史』にも、あるいは悲劇『ペルサイ』（『ペルシャ人』）を作ったアイスキュロスに見られるよくある類型ともいえる。けれどもシモーニデースは、初めにトロイア人がパリスの非を咎めた神々によって滅ぼされたことを例示することで、いっそう神意を強調したようである。とまれトロイア戦争と今回の戦いとが類比されるとともに、ホメーロスと「私」シモーニデースとが並べられるのである。

このエレゲイアはどのような「場」で発表されたのか。シュンポシオンか、それとももっと公式の、さしずめ「戦没者追悼式」のような場か。もし後者であることの可能性が高いと確認できるなら、エレゲイアというジャンルの性格の捉え直しにも、問いは発展する。

## カッリマコス

ひとりの詩人が多種多様なジャンルに手を染めるということは、詩を、自分の意向に従って書くことのできる詩人が出てきたことを示している。詩人が自覚的に特定のジャンルを選べる時代の到来である。ヘレニズムのアレクサンドリアとはそういう時代の中心であった。

多くの分野を手がけて、それぞれに成功を収めた最初の詩人は（シモーニデースがそうであったかもしれないが）、おそらくカッリマコスである。カッリマコスはヘレニズム期とローマ時代の詩人たちにもっとも影響を与えた詩人である。その文芸史上における重要なモットーならびに創作態度については、すでにアポッローニオスに寄せて紹介した（⇩第5章《カッリマコスの主張》106ページ）。彼はアレクサンドリアの「図書館」の長にはならなかったけれども、ギリシャ各地から収拾された「書物」のカタログ *Pinakes* を作成した。つまり彼は先行する詩人たちの全（？）作品を読むことができた。

彼の作品の種類は、パピルス断片を含めてわずかに残存しているものまでを含めれば、エレゲイア（『アイティア』、ならびに後述する『神々への讃歌』六篇のうちの一篇）・エポス（エピュッリオンの『ヘカレー』、ならびに中世に書かれた写本によって伝承された唯一のものである『神々への讃歌』のうち五篇）・イアンボス（書物全体として複数形の『イアンボイ』と呼ばれる）・抒情詩四篇・エピグラムにわたっている。[14] 作品の内容を『アイティア』、『イアンボイ』、「抒情詩」四篇、『ヘカレー』、『神々への讃歌』の順番に要約したパピルスが発見されたおかげで（*Diegesis*「要約」と呼ばれる）、それぞれの内容がある程度まで分かる。

これらのうち『アイティア』と『ヘカレー』は、その写本がおそらく一三世紀初頭まで残存したにもかかわらず残念なことに散逸してしまい、その全容は今日、捉えられない。写本消滅の最大の原因は、コンスタンティノープルをはじめとするビザンチン帝国文化めがけて襲いかかった、第四次十字軍の野蛮な略奪である。しかし同時代および後代の証言・明らかにその影響下にあると推測できる作品群・さらにかなりの量のパピルス断片が見つかったことなどの理由で、おおまかではあるが、その姿が復元可能である。『ヘカレー』については、すでに第7章で紹介した（⇩162ページ）。

## カッリマコスの『アイティア』

エレゲイアで書かれている『アイティア（縁起譚）』は、カッリマコスのおそらくいちばん重要な作品である。四巻仕立てで、全体では四千行くらいではなかったかと推測される。かなりの量のパピルス断片が見つかっている。『アイティア』の冒頭にも彼の主張がおかれている（文例M）。おそらくこうした題材にヘクサメトロスではなくエレゲイアを使用することにも、カッリマコスの主張をくみとるべきなのであろう。元来、ヘクサメトロスで書くのが当然であった『神々への讃歌』すら、その一篇をエレゲイアにしているのだから。[15]

「アイティア」とは「理由」を意味するギリシャ語「アイティオン（aition）」の複数形である。この詩は、様々の珍しい文物・諸都市・習俗・祭儀・神話などの由来を、きわめて学識豊かに、かつ意表を突くような表現で綴ったものである。こうした縁起譚のひとつひとつは概して短く、それが次々に工夫を凝らして並べられていた。

その最後には星座の「かみのけ座」の縁起が置かれていた。これはエジプトのプトレマイオス三世の王妃ベレニーケーが、王の戦勝を祈願して奉納した髪の毛が星に変わったという「創作神話」である。この部分はローマの詩人カトゥッルスによって翻訳されているので（第六六番）、その内容が分かる。カッリマコス自身の詩行は、全体の三分の一くらいが、発見されたパピルスで読むことができる。

エジプトのプトレマイオス三世の王妃ベレニーケーは、王の戦勝を祈願して、勝利のあかつきには髪を切りとることを約束した。王の帰還後、髪の毛は奉納されたけれども、神殿から姿を消してしまった。それは空に昇って星座の「かみのけ座」になっていた。(16)

この「人為的な神話」を、「髪の毛」そのものが一人称となって物語る。アラートスの『星辰譜』の影響は顕著である一方（⇩第6章《アラートスの『星辰譜』》136ページ）、奉納物それ自体が自分の由来を語る、という、エピグラム由来の趣向も読みとれる（⇩上述《エピグラム》181ページ）。現実の工芸品には、しばしば「私を○○が作った」というエピグラムが刻まれているのである（○○は制作者の名前である）。

カッリマコスの作品が完全に残っていないので正確な比較は困難であるが、カトゥッルスはかなりの逐語訳をやっていると見なしてよかろう。そして単にことばの意味のみならず、エレゲイアの韻律をもラテン語に移し変えているのである。このことは覚えておいてよいことであるが、ラテン詩人たちがギリシャの詩を翻訳するときには、内容のみならず、韻律もまたラテン語に移そうとする。当然、厳密な逐語訳は、きわめて難しくなる。

---

(14) はたして「抒情詩」という訳語が適切かどうかも分からないが、韻律上の判断による（⇩第11章《抒情詩の衰退》237ページ）。
(15)『アテーナーの水浴』という名前がついている。「神々への讃歌」というジャンルは、本来、ヘクサメトロスで書かれるものと決まっていた。それをエレゲイアで作ること自体が、ある種の実験といえる。
(16)「かみのけ座」の正式名 Coma Berenices を訳せば「ベレニーケーの髪」である。一七世紀初頭に初めて星座と認定された。ティコ・ブラーエ（Tycho Brahe）の推挙とされている。

## エレゲイアの「移植者」カトゥッルス

アレクサンドリアで主導権をとったカッリマコス流の詩は、約二百年後に一群のローマの詩人によって模倣される。ローマの古くからの伝統と隔絶して才気をもてはやす傾向を、キケローは苦々しさと揶揄を込めて、「新詩人」「新しがりや」と呼んだ。これらの詩人のうち今日も読むことのできる代表的詩人が、カトゥッルスである。

カトゥッルスはいくつもの詩型に手を染めている。エポス（エピュッリオン）についてはすでに紹介した（⇩第7章《カトゥッルスの「ペーレウスとテティスの結婚式」》165ページ）。エレゲイアは先に言及した「ベレニーケーの髪」の翻訳以外にも少しある（ただしエレゲイアとエピグラムとの差は、先に述べたように長さでしかないので、どちらに区分するかはかなり恣意的である）。彼の詩でも特別に有名な、レスビア[17]という偽名で呼ばれている女性との恋愛を扱った作品のひとつでも、エレゲイアが使われている（これについては、ローマで発展した「恋を歌うエレゲイア」を扱う次章で少し取り上げる）。

イアンボスもある（第八番）。

罪深い女よ、呪われよ。いかなる人生がおまえをまちうけているのか？
誰がおまえに近づいて来るだろうか？　誰の目におまえは美しく映るだろうか？
誰をおまえは愛するだろうか？　誰のものとおまえは呼ばれるであろうか？
誰におまえは接吻するだろうか？　誰の唇をおまえは噛むだろうか？

この、ラテン語教科書の疑問代名詞の格変化の練習にも使えそうな詩は、イアンボスである。[18]ちなみにこの詩の「誰？」という単語がそうであるように、行の頭を同じ単語（の違った変化形）で揃える工夫は、ヘレニズム期の詩の好むところである。

しかし彼の恋愛詩の本領は、抒情詩（⇩第11章《カトゥッルスの「実験」》238ページ）とエピグラムにある。(19) カトゥッルスがこのように多種多様なジャンルの作品を手がけたことそれ自体が、カッリマコスの模倣といえるかもしれない。(20)

## カッリマコスの『イアンボイ』

再びカッリマコスに戻る。彼の『イアンボイ』には一三の作品があった。発見されたパピルスと *Diegesis*「要約」のおかげで、かなりその様子が分かる。このジャンルでもカッリマコスは、ギリシャのアルカイック期の詩人（アルキロコスやヒッポーナクス）とラテンの詩人（ホラーティウス）を結ぶ、文学史上、重要な役割を果たしている。

『イアンボイ』第一番では、イアンボス詩人であるヒッポーナクスが冥府から呼ばれもしないのに自ら上ってきて、アレクサンドリアの学者詩人たちを集め、長口舌を語る、という趣向になっている。第二番は動物たちが人間のことばを

(17) **Lesbia.** 通説によれば、本名は、クローディア **Clodia**、すなわち、野心家でデマゴーグで日和見であった政治家クローディウス **Publius Clodius Pulcher** の姉。彼らは名門貴族クラウディウス **Claudius** 一族に属したが、民衆にこびて姓の綴りを変えたという。メテッルス・ケレルの妻。カトゥッルスとの情事は、夫の死亡以前に始まる。「レスビア」とはギリシャの「レスボス島の女」を意味する。つまりサッフォーを暗示している。現代語の **lesbian**「女の同性愛者」は、サッフォーの詩から派生した造語であって、古典語にこの意味はない。

(18) 正確にいえば、トリメトロスであるにもかかわらず、最後から二番目の音節を長くした、「足をひきずるイアンボス」である（⇩注(21)）。

(19) 次章で、「恋愛エレゲイア」の先駆としてとりあげる七六番は、全体で二六行あるから、通常エレゲイアに区分されている。

(20) もしも *Appendix Vergiliana*『ウェルギリウス補遺集』に含まれている、『カタレプトン』（ギリシャ語・「繊細に」の意）のうち、ウェルギリウスの自伝的心境告白ともいえるイアンボス（第五番）とエレゲイア（第八番）をウェルギリウスの真作と判断するならば（それぞれが小川正廣訳『牧歌／農耕詩』の解説二一四ページと二一六ページに訳されている）、ウェルギリウスもまた若いときには、カトゥッルスのごとき、あるいはカトゥッルスに倣った「新詩人」となる。ウェルギリウスがヘレニズム詩人の大きな影響のもとに出発したことは、その『牧歌』におけるテオクリトスの翻案をみればすぐ分かることであるが（⇩第7章《ウェルギリウスのモデルとしてのテオクリトス》155ページ）、ヘクサメトロスではなしにこうした韻律、とりわけ第五番における「足をひきずるイアンボス」（**scazon**）（⇩注(21)）の使用となると、カッリマコスの『イアンボイ』の影響下にあるといわざるをえない。『カタレプトン』二篇の内容にウェルギリウスの憂愁を認めても（前者は「エピクーロス学派との別れ」後者は「故郷の土地の没収への予感」）、ウェルギリウスがこの韻律でこうした内容を歌ったろうか。しかしこれがウェルギリウス作でないとすれば、いったい誰がいつ、作ったのか？

話していた古い時代の動物寓話であるから、アルキロコス風のイアンボスも意識されている。これらの韻律は変則トリメトロスとでもいうべきものであり、アルカイック期ではヒッポーナクスが用いた[21]。この韻律はヒッポーナクスに固有の「韻律の冗談」ともいうべき代物で、カッリマコスはそれを発掘し、わざわざ使用したのである。また方言もヒッポーナクスと同じイオーニア方言である。ただし内容は変わってきている。アルカイック期のアルキロコスやヒッポーナクスのイアンボスに似せて、他者への攻撃が見られなくはないけれども、かつてのようなののしりや罵倒ではなく、むしろ皮肉というべきものである。第一番での皮肉の対象は、かつての七賢人のように譲り合いを知らない、現今の詩人たちないし批評家である。その後半は説話になっている。ある男が父の死の床で託された黄金の杯を、最大の賢者に捧げるべくまずはタレースを訪ねたものの、タレースは自分より優れた別の者を推薦し、その者はまた別の者をという風に賢者たちはみな辞退して、結果として次々にギリシャ各地を回り歩いたあげく最後にタレースのもとに戻り、タレースは杯をアポッローンに奉納した。

第六番はエーリス（ペロポンネーソス西部の地域）のオリュンピア神殿に置かれた、フェイディアース作成の、巨大なゼウス像についての描写である。しかし描写といっても徹底的に数値によるもので、その威厳がどのようなものであるかといったたぐいの美術鑑賞でもないし、細部を微に入り細に入り記述するわけでもない（つまりエクフラシスではない）。詩は像の物質的大きさを、詩的に表現することにだけこだわる。台座・玉座・「足置き」・そして像本体の、縦・横・高さ、三次元の寸法が、様々なことばの言い換えを用いて記述される。極めつけがこの像にかかった費用である。これには「あなたはそれを私から聞きたくってしようがないでしょう?」という皮肉なコメントがついている。これがアルキロコスも使ったエポードス（次項参照）の韻律のひとつで（ただしアルキロコスには残存例がない）、かつドーリス方言で（エーリスはドーリス方言の地域である）作られている。

第一二番は古代の韻律紹介の書物に「アルキロコス風」と名づけられた珍しい韻律で書かれているが、しかし今日にはそのもととなるアルキロコスの作品は伝わっていない。その内容は、知人の（それとも架空の人物の?）子供の誕生を祝ったもののように読める。

カッリマコスの『イアンボイ』は、韻律も内容も多種多様な「詩集」であった。おそらくアレクサンドリアの学者たちはアルキロコスやヒッポーナクスの詩を集め、まとめて「本」にしたのであろうが、カッリマコスは同じような体裁で、しかし内容的には皮肉こそあれ彼らとはかなり違う本を、当初からひとつの詩集となるべく刊行したらしい。この試みがホラーティウスによっても真似られる。

## ホラーティウスの『エポーディー』

のちの『カルミナ』の習作ともいうべき作品群をホラーティウスは、いまだ内戦終結前に作っている。全部で一七篇からなるこの詩集は『エポーディー』と呼ばれている。ホラーティウスならびに彼の『カルミナ』については、第11章で詳しく述べる。

「エポーディー」とは、元来、ギリシャ語である epôdos をそのままラテン語に移入した語 epôdos の複数形である。ギリシャ語の「エポードス」は、「何かに添えて、あるいは付け足すようにして、歌われた歌」と語義分析ができるが、古代後期（紀元後一世紀頃？）に、韻律用語として、（一）AABという「三つ組形式」triad でできている合唱歌（⇩第10章《合唱歌の韻律と方言》222ページ）のBにあたる部分（二）エレゲイアのように二行からなる「連」で、あとに置かれる短い詩行　を指した。（二）は転じて、エレゲイアを除いた長短二行の繰り返しからなる韻律、さらにその韻律でできあがった作品を指すようになる。[22] ただしアルキロコスや同時代人はそれを、「イアンボス」の一種と見なしていた、と思われ

(21) 短音節と長音節の繰り返しはトリメトロスと原則同一であるが（⇩補遺2）、最後から二番目の音節を長くする。「足をひきずるイアンボス」（scazon）と呼ばれる。

(22) こうした作品では、長短二行のうち長いほうの行にはトリメトロス、あるいはヘクサメトロスが使われ、短いほうには、トリメトロスを三分の二に短くしたディメトロスや、（エレゲイアの）ヘーミエペスなどが使われた。この詩型はすでにアルキロコスによって用いられている。

る。ホラーティウスはアルキロコス風のそうした詩型の「イアンボス」を、カッリマコスに倣って内容を変形して、ただしラテン詩として取り入れようとした。そうして発表された作品集が今日、『エポーディー』と呼ばれるものである。しかしホラーティウス自身はそれを、カッリマコスと同様に『イアンビー』(イアンボスの複数形のラテン語形)と呼んでいた。

『エポーディー』には、ギリシャのアルキロコスやヒッポーナクスに似せた人身攻撃、性や食べものへの過剰な言及もたしかにあるが、それはローマ風にアレンジされている。第二番はあたかもウェルギリウスの『農耕詩』と精神を同じくするように、田園で働く農夫の賛美から始まる。農夫には兵士や船乗りのような心配はなく、日々満ちたりた生を送ることができる。貞淑な妻が用意してくれる、自分の土地でとれた質素な食事は、何にも勝る。こうした叙述が長々と続いたあと、最後にどんでん返しが用意されている。彼は金貸しであり、貸与の期限の日々を気にかけているのである。これは「大工のカローン」が歌う、アルキロコスのイアンボスのどんでん返しに(上述)、範を仰いでいるのかもしれない。第四番は、自分の姿を見せびらかす成り上がりの解放奴隷の揶揄である。成り上がりへの揶揄は、ギリシャのアルカイック期のエレゲイアのモチーフのひとつであるが、当の人物の前身が「船を漕がされる奴隷水夫」となると、いかにもローマ風である。

第一三番は、たとえ今は嵐であってもくよくよしてもしょうがない、よい機会はやがて廻ってくる、今は歌と酒だ、と仲間を励ます詩である。これは『カルミナ』に収録されていてもおかしくない。ここで嵐は政治的混乱を指している。嵐のたとえはアルキロコスに例があるけれども(一〇五番)、むしろアルカイオスの抒情詩との類似を見るべきか。いずれにせよあたかもシュンポシオンで歌われたように書かれているが、もはや現実にシュンポシオンはない。仮想されているのである。

同じことが第七番にも当てはまる。これは第一三番よりももっと直截に、「私」が内戦を弾劾しているという設定である。獣は互いに殺し合いはしない、にもかかわらずどうしてローマ人どうしで破滅に向かうのか。レムスがロームルスに殺されたときまで遡る、ローマの宿痾なのか。実際にこうした発言をホラーティウスができるわけではない。しかしこの詩を、「イアンボスだから政治を枠組みに持ち込んでみた」という詩のための詩と見なすには、ここには本気さ、真面目さがにじみ出ている。ホラーティウスは洒脱さだけを身上とはせず、やがて国のあるべき姿を歌う側面も、『カルミナ』で見せることになる。

# 第9章

# エレゲイア・ラテン恋愛詩

ラテン文学は恋愛詩という独自のジャンルをうちたてた。その韻律はエレゲイアであった。代表としてプロペルティウスを取り上げて、その特徴と、先行する作品の影響とを考える。

## 恋を歌ったエレゲイア

ラテン文学にはひとつだけ、ギリシャ文学に範を仰がない、独自に発展したジャンルがある。それが「恋を歌ったエレゲイア」である。これは、作者その人が恋をして、その必ずしも報われない恋愛から生じる苦悶・切なさ・嫉妬・あるいはたまさかの有頂天な歓喜といった激しい感情を、喜びと失望との振幅もはなはだしく、エレゲイアの形で表現した一群の作品である。

詩人が恋をしている相手の女性には特定の名前が与えられており、「私」すなわち作者は実名で登場する。そして作品中の「私」のひととなりや好みや物の考え方は、作者その人のものであるとただちに判断しうるように綴られている。つまりこれらの作品は、ことばの真の意味で主観的に書かれている。詩人は己の激情にのめり込んでいる。そこで読者はこれらを、実際に詩人の身に起こった恋愛ないし情事に基づいている作品として読むようにいざなわれる。文学の常として、本当に何があったかは不明であるが、少なくともこれを事実として読んでもらいたい、とする体裁をとっているのである。

ラテン文学史の全体から鳥瞰すると、この種のエレゲイアはきわめて短期間のうちに生まれ、発展し、頂点を迎え、衰退した。恋愛エレゲイア詩人として同時代および後代が言及するのは、ガッルス〔散逸〕、プロペルティウス、ティブッルス、オウィディウスの四人である。[1] 彼らはエレゲイアという詩型に対して格別の思い入れをした。前章でエレゲイアがエポスに対して抱く傍流意識について言及したが、とりわけ彼らは自分たちの作るエレゲイアは「遊び」であり「惰弱」であり「実人生に対して何の役に立たないもの」であると居直り、「国家」とか「戦争」とか「宗教」といったものには興味を示さない。実直な人々から尊敬されなくても当然であるといって、斜に構えた姿勢をとる。この点でウェルギリウスやホラーティウスの路線とは異なると主張するのである。

しかしそれとともに、その主張の骨子はあくまで韻律とスタイルの違い、すなわち自分がどの伝統によって詩を作っているか、という意識の違いにある。言い換えれば、エポスという本流に対する傍流意識である。そしてこの傍流意識は、程度の差はあれ、やはりギリシャのエレゲイアにもあったのではないだろうか、つまりローマの詩人が傍流意識を際立たせたのは、彼らがカッリマコスというチャンネルを経て、ギリシャのエレゲイア詩人に傍流意識をかぎつけたからではなかろうか、と私は想像するのである。

## 恋愛エレゲイアの先駆者カトゥッルス

「恋愛」を扱うという内容に着目しその流れを重視すると、彼らの先駆者としての位置を占めるのが、第6章のエピュッリオン、ならびに第8章のエレゲイアのところで紹介したカトゥッルスである。彼はレスビアと呼ばれる女性との恋愛事件を詩に表した〔⇩第8章《エレゲイアの「移植者」カトゥッルス》196ページ〕。ただしその恋愛詩はエレゲイアではない。彼のエレゲイアはおおむねカッリマコス流の作品である。いっぽう恋愛詩のほとんどは、抒情詩とエピグラムである〔抒情詩については第10章以下で解説する〕。ただしひとつだけ、「長く続いた恋を一瞬のうちに終えるのは至難の技、しかしどう

---

(1) すでに第5章で述べたように、オウィディウスはもともと、エレゲイアの詩人であった。

してでも終えねばならぬ」という、有名な二行一連を含んだ詩（七六番）は、例外的にエレゲイアが用いられている。恋の終焉を迎えての諦念と、自分のすべきことはしたという自負とが交錯するこの詩は、このあと述べるプロペルティウスの先駆者と呼ぶにふさわしい。

さらに見方を変えれば彼の場合、エピグラムとエレゲイアとは、長さの違いでしかないともいえる（⇩第8章《エピグラム》181ページ）。七六番は全体で二六行一三連の長さがあり、長さからしてエピグラムとは言い難い。一方これもまた有名な、たった一連からなるエピグラム（八五番）、

私は憎み、かつ愛す。人は尋ねるがよい、どうしてそれが可能かと。
分からない。しかし私は可能だと思うし、現に苦悶する。

などは、長いエレゲイアの「さわり」の部分になりえたかもしれない。

さらにカトゥッルスは、恋愛の相手のクローディアにレスビア（⇩第8章注（17））という偽名を用いるが、それを真似するように、プロペルティウスも自分の相手を偽名でキュンティアと呼ぶ。このことにおいてもまた、カトゥッルスは「恋愛エレゲイア」の慣習の先駆者である。そこで次項ではカトゥッルスも、一緒に考察の対象に含めることにする。

### 恋愛詩を生んだ社会

ラテン恋愛詩の大きな特徴は、青年詩人が経験を積んだ女性を相手に恋をし、そのあげくに女性に翻弄されるという、根本の設定にある。そもそもギリシャ以来の伝統として少年愛は詩の対象として確立していたけれども、男が女に恋をし、その恋を詩に綴ることは画期的であった。

こうした恋愛詩が成立するためには、次のような社会的条件が必要である。ひとつには男が恋心を募らせるに値する

女性に、限られた範囲であるにせよ、自由に会える環境。そしてさらにはその男に自由に対応できる女性の存在基盤。とりわけ社会の上層部の自由人の妻が、「自由に」恋を楽しむ状況。高級娼婦だけでは恋愛詩に不十分である。

だいたい恋愛詩というのは、たとえ相思相愛の状況が成立してもなお、自分（詩を書いている作者。ラテン・エレゲイアの場合なら男）のほうが他方（女）よりもいっそう激しく愛しているという想い、逆に言えば、自分（男）が切なく思っているほどに相手（女）は自分のことを顧みてくれないという恨みが基本になっている。縷々《るる》と述べたてられる恨み言、あるいは嫉妬、あるいはたまさかに相手が返してくれた好意に舞い上がった歓喜が、ことばとなって作品ができあがる。しかもそれと同時に、そうした作者（男）に共感してくれる読者（男たち）がいなければ、また共感を支える基盤（現実に、男を手玉にとる女たち！）がないところでは、詩は詩として成り立ちえないのである。恋が人類に普遍的な感情であっても恋愛詩が必ずしも普遍性をもたないのは、異性が相互に巡り会う環境が、社会慣習によって同一でないからである。

## 恋愛詩の類型

詩はいつも恋する詩人の観点から描かれる。詩人の恋する女性は、詩人の筆にかかると、感受性と思いやりにあふれているかと思えばかつ残酷で、洗練と野卑との間を行き来し、真摯と軽薄とを兼ね備えている女となる。本当の彼女自身も、きっとそういうタイプの女性だったのだろう。しかしより正確に言えば、詩人の心が女性の一挙手一投足に影響され幸福と不幸との間を極端に動揺するから、彼女の姿がそのように映るのである。

詩人は往々にして自己憐憫、ないしは自己憐憫のポーズにふける。不実な恋人を前にして、嫉妬し、嘆願し、怒り狂うのは、たしかに当人にとって苦しい経験かもしれない。しかしどれほど当人に深刻な事態であろうとも、傍目には、それは同時に馬鹿馬鹿しい喜劇にもなるのである。詩人は苦しむと同時にその愚かさをよくわきまえている。だから自分を突き放して、己が読者に滑稽に見えるように描くことができる。もっともここまでは、いつの時代でも、優れた詩に当てはまることかもしれない。より大きく文学史を踏まえて考察すれば、ヘレニズム時代以降の詩の常として、ことばのひとつひとつが学識に裏打ちされている。だから感情の表白と韜晦《とうかい》とが、区別しがたいのもやむをえない。その笑いがときに自嘲になるのも当然である。

恋愛を歌ったエレゲイアには、いくつかの定石ともいえる典型的なパターンが認められる。これらは近代以降の恋愛抒情詩にいくらも類例を見いだせよう。

たとえば、恋人の家から閉め出された詩人が、戸口で歌う歌という設定。これは後代、セレナーデとなる。あるいは、高価な衣服に喜びを見いだす恋人に、詩人以外の男の気を引こうとしているのではないかと疑うパターン。自分の前では飾る必要がないではないか、という独占欲の変形から出発し、虚飾の弾劾となり、ひいては、自分が貧しいから恋人が金持ちの他の男に惹かれる、金なんかなければよいのに、という感慨に至る。最後のモチーフはティブッルスが（本当は彼は金持ちであったにもかかわらず）愛用する。

エレゲイア詩人は国家社会に背を向ける。これをさらに進めれば、恋愛にこそ人生の本領がある、となる。さらには自己の感情を、世界の存在原理に匹敵する、ないしはそれ以上に大事なものと考え始めるに至る。ところが恋は失敗に終わる。しかしそれが自分のこの歌に歌われることによって、詩人の報いられない恋は永遠に留められる、という自負は残るのである。

ウェルギリウスは『牧歌』の中に、恋愛エレゲイアの祖であり、かつ実在の人物のガッルスを登場させ、

アルカディアの人々よ。あなたたちの芦笛が、いつの日か私の恋を歌うなら、
その時に私の骨は、なんと穏やかにやすらぐことだろう。

といわせている（⇩第7章《ウェルギリウスの『牧歌』の個性》157ページ・文例K）。「私の恋がいつまでも歌われることで私の骨がやすらぐ」という、まさに恋愛エレゲイアならではの表現を取り入れることで、ウェルギリウスは、牧歌という形式

の中に恋愛エレゲイアの真髄を取り入れているのである。

## プロペルティウス

恋愛を歌ったエレゲイア詩人の中でも傑出した存在がプロペルティウスである。彼は作品をすべてエレゲイアで著した。それらは今日、全四巻に分かれて編集されているが、これは彼の意図に従っている。そもそも第一巻が好評であったことを受け、その後も一巻ずつ世に問われた。つまり各巻は発表年次が異なる。後の巻では恋愛以外の題材をも取り上げているが、大部分の作品ではキュンティア[2]と呼ばれる女性との恋のいきさつが歌われている（文例N1・N2）。

第一巻一五番（文例N1）は次のように展開する。話の前提となる設定は書かれていないので、この詩のことばのひとつひとつから想像するしかないが、プロペルティウスの恋人のキュンティアは、昨夜、誰か別の男のもとに行って帰ってこなかった。もしくは、詩人が病気であるにもかかわらず、キュンティアは見舞いにも来なかった。そんななか、彼女がようやく戻ってきた、あるいは訪れてきたので、詩人は、恨みと嫉妬のことばを連ねる。しかし何を言ったところで、より激しく愛しているのは詩人のほうであり彼女ではないので、結局のところ、プロペルティウスはキュンティアに翻弄される。

「一度ならず私は、おまえの浮薄がもたらす過酷なめにおびえてきた、しかしキュンティアよ、この裏切りだけは考えてもいなかった。……ところがおまえは私の恐れの中でも、平然とたっている」。怒り狂うプロペルティウスを前にして、キュンティアは、平然としている。平然と髪をとかし、化粧する。冷静に、小馬鹿にしているかのような姿が、目に見えるようである。

「しかも昨日の髪を手で整えたり、怠惰なまま長い間、あれこれ化粧ができるのだ。それのみか東方の宝石で胸を飾り

（2）Cynthia. カトゥッルスのレスビアがそうであったように、この名前も仮名である。ただし誰をモデルにしているのかは分からない。

さえする、あたかも新しい男のもとへ行く用意ができた美女のように」。

化粧や宝石に、マイナスの価値を与えられていることに注意されたい。虚飾が真心の敵であるとする考え方に我々はどこかで慣れてしまっているが、その源をたどっていくと、こうした恋愛詩にたどりつくのである。

そしてこのあとがいかにもプロペルティウスなのだが、そのキュンティアのさまが神話と対比される。この詩の中で最初に引かれるのは、『オデュッセイア』で有名なエピソードである女神のカリュプソーである。『オデュッセイア』の始めのほうで、この女神は、自分を愛してくれれば神にしてやろう、とまで言って愛するオデュッセウスを引き留めようとした。しかしオデュッセウスは、どうしても妻の待っている故郷に帰国したい、と、申し出た。そして女神はつらい別れを受け入れた。これを受けてプロペルティウスは次のように、『オデュッセイア』には書かれていない様子を想像して、まさに彼一流の表現で潤色をする。

「カリュプソーがイタケーの男（オデュッセウス）の出発に動転し、捨てられた水際に涙したさまは、こんなものではなかった。髪も結わず、やつれて、彼女は何日もの間座り込んでいた、不正な潮に多くを語り、もはやこののち会うことは決してないのにもかかわらず、彼女は長い間の喜びを思い出しながら、嘆いていたのだ」。

オデュッセウスに一途な思いを寄せ、外見もつくろわずに嘆き悲しむカリュプソーのさまを創作することで、プロペルティウスはキュンティアの不貞と虚飾とをなじる。このように、神話上の人物との類比が、ながく続く。

プロペルティウスが詩の題材の中心に自身の恋愛を選んだことは、先に述べたように自分の詩作を「遊び」ないし「つまらぬもの」とする、ある種の居直り意識に支えられている。「ホメーロスよりも（エレゲイアで恋を語った）ミムネルモスをとる」（第一巻九番、ミムネルモスについては⇩第8章176ページ）、「自分に詩作の霊感を吹き込んでくれるのは、ムーサでもアポッローンでもなく、恋人の一挙手一投足である」（第二巻一番）といった詩句にも、それが明瞭に表れている。

それとともにプロペルティウスが、意識的に己の詩作の原理にすえていたのは、ローマのカッリマコスたらんとする自負である。先の詩句にも、「私は（ローマ国家の栄光のような）堂々としたジャンルの題材を歌う任ではない」という、カッリマコス流の「拒絶のモチーフ」（recusatio ⇩第7章《ウェルギリウスの『牧歌』の個性》注（14）159ページ）が読みとれる。そもそも彼はカッリマコスのモットーである「濁った大海よりも清冽な泉」（⇩第5章《カッリマコスの主張》106ページ）を、自身のものとしていた（たとえば第三巻一番および三番）。

さらに彼のエレゲイアのすべてが恋愛詩というわけでもない。とりわけ第四巻は、ローマのあちらこちらにある土地の伝説や縁起を題材にした詩が主流となる。これは明らかにカッリマコスの『アイティア』に範を仰いでいる。ローマのカッリマコスとしての実践である。この巻にもキュンティアが登場する詩が二つだけ混ざっているが、しかしそこにも以前にはないローマらしさがからんでくる。そのひとつ第四巻八番――この詩ではキュンティアへの腹いせにプロペルティウスが浮気をしてキュンティアを怒らせるという設定でできている――では、ローマの地名がふんだんに盛り込まれたり、法律のパロディーが出てくる。また七番ではキュンティアはすでに死んでおり、そして彼女の幽霊が現れて、プロペルティウスの薄情さを責めるという設定である。幽霊は自分の墓碑を通りすがりの旅人が読めるように建てよ、と命ずる。仮想の、未来から眺めた縁起譚とでもいおうか。

## オウィディウスの『祭暦』とベッリーニの絵画

世に知られていない伝説や縁起をエレゲイアで描くという点で、オウィディウスもまた、カッリマコスの影響を受けている。彼はそれを『祭暦』で大幅に実践する。この詩はローマのカレンダーに従いつつ、毎日の祭を順次物語るという枠組みに乗っかっている。ここでひとつ『祭暦』がらみの、ラテン文学の受容史として興味深いエピソードをひとつ紹介したい。ルネサンス期にイタリアの公爵アルフォンソ・デステは、自室「カメリーノ」を神話画で飾らせた。四枚の大作のうちの一枚が、本書のカバーに使ったティツィアーノの『バッコスとアリアドネー』である。そしてベッリーニの『神々の饗宴』（ニューヨーク・メトロポリタン美術館蔵）は、この絵と組み合わさるように構想されているのであるが、その描かれた題材の典拠は、オウィディウスの『祭暦』に由来する、奇妙な祭の縁起である。ギリシャ神話を絵画にする場合、オウィディウスの『変身物語』から題材を選ぶのが、もう少しあとの時代には圧倒的に主流になる。コッレッジョやティツィアーノの絵画でその傾向の端緒が切っておとされるのだが、『神々の饗宴』では、オウィディウスの作品の中でも地味な『祭暦』の中のエピソードが選ばれているという点で、まったくもって不可思議である。

ベッリーニの絵の画題とされている祭の縁起は、オウィディウスの『祭暦』の二カ所で、ほぼ重複するような形で書かれている（一月九日・第一巻三九一行以下ならびに六月九日・第六巻三二一行以下）。話の内容をかいつまんで紹介する。田園の神々が集って酒を飲む。そこにプリアープスも来た。プリアープスは庭の番人で鳥を追い払う「かかし」であり、同時に泥棒を勃起した性器で威嚇する、というマイナーな神（というか、ある種の「田園の精」とでもいうべきもの）である。宴にはディオニューソスの育て親であり従者であるシーレーノスもロバと一緒にやってくる。人々が眠ってしまうと、プリアープスはニンフのローティスに（第六巻の記述では女神のウェスタに）欲情した。彼はローティスに近づくが、そのときシーレーノスのロバが鳴いたため一同は目覚める。そして勃起したプリアープスをあざ笑う（第六巻では制裁しようとする）。この事件を縁起として、プリアープスの祭ではロバを犠牲にするようになった。ただしこの祭は、ヘレスポントス海峡に面した、ランプサコスという地域の人々の祭である。

ベッリーニの絵は、絵としてみればすばらしい。色は透き通ってきれいであるし静けさが画面全体をおおう。しかしオウィディウスのことばを絵にしたとは到底いえない。オウィディウスはあくまで与えられた「お題」でしかない。だいたいプリアープスという存在自体が野卑な神であるにもかかわらず、ベッリーニの絵にはどこにも野卑さはない。プリアープスと同定される若者は、たしかに眠っている女性の衣の裾をめくりあげようとしている。しかしこの若者には、ローマの彫像にあるようなプリアープスらしさが見あたらない。もっとも注意して見ると、若者がはいているズボンの前が膨らんでいる。これを勃起と見ることが期待されているわけだが、そしてたしかにその通りだけれど、ローマのプリアープス像のように巨大な性器を突きつけているわけではない。ロバも描かれているけれど、隣のシーレーノスはまるで修道僧のようである。

どうやらベッリーニは絵の依頼者にいわれるままに「神々」を描いたけれども、とりたててオウィディウスの『祭歴』を参照しなかったのではなかろうか。そもそもベッリーニはそれまで宗教画以外はほとんど描いていない。美術史家のパノフスキーの記すところによれば、ベッリーニはあまりこの絵を描くことに乗り気ではなかったが、アルフォンソの姉のイザベッラ・デステが強引に描かせたとか。それにしても奇妙な題材である。

## 神話の引用

もう一度、プロペルティウスに戻る。彼の作品の際立った特徴として、頻繁きわまりないギリシャ神話への言及があげられる。その言及とは、読者がすでに知っている（ことになっている）神話上の人物の名前を、自分ないし愛人であるキュンティアの、現実の行動の「たとえ」として引用することにある。典型的な形式は次のようになる。

「たとえば、テーセウスに置き去りにされたアリアドネーのよう(3)、あるいはアンドロメダーがペルセウスによって鎖を解かれ眠りに落ちたよう(4)、あるいはバッカイ(5)が山中の駆け巡りに疲れて眠っているときのよう、そのように今、キ

(3) この神話については、カトゥッルスのエピュッリオンのところで紹介した（⇩第7章《カトゥッルスの「ペーレウスとテティスの結婚式」》165ページ）。

(4) アンドロメダーはエティオピアの王ケーフェウスと王妃カッシオペイアの娘。王妃が自分は海の女神よりも美しいと自慢したため、怪物が海岸を荒らす。その人身御供としてアンドロメダーが捧げられ、岩につながれる。英雄ペルセウスがゴルゴーン（メドゥーサ）の首を落としたあとに通りかかり、恋に落ち、怪物を退治し、救出し、結婚する。アンドロメダー神話は星座神話として有名であって、ペルセウスの他にも関連人物（父ケーフェウス・母カッシオペイア・さらに怪物（日本では「くじら座」と訳されているが、正しくは鯨ではない））が星座になっている。しかしペルセウスを除けば、他の人物たちは上記神話の他に話がない。つまり上記神話の全体を見せるべく、一団としていっせいに星座にされたと考えられる。星座神話を簡単に伝える伝エラトステネースが、ソフォクレースとエウリーピデースの悲劇『アンドロメダー』に言及しているので、エウリーピデースが星座を「作った」とまではいえずとも、エウリーピデースの悲劇に影響されて紀元前5世紀末にこれら一群の星座が作られたとみることは可能である。エウリーピデースの『アンドロメダー』は同時代の喜劇詩人のアリストファネースが何度もパロディーにしてとりあげる有名な作品であった（⇩第15章《悲劇のパロディー・『テスモ』の場合》343ページ）。

(5) バッカイとは、ディオニューソスに憑依した女たちである。尋常ならざる力をだして、山中を駆け巡ることもある（⇩第14章《エウ

ユンティアは眠っている」(第一巻三番)。

これと似たものに、同じような神話の羅列であっても、数多くの名前が否定辞で連ねられる場合もある。「たとえばアガメムノーンもトロイア落城を、オデュッセウスも故郷への帰国を、エーレクトラーもオレステースが本当は生きているのを、アリアドネーもテーセウスが迷宮から無事に出てきたのを、これほどにまでは喜ばなかったろう、今の私(すなわちプロペルティウス)がキュンティアを得たときに比べれば」(第二巻一四番・文例N2)。世にすばらしいとされているものを列挙し、なおかつそれらを全部否定し、その頂点に、自分が強調したいもののすばらしさを押しだす技法(priamelという)は、ギリシャのアルカイック期からの伝統である。しかし徹底して神話が用いられる点に、この詩人の特色がある。

これら二つの「たとえ」は、詩を文字通りに翻訳したものではなく、神話の引用の骨子が分かりやすくなるよう意訳した文である。実際の詩のことばは、神話上の人物ひとりひとりについて、エレゲイアの基本単位であるヘクサメトロスおよびペンタメトロスの二行一連が充当されており、それぞれは主語と述語からなる一文章である。その辺の機微については韻律図解Ⅱbを参照されたい。作者は当該神話を、ある動作の瞬間に凝縮して示す。そして各連ごとの終わりで文章が完結して区切りがくる。こうして内容・形式双方が一致して完結する単位を成しているのであるが、単位と単位の間にあるのは「あるいは」といったたぐいの接続詞だけで、いかにも「ぶつ切れ」が重なり合っているという感が否めない。しかしこれこそが、エレゲイアというジャンル固有の効果を生みだすもととなっている。

神話上の人物の名前には、あえてその名を直接には言及せずに、たとえばその父親の名前を用いたり、地名から類推させたり、様々な言い換えが施されている。したがってかなり博識でない限り、誰の何の話なのかが分からないことすらある。たとえばソフォクレースの悲劇『エーレクトラー』を知っていないと、「弟の偽りの骨を抱きしめて泣いたエーレクトラー」というのがどういうことか分からない(⇩第14章《ソフォクレース『エーレクトラー』》320ページ)。このことからすぐに思い出されるのは、「学識」を詩の不可欠要素にした、カッリマコス流の詩作意識であろう。

神話の知識のもととなったものは、同時代に広く流布していたであろう、散文で書かれた「物語集」ないし「神話集」のたぐいであるが、さらにそれと並んで無視しえない影響力を有したのが美術作品の図像である。特に壁画であって、ローマ時代の邸宅は、その壁に鮮やかな色彩で神話の特定場面を描いていた。たまたまポンペイで発掘された建物からも、そのありさまが見てとれる。人はたとえば「砂浜に眠るアリアドネーと、沖合い遥かなテーセウスの船」という図柄に、視覚的になじんでいたはずである（⇩第7章《「ペーレウスとテティスの結婚式」の特徴》168ページ）。

## 神話の機能

しかしいったい神話は、それが比較されている「私（プロペルティウス）」やキュンティアとどのように関係しているのか。まず基本的なことから。

そもそもギリシャ神話は、それぞれの神話中の人物の名前に言及するだけで、ある特定の行動にともなう特定の感情を、あるいはより正確にいえば「感情群」を表現することができた。つまり、いちいち俗なことばを用いて説明しなくとも、神話中の人物名をあげるだけで、特定の感情を直接に伝えうる。さらには「テーセウスに捨てられたアリアドネー」とか、あるいは同じ神話でも違った局面である「無事、迷宮から出てきたテーセウスを見いだしたアリアドネー」というだけで、その特定の場面のみならず、神話の全体の展開までもが――「迷宮に入るテーセウスに糸巻きを渡すアリアドネー」に始まり「沖に船出したテーセウスを見て悲しみにとらわれているところに、突如やって来たバッコスに見初められるアリアドネー」までが――、暗に言及されていると見なすべきである。もちろんこれら二つの表現では、ハイライトの当て方は違っているけれど。

このように、プロペルティウスの恋愛詩は様々な神話の予備知識を前提に組み立てられている。こういうといかにも

---

リーピデース『バッカイ』325ページ）。

知的操作の勝った詩作と思えるかもしれない。しかし神話上の人物は、ある意味で生身の人物以上に、人生のモデルないし範例（パラダイム）を提供してくれる。したがって神話上の人物になぞらえてみることで、神話ほどには劇的な形でないにしろ、人は自分や自分につながりの深い他人の行動や生き方を、形にあてはめて把握し、かつ読者・聴衆にその分析結果を伝えることができるようになる。つまりきわめて個人的な出来事を人間共通の生き方に普遍化しうる。

しかし神話の引用は、ときに作品の解釈を難しくさせる側面ももつ。端的にいえば、当該神話中のどの部分が、詩人が現実に起こっている自分ないしキュンティアの行動・感情と、特に一致しうると見なしているのか、その読み方が読者によって一様でない。つまりことばに出されたもっとも表層の部分だけでとるべきか、それともむしろことばから省かれている当該神話の異なる要素こそ暗に比較の対象になっていると考えるべきか、といった諸解釈が生まれてくる。

さらにいえば、神話との接し方もひととおりではないはずである。神話が現実の行動の、文字通りお手本を提供している場合もあれば、現実の行動が神話のパロディーと化してしまっていることもあるからである。つまり詩人の姿勢そのものへの問いになる。詩人は深刻なのか、それとも深刻なふりをしてふざけているのか。けれども、たぶんこのような二者択一は誤りであろう。（ことばの本来の用法ではないが）「虚実皮膜」はこの詩人にもあてはまる。本当の気持ちが嘘と思わせる表現に簡単に入れ替わるのである。こうした傾向がいっそう過激になったのが、後述するオウィディウスの『恋の技術』である。

### 話題の突然の転換

もう一度第一巻一五番（文例N1）の引用に戻る。カリュプソーのあといくつかの神話への言及が続き、それらは「彼女たちの誰ひとり、おまえの態度を変えることが出来なかった、おまえもまた気高い物語になりうるようにと」という行で要約される。そしてここで詩は、突然、転調してしまう。この突然の転調もまた、プロペルティウスの特徴である。

読者はまたもや状況を想像しなくてはならない。どうやらキュンティアは謝り、もう二度とこんなことはやらないと、誓ったのであろう。そのキュンティアの誓いに対して詩人は、どうせその誓いは一時のごまかしである、と文句を並べる。おそらく実際にそうなのである。キュンティアはしょっちゅう、約束をし、しょっちゅうそれを破るような女であるとの想定が、どこにも書かれていないけれども必須である。

誓いを破るということは、神に罰せられるということを意味する。神に誓いをたてるということの意味は、もし自分が誓いを破るようなことがあったならば、神に何をされても構わない、という申し出なのである。そこから「もはやおまえの言葉を並べて、偽誓を新たに呼び戻したりするな、キュンティアよ、一度は偽誓に気づかなかった神々を、今度こそ動かさないよう慎め」という表現が生じる。

そして連想はさらに飛ぶ。誓い破りを犯したために神に罰せられ苦しんでいるキュンティアを詩人は想像し、詩人自らが苦しむのである。

「ああ、あまりに無謀な女よ、私を危険に晒して、おまえは苦しむことになろう、もしもおまえに何かはるかに酷いことが起こったなら」。

そして自分自身は誓いを守る、絶対にキュンティアへの思いは変わらない、と、詩人は言いつのる。それが次の一節の意味である。

「海から川が逆流することになろう、一年は逆の順序で季節を進めるだろう、私の胸の中でおまえへの思いが変わるより先に。何にでも好きなものになるがよい、しかし他の男のものにだけは、だめだ」。

つまり話題は次々と飛ぶ。飛んでいく詩人のことばとことばの間に、読者は詩人のことばにその場限りの反応をしているキュンティアのさまを、想像しなくてはならない。つまり詩は、あたかも詩人がその場で作ったそのままに、書き留めたかのようにできている。そうすることによって臨場感を読者に生み出させる策略である。

## オウィディウスの『恋の技術』

すでに第5章で「反主流の叙事詩」として取り上げた『変身物語』の作者であるオウィディウスは、そもそもがエレゲイアの詩人であった。『恋愛詩集』『恋の技術』『恋の治療』の三作品は、その若い頃に作られた。これらをもってローマの恋愛エレゲイアは終焉を迎える。とりわけ『恋の技術』は、恋という材料と、恋を描いたエレゲイアの可能性とを汲み尽くしたに等しい。もはやこのジャンルで作品は作りえない、とだめ押しをしたといってよかろう。

『恋の技術』は、「航海の技術」や「狩の技術」と同様に、恋愛に関しても知識と訓練によって修得される技術がある、というあやしげな想定のもとに、その技術を指南する、という体裁をとる。そこで扱われるのは、いかにして男が恋人を手に入れるかの技術であり(第一巻)、さらにまた、いかにして手に入れた恋人を失わないよう維持するかの技術である(第二巻)。おそらくこの二つの巻が本来の姿であり、女性用にしたためられた第三巻は、あとから公平さを装うように付け加えられたものであろう。

もっとも技術の対象が対象だけに、どこで女は捕まえられるか、どうすれば女は喜ぶか、などなど、技術というよりむしろ手練手管の開示といってもよい。とはいえオウィディウスはあくまで、技術であるという姿勢を崩さない。つまり『恋の技術』は、韻律こそ違え形の上では、教訓詩の系譜に属しているふりをする。

そして教訓詩がしばしばそうであったように、叙述の途中でいくつかの神話が物語の形で挿入される。女の恋心ないしは性の業の深さをたとえるべく、牡牛に恋したパーシファエー(6)が出てくるように。といってもここでのパーシファエーは、「恋敵」にあたる牝牛を祭壇の犠牲に捧げて喜びにふけるように、実際にはありえない漫画じみた姿をとる。こうした皮肉な語り口は、彼ののちの作品であるエポスの『変身物語』を予想させるし、げんにパーシファエー始めエピソードの多くは両作品に重複して扱われている。

ところで教訓詩は、ヘクサメトロスのエポスで書かれてこそ教訓詩であった。しかしその伝統に反して、『恋の技術』

は始めから「脚が一個、外れた」エレゲイアなのである（⇩第8章《エレゲイアの韻律と方言》179ページ）。ジャンルのクロス・オーヴァーである。文例Oとして引用した第一巻の末尾では、女たちの心の多様性が、土地ごとの作物への適不適の多様性になぞらえられている。土地の多様性の記述からただちに思い出されるのが、「真の教訓詩」であるウェルギリウスの『農耕詩』である。いかに教訓詩の形式の伝統に従おうとも、対象が真面目なものでなくなってしまえば、つまり前提条件が正道を外れてしまっているときには、詩全体が皮肉な調子を帯びてくるのもやむをえない。またそれこそオウィディウスの狙ったところである。それだけを抜き出せば、どれほど真摯な助言であろうと考え抜かれた忠告であろうと、結局のところ箴言《しんげん》のパロディー、教訓詩のパロディーとしか聞こえなくなる。

　同じように恋を扱っていても、プロペルティウスのエレゲイアは、恋の苦悶と恍惚を軸に展開した。プロペルティウスがいくら自分の詩は真面目なものではないと主張しようとも、その恋は実のところ人生をかけた真面目な営為である、との自負が読みとれる。ところがオウィディウスのエレゲイアにあるのは、計算であり、策謀であり、戦術である。真面目なものは何ひとつありはしない。恋そのものが遊戯であるし、さらにいえば詩作そのものも、実に高等な遊戯なのである。かくして恋愛エレゲイアは終焉を迎えた。

　戦術といえば「技術」の比喩は、恋のかけひきからセックスのテクニックまで全編に散見する。といってもこの作品全体は『恋の技術』という題名がしばしば暗示するような、性愛のマニュアルではない。プロペルティウスが恋人を軽佻浮薄な姿に描いたのに反して、オウィディウスは教訓を垂れている自分自身が軽佻浮薄に見えるのを承知で、男女の生態の皮肉な観察を機知で支え、技巧の限りを尽くす。にもかかわらずそのことばは平易である。技術を扱った作品そのもののうちで、入念な技巧が何の策もなく出てきたかのように見せかけられている。徹頭徹尾、技術を描くに技術をもってした、技術の極地ともいえるのである。

（6）パーシファエーについては、ウェルギリウスの『牧歌』との関連で取り上げたことがある（⇩第7章《ウェルギリウスの『牧歌』の個性》157ページ）。

# 第10章

# 抒情詩・ギリシャの独唱歌と合唱歌

「抒情詩」と訳されることばは、元来、弦楽器リラに合わせて歌われた歌を意味した。抒情詩には「独唱歌」と「合唱歌」という二つの形態があり、両者の約束事は相当に異なる。本章ではまず抒情詩全体の形式を概観し、ついで独唱歌の代表であるサッフォー・アルカイオスを重点的に説明する。さらにアナクレオーンと、合唱歌のステーシコロス・イービュコスについて取り扱う。抒情詩では詩人の個人としての感性が、各人独特のことばづかいで表されているように思われる。しかしそこで歌われる「私」とは、約束事を踏まえた「私」でもある。

## 「抒情詩」ということば

「抒情詩」という日本語は、その「抒」の字が「心中の思いを述べる」という意味をもつことからもよく分かるように、作者自身の感動や情緒を表現した詩として、あるいは激情に満ちていたり感傷的であったりする詩として理解されている。「抒」を「叙」にする書き方に従えば、「叙事」と「叙情」との対比から、いっそう「情」の側面が誇張される。(1)

もともとこのことばは西洋のことばの、英語でいえば lyric の訳語である。そして lyric にもまた今日の通常の用法では、個人的で、感情的で、主観的で、かつ長くない詩という含意がある（lyric の、曲に対しての「歌詞」という日常使われる用法は、その派生である）。より文芸学に即した定義ならば、詩全体から、叙事詩と劇詩を除いた残り、ということになろう。

しかしこの英語をはじめとする西洋諸語の語源をたどれば、元来、「リラ lyra にあわせて歌われた歌」を意味した。リラ（正確に表記すれば「リュラー」）とはしばしば「竪琴」と訳されたりする、たてに構え糸を弾いて演奏する弦楽器のことである。しかしギリシャ語でも時代が下がるにつれ、専門用語として、「韻律の繰り返しの単位が、エポスやエレゲイアやイアンボスよりも、もっと複雑である歌」を指すようになった。つまり抒情詩とはあくまで韻律をもとに分類された定義であって、歌の内容とは無関係なのである。

しかしたまたま、古代ギリシャ抒情詩の代表に数えられるサッフォー・アルカイオス・アナクレオーンの、そのまたもっとも有名な詩が、作者の思いの丈を歌っていると思われるので（はたして本当にそうかどうか後ほど考える）、彼らの場合「抒情詩人」といっても問題は少ない。ただ、彼らの詩に激情は見られても感傷はまったくない。このことは近代の抒情詩との関連で常に留意されるべきであろう。

そもそも古代において「抒情詩（すなわちリラの歌）」のジャンルに入れられているギリシャの詩人の中には、詩人個人の感情とはまったく無縁な内容を歌った人たちもいた。とりわけ合唱歌がそうである。合唱歌はときに「合唱抒情詩」という語が当てられていることがあるが、たとえ「約束事に基づいた訳語」と説明されてもなお、私は「合唱抒情詩」という表現には著しい違和感を抱く。「合唱歌」の例としてステーシコロス（⇩本章233ページ）とバッキュリデース（⇩第12章269ページ）を紹介し、とりわけピンダロスには第12章の過半を割り当てているので、読者各自が判断されたい。

## アレクサンドリアでの選択・分類

アレクサンドリアの「図書館」では、以下にあげる九人の詩人が特別な位置を占めることになった。この九人の選択は、「三大悲劇詩人」などと同様に、ある種の規範選定意識に基づいている。他の多くのジャンル同様、彼らの歌もまたここで集められ、校本が作られた。しかしピンダロスの「競技祝勝歌」を例外にしてどれも散逸してしまった。今日、読むことのできる作品は、古代後期の著述家の引用がある場合と、パピルスが発見された場合に限られる。

---

(1) もともと「抒情」という単語が先にあったけれども、「抒」の字が当用漢字から外された結果、「叙情」という表記になった。「叙」とは「順序だてて述べる」ことの意味なので、「叙事」はその意味にあてはまるけれど、「叙情」はやや不適切だと思う。

九人のうち、サッフォー・アルカイオス・アナクレオーンは「独唱歌」を、アルクマーン・ステーシコロス・イービュコス・シモーニデース・ピンダロス・バッキュリデースは「合唱歌」を作った。独唱歌と合唱歌の違いは、まずはいうまでもなく、ひとりで、すなわち作者そのひとが歌うか、それとも大勢で、すなわち作者に指導された合唱隊（ギリシャ語でいうコロス）が歌うか、という上演形態の差異による。しかし差異はそれだけにとどまらない。

## 独唱歌の韻律と方言

サッフォー・アルカイオス・アナクレオーンは、文字通りリラを奏でつつ、自分でその詩を独唱した。そのなによりの証拠として、各人の詩の中に楽器への言及があることがあげられよう。さらに後代の著作は彼らをそのように理解して言及している。また図像にもそのように描かれている。

その詩はギリシャ語で「メロス」melos すなわち「歌」と呼ばれた（近代語の「メロディー」は、この語と関連している）。歌の多くは、二ないし四行からなるスタンザ（「連」）を、何度か繰り返して構成されている。[2] ひとつの歌の中のスタンザの数は、彼らの詩が完全な形で伝わっていないので不明であるが、残された断片から全体を推測するに、おそらくどんなに長くとも十を超えなかったろう。スタンザはまったく同じ韻律で繰り返される。したがって同じメロディーで歌われたと想定するのが妥当である。

スタンザを構成する各行の韻律は、エポスの韻律のヘクサメトロスやイアンボスの韻律であるトリメトロスに比べればやや複雑ではあるけれども、長音節・短音節の組み合わせの形式の特徴を把握するのは決して難しくない。そして一行の音節の数は厳密に守られていて、ヘクサメトロスのように、長音節が短音節二つと置き換えられることは決してない。また先に述べたようにひとつのスタンザは二ないし四の詩行から構成されているが、行と行との関係は単純である。同一であることも多く、たとえ違っていても相違点が構造的に把握しやすい。代表的なスタンザの例として、サッフォー風スタンザ、ならびにアルカイオス風スタンザと称されるもの、それともうひとつ、拡大アスクレーピアデース風という術語を与えられているものを、巻末の補遺2に図示した。

こうした韻律の名前についてひとことふれておく。韻律の名前の多くはヘレニズム時代以降に定められた符丁のようなものである。しばしば、詩人の名前を用いて「なになに風」と呼ばれるけれども、その名を提供している詩人とのつながりは、もちろんなくはないが、所詮、符丁なのである。「サッフォー風」という名前はあくまで後代の学者の命名であって、サッフォーがこの韻律を最初に考案したのではない。おそらくはるかに古い。

これらのスタンザは特定の内容に限定して使われたのではなく、いろいろな内容の歌に用いられた。サッフォー風スタンザを例にとろう。アレクサンドリアで作られたサッフォーの校本は韻律ごとに分類されており、その第一巻はすべて、この韻律でできあがっていた歌で占められていたことが分かっている。そしてたまたま第一巻巻末の歌を記したパピルス断片が見つかったが、その最後には一三二〇行という数字が記載されている。ひとつのスタンザは四行からなるからこれを四で割ると、三三〇連という数が出てくる。歌には大小があったろうからこの先は推測になるが、仮にひとつの歌が平均六連くらいと想定すれば、おおよそ五五くらいの歌がこの韻律によって、サッフォーひとりで作られたことになる。常識的にいってこれだけの数の歌が似通っていたとは思えない。

さらにアルカイオスもまた、この韻律で歌を作っている。アルカイオスの校本は韻律によらず、どうやら主題ごとに整理されていたらしく、彼がどれほどこの韻律を好んだかは不明である。しかしアルカイオスとサッフォーの詩のテーマも作風もかなり違っているにもかかわらず、同じ韻律が用いられているからには、この韻律が特定の気分にだけ合致するものではなかったと推測できよう。

方言についても独唱歌の詩人には特徴がある。サッフォーとアルカイオスは、小アジア沿岸で北のほうに位置するレスボス島の出身であるから、アイオリス方言の一分派であるレスボス方言で作品を作った。またアナクレオーンはそれ

(2) 厳密にいえば、同一行の繰り返しからなる詩もある。ただし古典後期の韻律についての書物は、これらも二行が単位となる「連」である、と記す。議論があまりに専門的になるので、本書ではいちおう、これらも「連」と考えておく。

より南に位置するポリスであるテーオスの出身なので、その土地の方言であるイオーニア方言でその歌を作っている。つまり独唱歌は詩人の生まれた土地の方言と一致している。ところが後述するように合唱歌の場合、詩人の生地の方言と作品の方言との一致はない。合唱歌に定められたある種の人工言語によるのである。

## 合唱歌の韻律と方言

詩人自らが楽器を奏で歌を歌った独唱歌と異なり、合唱歌の場合、歌ったのはコロス（合唱隊）である。それとは別に、楽器を演奏する人たちがいた。それのみならずコロスは踊りをともなっており、その踊りの振り付けもまた、詩人の関知する領域であった。つまり合唱詩人とは、ことば・音楽・踊りの、すべてを司る監督なのである。

そもそもこうしたコロスが用意されるのは、祭、ないしそれに準ずる公の場である。歌の種類の名前がいくつも伝えられているが（後述）、その差異は、基本的に、どういう「場」で上演されたかによる。

韻律も独唱歌とはまったく異なる。全体は、仮に日本語をつければ「三つ組形式」（英語で triad）とでもいうべき形式が基本になっている（一部、例外もある）。サッフォーなどの独唱歌のスタンザに相当する単位を、合唱歌ではストロフェーと呼ぶ。ひとつのストロフェーの内部には、長音節と短音節の組み合わせが複雑な行が、複数行、含まれている。行の数は千差万別であるし、また各行それぞれの長短も、行ごとの互いの関係も、詩ごとに異なる。つまりストロフェーはきわめて変化に富んでいる。簡単にいえば、その歌ごとに新たに工夫された独自の韻律である。

このように複雑で、他の詩と完全に同じ組み合わせが見あたらないストロフェーであるが、ストロフェーは歌われたあとにもう一度、ことばは異なるが韻律はまったく同じままに繰り返される。これをアンティストロフェーという。そのあと今度は異なった韻律構成からなる部分がくる。これをエポードスと呼ぶ。仮にストロフェー・アンティストロフェーをAと表せば、エポードスはBとなり、全体ではAABと表記されよう。これが「三つ組」である。さらにこうしたAABの単位が、全体では数度（ピンダロスの競技祝勝歌に限れば、短いものではたった一度、多いものでは一三度、通常は三ないし五度)、繰り返される。AAB、AAB、AAB、……と図示できよう。

方言にも特徴がある。合唱歌の方言はドーリス方言を基調として、そこに多分にホメーロス風の語形と語彙を交えた、ある種の人工言語である。シモーニデースとバッキュリデースはイオーニア地方の出身であるにもかかわらず、ボイオティア出身のピンダロスとまるでことばが同じである。(3) 自らの出身地の方言を使った独唱歌に対し、ここにもまたジャンルの規範意識を見ることができる。合唱歌はこの方言でなくてはならない、とする伝統が強固に働くからである。

## サッフォー伝説

ここまで独唱歌と合唱歌の差異について概説してきた。ここからは同時代のレスボス島で独唱歌を作ったサッフォーとアルカイオスについて説明する。まずは古代世界ではまれな女性詩人のサッフォーである。

たまたまサッフォーの生涯について書かれた伝記のパピルス断片(P. Oxy. 1800 fr.1)が見つかっている。このパピルス自体は、発見の状況や書体をもとに判断するパピルス学の立場から、紀元後二～三世紀に書かれたものと認められるが、伝記そのものができあがったのはもっと古く、おそらくヘレニズム期のものであろう。

ヘレニズム時代にはいろいろな「有名人」について、しばしばこの種の、必ずしも信憑性があるとはいえない「伝記」が記された。つまり、その人物が残した作品が虚構ではないかと露ほどにも疑うことなく、すべてを自伝的要素と決めてかかり、都合よくひとりの人生に沿うように並べて面白く編集したあげく、おまけに尾ひれまでついてくる。だからサッフォーが「性放縦と同性愛ゆえに告発された」とか「彼女は醜く背が低かった」などという記述は面白い話ではあるけれども、この伝記の権威を文字通り受け入れることはできない。むしろわが国の「小町伝説」ではないが、ある種の「サッフォー伝説」が、すでにこの頃までに流布していたと見たほうが妥当である。ビザンチン時代に編纂された辞

(3) しかしシモーニデースがエレゲイアやエピグラムを作るときには、方言を変える。ジャンルが優先するのである。

典である『スーダ』にもサッフォーの項があり、そこにもいくらか情報がある。これにしても条件は同じである。もう少し古いところでは歴史家のヘーロドトスも面白いエピソードを伝える。彼はサッフォーの、カラクソスという名の兄がエジプトで悪名高い遊女を身受けした、そしてサッフォーは自分の詩のひとつでこの兄を非難した、というのである（第二巻一三五節）。その一方でサッフォーには、兄（ただし名前は言及されない）が無事であることを願っている詩（五番）がある。一部の研究者は兄を非難しているように思えないこの詩と、ヘーロドトスの記事との関係に様々な想定を施して、両者を強引に結びつけようとする。しかしこのエピソードとて、サッフォーの詩に基づいて、すでにある種の「サッフォー伝説」が先に生まれており、それをヘーロドトスが記録した可能性は否定できない。(4)

## 詩の中の「私」

こうした疑いを突き詰めるとかなり深刻な問いに行き着く。サッフォーはあとでふれるように自己の（同性愛的）恋愛感情を克明に見つめた詩をいくつも残している。この「私」を、現実のサッフォーその人と同一視してよいのか。それとも歌の中で作られた、歌の主人公としての虚構の「私」なのか。

サッフォーは女神アフロディーテーに呼びかけている詩の中で、自分のことをアフロディーテーに「サッフォー」と呼ばせている（作品一番）。同様に、心ならずもサッフォーのもとを去らねばならない一少女にも「サッフォー」と呼ばせている（九四番）。このように自分の名前を詩の中に使うことは、「一人称＝サッフォー自身」という図式を保証する。けれどもさりとてサッフォーが、「詩の中のサッフォーという役柄を演じている」ことを否定するものではない。

## サッフォーの個性と技量

しかし逆にこうもいえる。たとえそれが史実ではなく潤色を施された虚構であったとしても、彼女には、詩の中の「私」の恋心をサッフォーその人の強烈な想いであると感じさせずにはいられないほどの真実味と迫力とをともなって、描きだす技量があった。となればもはやこの一人称で歌う女詩人の恋の歌を、彼女の心の底から出てきたものとして受けとることが、作者の意に沿う、聴衆ないし我々読者のなすべきことであろう。ただしこのことと、ディテールのひとつひとつが厳密な意味での自伝として詩人の生涯を再構成しうる材料として使えるかどうかは、別問題である。

詩の中のサッフォーは、何よりも美しいのは人が恋焦がれている対象であるといい、自分にとってはそれがアナクトリアという少女の、胸をときめかせる「足の運び」であり、光輝く顔つきであるという（作品一六番）。こうした官能への言及は決してまれではない。彼女の歌は大部分、恋愛に主題を仰ぐ(5)。たとえ今日まで残存して読むことができる部分がそうではない題材を扱っていても、失われた残りのところで恋につながったと想像してもよいのかもしれない。古来、彼女の評価は、「恋愛詩人」と定まっている。

サッフォーに限らず一般論として、恋が成就しない、あるいは成就しそうにない、そうした場合に湧き上がる切ない気持ちから歌が生まれてくるものなのか、それとも「独唱歌」というのはもともとトポスとして、「成就しない恋」しか扱いえないのか、議論は分かれよう。ともあれサッフォーの古来、もっとも有名な二つの歌（一番と三一番）は、ともに「切なさ」を、扱い方はかなり違うが、実に適切に捉えている。

作品三一番（韻律図解Ⅳa・文例P）では、自分の愛する少女が男の前に座っている。この男は「神様のよう、少女のことばと笑い声を聞いている」。ところが彼女のほうは「ほんの瞬時でもあなたを見てしまうと、舌はこわばり、口をきく

(4) ところがさらに新しいサッフォーのパピルス（P. Sapph. Obbink）がごく最近（二〇一四年）に発見されたことによって、このヘーロドトスが伝えるエピソードは新たな展開を見せ始めた。ヘーロドトスは遊女を身請けした兄の名を、カラクソスと伝えていた。そしてカラクソスという人物の安全な航海を祈る内容の、レスボス方言でサッフォー風スタンザにのせて書かれた詩が見つかったのである。このパピルスは後述する二〇〇四年発見のケルン・パピルスとは別のものである。

(5) とはいえ、ヘクトールの妻となるアンドロマケーが嫁いでくる行列のさまを描写している詩がある（四四番）。この神話描写がそれだけで独立した詩であったなら、彼女は後述する合唱詩人のように、物語詩とでもいうべきものも作っていたことになる。しかしこの部分がなにかしら個人的な事件へのたとえになっている可能性も考えられる。詩が完全に残らなかった以上、なんともいえない。

こともかなわず、皮膚の下を炎が走り、眼は見えなくなり、耳は鳴る」。「私は草よりも青く、ほとんど死にゆくばかりと思えてくる」。

この詩を引用している伝ロンギーノス『崇高論』が適切に叙述するように、「彼女は、あらゆる感覚がばらばらになって、自分から出ていくのを追求しながら、かつ同時に、自身、凍り付き燃え上がり、狂気に落ち正気である」。「なるほど恋するものは誰でもこうなる。しかし際立った点を選びだし、それらを一点に集中させている」ことこそ、彼女の作品を傑出せしめている。

ただしこの歌は肝心な箇所で解釈が分かれている。ひとつの解釈によれば、文例Pの訳文で「そのありさま」と訳した五行目の「それ」とは、自分の愛する少女が、今まさに「かの人」、つまり男を見て笑っていることを指している、と考える。この場合、そのあとに続くサッフォー自身の反応は、親密そうな少女と男の関係が引き起こす嫉妬であり、一行目の「あの男は神々にも等しい」とは、神様のように幸福だ、ということになる。嫉妬は、まさに今、私を捉えている。

もうひとつの解釈は、あの男は神様のように強く平然としている人だ、というものである。この場合、五行目の「それ」が指しているのは、以前にサッフォーが好きな少女のそばにいたときのありさまで、続くのは、そのときの自分の反応の描写となる。私サッフォーは、今あの男が見せているように、とても平然としてはいられなかった、というわけである。この場合サッフォーの反応は「嫉妬」ではなく、好きな人を見つめることから生じる「苦しさ」であるし、あの男の鈍感さに対する揶揄である。私自身、二つの解釈の間を揺らぐのであるが、文例Pでは、前者、すなわち「嫉妬」として訳すことにした。

作品一番は全体のトーンが少し違う。歌は「私」すなわちサッフォーの、恋を司る女神アフロディーテーにあてた嘆願で始まる。「どうか私の心を痛みと苦しみとで、うち負かさないで下さい」。なぜなら、以前、女神は私サッフォーを助けてくれたことがあった。そのときには恋が成就した。この、以前の恋が前提になっているらしい。サッフォーはそのときの会話に言及する。「女神は笑いながら私に次のように言ったものだった」とサッフォーは記す。「今度は誰が、おまえの愛に応えるようにしてほしいのか。誰がおまえを酷い目に遭わせているのか」。「たとえ今、逃げていようとも、その子はやがておまえを追いかける。今、贈り物を受け取らなくても、贈り物をするようになる。たとえ今、愛していなくても、意に反してでも、愛するようになる」。だから、と、サッフォーは続ける。「今回もまたやってきて、私の苦しみを救って下さい。私の心が願うことを叶えて下さい。あなたは私の味方なのだから」。

この詩の中で、時間は三重になっている。ある少女への成就しない恋に苦しんでいる、今この時点。以前、女神が現れたとき。そしてそのときの女神の「今度は誰が」ということばから読みとれる、さらにもっとそれ以前への言及。つまり過去の過去である。

詩の一部を抜いて、あれこれいうのは不適切きわまりないが、これだけでも、「彼女」の切なさとともに、何度も性懲りもなく恋を繰り返してそのたびに女神に訴えるような自分に対する、距離をおいて突き放した観察とが、共存しているさまを読みとれよう。

二〇〇四年に新しいサッフォーの詩が発見され発表された（P.Köln inv. no. 21351+21376）。ドイツのケルン大学にあるミイラ・ケースから取り出されたパピルスに書かれていた、一二行からなる、おそらくこれだけで完結している詩である。ここで取り上げる詩は、これまで五八番と番号がふられていた詩（これもパピルスから復元された詩である）の、一一～二二行と合致した。(6) 以前に見つかっていたパピルスは左側が大きく欠損していたので、各行は部分的にしか読めなかった。それが今回の発見によって全容が見えてきたのである。ここには神話上の人物のティートーノスが引かれているか

（6）五八番（P. Oxy. 1787）は今回発見された詩よりももっと長いと想定されていた（一行の前後に欠落が多いから、どこで詩が終わり次の詩が始まるのかが分からなかったのである）。本書の性格上、五八番の一〇行以前、ならびに二三行以下との切り離し、さらにケルン・パピルスで見つかった他のサッフォーの詩についての議論は省略する。もしこの一二行が完結していたのなら、これはサッフォーの作品中、唯一、全部が読める詩となる。先に引用した一番も三一番も、全部が伝わっていないのである。

ら、この詩は「ティートーノスの詩」としてしばしば呼ばれる。ティートーノスは人間であるにもかかわらず、暁の女神（エーオース）に愛されてその夫となり、不死の命を与えられた。しかし女神は不死を願ったものの不老を願うことを失念した。その結果、ティートーノスは、年齢を重ねるにしたがって妻の関心を得られなくなっていく。けれでも彼は死ぬことはない。(7)

この詩でサッフォーは少女たちに呼びかける。「あなたたちはムーサイの贈り物——歌や踊り——に懸命になっている。しかし私には老いがやってきた」。そして己の老年の姿を克明に描出する。「髪は白くなり、心は重くなり、かつて子鹿のように軽やかであった膝は萎えた」。人間である以上、老いは避けられない。そしてここで「不老不死」ではなく「有老不死」のティートーノスが比較の対象となる。彼は老いたがいまだに死なず、いまなお、不死なる妻の夫である。サッフォーは、若い妻を毎朝送りだすティートーノスのようだ、と自嘲している。

老いは抒情詩の伝統的なテーマのひとつである。たとえば後述するように、アナクレオーンにも老いの兆候を白髪から並べ立てる詩がある（三九五番）。しかしこの詩にはそれとは違うサッフォーらしさが、「不死なる妻を持ってしまった」ティートーノスを引き合いにだすことにも、少女たちの踊りともはや踊れない自分との対比にも読みとれる。

今世紀になってから、サッフォーの詩を書いたパピルスの発見が二度にわたってなされている。ひょっとするといまだ発表されていないサッフォーのパピルスが、どこかにあるかもしれない。

### サッフォーの聴衆

サッフォーの詩の聴衆は、おそらく彼女をとりまくある種のサークルの女性たちであったろう。このサークルは多分、歌や踊りを教え、女性としての魅力をみがく、「塾」のようなものであったろう。こうしたサークル内部でのサッフォーの行動を、サッフォー個人が同性愛者であることとからめて云々しても、あまり意味のある推論は生まれてこない。むしろ大事なことは、女性が少女に抱いた激しい愛情を歌った詩が、ちょうどギリシャで、とりわけアルカイック期に、少年愛が社会的慣習として受容されたのと同様に、恋の歌として社会一般に受け入れられたことである。サッフォーの詩が、どのようにしてアレクサンドリアに伝わったかは、他の詩人同様に詳細はまったく不明である。とりわけ彼女の詩の場合、その伝承経路が私自身には不思議に思える。アルカイオスやアナクレオーンなら、その詩がギリシャ各地の宴席で歌い続けられたであろうことが想像に難くない。彼らの名前はそれ自体が物語の主人公のようになり、人々は自分たちが彼らになりきって歌ったこともあったろう。だからこそ歴史のある段階で、その「歌詞」は文字に記され、アレクサンドリアに伝えられ保存された。ただし「曲」のほうは、おそらく忘れ去られた。

しかしサッフォーの歌の場合、同じように歌われ続けたであろうか。少なくともアルカイック期の作品伝承に決定的役割を果たした（と思われる）紀元前五世紀のアテーナイはきわめて男中心の社会で、市民の女性、すなわち普通の妻や娘は外出はきわめてまれであり、自分の家の中であっても客人に姿を見せることすらなかったのである。ひとつの可能性として、男たちの宴席に侍った遊女（ヘタイライ）たちが、そうした場で歌ったことも考えられなくもないが、憶測はつつしむべきであろう。

## アルカイオスと政争

もうひとりのレスボス島出身の独唱詩人で、サッフォーとほぼ同世代のアルカイオスは、レスボス島を巻き込む政争の嵐に巻き込まれた。彼は古い貴族の出であって、新しく勃興した僭主に我慢ならなかった。没落した貴族は、傭兵を雇える成金僭主に恨みを抱くのが常である。彼は少なくとも二度、国外追放の憂き目にあう。しかも一度は結託した同

（7）ティートーノスはトロイアの王子であった。エーオースが彼に恋して、不死を願ったものの不老を願うことを忘れた。この神話の現存する初出は『ホメーロス風讃歌』の「アフロディーテー讃歌」である。しかしこの神話の核心がそれより古いことは、「エーオースは、不死なる神々と死すべき人間とに光をもたらすべく、ティートーノスのベッドから身を起こした」という表現が、単に「朝になった」の意味で、定型句（⇩第2章《定型句と口誦叙事詩》42ページ）として『イーリアス』で使われていることから分かる。

志にも裏切られ、彼の悲憤慷慨はいっそう激しいものとなる。おそらくこれが再構成可能な、彼の自伝的背景である。

彼は政敵を、その歌の中で口を極めてののしっている。ののしられているものの中にはピッタコスのように、やがて諸派閥を打倒して、ポリスの自治を回復し、善政をなし、後代、七賢人のひとりに数えられている者もいる。アルカイオスの政治感覚は、彼の属した派閥ともども、既存の秩序の崩壊を許せず既得権の侵害にいきり立つ、自分たちの好き嫌いをもとにした、おそらく時代錯誤に満ちた憤懣を越えるものではなかっただろう。

## アルカイオスの「政治がらみ」の歌

しかし仮にその行動が政治的に愚かであろうとも、その志が適切な表現を得て詩に高められたとき、我々をも鼓舞するものである。激烈なののしりのことばに満ちた詩がある一方、嵐に翻弄される船になぞらえて、祖国を憂える詩もある（韻律図解Ⅴa・文例Q1）。思いの丈をぶちまけているようでありながら、その実、個々の単語は適切に選択され、明確な像を結び、焦点がぼやけることはない。短い文章と長い単語の配置の妙、韻律や同音反復といった音の工夫からくる効果も顕著である。

彼の歌が最初に歌われた場面として、同志が集っている場が考えられる。しかしそのことばは単に特定の状況にだけ合致するアジテーションではない。政治的な妥協を卑劣なものと見なし政敵を糾弾しまくる歌は、特定の立場を抜きにして、普遍性を獲得しうる。単なる想像でしかないが、彼の歌は発生の地を離れ、雄飛し、各地のシュンポシオンで歓迎されたのではなかろうか。

## 酒の歌

政争とならぶ大きなテーマは酒である。シュンポシオンという背景からして自明なごとく、アルカイオスの酒の歌は、大いに飲もうではないかと、同志に向けて力強く発せられる（韻律図解Ⅶa・文例Q2）。

「肺を酒で湿らせるのだ、なぜなら、かの星（シリウス）が、一回りしてまた上ってきた」。シリウスが、日の出直前の東の空に輝く時期とは、真夏になった、ということである。「この季節はつらい。万物が暑さの下で、喉を渇かしている」。

こうした歌にあって、彼の感受性は、単に酒を讃えるだけで終わらない。季節の印だけではない。時刻の移り変わりにも注意が向けられる。「さあ、飲もう！　なぜ灯火を待たねばならない？　陽光は指の幅しかない」。酒のことだけではなく、このように背景にも細やかな観察眼が行き届いていればこそ、聞き手（読者）もまた五官を研ぎ澄まされて、高揚した気分を共有しうるのである。

さらに酒は人生と重なり合う。「ひとたび死ねば、もはや陽光をとりもどしえない」というモチーフは、「人生を楽しめ」という基調に乗って酒と大いに結びつく。次章で紹介するように、これはホラーティウスが受け継いで、しばしば用いる型となる。あるいは「酒の中にこそ真実がある」というモチーフも、同志的結合を鼓舞しよう。

### アナクレオーン

三人目の独唱詩人であるアナクレオーンは、紀元前六世紀後半の人物である。この頃のギリシャ各地では、僭主政(8)が有力であった。アナクレオーンは、その中でも著名な勢力を有したサモスのポリュクラテース(9)の、さらにポリュクラテ

(8) 僭主（ギリシャ語でtyrannos英語にしてtyrant）とは、寡頭政治を武力で倒して、独裁をしいた個人を指す。紀元前七世紀から六世紀にかけ、ギリシャ各地に現れる。元来、必ずしも「悪いイメージ」をともなわなかったが、アテーナイの民主制復活と「僭主殺し」賞賛の気運、さらにはプラトーンが『国家』で断罪した「最悪の政体」という評価、などがあいまって、独裁・暴力支配などの悪行と切り離して考えられなくなった。

(9) Polycrates（?-522B.C.）エーゲ海中部小アジアに隣接する大島サモスの僭主。海上支配によって、サモスの勢力を増大させる。エジプトのファラオのアマシスとの友好関係、その他については、ヘーロドトス『歴史』第三巻に詳しい。

ースの暗殺後はアテーナイのヒッパルコスの庇護を受けている。[10] ちなみにヒッパルコスもまた暗殺されたが、それ以降もなおアナクレオーンがアテーナイに留まっていたかどうかは不明である。

彼はたいそう長生きであったと、後代の文献のいくつかから読める。その詩の中にも、自分の白髪頭への言及がある。やがて図像的に定式化された姿では、老人で、酩酊しており、歌を歌っている。「恋の神（エロース）はこの年になっても「私」を翻弄する。どうか手荒に扱わないでもらいたい」というのが、彼の歌の基本的スタンスである。

彼の歌は僭主の宴席（シュンポシオン）の場で披露されたのであろう。酒と、少女と少年のいずれにも向けられた恋とが、彼の歌の中心を占める。多くの場合、一人称で叙述され、その「私」は当然アナクレオーンを指すが、同時に酒と恋とが男だけの宴席にもっともふさわしい主題であったことを思えば、この歌はただちに宴席参加者の口の端に上ったことであろう。とすれば「私」とはアナクレオーンに仮託した、当時の権力の中枢にいた男たちの謂《いい》でもある。その歌はときに粗野にもなるが、イアンボス詩人ほどにまで露骨にはならない。むしろきわめて洗練されており、洒脱で軽妙である（文例R）。

## 祝勝歌以外の合唱歌

先述したように、独唱歌とは違って合唱歌は、公的な色彩が強い特別の「場」に応じて演じられた。合唱詩人たちが作った合唱歌の上演の場とは、様々な祭ないしは式典である。アレクサンドリアの図書館に収集された合唱歌は、それが上演された場に即して分類された。ピンダロスを例にあげれば、アポッローンに捧げる歌である「パイアーン」、ディオニューソスの「ディーテュランボス」、あるいは「乙女の歌」（partheneia）と称されているもの、さらに「葬礼歌」（threnoi）などである。ディーテュランボスはもともとディオニューソスの祭のおり、神に捧げた歌であったが、事実上、集団で歌い踊る、神話を素材とした歌であった。後述するように（⇩第13章《ディーテュランボス》282ページ）、アテーナイのディオニューシア祭では、部族単位のマスゲームのように競演された。

しかし競技祝勝歌こそ伝わったものの、それ以外の作品は散逸してしまった。もっとも「パイアーン」の、かなり長大なパピルス断片は発見されており、さらにはバッキュリデースの「競技祝勝歌」と「ディーテュランボス」もパピルスが見つかった。とはいえピンダロスの『オリュンピア競技祝勝歌』一四篇・『ピューティア競技祝勝歌』一二篇・『ネメア競技祝勝歌』一一篇・『イストミア競技祝勝歌』八篇が、ピンダロスの歌を、ひいては合唱歌というジャンルを知る最大の手がかりである。ピンダロスとバッキュリデースについては、とりわけピンダロスの競技祝勝歌を中心に、第12章で論じることにする。

## ステーシコロス

ステーシコロスとイービュコスは、おおむね前六世紀後半の詩人と考えてよい。だから前五世紀前半に活躍したピンダロスやバッキュリデースに先立つ詩人である。

ステーシコロスはそもそもがドーリス系の流れを汲むシチリアの出身であるし、その名前が「コロス（合唱隊）を組織する者」と解せられることもあって、当然のことながら合唱詩人であると、通常考えられている。伝えられた作品の題名から、彼の作品は英雄伝説を扱っていたことが想定され、おそらく悲劇のスタシモン（コロスの歌 ⇩第13章《コロス》288ページ）のようなものと漠然と思われていた。

ところが近年、パピルスの発見により、その姿がかなり見えてきた。とりわけヘーラクレースに殺される怪物ゲーリュオーンを扱う『ゲーリュオネーイス』（『ゲーリュオーン物語』）と、オイディプースの母にして妻であるイオカステーが息子どうしの争いの勃発を嘆く仮称『テーバイス』（『テーバイ物語』）[11] のパピルス断片が、かなり内容に踏み込んだ情報を

(10) Hipparchus（?-514B.C.）アテーナイの僭主ペイシストラトス Pisistratus の息子。兄のヒッピアース Hippias がより政治に関わったのに比べ、彼は芸術の庇護者となる。「僭主殺し」として有名になるハルモディオスとアリストゲイトーンに暗殺される。

(11) 従来、伝えられたステーシコロスの作品名のリストには、この作品に該当する名前がない。新しく発見されたパピルスが、フランス

もたらしてくれる。これらは韻律から「三つ組形式」を復元できるし、方言もドーリス方言であるから、合唱詩とまずは想定される。

『ゲーリュオネーイス』はヘーラクレースが、太陽が沈む西方の地に住む怪物ゲーリュオーンの牛を奪いにやってきて、そこで怪物を退治する物語を扱っている。叙事詩とつながりが想定できる長い物語詩である。怪物の死の描写には（断片一九）「首をたれる罌粟《けし》の花」の比喩が使われている。ホメーロスに始まりウェルギリウスが取り入れ（⇩第4章《払われた犠牲（1）ニーススとエウリュアルス》93ページ・文例C2）オウィディウスも真似をした（⇩第5章《先人に対するライヴァル意識》114ページ）この有名な比喩の伝統の中間に、ステーシコロスがいたことが、パピルスの発見によって証された。

そして『ゲーリュオネーイス』には行番号一三〇〇を示す記号が付されているパピルス断片が発見されたことから、この詩が従来の予想をはるかに超えた長大な「物語詩」であることが分かった。そこでかかる長い物語を実際に歌えたのはコロスではなく作者ひとりだったのではないかという疑いが、あくまで一部の研究者に限られるが、にわかにもたれ始めたのである[12]。

さらに『テーバイス』の発見された部分は、オイディプースの二人の息子であるポリュネイケースとエテオクレースとの間にいさかいが生じないように呼びかけている二人の母親のことばが中心をなしている（⇩第13章《オイディプース伝説》）。イオカステーと断定できる文字群は見つかっていないが、常識的に見てイオカステーである。ソフォクレースの『オイディプース王』ではイオカステーはオイディプースの真相発見より前に自殺した。しかしエウリーピデース『フォイニッサイ』では、彼女は真相が明るみにでたあとも生きており、二人の息子の仲裁をしようとする。ステーシコロスのパピルス発見により、エウリーピデースがやった「神話改変」の程度は、以前より小さく見積もられることとなった。それはともかく、作中でイオカステーは、直接話法で「セリフ」をえんえんと続けており、このこともまた、ステーシコロスの作品は本当に合唱詩だったのか、と考えさせられる。あるいは妥協案として、合唱詩の一部はコロスのひとりが歌ったといったたぐいの想像も考えられる。とはいえ古典期以前のすべての詩人に関する伝承には根拠がなく、定説に対するこのようにラディカルな異議申し立てが出た場合、肯定否定、いずれにも決定的証拠はない。そうした場合、異議申し立ての側に立証責任があるわけで、従来からの考え方を踏襲するのが妥当であろう。

## イービュコス

イービュコスについては昔から研究者の意見は分かれている。イタリア半島の南端レーギオンで生まれたという伝承・方言・韻律、こうした要素は、彼が西ギリシャ（ドーリス地方）の伝統（アルクマーン・ステーシコロス）と関連することを指示するが、アナクレオーンと同じように、東ギリシャ（イオーニア地方）のサモスの僭主ポリュクラテースのもとにいたことも分かっている（僭主の期間は紀元前五三三年頃から五二二年頃まで）。比較的長い断片のうち、トロイア戦争に関係する人名を次々と出しながら、それらを歌うつもりはないと片づけて、最後にポリュクラテースに献呈の辞を述べるパピルス断片（S一五一番）は、合唱歌のように思える。一方で、古来有名な、エロースに翻弄される自分を歌った（二つの）歌の引用断片（二八六、二八七番）は、アルカイオスやアナクレオーンに通じるトポスである、「恋の激情（エロース）に翻弄される老人」という、「個人的感慨」が顕著である。となれば独唱歌か。

のリールLilleに保管されていることから『リールのテーバイス』と呼ばれたりする。作者名もパピルスからは読めないから、ステーシコロスに帰してよいか、疑うこともできなくないが、もっとそれらしい該当者は他にはない。なおこの二つ以外にも、いくつかの作品のパピルス断片が見つかっている。

(12) ピンダロスの競技祝勝歌の中で極端に長い『ピューティア祝勝歌』四番では三つ組が一三回、繰り返される。現存のテクストはそれを二九九行とするが、写本上は五三三行である。それでも『ゲーリュオネーイス』よりはるかに短い。

## 第11章 抒情詩・ホラーティウスの『カルミナ』

アルカイック期以後、ジャンルとしての抒情詩には主要な作品がない。五世紀を経たあとにホラーティウスは、ギリシャの抒情詩を復活させ、ラテン語世界に取り込むことに成功した。その歌の対象は幅広く、抒情詩という訳語はとりわけこの詩人には不適切である。

### 古典期以後の抒情詩

前章の冒頭で取り上げたように、アレクサンドリアの「図書館」では、九人の抒情詩人が選ばれた。年代的に重なる部分があるけれども彼らに代表される抒情詩の時代は、悲劇・喜劇の時代に先行する。抒情詩は音楽と密接なつながりがある。独唱歌はシュンポシオンの席で実際に歌われたし、合唱歌は、祭や競技優勝者の祝勝会のような人々の集まりの席で歌い踊られた。

悲劇と喜劇が最盛期を迎えたのは紀元前五世紀である。後述するように、これらの演劇の中でもコロスが歌い（合唱歌）、役者も歌った（独唱歌）。音楽とことばとが合わさったものを「歌」と呼ぶならば、歌が歌われる「場」は決してなくなりはしなかった。もちろん個々に見れば盛衰はある。たとえば前五世紀の最後の四半世紀あたりから、壮大な合唱詩であるディーテュランボス[1]は、とりわけ音楽の面で著しく変容を遂げ始めたようである。喜劇作者の揶揄やプラトーンの批判をもとに判断するしかないのだが、「新音楽」は、楽器の奏法、音階の斬新さ、その他いろいろな点で、扇情的になってしまい、古い気品ある音楽を堕落せしめたという。

## ティーモテオスの『ペルシャ人』

このディーテュランボスの変化が「歌詞」に及ぼした影響についていえば、まとまった作品が残存していないので確かなことは分からない。ただディーテュランボスと似てはいるが、合唱歌ではなくひとりの歌い手が弦楽器のキタラに合わせて歌った「ノモス」という種類に属する作品のかなり長いパピルスが、部分的ではあるが発見されている。ティーモテオスが作った、サラミスの海戦を題材にした『ペルシャ人』である。

その韻律はおよそ構成美のある規則性を踏みにじっている。それと呼応するがごとく、ことばにも、文意を無視した技巧の数々、大げさな比喩、途方もない言い換え、装飾過剰な形容の積み重ねのあることが指摘できよう。ちなみに悲劇詩人エウリーピデースの晩年の作品『オレステース』の中で、（登場人物のひとりである）「フリュギア人」が歌う、空疎で馬鹿馬鹿しいアリアは、『ペルシャ人』と措辞・韻律の点で類似したところがある。エウリーピデースがこの種の歌のパロディーとしてこの歌を導入したのか、それとも相互に影響し合っているのか、その間の事情はもはや不明である。いずれにせよ、合唱詩も独唱詩も、大きく変容しつつあった。

## 抒情詩の衰退

およそ歌のない社会は想像することができない。しかし前四世紀以降の歌は（あるいは「歌詞」は、というべきか）、社会的な「場」でのものであれ、より個人的なものであれ、一部、後代の書物の中の引用とパピルス断片がありはするものの

---

（1）Dithyrambus. 神ディオニューソスにあてて、祭で演じられた合唱歌（⇩第10章《祝勝歌以外の合唱歌》232ページ）。ただし残存するバッキュリデースの作品から判断する限り（⇩第12章《バッキュリデースのディーテュランボス》271ページ）、ディオニューソスとの格別のつながりは見いだせない。アテーナイのディオニューシア祭で演じられ、競演種目であった（⇩第13章《ディーテュランボス》282ページ）。

の、残存する書物からすっかりといえるほどにまで姿を消してしまっている。

アレクサンドリアの学者たちが選んだ九人の抒情詩人のうち、もっとも若い世代に属するのがピンダロスとバッキュリデースということになるが、それにしても前五世紀前半の活躍である。つまりアレクサンドリアの判断に従えば、抒情詩というジャンルは、この段階で終わったに等しかったということであろう。それ以降の「抒情詩」の地位は、文芸の中ですこぶる低かったと想像される。

さらにヘレニズム期になると「抒情詩」の概念が変質する。つまりその定義が韻律に全面的に依存するようになる。(エポスの) ヘクサメトロスでもなく、エレゲイアでもなく、(イアンボスや演劇の) トリメトロスでもないもの、しかしそれでいて、過去の作品を研究して、その中に例が見いだされたもの、というわけである。はたしてそれが歌われたかどうかはもはや問われることがない。

テオクリトス (⇩第7章《テオクリトスの方言と韻律・人工的な「素朴さ」》152ページ) やカッリマコス (⇩第8章《カッリマコス》193ページ) が、サッフォーないしアルキロコスに関連づけられる韻律 (ただし一行ごとの繰り返しであって、サッフォー風スタンザのような「連」ではない) を使用した作品を残しているが、それはヘクサメトロスでも表現しえたであろう内容を、あえて新奇な韻律で作ってみせる、ある種の実験であった。これらが歌われたとは到底、想像できない。内容の面で我々の「抒情詩」という概念に相通じる「短い詩」は、この時代にはむしろエピグラム (⇩第8章《エピグラム》181ページ) に限られていたといってよい。

ローマにおいても「歌」の評価は低かった。プラウトゥスの喜劇の中の歌を除けば、ラテン語で綴られた歌は、何も伝わっていないに等しい。

## カトゥッルスの「実験」

ローマの古くからの伝統と隔絶してアレクサンドリアの新しい詩風を持ち込んだカトゥッルスは (⇩第8章《エレゲイア

の「移植者」カトゥッルス》196ページ）、恋愛エレゲイアの先駆者でもあったが、さらにまた（あくまでもその形式はヘレニズム風であるが）抒情詩のラテン語詩への移入を試みた。ローマの「新しい詩人たち」は、カッリマコスを筆頭とするヘレニズム時代の詩を模倣しようとしたが、カトゥッルスもそうしたグループのひとりで、事実、彼は様々なジャンルの詩をラテン語に移そうとした。彼が、レスビアという仮名で呼ばれる女性との恋の一部始終を歌った詩は、エピグラムを除いて「抒情詩」の形式を採用している。すでにエピグラムをひとつ、カトゥッルスの恋を歌ったエレゲイアの唯一例への言及と一緒に、第9章で引用した（⇩第9章《恋愛エレゲイアの先駆者カトゥッルス》203ページ）。

ただし「抒情詩」とはいえ、これらレスビア関連の詩も、冒頭に位置する献辞をはじめとしてそれ以外の内容の詩も大部分、一行一一音節からなる「ファライコス風」(2)と呼ばれる韻律の、一行ごとの繰り返しである（⇩補遺2）。これは長短の組み合わせこそ違うが、テオクリトスやカッリマコスの新奇な試みと同じであって、つまり抒情詩が本来もっていた複雑な韻律構成とは無縁である。

　生きよう、私のレスビア、そして愛し合おう、

という行で始まり、

　太陽は、沈み、また昇ることができる。
　しかし私たちの短い光がいったん沈めば、

(2) ファライコス Phalaecus は紀元前三世紀の詩人であるが、この韻律をカトゥッルスがやっているように一行ごとの繰り返しで用いた詩が、他のいくつかのエピグラムとともに『ギリシャ詞華集』に収録されている。韻律の名称は一種の符丁であって（⇩第10章《独唱歌の韻律と方言》220ページ）、韻律それ自体はたとえ歴史が古くても、しばしばヘレニズム時代の詩人名が付されて呼ばれる。

永遠に続くただひとつの夜を、私たちは眠らねばならぬ。

と続く、しばしばラテン語の教科書にも引かれる有名な詩（第五番）は全部で一四行あるが、どれもこの同一韻律の繰り返しでできている。「ファライコス風」のもとをたどれば、サッフォーにまで関連づけることができなくはないけれども、むしろカトゥッルスの手本は、この分野でもカッリマコスを代表とするヘレニズム時代の詩人である。この他にもカトゥッルスはいくつか、恋愛詩ではない分野で抒情詩の韻律を用いている。おそらくヘレニズム時代の作品に倣った「実験」ではないかと推測される。

しかし同時に彼は、サッフォーの有名な第三一番の詩（⇩第10章、文例P）の翻案も試みている（作品第五一番）。レスビアが誰か「神様のような」男に話しかけ、私カトゥッルスはサッフォーと同じように嫉妬に苦しむ、という構図である（当然ながら男女の性の組み合わせは違ってくる）。韻律はお手本に倣ってサッフォー風スタンザを用いており、表現も、ロンギーヌスが絶賛した五官の描写を含め、かなり逐語訳されている（ただしスタンザの数は減らされている）。ところが最後のスタンザで唐突に、恋のために何も手つかずになっている自分自身に当てた、およそサッフォーとは無縁な無粋な戒めが現れるため、全体としては不調和な失敗作に終わってしまう。

さらに彼はもうひとつ別な詩で同じ韻律を用いている（第一一番）。現在の写本上の配列からは読みとれないが、作品第五一番とこの詩とを対比させようとする意図が、もともとあったのかもしれない。第五一番がレスビアに向けられた恋心の始まりを歌っているのに対して、第一一番は淫乱な彼女をののしり（「三百人を同時に抱けるが、誰をも愛さず、男たち全員の精を抜く」）、もはや自分の愛に眼を向けるな、と冷淡にいい切って、彼女との情事にけりをつけているからである。もしカトゥッルスが初めてレスビアに胸をときめかしたときに、恋する若者の常として、そらんじていた詩句の主人公に自分を重ね合わせた結果、第五一番が生まれたのであったなら、もういちど同じ韻律を使って恋の締めくくりを歌ってみようとしている、という解釈が可能である。

サッフォー風スタンザはこのようにして、ラテン語世界に、おそらく初めて導入された。しかしあくまで特殊な「実験」の域を出なかった。この韻律が真にラテン語の中に溶け込むためには、ホラーティウスを待たねばならない。

## ホラーティウスの『カルミナ』

抒情詩を、というより lyrica というジャンルを、五世紀にわたる空白のあとに、劇的に復活させたのがホラーティウスである。もし彼がいなかったならば、ひょっとするとこのジャンルは、きわめて貧弱なままに西洋文学から姿を消してしまっていたかもしれない。少なくとも近代に、古典古代を見すえて、「叙事詩・抒情詩・劇詩」という三つの柱は建てられなかっただろう。

しかし何度かふれたように、近代の lyric あるいは日本語の「抒情」が含んでいるニュアンスは、この詩人と無縁である。彼の詩はきわめて硬質な、乾いたことばでできている。そもそも感傷は彼にもっとも無縁な性質である。彼は同じマエケーナス(3)のサークルに属していても、恋のなりゆきを綿々と綴ったプロペルティウスをおそらく嫌い、軽蔑していた、と考える人たちもいる(4)。

ホラーティウスの『カルミナ』は全部で四巻編成になっている(5)。そのうち第四巻はあとから単独で、彼がアウグストゥスに「世紀祭」の歌を委嘱され、いわばローマの「桂冠詩人」の地位を占めるに至ったとき（紀元前一七年）と同じ頃

(3) マエケーナスはオクターウィアーヌスに信頼された政治家であり友人であった（⇩第4章《アウグストゥス賞賛》80ページ）。詩人たちのパトロンである。
(4) ホラーティウス『書簡詩』第二巻第二歌九〇行以下の記述を、プロペルティウスに対する攻撃と読むことで、この解釈はなりたつ。しかしホラーティウスとプロペルティウスのジャンルの違いをただただ滑稽に誇張しているだけかもしれない。
(5) 本書で『カルミナ』と訳すことにした作品は、『歌章』と呼ばれていたこともあった。Carmina とは、carmen の複数形で、carmen とは「歌」「詩」の意味である。英語では *Odes* の字がしばしばあてられる。Ode の語源は、ギリシャ語の ōdē「歌」である。本書の前身の放送大学教材では、私は『カルミナ』という書名ではなく『詩集』とした。もしこの作品集だけを日本語にするなら、『詩集』がもっとも妥当であるとする判断は今も変わらない。しかし彼の他の作品もすべて「詩」である以上、やはり不適切であろう。

に発表された。それに対して、第一巻から第三巻までは前三〇年頃に書き始められ、二三年頃にまとめて発表されたものである。

三つの巻内部の配列は意識的であって、第一巻一番には彼のパトロンであるマエケーナスへの献辞が置かれている。そして締めくくりの位置を占める第三巻三〇番には、「私はピラミッドよりも高く、青銅よりも世をふることになる記念碑を完成させた……私のすべてが死ぬわけではない、私の大きな部分は死を逃れる……私は、卑しい身分の出自であるが、アイオリスの歌をイタリアの調べに移しえた最初の人物であると語り続けられよう……」と、己の業績に対する誇りが高らかに歌われている。(6) 似たような自負の歌は第二巻の末尾にも置かれている。ちなみにこの巻の冒頭の詩では、有力な政治家にして文人の保護者、かつ自身、歴史家として筆を進めているポッリオーについて、彼の書く同時代史を「いまだ熾火がくすぶる灰の上を歩くがごとく、いかに危険な試みであるか」と讃える一方で (⇩第7章《ウェルギリウスの『牧歌』の構成》154ページ)、自分は「戦争を歌う任ではなく、私の歌は軽いもの」とする、カッリマコス以来の伝統的モチーフである「大きな歌の拒絶」を表明している(後述)。

## 韻律

ここで注目すべきは、「アイオリスの歌をイタリアの調べに移しえた」という一節である。アイオリスとは、イオーニア・ドーリスと並ぶギリシャの三部族の一であるが、サッフォー・アルカイオスはレスボス島の出身であり、レスボスはアイオリス系に属する。つまりホラーティウスの自負の根本には、サッフォーならびにアルカイオスと同じ韻律にのせて、ギリシャ語ではなくラテン語で詩を作ったことにある。それにどれほどの意義があるかは、上でたどった歴史を思い返せばよい。

第10章で記したように、サッフォー・アルカイオスの歌の特色のひとつはスタンザ形式にあった。スタンザ形式は独唱歌というジャンル特有のものである。これに対して合唱歌の「ストロフェー」はもっと大がかりで、複雑な構成の韻律で成り立っている。古典期の重要なジャンルである悲劇や喜劇の中には、合唱・独唱、いずれの歌も含まれているけれども、その韻律はどちらかといえば合唱詩に近い。少なくともスタンザ形式ではない。

スタンザ形式の歌はアルカイック期以降姿を消してしまった（カトゥッルスが移入を試みてはみたものの続かなかった）。もちろんサッフォー・アルカイオスが用いた韻律はサッフォー風スタンザ・アルカイオス風スタンザに限らないし、ホラーティウスの『カルミナ』でも、これら両スタンザ以外の韻律も使われている。しかしサッフォー風スタンザでできた作品が、アレクサンドリアで校訂されたサッフォーの作品集の第一巻を構成していたことが端的に示すように、そしてそもそもその名で呼ばれているように、これらのスタンザがサッフォー・アルカイオスの韻律の代表であることは疑う余地がない。ホラーティウスが『カルミナ』の中で頻繁に用いるのもこれら二つの韻律である。

第四巻も含めて歌の数は、全部で一〇三あるが、そのうち三七がアルカイオス風スタンザ、二五がサッフォー風スタンザ、三四が同じ系統の韻律各種の組み合わせ（アスクレーピアデース風と総称されている）[7]、その他が七、となる。第一巻の一番から九番までは、あたかもショー・ウィンドーのように、韻律をことごとく違えてある。また第二巻の奇数番の詩はどれもアルカイオス風スタンザ、前半の偶数番がサッフォー風スタンザ、といったように、配列の面での工夫もあちこちではっきり読みとれる（ただし厳密にいうと、ホラーティウスは、サッフォー・アルカイオスの韻律をもっと単純化している。巻末の補遺2では、モデルと異なっている彼の工夫にも言及してある）。

彼の韻律はヘクサメトロスやエレゲイアほどに単純ではないけれども、ピンダロスや悲劇の歌のように、歌ごとに異なるほどまでには込み入っていない。少し音読すれば、それぞれの詩型は身体になじみ、容易に全体の規則と傾向を把

(6) この「誇り」というモチーフの文学史的意味については、ウェルギリウスの『アエネーイス』の、ニーソスとエウリュアルスのエピソードを引用したところで、他の詩人たちの例も含めて述べた（⇩第4章《払われた犠牲（1）ニーススとエウリュアルス》93ページ）。

(7) アスクレーピアデース Asclepiades は、紀元前三世紀の詩人。そのエピグラムは有名である。「アスクレーピアデース風」と称される韻律群は、彼以前にできていた。そのうちあるものは、すでにサッフォー・アルカイオスが使用している。巻末の韻律図解Ⅷに、そのひとつを例示してある。

握しうる。そうなれば個々の詩行独自の工夫も見えてきて、単語の選択と配置の絶妙さに舌を巻くことになる。韻律図解として、サッフォー風（Ⅳb）・アルカイオス風（Ⅴb）・拡大アスクレーピアデース風（Ⅶb）からひとつずつ選んで、ことばと音との関係が分かるようにした。本章の最後で、ひとつ詩行をたどりつつ、例示する。

ひょっとするとギリシャ・ラテン双方の詩文を通じて、今日の我々にこうした歌の機微をもっとも分かりやすく伝えてくれる詩人が、ホラーティウスであるといえるかもしれない。ただしこれは、サッフォー・アルカイオスの作品のあらかたが、散逸してしまったという事情もある。それにしてもラテン語世界にあって、前人未到の企てに踏み込んだのみならず、ヴィルトゥオーゾ（名人芸）というべき域にまで達したことはまさに特筆すべきであり、それゆえ彼の自負は当然である。

## 仮想の「場」

ホラーティウスはアルカイオスの技法の面のみならず、骨太の力強さにも親近感を抱いていた。それに反してサッフォーの、張りつめたような気性は敬して遠ざけていたように思える。どちらかといえばむしろ、アナクレオーンの洒脱さに共通点がある。

これらのアルカイック期の独唱詩人のように、ホラーティウスもしばしば楽器リラにあてて歌いかけている。それだけを読むと、あたかも詩人はリラを手にしながら現に歌っているかのように見える。しかし実際はそうではない。これはあくまでアルカイオスを真似たポーズなのである。

同様に彼がアルカイオスの取り上げたような歌の題材を取り上げていても、それもまたひとつの約束事と考えたほうがよい。アルカイオスがその歌を披露したであろうシュンポシオンは、ローマの世界にはもはやない。ホラーティウスはもちろんその作品を聴衆の前で朗読しただろうが、それはアルカイオスの場合そうであったような、政治に対する志を同じうする、結束の固い仲間を前にしたものではない。

ホラーティウスの『カルミナ』に流れ込んでいる題材は、アルカイオスに限らず、あとで述べるように実に様々である。しかしもともと特定の「場」においてできあがった形式の詩に規範をとろうとも、もはやそのどれもが本来そうであった実際の「場」に属してはいない。たとえば「神々への讃歌」の構成を踏まえた詩は少なからず見あたるが、いずれの場合にも、もはや現実に祭が行われているわけではないのである。讃歌もまたひとつのトポスであったことは、「酒瓶」にあてた、讃歌のパロディー（第三巻二一番）すらあることからも見てとれよう。

けれども詩人は、そのような場が昔から続いているかのように仮想の場を設定して、ジャンルの約束を守り続ける。それとともに仮想の場を、詩を構成する枠組みの一部として利用する。あたかもその詩を読んでいる（聞いている）ものが、（知識として知っている）伝統的な「場」に、今、現に立ち会っているかのように。だからその場にいるという想定は、読者にも共有されていなくてはならない。より正確にいえば、詩人も読者も本当のところでは昔のような場は存在していないことを知っているし、そのことをお互いが知っていることをも知っているのであるから、場の設定それ自体がさらなるひとつの約束事となるのである。

別な例をあげよう。『カルミナ』の中には、いくつもの「客を呼ぶ歌(8)」が含まれている。こうした歌はしばしば、これからシュンポシオンを始めようとする準備、あるいは、特定の人物に当てた招待状の体裁を意識してできている。だから一見すると、たまたまそうした機会にふと作られたかのように見える。しかしその実、無邪気そうな無作為はてらいである。これもまた詩を生みだす枠組みなのである。

ホラーティウスは約束事を遵守するだけではなく、そこにひねりを加える。さらには異なるジャンルの約束をも取り込んでしまう。たとえば抒情詩の韻律でありながら、本来エポスの韻律で書かれねばならない「讃歌」や「エピュッリ

---

（8）第一巻二〇番と第三巻二九番（マエケーナースにあてた招待）、第三巻八番（マエケーナースをもてなす）、第四巻一一番（マエケーナースの誕生日のパーティー）、第四巻一二番（ウェルギリウス（詩人と同名の別人かもしれないが）を招待する）。代表例は『カルミナ』ではないが『書簡詩』第一巻五番。

オン」(9)も歌ってしまう。といってもできあがった作品が「讃歌」や「エピュッリオン」になるわけではない。こうしたジャンル混淆、私のいうところのジャンルのクロス・オーヴァー（⇩第1章《学者詩人》21ページ）は、ヘレニズム期以降の詩一般にいえることであるが、とりわけホラーティウスによって意識的に行われるようになった。

## 手本

ホラーティウスの作品はアルカイオスに倣ったものだけではない。アナクレオーン、ピンダロス、ヘレニズム期のエピグラムなどなど、その手本は多岐にわたる。さらには散文作品（いわゆるヘレニズム時代の哲学）も、思想という点に注目すれば影響を受けているといえる。

しかしながら題材にしても表現にしても、ギリシャの詩はそもそも彼の新たな作品を作りだすインスピレーションの「きっかけ」になっているにすぎない。あれほど敬意を払っているアルカイオスといえども、そうである。ギリシャの詩の様々な伝統を踏まえてはいるけれども、むしろその上に自分独自の世界を築いている。

彼の詩のひとつひとつにあたって典拠を探索すれば、主題の配置・展開から、個々の単語の選択に至るまで、ギリシャ詩の中に膨大なお手本が見いだされる。その圧倒されんばかりの多量さから、彼もまたカッリマコスの流れを汲む、詩を作ることの意義をたえず意識しながら技巧を凝らして詩を綴る、知的な詩人であったことを思い知らされる。

カッリマコスの直接的な影響も見いだせる。たとえば彼は「私はローマ人の勲《いさお》しを歌う任ではない」と、「戦争の歌の拒絶」をテーマにした詩を作っている（第一巻六番、第二巻一番）。この「大きな歌の拒絶」recusatio は、そもそもがカッリマコスに遡りうる、詩のトポスである（⇩第7章《ウェルギリウスの『牧歌』の個性》157ページ）。

また詩人は自分を隠す。カトゥッルスやプロペルティウスのように、自分を表にださない。たとえ「私」が登場しているかのような恋の歌にしても、ホラーティウスその人の真の姿は捉えがたい。それゆえ恋に題材をとった詩であっても、あくまで恋はひとつの設定にすぎず、知的に構築された産物である、ということも可能である。彼の詩の中に散見するギリシャ名前のついた女たちは（ギリシャ名前はローマの高級娼婦の常である）、おそらく彼の人生の経験の中から作り出された人物であるけれども、詩の中で名前を付された女性に、特定のモデルが指摘できるわけではない。その点で、特定の相手を常に念頭においているカトゥッルスやエレゲイア詩人とはまったく異なる。しかし詩に即して潤色が施されていようとも、そうした女性がいたことまでも否定することはないし、彼が、感情の人間に及ぼす力を無視していることを意味しはしない。他人を巻き込んでいる恋を歌うとき、彼は鋭い観察眼を発揮して「人間喜劇」を描写する。

**多様性**

彼の歌の対象も、詩を流れる調子も、実に多様である。きわめて真面目かつ厳粛にもなれるし、軽やかに諧謔を交えることもある。国家・政治・運命に心いたすかと思えば、私的な楽しみを心ゆくまで味わっている。水の流れや夜のしじまや葡萄酒の色をきわめて感覚的に描写するとともに、ちょっとした事物が重い象徴を担わされることもある。質素な田園の生活のよさを歌うが、粋な都会での交わりも知っている。時の流れにたゆたう人生のはかなさを深刻に感じさせる一方で、「今を楽しめ」と明るく振る舞う（その有名な一例が文例S 3として引用した第一巻第一一番である。最終行の carpe diem「この日を摘め」は、文脈を離れて、近代諸言語の文章に使われる）。たしかに「死」はオブセッションとなっているが、憂鬱とか暗さとは無縁である。彼の中にストア派を見る人もいれば、エピクロス派を見る人もいる。

**常識家**

彼はしばしば中庸を称揚した。あるいはいかに権力と富とを得た人生であろうとも、ひとしなみに死を逃れないことを強調する。そこから、権力や富への欲望に駆られることなく今ある素朴さに満足して、今日のこの日を楽しめ、と歌

---

（9）第三巻二七番（エウローペーの神話がかなり長く扱われている）のように。この詩は、その程度の評価は分かれるが、モスコスの『エウローペー』（⇩第7章《テオクリトスとモスコス》161ページ）の影響下にあることは否定できない。

った。このようにその人生観を箇条書きにしてしまえば、ある意味で月並みといえるかもしれない。「ユーピテルは陰鬱な冬をもたらす。しかしそれを取り去るのも彼である。たとえ今日、不運でも、いつまでもそうであるわけがない」（第二巻一〇番・文例S1）。たしかにこうした句は、翻訳してもあまり意味があるわけではない。しかし奇をてらわない思いこそ、彫琢を重ねに重ねたことばの選択と配列を得たときに、そしてそれが記憶の奥深く沈潜して、何かの折に浮かび上がるときに、その真価を発揮する。

彼のことばはむやみに虚飾に走らない。彼の眼は近代の詩人のように、己の内側を向いてはいない。かかる教訓も、常に他人を称揚するべく発揮される。彼は内省しない。そうではなく人を励まし、忠告し、皮肉り、慰めるのである。

詩はしばしば実在の人物に当てられている。こうした場合、あくまで彼は下手に出ることになる。欠点の指摘や苦言のようなことばも、半ば冗談めかされている。それとともに、たとえマエケーナースのように具体的な援助を受けた人物であろうとも、露骨にそのことに言及したりしない。むしろわざと茶化して卑下してみたり、あるいは友人のように振る舞うこともある（文例S2）。結局こうしたことはすべて、当人への賛辞の一部を構成することになるのだが。

ときに彼は自分を「予言者」に擬して、ローマについて真摯に慮り、ローマ市民に忠告する。こうした詩人の使命の自覚は、ある意味でヘーシオドス流の教訓詩の流れを汲んでいる。さらにまた次の章で扱うピンダロスの影響も認められよう。抒情詩というジャンルは、単なる「歌」のレベルから、もっと重大な内容を歌う媒体にまで高められた。このことにもホラーティウスの自負は見いだせよう。

## 自己への言及

最初のほうで引用した第三巻三〇番には、彼の「卑しい身分の出自」が言及されている。古典古代の詩人は作品の中で、めったに自分の生い立ちや生活について言及することがない。換言すれば、作品中のことばから詩人の生涯を復元できることはあまりない。アルカイック期のエレゲイア詩人（たとえばアルキロコス）や抒情詩人（たとえばサッフォー）の詩句をもとにその個人生活をたどることが必ずしも適切とはいえないことは、すでに述べた通りである。これに対し、自己を語るという点で、そしてある程度まで年次を追って彼の生涯を再現できる点で、ホラーティウスはおそらくまれなる例といえよう。ただし彼が自己に言及するのは、『風刺詩』ならびに『書簡詩』の中においてのみである。(10)『カルミナ』からは、彼の姿は消されている。ここにもまたジャンルの違いに関する意識が読みとれよう。

正確にいうと『カルミナ』にあっても、彼に起きた「事件」は消されていない。むしろ、詩全体の調子にあわせ作りなおされている、というべきだろう。このことに関してすでに、「招待の詩」（「仮想の「場」」の項）や「女性問題」（「手本」の項）について少し取り上げたけれども、文例に引いた詩から、もう少し具体的な例をあげてみよう。

第二巻一七番（文例S2）でホラーティウスは、大木が彼の頭上めがけ倒れかかってきたけれども、間一髪逃れ、命を取り留めたことに言及する。彼はこの事件を他の詩でもたびたび取り上げ、僥倖に感謝している。(11)ただしこの詩にあっては、事件そのものはもはや周知のことのように小さく扱われ、むしろ彼に起きた事件と、彼のパトロンであるマエケーナースが大病から回復し公衆の面前に姿を現したのとが、時を同じくしたことに力点が置かれている。二人はともに災厄を脱出した。死ぬときは一緒なのだ。このように二人の友情を強調しながら二人の身分の差をもほのめかし、自分が受けた恩義をそれとなく伝え、結果として詩全体では、やや憂鬱症の気味があるらしいマエケーナースを、それとなく励ますことに主眼があるのである。

よって事件そのものの信憑性を疑う必要はないけれども、あくまで詩の題材として詩人が詩的に潤色を施していることも忘れてはならない。二人を支配する星の運行の一致への驚嘆にはユーモラスな誇張がある。これにしても、占星術を信じきっている女への皮肉にして温かい態度とは（『カルミナ』第一巻第一一番・文例S3）、微妙に異なる態度である。占

(10)『風刺詩』も『書簡詩』も、ともにヘクサメトロスで記されている。これらがどういう伝統によるのかと、本来ならここで問われるべきであるが、先行したと想定できる作品が散逸してしまったこともあって説明は簡単ではない。本書では省略させてもらう。
(11) 他に第二巻一三番・第三巻四番・同八番、の合計四回である。

星術はローマを風靡した。マエケーナースがどれほどまじめに占星術を信じていたかは分からないが、ホラーティウスはどうも本当のところ、彼ほどには信じていないようである。

## スタンザ形式の具体例

スタンザは一行ごとの繰り返しではない。しかしサッフォー風スタンザの一行目から三行目にかけては同一形態が繰り返される。アルカイオス風スタンザはもう少し変化に富んでいるが、それでも一行目と二行目は等しい。様々な形の行の自由な組み合わせではない。各行の長音節と短音節の配置は、ヘクサメトロスのように単純ではないけれども複雑ともいえない。要するに覚えやすい。

しかもホラーティウスは単語の切れ目の位置に、サッフォーやアルカイオスよりももっと細かな規則を導入する。サッフォー風スタンザの一行目から三行目についていえば、五番目の音節のあとに切れ目がくる。その結果、繰り返しの単位が小さくなる。具体例に基づいて単語の並べ方を確かめよう。巻末の韻律図解Ⅳbを見られたい(『カルミナ』第二巻一〇番)。

最初のスタンザの、行番号でいえば1から3、Rectius vives, semper urgendo, cautus horrescis のあとに切れ目がある。そしてこの切れ目は最後まで、六つあるスタンザの一行目から三行目のどの行でも守られている。言い換えれば「長・短・長・長・長」となる単語群と「短・短・長・短・長・長」の単語群に分割されて、それぞれが繰り返されている。後半部は「短・短」で単語が始まる。これが「アルカイオス風」とは異なる「サッフォー風」の特徴のひとつである。言い換えれば、「サッフォー風」を使えば「短・短」で始めることができる。スタンザの最後の行(たとえば行番号4)ではそれまでとは長短の組み合わせが異なって、「長・短・短・長・長」となる。この行も、それから1~3行の前半・後半それぞれも、ラテン語の性質上、おおむね二単語からなる単語群でできている。もちろん語順の自由なラテン語であるから、単語群を構成する単語は意味上では必ずしも連関しなくてもよい。それでも最初のスタンザの三行では、前半の五音節（長・短・長・長・長）は「君はもっと正しい生き方ができるだろう」「いつものりだすこと（によって）」「用心深く怯える」と意味の上でもつながっていることが分かるだろう。

君はもっと正しい生き方ができるだろう、リキニウスよ、
いつも大海にのりだすことがなければ、あるいは用心深く
嵐に怯えるあまり、危うい岸にあまりにも
しがみついたりしなければ。

つづく「誰であれ黄金の中庸を喜ぶ者は、」という部分は、原文では新しいスタンザの一行目と二行目の頭を占める。単語群はおおむね二単語であると先に書いたが、「中庸」mediocritatem ということばは、たった一語で、一行目の後半の「短・短・長・短・長」を占領している。mediocritatem という六音節でできている単語をぴたりとはめられるのは、「サッフォー風スタンザ」ならではのことである。こうした制約が韻律を選ばせていると主張するのではない。韻律と単語の選択は、どちらが先か本人にも分からないだろう。しかし mediocritatem という単語をなんとしてでも使ってやろうと思ったならば、「サッフォー風スタンザ」に向かうのは当然であろう。そして今の場合、「中庸」ということばはアリストテレースの『ニコマコス倫理学』に起源を発する徳目であり、この詩が献呈されているリキニウスという人がアリストテレースに重きをおいていたことを考慮すれば、この重たい単語はいかにもこの詩にふさわしい。そして機知にも富んでいる。

中庸の例示が続くがとばして先に行く。15行目から18行目にかけて、さらなる人生訓が歌われる。ユーピテル（英語読みすればジュピター）は最高神であるが、嵐や雷の神でもある。地中海地域の冬は嵐の季節である。しかし季節はめぐる。冬のあとには春が来る。

ユーピテルは、陰鬱な冬をもたらすが
その同じ神が
冬を取り除いてもくれる。たとえ今は不運でも、
いつまでもそうではない。

いくら行分けを同じようにしようとしても日本語とラテン語との違いは埋められないので、日本語の訳文では整然としているように見えてしまうが、原文をみれば分かるように、韻律上ではひとかたまりの単語群の中に文章の切れ目が置かれている。15行目 pectus は先行する文章の主語であり（だから右の訳文では落ちている）、ここで文章は終わっている。つまりこの詩の初めのように韻律の切れ目と文章の切れ目とが一致してばかりいると、明らかに単調になるばかりでなく、たとえてみれば日本語の七五調で標語が続けられたかのように重みを欠いてしまう。文章の切れ目を音のかたまりの中に置く工夫は一六行目にも施されている。前後の単語と一緒に並べれば、ラテン語では reducit / Iuppiter, idem / submovet. である。「ユーピテル」と「同じ者（idem）」という単語が短い単語群となって並列する。しかしそれぞれが主語として機能する動詞は前後に配置されている。ここでも文章構造と韻律の関係に変化が工夫されている。続く「たとえ今は不運でも、いつまでもそうではない」の部分では、短い単語が積み重ねられている（non, si male nunc, et olim sic erit:）。長い単語は重々しく、反して短い単語は軽やかである。この部分を同じ音型の部分と比較してみれば、同一韻律で大枠を規定されていながら（だから覚えやすい）、それと同時に個々の詩行は意味だけではなく、音でも様々に変化をつけられていることが見えてくる。まさにホラーティウスの真骨頂である。

## 生涯

ホラーティウスにはスエトーニウスの書いた短い伝記（『名士伝』の「ホラーティウス伝」）が残されている。さらに『風刺詩』と『書簡詩』にも、彼の父親と自己への言及がある。[12] ホラーティウスの父は解放奴隷であったが、財をなした。息子に最高の教育を受けさせるべく、ローマに、さらにはアテーナイに送った。

彼がアテーナイにいる間に、カエサルが暗殺された。ブルートゥス[13]はギリシャに逃げてきて、ホラーティウスに「自由を守る」陣営に参加せよ、と説得し、彼に士官（tribunus militum）の位を与えた。それは彼のような身分の者にとっては、従来なら考えられないような地位である。

しかし彼は敗者に与した。フィリッピーの敗戦後、故郷に逃げ帰ったが、彼の父親の財産は没収されていた。「過誤を認めて」、彼は口を糊するため書記の仕事を得た。

やがて彼は文才を認められて、ウェルギリウスの口添えを経て、マエケーナースの知遇を得る。当然、オクターウィアーヌスにもつながったサークルに属したわけである。彼はサビーヌムという土地の農園を下賜される。サビーヌムは彼の『カルミナ』の中で、その名前を幾度も言及され、よってヨーロッパ文芸史上、不滅の地位を得た。しかしマエケーナースとオクターウィアーヌスに深く感謝をしつつも、一歩、距離を置いていた。

やがてオクターウィアーヌスが「世紀祭」を催した際に、彼はローマを代表して讃歌を作る（ウェルギリウスはすでに死亡していた）。彼は詩人として得ることのできる最高の栄誉を手にしたのである。

(12) スエトーニウスの伝記ならびに『風刺詩』中の父親について述べた部分は、『書簡詩』全部といっしょに、高橋宏幸訳「ホラーティウス『書簡詩』」（講談社学術文庫）に収録されている。

(13) Marcus Iunius Brutus（85-42B.C.）カッシウスとならぶカエサル暗殺の首謀者。（小）カトーの甥。ポンペイユスとカエサルの対決では、ポンペイユス側につく。のち許されてカエサルに重用される。高潔な人柄と不羈の精神で同時代人から尊敬される。キケローとの親交あり。愛国心よりカエサル暗殺。フィリッピーでアントーニウス・オクターウィアーヌス連合軍に敗北。自殺。

# 第12章

# 抒情詩・ピンダロスの『競技祝勝歌』

オリンピック競技をはじめとする競技祝勝歌をピンダロスは作った。運動競技での優勝とは、はかなき存在である人間が栄光の高みに到達する機会である。そして勝利者を賛美する詩こそ彼の名声を永遠に留める、という自負を、詩人は担っているのである。

## 合唱歌

第10章で抒情詩を概説し、独唱歌と対比しながら合唱歌の特徴にも言及した。簡単にいえば、合唱歌は「式典」ないし「祭典」という「場」で、大勢の人間によって歌われるために作られた詩である。歌に合わせて踊りも踊られた。歌い踊ったひとたちのことをコロス（合唱隊）という。

合唱歌は、アレクサンドリアの学者たちによって、歌われる「場」の種類によって分類されてきた（⇩第10章《祝勝歌以外の合唱歌》232ページ）。祭も式典も多様であったし、そうした機会も数多かった。アレクサンドリアのムーセイオンでは、学者たちは三人の独唱詩人とあわせて六人の合唱詩人を選びだし、彼らの作品をギリシャ各地から集め、「校訂本」を作成した（⇩第1章《パピルスの巻物》19ページ）。にもかかわらずそれらのうち中世写本によって伝承された合唱歌は、ピンダロスの『競技祝勝歌』しかない。幸いなことにバッキュリデースに関しては、大きなパピルスの発見により、その競技祝勝歌やディーテュランボスがどのようなものであったか、かなりよく分かるようになった。さらにバッキュリデースに比べてパピルス断片の大きさは圧倒的に小さいけれども、ステーシコロスのいくつかの作品は、合唱歌がどのようなものであったかを考察するために十分なだけの量が見つかっている（⇩第10章《ステーシコロス》233ページ）。またシモーニデースの場合、エレゲイアの形式による、[1]もともとはかなり長い作品であったかもしれない詩の一部が、二〇世紀末に発見された（⇩第8章《シモーニデース》192ページ）。今後もさらに驚くべき発見があるかもしれない。とりわけミイラ・ケースからケースを傷めることなくパピルスを取りだす技術の進展が期待されている。

合唱歌の構成や用いられる方言には、独自の約束があった（⇩第10章《合唱歌の韻律と方言》222ページ）。コロスという大勢の人間によって歌われ踊られる以上、練習の場が必要になってくる。詩人は依頼を受けてから、作詞作曲し、振り付けを考えて、練習を監督したはずである。しかし詩人のいる場所と、祭典なり式典なりが実際に執り行われる場所とは、きわめて離れていることもある。[2]そうした場合、詩人そのひとが実際に現地に行ったとは思えない。おそらく詩人の意向を受けた「弟子」が、代理人として派遣されたのであろう。

詩人たちは報酬を受けたと想像されるけれども、報酬めあてに歌を作ったとはいえない。同時に、彼らは自分たちの作品に対して高い誇りをもっているが、それと報酬を受けることとが矛盾するわけではない。詩人たちの社会的地位について具体的には何も分からないが、まずまず高かったと想定してよかろう。

本章では、今日、中世写本によって読むことのできる、ピンダロスの『競技祝勝歌』について説明する。そしてバッキュリデースに関しての付論を最後に置く。

---

(1) ということは、「抒情詩」（何度もしつこく記すことになるが、古来、この用語は韻律区分に基づいた分類の用語であって、内容とは関連がない⇩第10章《「抒情詩」ということば》218ページ）ではない、ということになる。この作品の、ひいてはエレゲイアというジャンルの上演形態や上演の「場」について、それが「（抒情詩としての）合唱歌」と同じであったのか違っていたのか、文学史からみてたいそう気になる。

(2) 同じような過程をふんだギリシャ悲劇の場合には、詩人もコロスも（さらに役者も）アテーナイの人間である（⇩第13章《コレーゴス》281ページ、《ディオニューシア祭での競演》283ページ）。しかし合唱歌はそうではない。シチリアとかアフリカのキューレーネーのように、ギリシャ本土からは遠いところからも依頼がきている。

## 運動競技の祭典

近代オリンピックが、古代の競技大会の復活を目指してできあがったことはよく知られていよう。オリンピックの名のもとになったのはオリュンピア競技であるが、これを含めて古代ギリシャでは四つの運動競技大会が有名であった。運動競技はお祭に際して催された。つまり音楽（歌と踊り）同様、神に捧げる奉納として運動競技も実施されたのである。

四つのお祭の名はオリュンピア・ピューティア・ネメア・イストミアという。オリュンピアはペロポンネーソス半島西部の地オリュンピアーで行われた、ゼウスを祭る四年ごとの祭である。ピューティアはデルフォイ（ピュートーとはその古名である）のアポッローンを祭る、やはり四年ごとの、ただしオリュンピアと二年ごとに交互に置かれる祭、ネメアはペロポンネーソス中北部のネメアーで行われた、ゼウスならびにヘーラクレースの二年ごとの祭、イストミアはコリントスで行われたポセイドーンの、やはり二年ごとの祭である。

どの競技にもギリシャ全土から傑出した選手が集まり勇を競った。目指すは勝利がもたらす栄誉それ自体である。だから賞品はオリーブ（オリュンピア）とか月桂樹（ピューティア）の冠でしかない。オリュンピアーのゼウスの神域には、ヘーラクレースが北方の地からもたらしたという伝説のあるオリーブの木があったし、月桂樹（ギリシャ語ではダフネーという）は「アポッローンの木」とされていたからである。

競技種目としては、競走・レスリング・ボクシング・五種競技（競走・幅跳び・レスリング・槍投げ・円盤投げ）・パンクラティオン（「何でもあり」の格闘技）・競馬、さらには戦車競走などがあった。成人男子のみならず少年たちも力と技を競ったが、彼らは大人とは別の部門を構成していた。少年と成人との境界が何歳であったかは分かっていない。また女子の競技はまったく存在しなかった。

馬や馬車の競技の場合、優勝を賛美されるのは、馬を駆った騎手や御者ではなく馬の持ち主であった。つまり競走やレスリングと違って、実際に身体を使って競技したのではない人が勝利者となる。そして名馬の持ち主は、しばしばシチリアその他で権勢を誇る僭主であった。このことについてはのちほどまたふれることになる。

## 競技に続く祝勝歌の委嘱

華やかな催しではあるが、当然、勝負は熾烈である。勝者は故郷でその栄誉が讃えられるが、敗者には同情がない。

ピンダロスの競技祝勝歌(3)は、この優勝者を祝って開かれる祝宴のために作られた合唱歌である。

今日に伝わる祝勝歌は、ピンダロスとバッキュリデース（後述）の作品に限られる。そのうちバッキュリデースについては一九世紀の終わりにパピルスが発見されるまで、ほんのわずかな引用断片を除いて何も分からなかった。つまり祝勝歌とはどういうものであるかということを考えるにあたっては（そしてこのことはバッキュリデースのパピルスの復元作業ともからんでいるのであるが）、ピンダロスの作品が基本的に重要である。

祝勝の歌ができあがるまでの手続きは、おそらく次のようであったであろう（ただし以下の記述はピンダロスの歌の解釈から想像されることである。当然のことながら研究者によってかなり意見が分かれる点があることを、あらかじめ指摘しておかねばならない）。

優勝者が決まると、優勝者本人あるいは彼の身内（たとえば父親）が、ピンダロスのような詩人に祝勝歌を作ってくれるように委嘱する。作品には報酬が支払われる。それを受けてピンダロスならピンダロスが、歌のことばのみならず、音楽も、さらにはおそらく踊りの振り付けをも考案する。こうしてできた合唱歌は、優勝者の故郷で祝宴が催された折に披露される。ときに詩人自らがその土地に出向いたこともあったかもしれないが、詩人が代理人を、さしずめ演出家として送ったこともあっただろう。また歌によっては、競技者の故郷ではなく、競技の行われた土地で競技終了後ただちに祝宴が催され、その機会に披露されたものもあった、と考えられる。後者の場合、当然、練習時間が短くなるので、祝勝歌の規模も小さい。

（3）ギリシャ語で、（単数）エピニーキオン epinikion（複数）エピニーキア epinikia という。

## 祝勝歌の使命

祝勝歌の出だしは、歌ごとに様々な工夫が凝らされている。意表を突くような、あるいはその後どのように展開するのか予想がつかないことばの数々が並べられたりする。聴衆の注意を一挙に引きつける必要からかもしれない。そうした数ある出だしの中で、次の一節は競技と祝勝歌の関係を如実に示している。

祝宴は、勝負がついた苦労の、最良の
癒し手である。しかしムーサの賢い娘たちである歌は、
軽く触れるだけで疲れをやわらげてくれる。
温かな湯ですら、これほどの心地よさを足に与えてくれはしない、
リラの音を仲間にともなった賞賛の辞ほどには。
言葉は功績よりももっと、時を経て、長く世を生きることができるから。

(『ネメア競技祝勝歌』四番、一～六行)

苦しい練習を重ね、さらには肉体と精神の力を振り絞って栄冠を勝ちとった競技者の疲労を心地よく取り除くのは、温かい湯かもしれない。しかしそれにもまして彼をねぎらうのは、故郷の人々の賞賛である。そしてその賞賛を不滅にして、未来永劫に伝える役割を担っているのが、その祝宴の場で披露される祝勝の歌である。

祝勝の歌を作るのは詩人である。しかし詩人の仕事はムーサあってのことである。ムーサ(このことばを英語読みしたのがミューズである)とは、しばしば、音楽の神、芸術の神、といった風にとられがちであり、もちろんそれはそれで正しいが、その権能を突き詰めれば、詩人に霊感を吹き込んで、本当のことを歌わせてくれる力の源、と捉えられよう。本当

のことを歌うことこそが賢さの表れなのであって、だからこそ、歌は「ムーサの賢い娘」と呼ばれているのである。温かい湯よりも、祝宴よりも、勝利を後世にまで伝える歌こそが、本当の癒し手である。よきものを並べていきながら否定し、最後にクライマックスにもっていく手法、プリアメル priamel[4] の技法である。

## 競技優勝者とその一族

ピンダロスの祝勝歌の各巻の巻頭には、シチリアやキューレーネー（北アフリカの植民市）の僭主の依頼による壮大な規模の作品が並べられている（この配列はアレクサンドリアの学者たちに遡る）。しかし祝勝歌の典型は、むしろ比較的小規模な作品に見ることができる。前者は僭主自身が競技したのではなく、彼が所有している馬がひく、馬車の優勝を祝したものである。それに反して後者は、競走やボクシングなどを実際にやって勝利を得た競技者を讃えている。中でもアイギーナ島の出身者を讃えた歌は一一篇に上る。

アイギーナ島はアテーナイの沖合い、サロニカ湾に浮かぶドーリス人の島である。アルカイック期には海運で繁栄した。島の中央の高みには紀元前五世紀初頭に建設されたアファイア神殿が今もそびえている。アテーナイのパルテノン神殿のように大規模ではないけれども、アルカイック期を代表する美しい神殿である（ただしそれを飾った彫刻は現在、ドイツのミュンヘンに移されている）。アイギーナは紀元前四五九年アテーナイとの戦争に敗北してデーロス同盟に加入させられる。さらにペロポンネーソス戦争勃発後、市民は島から追放された。しかしこれはピンダロスの作品以降の出来事である。

アイギーナ島出身の優勝者を讃えている祝勝歌の場合、その制作を依頼した者は、優勝者を出した家の主人、典型的な場合は競技者の父親であろう。当然、優勝者当人の名前のみならず、その父親の名前も歌に詠み込まれたりもする。

---

（4）プロペルティウスが神話から例を次々に引くところで、この専門用語をあげた（⇩第9章《神話の引用》211ページ）。

またかつてその一族が別の競技の優勝者を出したことがあるならば、親戚の名前にも言及がなされることが多い。つまり運動競技に優勝する能力、ならびにそれを育む能力はたぶんに遺伝するものであるから、一族全体が共有している秀でた形質そのものが、賛美の対象になるのである。そして当然その賛美は一族全体を喜ばせる。

このように一族の繁栄は優れた子孫に凝縮するが、それとともに黄金の輝きや巧みな工芸品の美しさ、泡立つ酒に象徴されるような物質的繁栄も、歌の中で決して無視されはしない。けだし名家が名家たるためには、目に見える美もまた必要である。そしてその富を惜しみなく費やすこともまた、秀でた特質として捉えられる。ただし成金趣味に対してはどこか軽侮の念がある。

## 根本にある人生観

ピンダロスの競技祝勝歌には、貴族趣味とでもいえる誇りと、同時にそうした家柄もちょっとした拍子に些細な成りゆきから没落することもあるという諦念とが入り交じっている。人間は努力しなければ栄光をつかめないが、しかしながら努力してもダメなときはダメなのである。努力と忍耐とを重ねた上で一回きりの試合に臨む競技者が誰よりも知っているように、人生の決定的な瞬間には「運」が、それがよいほうにであれ逆向きであれ、ともかく「運」としか表現できないものが作用することがある。

こういう人生観に立てば、勝利はまさに神々の与えてくれる恩寵としかいいようがない。逆にいえば、神々は特定の人間を妬み、悪意を抱くことすらある、ということになる。神々の考えは測りがたく、さればこそ人生の先は読めない。力強く、美しく、永久に輝いている神々に比べれば、人間はきわめてはかない存在であると思うのは、ギリシャ人に伝統的な捉え方であるけれども、ピンダロスにはそれがとりわけ顕著である。光輝く栄光の一瞬と、夢の中の影法師のような人生というモチーフは、彼の歌の中に繰り返し現れる。このことはおそらく運動競技の勝敗と無関係ではない。

## 詩人の自負

祝勝歌の使命が勝利者の栄誉を讃えることにこそあるという「定理」の「系」は、先に引いた一節が示すように、祝勝歌があってこそ勝利者の名前と栄誉が末代にまで伝わりうるということになる。人の命は尽きることがあっても歌のことばは朽ちることがない。ムーサに仕えている詩人の自負が読みとれよう。この自負は時代を越えて古典文学の中に伝統として引き継がれていく。たとえば前章で取り上げたホラーティウスの自負、『カルミナ』第三巻末尾の詩の、「私のすべてが死ぬわけではない、私の大きな部分は死を逃れる」も、ピンダロスに呼応しているのである。

不滅の名を残すことに対する強烈な思いは、ホメーロス以来、英雄社会の倫理規範を支えており、その役割を担うものこそ歌それ自体であるという、歌う側の自負と拮抗している。こうした歌を作る側からの誇りもまた、ピンダロスには激しいまでに顕著である。

## 祝勝歌の典型的な構成

ピンダロスの祝勝歌のひとつの――あくまで「ひとつの」であって、例外は数え切れないが――定型は、まず何らかの神、あるいは、「平和」とか「巡り合わせ」とかいった、人間世界の成り立ちに関わる抽象概念への呼びかけに始まる。こうした抽象概念は、ヘーシオドス以来、神と並ぶ位置を占めていた。この呼びかけはまた、同じく擬人化されている競技大会の場所や競技者の故郷のポリスそのもののこともある。ポリスの名前はしばしばニンフの名となり、このニンフと誰かオリュンポスの男神との間から、ポリスの祖が生まれでてきたとされうるからである。

こうした呼びかけはついで、呼びかけられた者の権能の列挙に発展する。これはエポスのひとつのジャンルである、「神々への讃歌」に倣った形式である。権能の描写は、幾重にも凝った比喩によって膨らんで、やがて競技者の名前を引きだし、最初のクライマックスを作りだす。

そして神話に入る。ピンダロスの聴衆にとって神話とは、昔あったこととの言い伝えともいえる。神話と歴史の境界は曖昧である。

歌によっては、取り上げられる神話が、競技の勝利者ないしその一族の行動や社会階層の規範（パラダイム）ないし指針となっていることが、明瞭に見てとれる。さらにまた、神話の主人公の英雄が競技者の祖先と系譜の上で結びつく場合、遠い昔の出来事と現実の行動とが、模範と実例との関係を示すことになり、優勝者賛美の一貫であることが明白である。もっともこのように何がしかのつながりが読める場合もある一方で、しかしなぜその神話がこの場で歌われなければならないのか、言い換えれば神話が当該優勝者のためにどういう機能を担っているのかが、必ずしも明確でない場合も少なくない。いずれにせよ、当該神話はある切り口から断片的に語られるのが常であって、神話の全容は、読者（聴衆）のすでにもっている知識に委ねられている。たいていの場合、神話上の人物のある行動の一瞬に、ハイライトが当てられる。

そして神話は突然、中断する。詩人はしばしば中断の言い訳をするけれども、言い訳はあくまで約束事にすぎない。再び祝勝歌が歌われている現下の状況に立ち戻ることに意味がある。さらにいえばこうした場合しばしば使われるフレーズに、「歌うべきことが多すぎる」という言い訳があるけれども、これは言い訳の体裁を装いつつもそれ自体、実は勝利者を讃えることの表明になっている。つまり「もっともっといろいろなことを歌いたいけれども、勝利者を讃えることが多すぎて残念ながら端折らなくてはならない」というのである。

ここで競技優勝者に関する、あるいはその祖国に関する、なにかしらのコメントが加わることもまれではない。競技者自身やその一族の他の成員が成し遂げた、今回の優勝とは別の、過去の華々しい経歴もまた披露される。

こうした中に交じって、栄光をあげることに失敗した父親への言及すら見られる。あるいは他人が彼の勝利に抱くであろう、悪意や嫉妬にも言及がいく。しかしこれらは決して今の勝利にケチをつけることを意味しはしない。むしろ人生に対するリアリズムである。先にも述べた通り成功は、遺伝と努力だけでは保証されない。不運であった父親にとっても、優れた息子は慰めとなる。また他人のやっかみとそねみは、勝利者一族の力量と幸運の大きさの指標ではないか。しかし今ある幸運と名声とて、いつどんな拍子に覆るか分かったものではない。このような人生に対する教訓とともに、歌は終わる。不思議なことであるが競技祝勝歌というわりに、優勝者の競技を細部にわたって再現するような、競技そのものの具体的な描写はどこにもない。これもまた競技祝勝歌というジャンルの顕著な特徴といえる。詩人は競技を観戦しなかったのか。あるいは勝敗が決する以前に、勝利を前提にして委嘱を受けていたのか。祝勝歌の成立に関して憶測をたくましくさせる材料である。

巻末の文例T１として取り上げた『ネメア競技祝勝歌』六番は、ピンダロスの作品の中で最良のものとはいえないだろうし、ピンダロスの特色としてしばしばひかれる輝かしい詩句に満ちてもいない。どちらかといえば地味で、規模の面から見ても比較的小規模である。それをあえて私が選んだのは、競技祝勝歌というジャンルを理解する上で典型的な作品といえるのではないか、との判断によっている。この歌は、レスリングの少年の部で優勝した、アイギーナ島出身の少年を讃えて作られたものである。

## 『ネメア競技祝勝歌』六番の構成

先に述べたように祝勝歌の出だしには、しばしば一挙に耳目を集めようとする工夫に満ちたフレーズが置かれることが少なくない。この歌も

人間の種族はひとつ。神々の種族もひとつ。

という、相当に印象的な始まり方をする。それにつづく「人間と神々はともにひとりの母から生まれた」というのは、両者がともに、ガイア、すなわち大地から生まれた、という神話に基づいている。しかしこの命題は、すぐに否定され

る。なぜなら人間は無でしかないが、神々は永遠であるからである。

ところがしかしこの命題もまた修正される。「人間は心ばえや姿の点で、神々に少し似たところもある」と述べられる。しかしこれにもまた限定がついてくる。人間ひとりひとりがひた走るように定められている走路の果てにあるゴールがどのようなものであるかが、神々には分かっても人間には分からない。

このようにピンダロスの文章は、左にふれ右にふれながら、進んでいく。そしてその文と文の関係は、アルカイック期の文章の常として（⇩第8章《ソローン》187ページ）、しばしばこのように並列的である。だから後の文が前の文に対して、順接であるのか逆接であるのか、例示であるのか要約であるのか、それとも留保をつけているのか、内容によって判断しなくてはならない。

もう少し先にいくと畑の比喩がある。

畑は姿を変えて、
なるほどあるときには人間に、大地からたくさんの命の糧を与えてくれるが、
反対にあるときには休息して、その力をたくわえてしまう。

今回、優勝した少年の一族は、運動に優れた者とそうでない者とが、交互に繰り返しながら四代にわたっている。つまり少年の父はさえなかったけれども、祖父は秀でた運動家だった。しかしさらに遡れば、祖父の父は目立たなかった。こうした繰り返しは畑に似ている、つまり、豊かな実りを生みだす年と休耕地となって次の実りの年に備えている畑のようなものだ、というのである。

このように一族の栄光を紹介していく。途中、

どうか私がこんな大言壮語を吐いても、あたかも矢を放つときのように、
的をまっすぐに射ていますように。さあ、ムーサよ、この一族めざして
ことばの名高き風をまっすぐ進ませよ。
周知のように男たちは世を去るが
歌とことばは彼らの立派な業績をとどめるもの。

というフレーズがある。これを身も蓋もない言い方に「翻訳」すれば、「今、歌われているこのような賞賛は、ここにいる聴衆の皆さんも思うように、ちょっと大げさに誉めすぎているかもしれない。しかし嘘ではない。このように亡くなった先祖の業績を讃えることこそ、大事なのだ」となろうか。

そして三つ目のストロフェー（「三つ組形式」AABの始めのA⇩第10章《合唱歌の韻律と方言》222ページ）になって神話に入る。神話の人物は競技者の祖先でもある。神話は

ありとあらゆる方角から広い道が、
この名高き島を詩人たちが飾るべく、通じている。

という文章で導入される。「この名高き島」とはアイギーナのことであり、「広い道」が指している内容は、どんな英雄の話をしても、結局、アイギーナにまつわる神話に結びつく、ということである。

この文の直後に出てくるアイアキダイとは「アイアコスの子孫たち」の意味である。アイアコスは、ニンフのアイギーナがゼウスと交わって生んだ子供であるとされている。そしてそのアイアコスから、テラモーンとペーレウスが、そしてテラモーンからはアイアース、ペーレウスからはアキッレウスが生まれた。アイアキダイといった場合、これらの

英雄たちをすべて含むから、なるほど、

　　かれらの名前は、いまもはるか陸を越え、海を渡り、飛んでいく。

のである。ただし続く神話は、他の歌に比べかなり短い。アキッレウスが、曙の女神の子供であるメムノーンを殺す神話の、それも核心が歌われるだけである。この神話はトロイア戦争をめぐってできた、通称、「叙事詩の環」（⇩第5章《「叙事詩の環」》103ページ）と呼ばれる叙事詩のひとつの『アイティオピス』で扱われていた。つまり『イーリアス』でも『オデュッセイア』でも言及されてはいないが、しかしトロイア戦争のエピソードのひとつである。このエピソードが重要だったことは、悲劇（ただし伝わるのは断片のみ）や壷絵で、しばしば取り上げられていることから分かる。[5]

## 僭主の依頼を受けた祝勝歌

　競走や格闘技を実際に戦った競技者の祝勝歌と違い、僭主の馬車競技での優勝をことほぐ歌の場合、実際に馬車を操縦したのは僭主とは別人である。僭主自身の膂力《りょりょく》が直接に発揮されてはいないから、その歌の筋の運びはおおよそ上で述べた構成と一致はするものの、褒め方が異なってくるのは当然である。歌によっては、これは祝勝歌の枠組みを借りた何か別の種類の歌ではないかとする憶測が、ときに生じたほどである。

　これらの歌はとりわけ壮麗かつ厳粛な趣がある。しばしばピンダロスの特徴として、古来、賛美の対象となっている、輝かしいことばが織りなすスケールの大きな世界観やイメージの飛翔は、これらの歌の中で顕著である。一例として『ピューティア競技祝勝歌』一番の冒頭を、これも巻末の文例T2に引用しておく。この歌はピンダロスの作品の中でおそらくもっとも卓越しており、有名なものであろう。

　この歌は楽器リラへの呼びかけで始まる。「音楽」ならびに「詩」がもっている力は、ゼウスの権力を保証している稲妻も、その見張りの鷲も、さらには戦の神であるアレースをも眠らせてしまう、というのである。さらにつづいて、ゼウスに逆らったために退治された怪物テューフォーンが言及される。神話によればこの怪物は、シチリアの活火山であるエトナ山の下敷きにされている。しかしそれにもかかわらず、いまなお火を吐き出している。夜には赤い火柱が空をいろどる。荒々しい破壊的な暴力は、ゼウスという秩序によってなんとか抑えこまれているのである。

僭主は国の安寧を担っている。またその富はポリスの荘厳な建造物に使われている。アイギーナの一氏族と同様に、彼らの祖先も遡っていけば古の英雄にたどりつくわけであるが、彼らの場合このことは同時に神々の与える特権的な祝福をも意味することになる。歌は特定の僭主個人の賛美というよりも、むしろ、彼が支配しているポリスの一層の発展を願い、かつ彼にかかる責任の大きさを理解せしめることに比重がかかっている。

今日の個人に最上の価値を置く世相のもとでは、僭主はもとより、国家をはじめとする団体を賛美しその永続を願う詩というのは、それだけでどうかすると胡散臭《うさん》く思われがちである。しかし個人の喜怒哀楽を歌う歌だけがよし、とするのも偏頗《へんぱ》な考えであることは、どの国の詩文の歴史をたどって見てもすぐ分かることである。むしろピンダロスおよびギリシャ詩に刮目すべきは、後のウェルギリウスやホラーティウスのローマ国家讃歌とは異なり、ポリス社会だからこそ当然といえばそれまでではあるが、ついに国家そのもの、世界そのものへの歌は出てこなかったことかもしれない。ユーリウス・カエサルは死後、星になり、オクターウィアーヌスは神に比されるが、僭主はどれほど人間としての高みに昇り遠くまで達しようとも、あくまではかない人間のひとりである。よって僭主の優勝を讃えたピンダロスの歌には、僭主個々人の命運への慮りもまた顕著なのである。事実、彼によって讃えられた僭主がしばしば没落し不幸な死に方をしているのも、歴史の伝えるところである。

(5) このあとすぐに神話は、「古人はこの出来事を／車が繁く通う道となした。私もまた注意深く、そのあとを辿って行こう」という句で終わってしまう。「車が繁く通う道」は、カッリマコスのモットー（文例M、カッリマコスの『アイティア』の引用の最後の部分）と正反対である。つまりカッリマコスは、ピンダロスのこのフレーズのような言い方を踏まえて、あえて逆のことを主張しているのである。

## ピンダロスの「私」・語法

ピンダロスの歌は約束事を知らないと、とっつきの悪いことが少なくない。またしばしば誤った解釈を昔から生みだしてきた。そのひとつが、「私」ということばが作りだす誤解である。

ピンダロスの祝勝歌の中にはしばしば「私」が登場する。この「私」をピンダロス個人と同一視し、それぞれの歌の片言隻句に基づいてピンダロスの行動を歴史的に構築し、その推測から当の詩文を解釈する傾向は、古くはアレクサンドリアに始まったらしい。少なくともスコリア(6)(古註)にはそうした記事が含まれている。こうした、本当のところはたいして根拠のない個人データに付け加えて、歌の中に散見する教訓を、これまた彼の人生観ないし世界観の表白と誤解してすべてを彼のひととなりに一致せしめんとする解釈は、ある時代までなんら疑問を抱かれないままであった。

しかし詳述は避けるが、ピンダロスの歌の中の「私(たち)」は大部分、歌を歌っている合唱隊を指しているのであり、同時にそれはその上演の場に勝利者をことほぐために臨席して、今、この歌を聴いている聴衆の気持ちが一体となって凝縮したものと見るべきである。比喩的にいえば、合唱隊は一般聴衆でもあり、賛美される一族でもあり、ときに競技の優勝者でもある。

根本において彼の歌は讃えられるべき人物を讃えるべく作られており、詩人自身の諸行動への言及はもとより、詩人個人が抱いている感慨すら表明されていないのである。感慨のように見えるものがあるなら、それは、競技者も競技者の肉親も宴席の出席者もすべてを含んだ聴衆誰もが、自分が思っていてもうまくことばにならなかった、いかにもなるほどと思う感慨なのである。

他の抒情詩や悲劇の中のコロスに割り当てられた合唱歌と比較してみても、ピンダロスは思い切って表現を省略したり、大胆な比喩を使っている。単語はしばしば一見したところ前後との脈絡が不明のまま投げ出されていて、その意味するところを理解するためには、想像力を駆使しなければならないことが少なくない。先に引いた『ネメア競技祝勝歌』

六番の出だしもそうであった。そういう意味において、ピンダロスはひどく難解であるという印象を与える。

しかしピンダロスの歌を解く鍵は、おおむね祝勝歌というジャンルにあると思われる。先の表現を繰り返せば、讃えられるべき人物を讃えるべく作られている。そこでこうした歌に数多く接する機会に恵まれた、換言すれば祝勝歌というジャンルの約束を体得していた同時代人にとっては、彼の歌はおそらくそれほど難解ではなかったかもしれない。

## バッキュリデースの競技祝勝歌

実際、ピンダロスの難解さはバッキュリデースと比べてみればよく分かる。バッキュリデースも競技祝勝歌を作っているが、そのことばづかいは何より平易であり、しかしそれとともにピンダロスと同じように祝勝歌を成立させる諸条件も守っているから、バッキュリデースを鏡のようにしてピンダロスを写してみれば、ピンダロスの特異なことばや大胆な比喩がほぐされる。つまりピンダロスはバッキュリデースのような分かりやすさを犠牲にすることで、あるいはわざと無視することで、独自の表現を手に入れたといえる。

一九世紀末までバッキュリデースの作品は、事実上、知られていないも同然だった。一八九六年に発見されたパピルスから、一四の競技祝勝歌と六つのディーテュランボスが起こされ、翌年に刊行された。(7) バッキュリデースの発見は、まさに一大センセーションであった。

(6) 古典古代の著作は、中世に記された写本によって今日に伝わる。それらの写本には中央に本文が書かれているが、欄外に様々な注が付されている。これらをスコリア scholia と総称する。注の起源は、新旧様々に入り乱れている。古いものは、アレクサンドリアの学者たちの書物に遡る。それらは元来、別のパピルス・ロールに記されていたが、適宜、抜き出され、冊子本（コーデックス）ができあがった頃から、欄外に転写されたと考えられる。ただし記事は、省略や書き加え、他の記事との統合など、様々に変形されている。それに加え、ビザンチン各時代の学者たちの、時には必ずしも根拠が定かでない憶測も入り込んでいるから、スコリア全体の扱いには細心の注意が肝要である。
(7) 校訂本とともに立派なファクシミリも印刷された。東京大学総合図書館には、関東大震災のあとに他の多くの書物と一緒に贈与されたものが保管されている。

すでに古代世界にあってバッキュリデースはピンダロスと比較され、ピンダロスのような崇高さに欠けるといわれてきた。そしてたしかにその評価は間違ってはおらず、実際にそうであることは彼の作品を見ても確認できる。しかしこれはある意味でバッキュリデースに酷な見方である。むしろピンダロスが特異すぎるのである。バッキュリデースのなめらかで素直なことばづかい、分かりやすい比喩、華やかな修飾語、神話と競技者との分かりやすい関係など、それはそのまま彼の長所であると認めなくてはならない。しかもその構造は明快で、勝利者賞賛で始まる部分と、中央部の神話と、さらに教訓ないし格言部分が集まる終結部分との関係が捉えやすく併置されており、これが競技祝勝歌の標準であったことをうかがわせる。神話は短いながらもひとつの物語として描かれていて、その叙述は、やはりパピルスの発見によって近年になってその様相が見えてきたステーシコロスに類似している。もし合唱歌がせめて悲劇ほどに中世写本を通して数多く現存していたら、叙事詩から合唱歌、合唱歌から悲劇（特にその中に含まれるコロスの歌の部分）へとつながる、歴史的連関が詳しく検証できたであろう。

## 『競技祝勝歌』一三番

バッキュリデースのスタイルの例としてひとつだけ取り上げる。『競技祝勝歌』一三番は、本章で取り上げたピンダロスの『ネメア競技祝勝歌』六番と同じくアイギーナ島出身の競技者の優勝を讃えている。そこで説明したように（⇩265ページ）、ニンフのアイギーナはアイアコスを産んだとする起源神話をもっているので、当然、アイアキダイ（＝アイアコスの子孫）関連の神話が含まれることが多い。

バッキュリデースの『競技祝勝歌』一三番の途中の神話部分ではまず、アイアースがヘクトールを船べりで防ぐ、という『イーリアス』第一五巻の場面そのままに神話が紹介される。そしてそれは、アキッレウスがアガメムノーンたちに怒りをかき立てたときのこと、と時間節で結ばれる。この「怒り」という単語は、『イーリアス』冒頭（「怒りを歌え、ムーサよ」）の単語 **mênin** そのままが使われている。つまり『イーリアス』全体を思い出すキーワードである。

さらにバッキュリデースは、トロイア人はこのときまでアキッレウスを恐れるあまり平原に出てこなかった、と続ける。ところがアキッレウスが幕舎にこもったことを知ったので、「あたかも北風が、昇り来る夜に真っ向から立ち向かい、波の花が乱れた漆黒の海の中、大浪の力で船乗りの意気を砕く、とはいえ人々に暁の光が差し込むとともにはたと止み、海原一面に穏やかにそよ風が広がる。船乗りたちは南風の息吹で帆をふくらませ、望みをなくしていた陸地にひたすらたどりつくのである、まさにそのように」トロイア人は平原に走り出るのである。(8) なんと平明な映像が、それもきわめて長く、六〇行以上にわたって展開することか。

これと比較すると、ピンダロスの『ネメア競技祝勝歌』六番の神話は、アキッレウスのメムノーン殺しであるが、はるかに短い。たったの四行で、とても神話叙述とはいえない、愛想のない記述である。(9)

## バッキュリデースのディーテュランボス

神話の叙述重視は、まさにディーテュランボスに現れている（⇩第10章《祝勝歌以外の合唱歌》232ページ）。むしろバッキュリデースのディーテュランボスは、その起源はさておき、神話を小さな物語として叙述する形式の歌、言い換えればコロスが神話だけを歌い踊る歌になっているというべきであろう。そのひとつ（一七番）には『若者たち　もしくはテーセウス』という題名が、パピルスを記述したアレクサンドリアの学者によって与えられている。中心となる神話は、クレータ島のミーノース王のもとへ、迷宮に閉じ込められた怪物ミーノタウロスの犠牲とすべく毎年献上されるアテーナイの男女七人ずつの若者に、王子のテーセウスが加わるという話である（⇩第7章《カトゥッルスの「ペーレウスとテティスの結婚式」》165ページ）。しかしテーセウスの怪物退治や彼を助けるアリアドネーは出てこない。いわばそれは自明な前提のごとく扱われており、新たな話が導入される。深刻さはどこにもなく、たとえてみれば、おとぎばなしが色鮮やかな絵本

---

（8）この比喩はそれだけで第四エポードス（AABのB）とともに始まり、それの終わりとぴったり一致する。平易な構成である。
（9）ただしいつも短いというわけではもちろんない。ピンダロスも神話を長く物語ることもある。

のように華やかに描かれるといってもよい。

今日の刊本の行分けに従えば全体で一三二行から成るこの詩の構成は、「三つ組」AABが二度、繰り返される（⇩第10章《合唱歌の韻律と方言》222ページ）。AとBとの韻律は違うけれども長さはこの歌ではほぼ等しく、つまり全体はほぼ同じ長さで六分割される。そしてその分割単位と話の内容とが合致するようにできている。とはいえその叙述は、凝縮されたところと延ばされているところが極端である。最初のストロフェーは船が疾駆する場面でいきなり始まる。船にはテーセウスと「二倍の七人」（少年少女計一四人がこのようにだけ表現される）が乗っていることだけが言及され、すぐにミーノースが情欲に満ちた手を娘のひとりにのばしその頬を触ることにとぶ。娘は叫び声をあげる。ここからテーセウスが発する怒りを含んだ長い諫《いさ》めが、続くアンティストロフェーの終わりまで、つまり全体の四分の一の長さで続く。

次のエポードス（B）はミーノースが、自分の父親ゼウスに向けた祈りが中心となる。彼はテーセウスを挑発する。「おまえがポセイドーンの息子であるなら、この、海中に投げ込む飾りをとってこい」[10]。第二ストロフェー（A）は、ゼウスがそれに応えたがごとく轟かせる雷鳴に始まる。ミーノースは勝ち誇ってテーセウスに、海中に飛び込むように命ずる。腕輪（指輪？）を投げ込んださまはまったく描かれない。テーセウスは身を躍らせる。第二アンティストロフェーは海底のポセイドーンの光輝く館の場面である。テーセウスはそこへイルカに運ばれた。海のニンフであるネーレイデスが舞う中、ポセイドーンの妃のアンフィトリテーが彼を歓待して、深紅の衣をまとわせ、冠を被せる。最後のエポードスでテーセウスは船に戻る。このようにして、この華やかな歌は終わる。

## 『ピューティア競技祝勝歌』一一番とクリュタイメーストラー

神話の取扱ということに着目して、もう一度ピンダロスに戻る。彼の神話は、いつも『ネメア競技祝勝歌』六番のように短いとは限らない。そして彼の神話の語り口——当該神話を伝える文章——は、それはそれで後のギリシャ文学にかなりの影響を与えているのではないか、と思わせることもある。[11]ということは当該神話のひとつのヴァージョンとして、アルカイック期と、古典期さらにヘレニズム期の中継点になっている。すでに何度か述べたように、神話は核心は変わらないけれど細部はどんどん変容するものである。

一例をあげる。トロイア戦争の総大将のアガメムノーンが、帰国後、妻に殺された有名な話である。「叙事詩の環」に含まれたこのエピソードは、すでに『オデュッセイア』で言及されていた（⇩第3章《冥府行——死者の国への旅》60ページ）。さらにギリシャ悲劇詩人は、この伝説を何度も取り上げる。とりわけ有名なのは第14章で詳しく紹介するアイスキュロスの『アガメムノーン』であるが、これとの関係で興味深い一節が『ピューティア競技祝勝歌』一一番にある。

この歌はそれほど長いものではない。それでも全体で四回繰り返される「三つ組」ＡＡＢのうち、ＡＡＢ一セットともうひとつのＡとが、妻のクリュタイメーストラーによる夫殺しに当てられている。そしてこの神話の核心が次のように描かれる。

「冷酷な女（クリュタイメーストラー）は灰色の武器(12)をふるってカッサンドラーを、アガメムノーンの魂ともども影深い冥府の河のほとりに送りだした。故郷から遠く離れたエウリーポスで屠られたイーフィゲネイアが、謀略に満ちた手をくだすようにと彼女を刺激したのか？　それとも他の男の床での夜ごとの交わりが、彼女を屈服させ、彷徨わせたのか？」

ピンダロスのことば数は少ないが、要点はいいつくされている。たとえばクリュタイメーストラーが殺人の中心であったことが明瞭にまとめられている。理由は二つあげられる。アガメムノーンが娘のイーフィゲネイアを犠牲にしたこ

(10) テーセウスの父親は、人間のアイゲウスとされることも、神のポセイドーンとされることもある。カトゥッルスの「ペーレウスとテティスの結婚式」（⇩第7章165ページ）では、前者である。エウリーピデースの悲劇『ヒッポリュトス』では後者である。

(11) なぜ、その神話がこの祝勝歌の中で取り上げられなければならないかという問題は、「祝勝歌」というジャンルの大きな問題であるが、以下の記述ではそれを脇に置く。神話だけを抜きだして紹介する。

(12) ギリシャ語もラテン語も色を指す形容詞は難しい。この部分を直訳すれば、「灰色の青銅」である。青銅（ブロンズ）が「青」銅と訳されたのは、錆びたときの緑青に由来するが、ブロンズが「灰色」とはどういうことか。ひとつの考え方は「鉄」の言い換えである。「斧」とは明示されていないから、「剣」も想定可能であるが、以下、「斧」と記す。

と、彼女自身が姦通していることである。[13] 彼女の姦通の相手であるアイギストスの名は、のちほどオレステースの母殺しに言及するところでは一緒に名前があげられるけれども、ここでは言及されない。彼女は実際に斧を振るった。アイスキュロスの『アガメムノーン』においてもカッサンドラーに手をかけたのがクリュタイメーストラーであったことは十分に想定できるけれども、ピンダロスほどには明示されていない。濃厚なセックスの様相すら、簡潔な表現であるけれども浮かび上がる。彼女はセックスに負け、理性を失い、男のいうがままになってしまった、といった含みが読みとれる。

「アガメムノーンは長い年月のあとアミュクライに到着して、自らも死に、予言者の乙女も滅ぼした。トロイア人の豪奢な館を、ヘレネーのせいで火を放ち、壊滅させたあと」。

このピンダロスの表現からは、トロイア戦争が無益であったかのような理解のしかたが見えてくる。そしてこの感慨は、後の諸悲劇の先駆けとなる。さらに赤児のオレステースを救ったのが乳母のアルシノエーであった、あるいはアガメムノーンの帰ってきたところがミュケーナイではなくアミュクライであったと、悲劇詩人たちには描かれていないディテールも提供される。ピンダロスは人々がすでにもっている神話の知識に依拠しながらも、彼一流の表現力で神話にそれまでとは違った光の当て方を工夫して、後の詩人たちを刺激したようである。[14] アイスキュロスの『アガメムノーン』についてては、のちほど詳しく述べる（⇩第14章《アイスキュロス『オレステイア三部作』》301ページ）。

## 『ネメア競技祝勝歌』八番とアイアース

『ネメア競技祝勝歌』八番は、六番と同じようにアイギーナ出身の競技者の勝利を祝う。それゆえ神話部分で扱われるのは、ニンフのアイギーナが生んだアイアキダイであり、この歌ではアイアースが選ばれる。アイアースはアキッレウスの武具をめぐる争いで、オデュッセウスに敗北し、自殺した（⇩第3章《冥府行——死者の国への旅》60ページ、第14章《ソフォクレース『アイアース』・自己中心的な主人公》313ページ)。アイアースを殺したのは「嫉妬」である、とピンダロスは描く。といってもアイアースがオデュッセウスに嫉妬したわけではない。日本風にいえば「世間」とでもいえる周囲の人たちがアイアースに抱く嫉妬である。「嫉妬は優れた人々をつかまえて、劣った者たちとは争わない」。

『ネメア競技祝勝歌』八番ではアイアースが寡黙であったことが明示される。「忘却は、悲痛な争いにあって、寡黙であるが勇敢な男を押さえ込む。そしてきらびやかな嘘に褒美を差し出す」。オデュッセウスは「隠された投票」でギリシャ人から票をえた。この「隠された」という単語は、今日のようによい意味で、誰に投票したかを分からないようにするための配慮を指しているのではなく、陰でこそこそ操作することを意味する。アイアースの敗北には不正な判定があったことを示唆する最古の例である。そして、アイアースとオデュッセウスが二人してアキッレウスの死体を救出したときにも、両者の力量は同じではなかった、とピンダロスは続ける。「そうなのだ、憎むべき欺瞞は、昔からあった。それはでっちあげられた話の同類であり、謀略家、禍をもたらす中傷なのである」。

ピンダロスの仕事はアイアースを讃えることにある。そしてここでは嫉妬や中傷が、どれほど優れたものを苛み、貶め、破滅させるものかを歌う文脈である。だからオデュッセウスは否定的に描かれるのであるけれども、しかしなにも武具争いのエピソードを取り上げなくてもよかったし、たとえ取り上げるにしても違う描き方もあったはずである。ソフォクレースの悲劇『アイアース』のオデュッセウスがそうであるように。(15)

(13) ただしピンダロスの文体からみて、二つの理由は「AかBか」ではなく「Aも考えられるがBである」と読むべきである。
(14)『ピューティア競技祝勝歌』一一番の作成年について、古注は前四七四年と前四五六年の二説を伝え、かつその記述にもややこしいところがある。以上の考察は前四七四年に基づいている。これを採用すれば、前四五八年上演の『アガメムノーン』より先になる。
(15)『ネメア競技祝勝歌』八番の作成年度は不明であるし、ソフォクレースの『アイアース』も同様である。本文ではピンダロスが先行するように記述したけれども、逆の可能性もある。

## 『ピューティア競技祝勝歌』四番とメーデイア

もうひとつピンダロスの神話描出の例をあげる。『ピューティア競技祝勝歌』四番は全体がきわめて長い歌であるが、それに応じて神話部分も長い。全体で一三回繰り返される「三つ組」AABのうち、イアーソーンとアルゴナウタイの神話は、四番目のAABから一二番目の始まりまでを占めている。神話はイアーソーンが王権の回復を要求し、その条件として「黄金の羊毛皮」を取ってくることを課されたところから始まるけれども、その中心部分は、メーデイアがイアーソーンに恋するところにある。彼女の恋は次のようなまじないから生じた。「アフロディーテーは、イーユンクスという名の、人を狂わせる鳥を、車の四本のスポークにくくりつけてもたらして、嘆願とまじないの呪文をともどもイアーソーンに教えた。彼がメーデイアから両親への敬いを奪い去り、心を燃やしている彼女を、憧れのギリシャが説得の鞭で振り回すべく」。

この一節は後代の二つの詩への影響を思い出させる。ひとつはエウリーピデースの『メーデイア』。この悲劇の中でイアーソーンは、自分がメーデイアとの誓いを破ったことを弁解して、エロースに責任を転嫁し、さらにメーデイアを文明の地へ連れてきてやったではないかと恩を着せる（⇩第14章《エウリーピデース『メーデイア』『ヒッポリュトス』》323ページ）。もうひとつはアポッローニオスの『アルゴナウティカ』のメーデイア。彼女もまた自分のほうから恋におちて、イアーソーンを助けた（⇩第5章《アルゴナウティカ》109ページ）。つまりピンダロスは、英雄譚の一エピソードとしてイアーソーンが神々に多大な援助を受けたことを表すべくメーデイアの恋心を描いたのだが、それをエウリーピデースはイアーソーンの卑劣さを表現する手段として、またアポッローニオスはメーデイアの翻弄される内面を描くべく、それぞれ力点をずらして変容させたのである。

さらにまた、テオクリトスの作品二番『まじないをする女』にも影響を認めるべきかもしれない。ここで使われるリフレインはイーユンクス（和名ではアリスイ）という鳥が結びつけられた車を回す女の呪文であった（⇩第7章《ウェルギリウスのモデルとしてのテオクリトス》155ページ)。ピンダロスにおいては、まじないを使ったのは女神ないしイアーソーンであり、まじないをかけられたのが、魔術を知っているメーデイアであった。テオクリトスの女主人は、今、不実な男を引き戻すべくまじないをかけている。イーユンクスが結びつけられた車を回し呪文をかけるのは、ピンダロスのイアーソーンよりも、自分が描く、メーデイアに似ている女のほうがふさわしいと、テオクリトスは主張しているのかもしれない(16)。

ピンダロスの神話の扱いは、神話が固定したものではなくいまなお発展していくことを示すとともに、ヴァージョンによって差異のあることを示してくれる。とはいえピンダロスの神話叙述は、エポスのように一部始終を均質に物語りはしない。その点でおそらくステーシコロスや、あるいはバッキュリデースと共通する。

(16) このイーユンクスを使ったまじないが、どれほど実際に行われていたのか、かつまた人々の知るところであったのかによって、テオクリトスの解釈は変わってくる。もし人口に膾炙したものであるならば、ここの部分だけで想像すればよい。もしきわめて文芸的なトピックであったなら、ピンダロスを思い出さなくてはならないし、テオクリトスの『まじないをする女』に、メーデイアを重ね合わせることが要求される。

# 第13章

# 演劇・ディオニューシア祭

ギリシャ悲劇と喜劇は、アテーナイのディオニューシア祭において催される、ポリスをあげての行事であった。そのため特殊な約束事にいろいろ縛られている。ゆえに、悲劇・喜劇そのものについてふれる前に、まずはそうした様々な背景知識について解説する。ギリシャ悲劇・喜劇は一見すると普遍的内容をもつようだが、理解するためには背景知識が必須である

## ディオニューシア祭とレーナイア祭

今日の演劇は不特定多数の観客を想定している。たまたま上演する場所に応じて微調整することはあっても、基本的には、観客が入れ替わっても、同じ作品を何度も演じることができるという立場に立つ。ところがギリシャ悲劇・喜劇は、本来、たった一回きりの上演のために作られた。

その上演の場は、神々のひとりであるディオニューソスを讃えるアテーナイの祭である。おそらくディオニューソスの権能のひとつが、演劇と関係していた。悲劇・喜劇の演じられた祭は二つある。ひとつは（町の）ディオニューシア祭[1]という。この祭は今日の暦にあわせれば（ギリシャでは太陰暦を使っていた）およそ三月ないし四月に、毎年行われた。もうひとつはレーナイア祭という。ディオニューシア祭に比べ演劇の上演が行われるようになったのは後のことで、上演の場としてもおそらく「格」が落ちると考えられていた。祭の開催はディオニューシア祭よりももっと寒い時期、おおよそ、その二カ月前である。

## アテーナイ市民の義務

アテーナイはギリシャ世界の中でも際立って大きなポリスであったけれども、それでもひとつの町なのである。古典期アテーナイの壮年ならびに青年男子市民は、その数四万ないし五万と推定されている。市民は十の部族（フューレー）に分かれ、それぞれがまた小さな単位（デーモス）に所属し、こうした共同体の単位ごとに市民生活は構成されていた。だからいくらアテーナイが民主主義社会といっても、今日の個人社会の生き方で判断してはならない。祭もまた共同体の大事な行事であり、参加は権利というよりもむしろ義務であった。

アテーナイで市民権を行使できるのは成年男子に限られている。市民であるためには、両親が市民であることが必須条件である。アテーナイの住民には市民以外にも、他のポリス出身の外国人や、数多い奴隷がいた。何よりもすべての女性は、たとえ市民であったにせよ、その生活は著しく制約されていた。市民の娘は父親の厳しい監督下にあったし、男が比較的晩婚であるのに反して若くして結婚し、結婚すると夫の庇護下に置かれた。財産は相続しえたけれども、その場合でも息子が管理した。市民の妻や娘は、特別な機会を除いて町に出ることもなかった。家の中にあっても、客人の前に顔を出すこともなかったのである。

市民はその父親のデーモス（おおざっぱにいえば出身地）ごとに登録される。デーモスとは元来、アテーナイ市を構成している地区である。市民はたとえそのデーモスの外に転居しても、「××区出身の○○」という風に特定される。日本語で「民主制」と翻訳されていることば（例　英語の democracy）の語源は、ギリシャ語の dēmokratia であって、この語は「デーモス（を構成する市民団）の支配」「デーモスが権力を握っている体制」と分析しうる。

---

（1）「ディオニューシア祭」とは、正確にいえば、「ディオニューソスの祭」すべてを指す。したがって一番重要な祭を特定する時には、「町のディオニューシア祭」Dionysia ta astika とか、「大ディオニューシア祭」Dionysia ta megala と呼ばれた。これを英語に訳すと The City Dionysia あるいは The Great Dionysia となる。しかし以下の記述では、不正確を承知で、単に「ディオニューシア祭」とのみ記す。

男たちは建て前の上ではすべて平等に国政に参加した。いわゆる直接民主制である。ポリスの方針を決める議会には誰もが出席し発言することができた。つまりどれほどの拘束力があったかは別にして、議会を通して国政に参画するのは市民の権利のみならず義務でもあったのである。

そして、この議会と同様な催しが祭であり、祭の一部を構成するのが演劇である、ということもできる。議会に参加するがごとく祭に参加するのも、そして演劇の観衆になるのも、これまた拘束力がどれほどのものであったかは別として、アテーナイ市民の義務——といっても「義務」の度合いは、「出席しなくてはならない」から「おつきあいは大事だよ」まで、強弱いくらでも想定できる——であったと思われる。演劇の場と政治の場は、今日、想像するほど異質ではない。祭が決して私的な行事ではなくポリスの公の行事である以上、演劇もまた私的な楽しみではない。

さらにアテーナイ市民の重要な義務は、誰もが兵士であることであった。アテーナイ軍は当初は重装歩兵を主体としたが、やがて戦力を海軍に頼るようになる。その船を漕ぐのはやはり市民であって奴隷ではない。軍船を操るには多数の漕ぎ手が必要になるし、漕ぎ手が一致結束しなければ船はでたらめになる。今日とは異なり、政治のよきリーダーであれば、当然、軍事に関してもよき将軍たることが期待されていた。文芸作品の中でしばしば、ポリスは船に、国のリーダーは舵取りにたとえられる。軍を構成する部隊は、同一部族（フューレー）出身の者で構成されていたらしい。戦死者を追悼して国葬が行われた際には各部族ごとに柩が用意されていて、戦場から集められた骨は、同じ部族の者どうし、一緒に葬られた。このようにアテーナイは男たちの結束がきわめて重要視された共同体である。

### 劇場の座席と市民参加

ギリシャ悲劇や喜劇は、こうした市民の結束の場としての祭の催しもののひとつである。上演の場は屋外の劇場であるが、劇場も神域の一部であった。前方には神官を務める市民が席を占めた。一般市民は部族（フューレー）ごとに座を占めたらしい。円形劇場であるから、座席は下が狭く上にいくほど幅が広がる楔形に配置されたが、その楔のひとつひとつが各部族に割り当てられた、と想像しうる。おそらくこれは議会で着席するのと同じやり方である。部族が戦場での部隊を構成することをも考慮すれば、祭の観劇だからといって個々人が勝手に振る舞えるものではなかったろう。

劇を見るのもアテーナイ市民なら、演ずるのもまたアテーナイ市民であった。コロス（合唱隊・後述）は一般市民の中から選ばれた。台本を書いた作者も、キオス島のイオーンの作品が演じられたように例外もあるが、基本的にアテーナイ人である。(2)

政治や軍事同様、公の行事に参加するのは、先述した通り成年男子市民に限られている。当然、演劇上演にも女性の積極的な参加はない。女性の悲劇詩人・喜劇詩人はありえないし女性の役者もない。それどころか女性は、見物することすら許されなかったのではないかと、私は考えている。この見解に対し、祭当日の本番の上演くらいは女性も見物できたのではないかと想定する研究者もいる。また市民か否か、既婚か未婚かといった要素を抜きにして、女性をひとくくりにしてよいかどうかも問題になろう。しかしいずれにせよ、断定できるほどの同時代の資料は残っていない。

## コレーゴス

悲劇・喜劇の上演までには半年以上の練習期間がある。その練習のために金銭のみならずその他諸々の点で便宜を図り、上演に至るまで一切の責任をもち、私財を提供するのも、市民の有力者の中から特に選ばれた人物であった。この役職に就く人物をコレーゴスという。(3) 直接民主制とはいえ、もちろん富の不均衡は大きい。市民の平等は理念として讃えられたが、それはすべての市民が同じ富をもち同じことをすることを意味しない。

(2) ただしプラトーンの初期対話篇のひとつ『ラケース』には、悲劇詩人になりたい者が、ギリシャ各地からアテーナイに集まってくる、という一節もある。

(3) chorêgos. この単語は「コロスの指導者」と語義分析できるけれども、実際には、本文で説明するような「金銭の支払いの負担者」なのである。

富裕な家は、代々、優れたリーダーを出す名家でもある。こうした金持ちには、金持ちであるが故の名誉ある負担があった。たとえば軍艦の艤装《ぎそう》は国家の負担でなく個人に割り当てられた。同様にポリスの有力者ならば、市民全体を喜ばせるために祭の行事の一環である演劇の上演を個人の負担で応援すべきであると、当人も、その恩恵を享受するごく普通の市民も、どちらも当然と見なしていた。だから結果としてある悲劇・喜劇が優勝した場合、その栄誉は劇の作者のみならず、スポンサーであるコレーゴスのものでもあった。後述するように悲劇が優勝すると、援助したコレーゴスの名もまた碑文に刻まれた。

## ディーテュランボス

ディオニューシア祭では、悲劇・喜劇の他にディーテュランボスも上演された。このジャンルについては残存する作品がわずかであり、同時代の言及も少ないので詳細は不明であるが、歌と踊りが結びついた、きらびやかな衣装をまとった大勢のグループからなるペイジェントと思われる。実際に残された作品の例は、パピルスが見つかったバッキュリデースのものしかない（⇩第12章《バッキュリデースのディーテュランボス》271ページ）。それも厳密にいえば、発見された六篇のうち二篇がアテーナイで上演されたものである。

ディーテュランボスには少年の部と成人男子の部との二部門があり、それぞれ同一部族（フューレー）に所属する少年たちと大人たちとの代表によって演じられ、部族の栄誉をかけて優勝が争われた。しかるべき作者に歌と音楽とを委嘱し、踊りの振り付けを依頼し、練習を金銭的に支えたのは、各部族の名士である。

優勝部族は賞賛される。栄誉は個人ではなく部族にいった。たまたま今日まで、悲劇・喜劇・ディーテュランボスの優勝の記録を伝える碑文が断片ながら残存しているのだが、ディーテュランボスについては作者・上演者・金銭負担者ではなく、部族名だけが記されている。このディーテュランボスに比べれば、悲劇や喜劇は、作者の名前が表に出るだけ、個人の能力が積極的に評価されたということができよう。

## ディオニューシア祭での競演

ディオニューシア祭は五日間、続いた。そのうち悲劇の上演が行われたのは三日である。一日あたり、悲劇が三篇と、サテュロス劇(4)という一種の滑稽な、ただし喜劇とは違ったジャンルであると考えられていた芝居が一篇の、計四篇が上演された。これら四篇の作品は、サテュロス劇も含めてすべて同一の作者によって作られた。だからディオニューシア祭だけに限っても、サテュロス劇も含めて総計一二篇の悲劇を、ひとつの春に観ることになる。

一方、喜劇は一作者あたり一篇で、それがペロポンネーソス戦争中は三篇、戦争前と後は五篇、演じられた。同じディオニューシア祭（ならびにレーナイア祭）のだしものとはいえ、悲劇・喜劇・ディーテュランボスは、まったく別個のジャンルとして、区分されていた。たぶん、それぞれの発生の相違と、練習をはじめ実際の上演にあたっての制約とが、こうした厳格な区分の固定を促したと思われる。

悲劇・喜劇作者は単に台本を書いたのみならず、上演の際の音楽を作り、演出をし、元来は自分もまた役者となって役を演じた（ソフォクレースが最初にこれをやめた、という伝承がある）。すべての上演終了後、審査が行われ、悲劇・喜劇それぞれ一番優れた詩人が選ばれて、その上演の金銭的負担を行った市民（コレーゴス）、そして一番優れた役者ともども、栄誉が与えられた。

審査員は各フューレーから候補のリストが提出され、籤引でひとりずつに絞られた。そして彼らによる投票で、優劣が審査された。しかし判断の基準となると、もはやまったく不明である。アリストテレースが絶賛し、今日の我々もも

---

（4）サテュロス劇の本質は、コロスがサテュロスから成ることにある。サテュロス Satyrus とは、神話上、森や田野に棲む、半人半獣の精である。自由奔放であるが好色で野卑な存在として描かれる。中世写本によって今日まで伝わるサテュロス劇はエウリーピデースの『キュクロープス』だけであるが、サテュロス劇のあり方を想定するに足る、いくつかの劇のパピルス断片が発見されている。（岩波版『ギリシア悲劇全集』第九巻所収の『キュクロープス』解説参照。

っとも優れたギリシャ悲劇のひとつと考えるソフォクレースの『オイディプース王』は、優勝を逸し二等賞であった。すでに古代後期に『オイディプース王』敗北をスキャンダルとするのが常套的表現となるほどに、このことはしばしば選考の評価がいい加減であったことの例として引かれる。しかし四つの作品全部がまとめて評価の対象であったことは勘案されるべきだろう。役者やコロスの演技の出来不出来など、テクストを離れた要素も影響したかもしれない。真の事情は分からない。

そもそもどのような手順を経て、あらかじめ悲劇なら三人、喜劇なら五人（戦時中は三人）の作者が選出されたのかも分からない。ディオニューシア祭の場合、選出時期は前年の夏の終わりであるから、二年続けて同一作者が上演する余裕がなかったのではないかと想像する研究者もいるが、その是非を問う材料は何もない。たしかにもし三月ないし四月の上演後、夏の終わりまでに翌年の上演のために四篇の悲劇を作るとなると、厳しいスケジュールである。しかし優れた詩人なら常にストックを用意していたかもしれないし、夏には大筋だけが設定されており、練習中に改変が加えられたかもしれない。

歴代の悲劇優勝者について、その優勝回数を記した碑文(5)の一部が発見されている。それに基づきおおざっぱな計算をしてみると、アイスキュロスやソフォクレースはきわめて多くの上演機会が与えられたけれども、それ以外の人物にはさほどなかったように思える。その一方で、アイスキュロスやソフォクレースは、その子孫が代々、悲劇優勝者として輩出している。ソフォクレースの息子のイオフォーンの場合、父親の手が入った作品を出していると、喜劇の中で揶揄までされている。しかしまた作者の死後、遺族が残された作品を上演することもあったから、家内一族の内部で受け継がれていく父子相伝の要素も悲劇の制作と上演に大事であると、人々は受け入れていた。祭の進行を司る神官の家系が存在したように、悲劇詩人の家系も漠然と認められており、ただし無能な詩人はたとえ家柄がよくても排除される仕組みができていた、と見てよさそうである。

## 悲劇・喜劇の語源

ギリシャ悲劇にも喜劇にも、今日の演劇を知ったものからすると、奇妙な約束事が多くある。しかしその説明に先立って、「悲劇」「喜劇」ということばにも説明が必要であろう。

日本語の「悲劇」には、「悲しい」という字が、「喜劇」には「喜ばしい」という字が含まれている。しかし元のことばである英語の tragedy ないし comedy には、そんな意味はない。tragedy はギリシャ語の tragôdia が、comedy は kômôdia が英語風になまった形である。これらを語源分析すると、それぞれ「山羊・歌」「宴会・歌」となる。しかし「宴会」はともかく、どうして「山羊」なのか、もはや当時のギリシャ人にすら分からなくなっていた。そして悲劇では、たしかに人が殺されること、とりわけ親子・夫婦での殺人を筆頭に「悲惨な」出来事が題材にしばしば取り上げられたけれども、そうではない、ハッピーエンドの「悲劇」もあったくらいである。だいたい、日本語の「悲劇／喜劇」がもっている対概念のニュアンスは、元のギリシャ語にはない。

## 韻律・語り

ギリシャ劇の中ではことばが語られるだけではなかった。そこには独唱・合唱、いずれもの歌があり、歌は笛（アウロス）の伴奏をともなった。また踊りもあった。歌でない部分は語られたわけであるが、その語りの部分も「詩」であった。悲劇も喜劇も、語りの部分の基本的な韻律はトリメトロスである（韻律図解Ⅲb）。ただし詳細は避けるが、喜劇のトリメトロスは悲劇よりもはるかにルーズで、その分、日常語に近かった。逆に悲劇は、意味を外して音だけ聞いても、明らかに日常語とは異質な、悲劇特有の調子を有していた。

（5）この碑文、ならびに悲劇上演記録を記した碑文について、（岩波版）『ギリシア悲劇全集』第一三巻所収の「「群小詩人断片」について」の中でかなり詳しく紹介した。

喜劇ではしばしば、同一行の途中で発言者が交代する。これは日常会話に近い。しかし悲劇の場合、会話の最低単位は原則的にひとり一行で、一二音節から成る一行が分割されることは、特別にしつらえた、例外的な場合を除いてありえなかった。言い換えればどんなに短い返事にも一二音節が必要になるから、問答のような場面であっても、二人の人物の間での丁々発止のやりとりはなかった。

これに加えて悲劇には、悲劇独自の語彙があった。したがって悲劇のセリフは、ほんの些細なひとことふたことでも、悲劇特有の世界を作りだしえた。それに加えて、声の出し方、語りの速度などにも、おそらく日常語との相違があったと思われる。

喜劇はしばしば悲劇の一節を引いて観客を笑わせる。今日、こうしたパロディーの指標になるのは、韻律・語彙、さらに古註の記述であるが、当時の観客には、もっと直接な音調の相違であったかもしれない。

トリメトロスは、アルキロコスで有名なイアンボスの韻律である（⇩第8章《イアンボス》183ページ）。しかしイアンボスという罵倒や冗談に満ちたジャンルと、悲劇の連関は不明である。コロスの合唱にせよ、役者の歌う独唱歌にせよ、歌の部分は各種の込み入った韻律を用いている。またトリメトロス以外のセリフの部分で使われるアナパイストスという韻律は、語りと歌の中間のようであったとも推定されるが、詳細は省略する。

## 役者

たとえ役柄が女性に設定されていても、それを演じる役者はすべて男であった。役柄が女の場合、役者が歌舞伎の「女形」のように、声の出し方を変えたかどうか、それももはや分からない。ただ、喜劇の場合、男が女に変装して女の集団にまぎれこむというシチュエーションを設定している芝居（第15章で紹介する『テスモ』）がある。これなどある種の誇張があって、おかしみを誘ったであろう。しかし悲劇の場合、そもそもがおかしさを求めての女装ではないから、何ともいえない。別れていた夫婦や姉弟の再会が、情愛を込めた歌で表現されていることを考慮すれば、何らかの女らしさが現実に描写されたと私は想像する。

さらに役者についての奇妙な制約は、すべての役柄が、悲劇の場合、三人の役者だけで、喜劇の場合でもせいぜい四人までで演じ分けられたことである。正確にいえば、アイスキュロスも当初は二人しか使わなかったのであるが、あるときから三人の役者を使うようになった。三人目を導入することによる衝撃的効果を狙ったと想像できる場面については次章で紹介する（⇩第14章《三番目の役者が演じたカッサンドラー》311ページ）。

つまり役柄の出入りにともない、役者は異なる役柄に姿を変えた。別な言い方をすれば、悲劇の場合、同時に三人を超える人物は舞台に姿を現しえなかった[6]。このことも理由のひとつになったのであろうが、ギリシャ悲劇ではしばしば殺人が扱われるにもかかわらず、舞台上では人は死なない。役者のひとりが死んでしまうと、役割のやりくりにきわめて不便をきたすためだろう。

なぜ役者の数に制限があったのか、その理由は不明である。あくまで想像であるが、悲劇に関していえば、発生時の上演内容と形態が、ひとりの中心人物に対する問答[7]であって、やがて中心人物に対決する第二の人物が加わった形式が定着し、その後さらに劇の進行をよりなめらかに、かつ現実味を帯びさせるために三番目の役者が加えられても、それは基本的に脇役を越えてはならない、という一種の様式観が、悲劇が発展したのちのちまで人々を縛っていたのではなかろうか。そこで、たとえ立派な内容であっても第四役者なしに演じられない作品は、ポリスと観客の了解に抵触することになったのであろう。実際にはソフォクレースもエウリーピデースも晩年には、三人の役者という制約をぎりぎりにまで駆使しており、もし仮に第四・第五の役者が使えたなら喜んで使ったろうと思われる。

ともかく役者の数と序列は厳格な規則であったらしい。それゆえ第一役者は、優勝した場合に名前が後代に残るべく

(6) 従者のように「その他大勢」の人物はいたであろう。さらに特定の名前を与えられても一言も発しない「黙役」もいた。

(7)「役者」はギリシャ語でhypokritêsという。この単語を原義に沿って訳すと「答えを返す者」となる。このことから悲劇は本来、コロスが役者扮する神話上の人物に問いを発し、役者がそれに答えたのではないか、という憶測が成り立つ。

記録に留められたのに、第二・第三役者は、無名のままであった。

## 仮面と衣装

同一役者が異なる役割を演じることもあって、役者はその役割にふさわしい仮面をかぶり、役柄にあった豪華絢爛《けんらん》たる衣装を身にまとった。とはいえしかし仮面をかぶるという慣習は、役割交代という便宜よりも、おそらくギリシャ悲劇・喜劇が古くから有していた変装の手段と考えたい。

仮面の悲劇への導入に関しての後代の記事は信憑性に疑義なしとはいえず、その解釈にも問題があるし、仮面そのものも改良が加えられ当初とは変容したらしいのでここでは詳細は避ける。しかしもともと仮面をかぶることそれ自体が、ある伝説上・神話上の人物になりきるための契機であったことは疑えない。祭はそれ自体、日常の世界とは異なる空間に人々を引き込む力をもっている。そして祭の中で仮面の醸《かも》しだす雰囲気は、見物の者にも、単に理屈では割り切れない力を及ぼす。このことは、今日にも残る世界各地の祭から類推できよう。

なお喜劇にあっては、一部の役者と、おそらく劇によって違いはあったろうがコロスは、革で作られた巨大なファロスを腰に付けており、そのファロスを使って、みだら、かつ滑稽な冗談を発するのである。もちろんその縁起をたどればディオニューソスという神に帰着するのだろうが、これもまた非日常的空間へ観客を導入する、いかにも祭にふさわしい小道具かもしれない。ただしこれは喜劇とサテュロス劇特有の道具で、悲劇とは無縁である。

## コロス

役者の他に、ギリシャ悲劇・喜劇はコロスという人物群を有していた（choros 今日の「コーラス」の語源）。その数は悲劇の場合、古くは一二人、のちに一五人、喜劇は二四人であった。コロスを演じたのは、市民から選ばれた男たちであった。その男たちが現実に、たとえばみな二〇歳の若者といった風に、同一年齢層に属す均一化された集団であったかどうか、そもそも老人を演じるとか乙女になるとか、演じる役柄に応じて、年齢その他の限定が加えられたのか、詳しいことは何も分からない。

コロスの練習のため、日当を出し、衣装はじめ必要な品物を用意したのは、先述したコレーゴスの仕事である。また実際に訓練を受け持ったのは、古くはアイスキュロスのように作者その人であったこともあるが、やがては専門家が出てきたようである。

コロスと劇の流れとの関係は、悲劇と喜劇とでいくぶん異なるので、喜劇については第15章で取り扱い、以下の記述は悲劇のコロスに限定する。

コロスは当該悲劇の内容に即した役割を振り当てられている。しかし例外はいくらも見つかるが、老人・女性など、どちらかといえば劇の進行に無力な存在を演じることが多かった。とはいうもののコロスはひとつの劇の中でおおよそ四度ないし五度、役者を排してコロスだけで歌い、かつ踊る場面（スタシモン）[8]を、必ずあてがわれた。

このコロスの歌には様々な種類があるが、そのうちのひとつとして、劇の雰囲気作りに、直接、貢献するものがある。典型的なものが、様式化された嘆きの声である。日常生活では見られない、またあってはならない、おぞましい出来事が生じたあと、役者やコロスが一緒に、あるいは単独で、特異な嘆き声を絞り上げる。これを単に文法的に感嘆詞として片づけてはなるまい。その、普段と異なる声の力は決してあなどれない。祭の場の緊張はいやがうえにも高まる。

それに対して、劇の進行への介入が間接的なものも多い。その劇で取り上げられる事件以前に起こった出来事であるとか、何らかの教訓を歌ったりする場合である。場合によっては、役者によって演じられる部分から浮かび上がってくる世界観と、コロスのそれとが微妙に食い違っており、劇の奥行きを深めていると解釈される場合もある。しかしそれ

（8）スタシモン stasimon いう用語は、アリストテレースの『詩学』が初出である。コロスの入場部分はパロドス parodos スタシモンに挟まれた部分はエペイソディオン epeisodion といわれた。これらのことばは悲劇の区分としてある程度まで有益であるが、実際に個々の悲劇は、いつもこのように明確に区分できるわけではない。

とともに、どうしてこのような歌が当該悲劇に必要なのか、判断に苦しむものも少なくない。劇の場面と場面とを仕切る「幕間音楽」に化しているとみなされるものすらある。

コロスだけでなく、役者もまた歌う。古くはコロスともども歌ったが、やがて形式が進化して、役者は歌うがコロスは歌わずに語りで応じるものとか、あるいは役者単独で、さらには二人の役者が歌うものとか、種々の様式の歌が現れる。

**劇場**

劇場の中央には円形の土間があった。これをオルケーストラー **orchēstrā**（今日のオーケストラの語源）という。コロスがそこで歌い、踊るところである。オルケーストラーの後ろには建物があった。スケーネー **skēnē**（今日の「場面」scene の語源）という。その建物を、たとえばオイディプースの王宮と見立てるわけである。建物の前には舞台があった。役者はスケーネーの上で演じたが、ときにはオルケーストラーまで降りてきたかもしれない。

オルケーストラーには劇場の左右に通じる長い通路があった。コロスはそれを通って入ってきて、劇が終わるとそれを通って退場した。役者も役割によってその通路を使って入ってくる。しかし役者の出入りは通路だけではない。劇の途中、役者はしばしば建物（スケーネー）の中に入る。その場合は現実の建物の扉を通って出入りした。ときおりその建物の屋根の上に俳優が姿を現すこともある。神の登場である。屋根の上どころかある種のクレーンにのってでてくることもあったかもしれない。いわゆる「機械じかけの神」**deus ex machina** の「機械」である。ただし紀元前五世紀にすでにこの装置がどれだけ使われたか。

概して舞台には写実的な背景が描かれていた。したがって能舞台ほどには、あるいは今日のある種の演劇の舞台装置ほどには、抽象的な舞台ではなかった。とはいえ、劇場には舞台と客席とを仕切る幕のようなものは存在しなかったから、舞台への出入りは逐一、観客の目に入った。また上演はいつも昼間であって、たとえ話の時間設定が夜間であっても、昼間の太陽光線の下で演じられたから、虚構の空間を劇空間に変えるには観客の想像力の協力が必要であった。上演中、雨が降ってくることもまれではなかったろう。ギリシャの三月・四月といえば、秋〜冬の雨期から夏の乾期への境目あたりで、まだまだ雨が降る。(9)

## 英雄伝説

ギリシャ悲劇はいわゆる英雄伝説から題材をとっている。英雄伝説とは、現に見物している当時の一般観衆の立場に即していえば、ギリシャ各地に散らばる名家の祖であって、昔、実際にいたとされている人物の、常人ではなしえない行動の物語である。

英雄とは常人に比べ、武勇や知恵、気位、誇り、あるいは富、さらには倫理的判断にも卓越しているが、同時にその卓越性そのものが仇となって、しばしば他人のみならず自分を滅ぼした人物といえようか。もちろん個々の英雄には長所短所、様々な違いがあり、美徳のみならず悪徳にも傑出していることもあり、ときには美徳と悪徳とが分かちがたく結びついていることもあるため、上であげた項目がすべてひとりの英雄に備わっているわけではない。単純化すれば「スケールの大きかった昔の人」となる。

英雄について重要なことがある。英雄はしばしば特定の土地の特定の場所に祀られていた。つまり墓所である。そして墓は死者を讃え偲ぶだけではなく、死者の怒りや恨みをなだめるためにあったことも忘れてはならない。

英雄の名前とその行動とは必ずセットになって、人々の共有する物語を構成していた。たとえばオイディプースは、知恵に卓越していたけれども、知らずして父親を殺し母親と結婚した人物、というように。あるいはオレステースは、自分の父親の殺害者である母親を殺して仇討ちをした人物、というように。彼らに代表されるように、悲劇が好んで扱

(9) 気象庁の「地点別平年値データ・グラフ（世界の天候データツール）」によれば、現代のアテネの三月の月降水量は三七・九ミリ、四月は三九・八ミリである。古代アテーナイも夏でない限り、かなり雨が降ったはずである。

う英雄は、おぞましくもあり、かつ人の心を揺さぶる行為と不可分であった。

核心となる行為のみならず、人名・地名などの固有名詞のネットワーク[10]もまた、これらの物語と切り離せない。そしてそれぞれの名前がまた、エピソードを有している。だからごく普通の聴衆でも、オイディプースという名前だけで、いくつもの絡み合ったエピソード群を喚起しえた。つまりギリシャ悲劇は、人々の共有している物語を題材にしてできあがっている。

しかし個々の作者が、その英雄伝説のどの部分を切り取り、どのように描くかは、自由であったし、細部において創作も行われた。伝説は固定化されてはいず、まだまだ流動的な要素を多分に含んでいたのである。オイディプースは繰り返し異なる作者によって舞台に登場させられたが、そのたびに違った姿を取りえたのである。

英雄をいわば蘇らせるのが、悲劇詩人の仕事であった。祭という非日常的な特定の場を利用して、いかにもそれらしい姿を具体的にとらせて、舞台に呼び戻すのである。観客のほうも共感し、恐れを抱き、舞台の行動が現実に人生の場で起こりうる出来事であると、進んで錯覚する。

オイディプースは真相を知ったあと、自分で自分の眼をえぐるのであるが、その眼から血を滴らせたオイディプースが観衆の前に蘇る。その瞬間を観衆は待ちうけている。おそらくオイディプース役の役者が仮面を取り替え、再び舞台に現れたとき、観衆はどよめいたことであろう。そのどよめきを共有しうる場なくしては、悲劇は真に、人々の心に沁《し》み入らないのである。

(10) オイディプースの場合、テーバイ（彼の出生地）やデルフォイ（アポッローンの神託所）という地名が不可分である。オイディプースの神話については第14章で詳しく紹介する（⇩第14章《アイスキュロスの三部作形式・オイディプース伝説》297ページ）。

# 第14章

# 演劇・悲劇

三大悲劇詩人（アイスキュロス・ソフォクレース・エウリーピデース）は、それぞれ特色ある作品を作った。悲劇は英雄神話に基づいて作られる。先行する諸作品、とりわけ叙事詩には、題材のみならず、その世界観にも多大な影響を受けている。とはいえその扱いは、筋の構成をはじめ詩人の裁量に委ねられていた部分もまた多い。

## 三大悲劇詩人という捉え方

写本を通じて今日に伝承されたギリシャ悲劇は、アイスキュロスの七篇・ソフォクレースの七篇・エウリーピデースの一九篇しかない。この三人を「三大悲劇詩人」と称する。他の作者の作品はわずかな引用断片を除いて散逸した。(1) 三人が選ばれたのは、九人の抒情詩人と同じように紀元前三世紀のアレクサンドリアの図書館であったが（⇩第1章《アレクサンドリアの「図書館」》18ページ）、しかしその素地はすでに紀元前五世紀のアテーナイにあった。

紀元前四〇五年のディオニューシア祭で上演されたアリストファネースの喜劇『蛙』は、悲劇を司る神様であるディオニューソスが、前年に（四〇七年の可能性もある）亡くなったエウリーピデースに恋いこがれ、冥府に下っていくという

（1）三大悲劇詩人以外を「群小詩人」という。それがどれくらいに「群小」であるかを端的に示すのが、残された情報の少なさである。（岩波版）『ギリシア悲劇全集』には、「断片集」が四巻、含まれているけれども、群小詩人は全部あわせてそのうちの半巻を占めるにすぎない。しかもそのかなりの部分が群小詩人そのものの情報であって、彼らの作品の引用ではない。

滑稽な設定で始まる。喜劇の特徴については次の章で述べることになるが、この設定自体からしていかにも喜劇である。友人の救出を目指して冥界に下る英雄ヘーラクレースの冥府行は、古くからの有名な神話であった。ところが雄々しいヘーラクレースとは対比的に、なよなよした神様ディオニューソスが冥府に行くとなると話が違う。つまり設定そのものがパロディーである。

ともあれこの喜劇『蛙』の後半部は、エウリーピデースと、エウリーピデースより約五〇年前に逝去したアイスキュロスとの間で繰り広げられる、冥府での技比べが占めている。二人は、もっとも優れた悲劇詩人はいずれであるかとの問いに決着をつけんと気負い立つ。ところがどうやら、この劇の上演間近になってソフォクレースも亡くなってしまったらしい。アリストファネースは急遽ソフォクレースにも言及せざるをえなかったと見えて継ぎ足しをしているのだけれども、それは必ずしもうまくいかなかった。

次章で詳述するように、喜劇詩人は根本において、世論の大勢とおおむね一致した意見、ないし気分から出発するものである。そこでこの喜劇『蛙』の骨格からは、次のようなアテーナイ一般の評価が見てとれる。

①アイスキュロスとエウリーピデースは、旧世代と新世代とを文句なしに代表する悲劇詩人であった。

②二人の作品には明確な対立点が見いだしうる。

③エウリーピデース（とソフォクレース）の死去にともない、もはや優れた悲劇詩人は誰ひとりいなくなってしまった。

さらに継ぎ足し部分を考慮すると

④ソフォクレースは対立軸でいえばアイスキュロスの側に位置する。

アレクサンドリアの学者たちの判断は、こうしたアテーナイの人々の判断とかけ離れてはいなかった。そしてこの判断はおおむね、現代の我々が彼らの残された作品から受ける印象とも一致している。

## 三大悲劇詩人の評価の変遷

三大悲劇詩人は、アイスキュロス・ソフォクレース・エウリーピデースの順に年齢が下り、悲劇はこの順序に従い変容――それを「発展」とみなそうと「堕落」と断罪しようと――したことはよく知られていよう。ただ忘れてならないのは、「アイスキュロスの時代」が幕を引いたあとに「ソフォクレースの時代」が到来したところまではよいのだが、「エウリーピデースの時代」は、彼の生前にはついに来ることがなかった、ということである。

競演における優勝回数を伝える碑文（⇩第13章《ディオニューシア祭での競演》283ページ）によれば、アイスキュロスとソフォクレースは、他の詩人に比べて格段に優勝回数が多い。それに対してエウリーピデースは文字通り、桁違いに少ない。おまけにソフォクレースは、わずかとはいえエウリーピデースよりも長生きをした。少なくとも競演の記録から見る限り、ソフォクレースがエウリーピデースの死に至るまで、圧倒的に、第一人者の地位を継続して確保しえたことが読みとれる。

ところがエウリーピデースには、優勝こそしないけれども、人気があった（人気と優勝とは必ずしも一致していない）。それが先に紹介した『蛙』の中で描かれる、エウリーピデースの鼻っぱしの強さに表されている。一方ソフォクレースには、アイスキュロスの正当な後継者であるという自負があったことが、これも『蛙』でソフォクレースが、試合に際してアイスキュロスの控えとして臨む、という設定から読める。当然ながらエウリーピデースは、ソフォクレースに対して相当にライヴァル意識をもっていた、と想定してよいだろう。個々の作品の上演年次が、とりわけソフォクレースの場合に分からないものが多いので、二人の悲劇の前後関係に関して断定できるだけの証拠はないが、エウリーピデースの見せる革新性とソフォクレースの正統なたたずまいは、このようにして説明されるのが常である。

ところが「エウリーピデースの時代」が、その死後、前四世紀以降になってからやってくる。彼の作品は、現役の詩人が作った競演作品とは別格に扱われ、再演もされた。またその顕著な影響は、悲劇ではなく、喜劇詩人メナンドロスに見てとれる（⇩第15章《メナンドロス・プラウトゥス・テレンティウス》330ページ）。メナンドロスの喜劇は、あらかじめ割り振られた役柄に基づき、絡み合った筋の展開に沿って状況に翻弄される人間関係を主題とするが、こうした喜劇は、喜劇詩人の先達であるアリストファネースよりも、むしろエウリーピデースの系列に位置づけられる。さらにまた、もし近代演劇の筋の運びの一典型を、人間というどうしようもない存在が別の人間を相手に回して、観衆の目の前でスリリングにかつ同情を引きつけながら愚かしくも悲しい行動をとらざるをえなくなることに見いだすなら、この種の演劇の祖こそエウリーピデースであるということも可能である。[2]

エウリーピデースは生前から、公式の評価がいかに低かろうとも注目を集めていた。その明確かつ平易でしかも衝撃的な内容をともなったセリフのいくつかは、人々の口の端に上った。だからこそアリストファネースも喜劇『テスモ』で、エウリーピデースを登場させて、おおがかりで丁寧なパロディーをやっている（⇩第15章《破天荒な設定》334ページ、《「性転換」・変装》339ページ）。ソフォクレースすら彼の晩年（前四〇九年）の作品『フィロクテーテース』では、人物設定、主人公の苦痛の描写、場面の展開の工夫などの点で、エウリーピデースの悲劇の作り方に影響されている、と考えられる。

## 悲劇の中での時間の経過

前章で詳しく述べた通り悲劇には、上演の「場」による様々な制約があった。これらはいわば「外的な制約」である。しかし演劇という形式がもたらす「内的な制約」もまた悲劇に付随する。

同じ神話を描くにしても悲劇は、エポスや抒情詩とは異なり、俳優のセリフと動きを通して、現に進行していく形で表現しなければならない。言い換えれば、悲劇作品では時間経過の飛躍は許されない。コロスだけが舞台を支配する合唱歌の間に、ある長さの、特に限定をつけない時間が過ぎたことを表現する工夫は不可能ではないが、それでも基本的に舞台上の諸行動は実際の時の歩みと連動している。つまり劇は原則として、数時間のうちに起きる事件しか表現しえない。その結果、ひとつの事件に焦点が絞り込まれ、そこに様々な出来事が収斂する。[3] ところが神話の起承転結には、実際の舞台での上演時間よりはるかに長い時間を、ときにはひとりの人間の一生を超える年月までも必要とする。この矛盾をどうするか。三部作形式はこれに応える形式である。

## アイスキュロスの三部作形式・オイディプース伝説

アイスキュロスが最初に三部作形式を考案したのか、それともそれ以前に原型ができていたのかはもはや不明である。いずれにせよこの形式は、彼の残存する作品で可能性をとことん追求されている。紀元前四六七年には『ラーイオス』『オイディプース』『テーバイを攻める七人の将軍』（略称『七将』）からなる三部作が上演された。このうち最初の二作は散逸して、残存するのは『七将』のみである。ただし神話それ自体はよく知られた話である。(4) ソフォクレースの『オイディプース王』もこの神話から題材をとっている。現存するギリシャ悲劇のうちおそらくもっとも有名なこの作品については、このあとで扱う。まずは神話のあらましである。

テーバイの王ラーイオスは、もし子を生めば、その子供は父を殺し母と結婚するであろう、とのアポッローンの予言を受けていたにもかかわらず、子をもうけてしまう（ないしは、子供が誕生したあとにその予言を受けた）。そこでその子供を殺すことにし、実際、殺したつもりであったが、子供（オイディプース）は救われて他国で生き延びる。やがて成人した

(2) このことを逆にいうと、近代演劇に慣れた見方からでも、エウリーピデースの悲劇は分かりやすい。つまりエウリーピデースの作品を、ギリシャ悲劇という枠組みを外し、近代劇と同列に並べて批評することも成り立つ。ただしこの態度はエウリーピデースを、ギリシャ・ラテン文学のひとつの表れとして、歴史的に把握することではない。両者は無自覚に混同されてはならない。

(3) アリストテレースの『詩学』での評価を受け、こうしたひとつの事件に収斂する悲劇が、近代にあっても伝統的によしとされ、逆に、無関係な出来事が次々に起きる筋立てはよくない、とされてきた。以下の記述でも、重要な行動ないし選択に向かって悲劇は収斂する、という立場を継承する。しかしこのアプリオリな価値判断をともなう前提そのものの妥当性を疑ってみることも、ギリシャ悲劇全体を歴史的に見るためには、本当は必要である。

(4) オイディプース伝説に関してエポスがあったこと、それらも「叙事詩の環」に数えられていたことが分かっている（⇩第5章《「叙事詩の環」》103ページ）。ただしそのエポス（『オイディポデイア』）の内容についてはほとんど分からない。

オイディプースは、デルフォイ（アポッローンの神託の地）に通じる三叉路で父と遭遇し、いざこざのすえ父とは知らずに殺害する。予言のひとつが成就した。

オイディプースはテーバイに到着して、その地を荒らしていた怪物スフィンクスを退治する。そのため王に推挙され、先の王の后、つまり彼の実母と、知らずして結婚する。かくして予言はオイディプースの意図とは無関係に成就した。あってはならない関係から子供が生まれる。やがてオイディプースは自分の出自を知る。彼は己の眼を潰し、自分と自分の母との間に生まれた二人の息子を呪う。

息子たちは王権をめぐって争いを起こす。息子のひとりポリュネイケースは国外に出て、外国軍を率いて（これが七将である）テーバイを攻めてくる。彼の兄弟であるエテオクレースはテーバイの新王としてそれを迎え撃ち、テーバイは防衛に成功するが、兄弟は相対して戦い、刺し違えてともに死ぬ。以上が一族三代にわたる神話の全容である。

アイスキュロスの失われた二つの作品が、何をどのように扱っていたかは、その題名以外に分かることはほとんどない。かりに劇の時間が、『ラーイオス』ではラーイオスの殺害の日、『オイディプース』では真相発見の日に設定されていた、と考えてみよう。すると前者のクライマックスは、舞台上での殺害は考えられないから(5)、ラーイオス殺害の報がテーバイに届く瞬間に置かれていたであろう。後者では、真相を知るときだろうか。それとも息子たちに呪いをかけるところであろうか。

しかし別の可能性もありうる。『ラーイオス』が扱っていた行動は、オイディプースの誕生と子殺しをめぐるものであった、と考えられなくもない。その場合、続く『オイディプース』の中で、ラーイオス殺しないし母との結婚が、描かれていたかもしれない。とすれば彼の『オイディプース』は、ソフォクレースの『オイディプース王』とはまったく違ってくる。後述するようにソフォクレースの作品では、オイディプース自身による真相発見の過程が劇の中心にすえられている。アイスキュロスの作品がこれに匹敵する作品であったかどうかはもはや知りようがない。

親子三代にわたる神話であるから三つの作品に容易に振り割れるだろうと、何とはなしに思いがちであるけれども、こうしてみると作者に選択の余地があったことが分かる。劇はひとつの事件に焦点を絞り込まなくてはならない。となれば先立つ出来事ややがて起きる事件は、役者の行動ではなく、何らかの別な形で言及されることになる。こうした場合、アイスキュロスはしばしばコロスの歌を利用する。そして劇の本筋では、物語の本質を凝縮したひとつの事件の一瞬に向かって緊張感を徐々に高めていく。この様子は、唯一残存した『七将』から明瞭に読みとれる。

## 『七将』の構成

『七将』はオイディプース神話の最後の局面を扱っている。つまりオイディプースの二人の息子の間に生じた王権をめぐる戦争であり、二人の相撃ちである。といってもここにも様々なエピソードがある。争いの発端、兄弟の一方の出国（追放？）などなど、順を追えばきりがない。しかしアイスキュロスの手法は事件のクライマックスを、兄弟の一方が、他方を戦闘の相手に選びだす瞬間に置く。それに比べれば、相撃ちの報告すら事後の余波に見える（先述のように、ギリシャ悲劇の制約上、相撃ちそのものを演じることは不可能である）。

この劇はシメトリー（対称）の形式美を求め、あたかも神殿の破風を思わせるような構造をもっている。しかもその構造は、部分と部分とがいまだ動きによって有機的に絡み合うことなく、整然と配置されているアルカイック期の彫像のようである。テクストを読む限りほとんど何の動きも見えないけれども、その実、緊張感の高まりを予知しうる場面が、劇の中央部に配置される。この場面では、テーバイの七つの門をめがけて攻めてくる敵の七人の武将の名が、各人の性質を具現化した盾の描写とともに、順に紹介される（盾の描写はエクフラシスのテクニックである⇩第4章87ページ）。敵の武将について報告が一区切りするたびそれに応じて、エテオクレースは味方の武将を配備するべく指名する。報告と指図は対となって、何度も繰り返され、やがて起こるであろう、七番目の敵将（当然、ポリュネイケースである）の報告と、それ

（5）ギリシャ悲劇の舞台上では人は死なないことの大きな理由のひとつとして、役者のひとりが死んでしまうと役割のやりくりにきわめて不便をきたしたことが考えられる（⇩第13章《役者》286ページ）。

に応じる将軍（当然、エテオクレース自身である）の指名の瞬間を目指し、観客の期待をしだいしだいに募らせ高めていく。先に何の動きもない、と記した。しかしあらかじめ味方の六人の将軍の姿をした（役者以外の）「黙役」を配備しておいて、指名の終わるたびにひとりずつ舞台から姿を消させる演出は、十分にありえたことである。こうすれば緊張の高まりは視覚化されることになろう。ただしこれはあくまで想像であって、実際の舞台の動きがどのように運んだか知る術はない。「ト書き」のようなものはいっさい、伝承されていない。

この中央部をはさむようにして置かれている部分のうち最初のほう、つまり『七将』が始まった段階では、テーバイの女たちからなるコロスは敵に包囲され、パニックを起こしている。それに対するエテオクレースは、きわめて冷静沈着に国を治めている指導者である。ところがポリュネイケースの名前を聞いた途端に、エテオクレースが憎悪と怒りに我を忘れ、逆にコロスが彼を諫《いさ》める側に回る。つまり七将配置の部分を中央にはさんで、コロスとエテオクレースとの場面が、対称的に、ただしそれぞれの役割が転換して置かれている。

『七将』全体を通じて登場人物の名に真に値するのは、エテオクレースただひとりである。この劇のエテオクレースは、取り返しのつかない行動を自分の決断で選びとり――むしろそれとも、選びとる状況に追い込まれ、というべきか？――、躊躇することなく死へ向かっていく、現存の悲劇中、最初の人物と位置づけられよう。

エテオクレースが退場したあと（そしてもはや彼は生きて戻ることはない）、コロスの長い合唱歌（スタシモン）が歌われる。この歌でコロスは、ラーイオスまで遡る一族三代の「狂気」を振り返る。この歌は単に『七将』のみならず、明らかに三部作全体を締めくくる役割を担っている。逆にこの歌から、『七将』に先行する二作品がどのようなものであったか、垣間見ることができる。

そして兄弟二人の死骸が運び込まれる。コロスが二つに分かれて代わる代わる投げかける追悼は、対句を多用し、対称をなすよう配置され、両者のいずれに対しても公平である。祖国を攻める者と防衛する者とに分かれた二人の行動は違っても、二人の気性は双生児のように似ているといわんばかりである。彼らの死とともに一族は滅びる。(6) 三部作は三作目の『七将』で、いったんはエテオクレースの人柄に焦点が当てられた。しかし最後には、三部作全体を貫く「業」――一族各代それぞれに対比を見いだすことは容易であるが、同時にその実、類似した、個々の人格を超えた一族の「業」とでもしかいいようのないもの――があらわになる。

## アイスキュロス『オレステイア三部作』

アイスキュロスはこの他に、アキッレウスを主人公にすえた、彼の『イーリアス』とでも称しうる三部作をも作っている。しかしこれは一部のパピルス断片を除いてすっかり散逸してしまった。またアイアースの屈辱と自殺の顚末を扱う三部作もあったらしいが、詳細は不明である。(7) アイアースの自殺についてはすでに本書でも紹介した（⇩第3章《冥府行――死者の国への旅》60ページ）。『オデュッセイア』のこの場面を受けるかのように、ソフォクレースは『アイアース』でこの英雄を圧倒的な姿で描きだしている。この悲劇についてはのちほど長く解説する。

三部作の構成のひとつの基本は――あくまで「ひとつの」と、限定を忘れてはならないが――、「やったものがやり返される」過程を、繰り返し描く点にある。まさに『イーリアス』の、パトロクロス・ヘクトール・アキッレウスの連鎖

---

(6) 多くの研究者と同様に私も、『七将』の結末部分は改竄されて伝承されている、と考える。アンティゴネーとイスメーネーの二人の姉妹は、アイスキュロスの劇には本来、登場しなかった。二人に割り振られていることばのうち、追悼の部分は、二つに分かれたコロスに戻す。その後のポリュネイケースの埋葬に関する部分は、削除すべきである。有名なギリシャ悲劇が再演されるにあたって後代の役者たちは、初演のあとに上演された他の悲劇の筋も取り入れるような形で細部をふくらませたらしい。その付け加えられた「台本」が、作品伝承のもとになった、と想定される。

(7) アイスキュロスはおそらくプロメーテウスを主人公にした三部作を作った。ただし現存の『縛られたプロメーテウス』は、本当は、誰か後代の別人の手になるものであったが、誤ってアイスキュロスに帰された、とする、最近の一部研究者たちの見解に私も与する。『縛られたプロメーテウス』は、措辞や韻律や構成の点で他のアイスキュロスの作品と異質である。それを認めれば、この作品の内容の異質さも無理に説明しなくてもすむ。

以来、ギリシャ文学の根本にある伝統的テーマである。しかしそれとともに大事なことであるが、似通った行為の連鎖は最後の最後で何とかして断ち切られねばならない。アキッレウスがヘクトールの死体を返還したように。あるいはソフォクレースの『アイアース』で、アイアースに敵として憎まれていたオデュッセウスが、死者となったアイアースを丁重に葬るようにと指示を出すように。そうすることでアイアースは故郷のサラミースで祀られ怒りは宥められるのである。

前四五八年、アイスキュロスの逝去に先立つ二年前、『オレステイア三部作』が上演された。アイスキュロスの作品中、ただひとつ、まとまった形で残っている三部作である。そして同時に、ソフォクレースもエウリーピデースも三部作形式を採用しなかったのか、あるいは作ったけれども残らなかったかそのいずれにせよ、この三部作は現存する唯一の三部作である。

『オレステイア三部作』の核をなす神話は、オイディプース伝説とならんで、ギリシャ悲劇で詩人たちが何度も繰り返し取り上げる有名な伝説である。『イーリアス』におけるギリシャ軍の総大将であり、アキッレウスの怒りが最初に向けられた男であるアガメムノーンが、帰国後、妻によって殺害され、そのあと息子のオレステースが父親の復讐をする。この一族をめぐる話である。(8)

第一作目の『アガメムノーン』は、アガメムノーンがトロイア戦争に勝利して一〇年ぶりに故郷のアルゴスに帰国する日に設定されている。妻のクリュタイメーストラーは、帰国を歓迎するかのように待ち受け、彼を殺す。第二作目の『コエーフォロイ』はそれからかなり時間がたっている。アガメムノーンの息子のオレステースが、父の復讐をするようにと神アポッローンに命じられて帰国する。父親の死の復讐は、すなわち母殺しを意味する。彼はオレステースの死亡の報せを持ってきた使者であると嘘をつき、館に入ってクリュタイメーストラーを殺す。殺害＝復讐の連鎖である。

第三作目の『エウメニデス』で連鎖は絶たれる。そのコロスはエリーニュースからなる。エリーニュースとは「地下の神々」であり、おぞましいことをなした人間を襲い、苛む、それ自体おぞましい存在である。(9) そして『エウメニデス』

の冒頭では、母親を殺したオレステースを脅かしている。オレステースはアテーナイ（女神アテーナーの町）に庇護を求めてやってきた。そこでオレステースが有罪か否かをめぐって裁判が開かれる。オレステースは無罪となるが、エリーニユースは納得しない。アテーナーは、アテーナイがエリーニユースを「エウメニデス」（慣例として「慈しみの女神」と訳される。地下にあって国を加護してくれる存在である）として受け入れ祀ることで納得させる。(10) 殺害＝復讐の連鎖はこうして絶たれる。ギリシャ語では「正義」と「裁判」とは、同じ単語 dikē で表現される。(11)「父が母に殺されたとき息子は何をすべきか?」という究極のところ答えの出せない難問は、このようにしてエリーニユースをエウメニデスに変容させて祭儀の中に取り込んでしまうという、かなり強引な形ではあるにせよ、劇作法としては鎮魂をもたらす形式をとることで終焉させられる。

クリュタイメーストラーがアガメムノーンを殺し、オレステースがクリュタイメーストラーを殺す。これら二つは神話で決定された出来事であり、観客はそれが起きることをあらかじめ知っているという前提で三部作全体が成り立つ。最初の二作（『アガメムノーン』と『コエーフォロイ』）は、いずれも核となる殺人（「夫殺し」と「父の仇討ち、すなわち母殺し」）に向けて劇の細部すべてが収斂するように、そして徐々に高まる陰鬱な期待感がそこで解放されるべく構成されている。

(8) すでに『オデュッセイア』でもこの伝説への言及がなされている。オデュッセウスは冥府でアガメムノーンの亡霊に会うのであるが、アガメムノーンは妻に気をつけよ、と忠告するのである（⇩第3章《冥府行――死者の国への旅》60ページ）。またピンダロスも扱っている（⇩第12章《『ピューティア競技祝勝歌』一一番とクリュタイメーストラー》272ページ）。

(9) 普通「復讐の女神」と訳されるけれども、その力の現れは復讐だけに限らない。おぞましいことの最たるものは「親殺し」であり「近親相姦」であるが、「誓い」や「主客の礼」を破ることへの罰もまた、この劇の中で強調されるエリーニユースの権能である。さらに見方を変えれば、「呪い」を具現化する存在、ということもできよう。

(10) 厳密にいえば、「エウメニデス」という呼称は、本文中に一度も使用されないので、はたしてアイスキュロスが、エリーニユースは「エウメニデス」と呼ばれるようになった、と考えていたかどうかは不明である。劇の題名や、写本に付与されたヒュポテシス（古伝梗概）や登場人物一覧は、作者の手になるものではない。

(11) すでにヘーシオドスの『仕事と日』で、「正義」と「裁き」の意味が重なって使用されている。英語の justice も二つの意味は重複する。

しかも二つの殺人は、どれほど理由づけを異にしようとも、究極的には相似している。『コエーフォロイ』のとある場面が『アガメムノーン』の場面を思い出させるように作られている箇所はいくつか指摘できる。大きく図式化すれば、『アガメムノーン』と『コエーフォロイ』は相互に反映しあうように、対して『エウメニデス』はその対比を解決するべく構成されている。「正―反―合」とまでいえないまでも、ＡＡＢ構造である。

『オレステイア三部作』にあって、犯された罪はなんであれ、罪として責任が追及される。それに比べ犯罪の動機（行為者の自由意志による判断）は、いくら言及されることがあっても、それによって罪が軽減されるほどには考慮されない。また復讐がそうであるように、かつての出来事（悪事・不幸・禍）がこれからの出来事と因果で結びついていると、ある人物があるときに主張する。しかしその因果が本当に必然なのか、あるいはその因果だけを抜きだして取り上げるのが正しいかどうかは確実ではない。以下『アガメムノーン』に限って、禍々しい悪事がどのような理由のもとになされ、どのように弁明されているかをたどってみる。

## アガメムノーン殺害の動機

アガメムノーンはどうして妻によって殺されねばならないのか。これにはいくつもの、本当の、あるいは建て前の、理由が重なっている。そうした理由を構成する事件は過去に起きたものであるから、その描写は歌でなされることもしばしばある。しかるに歌はセリフほど客観的に描写することはないし、そもそも歌のことばは明瞭ではない。たとえば劇『アガメムノーン』に先立つ事件のひとつである、トロイア戦争開始時にアガメムノーンが娘イーフィゲネイアを犠牲に捧げたありさまは、コロスの歌に委ねられる。あるいはトロイアから連れてこられた女予言者カッサンドラーの、観客には分かっても劇の他の登場人物に理解されない歌には、アガメムノーンの父親の世代に生じた兄弟の対決が原因となって、この一族が過去に繰り返し起こした、たとえば兄が弟の子供を殺してその肉を偽って弟に食わせるがごときおぞましい行為の数々が、まさにこれから起こらんとしている出来事――アガメムノーンの殺害である――と一緒に順不同で含まれている。予言は後述するように、作者によってわざと曖昧に表現される部分である。ただでさえ曖昧になりがちであるのに、歌となることでいっそう曖昧さが増す。

このように過去の出来事はしばしば複雑な表現を用いて描かれるので、真相が捉えがたい。さらに劇中の行動の動機がひとつではないことも、真相を捉えにくくする。単純化した言い方になるが、人間の動機（これも複数ある）と、神の命令ないし決めたことが完全に一致するのではなく部分的に重なり合っているので、人間のどの行動にも、大小の差はあるものの不純さが混ざっている。しかも神々の命令や決定すら、それぞれの神の身勝手な要素が含まれているのかもしれず、完璧ではないのかもしれない。だから事件の因果のすっきりした解説は、その他の要因を犠牲にして成り立っているともいえる。たしかにキーワード（たとえば「正義」「掟」）や同じイメージ（たとえば次に引用する鷲と鷲の餌食、あるいはライオン）が、あちこちに現れる。今日の読者はそれらを統合することで筋を通した説明をやりたくなるが、一筋縄にはいかないのである。

そもそもアイスキュロスは、「このような事件にどのように対処すべきか」「ゼウスの正義とは何なのか」を、哲学者のように論理的に考えようとはしていない。なるほど『エウメニデス』で、オレステースはアポッローンに弁護され、（陪審員たるアテーナイ市民の投票数は有罪無罪同数であったため）裁判長であるアテーナーが無罪を投票して無罪となるけれども、それが問題そのものの解決とはなっていない。アテーナーは告発者のエリーニュースを、いわば取引を通じて宥めるのである。もちろん裁判は、復讐の連鎖を断ち切る制度として民主主義の基礎の一であり、このことをアイスキュロスは是としている。しかしそうした「政治性」はあくまでこの劇のひとつの要素であって、すべてではない。

## 犠牲にされたイーフィゲネイア

『アガメムノーン』の締めくくりとなる部分で、クリュタイメーストラーはアガメムノーン殺害を否定しない。それどころか当然なすべきことをしたまでと認めている。国外追放を求めるコロス（＝アルゴスの長老たち）に対して、「あのときおまえたちはアガメムノーンに対して抗わなかったではないか、だから私を裁く資格がない」といって持ちだす理由は、アガメムノーンが娘のイーフィゲネイアを殺したことである。そのときのありさまはすでに劇の始まりの部分で、コロスの歌がおおむね次のように描出している。

トロイア目指してギリシャ軍はアウリスの港に集まったが、嵐が吹いて出帆はままならない。飢餓が蔓延し、船も傷む。この災いを取り除くべく、予言者カルカースが女神アルテミスをひきあいにして、「嵐より重苦しい」方策をとなえる。アルテミスの怒りをなだめるために、アガメムノーンの娘のイーフィゲネイアを犠牲獣のように献げよ、というのである。しかしなぜアルテミスがアガメムノーンに対して怒っているのか、またなぜこのような苛酷な犠牲を要求しているのかは分からない。後ほど引用するように、予言の常としてきわめて暗示的に表現されている。アイスキュロスは、「アガメムノーンがこれこれの失策をしたからアルテミスが怒っている」といったたぐいの、分かりやすく安易な説明に逃げ込まない。

アガメムノーン兄弟は「落涙し、杖で大地を叩く」[12]。アガメムノーンは予言に従わないわけにいかず、けれども「自分の娘を裂き、乙女の血で父の手を穢す」こともできない。しかし彼は後者を選ぶ。「味方を失い、船団からの逃亡者になれようか?」。これは彼が言ったとされることばの引用であるが、ジレンマの一方を表現した言い方としては、ギリシャ軍が異様に昂ぶって犠牲を求めていることを認めても、なお偏っている[13]。二者択一の一方として本当に考えられるべきは、ヘレネーを取り戻すための戦争を止めること、それを説得することのはずである。アガメムノーンが「風向きを変えた慎みを失い清らかでない邪悪な息を吐きつつ、強制の軛に首を通したそのときから、彼は何でもしてやるとの思いへと心を変えた」。しかも彼は「女をとりもどす戦のために」犠牲式の司祭となる。将たちは戦のことのみ考え、乙女の若さにも嘆願にも、父を呼ぶ叫びにも、まったくとりあわなかった。イーフィゲネイアは、家を呪う声を出さぬようにとくつわをかませられて、子ヤギのように祭壇にもちあげられる。彼女のサフランで染まった衣は「地面に垂れ下がり、そのまなざしは司祭のひとりひとりに、哀れみを求めた」。

アガメムノーンは「二悪の選択」という「軛につながれた」。ゼウスに背いて船出を止めるか、ゼウスに従うけれどもわが子を犠牲にするかのいずれかを、否応なしに選ばされた。しかし選んだのは彼である。それでもなおかつ、ここでの彼の判断が誤りであったのか、誤りならばどこで誤ったのか、そもそも彼は何をすることができたか、あるいは彼の行動のひとつひとつの違いでこの家の崩壊は食い止められるようなものであったのか、こういった論点で、人々の意見は分かれる。

予言者カルカースがアルテミスを引き合いに出すことには伏線がある。ギリシャ軍が集結したとき二羽の鷲が現れた。鷲は子をはらんだ母兎をむさぼっていた。鷲はゼウスの鳥である。この兆の意味をカルカースは悟った。二羽の鷲はアガメムノーン兄弟であり、遠征は成功する、と。しかし気がかりもある。「ゼウスの空飛ぶ犬」（＝鷲）が、腹の子兎もろとも母兎を食ったことに、アルテミスは憤っている。アルテミスは出産と、森の獣を司る女神である。なぜアルテミスはアガメムノーンに怒りをぶつけているのか？「子をはらんだ母兎」がトロイアを指しているのなら、女神はトロイアの滅亡を「あらかじめ」（！）憤っているのか。もしそうだとしたら、それゆえに何をこの先するのか？この劇の中ではいっさい明示されない。

しかしそれとともに、この二羽の鷲に先立って、アガメムノーンとメネラーオス（アガメムノーンの弟で、ヘレネーの夫）とが怒って報復を求める姿は、雛鳥を巣から奪われた猛禽の姿に比べられ、それに応えて懲罰の追っ手を差し向ける

(12) 以下、「　」内は原文を、私がよしと判断する読み方に従って訳出した箇所である。既存の訳文とは異なるところも多い。なるだけ中立的な訳を試みるが、この劇の歌の部分は、「読み」と解釈とが絡み合っていて、何らかの解釈にもとづかずに訳出不可能である。

(13) この部分のギリシャ語はとりわけ難しく、その読み方については、そもそもテクストが正しく伝承されているのかどうかも含め、議論がつきない。久保正彰訳では「戦の誓いを反故にすることが、どうしてできよう？　風を鎮めるための祭とあれば、乙女の生き血であろうとも、狂気にすぎた狂気の沙汰といわれようとも、これをもとめることを、掟はゆるす」となっている。細かな議論をすることは本書の枠を超えるので避けるが、この訳文ではギリシャ軍の常軌を逸した熱望と、アガメムノーンが「船団離脱ないし脱走」とまで表現することの異様さが表現されない。

神々のことも語られていた。この比喩での雛鳥はヘレネーと思われる。神々はエリーニュース（復讐の女神）を差し向ける。次に述べるように「主客の掟」が破られたからである。雛を奪った獣がなんであるかは語られない。

雛鳥を奪われ報復を求める鷲がアガメムノーンとメネラーオスなら、子兎をはらんだ母兎を食う鷲もアガメムノーンとメネラーオスである。ゼウスとアルテミスは相反している。神々の対立は『イーリアス』からの伝統である。

## トロイア戦争がもたらした惨禍

トロイアの王子パリスは、メネラーオスの館に招かれていたにもかかわらず、主客の掟を破ってメネラーオスの妻であるヘレネーを誘惑した。主客の掟は神聖であり、ゼウスの権能の一である。トロイアはヘレネーを返還すべきであった。にもかかわらずやらなかった[14]。よってゼウスはトロイアを罰する。トロイア全体に破滅の網がかけられる。トロイアの過ちはコロスの歌のひとつで、ライオンの子にたとえられて歌われる。ライオンの子は当初はかわいい。しかし愚かにもそれを飼ったなら、大きくなると本性を発揮して、飼い主に襲いかかる。

その一方で戦争の犠牲はギリシャ側にも起きている。兵士たちは死んでいく。残された者たちには恨みが募る。「人々は送りだしたのが誰だか知っている。しかし人の代わりに戻ってくるのは、（誰のものかは分からない）骨壺と灰」。戦争は勝利した側にも禍となる。このことはコロスの歌のみならずクリュタイメーストラーによってもまた語られるし、トロイアからアガメムノーンに先立って登場する「使者」もまた、戦争の苦労を伝える。クリュタイメーストラーは、攻め落とした国の神々を崇め神殿を厚く敬うなら逆襲にあわないかもしれないが、その前に呪わしい欲望が軍勢を捉えるのではないか、との「不安」（その実は願望といえる）を口にする。実際、ギリシャ軍はそれをやった。そして帰国の途中で嵐にあう。

アガメムノーンが登場直後に語る勝利の描写は、残忍な殺戮と荒廃のさまである。ギリシャ軍は火を放った。「都は煙に捕らえられたので、今なおよく分かる。破滅の颪はおさまらない。熾火はともに死につつ、豊かであった富の息を吐き出している」。「生肉を食らうライオンが木馬から飛び出し、王の血を舐め尽くした」。トロイアに非があったからという理由で、この惨状がよしとされることはないはずである。ただしこのことも明瞭に告発されることはない。

## クリュタイメーストラーの殺害動機

クリュタイメーストラーはアガメムノーンがイーフィゲネイアを殺したがゆえに、自分は正義を取り戻すべく、アガメムノーンを殺したといっている。「正義」とは、なした罪に等しい罰を与え、傾いた天秤を元に戻すことを意味する。よってたしかにその動機には一理ある。だいたいヘレネーの出奔のためにトロイア戦争をしたことが、誤りであったとも彼女はいう。

しかしクリュタイメーストラーがそれとともに、①愛人のアイギストスを恋していること、[15] ②アガメムノーンが欲望を抱いた自分以外の女たち（カッサンドラーはその代表例）を憎んでいること（これを「嫉妬」と呼んでよいのか？　むしろ「屈辱感」か）、さらに③アガメムノーンの血を流すことそれ自体に興奮していたこともまた明らかになる。

クリュタイメーストラーの姦通の相手であるアイギストスは、アガメムノーンの従弟に当たる。トロイア戦争に加わらず、アガメムノーンの留守中にその妻と愛人関係になっている。彼はクリュタイメーストラーと共謀してアガメムノーンを殺害するが、その理由として持ちだすのは、自分の父がかけた呪いである。彼の父親テュエステースとアガメムノーンの父親アトレウスとは兄弟であって、かつて王権をめぐって争った。テュエステースはアトレウスに子供を殺さ

(14) ヘレネーはこの劇では登場しないが、彼女がパリスとともに出奔したことによってトロイア戦争が起きた、すなわちトロイア戦争の元凶であることは、何度も言及される。コロスは歌のひとつで、「ヘレネー」（Helenē）という名前を helein（滅ぼす）という動詞に関連させ、helenaus, helandros, heleptolis（naus 船 andros 男 ptolis 国）と続ける。これは単なることば遊びではない。名前は本質を表している、とする考え方には歴史がある。なおヘレネーは系譜上クリュタイメーストラーの姉妹であるが、そのことへの言及は本劇にはない。

(15) ギリシャ悲劇の常として、「恋」（エロース）は「性欲」と強く結びつけられて把握される。そして神話上、「悪女」（メーデイアやファイドラーなど）はエロースに負ける、と規定される。

れ、しかもその肉を食わされた。テュエステースは一族を呪い、その滅亡を願った。アイギストスはアガメムノーン殺害の理由として、このことを持ちだす。

しかし彼はアガメムノーンに比べ、さらにクリュタイメーストラーに比べても、卑小な人物として終始、描かれている。ギリシャ悲劇にあっては卑小な人物もまた、それだけ取り出せば十分に成り立つ「正義」を持ちだしてくることがある。これはまさにその事例の一である。

とはいえコロスもクリュタイメーストラーもともに、この一族を支配している「悪霊」とでも称すべき力、女たちを使って血を流させる力の存在があることを認める。さらにクリュタイメーストラーは「自分はアガメムノーンの妻ではない、この家を滅ぼす復讐神なのである」とまで断言する。ただしこれはコロスによって「だからといって無罪ではない」と反論される。とはいえアトレウスの罪がアガメムノーンに及んだことそれ自体は否定されていないことも忘れてはならない。『七将』とどこまで同じように見てよいかは分からないが、ここにも「業」とでもいうべきものがあり、それは個々人の行動や判断とは別な次元で一族を滅ぼすのである。

## 予言者カッサンドラー

アガメムノーンが戦利品＝妾として連れてきたトロイアの王女のカッサンドラーは、彼が殺される原因のひとつとなった。カッサンドラーは予言者である。彼女はアポッローンに予言の能力を授けられたものの、代償として与えるはずの体を拒んだために、アポッローンは彼女の予言を誰にも信じられないようにしてしまった。

この劇にあっては彼女の「幻視」の能力（過去に起きた出来事・これから起きる出来事のさまを見る）が強調される。その幻視の数々は歌で表現される。カッサンドラーは将来に起こることを知っている。さらにまた、自分が立ち会ってはいない過去の出来事であっても同じように見えてしまう。ただしそれを伝える彼女のことばは謎めいており、他の人物には何をいっているのかが分からない。もちろんこれは悲劇というジャンル内の約束である。観客には、登場人物には分からないことばのいわんとする内容が分からなくてはならない。「謎」という形は、約束事と「リアリズム」との接点を、満足させるぎりぎりの工夫である。

予知能力があっても他人に伝えられないなら、その能力はないに等しい。むしろそれ以上にカッサンドラーは、自分の死まで含めて何でも否応なしに知ってしまいながら、その進行を阻止することに徹底的に無力であり、その無力さを観客に感じさせる存在なのである。「真実」は大勢の人間に見えず、理解されない。これはギリシャの思想を貫くひとつの考え方である。ソフォクレースの『オイディプース王』に登場する予言者テイレシアースも、カッサンドラーと基本的には同一の設定に基づいている。

こうしてカッサンドラーの歌は過去と未来の出来事を、彼女自身の死（彼女はアガメムノーンともどもクリュタイメーストラーに惨殺される）をも含め、何枚もの連作絵画のように描きだす。それは劇の時間を絶え間なく、前後に揺さぶる機能を有している。一族の、重層的な愚かしさは、己が酷い目に遭わない限りいつまでたっても学ばれることがなく、学んだとしても継承されることがない。

## 三番目の役者が演じたカッサンドラー

カッサンドラーの場面は劇の演出の面から見ても尋常ではない。ギリシャ悲劇に登場する役者は三人を超えることはない、と上述した。しかしより正確にいうと、アイスキュロスの古い作品はどれも二人の役者で上演できる。「黙役」の登場はあるが、口をきくことは期待されていない。いつからアイスキュロスが三番目の役者を登場させるようになったかは分からない。しかしもし『オレステイア三部作』がその最初の例であったなら（以下、そうであると仮定する）、このカッサンドラーの場面には劇作上、観客に衝撃を与える新機軸が工夫され、導入されたと見なしうる。

カッサンドラーはアガメムノーンと一緒に、車に乗せられて登場する。クリュタイメーストラーがアガメムノーンを迎え話を交わす間、彼女は終始、黙っている。やがてアガメムノーンが館に入る。そのあとクリュタイメーストラーはカッサンドラーに対し、「おまえは口がきけないのか、ギリシャ語が分からないのか」と侮蔑的なことばを投げるが、その間も彼女は黙っている。観客は、カッサンドラーの役を演じているのは役者ではなく「黙役」であるから当然のことと見ていただろう。二人の役者がアガメムノーンとクリュタイメーストラーを演じている以上、そうでしかありえない。しかしクリュタイメーストラーが館に入ると、彼女は突然、訳の分からない感嘆詞で始まる歌を歌いだす（それが上述した予言に連なる）。コロスは驚くが、その驚きはまさに観客の驚きであったろう。前例のない、とんでもないことが起きたのである。

これと同じことが『アガメムノーン』に続く『コエーフォロイ』でも起きる。オレステースにはピュラデースという友がいる。二人は常に行動をともにしている。しかしピュラデースはずっと口をきかない。「黙役」が演じているらしい、と観客は思う。ところがここでも予想外なことが起きる。アイギストスが殺されたことを知らされ、客人だと思っていた人物が父の仇討ちにきたオレステースであることを知ったクリュタイメーストラーが、オレステースと対峙して、乳房を出し、「おまえは母親を殺すのか」と迫る場面である。オレステースは、母親を本当に殺さなければならないのか、とためらう。その瞬間、ピュラデースが決定的なことばを発する。「そうなればアポッローンの神託は、誓いはどうなるか？　すべての人間を敵に回しても神々の敵になるな」。この原文三行だけがピュラデースに与えられたセリフである。ここには、あたかも神の彫像が口をきいたかのような衝撃がある。

このようにアイスキュロスには、とりわけ『オレステイア三部作』には、悲劇の歴史の中で革新的な工夫があったと想像できることが少なからずある。いわゆる「カーペット・シーン」もそのひとつである。クリュタイメーストラーは「王は地面に直接にふれるべきではない」といって、アガメムノーンが馬車から降りるのを制止する。そしてきわめて高価な、紫貝で染めた朱い布（本当は布であってカーペットではない）を敷かせる。アガメムノーンはそのような贅沢きわまりない行動をためらうが、結局、クリュタイメーストラーに従って、布を踏みながら館の中に入る。これはアガメムノーンの思い上がりを図像化するとともに、館の中で流す血の色を想像させる効果もある。

## ソフォクレース『アイアース』・自己中心的な主人公

ギリシャ悲劇はソフォクレースによって大きく発展する。ソフォクレースはアイスキュロスの単なる継承者にとどまらない。彼はアイスキュロスが所与として受け入れた三部作形式を廃棄した。たとえ三つの悲劇が続けて上演されようとも、悲劇のひとつひとつはそれ自体で完結し、互いに独立している。そのために劇の重点も移動する。もはや一族の愚行の繰り返しではなく、重きをなすのは、ひとりの人物の、判断・決断・説得・行動である。そのためには主人公の判断や行動が、脈絡を欠いたものであってはよくない。そしてその際、主人公の輪郭をはっきりと浮かび上がらせるために、何人かの副人物が配備されることになる。主人公の他の人物への対応にも一貫性が求められる。こうした結果、主人公の「性格」とでもいえるものがおのずと生じる。ソフォクレースの『アイアース』は、劇全体の解釈はかなり分かれるが、その主人公が、こうしたいかにもソフォクレースらしい特質を備えていることには衆目一致する。

アイアースも、アキッレウスやアガメムノーンやオデュッセウスと同じように、トロイア伝説に組み込まれている。アイアースは『イーリアス』に登場する英雄である。ギリシャ軍の中でアキッレウスに次ぐ傑出した戦士である。ヘクトールとの一騎打ち（第七巻）・船べりでの戦い（第一五巻）・パトロクロスの遺骸の運び出し（第一七巻）など、印象に残る活躍場面は多い。さらに彼は第九巻でオデュッセウスとともにアキッレウス説得の任に選ばれた。オデュッセウスがアガメムノーンの申し出をとうとうと伝えてアキッレウスのさらなる怒りを引き起こすのに対し、アイアースの短いコメントはアキッレウスの心に沁《し》みいる（⇩第2章《第九巻のアキッレウス》47ページ）。このあと、オデュッセウスとアイアースの対比は様々な作品で形を変えながら描かれることとなる。

『オデュッセイア』でのアイアースは、彼がすでに自死したあとという設定である（⇩第3章《冥府行——死者の国への旅》60ページ）。オデュッセウスは冥府で彼の亡霊と再会するが、彼はいまだに憤っていてオデュッセウスに口をきこうともしない（文例B）。アイアースの怒りは、自分が当然与えられてしかるべきアキッレウスの遺品である武具を、アガメムノーンを長とするギリシャ軍がオデュッセウスに与えたことによる。しかしこのことは『オデュッセイア』の読者は熟知しているエピソードとして扱われており、詳しく書かれていない。

戦死したアキッレウスの遺骸は、アイアースとオデュッセウスによって運び出された。[16] この武具をめぐる争いとその結末は、トロイア戦争をめぐる一連の作品（⇩第5章《「叙事詩の環」》103ページ）の中で取り上げられていたことが、残された要約から分かる。しかし細部については分かりにくい。武具争いに関して不明なことのうち最大の問題は、オデュッセウスが何らかの策略を弄して勝利したか否かである。ピンダロスは「投票操作」を示唆する（⇩第12章《『ネメア競技祝勝歌』八番とアイアース》274ページ）。しかし私は、投票は公正であったとの想定が、ソフォクレースの『アイアース』の理解に重要だと考える。この劇でアイアースは、策略あっての「敗北」に怒ってはいない。もしそうであったなら、それははっきりと言及されてしかるべきである。彼の怒りは策略の有無とは無関係である。

ソフォクレースのアイアースは、『イーリアス』のアキッレウスの生き写しともいえる位置をしめている。そしてアキッレウスに対して「そこまでやらずともよいのではないか」と思いながらも真に共感することがなければ『イーリアス』を読んだことにならないのと同様に、アイアースに共感できなければソフォクレースを、ひいてはギリシャ文学・ギリシャ文化を通底するひとつの世界観を理解したことにならないのではないか、と私は考える。問題はアイアースが抱いている極端なまでもの誇りをどのように位置づけるかである。以下、本書の制約を考慮して、細かな論証を避けて私の考え方をそのまま呈示する。

武具争いの判定により武具がオデュッセウスの手に渡ったことを、アイアースは自分に対する侮辱と見なす。そこで彼は侮辱の原因であるアガメムノーンやメネラーオス、なかんづくオデュッセウスを自分の敵と見なし、夜間に襲撃した。しかしその企ては女神アテーナーに妨害され失敗した。狂気に襲われた彼が実際に殺したのは家畜の群れであった。正気に戻った彼は失敗に後悔する。襲撃を後悔するのではない。敵に失敗を嘲笑されるからである。彼は絶望し自殺する。メネラーオスとアガメムノーンはアイアースの遺骸を葬ることを禁止しようとする。しかし誰よりもアイアースの敵であったはずのオデュッセウスは、アガメムノーンを説いてアイアースを身内に葬らせるべく取り計らう。

今日の我々からの視点から見て、アイアースの最大の欠点は、自分に極端なまでの自信を抱き、挫折すると今度はそのことにだけしか目がいかなくなるという、まさに文字通りの自己中心的な態度である。この態度はまだ幼児である自分の息子に向けて、次のようなことばをかけることに端的に表れている。「おまえは俺より幸せであれ、しかし他の点では父と同じであれ」。

しかしここで注意すべきは、アイアースが自死したあとも彼を罵倒するメネラーオスは、彼のその態度を理由にアイアースを非難してはいないことである。メネラーオスの攻撃はせんじ詰めれば、部下であるくせに上に立つ者の命令を聞かない者は悪人である、しかるにアイアースが生きているときには彼を従わせることができなかったから、死んだ今となってはやりたいようにする、だからその死体は鳥獣の餌食とし、葬らせない、というものである。(17) しかしそれは間違いである。アイアースはそもそもメネラーオスの配下にいない。メネラーオスは『イーリアス』のアガメムノーン同様、自分のいうことを聞かない男に腹を立て、その実力に嫉妬しているだけである。彼は「恐怖なくして支配はできない」「下位にたつものはへりくだりを知るべきである」という主張を繰り返すが、それほどにつまらない人物である。

### 「世はすべて変転する」という世界観とそれに相反する生き方

アイアースの自殺を理解する上でおそらくもっとも重要な部分は、俗称「嘘の演説」といわれる、自殺の前のモノローグである。「「時」はすべてを変転させる、自分の堅い決意も変わった、もはや自殺しない」という一節で始まり、中

(16)「叙事詩の環」のひとつ『アイティオピス』の要約に従えば、アキッレウスの死体をめぐって激しい戦闘が生じたが、オデュッセウスがトロイア軍を撃退している間に、アイアースが死体を船の所まで運び込んだ。しかしピンダロスにかかると、両者の功績は同じではなかった、とされる（⇩第12章《『ネメア競技祝勝歌』八番とアイアース》274ページ）。

(17) 正確にいうとここでは「部下」といわず「一市民」とメネラーオスはいう。上演当時のアテーナイ民主主義社会に由来するアナクロニズムである。ギリシャ悲劇はしばしばこのように、あたかも昔の英雄社会を現実のアテーナイ社会のように描くことがある。

央部では「冬の嵐は夏に譲り、夜も昼と交代する。嵐も眠りにつく。抗いがたい眠りも縛めを解く。敵もいつしか友になる。友も永遠の友ではありえない」と、この演説の中心となる認識が美しく表現される。しかしそれとともに「神々には従わなければならない、アガメムノーンやメネラーオスは敬わねばならない」と、苦いあてこすりが感じられることばもある。彼はどこまで本気なのか？

これが「嘘の演説」といわれるゆえんは、この演説ゆえにコロスも含め周りの人物がみな立ち去り、彼がひとりになれるから、そして自殺ができる環境が整えられるからである。そしてもしこの「嘘の演説」どおりアイアースが考えを変えたのであったなら、彼は自殺しないはずである。しかし実際には彼は自殺するし[18]、自殺に際して彼が口にすることばは、「嘘の演説」以前に彼が言い続けた主張と基本的に同一である。

とはいえ結果的にひとりになったことと、そのようにするために嘘をつく、というのは大いに違うし、そもそも「嘘」というにはあまりにも、その認識からは痛切な響きが伝わってくる。アイアースがこの演説なしに死んでいたら、劇『アイアース』はなんとも単純になってしまっていただろうし、結果としてアイアースがつまらない人物に見えてもしょうがなかったであろう。

この演説で表明されているのはアイアースの絶望である、と私は考えている。時による変転は、誰よりも秀でていなければ人生に意味がない、とする原則と相容れることはない。「すべてが変わるのが世の真理」で「自分もへりくだりを学ばねばならない」ことを分かってしまったら、常に一位を目指してきた彼が依ってたつ基盤は壊れてしまい、自分が自分でなくなってしまう。自分にはもはやこの世界にいる場所がないという苦い認識が、この演説によって明らかになる。さらに『オデュッセイア』第一一巻をも踏まえれば、彼は冥府に行ってすら、居場所がないのである。

彼は究極の敗北者である。たとえてみれば、勝利が当然と思われた競技者が、何らかの思いもかけない不運のために敗北し、しかももはや復活の機会は与えられない、という状況である。天賦の才と訓練によって実力を貯えた競技者であっても、なおも最後に運が必要である。運とは神から差す光のようなものであり[19]、しかもその光はたまたま――つまり人間の努力とも心ばえとも無関係に——差したり差さなかったりする。このような世界から彼ははじき出された。自分にその光がもはや絶対に差し込むことがないことまでもが、彼には分かってしまったのである。

この世界はこのままだと暗澹たるものである。彼の死後に、メネラーオスやアガメムノーンが彼の弟のテウクロスと交わす会話からは、テウクロスも含め周りの人間は誰もが彼ほどの偉大さをもっていないことを浮かび上がらせるし、それどころか、人間と違って死ぬことのない神々のひとりとして実際に劇の冒頭に登場したアテーナーも、実に軽薄な口調を弄し、結局のところ、女神はオデュッセウスをひいきにしてアイアースを憎んだだけだと思わせる。どうやらそのような神々によって人間は操られることもあるらしい。

しかし観客（そして読者）にとっての救いは劇の最後に来る。死者をいたぶることは卑しむべきことである、アイアースの遺体は丁重に葬ることが正しい、とオデュッセウスがアガメムノーンを諭す。なるほどオデュッセウスはアイアースと敵対した。しかし彼は、アイアースがアキッレウスに次ぐ勇士であったことは認めるのである。勇者を喪《うしな》ったとき、それを傷つけるのは正道ではない。憎むべき相手が死んだからといって踏みつけるのは卑しい利である。オデュッセウスは劇の冒頭でも、女神アテーナーの挑発にのらず、アイアースをあざ笑うことなく、むしろ人間のはかなさに考察を向けていた。この場面は『イーリアス』の最終巻と同じような、しかしまた違った形での終末である。もっとも『オデュッセイア』を知っている観客は、アイアースがそれにもかかわらずなおも怒り続けていることを知っている。幸運とはたまたま神から差す光のようなものである、ということを普通の人間に分からしめるために、アイアースは永遠に陰画であり続ける。たまたま幸運に恵まれた者は、不運であった者の怒りを宥める儀式を続けるしかない。

---

（18）この劇のコロスはいったんオルケーストラーから退出する。しかも自殺が舞台上（スケーネー）でなされた、と想像したい。ということは「死体」は担がれてスケーネーの背後の建物に運び込まれたであろう。さもないと役者の数が足りなくなる。コロスの退場も、舞台上の自殺も、ギリシャ悲劇では例外である。

（19）この比喩は、ピンダロス『ピューティア競技祝勝歌』第八番に出てくる。ピンダロスの競技祝勝歌は、『イーリアス』とソフォクレースとをつなぐ（⇩第12章、この人間観についてはとりわけ《根本にある人生観》260ページ）。

## ソフォクレース『オイディプース王』

ソフォクレースの『オイディプース王』[20]は、おそらくもっとも有名なギリシャ悲劇であろう。そして人々は、『オイディプース王』と聞くとただちに、「父親殺し」と「母との結婚」という、二つのただならぬ行為を思い出す。しかし『オイディプース王』はこれらの事件が起きる劇ではない。それらはともに、この劇が始まる前にすでに起こってしまった事実であり、もはやいかんともしがたい。劇を作る立場からいえばそれらは劇の前提であって、劇そのものをそれに向けて進行させていく原動力となりえないのである。

ソフォクレースは劇の山場を、自分も周りの人物も知らない事柄の真相を、オイディプースが自らの手で発見することに設定する。ことの性質上、真相発見の探求は、自己発見と化す。オイディプースを「今日という日が生み、かつ滅ぼす」（これは予言者のティレシアースが、何も知らないオイディプースに投げかけた予言である）のである。

劇作上なにより重要なことはそこに至るつながりである。オイディプースが目の前の個々の状況を逐一判断し、最善かつ論理的と思えた対応を繰り返す。しかし彼が探求しようと思っていたことは、実は表層上のことであった。その奥底には、本当はそれこそ探求されなければならないことが隠されている。真相は徐々に、しかしきわめて理屈だって姿を現してくる。意図したつもりはまったくなかったのに、やがては暴かれねばならないものが何であるかをオイディプースは察知する。しかしそうなってもなお彼が探求を行き着くところまで遂行するありさまを、劇という形式に則り、説得力あるやり方で表現しなくてはならない。

かくして一連の出来事が、因果の鎖をなすべく用意される。テーバイの疫病に始まり、赤子のオイディプースを哀れゆえ殺すことができずに生かしてしまった羊飼いの告白に至るまで、すべての出来事は必然によってつながっている。たとえばオイディプースは、自分がたまたまゆきずりで殺害してしまった男が「先の王」のラーイオスではなかったことを確かめるべく、証人を召喚しようとする。この段階では先の王を殺した犯人が自分であったかもしれないという可能性には気づいても、殺した男が実の父親であるという可能性を考えるのには、まだまだ遠いところにいる。しかし彼は「先の王」の殺害の場に立ち会った人物がいることを知った以上、その真相を明らかにせねばならない。けれどもその証人は、単にラーイオスを殺した盗賊を知っているだけではなかった。最後の最後で分かるように、彼は赤児のオイディプースを殺さずに救った男でもあったのである。もしもその証人を喚問しなかったなら、真相は隠されたままであった。あるいは次のような事例もある。コリントスからやって来た使者は、「母との結婚」の予言に怯えるオイディプースを安心させるため――とはいえ、この段階でオイディプースが思っている「母」とは、実のところ養母でしかない――、彼の母親は実母でないと告げる。その結果、使者の意図とはうらはらに、オイディプースがテーバイで捨てられた赤児である可能性が引き出されることになる。善意から出た発言がオイディプースを恐ろしい真実に、歯車がまたもやひとつ回るように、一歩、近づけたのである。(21)

しばしば『オイディプース王』は「最初の探偵小説」といわれる。それは劇の進行に従って、犯人が徐々に、かつ論理的な過程をふんで明らかにされるという点では正しい。しかし犯人が誰であるかは、観客にはすでに分かっている。「探偵」が「犯人」なのである。ところが「探偵」は自分が「犯人」であることを最後まで知らない。探偵小説の要諦が謎解きにあるとすれば、この劇の「謎」は最初から分かっているのだから、普通の探偵小説ではない。むしろこの劇の特徴は「謎解き」そのものがどのような過程をふんで進行していくかを知ることにある。探偵小説のたとえを使えば、一度読んで犯人を知っていながら読むという再読の楽しみである。

オイディプースは自分のことを幸運児であると見なしていた。運がよかった、と思っていたのである。けれども、い

(20) 通常、『コローノスのオイディプース』と区別するために、『オイディプース王』と「王」の字を付けられる。しかしソフォクレース自身が意図しなかった命名である。

(21) このような必然の連鎖をアリストテレースは賞賛した。本書では連鎖の構成をひとつひとつたどる余裕がない。詳細は拙著『ソフォクレース『オイディプース王』とエウリーピデース『バッカイ』』(岩波書店)参照。

くぶん偶然のように次々と起きた出来事が、あくまで偶然と見えたのは表面上だけのことであり、その背後には、紆余曲折があろうとも、遅かれ早かれすべてを明るみに出さないではおかない必然が控えている。このことを観客は意識せずにはいられない。先のテーバイの王を殺した犯人が自分ではないことを証明しようとした手続きは、その証明の手続きひとつひとつが当初の意図とは反対に向きなおり、オイディプースそのひとが「王殺し」のみならず「父殺し」、さらには「母の夫」であることをじわじわと論証していく。そしてその糸のつながりを、一切の猶予を与えず強引に解いていくのが、オイディプースその人の強固な意志の力である。

真実を知ったオイディプースは眼を潰す。当初、目が見えていたオイディプースは、盲目の予言者テイレシアースを「いつも闇の中にいるから無知である」と罵倒した。しかし本当に目が見えていたのは予言者のほうであって、オイディプースは何も分かっていなかった。普通の考え方では「闇」は無知であり、「差し込む光」は無知からの解放を意味する。「光と闇」は「知と無知」と対応するはずなのに、この劇では逆転しているのである。

## ソフォクレース『エーレクトラー』

アイスキュロスの『オレステイア三部作』の第二作目の『コエーフォロイ』は、アガメムノーン殺しの復讐を扱った。それと題材が同じであるソフォクレースの『エーレクトラー』にあっては、アガメムノーンの息子であるオレステースは主人公から外されて、その姉のエーレクトラーが脚光を浴びる。エーレクトラーは、もともと古くからの神話ではその存在も定かでなく、アイスキュロスの『コエーフォロイ』では副人物にすぎなかった。しかしエーレクトラーを主人公にすえれば、劇のありようは違ってくる。オレステースが国外に脱出して、復讐（これは必然的に母殺しを意味する）のために帰国するのとは異なり、彼女は女性であるから自ら行動を起こすことはできず、しかも常に母のそばにいることで、夫殺しをしたあとの母親のさまを逐一、観察しうる立場にある。

ソフォクレースはこの設定を活用する。エーレクトラーは母と正面きって対決し、その非を糾弾し、それに応じて母親も弁明に追い込まれる。のみならず彼女の非難があまりに激しいために、それを憎らしく思う母親の情夫によって、いまや幽閉されそうになっている、という設定が導入される。しかしそれだけでは劇の行動には足りない。彼女は復讐を実行するはずのオレステースを待ちこがれている。これが新たな劇の重要な要素になる。したがってオレステースの帰国は、復讐（正義）の実現であると同時に、彼女の解放をも意味する。かくしてやがて起こる母殺しには、単に理念としての復讐以上のものが付与された。

ソフォクレースは劇の進行を複雑にするさらなる工夫を導入する。オレステースは、「オレステースは死んでしまった」という偽りの情報をあらかじめ届けさせて敵を油断させる。この筋の展開はすでにアイスキュロスの『コエーフォロイ』で使われたのであるが、この劇ではさらに、その偽りの情報に接した母と娘の対応に焦点があてられる。虚偽情報はきわめて念が入っている。オレステースの「守役」は、骨壺まで用意して、オレステースが馬車競技で死んだありさまを、いわゆる「使者の報告」として長々と描出する。(22) クリュタイメーストラーがその報を受けて悲しみと安堵を同時に味わう一方、エーレクトラーはいったんは独力での復讐を決意する。そして、彼女の信念と決意の強さを明確にするための鏡の役割となる、優柔不断な妹が、おそらくソフォクレースによって創作され、登場する。もちろんエーレクトラー単独での復讐は神話からの重大な逸脱であって、ギリシャ悲劇はそこまでの逸脱を許容しない。やがて偽りの情報の提供者であるオレステースが、当初の計画と異なり己の真の身分を明かす。いったん死んだと思った弟との再会は、彼女の感情を高揚させる。そして復讐へと突き進む。

## 悲劇的英雄像

ソフォクレースの劇には他にも、アンティゴネー（『アンティゴネー』）のように、『イーリアス』のアキッレウスの子孫

(22) このシーンをプロペルティウスが利用している（⇩第9章《神話の引用》211ページ）。

たちともいえる、強烈な性格を感じさせずにはおかない人物が登場する。アンティゴネーはオイディプースの娘である。アイスキュロスの『七将』で描かれているように、彼女の二人の兄は王権をめぐって争い、互いに殺し合って滅んだ。そのあと国を治めることとなったクレオーンは、兄弟のうち、外敵となって祖国を攻めてきたポリュネイケースの遺骸を葬ることを禁じた。しかしアンティゴネーはクレオーンに断固として対峙して、兄を葬る。そして処刑される。こうした「悲劇的英雄像」は、彼の作品に顕著である。そしてアキッレウスがそうであるように、なにもそこまでやらなくても（あるいはいわなくても）よいのではないか、と時折、弱い心の我々に感じさせるよう、劇は工夫されている。

主人公が世の理不尽を正すことに向かう場合、動機は至極もっともであろうと、行動の過程で、自らの正しさゆえに自分を不幸にするにとどまらず、他人をも巻き込んで破滅させてしまうことになる。もっと別なやりようがあるのではないだろうか、と絶えず観客を不安にさせつつも、正しい人間の正しさの追求が、不可避的に、自分と一族の破滅を引き寄せるさまが、具体的に眼に見える形で演じられる。ひょっとするとこのような「悲劇的世界観」は、悲劇の単独一作品の中に、それ以前の出来事も、以後の予言も包括しようとする作劇法の進化とあいまって、ますます鋭利になっていったのかもしれない。

しかしここで肝要なことは、主人公を人間の心理で分析しすぎないことである。アンティゴネーはなぜ、たとえ外敵を率いて祖国を攻めてきた兄であろうとも、その兄を葬らねばならないのか。アンティゴネーは肉親を葬ることは「書かれざる法」という。書かれていないことはことばにならない。だからたとえことばで説明されなくとも、言い換えれば何の解説がなかろうとも、肉親の遺骸は自分の身を賭してでも犬や猛禽の餌食にしてはならないということを納得しなければならない。もし納得しないなら、アンティゴネーの正しさは分かっていないことに等しい。これは「正しさ」（神々によって定められ人間に課されたもの）としか言いようのないものであって、アンティゴネーの「信念」といったものではない。

このようにソフォクレースの主人公を動かす動機は、必ずしもことばを論理的に使って説明されない。言い換えれば説得的ではなく、むしろ「受け入れよ」と迫ってくる。オイディプースはなぜ真実を探究するのか。なぜ眼を潰すのか。アイアースはなぜ名誉を守るのか。エーレクトラーはなぜ母を殺さなければならないのか。主人公たちは「正しさ」に服従し、行動する。こうした行動に比べれば、彼ら自身の生など無に等しい存在なのである。だから我々は彼らの行為の動機を、まずそのまま丸呑みできないと——より正確にいえば、むしろ、丸呑みできず喉につかえたままで、しかもその感覚を払いのけることができない状態にいつづけることを受け入れられないと——、彼の悲劇は分からない。

## エウリーピデース『メーデイア』『ヒッポリュトス』

エウリーピデースは三大悲劇詩人の三人目というにとどまらず、彼によってギリシャ悲劇は終焉した、との解説がしばしばなされる。しかし通説とは異なり、ソフォクレースとエウリーピデースとは、悲劇の精髄において、たいして違っていないと私は考える。ただしソフォクレースの英雄たちに備わっていた「高貴さ」は、エウリーピデースの主人公からは意図的に剥奪されている。

そもそも悲劇設定の出発点からして、エウリーピデースは素直でない。彼は従来、「悪女」とされていた神話上の人物を、劇の主人公の位置にすえてみせようとするのである。しかも、その「悪女」の名前を聞けば誰もが思い出す、つまり名前と不可分である行動そのものを、劇の主題として取り上げるのである。これがたとえば、先にあげたオレステースのような人物であれば、正しくもあり（父の復讐）、正しくもない（母殺し）。ところがメーデイアの場合もともとは、愛する男のために祖国を捨て、様々な殺人を犯し、結婚はしたものの、夫が自分を捨てたために子供殺しをした女なのである。[23]

(23) メーデイアの子供殺しは、エウリーピデースが導入した「神話の改変」である、とする立場もある。私はそれに対してエウリーピデース以前からメーデイアが子供を殺すヴァージョンがあったとしたほうが、この劇の理解に資すると考える。議論は交錯するが、本書では省略する。

そこでメーデイア（『メーデイア』）には、子供殺しに至る「正当な」理由が付与される。夫の忘恩と不正を糾弾すべく、「敵」を絶望させるために、わが子を殺す「英雄」としてメーデイアが描かれる。夫イアーソーンの最大の不正は、誓いを破ったことである。ギリシャ人の考え方に従えば、誓いとは、もし自分がその誓いを破ったなら誓った神に何をされても構わないとする、自分にかけた呪いである。一方、恋してはならない若者（夫の息子）に恋したあげく受け入れられないため破滅させるファイドラー（『ヒッポリュトス』）には、恋の苛酷さが彼女を超える力であること、それが分からない男は死なねばならないことが、説得力をもって描かれる。メーデイアもファイドラーも、彼女たちの「正しさ」の追求の結果が、神話の中ですでに定められた「悪行」に到達するようにと、大枠が設定される。

もちろんそれぞれの劇には個性がある。この二つの悲劇の差異は大きい。メーデイアの相手イアーソーンは、自分の都合ばかり考えるエゴイストであるのに対し、ファイドラーが恋するヒッポリュトスは、エキセントリックなところがあるにしても、名誉を守る高潔な青年である。しかし両女主人公の情熱は輪郭がはっきりと描かれていて、ともどもエウリーピデースの代表作にふさわしい。

それがどれほど成功したか。エウリーピデースは悪女を舞台に登場させて風紀を乱したという、アリストファネースのいいがかり——ただしこのいいがかり自体が、喜劇というジャンルの場の「うけ」を狙った発言であることを忘れてはならない——ひとつをとってみても、同時代人にセンセーションを呼びおこす効果があったことは疑えない。

そして彼は、ヘレニズム期以降の、恋心の破滅的な力を扱った詩人たちの先駆となった。さらに今日風にいえば、「凡人」よりむしろ「犯罪者」の中に凝縮している、しかしそれを欠いては人間の大事な何かが失われると思われる要素にこだわる（ある種の）「文学」と、人間のあるべき姿を追求する（ある種の）「哲学」ないし「倫理学」の間に、深刻な亀裂を走らせた張本人である（ただしエウリーピデースはソフォクレース同様、『イーリアス』の正当な後継者であったと、私としては主張したい）。メーデイアやファイドラーを弁護する立場から書かれたエッセイが、今日なおも発表し続けられているという状況ひとつとってみても、エウリーピデースの強烈な力のほどが見てとれるというものである。

## エウリーピデース『バッカイ』

神話を従来の見方とは違った角度から眺め、そこに人間の、人間であるがゆえの過ちを見いだすエウリーピデースのこうした傾向は、彼の最晩年に至るまで変わらない。ディオニューソスを神とみなさず、その祭儀を受け入れないために罰を受けた、テーバイの王ペンテウスを主人公にすえた『バッカイ』は、圧倒的な迫力で我々に迫ってくる(24)。

ディオニューソスの祭儀の中心は、神の力に憑依し、トランス状態になって、山野を疾駆することにある。「バッカイ」とはこうした女たちのことである。当然、この祭儀は、既存の秩序や常識的な生活と軋轢をきたす。ペンテウスはこれを否定し弾圧しようとする。この意味で彼は、国の中でただひとり理性的な人物なのであるが、しかし己の力を恃みすぎるのである。

この劇では、神そのものが実際に劇中に登場してペンテウスと真っ向から対決する。当初、神は弱々しい「女のような若者」に変装している。この若者（神）への暴君ペンテウスの迫害は、やがてきたるべき神の復讐が当然のことと予想させる。

そして、二人の立場は劇の途中で逆転する。ペンテウスは、自分の固い鎧の下に隠しもっていた欲望を引きずり出されるようにして破滅する。神は猫が鼠を苛むように彼をもてあそび（マッチョなペンテウスに女装をさせるのである！）、バッカイとなった彼の母親や叔母たちのいる森に導く。錯乱している女たちは祭儀のように、獣の生肉を素手で引き裂いているつもりで、彼を殺す。

ギリシャ人は伝統的に、狂気・性欲・殺戮欲など、今日の我々が人間内部に潜む力として見ているものを、落雷や地震などの大自然の猛威と同様に、人間の外側から襲いかかってくると見なしていた。ヘーシオドスの『神統記』が、抽

---

(24)『バッカイ』の詳しい解説は、拙訳（岩波文庫）に付したものをお読み願いたい。

象概念をも含む事象の数々を神として扱っているのは、その顕著な例といえる（⇩第6章《『神統記』》124ページ）。それら不条理は等しく神々の力の表れなのである。だからディオニューソスのような神もいておかしくない。この点でエウリーピデースは、おおむねホメーロス以来の伝統に倣っている。ただしその描き方において、たぶん彼は時代の子なのであろう。この劇の中では神も人もともに、どこにも崇高なところはなく、惨めで哀れである。

## 「使者の報告」などの悲劇のパーツ

『バッカイ』の白眉は、ペンテウスが母親たちに四肢を引きちぎられる情景を伝える「使者の報告」の場面である。惨事を予感させる森の静寂、高い木の梢で震えるペンテウス、天地を貫く閃光とともに始まるバッカイの襲撃、こうした描写の中に点々と、人物が発することばが直接話法で交えられパトスを増す。とりわけ母親に、わが子の姿を認めよ、と哀願するペンテウスの悲鳴は壮絶である（文例U1）。

この劇の「使者の報告」は格別な衝撃力をもってはいるが、しかしたいていのギリシャ悲劇は、固有名を付与されていない従者のような人物（「使者」と呼ぶのは、あくまで総称としての約束である）がその場面に限って登場し、舞台の外で進行している出来事について、あたかも目の前で起こっているかのように「報告」する部分を有しているのである。そしてしばしば「使者の報告」は、人の死ぬ場面にあてられている。

「使者の報告」には、語りの文学である叙事詩の影響を見ることができる。その他、悲劇が他のジャンルから取り入れたテクニックとして、法廷演説のミニチュアとでもいうべき「論争部分」がある。これは対立する二人の人物が互いにかなりの長さの詩行にわたって、自己の正当性を訴え、相手の非をなじる場面である。先に述べたソフォクレースの『エーレクトラー』の母と娘の対立場面も、その一例である。

さらに、悲劇固有の形式の発展ではあるが、「一行対話」[25]という技法もある。二人の人物が、互いに一行ずつ（つまり一二音節ずつ）セリフを発して、問答を繰り返す。しかも二人の掛け合いを合わせた全体の長さは、通常のことばのやりとりを超えて、きわめて人工的に長く引き延ばされる。巻末の文例U2には『バッカイ』から、ペンテウスがディオニューソスの秘儀について、正体を隠したディオニューソスに問いただす箇所から一部、引用した。

悲劇にはこうした、どの劇にも備わっているパーツがある。そもそもコロスの合唱歌はどの劇にも必ず含まれていなければならないし、役者が参加する歌も、役者とコロスの参画のしかたに様々な種類があるものの、徐々に悲劇には欠かせなくなってくる。そしてエウリーピデースの悲劇の場合、とりわけ、パーツとパーツの区分がはっきりしており、観客にも、劇の筋の運びとは別次元で、今はどのパーツが演じられているかが、よく分かるような仕組みになっている。このことは逆にいえば、「悲劇通」なら、どの悲劇にも必ず含まれねばならない各パーツについて把握しているということであり、ゆえに詩人が当該神話をもとにしてどのように各パーツを処理するのかが、彼らの興味の対象となる。そして、エウリーピデースの作品は、しばしばこうした「悲劇通」を喜ばせるような工夫に満ちている。

こうした悲劇本来の楽しみ方とは違った楽しみを意図した作風は、悲劇の堕落かもしれない。しかし「マンネリズムの中の洗練」という意味で、彼は後のヘレニズム時代の文学の先駆とも思われる。もっとも、エウリーピデースの作品が、たまたま働いた僥倖のおかげもあって数多く残存していることも、こうした見方を助長しているのかもしれない。

## ハッピー・エンドの「悲劇」

前章で述べたように、悲劇のセリフはトリメトロスでできあがっている。そのトリメトロスの長音節が、短音節二つと置き換えられる箇所の数が（韻律図解Ⅲbとして引用した六行には、都合三箇所ある）[26]、エウリーピデースの晩年の悲劇になるにつれ、著しく増加する。すでに外的証拠から上演年度が判明している作品を尺度にして、この韻律上の特徴を組み合わせれば、全作品の相対的上演年代決定が、かなりの精度で可能になる。よって『タウリケーのイーフィゲネイア』

(25) スティコミューティアー stichomythia という。
(26) この現象を resolution と呼ぶ。詳しくは補遺2の「トリメトロス」の項参照。

『イオーン』は、紀元前四一二年（これは外的証拠で確定される）の『ヘレネー』とほぼ同時期に作られたと想定しうる。ちなみに『メーデイア』（前四三一年）『ヒッポリュトス』（前四二八年）『バッカイ』（前四〇五年以降・死後上演）はどれも上演年代が分かっている。

これら三作品は、構成も内容も似通っている。際立った特徴は、どれもハッピー・エンドとなることである。そこでこの時期に、エウリーピデースの作風ないし世界観に変化が生じた、と見られないこともない。ハッピー・エンドであるのみならず、これらの劇では、別れ別れになっていた夫婦・姉弟・母子の再会が見られる。そしてひとつ間違えれば殺人事件が生じたかもしれないところ、危機は回避される。「めぐりあわせ」が、脆くて壊れやすい人生の枠組みをかろうじて支えてくれるおかげで、生の恐ろしさを垣間みせることはあっても、最終的な破局は免れる、という人生観は、私見によれば従来の悲劇のちょっとしたヴァリエーションであり、せいぜい裏返しであって悲劇を否定するものではない。その祖をたどりたければ、『オデュッセイア』という先例が見つかる。

しかしもし、ひやりとさせられる瞬間が、その後の喜びの情景をただ単に強化するためだけの余興と化してしまえば、悲劇は人情喜劇になってしまう。マンネリズムは筋の展開にも容易に忍び込む。そしてメナンドロスの喜劇は、この延長線上に位置するのである。

# 第15章

# 演劇・喜劇

アリストファネースの喜劇は、突拍子もない設定から出発して、想像力を飛翔させる。そのおかしさは「高級な笑い」から「行儀の悪さ」まで振幅がはなはだしい。しかし彼の喜劇は後継者をもたない。一世紀のちのメナンドロスは、人情喜劇とでもいうべき作品を残した。これはプラウトゥスによってローマに移入され、ついにはヨーロッパ演劇の基礎となる。

## アッティカ喜劇の三区分

アテーナイで上演された喜劇（アッティカ喜劇）は、「古喜劇」「中喜劇」「新喜劇」と、時代別に三つに分けられる。この名称は古代末期に遡る区分であるが、今日の研究者もそれを踏襲している。各時期に属する作者の名前やそれぞれの特徴は、おおまかではあるものの同時代ないし後代の著作の言及からうかがわれる。しかし実際に今日、我々の読むことのできる作品となると、後代の著作に引用された断片的な詩行を除けば（アテーナイオスが群を抜いて、最大の資料提供者である⇩第7章注（18））、古喜劇のアリストファネースと、新喜劇のメナンドロスしかない。

古喜劇といってもアリストファネースは、アテーナイの演劇全体から見て決して古くはない。彼の残存するいちばん古い喜劇（『アカルネース』）が上演されたのは、紀元前四二五年であって、上演年代が確定できるいちばん古い悲劇（アイスキュロスの『ペルサイ』、前四七二年）より半世紀も後のことである。

つまりアリストファネースは、三大悲劇詩人よりもはるかに時代が遅れる。前章の冒頭で、アイスキュロスとエウリーピデースの冥府での技比べを扱った『蛙』について言及したが、アイスキュロスはアリストファネースの生まれる一〇年以上も前に死んでしまっている。エウリーピデースと比べてもなお、アリストファネースは一世代も若い。その一方でディオニューシア祭で喜劇が公の行事として上演され始めたのは、悲劇よりは遅れるものの、それでもペルシャ戦争以前のことである。アリストファネースが古喜劇本来の様相をどれだけ伝えているかについて推測する際に、このことは忘れてはならない。

アリストファネースの喜劇は一一篇の作品が残存する。そのうち晩年の、紀元前四世紀に入ってから上演された二作品（『議会に出席する女』(1)『プルートス』）は、コロスの役割の大幅な減少を理由に、中喜劇にすでに入り込んでいると研究者の判断は一致する。しかしこうした「線引き」は、あらゆる時代区分同様あくまで人為的であって、それ以前のアリストファネースと断絶しているわけではない。

## メナンドロス・プラウトゥス・テレンティウス

メナンドロスが生まれたのは、アリストファネースよりもさらに一世紀後のことである。アリストファネース同様にその作品は残存しているが、二人の作品の伝承のされ方はまったく異なる。アリストファネースは中世に書写された写本（最古の写本は紀元後一〇世紀中葉）によって伝えられた。しかるにメナンドロスのこうした写本伝承の経路は、いわゆる暗黒時代に断ち切られてしまっている。だから通常の古典作家の伝承の方法に則れば、今日まで伝えられたギリシャの喜劇詩人はアリストファネースだけといってよい。引用断片はともかく、メナンドロスのテクストが誰にでも読めるようなかたちで公刊されたのは、実に二〇世紀の後半になってからのことである。

幸運なことにメナンドロスの、良質かつ残存部分のきわめて大きな（巻物ではない）パピルス本が二点と、さらにその他にも数多くのパピルス断片が発見された。その結果、今日、彼の作品中、一篇には完全なテクストがあり(2)、六篇が、半分程度のテクスト、ないしは少なくともその程度の筋の展開状況が把握できる。(3)さらにもう一篇には、もともとプラウトゥスの翻案が存在していたが、それと比較して内容を想定しても問題のない程度の長さの断片が見つかった。(4) メナンドロスの喜劇は筋の運びにすべてがかかっているようなものであって、アリストファネースのように意外性と遊びに満ちたことばそのものの奇抜さとは無縁であるから、その特徴をつかむのにまず十分な分量といえる。

つまりメナンドロスの喜劇は、このあとで詳しく述べるアリストファネースの喜劇とは性格をまったく異にする。そもそもコロスが現れない。事件は家族の中で起こる。登場人物は、吝嗇《りんしょく》な老人、心優しい娘、気だてのよい青年、才覚のある奴隷など、類型化されている。芝居の筋も類型化が著しい。たとえば若者たちの恋にはいつも邪魔が入るが、結局は成就することに決まっている。あるいは、幼いときに別れた肉親とひょんなことから再会する。巧みに描かれる人情の機微と偶然による運命の転変が、平易なことばで進行していくのである。こうした特徴は、アリストファネースよりもむしろ、エウリーピデースから受けた影響であると想定される（⇩第14章《三大悲劇詩人の評価の変遷》295ページ）。

メナンドロスの後継者は、そのさらに一世紀あまり後の、ローマのプラウトゥスである。プラウトゥスはメナンドロスのみならず、ギリシャの様々な中喜劇・新喜劇をラテン語に翻案した（ただし翻案の程度がどれほどなのかについては、元の作品が散逸しており、メナンドロスのテクストですら断片化したパピルスに依存することもあって議論の的になる）。プラウトゥスの喜劇もおおむねメナンドロスと同じような設定で成り立っている。観衆がマンネリズムを期待しているといってよい。たとえば恋愛物は大なり小なり次のような進行をする。

良家の若者が花柳界の娘と恋に落ちる。しかし父親は息子に、もっとよい縁談を考えている。さらに娘を置いている

---

（1）この劇は、（おそらく『女の平和』をもじって作られた）『女の議会』という名称で、以前に呼ばれたことがあった。しかし女たちは男に変装して議会にまぎれこみ、そこで演説をぶって自分たちの主張を通すけれども、女たちだけで議会を運営するわけではない。
（2）『人間嫌い』*Dyscolus*.
（3）『楯』*Aspis*,『調停裁判』*Epitrepontes*,『憎まれ者』*Misumenos*,『髪を切られた女』*Pericironene*,『サモスの女』*Samia*,『シキュオーンの男』*Sicyonius*.
（4）『二度の騙し』*Dis exapaton.* プラウトゥスの『バッキス姉妹』*Bacchides* がこれの翻案である。

店の主人は、娘をこんな若者よりもはるかに金になる顧客に回したいから、若者を拒絶して近づかせない。しかし若者は機転の利く奴隷に助けられて、娘を勝ちとる。しかも事が運ぶにつれ、この娘は実のところ、出自に遜色がなかったことが判明する。結婚式で劇は終わり、万事うまく収まってのハッピーエンドとなる。

プラウトゥスよりさらに一世代後のテレンティウスもまた、メナンドロスの翻案を行った。そしてプラウトゥス・テレンティウスの系列の「喜劇」が、後代のヨーロッパの、シェイクスピアやモリエールの「喜劇」に受け継がれ、「喜劇」とはかかるものである、という概念を作り上げる。

## アリストファネースの「動物」コロス

これに反してアリストファネースの喜劇は、破天荒きわまりない。彼の喜劇の題名の多くは、コロスの役柄に基づいて命名されている。そのいくつかは人間ですらない。『雲』『鳥』、副次的コロスであって、主要なコロスではないが『蛙』のように。あるいは、人間であってかつ人間でない、両義的な設定もある。『蜂』のコロスは、いつも怒っていて容赦せず針（棒）をもって襲いかかるアテーナイの実際の人間の老人たちであるが、同時に蜂の格好をしており、本当に蜂であるかのように言及されもする。

人間でないコロスは奇抜な仮装としてのおかしさもあるが、「古喜劇」以前に遡る古い時代の、動物の格好をして歌い踊ったコロスの名残であるとも考えられている。そのような祭は喜劇よりも古く、すでに紀元前六世紀からアッティカの壺絵には、馬や鳥に扮装した男たちが描かれている。

## パラバシス

「古喜劇」のコロスは二四名からなる。このコロスは特異な役割を有していた。喜劇の中央部にはパラバシス parabasis と称する部分が置かれ、その部分にくると役者はすべていったん舞台から退出し、残ったコロスが観客に向かって直接に、必ずしも劇の筋と関係のない話題を話しかける。その場合、コロスが当該劇中の役柄を維持していることもあるが、それを捨て去って、作者の代弁をしているかのように振る舞うことも多い。とりわけアリストファネースの過去の劇作態度への言及、ライヴァルである他の喜劇詩人のこき下ろしなどが、そうした場合の特色である。

アリストファネースの初期の劇のパラバシスは、コロスの長が観客に語りかける部分、神々に祭に加わるようにコロス全体が歌で呼びかける部分、という風に、その形式と内容との両面で、相当に厳格な様式性を有している。それが中期になってかなり融通が利くようになり、前四世紀の二作品ではパラバシスそのものが消失してしまっている。

それゆえ「動物コロス」と同じようにパラバシスもまた、初期喜劇の原型を留めているとする推測が生じる。この仮説はそれなりに妥当であるけれども、しかしアリストファネースの一番古い喜劇ですら、ディオニューシア祭で喜劇が上演されるようになってから半世紀以上たってからの作品であることを思いあわせれば、これをもとにして喜劇そのものの起源にまで議論が踏み込むのは危険といわざるをえない。

## 舞台の外への言及

パラバシスは劇中に特別に設定されたコロスだけの部分であるが、ときに役者までもが、通常の筋の展開部分の中で観客を巻き込む。たとえば観客に向かって、自分たちはこんな「面白い芸」を行っているのだ、と主張したり、あるいは役者どうしの会話の中で、「いっちょ、こんな下品なことをやって、お客を喜ばせますか」とかなんとかいうたぐいの、観客を意識した言及である。極端な場合、観客の中に含まれている個人を名指ししたりする。名指された観客が立ち上がって、それに手を振ってみたり、逆に怒ったふりをして応えたかどうかまでは分からないけれど。

この点で、同じ演劇であっても喜劇と悲劇とは違う。悲劇の根本には、舞台上の出来事は観客と切り離された異次元の空間であって、観客はたまたまそれを見る機会を与えられている、という暗黙裡の約束がある。悲劇は神話世界の中で閉じている。それに対して喜劇は、観客が目にしているのは、現に今、この場で行われているパフォーマンスなのだ、すなわち喜劇とは「見せ物」だぞ、と迫ってくる。だから喜劇には劇場の外の社会状況、あるいは政治が、直接に反映しもする。とりわけアリストファネースの喜劇と時期を同じくしているペロポンネーソス戦争の、長期化した戦況は無視しえない。

## 破天荒な設定

悲劇で演じられる物語は、すでに筋の大枠ができあがっている神話であった。それとは違って喜劇では、人物の設定も筋の展開も、すべて作者の裁量に任されている。

いくつかの喜劇では、劇の冒頭で明示される突拍子もない設定そのものが、当の喜劇の主題である。たとえば、「無学な「おっさん」が、ソークラテースという稀代の変人が経営する学校に生徒として弟子入りして、流行の新教育を受けようとする」（『雲』、そもそもソークラテースが学校を経営するはずがないから、二重に設定が異様である）とか、「アテーナイに愛想を尽かした男が、鳥の国に行って、好き勝手な新天地を作る」（『鳥』）とか、「男たちに戦争を止めさせるために、女たちが一致団結して、セックス・ストライキを実施して譲歩を迫る」（『リューシストラテー』[5]）とか。第14章の冒頭で紹介した、アイスキュロスとエウリーピデースの、冥府における技比べもそのたぐいである（⇩第14章《三大悲劇詩人という捉え方》293ページ）。まずは設定で驚かせたあとに、続く劇の各場面は、その奇抜なアイディアが具体化された、細部が克明に描かれる異常事態の数々である。

この他にも、設定はここまで奇想天外でないにせよ、そこから途方もない趣向が飛びだしてくることもある。『テスモ[6]』は次のような設定で始まる。

エウリーピデースがその悲劇の中で、淫奔はじめ女性の欠点を暴露したことを根にもって、アテーナイの女たちが制裁を企てる。エウリーピデースの悲劇が女性を悪しく描く、とするのは、ことあるごとに繰り返される喜劇での「偏見」である（⇩第14章《エウリーピデース『メーディア』『ヒッポリュトス』》323ページ）。さてその制裁の計画を、エウリーピデースの係累の中年男[7]が阻止しようとして、女装して、女たちだけの祭の場にまぎれこみ、発覚して捕まえられる。これが前半である。その後半では、女たちに捕らえられた係累の救出作戦として、エウリーピデース本人と係累との間で、エウリーピデースの悲劇のパロディーが次々に、長々と演じられる。つまりあくまで当初の筋の設定は維持しているものの、悲劇のパロディーそのものがこの喜劇の後半の中心となっている。

あるいは『蜂』においては、「裁判好きの親父と、彼を家に引き留めて、裁判に行かせないようにする息子との対立」というのが当初の設定であるけれども、途中からは、それでもなんとかして脱出したい親父が引き起こす「脱出騒ぎのドタバタ」と、親父を満足させるために（という名目で）催される「家の中での模擬裁判」という、別個の趣向が導入される。喜劇にあって筋の一貫性は、むしろ邪魔である。

## 場面の最大効果・飽くなき利己主義

劇の冒頭ではしばしば、主人公が問題を抱えていることが提示され、それを打開する奇抜な計画が考案される。たとえば『雲』の主人公の「おっさん」が、ソークラテースの経営する学校に弟子入りしたその動機は、流行の新教育を受

（5）かつてこの劇は『女の平和』という、何となく分かるような、しかしよく考えると分からなくなる題名で知られていた。リューシストラテーとは、この劇の女主人公の名前で、「軍隊を解散する女」と語義を分析することができる。

（6）原題を正確に訳せば『テスモフォリア祭に参加している女たち』ないし『テスモフォリア祭を営む女たち』となる。「テスモフォリア祭」とは、デーメーテールとその娘ペルセフォネーの、二人の女神を、男を排し女たちだけで祭るアテーナイの祭であった。その中日には断食をする。かつて『女だけの祭』という題名が使われたことがあった。『テスモ』は英語圏の研究者での通称である。

（7）この劇を伝える現存唯一の写本は、この人物に所々で、「ムネーシロコス」という名前を与えている。しかし実際に、劇中ではこの名前はいっさい、言及されることがない。パピルス断片には kēdestēs とある。これは姻戚関係にある男（義理の父、兄弟、息子）を指す、ギリシャ語の普通名詞である。ムネーシロコスという名前は、おそらくヘレニズム時代に作られた『エウリーピデース伝』に、エウリーピデースの妻の父親の名称として出てくるので、ここより誰か、古典後代の注釈者が、この名前をこの劇の登場人物にふった、と想像できる。しかしはたしてこの劇中人物が義父として設定されているかどうかも、劇の中からは読みとれない。むしろとりたててはっきりさせることもない、姻戚関係である。

けて、詭弁を覚え、自分の息子がこしらえた借金をちゃらにしてやろう、というものである。

しかしながら問題解決そのものは、喜劇にとって必ずしも重要とは限らない。それは芝居を進行させるためのかりそめの約束のようなものであって、本当の力点は劇の各部分の面白さを発揮することに置かれている。したがって部分と部分は、いちおう、因果の脈絡でつながれている体裁をとっているけれども、実のところ少しくらい筋にずれが生じようとて構わない。むしろその場面内での最大効果が狙われるのである。だから「劇」というよりもむしろ、レヴューとかバラエティ・ショーに近い場合もある。もっとも主人公が当初に企てた突拍子もない計画はたいてい、劇の最後ではどういうわけか満足に運ばれて、めでたい場面で締めくくられることになる。ただし『雲』には例外的に異様な結末が置かれている。幻滅した主人公がソークラテースの学校に放火をするのである。

さらにいえば、劇の冒頭で提示された難問が、市民全般の関心事（たとえばペロポンネーソス戦争の中止）であっても、その解決方法が、社会全般の立場から考えられた、まともな提案になっていなくてもいっこうに構わない。女たちがセックス・ストライキをすることで、戦争が終結し平和がくるなどと、観客は誰ひとり思ってはいない。同様に不愉快な政治家を攻撃し罵倒するのは、アリストファネースが政治に関する、よりよい代案をもっているからではない。喜劇にまともな問題解決を求めるのは野暮な話である。

大事なことは、主人公の立場から見た、閉塞状況からの解放である。喜劇は政治・軍事・社会問題の実際的な処理を考えたり、反戦を真剣に訴えたりはしない。したがって当の劇が、主人公の、実に身勝手な結末に収斂しようとて、それこそが求められている形（のひとつ）である。人のことなど知ったことでない、という自己中心、もっとはっきりいえば利己主義の飽くなき追求が、普段の社会生活からの解放感をもたらしてくれるからである。

## 喜劇の登場人物

喜劇の人物は、それが市井の人物である場合、特定のモデルを持たない。ただししばしばその名前は、役割を体現している（ディカイオポリス「正しい市民」・フィロクレオーン「クレオーンびいき」（政治家クレオーンについては後述）・ペイセタイロス「仲間を説得する男」[8]・リューシストラテー「軍隊を解散する女」）。これらはそれぞれ『アカルネース』『蜂』『鳥』『リューシストラテー』の主人公の名前である。

またアテーナイ実在の著名人が、それも「変人奇人」がいっそう歪曲されて、劇中人物となる場合もある（ソークラテース・エウリーピデース・アガトーン）。あるいは露骨に特定の人物を指していても、いちおうのカムフラージュがなされている場合もある。実在の政治家クレオーン[9]は「パフラゴーン」という名で登場させられる。[10]もっともこれはクレオーンを、デーモス（⇩第13章《アテーナイ市民の義務》279ページ）という名の、追従に弱い愚かな主人（これはアテーナイ国家のアレゴリーである）を牛耳る奴隷として設定したために、本名で登場させることができないから、とも考えられる。

こうした現実に活躍している有力政治家・軍人であっても、遠慮なく名指しを受けて揶揄される。これはたしかに独裁政治が行われている社会ではありえない現象であるから、ここにアテーナイの民主制の成熟を見ることは、もちろん間違いではない。しかしそれはきわめて不名誉に嘲弄される類型的な人物（たとえばクレイステネースなる男は、どの劇でも、

---

(8)『鳥』の主人公の名前は、写本には**Peisthetairos**とある。これは（詳述は避けるが）ギリシャ語としてはありえない形である。そこで「ピステタイロス」**Pisthetairos**という校訂が提案され、これがかつて日本語訳でも採用されていた。なるほどこの名前の人物は実在するが、しかしそれは「信頼に足りる仲間」の意味になり、この劇での役割にふさわしくない。そこで「ペイセタイロス」**Peisetairos**という校訂となる。

(9)クレオーン**Cleon**（?-422B.C.）は、前四二九年にペリクレースが没したあと台頭した政治家。アリストファネースもトゥーキューディデースも、あからさまにこの政治家を、性悪な野心家のデマゴーグと見なしている。前四二五年に彼はピュロス攻略で功をなしたが、その栄誉をひとりじめにした。この事件が喜劇『騎士』の前提となっている。

(10)「パフラゴーン」**Paphlagôn**とは小アジアの黒海沿岸の地域に住む異民族の名前である。この民族の住む地域名を民族名から逆成すれば、パフラゴニアとなる。奴隷の固有名に異民族名そのままを用いる習慣は、アテーナイで普通のことである。しかしクレオーンに異民族名を付すことは、彼の出自が異民族であるという、政治家にあててしばしばなされる侮辱となる。同時にこのことばは、「（海が）泡立つ、（湯が）沸騰する」という意味の単語**paphlazein**との地口になっている。他人を攻撃してやまないクレオーンの性格をあてこすっているのである。

髭がないとか、肌が日焼けしていないとかいって、女のようであること、つまり同性愛の受け身役であることを嘲られることに決まっている）に対する、あいも変わらぬしつこい言及が笑いを呼ぶのと、基本的に同一である。

喜劇にも神話上の人物ないし神様が出てくることもある。この場合も、ヘーラクレースはいつも腹を空かせている間抜けな大男、というように、喜劇的類型化が顕著である。神様たちが人間である主人公から徹底的に虚仮《こけ》にされることがあっても、とりたてて冒瀆であると思う必要はない。ディオニューソスの祭においてそのディオニューソスすら、愚かしい喜劇的人物として演じられるのである（『蛙』）。

## 男の役者

役者は悲劇同様、すべて男であり仮面をかぶっていた。男性の役を演じる場合、巨大なファロスをつけており、しばしばそれは実際のペニスであるかのように芝居の中で扱われることも少なくない。ただしすべての男役がファロスをつけていたか、それとも「下品な」役回りだけに限定されていたかは、不明である。

男の役者が女の役を演じる場合ももちろんある。しかし悲劇と違って、女性が重要な役割を演じる喜劇は、現存のアリストファネースでは、彼の劇作活動のあとのほうの三作品に限られる（『リューシストラテー』『テスモ』『議会に出席する女』）。女性を重要人物にすえて喜劇を作ることそれ自体が斬新な企画であったために、初期喜劇では試みられなかったのか、それとも試みられはしたものの残存していないのかは決められない。

しかし基本的に日常生活を基盤に置く物語を扱う喜劇の場合、女性が社会生活に占める役割が極端に低いアテーナイ社会で、いかに途方もない設定を許すとはいえ、女の役を登場させることのできる筋書きは考えにくかったであろう。一般に喜劇の主人公は、『リューシストラテー』のような顕著な例外もあるけれども、そこらにいる「おっさん」である。こうした「おっさん」は、しばしば馬鹿なことをやって笑われるけれども、それとともに、普通の人間がやれないこと、いえないことを、思いきりよくやったりいったりしてくれる「我らが代表」でもある。

## 「性転換」・変装

その点から見て、女たちが重要人物である上述の三作品のうち、二つまでもが、性を変える変装場面を含んでいるのは意味ありげに思える。ただしそれら二つの作品の「性転換」の方向は違う。

『テスモ』では、エウリーピデースの係累の「おっさん」が女に化けて、女の集団に入り込み、失敗して男であることがばれてしまう。彼はあくまで「我らが代表」の男であって、その彼が女になって女性だけの祭の場に侵入するのは、『雲』で無学な「おっさん」がソークラテースに弟子入りするのと、基本的に同じである。

劇の中では、いちおう次のような変装の理由が設定される。エウリーピデースの悲劇の中で、女性の欠点が暴露されることを根に持った女たちが、エウリーピデースへの制裁を計画した。女たちが怒っているのは、女性が不公平に、ありもしないことをあしざまに描かれているからではなく、女性の本当の姿が明るみに出されたため、悪事、たとえば姦通が、できなくなったからだ、という理由である。当然のことながら、この出発点からして、喜劇独特の歪曲である。ともかくエウリーピデースは、女たちがテスモフォリアという女性だけで行うお祭にあわせて計画しているエウリーピデース制裁の会議に、自分の係累を女装させて入り込ませ、制裁を阻止させようとするのである。

好色で、むくつけきひげもじゃの「おっさん」が女装をする。ひげを剃る場面があり、女物の衣装を身につけるところもある。こうした「おっさん」が、女たちの中にまぎれこんで、女性であるかのような仕草をする。またことばも女ことばを使う（ギリシャ語では自分を指す形容詞・分詞が、女性なら女性形になる）。まず間違いなく、グロテスクな誇張があったろう。

しかも彼の侵入が女たちにばれてしまい、裸にむかれて身体検査をされる。ここで笑いの材料になるのが例のファロスである。隠したはずのファロスが見えた見えないで、観客を笑わせることができる。

ところで「おっさん」がまぎれこんだ場にいる「本当の」女たちもまた、実は男性の役者が演じているわけである。

彼女たち、というか、彼らは、写実的に女だったのだろうか。それとも、本当のことをいえば俺たちだって男なんだぞ、という風に、役者本来の性を暗示（ないし明示？）するかたちで演じていたのだろうか。私は後者だと想像する。

変装・女装は、この劇ではまだある。実は、「おっさん」が女たちの会合にスパイとなって入る前に、エウリーピデースはアガトーンという別の悲劇詩人、すなわち美男子で、普段からひげを剃っており、声も女っぽい、要するに女性と見間違うばかりの男を女たちの中に送り込もうとしたのである。

そのアガトーンが実際に舞台に登場させられる。エウリーピデース同様、実在の人物の誇張に満ちた模倣である。その場面でアガトーンは、悲劇を作るにあたって霊感を得るためにはその役の格好をしなくてはならない、といって、実際に女装して歌を歌う。くだんの「おっさん」はそれを見て興奮するのだが、この場合アガトーンはいかにも女らしいほうがよい。つまり、喜劇ではなく、悲劇の中で登場する女性のように演じたはずである。言い換えればこのあと「おっさん」がやるような女装ではなく、真に迫った女装であった。

まだ他にも性的にややこしい人物がこの劇には登場する。先ほど名前をあげた、いくつもの劇の中で、同性愛の受け身役としてしょっちゅう揶揄されているクレイステネースもまた、舞台に登場する。じつは「おっさん」の侵入がばれたのは、クレイステネースが女の味方となって、御注進、御注進、とやってきたからだった。たぶん、このクレイステネース役の女装は、なにかしらのやり方で、女装が好きな「男」であることを分からせるように演じられたはずである。

さらにもっとすごいのは、女たちに捕まえられた「おっさん」が脱出するために、エウリーピデースの芝居の中の美女の役である、ヘレネーとアンドロメダーを演じる場面である。しかもなんと「おっさん」はアンドロメダーの美しい歌を歌う。悲劇中の女性の役柄は、本当の女性のように演じられたであろうから、ここには著しいギャップが生じている。

このようにコロスならびに主人公の相手方として複数の女性を登場させる劇といっても、どこか男どうしの悪ふざけが根本にある。こうした「女性像」は『リューシストラテー』の中の、主人公以外の女たちと相通ずるものがある。セックス・ストライキをやることになる女たちは、実はセックス大好き、という設定である。

これに反して『議会に出席する女』では、女が男に変装して議会に出席するという設定である。変装手段はつけひげ（アテーナイ社会では、成人男子は誰もがひげを生やす習慣であった）と、男ことばと、男物の衣装である（ファロスを装着しはしない。つまりファロスは「本当の」肉体の一部であるとの約束である）。男が、男に化ける女を演じるのであるから、いってみれば男性役者が宝塚の男役を演じるのと同じことが、この劇の舞台で起こるのである。

仮装はアリストファネースの喜劇のおかしさの種として重要な意味を持ったことは間違いない。というのは仮装することの意味そのものが、笑いの材料にされるからである。たとえば『テスモ』の悲劇詩人のアガトーンが、自分も変装して役になりきらなければ霊感が湧かないと、仮装して詩作するように。『鳥』では、蛮行ゆえに鳥（ヤツガシラ）に変身させられたという神話上の人物テーレウス(11)が、鳥の国の王として登場する。舞台上で鳥の姿を人間が写実的に演じることはどうやっても不可能であるから、通常ならば、おかしな姿をしていてもそれを芝居の約束として受け入れることが了解されるものである。しかしこの劇ではそれが逆手にとられ、異様な姿が「おまえはなんとおかしな恰好をしているのだ」と、あざけりの種となる。さらにいえば『蜂』の主人公は、閉じ込められた家の中から逃げだすために、「私は煙です」といいながら、煙突から出て行こうとする。これなどは変装不可能なことに居直っている。

## 笑いの多様性

アリストファネースの笑いは多種多様である。そもそもおかしさは観客によって異なる。ある人には人間の性《さが》のどう

(11) テーレウスはトラキアの王。アテーナイの王女プロクネーを妻とし、息子イテュスをもうける。プロクネーの妹のフィロメーラーを凌辱し、犯行が明るみに出ないようにと彼女の舌を切り取る。しかしフィロメーラーは一部始終を織物にして姉に伝える。姉妹は復讐のためイテュスを殺し、その肉をテーレウスに食わせる。テーレウスは姉妹を追跡するが、自身はヤツガシラに、プロクネーはナイチンゲールに、フィロメーラーはツバメに変身する。だから今でもナイチンゲールは「イテュン・イテュン」と鳴くのである（姉妹の名前や、変身した鳥については、異説あり）。この神話をソフォクレースが悲劇にして上演した。

しようのなさを暴くおかしみと感じられるものが、別の人には面白くもなんともない。また社会風刺は、その前提となる怒りを共有していない人にとっては、無責任で不愉快に思える。あるいは、知識の前提を必要とする笑いは、その知識を持たない者にとっては、たとえ説明されたとしてもおかしくないし、それのみか知識をもっていないことで不愉快にさせられるかもしれない。

このようにある人にとっての滑稽は、別の人には悪趣味と映る。ただし悪趣味といっても、現代の我々にとっての「悪趣味」で判断してはならない。たぶん、今日の日本では、性に関する冗談よりも、いわゆる「社会的弱者」に対するからかいや暴力のほうが、悪趣味であると思う人が多いだろう。しかし第13章で述べた祭という喜劇上演の場では、「正しい笑い」とか「誤った笑い」という区分はありえなかった。「行儀の悪さ」も「高級な笑い」も、ともに欠けてはならない要素であると、この詩人も、この時代のアテーナイ社会も考えていたようである。

## ドタバタ・『蜂』の場合

笑いは、所作からも、ことばからも生じる。しかし所作とことばは結びつくことでいっそうおかしくなる。そしてアリストファネースの場合、ドタバタ喜劇も知的な趣向と結びつく。その振幅の大きさが面白い。

たとえば『蜂』の裁判好きの老人は、息子の制止を振り切って家から脱出しようとするのであるが、煙突（「私は煙です」）からも、正面突破も駄目と分かると、驢馬の腹の下にぶらさがって出ようとする。これは『オデュッセイア』第九巻の、オデュッセウスと部下たちがキュクロープスの洞窟から羊の腹にぶらさがって抜け出る箇所のパロディーである。

こうした特殊な設定のもとでの冗談が続くとき、その相手役は冗談に乗っかるようなセリフを言う。オデュッセウスに化けて家を抜け出そうとしている父親を捕まえた息子は、父親であると分かっていてもなお、「おまえは誰だ」と問うことになる。なぜならそうすることで父親のほうが、「私の名はウーティス（誰でもない）である」といって、パロディーをいっそう、進められるからである（⇩第3章《認知の方法（ヴァリエーション）》70ページ）。オデュッセウスはあらかじめキユクロープスに、自分の名前はウーティスである、と告げていた。あるいはパロディーの種明かしをすることで、パロディーを成立させる機能をもっている。

## 悲劇のパロディー・『テスモ』の場合

この『蜂』の冗談をもっと大がかりにしたのが、『テスモ』の脱出劇パロディーである。逃げようとするのはエウリーピデースの係累、その脱出を手伝うのがエウリーピデース本人である。実際の悲劇詩人エウリーピデースには、主人公が計略を用いて窮地から脱出する場面を有する劇がいくつかあった。そこで彼らは二人して、そうしたエウリーピデースの芝居を演じ、その芝居の筋書きと同じようにして脱出しようと企てる。その計画の実現可能性は、実生活のレベルで考えればいうまでもなく皆無である。

まず係累はヘレネーになる。我々に幸運なことにエウリーピデースの『ヘレネー』が伝わっているので、セリフの比較が可能になる。

エウリーピデースの『ヘレネー』は、いわゆるハッピー・エンドの「悲劇」のひとつである（⇩第14章《ハッピー・エンドの「悲劇」》327ページ）。雲から作られたヘレネーの幻がトロイア戦争を引き起こすためにトロイアへ行ったが、本当のヘレネーはエジプトにいて、しかも土地の王にむりやり結婚させられそうになっている、しかし夫メネラーオスに無事再会して救出される、というのが話のあらましである。アリストファネースは筋を大胆に端折り、登場人物の簡略化を進めるが、劇の核心では実に忠実にエウリーピデースを再現している。もちろん誰よりも美しい女性ヘレネー役を演じるのは、無骨で野卑な「おっさん」で、劇中人物のエウリーピデースがメネラーオスである。「おっさん」がひとことヘレネーのセリフを発するたびに、横あいから茶々が入る。茶々を入れるのは彼を捕まえている女たちで、彼女たちは芝居のなんたるかをまったく理解しようとしない。

『ヘレネー』を使っての脱出に失敗すると、次は『アンドロメダー』になる（この劇は残念ながら散逸）。再び「おっさん」

は美女になり、今度は岩につながれている、[12] という設定となる。そして当然、エウリーピデースがペルセウスとなって救出に来るのだろう、と観客に思わせておきながら、予想を裏切って実際に登場するのは「こだま」である。「こだま」はアンドロメダーの嘆きの歌の最後の部分を、「こだま」らしく繰り返す。それのみかこの「こだま」は、「おっさん」がアンドロメダーであることをやめて、地に戻って発することばまでもそのまま繰り返すし、「おっさん」がいらだって「こだま」に食ってかかると、そのことばまでもしつこく繰り返す。さらにこれに、滅茶苦茶なギリシャ語を使い、およそ悲劇の妙味は理解できない「蛮人」の「お巡り」がからんで、ドタバタになる。

### ファンタジーの論理・『鳥』の場合

このように登場人物全員の合意なしに劇の途中から異様な設定に入り込めば、それは破綻するのが当然で、劇は最初の設定に戻らねばならない。しかし当初からファンタジーが確立されている劇では、ファンタジーはファンタジーなりの論理を貫く。

『鳥』では主人公が、鳥の国を地上と天空の間に建設して、人間が神々に捧げる供物の煙が天に届かないようにしたために、神々は逼迫《ひっぱく》する。なぜなら神々は、人間が脂身に包んだ骨を焼き、空に送る犠牲獣の煙を食べているからである。ヘーシオドスの『神統記』のプロメーテウスの神話を思い出されたい（⇩第6章《プロメーテウス神話》127ページ）。

そこで事態を打開すべく、鳥の国の建設者ペイセタイロスのもとに神々から交渉団がくる。しかし事前にプロメーテウスが「人間の味方」となって、神々の情報を内密に知らせてくれる（「プロメーテウス神話」のパロディー）。そして神々からは「民主政治」（！）のおかげで、実にどうしようもないメンバーが交渉のための使節に選ばれてやってくる。腹ばかり減らしてすぐに篭絡されるヘーラクレース、満足にギリシャ語も話せない外国の神、唯一まともなポセイドーンからなる一行である。ペイセタイロスは擬人化された女神「統治権」を引き渡せと迫る。「たかが女ひとりのために戦争をするのはよくないから」（『イーリアス』（⇩第2章《第九巻のアキッレウス》47ページ）、あるいは『イーリアス』を踏まえた悲劇、たとえば『アガメムノーン』（⇩第14章《トロイア戦争がもたらした惨禍》308ページ）のパロディー）、神々は屈服する。かくしてこの劇は終わる。

## ことば遊び

こうした場面全体の構成が作りだすおかしさとは別に、まったくその場限りのことば遊びもまた豊富である。駄洒落、下品なことば（排泄と性）、単語の二重の意味（特に性に関する裏の意味）、同一語句の（ときには文脈を無視しての）執拗な繰り返し、誇張、奇怪な語義分析、異なる次元の語彙の混淆、意味不明で奇妙な新造語、異様な長さの新造語、他地方あるいは外国のよく分からない単語、妙に儀式張った表現、観客も含めてしろうとには分からない学問用語、他のジャンル（なかんずく悲劇）の詩句のパロディー。さらにそれらを受ける相手が、調子を合わせたり、誤解したり、額面どおり馬鹿正直に受け取ったりしておかしさを増幅する。

## おしまいに

アリストファネースの喜劇が作りだそうとしているおかしさの根底にある精神は、我々にも十分理解可能である。しかし個々のおかしさは、それがことばによるものである場合はもちろん、仕草によるものですら、必ずしもそのままでおかしいとは限らない。なぜなら個々のおかしさは、あまりにも特定の日時・環境・慣習、つまり「上演の場を支えている文化」に依拠しているからである。これを自分たちの文化に引きつけることなく、当時の場そのままに理解するにはどうすればよいか。

いちばん分かりやすい例をあげれば、ことば遊びと翻訳の関係である。翻訳者は日本語で駄洒落をやれば事足りるの

(12) アンドロメダーの神話については第9章の注で概略した（⇩第9章《神話の引用》注（3）211ページ）。

か。それともむしろ詳細な注解をつけるべきか。私個人としては、ある単語のその文章に配置された理由が明らかになることが、換言すれば、たとえある冗談が今日の読者には面白くなくても、なぜそれが当時、面白いとされたか、その理屈が分かることのほうが、どうせたいして面白くもない駄洒落を重ねるより意義深く、かつ面白いと思っている。

これはおかしさの問題だけではないし、さらには広く文学作品の翻訳一般が抱えている問題というべきかもしれない。しかしギリシャ・ローマの韻文作品の場合、いくら根本のところで人間性の普遍的な領域に達していても、表現のひとつひとつでは発表の「場」に制約されている以上、翻訳という挑戦は常に雄々しい営みでありながら、理解の一助を提供するすべでしかない。歴史をないがしろにして、簡単に理解可能であると誤解するのは、おめでたいとのそしりを免れえない。

しかしそれでいながらギリシャ・ローマの作品は、おおむね、ことばの力に信頼を置き、過不足なく表現し尽くすことを目指してできている。ことばで書かれたことは我々のことばで理解可能であり、ことばを超えたものでない以上、念入りな読解を経たなら、どこまでも接近可能である。

どうかひとりでも多くの方がギリシャ語・ラテン語を学ばれんことを。

# 文例

本文で扱った箇所の中からいくつか選んで以下に訳す。その趣旨は、これらのパッセージがどういうことばを用いて表現されているかを、具体的に示すことにある。行分けを施してあるがこれによって、当該ジャンルの一行にはどれほどの内容が盛り込めるか、ひいてはひとつの作品がどれほどの単語を用いているかが、おおまかではあるが把握できよう。

いくつかの箇所は、補遺2に付した「韻律図解」と照応する。両者を見比べることで理解はいっそう深まろう。翻訳はすべて私の手による。読み易さを損なわない程度に、単語ひとつひとつの訳出を試みた。とはいえジャンルの違いを日本語で訳し分けようなどとは、もとより考えていない。

A1　ホメーロス『イーリアス』第二二巻から（韻律図解Ⅰa参照）
A2　ホメーロス『イーリアス』第一六巻から
B　ホメーロス『オデュッセイア』第一一巻から
C1　ウェルギリウス『アエネーイス』第六巻から
C2　ウェルギリウス『アエネーイス』第九巻から
D　アポッローニオス『アルゴナウティカ』第三巻から
E　オウィディウス『変身物語』第六巻から
F　ルーカーヌス『内乱』第三巻から
G　ヘーシオドス『仕事と日』から教訓の一例
H　アラートス『星辰譜』（黄道一二宮）（韻律図解Ⅰb参照）
I　ウェルギリウス『農耕詩』第四巻から

J　テオクリトス作品「第一番」・冒頭のかけあい
K　ウェルギリウス『牧歌』一〇番から（韻律図解Ⅰc参照）
L1　アルキロコス作品五番（エレゲイア）（韻律図解Ⅱa参照）
L2　アルキロコス作品一九番（イアンボス）（韻律図解Ⅲa参照）
M　カッリマコス『アイティア』冒頭（断片一から）
N1　プロペルティウス『エレゲイア集』第一巻一五番
N2　プロペルティウス『エレゲイア集』第二巻一四番・冒頭部（韻律図解Ⅱb参照）
O　オウィディウス『恋の技術』第一巻から
P　サッフォー作品三一番（韻律図解Ⅳa参照）
Q1　アルカイオス作品三二六番（韻律図解Ⅴa参照）
Q2　アルカイオス作品三四七番（韻律図解Ⅶa参照）
R　アナクレオーン作品三五八番（韻律図解Ⅵ参照）
S1　ホラーティウス『カルミナ』第二巻一〇番（韻律図解Ⅳb参照）
S2　ホラーティウス『カルミナ』第二巻一七番（韻律図解Ⅴb参照）
S3　ホラーティウス『カルミナ』第一巻一一番（韻律図解Ⅶb参照）
T1　ピンダロス『ネメア競技祝勝歌』六番
T2　ピンダロス『ピューティア競技祝勝歌』一番から
U1　エウリーピデース『バッカイ』から二度目の使者の報告の一部
U2　エウリーピデース『バッカイ』から一行対話の例（韻律図解Ⅲb参照）

**●A１　ホメーロス『イーリアス』第二二巻三五五～三六六行**（韻律図解Ⅰa参照）

彼[1]に対して、きらめく兜のヘクトールは、死に瀕しながらも話しかけた。
「まさにおまえの本性がよくわかった今、私は死を目の当たりに見る。説得など
すべきではなかったのだ。実際、おまえの胸の中には、鉄でできた心がある。
しかし私が、神々のおまえへの怒りの原因とならないように、心せよ、
いかにおまえが強かろうとも、パリスとフォイボス・アポッローンが
スカイア門のところでおまえを滅ぼすであろうその時に[2]」
このように話している彼を、死の最期が包んだ。
魂は四肢から離れ、冥府へと飛び去って行ってしまった、
雄々しさと若さとを後に残し、おのが運命を嘆きながら。
もはや死んでしまった彼に対して、輝くアキッレウスは話しかけた。
「死ね、私は死を受け入れるつもりだ、
ゼウス、あるいは他の不死なる神々が、それを果たすことを望むときに」

**●A２　ホメーロス『イーリアス』第一六巻八四三～八六一行**

彼に対して、騎士パトロクロスよ、おまえは、力を失くしながら話しかけた。
「ヘクトールよ、今になって大言壮語するがよい。おまえに勝利を与えたのは
クロノスの子ゼウスとアポッローン。神々はいともたやすく私を倒した、
私の肩から武具を脱がせたからだ[1]。
しかしおまえのような者なら、たとえ二十人と対しても、
すぐに全員、私の槍に傷つき、死んでしまっていただろう。
私を殺したのは、死の定めと、レートーの御子（アポッローン）。
人間のうちではエウフォルボス[2]。おまえは三番目にしとめただけ。

---

◆A１はアキッレウスがヘクトールを殺す場面である。これに先立ってヘクトールがパトロクロスを殺す場面を、A２として並置する。両者を比較せよ。

（1）⇩第1章44ページ以下。

（2）現『イーリアス』ではアキッレウスの死の場面はない。しかしこの記述で、現『イーリアス』よりも以前の段階で、アキッレウスの死ぬ有様がどのように出来上がっていたかが想定できる。さらにパトロクロスの死の場面にアキッレウスの死が重なり合う。

（1）アポッローンがパトロクロスの肩を叩くと、武具（鎧）は剥がれ落ちた。この武具は母親テティスの要請で、神ヘーファイストスが作ったものであった。ホメーロスは何も書いていないが、この鎧を着用している間は、死から免れていたと想定できる。

もうよい、はっきり告げることがある。おまえは心にしっかり刻んでおけ。
おまえこそ断じて長く生きることはない。おまえのすぐそばに
死と、抗いがたい定めとが、立っている。
アイアコスの裔《すえ》である無敵のアキッレウスの手で、おまえは殺される」
このように話している彼を、死の最期が包んだ。
魂は四肢から離れ、冥府へと飛び去って行ってしまった、
雄々しさと若さとを後に残し、おのが運命を嘆きながら。
もはや死んでしまった彼に対して、名高いヘクトールは話しかけた。
「パトロクロスよ、どうしておまえが私に、厳しい死を予言するのか。
いったい誰が知ろう、髪美しいテティスの子アキッレウスが、
私の槍に刺されて、先に死んでしまうかもしれないではないか」

### ●B　ホメーロス『オデュッセイア』第一一巻五四一～五六四行

他の[1]、もはや死者となった者たちの魂もまた
心に悲しみを携え、立ち止まり、それぞれが気にかかることを尋ねた。
しかしただひとり、テラモーンの子アイアースの魂だけは
遠くに離れて立っていた、私のかの勝利ゆえに憤怒して。
私は船べりで判定を受け、彼を打ち負かしたのだ、
アキッレウスの武器をめぐる争いで。その母上が場の設定をしたが、
判定はトロイア人とパッラース・アテーナーに委ねられた[2]。
ああ、そのような栄誉をめぐって勝利せねばよかったものを。
それがためにかかる人物を、大地が覆い隠すこととなったのだから。
アイアースは、その姿のみならず勲《いさお》しの点で、

---

（2）パトロクロスを殺すためだけに登場させられた小物といってよい。

（1）⇩第3章62ページ以下。

（2）『オデュッセイア』では裁定の場がこのように記されている。しかしピンダロスは違っている⇩第12章《「ネメア競技祝勝歌」八番とアイアース》274ページ。

ギリシャ人の中で誰よりも、無敵のアキッレウスに近かった。
私は宥《なだ》めのことばで、彼に話しかけた。
「アイアースよ、無敵のテラモーンの子よ、おまえは死んでもなお
私への怒りを忘れ去ることができないのか、あのおぞましい
武具ゆえに。あれは神々がギリシャ人に下した災いだった、
自分たちの砦たるおまえが死んだのだから。ギリシャ人はおまえの死を
ペーレウスの子アキッレウスに匹敵するほどまでに
いつまでも悲しみ続けている。誰も悪いわけではない、
ゼウスが槍もつギリシャの軍勢に
ことのほか憎しみを抱き、おまえには死を下したのだ。
さあどうか、ここに来て、我がことばと話とを聞いてもらいたい、
すさぶる気持ちと猛々しい怒りを抑えてくれ」
こう私は言った。しかし彼はなにひとつ応えなかった。そして他の
もはや死者となった者たちの魂を追って暗黒の世界へ去っていった。

**●C1　ウェルギリウス『アエネーイス』第六巻四五〇〜四七四行**

女たちの亡霊に交じって、カルターゴーのディードーも、傷口も生々しく（1）
広大な森の中をさまよっていた。トロイアの英雄はそばで止まって
彼女をぼんやりとした影越しに認めるやいなや、
それはあたかも月の初め、新月が現れたのを雲の切れ目に
見たか、あるいは見たと思ったかのようであったのだが、
涙を流し、切ない愛に動かされ話しかけた。
「不幸なディードーよ、それでは私に届いた知らせは真実であったのか、

---

◆『オデュッセイア』第一一巻「アイアースのくだり」（引用B）と比較せよ。

（1）⇩第4章90ページ以下。

あなたが亡くなった、剣でおのれを滅ぼした、という噂は。
ということは、ああ、私があなたの死の原因なのか。星々にかけて、
神々にかけて、いな、もし、地の下にも信義があるなら、それにも誓う、
意に反して心ならずも私は、女王よ、あなたの岸辺を去ったのだ。
神々の命令だった、それは今もまた私に、この陰の中、
足場の悪い土地を、底知れぬ夜を抜け、歩ましめるのだが、
それが至高の力をふるって強いたのだ。私には信じられなかった、
私が立ち去ったばかりにこれほどにまで大きな悲しみを、あなたにもたらすとは。
歩みを止めてくれ、私の視界から消えないでくれ。
誰を避けているのか。これが私の話しかける最後と定められているのに」
このようなことばでアエネーアースは、眼をらんらんとさせて燃え盛る憤怒を
宥めようとし、涙を流し続けた。
しかし彼女は視線を地面に釘付けにしたまま、振り向こうともせず、
話が始まろうともまるで表情を変えようとはしなかった、
あたかも堅い火打ち石か、パロス島の大理石の懸崖であるかのように。
今なお敵意を抱いたまま、激しく身をよじらせ、陰が闇となる森の中へと
駆け込んでいった、そこは彼女の昔からの夫(2)であるシュカエウスが、
悩みに応じ、愛を等しくしてくれる所である。

**●C2　ウェルギリウス『アエネーイス』第九巻四二〇〜四四九行**

(1)獰猛なウォルケーンスは怒り狂った。しかし槍を投げた男の姿はどこにも認められず、
どこへ激して突進すべきかも分からなかった。
「しからばやむない、おまえが熱い血を流して、ふたりの死を俺に

---

(2) ディードーは故郷のフェニキアにいたとき、兄によって夫を殺された。逃亡して建設しているのが、カルターゴーである。この話は第1巻で人間に変装した女神ウェヌスによってアエネーアースに語られる。

◆エウリュアルスは逃げ損ねて、敵に捕えられてしまう。ニーススは隠れ場所から身を隠したまま槍を投げ、敵を二人、倒す。敵の

あがなうのだ」こう言うと同時に剣を引き抜いて、
エウリュアルスに向かおうとする。ニーススは、恐怖に駆られ、我を忘れ、
大声を上げた。もうこれ以上、暗闇に身を隠していることにも、
これほどにつらい悲しみに耐えることにも、我慢できなかった。
「俺だ、俺だ、ここにいる俺がやったことだ。ルトゥリー族よ、
俺に剣を向けてこい。すべては俺のせいだ。その男はなにひとつするつもりはなく、
何もできなかった。この空と、星々がすべてを知る証人だ。
ただ彼は、これほどにまで不幸な友を、あまりに激しく愛しすぎただけなのだ」
彼がこのように口にしているさなか、力を込めて突き刺さる剣が
エウリュアルスのあばらを抜け、白く輝く胸を裂く。
エウリュアルスは死に襲われ、崩れ落ちる。美しい四肢をつたって
血が流れ落ち、首はうなだれ、両肩の間に沈む。
その様はあたかも、深紅の花が鋤《すき》に根を切られ、
死に瀕してしぼむよう、あるいはあたかも時ならぬ雨に打ちつけられ、
罌粟《けし》が首の力を失って、頭を落とすときのようであった(2)。
一方ニーススは敵の中央に突進する。皆のいるうちただひとり、
ウォルケーンスのみ追い求め、ウォルケーンスだけに集中する。
その周りを敵は取り囲み、こちらから剣を交えてくると思えば、あちらから
突きかかる。にもかかわらず彼は優勢で、剣をふりまわし、
光輝かせる。ついに叫びをあげるウォルケーンスの顔の真っ正面に
剣を突き刺し、死にゆく敵の命を奪った。
同時に自分も、身体一面、穴を穿《うが》たれ、既に息絶えている友の真上に
身を投げ出す。そこでついに憩いを、穏やかな死の中に見いだすのである。

将であるウォルケーンスはこれに激怒する。
(1)⇩第4章93ページ以下。

(2)この比喩については⇩第4章95ページ注(21)。

おまえたち幸福なふたりよ。もしも私の歌にいくばくかの力があるならば、
いかなる日もおまえたちを、ふりゆく記憶から消し去りはしないだろう(3)、
カピトーリウム(4)の揺るぎなき岩山の傍らに、アエネーアースの家が
居を構え、父たるローマ人が力を持ち続ける限り。

### ●D　アポッローニオス『アルゴナウティカ』第三巻四四二〜四七〇行

(イアーソーンたちの一行は)(1)広間から出ていった。
しかし皆の中でもアイソーンの子（イアーソーン）が、美しさと優雅の点で
神々しくも際立っていた。乙女（メーデイア）は輝くヴェールを被っていたが、
眼の端で彼に視線を注いで見つめつづけた。
心臓を苦しみにいぶらせていたが、その考えはあたかも夢のように
立ち去ってゆく者の跡を忍び足で追い、空をさまよった。
一行は悲痛な面もちで王宮を去った。
カルキオペー(2)はアイエーテースの怒りを避けて
自分の子供たちを連れて、さっさと部屋へと戻ってしまった。
メーデイアもまた同様に立ち去った。恋心が気にかけずにいられないようしむけて
掻き立てるあれこれを、しきりに心の中で思いめぐらしていた。
今なお彼女の目の前に、あらゆることがくっきりと、像を結んだ。
彼の顔と姿はどうであったか、どんな着物を着ていたか、
どんなことを話したか、どのように腰を下ろしていたか、どのように戸口へと
向かったか。あれこれ考えていると、他には誰ひとり、
このような男はいない、という気になった。耳の中ではたえず、
彼の声と、話していた心地よい話が鳴っていた。

---

（3）自分の歌に対する詩人の自負については ⇩第4章95ページ注（22）。

（4）ローマの丘のひとつ。ユーピテル神殿があり、権力の中心である。

◆金の羊の皮を求めるイアーソーンに、アイエーテース王は、青銅の蹄を持ち炎を吐く牡牛で畑を耕し龍の歯を種として播くよう、命じた。

（1）⇩第5章109ページ以下。

（2）メーデイアの姉。

牡牛たちが、あるいはアイエーテース自らが、彼を殺すのではないかと
その身を慮《おもんぱか》って心配するのだった。そしてまるで彼がもはや
死んでしまっているかのように泣きはじめた。激しい哀れみと心配のあまり、
その頬をつたって大粒の涙が流れた。
静かにむせびながらも、はっきりとことばを口にした。
「どうして私が惨めにも、このように苦しまねばならぬ。たとえあの人が英雄の誰よりも、
抜きんでていようとも、それとも卑怯者であったとしても、いずれにせよ
死ねばよいのだ。しかしああ、もし無傷のまま逃げられればどれほどよかったことか、
どうかこのことを、女神ヘカテー(3)よ、成就したまえ、
彼が死を逃れて家に帰れますよう。たとえもし彼が牡牛に
殺される運命だとしても、あらかじめこのことだけは知っていて欲しい、
私は決して彼の不幸な災いを、喜んではいないと」

**●E　オウィディウス『変身物語』第六巻一〇三～一一四、一二九～一三八行**

(1)マエオニア(2)の地に住む娘（アラクネー）は、牡牛の姿にだまされるエウローパを
描き出す。真の牡牛、真の波と、人は思おう。

エウローパのほうは、去りゆく陸地を眺め、飛沫をあげる水に
触れるのを恐れ、怯えて足をひっこめている、と見える。

さらに、アステリエーが鷲にねじ伏せられ捕えられるさまを描く。

白鳥の翼の下に寝ているレーダを描く。

付け加えるに、サテュルスの姿で角を生やし、ユーピテルは
美しいニュクテウスの娘（アンティオペー）に、双子をはらませる。

夫アンフィトリュオーンとなっていた、ティーリュンスに住む女（アルクメネー）よ、おまえを抱いた時。

---

（3）文芸においては、夜や月、さらに魔女やまじないと縁が深い女神である。

◆アラクネーは、まずユーピテルが様々な姿に変身して、人間の女たちを凌辱する様を描き出す。

（1）⇩第5章112ページ以下。

（2）小アジアのリューディアのこと。

黄金色〔の雨〕はダナエーを、火はアーソープスの娘を
牧夫はムネーモシュネーを、色鮮やかな蛇はプローセルピナをもてあそんだ。
〔このあとに他の神々〔ネプトゥーヌス・アポッロー・バックス〕の情事が続く〕
この作品の出来映えに、パッラース〔ミネルワ〕も、「嫉妬」の神も、批評したくとも
できなかったろう。しかし金髪の女傑の神は成功に苦しんだ。
そして神々の犯罪であるこの絵柄の織物を引き裂いた。
そしてキュトールスの山が原産の梭《ひ》を手にしていたので、
三度四度、イドモーンの娘アラクネーの額を打った。
不幸な女は耐えられなかった。勇敢にも縄で首を
くくった。ぶらさがっている彼女にパッラースは哀れを覚え、支えて軽くしてやり、
そしてこう言った。「生きよ、しかしぶらさがったままでいよ。不埒な女よ。
おまえが将来にわたって不安を抱き続けるように、同じ刑罰の掟を、
おまえの一族、後の世の子孫にも、宣言する」

**●F　ルーカーヌス『内乱』第三巻四二六〜四四九行**

旧《ふ》る(1)年月のあいだ、一度も汚されたことのない聖林があった。
絡み合った枝で、ほの暗い大気を包み、
日光を高く遠ざけて、凍える陰を包んでいる。
この森を、田野に住むパーンも、森を司る精も
ニンフたちも統《す》べていない。祭られているのは
異国の異様な神々の像である。祭壇にはおぞましい捧げ物が重なって、
どの木からも人間の血が滴り落ちている。
神々を崇めた昔の時代が信じるに値するならば、

---

(1) ⇩第5章119ページ以下。

鳥たちも恐れてその枝に止まらず、
野獣も巣の中で休まなかった。その森の中には
風も吹き込まず、黒い雲から稲妻が落ちることもない。
しかし葉を広げた木々は、いかなる風にもよらず、
おのずとざわめきを宿した。（中略）
（森の描写が一四行、さらに続く）
この森に鋼を入れて倒せ、とカエサルは命じる。
なぜなら森は彼の仕事に隣り合い、これまでの戦争では無傷であったので、
裸の山々のあいだに鬱蒼と繁っていたからである。
とはいえ勇敢な腕はひるんだ。兵士たちはその場所の
恐るべき荘厳さに打たれ、仮にも聖なる木々を侵せば、
斧は自分たちの手足めがけて跳ね返ってくるだろう、と考えた。
カエサルは軍団が麻痺して動けなくなっているのを
見るやいなや、先頭に立って両刃の斧を奪い、大胆にも振り回し、
そびえ立つ樫の木に鋼で切りつけた。
幹を蹂躙し、鋼を沈めて、このように言う。
「おまえたちの誰ひとり、森を倒すにあたり躊躇することのないように、
私が罪を犯したと知れ」群がる全員が命令に従ったが、
恐怖が取り除かれ安心したわけではなく、
神々の怒りとカエサルの怒りとを、天秤にかけたのだ。
トネリコは倒れる。もつれあうトキワガシはなぎ倒される。
ドードーナの木（カシ）も、海辺にふさわしいハンノキも、
王の嘆きの見届けたイトスギも、

そのとき初めて髪を落とし、葉を奪われて
日光を受け入れた。木々は打たれ倒れながら、密なる枝で
おのれを支えた。それを見てガリアの民衆は
うめき声を上げげた。しかし城壁に閉じこめられた若者たちは
喜び勇む。神々を蔑《なみ》することで処罰なしと、いったい誰が
思えたであろうか。しかし運命は罪ある者を庇う。
そして惨めな者たちに多大なる怒りを向けることができるのが、神意である。

## ●G　ヘーシオドス『仕事と日』から教訓の一例

三四二〜三四五、三四九〜三五二、三六八〜三六九、五七一〜五七三行

友人は食事に呼べ、敵は捨て置け。(1)
なかんずくおまえの近在に住む者を呼べ。
なぜなら仮におまえの土地が、なにかただならぬことになった場合、
隣人なら帯を締めずに駆けつけるが、親戚は帯を締めてくる。

＊　＊

隣人から借りる際には、きっちり量れ。返すときにもきっちり、
同じ升目で量って返せ。もしできるなら、より多く返せ、
のちのち困ったときに、頼りが見つかるように。
不正に儲けるな。不正な儲けは災いに等しい。

＊　＊

甕を開けたときと、なくなりかけているときには、満ち足りるまで飲め。
中ほどでは倹約せよ。底をついての倹約は惨めである。

＊　＊

---

(1) ⇩第6章132ページ以下。

かたつむりが昴《すばる》から逃げるようにして、地面から木に登るときとなれば、
もはや葡萄の木を掘り返す場合ではない。
鎌を研げ、下男を起こせ。

**●H　アラートス『星辰譜』（黄道一二宮）五四五～五四九行**（韻律図解Ⅰb参照）

それ[1]（獣帯）の中に「蟹」がいる、それに接して「獅子」が、さらにその下には
「乙女」がいる。彼女に接して「はさみ」、そして「蠍《さそり》」の本体が、
また「射手」と「山羊の角をした者」も。「山羊の角をした者」に接して
「水を注ぐ者」、彼の下には、二匹の星をちりばめた「魚たち」、
それらとともに「牡羊」、それに接して「牡牛」と「双子」[2]。

**●I　ウェルギリウス『農耕詩』第四巻五一～六三行**

さて[1]次のこと。金色の太陽が冬を大地の下に追い払い、
夏の光で、大空を開け広げたとき、
ただちに蜜蜂は、草地と森とを抜けて旅をして、
緋色の花々から収穫を始め、流れの表層を
軽やかに舐める。この時より彼らは、何かしら楽しげに
巣の中の子供たちを喜んで養い、この時より技も巧みに
新たな蠟を「鋳造」し、粘り強い蜂蜜を形成する。
この時より、巣から飛び出した群が、夏の澄み切った大気を抜けて[2]、
空の星のもとにまで泳いでいるのをあなたが見るとき、
またぼんやりした雲となって、風に流されるのを見るとき、
心して気遣うがよい、彼らは常に、甘い水と、葉の茂った

---

（1）⇩第6章136ページ以下。
（2）「はさみ」とは、「蠍」のはさみのこと。この星座は、のちに「天秤」と、見直される。「山羊の角をした者」は「山羊座」、「水を注ぐ者」は「水瓶座」と、日本語の星座名が付されている。また「魚座」には、魚が二匹いることが、日本語では明示できない。
（1）第6章140ページ以下。
（2）新しい女王蜂の分封である。

覆いとを求めているのである。この場所に定められた香草を散らしておけ、
潰したメリッサフュッロン（バルサム）、どこにでもあるケーリンタの草。

### ●J　テオクリトス「第一番」冒頭のかけあい（一〜二三行）

「何[1]か心地よい囁きを、山羊飼いよ、あそこの松の木が、
泉のそばのあの木が、歌っているが、おまえもまた笛で、心地よい調べを
奏でている。パーンに次いでの二等賞を、おまえなら取れるだろう。
もし神が角のはえた牡山羊を選ぶなら、おまえは雌山羊を取るだろうし、
もし神が賞品に雌山羊を取ったなら、おまえの手に入るのは、
小山羊だろう。乳搾りをする前の小山羊の肉は、うまい」
「羊飼いよ、おまえの歌は、あそこの岩の高いところから
ほとばしる滝の水よりも、もっと心地よく流れ落ちる。
もしムーサイが雌羊を贈り物として持っていくとすると、
おまえは小屋で肥った子羊を賞品に取るだろう。が、もし女神たちが
子羊を取りたいのなら、おまえは後に残った雌羊を連れていけばよい」
「もしよければニンフにかけて、もしよければだが山羊飼いよ、あそこ、
丘が斜面になり、タマリスクが咲いているところに腰を下ろし、
笛を吹いてくれないか。その間、わたしが山羊の番をしていよう」
「いや、それはよくない、羊飼いよ、日が天頂にある時分に、私たちが
笛を吹くのは差し障りがある。パーンが恐ろしい。なぜならパーンはきっとこの折、
狩りに疲れて休んでいる。それに神は気が短い。
鼻孔のあたりに、いつもぴりぴりした不機嫌が座している。
それよりむしろおまえの方こそテュルシスよ、ダフニスの苦しみを歌い慣れていて、

---

◆この詩は全体で一五二行からなる。そのうち二七〜五六行は、山羊飼いが賞品として提供する、木製の杯に刻まれている模様の描写、六四〜一四五行は、羊飼いのテュルシスの歌う、恋に苦しみ、やつれ死ぬダフニスの歌が占めている。ここで訳した冒頭の部分で、「理想的な田園風景」が提示される。「歌くらべ」は、牧歌というジャンルに用いられる類型のひとつである。

（1）⇩第7章150ページ以下。

「牧歌」に関しては、誰よりも勝る域に達している。
さあ、ここへ来て、楡の木の下に座ろう。プリアーポス(2)の像と、
泉とに向き合って。そこはおまえたち羊飼いの
座となるところ、また樫の木も生えている」

**●K　ウェルギリウス『牧歌』一〇番二一～三六行**（韻律図解Ⅰc参照）

皆(1)は尋ねる。「おまえの恋は誰によってひきおこされたのだ？」アポッローも来た。
「ガッルスよ、なぜおまえは狂う？」神は言う。「おまえが愛するリュコーリスは、
雪の中を抜け、恐ろしい陣営を通り、他の男を追いかけていった」
頭に野の飾りをつけて、シルウァーヌスも来た、
花咲くウイキョウと、大輪の百合を揺すっていた。
アルカディアの神パーンが来た。彼が血の色のニワトコの実と
辰砂《しんしゃ》で赤く染めているのを、私はこの目で見た。
「いつ泣き止むのだ？」彼は言った。「恋の神はそんなことを気にかけない。
残酷な恋の神は、涙に飽きることがない、草が川に、
蜜蜂がウマゴヤシに、山羊が葉っぱに飽きないように」
しかしガッルスは悲しげに、こう言った。「とはいえあなたたちはこのことを、
アルカディアの住人よ、山々に歌ってくれるだろう。あなたたちだけが歌に慣れている、
アルカディアの人々よ。あなたたちの芦笛が、いつの日か私の恋を歌うなら、
その時に私の骨は、なんと穏やかにやすらぐことだろう。
私があなたたちのひとりであったなら、そしてあなたたちの羊の番人であれ、
熟した葡萄の摘み手であれ、そうであればどんなによかったことだろう」

---

（2）この神（ラテン語表記でプリアープス）については ⇩第9章《オウィディウスの『祭暦』とベッリーニの絵画》209ページ。

◆不実な恋人に捨てられ、嘆いているガッルスに、アルカディアの住人が慰めにやってくる。それに応じてガッルスは、自分も住人であればどれほどよいか、と独白を始める。しかしアルカディアも、歌も、彼をもはや喜ばせはしない。やがて彼の独白は、「恋の神はすべてに勝ち、我々は恋に屈するしかない」（六九行）という行で終わる。

（1）⇩第5章159ページ以下。

**●Ｌ1　アルキロコス作品五番（エレゲイア）**（韻律図解IIａ参照）

[1]サイイー族の誰かは盾を見つけて、意気軒昂であろう。それを私は
　しぶしぶ、藪のところに捨ててきたのだ。非のうちようのない武具だった。
しかし私自身は救い出せた。どうしてあの盾が気にかかろう。
　盾なんかどうでもよい。もっとよい品を、新たに手に入れよう。

**●Ｌ2　アルキロコス作品一九番（イアンボス）**（韻律図解IIIａ参照）

（[1]大工のカローンいわく[2]）
「黄金に富むギューゲース[3]のものなど、私にはどうでもよい。
私は全然、妬みはしないし、また神々のすることに
腹も立たない。私は力ある僭主にもなりたくない。
それは私の眼からは、遠く離れたところにあるのだから」

**●Ｍ　カッリマコス『アイティア』冒頭（断片一）一〜三二行**

[1]しばしばテルキーネス一族は私にぶつぶつ言う、歌を知らず、
　ムーサイの友であったためしがないくせに。
なぜなら私が、ひとつの連続した歌を、王様たちの業績や、
　あるいは先の世の英雄たちについて、何千行にもわたって
作っていないから。しかし私は歌をほんの少しずつ転がしていく、
　あたかも子供のように。何十年と歳は重ねてきたけれども。
私はテルキーネスに対してこう主張したい。
　（七行後半から一一行まで翻訳省略。ミムネルモスとフィレータースの名前が読める。彼らの短い詩は、彼らの長い詩よりも遥かに優れているとの趣旨か。それとも彼らに比較されているのは、他の詩人の長い詩か）

---

◆エレゲイアは二行一連の繰り返しである。二行目は頭を下げて書くのが、一種の慣例となっている。後述の文例M、N1、N2も同様である。

（1）⇩第8章185ページ以下。

（1）⇩第8章187ページ以下。

（2）これが意味することの推量については本文187ページ参照。

（3）リューディアの王。文芸上では途方もなく富んでいる者としてひかれる。

◆テルキーネスとは、ロドス島に住む魔法使いで、鍛冶の創始者であるとともに、「邪視」の持ち主と言う。カッリマコスは自分の論敵をこれになぞらえている。

（1）⇩第8章194ページ以下。

鶴はピュグミー族の血に喜びながら
　エジプトからトラキアまではるばると飛ぶがよい。
またマッサゲタイ族はメーディア人めがけて、矢を遠く飛ばせばよい。
　しかしナイチンゲールのほうが、はるかに甘美である。
おまえたち、死をもたらす「嫉妬」の族よ、消え去れ。これからは詩の枠を
　ペルシャの鎖ではなく、技術でもって判断せよ。
私からばりばりと音を立てる大きな詩が生み出されないかと、
　探し求めるな。雷鳴はゼウスのもの、私のものではない。
というのも私が最初に蠟板を、膝の上に広げたとき、
　我がリュキアーのアポッローンが、こう言った。
「詩人よ、犠牲の獣は、出来うる限り太らせても、
　しかし、友よ、ムーサは華奢にはぐくむことを心せよ。
さらにまたこのことも言っておく。車が踏みつけることのない
　道を歩め。他人の轍《わだち》のあとに沿うことなく、
幅の広い道に馬車を進めてはならない。人の踏んだことのない
　道を行くのだ、たとえどんなに狭いところを駆けることになろうとも。（後略）」

**●N1　プロペルティウス『エレゲイア集』第一巻一五番**

(1)一度ならず私は、おまえの浮薄がもたらす、過酷な目におびえてきた、
　しかしキュンティアよ、この裏切りだけは考えてもいなかった。
運命が私をどれほどの危険にからめ取ったか、熟視するのだ。
　ところがおまえは私の恐れの中でも、平然と立っている。
しかも昨日の髪を手で整えたり、

---

（1）⇩第9章207ページ以下。

怠惰なまま長い間、あれこれ化粧ができるのだ。
それのみか東方の宝石で胸を飾りさえする、
あたかも新しい男のもとへ行く用意ができた美女のように。
しかしカリュプソーがイタケーの男（オデュッセウス）の出発に動転し、
捨てられた水際に涙した様は、こんなものではなかった。
髪も結わず、やつれて、彼女は何日もの間
座り込んでいた、不正な潮(2)に多くを語り、
もはやこののち会うことは決してないのにもかかわらず、彼女は
長い間の喜びを思い出しながら、嘆いていたのだ。
（このあと八行、他の神話上の女たちへの言及となる）
彼女たちの誰ひとり、おまえの態度を変えることができなかった、
おまえもまた気高い物語になりうるようにと。
もはやおまえのことばを並べて、偽証を新たに呼び戻したりするな、キュンティアよ、
一度は偽証に気づかなかった神々を、今度こそ動かさないよう慎め。
ああ、あまりに無謀な女よ、私を危険に晒して、おまえは苦しむことになろう、
もしもおまえに何かはるかに酷いことが起こったなら。
海から川が逆流することになろう、
一年は逆の順序で季節を進めるだろう、
私の胸の中でおまえへの思いが変わるより先に。
何にでも好きなものになるがよい、しかし他の男のものにだけは、だめだ。
（以下一〇行、省略）

（2）オデュッセウスが非情にも船出をしたこと。

**●N2　プロペルティウス『エレゲイア集』第二巻一四番・冒頭部一～一〇行**（韻律図解Ⅱb参照）

アガメムノーン[1]は[2]、トロイア戦争の勝利を、これほどにまで喜ばなかった、
　トロイアの豊かな城が陥落した際に。
オデュッセウスも、漂流が終わって、これほどにまで喜ばなかった、
　なつかしいイタカの岸に手を触れた際に。
エーレクトラーもこれほどにまで喜ばなかった、オレステースの無事な姿を見たときに、
　姉として弟の偽りの骨を抱きしめて泣いた後に。
アリアドネーもこれほどにまで喜んで、無傷なテーセウスを見なかった、
　彼が、糸に導かれて、迷宮の道を脱しきった際に。
昨夜、私が手に入れた喜びは、それほどにも大きかった。
　もしそうした夜を今一度、迎えられたら、私は神になってしまう。
（以下、省略）

**●O　オウィディウス『恋の技術』第一巻・結尾部**（七五五～七七〇行）

私[1]はもう終わるつもりだった。しかし女たちの心は
　多様である。千の方法を駆使して、千の心を捕まえよ。
大地はすべからく同じものを産みはしない。ある土地はブドウによいが、
　ある土地はオリーブに適する。麦がよく育つ土地もある。
顔かたちの数ほどにも、心のさまも数多い。
　賢き者なら数限りない方法に、わが身を合わす、
あたかもプローテウス[2]が、時には軽やかな波の姿へと身を細め、
　時には獅子に、時には樹木、時には毛深い猪になるように。
ある種の魚は投網に捕まるが、針にかかる魚もいる。

---

（1）⇩第9章212ページ以下。

（2）原文では「アガメムノーン」は「アトリーダ」（＝アトレイデース）と記してある。同じようにほとんどの固有名詞が言い換えられているけれども、それらをここの翻訳では、いちばんよく知られている形で表記している。

（1）⇩第9章216ページ以下。

（2）「海の老人」プローテウスとは、姿を千変万化させる神話上の存在である（本文288ページ参照）。

綱がぴんと張りきって、膨れ上がった地引き網が、別の魚を引きあげる。
たったひとつのやり方では、すべての年齢にふさわしくない。
　歳とった牝鹿なら遠くから罠に気づく。
もし君が純朴な女に賢そうに映ったり、はずかしがり屋に遊びすぎと見えたなら、
　すぐさま女はかわいそうに自信をなくす。
気高き男に身を委ねるのが恐くなり、
　つまらない劣った男の抱擁にとびこむ、そういうことが起きる。
やりはじめた仕事の半分は終わったが[3]、半分がまだ残っている。
　とまれこの場で錨が投じられ、私の船を停泊させよ。

### ●P　サッフォー作品三一番（韻律図解IVa参照）

あの[1]男は神々にも等しいように
私に思えてくる。おまえと向かい合って
席を占め、甘く声を発し心を惹きつけんばかりに笑っている
おまえの間近くにいて

---

耳を傾けていることができるのだから。そのありさまに私の
心臓は胸の中で跳ね返った。
なぜなら私が一瞬たりともそうしたおまえを見つめると、なにひとつ
声を出すことすらできなくなり、

---

それどころか舌は沈黙を強いて[2]、
たちまち皮膚の下を細い炎が走り抜ける。

---

（3）「第一巻」が終わった、ということ。

（1）⇩第10章226ページ以下。

（2）伝承テクストに問題が多いところである。

目はまるで見えなくなり、
耳鳴りがこだまする。

――

私の中を汗が伝い落ちる。震えが
全身を捕える。私は草よりも
青ざめる。もはや自分が死なんばかりに
思われてくる。

――

**●Q1　アルカイオス作品三二六番**（韻律図解Ⅴa参照）

(1)風の位置が分からない。
ある風はこちらから、別の風があちらからと
波を逆巻かせる。そのまっただ中にいて我々は
黒い船もろとも翻弄され、

――

激しい嵐にひどく苦しめられている。
溜まり水はマストの上まで超えてきた、
帆はもはや一面に穴だらけで、向こうが見えるし
大きな裂け目がそれにそってできている。

――

**●Q2　アルカイオス作品三四七番**（韻律図解Ⅶa参照）

(1)肺を酒で湿らせるのだ、かの星（シリウス）が、一回りしてまた上ってきたから。

---

(1) ⇩第10章230ページ以下。

(1) ⇩第10章230ページ以下。

この季節はつらい。万物が暑さの下で、喉を渇かしている。

**●R　アナクレオーン作品三五八番**（韻律図解VI参照）

[1]またも金髪のエロースは、
私に紫色の鞠《まり》を投げつけて、
目にもまばゆいサンダルを履いた娘と
一緒に遊べ、と呼びかける。

——

しかしあの娘は、立派な町のそびえる
レスボスの出身なので、私のこの毛が
白いといってけちをつけ、
他の娘に、口を開けるのだ。

——

**●S1　ホラーティウス『カルミナ』第二巻一〇番**（韻律図解IVb参照）

[1]君はもっと正しい生き方ができるだろう、リキニウスよ、
いつも大海に乗り出すことがなければ、あるいは用心深く
嵐に怯えるあまり、危うい岸にあまりにも
しがみついたりしなければ。

——

誰であれ黄金の中庸を喜ぶ者は、
廃屋の汚れから無縁であってつつがなく、
嫉妬のもととなる館からも、冷静に

---

（1）⇩第10章232ページ以下。

（1）⇩第9章248ページ以下。

無縁でいられる。

―

巨大な松の木は、他のものにまして
風に揺さぶられること多く、そびえ立つ塔はひときわ激しく
崩れ倒れる。そして稲妻は、
山々の頂上を荒らすのである。

―

心がけのよい胸は、今とは別の運を、
逆境にあっては希《ねが》い、順境では恐れる。
ユーピテルは、陰鬱な冬をもたらすが
その同じ神が

―

冬を取り除いてもくれる。たとえ今、悪しくとも
いつまでもそうではない。アポッローとて時に
沈黙した歌を掻き立てる、いつも弓を
引き絞っているわけではない。

―

窮屈な事態には、勇気を持って
力強く、対処せよ。しかしその一方、賢明になって、
あまりに順調な風に対しては、
帆を畳め。

―

## ●S2　ホラーティウス『カルミナ』第二巻一七番（韻律図解Ⅴb参照）

(1)どうしてあなたは気弱に愚痴をこぼして、私を意気消沈させるのか。
あなたが先に亡くなることは、神々にも、私にも
願わしいことではない、マエケーナースよ、我が幸運の
偉大なる栄光にして、支え手よ。

ああ、わが魂の半分であるあなたを、仮に死が早く
奪っていくことがあるならば、どうして私は残りの半分を引き留めようか、
私が生き残ったところで、大切に思ってくれる人はなく、
全うした形をなしはしない。かの日は我々二人どちらにも

終わりをもたらすだろう。私は決して偽りを
誓ったのではない。私たちは行こう、行こうではないか、
仲間どうし、最後の道を取る覚悟を決めて、
いつであれあなたが先に立つときには。

炎を吐くキマエラの息も、
百の手を持つギュアースが、万一、蘇ろうと、
私を決して引き裂きはしない。それを
力強い正義と運命の女神が、よしとしている。

たとえ「天秤座」が、あるいはおそろしい「蠍座」が、
あるいはたとえ西方の波の僭主である「山羊座」が、

---

(1) ⇩第9章248ページ以下。

誕生の時刻の天宮図に、暴力を振るう部分となって、
影響力を及ぼしていようとも、

――――

我々二人の星は、信じられないほどにまで
一致している。あなたの場合、不吉な土星から
光輝く木星の守護が救い出して、
空飛ぶ運命の

――――

翼を遅らせた。その時、劇場で集まった民衆が
三度、喜びの拍手をたててあなたを迎えた。
私の場合も、木の幹が脳天めがけ倒れかかったが、
もしファウヌス（田園の神）がその打撃を

――――

右手で和らげてくれなかったなら、死んでしまっていただろう。
ファウヌスこそリラを弾く詩人たちの番をしてくれる。あなたは犠牲獣と
神殿とを、献納物として寄進することを忘れるな。
私は質素な子羊を、犠牲に捧げよう。

――――

**●S3　ホラーティウス『カルミナ』第一巻一一番**（韻律図解VIIb参照）

(1)おまえは尋ねようとするな、知ることは許されていない、神々がいかなる最期を私に、
いかなる最期をおまえに、レウコノエーよ、与えているかを。またバビロンの
占星術を試みるな。何であれ起きることを受け入れる、それがどれほど優れていることか。

---

（1）⇩第11章247ページ以下。

たとえユーピテルがもっと多くの冬を割り当てたにせよ、あるいは今、テュレニアの海を
逆らう岩によって砕けさせているこの冬が、最後のものとなろうとも。
酒を味わえ、酒を濾《こ》せ。そして短い時で
長い期待を切り刻むのだ。私たちが話している間にも、嫉妬深い時は
逃げ去っていく。この日を摘め、翌日を信じきることなく。

---

**●T1　ピンダロス『ネメア競技祝勝歌』六番**

人間の種族はひとつ。神々の種族もひとつ。とはいえ両者は
ひとりの母から生まれて息づいている。しかし力が完全に両者を区別して
分け隔てている。一方は無でしかなく、他方には、とこしえに堅固な青銅の座が
大空として不動である。がしかしそれでも我々は、大きな意志と、姿の点で、
神々にいくらか似ていなくもない。
たとえ昼間に、また夜ごと、
運命が我々に走るようにと定めたゴールに引かれた線が、
どのようなものであるかを知らなくとも。

---

今もまた、アルキミダースが血筋とは見たところ
実りをもたらす畑のようなものであることを証拠だてた。畑は姿を変えて、
なるほどあるときには人間に、大地からたくさんの命の糧を与えてくれるが、
反対にあるときには休息して、その力をたくわえてしまう。見よ、
ネメアーの喜ばしい大会から

---

(1) ⇩第12章263ページ以下。

かの競技者の少年が帰ってきた。彼はゼウスに由来する分け前を追求し、
レスリングの部門で、
確実に取り分をものにする狩人であると、おのれの姿を世に示した、

―

父親の父プラークシダマースと血を同じくする足跡を
おのれの足でたどりつつ。
この祖父こそ知ってのとおり、一族最初のオリュンピアの勝利者となり、
アルフェオス川からオリーブの枝をアイアキダイにもたらしたし、
イストモスでは五度、ネメアーでも三度、
栄冠をあげて、(その父)ソークレイダースを忘却から救った。
すなわち(ソークレイダースは)ハーゲーシマコスの息子のうちで、
最も優れた男になれたのだ。

‖

なにしろその三人の息子が、力の極みに到達し、勝利の栄冠を担って
帰国したのだから。彼らはその苦労の成果を味わった。しかも神のめぐりあわせか、
ほかのどの家も、この家ほどには多くの栄冠の監督者ではないと、ボクシングが、
全ギリシャの真ん中の地(イストミア)で世に知らしめた。
どうか私がこんな大言壮語を吐いても、あたかも矢を放つときのように、
的をまっすぐに射ていますように。さあ、ムーサよ、この一族めざして
ことばの名高き風をまっすぐ進ませよ。
周知のように男たちは世を去るが

―

歌とことばは彼らの立派な業績をとどめるもの。

そしてそれは、昔から高名な一族バッシダイに乏しくはない。
彼らは自分たちの勝利の歌を船に積み込み、
その誇り高い勲しゆえに、ピーエリダイの農夫たち（詩人）に
数多くの讃歌（の題材）を提供しえたのだ。
聖なるピュートーの地で、拳に皮紐を巻きつけ、
この一族の血を引く
カッリアースもまた勝利をおさめ、黄金のえびらをもつ
レートーの子供たち（アポッローンとアルテミス）を喜ばせ、
夕闇の中、カスタリアーの泉のそばで、カリテスの臨席のもと、光輝いた。
さらにはまた轟《とどろき》やまぬ海の堰（イストモス）は、
ポセイドーンの神域で、二年に一度、牡牛を捧げ、隣人が集う祭典のさい、
クレオンティデースの名誉を讃えた。
そして神さびたフレイウースの山の麓で
勝利を収めた彼の頭を、
ライオンの牧草（パセリ）が飾ったこともあった。

‖

ありとあらゆる方角から広い道が、
この名高き島を詩人たちが飾るべく、通じている。アイアキダイがかつて詩人たちに、
大きな武勲を世にしらしめて、類まれなる天性を（歌の材料として）与えたから、
彼らの名前は、いまもはるか陸を越え、海を渡り、飛んでいく。
それはアイティオペスのもとにまで飛んだのだ、
メムノーンが帰国を果たさなかったので。アキレウスは

敵となり、彼らに重くのしかかった、
車から地面に飛び下りて、

――

輝く曙の女神の息子（メムノーン）を、怒り狂う槍の穂先で
殺したときに。古人はこの出来事を
車が繋く通う道となした。私もまた注意深く、そのあとを辿って行こう。
波のなかでも船の舵のすぐそばを渦巻いている波が、
誰の心も一番乱すものという。
好んでその背に二つの重荷を運びながら
私は使者としてここに来た、
高らかに主張したい、これこそ二十に加えて五番目の、

――

神聖なものと人のいう競技の場から発せられた勝利の雄叫び、
アルキミダースよ、おまえがこの名高き一族のために
提供したのは。なぜならゼウスの神域のそばでは、
いたずらに投げられたくじが、おまえとポリュティーミダースから、
ふたつのオリュンピアの花冠を奪ってしまったのだから。
さらにおまえの両手と強さとの手綱を取った
メレーシアースを私は、波間を跳ぶ
イルカの速さになぞらえたい。

‖

**●T2　ピンダロス『ピューティア競技祝勝歌』一番の一〜四〇行**

黄金(1)のリラよ、アポッローンと、菫《すみれ》の髪をしたムーサイの
正当な持ち物よ。勝利の祝宴の始まりである踊りのステップは、おまえの音に耳を傾ける。
歌い手たちはおまえの指示に従う、
おまえが高らかに響きわたり、コロスの先導となる序歌をかきたてるそのときに。
そしておまえは、永遠に流れる火からなる稲妻の穂先をも、消してしまう。
ゼウスの鷲は王錫の上で眠ってしまう、左右のすばやい翼を緩めて。

―――

その鷲は鳥たちの王者だ。しかしその曲がった頭の上に、
瞼《まぶた》の甘い閂《かんぬき》として、おまえは暗い雲を注ぎかける。鳥は眠りに落ち、
しなやかな背をふくらます、おまえの音の流れに押さえ込まれて。
なにしろ暴力にまさるアレースすら、荒々しくも力強い槍を遠くに捨て去り
深い眠りに心をなごませるのだから。おまえの矢は
神々の心を魅了する、アポッローンと胸の豊かなムーサイの技術のおかげで。

―――

しかし大地と、逆らいがたい海に響きわたるムーサイの声を聞くと
およそゼウスに憎まれている者どもはふるえあがる。
さらに恐ろしいタルタロスに横たわる者、神々の敵、
百の頭のテューフォーンも。この怪物を、かつてはキリキアの、
多くの名前をもつ洞穴が育てたことがあった。しかし今では
クーマイの沖合いの海に囲まれた絶壁と
さらにはシケリアとが、その毛むくじゃらの胸を押さえつけている。天の柱が貫く、
雪を抱くアイトナー、肌を刺す万年雪の乳母。

---

（1）⇩第12章266ページ以下。

その火口からは、近寄りがたい火を、このうえなく聖なる泉が吐き出している。
昼間の河は、輝く煙の流れを吹き出すだけ、
しかし夜になると真っ赤な炎が、岩を転がし、
深い大海原へと、音を響かせ、運んでいく。
かの怪物が、火の恐ろしい泉を吹き上げる。眺めるに驚くべき異様な兆し、
そばに居合わせた人たちから、話を聞くだけでも驚愕のもと、

どのように彼がアイトナー山の、黒々と繁る頂と裾野のうちに縛られているか、
はたまた彼の寝そべる寝台が、どのように背中全面をひっかき、突きたてているのかを。
ゼウスよ、あなたに喜んでいただきたい、
この峰、実り豊かな大地の中心をしばしば訪れる神よ、この山の名をもらって隣り合うポリスに
その名高い建設者が誉れを与えた。そしてまた
ピューティア競技の走路では、伝令が、麗しい勝利を勝ち取ったヒエローンの
馬車のため、その名を告げ、呼び上げたのだから。

船で航海するものにとってなによりの祝福は
航海へ乗り出したときに、順風が吹き寄せること。なぜなら航海の終わりにもまた
さらによい帰還にめぐり会えようと、それは思わせてくれるから。その理《ことわり》が今もあてはまり
今回の成功にさらなる期待を抱かせてくれる、
この先もこのポリスが栄冠と馬とで有名になり、
楽の音が高らかな宴とともに世に名高くなることだろうと。
リュキアの神にして、デーロスを統べるフォイボス・アポッローン、

パルナッソスにあるカスタリアの泉を愛する神よ、
このことをあなたの心にしっかり刻み、この国を良き男たちであふれさせたまえ。

## ●U1　エウリーピデース『バッカイ』から二度目の使者の報告の一部　一〇五一～一一二八行

松[1]の蔭こい峡谷があった。マイナデスはその場所に座を占めて、
心楽しい仕事に精を出していた。
ある女たちは、テュルソスの残骸に、
ふたたび木ヅタの髪の毛を与えるべく、飾り直しているところだった。
また、毛並み輝く子馬が、軛《くびき》を脱した時のように、
バッコスの歌を互いに交わしあっている女たちもいた。
ところが大胆なペンテウスには、女の群がよく見えなかった。
そこでこのように言った。「おい外国人、我々のいるところからは
不純な女たちのあとを目でたどれない。
しかし崖に生えている、頭を高く突き出した樅の木に登れば、
きっとマイナデスの淫らな行いをしっかりと見とどけられよう」
まさにこの瞬間、あの外国人が奇跡を起こしたのを私は見た。
樅の木の先端の、大空に突き出た枝を手につかむや、
下にぐいぐい、黒い大地にまで、引いて引いて引き降ろしたのだ。
(四行、省略)
それからペンテウスを樅の木の先に坐らせると、
乗り手が投げ出されないように気を配りながら、
両手に挟んだ木を放して、静かに直立させた。

(1) ⇩第14章326ページ以下。

木はまっすぐ微動だにせず、背にまたがった主人を乗せたまま、
天に向かって屹立《きつりつ》していた。
彼はマイナデスを見おろすどころか、むしろおのが姿をあたりに曝《さら》した。
つまり、天高く坐っている彼の姿が明らかになろうとしていた
ちょうどその時に、あの外国人の姿はどこにも見つからなくなっており、
そのかわりに大空からある声が——おそらく
ディオニューソスと想像できるが——轟きわたったのだ。
「娘たちよ、おまえたちと、私と、我が祭とを
嘲笑している男を連れてきた。よし、復讐にかかれ」
この声が告げられるや否や、天と地におごそかな
火柱が立って、閃光を放った。
天に静寂が満ちた。谷の木々すら
葉音をひそめ、獣の吠え声も聞こえなかった。
女たちはかの呼び声を、ぼんやりと耳にしただけであったが、
すっくと立ち上がり、あたりに視線を漂わせた。

(二二行半、省略)

女たちは、数限りない手を
いっせいに樅の木に押し付けて、根こそぎ、大地から引き抜いてしまった。
てっぺんに坐っていたペンテウスは、地面めがけて
上から真っ逆さまに墜落してくる。
長くひきずる叫び声は、災いが差し迫っていることを知ってのこと。
母親が先頭に立ち、みずから女祭司となって犠牲の式を開始する。
そして彼に躍りかかる。彼のほうはミトラを髪から剥ぎとり

投げ捨てた。たとえためらいを知らないアガウエーでも、自分を識別して、
殺さないようにと期待したからだ。そして母の頬に手を当てて、
嘆願のことばを発する。「母さん、私です。あなたの子供、
ペンテウスです。あなたがエキーオーンの家で生んだ息子です。
ああ、母さん、哀れんでください。私の失策のせいで、
自分の息子を殺さないでください」
しかし母は口から泡を吹き、歪んだ目の玉を
回転させて、心すべきことに心せず、
バッキオスにとり憑かれていた。息子の説得は無力だった。
不幸な男の左の腕の先をつかむと、
脇腹を足で踏みつけ、
肩を引きちぎった。力はいらなかった。
神が女の手にこつを授けられたから。

**●U2　エウリーピデース『バッカイ』から一行対話の例　四六五〜四八〇行**（韻律図解III参照）

P　どうしたいきさつで(1)このような密儀をギリシャに持ち込むのだ。
D　ディオニューソス自らが私を遣わせた。ゼウスの御子です。
P　そこにはゼウスを名乗る奴がいて、新しい神を生んでいるのか。
D　いいえ。セメレーとこの地で結ばれ契られたあの方です。
P　夢の中で出会ったのか。直接おまえに使命を悟らしめたのか。
D　目と目をしっかり合わせて、秘儀の印を授けられました。
P　その秘儀の印とはどんな形をしているのか。
D　この神の祭に加わらない者には、口外無用。

---

(1)　⇩第14章327ページ以下。
P＝ペンテウス
D＝ディオニューソス

P　供物を捧げる者には、どんな御利益があるのか。
D　あなたは聞けぬ。規則です。知るに値することとはいえ。
P　聞く気をそそろうとして、うまくごまかす奴め。
D　神様を蔑ろにする人を、神様の秘儀は嫌います。
P　おまえは神をはっきりと目にしたと言ったな。どんな姿だったか。
D　神様の望みのまま。かくあれと定めたのは私ではない。
P　また話をそらす。愚にもつかぬことを言うのに達者な奴め。
D　賢いことを言おうにも、愚者には分別とは見えぬもの。

・**中村善也『恋のパエドラ』**（『世界文学全集』2 講談社 1978 年）

## 第 15 章

●ギリシャ喜劇の全集・選集

・**久保田忠利・中務哲郎編『ギリシア喜劇全集』1-9 + 別巻**（岩波書店 2008-2012 年）

この他、喜劇作品を収めた全集・選集としては以下のものがある。

・**世界戯曲全集刊行部『世界戯曲全集』2**（希臘・羅馬篇）（近代社 1930 年）

・**『ギリシア喜劇全集』1**（アリストパネス）、**2**（アリストパネス続、メナンドロス）（人文書院 1961 年）

・**田中美知太郎編『ギリシア劇集』**（新潮社 1963 年）

・**『世界古典文学全集』12**（筑摩書房 1964 年）

＊ちくま文庫『ギリシア喜劇』1-2（筑摩書房 1986 年）に再録。

●アリストファネース・個々の作品の翻訳

・**村川堅太郎『アカルナイの人々』**（岩波文庫 1951 年）

・**呉茂一『鳥』**（岩波文庫 1944 年）

・**村川堅太郎『女の議会』**（岩波文庫 1954 年〔1977 年改訂〕）

・**高津春繁『女の平和』**（岩波文庫 1951 年〔1975 年改訂〕）

・**戸部順一『女の平和』**（西洋比較演劇研究会編『ベスト・プレイズ——西洋古典戯曲 12 選』論創社 2011 年）

・**高津春繁『雲』**（岩波文庫 1957 年〔1976 年改訂〕）

・**高津春繁『平和』**（岩波文庫 1956 年〔1973 年改訂〕）

・**中務哲郎『男の平和』**（『世界文学全集』2 講談社 1978 年）

・**高津春繁『蛙』**（岩波文庫 1950 年〔1976 年改訂〕）

・**呉茂一『女だけの祭』**（岩波文庫 1975 年）

・**高津春繁『蜂』**（岩波文庫 1955 年〔1977 年改訂〕）

●ローマ喜劇の全集・選集

・**木村健治他『ローマ喜劇集』1-5**（西洋古典叢書 2000-2002 年）

これ以前の全集・選集は以下の通り。

・**村松正俊『古典劇大系 羅馬篇』**（近代社 1926 年）

・**世界戯曲全集刊行部『世界戯曲全集』2**（希臘・羅馬篇）（近代社 1930 年）

・**鈴木一郎他『古代ローマ喜劇全集』1-5**（東京大学出版会 1975-1980 年）

●ローマ喜劇の個々の作品の翻訳

【プラウトゥス】

・**松平千秋『綱引き』**（『世界文学全集』2 講談社 1978 年）

・**泉井久之助『アンドロスから来たむすめ』**（『世界文学大系』2（ギリシア・ローマ古典劇集）筑摩書房 1959 年）

【テレンティウス】

・**岡道男『ポルミオ』**（『世界文学全集』2 講談社 1978 年）

○ローマ喜劇論

・**小林標『ローマ喜劇——知られざる笑いの源泉』**（中公新書 2009 年）

- 内山敬二郎『ギリシャ悲劇全集』1-4（鼎出版 1977-1979 年）
- 『世界文学全集』2（講談社 1978 年）
- 『世界の文学 古典文学集』（集英社 1990 年）

●エウリーピデース作品の全訳
- 丹下和彦『悲劇全集』1-5（西洋古典叢書 2012-2016 年）

●ギリシャ悲劇・個々の作品の翻訳

【アイスキュロス】
- 呉茂一『アガメムノン』（岩波文庫 1951 年）
- 久保正彰『アガメムノーン』（岩波文庫 1998 年）
- 呉茂一『縛られたプロメーテウス』（岩波文庫 1974 年）
- 高津春繁『テーバイ攻めの七将』（岩波文庫 1973 年）

【ソフォクレース】
- 呉茂一『アンティゴネー』（岩波文庫 1961 年）
- 中務哲郎『アンティゴネー』（岩波文庫 2014 年）
- 福田恆存『オイディプス王・アンティゴネ』（新潮文庫 1984 年）
  ＊英訳からの重訳。
- 藤沢令夫『オイディプス王』（岩波文庫 1967 年）
- 井上優『オイディプス王』（西洋比較演劇研究会編『ベスト・プレイズ――西洋古典戯曲』白凰社 2000 年）
- 北野雅弘『オイディプス王』（西洋比較演劇研究会編『ベスト・プレイズ――西洋古典戯曲 12 選』論創社 2011 年）
- 河合祥一郎『オイディプス王』（光文社文庫 2017 年）
  ＊英訳（Jebb 訳）からの重訳。
- 高津春繁『コロノスのオイディプス』（岩波文庫 1973 年）

【エウリーピデース】
- 呉茂一『タウリケのイピゲネイア』（岩波文庫 1948 年）
- 久保田忠利『タウリケーのイーピゲネイア』（岩波文庫 2004 年）
- 松平千秋『ヒッポリュトス パイドラーの恋』（岩波文庫 1959 年）
- 逸身喜一郎『バッカイ――バッコスに憑かれた女たち』（岩波文庫 2013 年）

○ギリシャ悲劇論

岩波版『ギリシア悲劇全集』別巻がギリシャ悲劇について様々な観点から扱っている他、比較的最近の評論として以下を挙げる。
- 逸身喜一郎『ソフォクレース『オイディプース王』とエウリーピデース『バッカイ』――ギリシア悲劇とギリシア神話』（岩波書店 2008 年）
- 丹下和彦『ギリシア悲劇――人間の深奥を見る』（中公新書 2008 年）
- 丹下和彦『ギリシア悲劇ノート』（白水社 2009 年）
- 吉武純夫『ギリシア悲劇と「美しい死」』（名古屋大学出版会 2018 年）

●セネカの悲劇の翻訳
- 小川正廣他『セネカ悲劇集』1-2（西洋古典叢書 1997 年）

## 第 12 章

●ピンダロスの翻訳

- **内田次信『祝勝歌集／断片選』**（西洋古典叢書 2001 年）

「オリュンピア祝勝歌」

- **久保正彰『オリュムピア祝捷歌集』**（『世界名詩集大成』1（古代・中世篇）平凡社 1960 年）

「ピューティア祝勝歌」（1 番）

- **呉茂一『増補 ギリシア抒情詩選』**（岩波文庫 1952 年）

○ピンダロス論

- **安西眞『ピンダロス研究——詩人と祝勝歌の話者』**（北海道大学図書刊行会 2003 年）
- **小池登『ピンダロス祝勝歌研究』**（知泉書館 2010 年）

●合唱抒情詩の翻訳

ピンダロス以外の合唱抒情詩人の翻訳として、

- **丹下和彦『ギリシア合唱抒情詩集』**（西洋古典叢書 2002 年）

があある。アルクマーン、バッキュリデース、ステーシコロス、シモーニデースを扱う。

- **『世界名詩集大成』1**（古代・中世篇）（平凡社 1960 年）

は、アルクマーン、ステーシコロス、シモーニデース（呉茂一・藤井昇・河底尚吾『ギリシア抒情詩集』）、バッキュリデース（高津春繁『詩集』）の抄訳を収録。

＊アルクマーン、シモーニデースの一部は、呉茂一『増補 ギリシア抒情詩選』（岩波文庫 1952 年）からの再録）。

## 第 14 章

●ギリシャ悲劇の翻訳

- **松平千秋・久保正彰・岡道男監修『ギリシア悲劇全集』1-14 ＋別巻**（岩波書店 1990-1993 年）

＊改訂版が 2010 年に出ており、作品によっては改訳されている。

ギリシア悲劇の全集・選集としては、他に以下のものが出ている。

- **村松正俊『古典劇大系 希臘篇』1**（アイスキュロス、ソポクレス）、**2**（エウリピデス、アリストファネス）（近代社 1925 年）
- **世界戯曲全集刊行部『世界戯曲全集』1**（希臘篇）、**2**（希臘・羅馬篇）（近代社 1927-1930 年）
- **田中秀央・内山敬二郎『希臘悲壮劇 ソポクレース』**（理想社 1941 年）
- **田中秀央・内山敬二郎『悲壮劇 アイスキュロス』**（生活社 1943 年）
- **田中秀央・内山敬二郎『希臘悲壮劇 エウリーピデース 上』**（世界文学社 1949 年）
- **『世界文学大系』2**（ギリシア・ローマ古典劇集）（筑摩書房 1959 年）
- **『ギリシア悲劇全集』1**（アイスキュロス）、**2**（ソポクレス）、**3-4**（エウリピデス）（人文書院 1960 年）
- **田中美知太郎編『ギリシア劇集』**（新潮社 1963 年）
- **『世界古典文学全集』8**（アイスキュロス、ソポクレス）、**9**（エウリピデス）（筑摩書房 1964-1965 年）

＊ちくま文庫『ギリシア悲劇全集』1-4（筑摩書房 1986 年）に再録。

- **阿部知二等編『世界文学全集』第 3 集第 1**（河出書房新社 1966 年）
- **『筑摩世界文学大系』4**（ギリシア・ローマ古典劇集）（筑摩書房 1972 年）

○オウィディウス論
・**久保正彰『OVIDIANA ギリシャ・ローマ神話の周辺』**（青土社 1978 年）

## 第 10 章

●ギリシャの抒情詩を集めた訳詩集
・**田中秀央・木原軍司『ギリシャ抒情詩集』**（思索社 1949 年）
・**呉茂一『増補 ギリシア抒情詩選』**（岩波文庫 1952 年）
・**呉茂一・藤井昇・河底尚吾『ギリシア抒情詩集』**（『世界名詩集大成』1（古代・中世篇）平凡社 1960 年）
　＊『増補 ギリシア抒情詩選』の一部が含まれる。
・**呉茂一『ギリシア・ローマ抒情詩選――花冠』**（岩波文庫 1991 年）
　＊『増補　ギリシア抒情詩選』の一部が収められている。

○ギリシャの抒情詩論
・**沓掛良彦『ギリシアの抒情詩人たち――竪琴の音にあわせ』**（京都大学学術出版会 2018 年）
　＊抒情詩人のほか、アルキロコス、テオクリトス、カッリマコスが取り上げられている。

○サッフォー論
・**沓掛良彦『サッフォー――詩と生涯』**（水声社 2006〔平凡社 1988〕年）

## 第 11 章

●ホラーティウスの翻訳
・**鈴木一郎『ホラティウス全集』**（玉川大学出版部 2001 年）
がある他、『カルミナ』の翻訳として
・**呉茂一・坪井光雄・国原吉之助『カルミナ』**（抄）（『世界名詩集大成』1（古代・中世篇）平凡社 1960 年）
・**藤井昇『歌章』**（古典文庫）（現代思潮社 1973 年）
がある。他の作品の翻訳に
・**鈴木一郎『諷刺詩集・詩論』**（『世界文学大系』67（ローマ文学集）筑摩書房 1966 年）
・**田中秀央・村上至孝『ホラティウス書簡集』**（生活社 1943 年）
・**高橋宏幸『書簡詩』**（講談社学術文庫 2017 年）
・**松本仁助・岡道男『詩論』**（『アリストテレース『詩学』／ホラーティウス『詩論』）（岩波文庫 1997 年）
もある。

○ホラーティウス論
・**中山恒夫『詩人ホラーティウスとローマの民衆』**（内田老鶴圃新社 1976 年）
・**鈴木一郎『ホラティウス――人と作品』**（玉川大学出版部 2001 年）
・**逸身喜一郎『ラテン文学を読む――ウェルギリウスとホラーティウス』**（岩波書店 2011 年）

○エピグラム論
・**沓掛良彦『古代西洋万華鏡』**（法政大学出版局 2017 年）

●マールティアーリスのエピグラムの翻訳
・**樋口勝彦『エピグラム集』**（『世界名詩集大成』1（古代・中世篇）平凡社 1960 年）
・**藤井昇『マールティアーリスのエピグランマタ』上・下**（慶應義塾大学言語文化研究所 1973 年）

**第 9 章**
●ローマのエレゲイア詩の訳詩集
・**中山恒夫『ローマ恋愛詩人集』**（国文社 1985 年）
＊カトゥッルス、ティブッルス、プロペルティウス、オウィディウスほか
・**『世界名詩集大成』1**（古代・中世篇）（平凡社 1960 年）
カトゥルス『詩集』（抄）（呉茂一・坪井光雄）
プロペルティウス『哀歌』（抄）（呉茂一）
ティブッルス『詩集』（抄）（国原吉之助）
オウィディウス『名婦の書簡』（抄）『黒海からの便り』（抄）（松本克己）を収録。
・**呉茂一『ギリシア・ローマ抒情詩選――花冠』**（岩波文庫 1991 年）
にもカトゥッルス、プロペルティウスの呉訳が収められている。

○エレゲイア論
・**中山恒夫『ローマ恋愛詩人の詩論――カトゥルルスとプロペルティウスを中心に』**（東海大学出版会 1995 年）
・**ポール・ヴェーヌ『古代ローマの恋愛詩――愛と詩と西洋』鎌田博夫訳**（法政大学出版局 1995 年）

●オウィディウス『恋の技術』の翻訳
・**藤井昇『恋の手ほどき・惚れた病の治療法』**（わらび書房 1984 年）
・**樋口勝彦『恋の技法』**（平凡社ライブラリー 1995 年）
＊筑摩の世界文学大系からの再録。
・**沓掛良彦『恋愛指南――アルス・アマトリア』**（岩波文庫 2008 年）

●オウィディウスのその他の作品
・**高橋宏幸『祭暦』**（国文社 1994 年）
・**中山恒夫『恋の歌』**（『ローマ恋愛詩人集』国文社 1985 年）
・**藤井昇『惚れた病の治療法』**（『恋の手ほどき・惚れた病の治療法』わらび書房 1984 年）
・**松本克己『名婦の書簡』**（抄）（『世界名詩集大成』1（古代・中世篇）平凡社 1960 年）
・**松本克己『名婦の書簡』**（抄）（『世界文学大系』67（ローマ文学集）筑摩書房 1966 年）
・**松本克己『黒海からの便り』**（抄）（『世界名詩集大成』1（古代・中世篇）平凡社 1960 年）
・**木村健治『悲しみの歌・黒海からの手紙』**（西洋古典叢書 1998 年）
『変身物語』については　⇨第 5 章の項参照

に訳されている。

●『ホメーロス風讃歌』の翻訳
・**沓掛良彦『ホメーロスの諸神讃歌』**（ちくま学芸文庫 2004 年）
の他、一部が
・**逸身喜一郎・片山英男『四つのギリシャ神話――『ホメーロス讃歌』より』**（岩波文庫 1985 年）
に訳されている。

**第 8 章**
●ギリシャのエレゲイアの訳詩集
・**西村賀子『エレゲイア詩集』**（西洋古典叢書 2015 年）
がある他、
・**『ギリシア抒情詩集』**（『世界名詩集大成』1（古代・中世篇）平凡社 1960 年）
にアルキロコス（呉茂一）、テュルタイオス（河底尚吾）ソローン（呉茂一）、テオグニス（呉茂一）の抄訳が収められている。

○アルキロコス論
・**沓掛良彦『ギリシアの抒情詩人たち――竪琴の音にあわせ』**（京都大学学術出版会 2018 年）
ではアルキロコスも扱われている。

●テオグニスの翻訳
・**久保正彰『エレゲイア詩集』**（『世界人生論全集』1 筑摩書房 1963 年）

●カッリマコスの翻訳
『アイティア』はその一部が
・**中務哲郎『ギリシア恋愛小曲集』**（岩波文庫 2004 年）
「アコンティオスとキュディッペ」（『縁起物語』より）
という形で、抜粋として訳されている。
『讃歌』は
・**松平千秋『讃歌』**（抄）（『世界名詩集大成』1（古代・中世篇）平凡社 1960 年）
に 3 番、5 番が収められている。

○カッリマコス論
沓掛『ギリシアの抒情詩人たち』（上掲）ではカッリマコスの『讃歌』も取り上げられている。

●エピグラムの翻訳
・**沓掛良彦『ギリシア詞華集』1-4**（西洋古典叢書 2015-2016 年）
が近年公刊され全てのエピグラムが翻訳された。これ以前の翻訳として、
・**呉茂一『ギリシア詞華集』**（抄）（『世界名詩集大成』1（古代・中世篇）平凡社 1960 年）
に抄訳がある（その一部は呉茂一の『増補 ギリシア抒情詩選』（岩波文庫 1952 年）、『ギリシア・ローマ抒情詩選――花冠』（岩波文庫 1991 年）などに収録）。

○ヘーシオドス論
- **久保正彰『ギリシア思想の素地——ヘシオドスと叙事詩』**（岩波新書 1973 年）
- **廣川洋一『ヘシオドス研究序説——ギリシア思想の生誕』**（未来社 1975 年）

●アラートスを含めた教訓叙事詩人の翻訳
- **伊藤照夫『ギリシア教訓叙事詩集——アラトス／ニカンドロス／オッピアノス』**（西洋古典叢書 2007 年）

●ルクレーティウスの翻訳
- **樋口勝彦『物の本質について』**（岩波文庫 1961 年）
- **藤沢令夫・岩田義一「事物の本性について——宇宙論」**（『世界古典文学全集』21 筑摩書房 1965 年）

●マーニーリウスの翻訳
- **有田忠郎『占星術または天の聖なる学』**（白水社 1993 年〔1978 年〕）

●『農耕詩』の翻訳
- **小川正廣『牧歌／農耕詩』**（西洋古典叢書 2004 年）
  の他、
- **河津千代『牧歌・農耕詩』**（未来社 1981 年）
  がある。

○ウェルギリウス論
⇨第 4 章の項参照

**第 7 章**

●テオクリトスの翻訳
- **古澤ゆう子『牧歌』**（西洋古典叢書 2004 年）
  がある他、一部の作品（1, 2, 13, 18）が呉茂一によって翻訳されている。
- **呉茂一『詩集』**（『世界名詩集大成』1（古代・中世篇）平凡社 1960 年）

  *呉茂一『増補 ギリシア抒情詩選』（岩波文庫 1952 年）にも抄訳がある。

○テオクリトス（及び「牧歌」）論
- **古澤ゆう子『牧歌的エロース——近代・古代の自然と神々』**（木魂社 1997 年）
- **川島重成・茅野友子・古澤ゆう子編『パストラル——牧歌の源流と展開』**（ピナケス出版 2013 年）
- **沓掛良彦『ギリシアの抒情詩人たち——竪琴の音にあわせ』**（京都大学学術出版会 2018 年）
  でもテオクリトスが扱われている。

●ウェルギリウス『牧歌』の翻訳
第 6 章の項に挙げた他、一部が
- **八木綾子『田園詩』**（抄）（『世界名詩集大成』1（古代・中世篇）平凡社 1960 年）

○『アエネーイス』（およびウェルギリウス）論
- **小川正廣『ウェルギリウス研究――ローマ詩人の創造』**（京都大学学術出版会 1994 年）
- **小川正廣『ウェルギリウス『アエネーイス』――神話が語るヨーロッパ世界の原点』**（岩波書店 2009 年）
- **逸身喜一郎『ラテン文学を読む――ウェルギリウスとホラーティウス』**（岩波書店 2011 年）

**第 5 章**

●『アルゴナウティカ』の翻訳
- **岡道男『アルゴナウティカ――アルゴ船物語』**（講談社文芸文庫 1997 年）
  ＊講談社『世界文学全集』 1 の岡訳（講談社 1982 年）を再録

がある他、
- **堀川宏『アルゴナウティカ』**（西洋古典叢書 2018 年予定）

の公刊が予告されている。

○アポッローニオス・ロディオス論
- **高橋通男『ヘレニズムの詩とホメーロス――アポローニオス・ロディオス研究』**（慶應義塾大学言語文化研究所 2005 年）

●『変身物語』の翻訳
- **中村善也『変身物語』上・下**（岩波文庫 1981-1984 年）

の他、以下がある。
- **高津春繁・熊崎雄二郎『メタモルポーセース』**（『世界文学全集』第 2 期第 16 巻 河出書房 1956 年）
- **田中秀央・前田敬作『転身物語』**（人文書院 1966 年）
- **鈴木利久『羅英対訳詳註「変身物語」を読む』1-4**（渓水社 2001-8 年）

オウィディウスの他の作品　⇨第 9 章の項参照

●ルーカーヌスの翻訳
- **大西英文『内乱――パルサリア』上・下**（岩波文庫 2012 年）

**第 6 章**

●ヘーシオドスの名前で伝わる断片・偽作を含めた、全作品の新訳
- **中務哲郎『全作品』**（西洋古典叢書 2013 年）

●『神統記』の翻訳
- **廣川洋一『神統記』**（岩波文庫 1984 年）

●『仕事と日』の翻訳
- **真方敬道『仕事と日々』**（『世界人生論全集』1 筑摩書房 1963 年）
- **松平千秋『仕事と日』**（岩波文庫 1986 年）

の他に、以下のものがある。
- **土井晩翠『イーリアス』**（冨山房 1940 年）
- **田中秀央・越智文雄『イーリアス』**（全国書房 1949 年）
  ＊改訳版が『世界文学全集』1（河出書房新社 1974 年）に収録されている。
- **呉茂一『イーリアス』上・中・下**（岩波文庫 1953, 1958 年〔上巻のみ 1964 年改訳〕）
  ＊「平凡社ライブラリー」に再録（平凡社 2003 年）。筑摩版の呉訳とは異なる翻訳。
- **呉茂一『イーリアス』**（『世界文学大系』1 筑摩書房 1961 年）
  ＊『世界古典文学全集』1（筑摩書房 1964 年）、『筑摩世界文学大系』2（筑摩書房 1971 年）にほぼ同じ訳が収められている。
- **高津春繁『イーリアス 愛蔵版』**（筑摩書房 1969 年）
- **小野塚友吉『完訳イリアス』**（風濤社 2004 年）

○『イーリアス』論
- **川島重成『「イーリアス」ギリシア英雄叙事詩の世界』**（岩波書店 2014〔1991〕年）

## 第 3 章

●『オデュッセイア』の翻訳
- **松平千秋『オデュッセイア』上・下**（岩波文庫 1994 年）

の他、以下のものがある。
- **田中秀央・松浦嘉一『オデュスセィア』**（弘文堂書房 1939 年）
- **土井晩翠『オヂュッセーア』**（冨山房 1943 年）
- **高津春繁『オデュッセイア』**（『世界文学大系』1 筑摩書房 1961 年）
  ＊『世界古典文学全集』1（筑摩書房 1964 年）、『筑摩世界文学大系』2（筑摩書房 1971 年）にほぼ同じ訳が収められている。
- **呉茂一『オデュッセイアー』上・下**（岩波文庫 1971-1972 年）
- **松平千秋『オデュッセイア』**（『世界文学全集』1 講談社 1982 年）
  ＊岩波文庫とは異なる訳文。

○『オデュッセイア』論
- **久保正彰『「オデュッセイア」――伝説と叙事詩』**（岩波書店 1983 年）
- **西村賀子『ホメロス『オデュッセイア』――〈戦争〉を後にした英雄の歌』**（岩波書店 2012 年）

## 第 4 章

●『アエネーイス』の翻訳
- **岡道男・高橋宏幸『アエネーイス』**（西洋古典叢書 2001 年）

の他、以下のものがある。
- **田中秀央・木村満三『アェネーイス』上・下**（岩波文庫 1940-1941 年）
- **樋口勝彦・藤井昇『アエネーイス』**（『世界文学全集』第 2 期第 16 巻 河出書房 1956 年）
- **泉井久之助『アエネーイス』上・下**（岩波文庫 1976 年）
- **小野塚友吉『アエネーイス――ローマ建国物語』**（風濤社 2000 年）
- **杉本正俊『アエネーイス』**（新評論 2013 年）

# 文献案内

作成：小林薫

- 本書の各章で取り上げた作品、詩人を中心に、日本語の翻訳（●）、参考文献（○）を挙げる。
- 翻訳については出来るだけ網羅的であることを目指し、初版の公刊年順に列挙した。
- 参考文献は、最低限の点数にとどめた。翻訳書に付された解説も併せて参照されたい。
- 1997年より、ギリシャ・ラテンの主要な著作・作品を網羅し邦訳することを目指す「西洋古典叢書」が京都大学学術出版会より刊行されている。これについては出版社名は省略し、叢書名のみを記した。

**第1章**

☆ギリシャ・ラテン文学全体を扱った文学史

・*The Cambridge History of Classical Literature*

*I. Greek Literature* (edd. P. E. Easterling and B. M. W. Knox), Cambridge 1985.

*II. Latin Literature* (edd. E. J. Kenney and W. V. Clausen), Cambridge 1982.

ともに900ページを超える大部なものである。ケンブリッジ大学出版局との契約のある図書館では、電子版も閲覧できるようになった。

日本語で書かれたものでは、

- **久保正彰『西洋古典学——叙事詩から演劇詩へ』**（放送大学教育振興会 1990年）
- **松本仁助・岡道男・中務哲郎『ギリシア文学を学ぶ人のために』**（世界思想社 1991年）
- **松本仁助・岡道男・中務哲郎『ラテン文学を学ぶ人のために』**（世界思想社 1992年）

がある。

- **宮城徳也『ギリシャ・ローマ文学必携』**（早稲田大学文学部 2006年）

では、日本語で書かれた参考文献と翻訳が丁寧に紹介されている。

- **宮下志朗・井口篤『ヨーロッパ文学の読み方——古典篇』**（放送大学教育振興会 2014年）

は、ヨーロッパ文学の中にギリシャ・ラテン文学を位置づけるものである。

ギリシャ文学史には

- **ジャクリーヌ・ド・ロミイ『ギリシア文学概説』細井敦子・秋山学訳**（法政大学出版局 1998年）

があるほか、ギリシャ文学の概説として

- **川島重成・高田康成『ムーサよ、語れ——古代ギリシア文学への招待』**（三陸書房 2003年）

がある。

ラテン文学史では

- **高橋宏幸『はじめて学ぶラテン文学史』**（ミネルヴァ書房 2008年）

が出ている。

**第2章**

●『イーリアス』の翻訳

- **松平千秋『イリアス』上・下**（岩波文庫 1992年）

1 — 3 ◡ ◡ 6 | 7 ◡ ◡ 10 | 11 ◡ ◡ 14 ◡ 16 ‖

6 Tyrrhenum: sapias, vina liques, et spatioa brevi

テュレニアの。 味わえ ワインを（澱を）濾せ そして 時で 短い

1 — 3 ◡ ◡ 6 | 7 ◡ ◡ 10 | 11 ◡ ◡ 14 ◡ 16 ‖

7 spem longam reseces. dum loquimur, fugerit invida

期待を 長い 切り刻め。 〜の間に 私たちが話す 逃げてしまう 嫉妬深い

1 — 3 ◡ ◡ 6 | 7 ◡ ◡ 10 | 11 ◡ ◡ 14 ◡ 16 ‖

8 aetas: carpe diem, quam minimum credula postero.

時は。 摘め 日を できる限り少なく 信じきって 翌日を。

（韻律図解 VIIa）**「拡大アスクレーピアデース風」 the greater Asclepiad**

**アルカイオス作品 347 番**　　　　**⇒文例 Q2**

1 ∪ 3 ∪ ∪ 6 7 ∪ ∪ 10 11 ∪ ∪ 14 ∪ 16 ‖

1　τέγγε πλεύμονας οἴνῳ, τὸ γὰρ ἄστρον περιτέλλεται,

tenge pleumonas oinôi, to gar astron peritelletai,

湿らせよ 肺を 酒で、 なぜなら かの星が 回ってきている、

1 — 3 ∪ ∪ 6 7 ∪ ∪ 10 11 ∪ ∪ 14 ∪ 16 ‖

2　ἀ δ’ ὤρα χαλέπα, πάντα δὲ δίψαισ’ ὐπὰ καύματος,

â d’ ôrâ khalepâ, panta de dipsais’ ypa kaumatos

この 季節は つらい、 すべてが 喉を渇かしている 暑さの下で。

（韻律図解 VIIb）**「拡大アスクレーピアデース風」 the greater Asclepiad**

**ホラーティウス『カルミナ』第 1 巻 11 番**　　　　**⇒文例 S3**

1 — 3 ∪∪ 6 | 7 ∪ ∪ 10 | 11 ∪ ∪ 14 — 16 ‖

1　Tu ne quaesieris, scire nefas, quem mihi, quem tibi

おまえは するな 尋ねようと、 知ることは 許されぬ、 いかなる 私に いかなる おまえに

1 — 3 ∪ ∪ 6 | 7 ∪ ∪ 10 | 11 ∪ ∪ 14 ∪ 16 ‖

2　finem di dederint, Leuconoe, nec Babylonios

最期を 神々が 与えているか、 レウコノエーよ、 ～するな バビロンの

1 — 3 ∪ ∪ 6 | 7 ∪∪ 10 | 11 ∪ ∪ 14 ∪ 16 ‖

3　temptaris numeros. ut melius, quidquid erit, pati,

試みるな 計算を。 どれほど 優れているか、 何であれ生じることを 受け入れる、

（＝占星術）

1 — 3 ∪∪ 6 | 7 ∪ ∪ 10 | 11 ∪∪ 14 ∪ 16 ‖

4　seu pluris hiemes seu tribuit Iuppiter ultimam

たとえ もっと多くの 冬を あるいは 割り当てた ユーピテルが 最後の（ものとして）

1 — 3 ∪ ∪ 6 | 7 ∪∪ 10 | 11 ∪∪ 14 ∪ 16 ‖

5　quae nunc oppositis debilitat pumicibus mare

それは 今 逆らう 砕けさせる 岩によって 海を

1 — 3 ◡ ◡ 6 ◡ 8 ‖

2 βάλλων χρυσοκόμης Ἔρως

ballôn khrysokomês Erôs

投げつけて 金髪の エロースは

1 ◡ 3 ◡ ◡ 6 ◡ 8 |

3 νήνι ποικιλοσαμβάλῳ

nêni poikilosanbalôi

娘と 色鮮やかなサンダルを履いた

1 — 3 ◡ ◡ 6 7 ‖

4 συμπαίζειν προκαλεῖται·

sympaizein prokaleitai;

一緒に遊べと 呼びかける。

1 — 3 ◡ ◡ 6 ◡ 8 ‖

5 ἡ δ', ἐστὶν γὰρ ἀπ' εὐκτίτου

hê d' estin gar ap' euktitû

しかし娘は 〜であるから 立派な町のある

1 — 3 ◡ ◡ 6 ◡ 8 ‖

6 Λέσβου, τὴν μὲν ἐμὴν κόμην,

Lesbû, tên men emên komên,

レスボス（の出である） この 私の 毛を

1 — 3 ◡ ◡ 6 ◡ 8 |

7 λευκὴ γάρ, καταμέμφεται,

leukê gar, katamemphetai

白い から（といって） とがめ立てをする、

1 — 3 ◡ ◡ 6 7 ‖

8 πρὸς δ' ἄλλην τινὰ χάσκει.

pros d' allên tina khaskei

むしろ 他の 誰か（娘）に 口を開ける。

– 2 ◡4 – | 6 ◡ ◡9 ◡ 11 ‖

26 laetum theatris ter crepuit sonum:

喜びの 劇場で 三度 拍手した 音（をたて)。

– 2 ◡ 4 – 6 ◡ 8 – ‖

27 me truncus illapsus cerebro

私を 木の幹が 倒れかかる 脳天に

1 ◡ ◡ 4 ◡◡ 7 ◡ 9 – ‖

28 sustulerat, nisi Faunus ictum

奪い去っていたろう、もし〜なかったなら ファウヌスが 打撃を

– 2 ◡ 4 – | 6 ◡◡9◡11 ‖

29 dextra levasset, Mercurialium

右手で 和らげる メルクリウス（＝リラの創始者）の族の

– 2 ◡4 – | 6 ◡◡ 9 ◡ 11 ‖

30 custos virorum. reddere victimas

番人 人々の。 （お礼を）奉納すること 犠牲獣を

– 2 ◡ 4 – 6 ◡ 8 – ‖

31 aedemque votivam memento:

神殿とを 献納の 忘れるな、

1 ◡ ◡4 ◡◡7 ◡ 9 – ‖

32 nos humilem feriemus agnam.

私は 質素な 犠牲に捧げよう 子羊を。

（韻律図解VI） **「グリュコーン風＋フェレクラテース風」glyconic + pherecratean**

**アナクレオーン作品358番** **⇒文例R**

1 – 3 ◡ ◡ 6 ◡ 8 ‖

1 σφαίρῃ δηὖτέ με πορφυρῇ

sphairêi dêute me porphyrêi

鞠を またまた 私に 紫色の

1 ◡◡ 4 ◡ ◡ 7 ◡ 9 – ‖
Iustitiae placitumque Parcis.
正義と 決められている 運命の女神とに。

– 2 ◡ 4 – | 6 ◡◡ 9 ◡ 11 ‖
seu Libra seu me Scorpios aspicit
たとえ 「天秤座」が あるいは 私に 「さそり座」が 影響力を及ぼす

– 2 ◡ 4 – | 6 ◡◡ 9 ◡ 11 ‖
formidulosus, pars violentior
おそろしい、 部分である 暴力をふるう

– 2 ◡ 4 – 6 ◡ 8 – ‖
natalis horae, seu tyrannus
誕生の 時刻の、 たとえ 僭主である

1 ◡◡ 4 ◡ ◡ 7 ◡ 9 – ‖
Hesperiae Capricornus undae,
西方の 「山羊座」 波の、

– 2 ◡ 4 – 6 ◡ ◡ 9 ◡ 11 ‖
utrumque nostr(um) incredibili modo
両方の 我々の 信じられない やり方で

– 2 ◡ 4 – | 6 ◡ ◡ 9 ◡ 11 ‖
consentit astrum: te Iovis impio
一致している 星は。 あなたを 木星の 不吉な

– 2 ◡ 4 – 6 ◡ 8 – ‖
tutela Saturno refulgens
保護が 土星から 光輝く

1 ◡ ◡ 4 ◡ ◡ 7 ◡ 9 – ‖
eripuit volucrisque Fati
救い出した、 そして空を飛ぶ 運命の

– 2 ◡ 4 – | 6 ◡ ◡ 9 ◡ 11 ‖
tardavit alas, cum populus frequens
送らせた 翼を、 〜時 民衆が 集まった

— 2 ∪ 4 — | 6 ∪ ∪ 9 ∪ 11 ‖

6 maturior vis, quid moror alteram,

（私よりも）早く 暴力（死）が、どうして（私は）引き留めよう もう半分を、

— 2 ∪ 4 ∪ 6 ∪ 8 — ‖

7 nec carus aeque nec superstes

〜ない 大切で 同じように 〜ない 生き残って

1 ∪ ∪ 4 ∪ ∪ 7 ∪ 9 — ‖

8 integer? ille dies utramque

欠けるところがない。 かの 日は 両者の

— 2 ∪ 4 — | 6 ∪ ∪ 9 ∪ 11 ‖

9 ducet ruinam. non ego perfidum

もたらすだろう 破滅を。 〜ない 私は 裏切りの

— 2 ∪ 4 — | 6 ∪ ∪ 9 ∪ 11 ‖

10 dixi sacrament(um): ibimus, ibimus,

言った 誓い 我々は行こう 我々は行こう

— 2 ∪ 4 — 6 ∪ 8 — ‖

11 utcumque praecedes, supremum

いつであれ〜時 あなたが先に立つ、 最後の

1 ∪ ∪ 4 ∪ ∪ 7 ∪ 9 — ‖

12 carper(e) iter comites parati.

取ること 道を 仲間として 覚悟ができた。

— 2 ∪ 4 — | 6 ∪ ∪ 9 ∪ 11 ‖

13 me nec Chimaerae spiritus igneae

私を 〜ない キマエラの 息が 炎を出す

— 2 ∪ 4 — | 6 ∪ ∪ 9 ∪ 11 ‖

14 nec, si resurgat, centimanus Gyas

〜ない、万一 甦ろうと 百の手を持つ ギュアースが

— 2 ∪ 4 — 6 ∪ 8 — ‖

15 divellet umquam: sic potenti

引き裂く 決して。 そのように 力強い

— 2 ◡ 4 ◡ 6 ◡ ◡ 9 ◡ 11 ‖

6 πὲρ μὲν γὰρ ἄντλος ἰστοπέδαν ἔχει,

per men gar antlos istopedân ekhei,

上にまで なぜなら 溜まり水は マストを 越える、

— 2 ◡ 4 ◡ 6 ◡ 8 — |

7 λαῖφος δὲ πὰν ζάδηλον ἤδη,

laiphos de pan zadêlon êdê,

帆は 全部 穴があいてむこうが見える もはや、

1 ◡ ◡ 4 ◡ ◡ 7 ◡ 9 — ‖

8 καὶ λάκιδες μέγαλαι κὰτ αὖτο,

kai lakides megalai kat auto,

かつ 裂け目が 大きな それに沿って、

（韻律図解 Vb） **アルカイオス風スタンザ the Alcaic stanza**

**ホラーティウス『カルミナ』第 2 巻 17 番** **⇒文例 S2**

— 2 ◡ 4 — | 6 ◡ ◡ 9 ◡ 11 ‖

1 Cur me querelis exanimas tuis?

どうして 私を 愚痴によって 消沈させる あなたの。

— 2 ◡ 4 — | 6 ◡ ◡ 9 ◡ 11 ‖

2 nec dis amic(um) est nec mihi te prius

～でない 神々に 望まれること ～でもない 私に あなたが 先だって

◡ 2 ◡ 4 — 6 ◡ 8 — ‖

3 obire, Maecenas, mearum

亡くなることは、マエケーナースよ、私の

1 ◡ ◡ 4 ◡ ◡ 7 ◡ 9 — ‖

4 grande decus columenque rerum.

偉大な 栄光よ かつ 支え手よ 幸運の。

— 2 ◡ 4 — | 6 ◡ ◡ 9 ◡ 11 ‖

5 a! te meae si part(em) animae rapit

ああ、あなたを 私の 仮に 半分である 魂の 奪うなら

1 ◡ 3 – 5 | ◡ ◡8 ◡ 10 – ‖

23 contrahes vento nimium secundo

畳むがよい 風に 余りに 順調な

1 ◡ ◡ 4 – ‖

24 turgida vela.

膨らんだ 帆を。

（韻律図解 Va） **アルカイオス風スタンザ the Alcaic stanza**

**アルカイオス作品 326 番** **⇒文例 Q1**

◡ 2 ◡ 4 ◡ 6 ◡ ◡ 9 ◡ 11 ‖

1 ἀσυννέτημμι τὼν ἀνέμων στάσιν,

asynnetêmmi tôn anemôn stasin;

私には分からない 風（複数）の 位置が。

◡ 2 ◡ 4 – 6 ◡ ◡ 9 ◡ 11 ‖

2 τὸ μὲν γὰρ ἔνθεν κῦμα κυλίνδεται,

to men gar enthen kŷma kylindetai,

あるもの（風）は こちらから 波を 逆巻かせる、

◡ 2 ◡ 4 – 6 ◡ 8 – |

3 τὸ δ' ἔνθεν, ἄμμες δ' ὂν τὸ μέσσον

to d' enthen, ammes d' on to messon

またあるものは あちらから。 我々は その中にあって

1◡ ◡ 4 ◡ ◡ 7 ◡ 9 – ‖

4 νᾶϊ φορήμμεθα σὺν μελαίνᾳ

nâï phorêmmetha syn melainâi

船 翻弄される もろとも 黒い

– 2 ◡ 4 – 6 ◡ ◡ 9 ◡ 11 ‖

5 χείμωνι μόχθεντες μεγάλῳ μάλα·

kheimôni mokhthentes megalôi mala;

嵐に 苦しみながら 大きな 非常に。

1 ◡ 3 – 5 | ◡ ◡ 8 ◡ 10 – ‖

13 sperat infestis, metuit secundis

希望する 逆境に 恐れる 順境に

1 ◡ 3 – 5 | ◡ ◡ 8 ◡ 10 – ‖

14 alteram sortem bene praeparatum

別の 運を よく 準備された

1 ◡ 3 – 5 | ◡◡ 8 ◡ 10 – ‖

15 pectus. informis hiemes reducit

胸は。 陰鬱な 冬を もたらす

1 ◡◡ 4 – ‖

16 Iuppiter, idem

ユーピテルは、 その同じ神が

1 ◡ 3 – 5 | ◡◡ 8 ◡ 10 – |

17 submovet. non, si male nunc, et olim

取り除く。 〜ない たとえ 悪しく 今 いつまでも

1 ◡ 3 – 5 | ◡ ◡ 8 ◡ 10 – ‖

18 sic erit; quondam cithara tacentem

そのようで あろうことは。 時に キタラで 沈黙した

1 ◡ 3 – 5 | ◡ ◡ 8 ◡ 10 – |

19 suscitat Musam neque semper arcum

掻き立てる 歌を いつも〜というわけではない 弓を

1 ◡ ◡ 4 – ‖

20 tendit Apollo.

ひく アポッローは。

1 ◡ 3 – 5 | ◡ ◡ 8 ◡ 10 – ‖

21 rebus angustis animosus atque

事態には 窮屈な 勇敢に さらには

1 ◡ 3 – 5 | ◡ ◡ 8 ◡ 10 – ‖

22 fortis appare; sapienter idem

力強く 対処せよ。 賢明に 同じく

1 ◡ 3 – 5 | ◡ ◡8 ◡ 10 – ‖
cautus horrescis, nimium premendo
用心深く 怯えて震える あまりにも しがみつくこと

1 ◡ ◡ 4 – ‖
litus iniquum.
岸に 危うい。

1 ◡3 – 5 | ◡ ◡8 ◡10 – ‖
auream quisquis mediocritatem
黄金の 誰であれ～者は 中庸を

1 ◡ 3 – 5 | ◡ ◡ 8 ◡ 10 –‖
diligit, tutus caret obsoleti
好む 安全に 持たない 捨て置かれた

1 ◡ 3 – 5 | ◡ ◡ 8 ◡ 10 – ‖
sordibus tecti, caret invidenda
汚れを 家の 持たない 妬みを掻き立てる

1 ◡◡ 4 – ‖
sobrius aula.
冷静に 館を。

1 ◡3 – 5 | ◡ ◡8 ◡ 10 – ‖
saepius ventis agitantur ingens
よりしばしば 風に 揺さぶられる 巨大な

1 ◡ 3 – 5 | ◡ ◡8 ◡ 10 – ‖
pinis et celsae graviore casu
松は そして そびえ立つ より大きな 倒壊で

1 ◡ 3 – 5 | ◡◡8 ◡ 10 – ‖
decidunt turres feriuntque summos
倒れる 塔は そして 荒らす 項上を

1 ◡ ◡ 4 – ‖
fulgera montis.
稲妻は 山々の。

1 ◡ ◡ 4 – ‖

12 βεισι δ᾽ ἄκουαι,

beisi d᾽ akûai

両耳では

1 ◡ 3 – 5 ◡ ◡ 8 ◡ 10 – ‖

13 κὰδ δέ μ᾽ ἴδρως ψῦχρος ἔχει, τρόμος δὲ

kad de m᾽ idrôs psŷkhros ekhei, tromos de

私の（中を？） 汗が つたい落ちる、 震えが

1 ◡ 3 – 5 ◡ ◡ 8 ◡ 10 – ‖

14 παῖσαν ἄγρει, χλωροτέρα δὲ ποιάς

paisan agrei, khlôroterâ de poiâs

（私）全体を 捕らえる、 ～よりも青ざめる 草

1 ◡ 3 ◡ 5 ◡ ◡ 8 ◡ 10 – |

15 ἔμμι, τεθνάκην δ᾽ ὀλίγω ᾽πιδεύης

emmi, tethnakên d᾽ oligô ᾽pideuês

私は～いる、死ぬこと 僅かしか ～から離れていないと

16 φαίνομαι†

phainomai

思われる（？）。

（韻律図解 IVb） **サッフォー風スタンザ the Sapphic stanza**

**ホラーティウス『カルミナ』第 2 巻 10 番** **⇒文例 S1**

1 ◡3 – 5 | ◡ ◡ 8 ◡ 10 – ‖

1 Rectius vives, Licini, nequ(e) altum

もっとよく 君は生きていけよう リキニウスよ、～なければ 大海に

1 ◡ 3 – 5 | ◡ ◡ 8 ◡ 10 – ‖

2 semper urgendo neque dum procellas

いつも のりだすこと、 また～なければ ～しながら 嵐を

1 ⏑ ⏑ 4 – ‖

4 σας ὐπακούει

sâs ypakûei

耳を傾ける

1 ⏑ 3 – 5 ⏑ ⏑8 ⏑ 10 – ‖

5 καὶ γελαίσας ἰμέροεν, τό μ' ἦ μὰν

kai gelaisâs îmeroen, to m' ê mân

かつ 笑っている 魅力的に、 それは 私の 実際

1 ⏑3 – 5 ⏑ ⏑ 8 ⏑10 – ‖

6 καρδίαν ἐν στήθεσιν ἐπτόαισεν,

kardiân en stêthesin eptoaisen;

心臓を 胸の中で 跳びあがらせた、

1 ⏑ 3 ⏑ 5 ⏑ ⏑ 8 ⏑ 10 – |

7 ὠς γὰρ ἔς σ' ἴδω βρόχε', ὤς με φώναι-

ôs gar es s' idô brokhe' ôs me phônai-

〜時 なぜなら おまえを 見つめる 瞬時 その時 私が 声を出すこと

1 ⏑ ⏑ 4 – ‖

8 σ' οὐδ' ἒν ἔτ' εἴκει,

s' ûd en et' eikei,

なにひとつ 許さない、

1 ⏑ 3 – 5 ⏑ 10 – ‖

9 ἀλλ' ἄκαν μὲν γλῶσσα †ἔαγε†, λέπτον

all' akân men glôssa lepton

むしろ 沈黙 私の舌は 折れてしまう（？）、 細い

1 ⏑ 3 – 5 ⏑ ⏑ 8 ⏑ 10 – ‖

10 δ' αὔτικα χρῷ πῦρ ὐπαδεδρόμηκεν,

d' autika khrôi pŷr ypadedromêken,

ただちに 皮膚の下を 火が 走り抜ける

1 ⏑ 3 ⏑ 5 ⏑ ⏑ 8 ⏑ 10 – |

11 ὀππάτεσσι δ' οὐδ' ἒν ὄρημμ', ἐπιρρόμ-

oppatessi d' ûd en orêmm' epirrom-

両眼で なにひとつ 見ない、 音がうなる

⏑ 2 ⏑ 4 ⏒ 6 ⏒ ⏑⏑ 8 ⏑ 10 ⏑ 12 ‖

471 τὰ δ᾽ ὄργι᾽ ἐστὶ τίν᾽ ἰδέαν ἔχοντά σοι;

ta d' orgi' esti tin' ideân ekhonta soi?

その 秘儀は であるか いかなる 形を 持っている おまえに。

– 2 ⏑ 4 – 6 ⏑ 8 ⏑ 10 ⏑ 12 ‖

472 ἄρρητ᾽ ἀβακχεύτοισιν εἰδέναι βροτῶν.

arrêt' abakheutoisin eidenai brotôn.

口にしてはならない バッコスの秘儀を受けていない者に 知ることは 人間のうちで。

⏑ 2 ⏑ 4 – 6 ⏑ 8 – 10 ⏑ 12 ‖

473 ἔχει δ᾽ ὄνησιν τοῖσι θύουσιν τίνα;

ekhei d' onêsin toisi thŷûsin tina?

持っている 利益を 供物を捧げる者に どんな。

– ⏒ 2 ⏒ ⏑ 4 – 6 ⏑ 8 ⏑ 10 ⏑ 12 ‖

474 οὐ θέμις ἀκοῦσαί σ᾽, ἔστι δ᾽ ἄξι᾽ εἰδέναι.

û themis akûsai s' esti d' axi' eidenai.

許されない 聞くことは あなたが ～であるが 値する 知ることに。

（韻律図解 IVa） **サッフォー風スタンザ the Sapphic stanza**

**サッフォー作品 31 番** **⇒文例 P**

1 ⏑ 3 – 5 ⏑ ⏑ 8 ⏑ 10 – ‖

1 φαίνεταί μοι κῆνος ἴσος θέοισιν

phainetai moi kênos isos theoisin

（のように）見える 私には あの人は 等しい 神々に

1 ⏑ 3 – 5 ⏑ ⏑ 8 ⏑ 10 – ‖

2 ἔμμεν᾽ ὤνηρ, ὄττις ἐνάντιός τοι

emmen' ônêr, ottis enantios toi

～である 男 その人は 向かい合って おまえに

1 ⏑ 3 – 5 ⏑⏑ 8 ⏑ 10 – |

3 ἰσδάνει καὶ πλάσιον ἆδυ φωνεί-

izdanei kai plâsion âdy phônei-

座っている そして 近くで 甘く 声を立てている（おまえに）

## （韻律図解 IIIa） **トリメトロス　the iambic trimeter**

**アルキロコス作品 19 番** **⇒文例 L2**

— 2 ◡ 4 — 6 ◡ 8 — 10 ◡ 12 ‖

1 "οὔ μοι τὰ Γύγεω τοῦ πολυχρύσου μέλει,

û moi ta Gygeô tû polykhrysû melei,

「〜ない　私に　物は　ギューゲースの　黄金に富む　気に懸かる、

— 2 ◡ 4 — 6 ◡ 8 ◡ 10 ◡ 12 ‖

2 οὐδ᾽ εἷλέ πώ με ζῆλος, οὐδ᾽ ἀγαίομαι

ûd' heile pô me zêlos, ûd' agaiomai

また　捕らえない 全然 私を 妬みが、 また　私は腹を立てない

— 2 ◡ ◡4◡ — 6 ◡ 8 ◡ 10 ◡ 12 ‖

3 θεῶν ἔργα, μεγάλης δ᾽ οὐκ ἐρέω τυραννίδος·

theôn erga, megalês d' ûk ereô tyrannidos;

神々の　することに、力のある　望まない　僭主（になることを）、

◡ 2 ◡ 4 ◡ 6 ◡ 8 10 ◡ 12 ‖

4 ἀπόπροθεν γάρ ἐστιν ὀφθαλμῶν ἐμῶν."

apoprothen gar estin ophthalmôn emôn.

遠く離れて　なぜなら　いる　眼から　私の」。

## （韻律図解 IIIb） **トリメトロス　the iambic trimeter**

**エウリーピデース『バッカイ』469 〜 474 行** **⇒文例 U2**

◡ ◡2◡ ◡ 4 — 6 ◡ 8 — 10 ◡ 12 ‖

469 πότερα δὲ νύκτωρ σ᾽ ἢ κατ᾽ ὄμμ᾽ ἠνάγκασεν;

potera de nyktôr s' ê kat' omma' ênankasen?

〜いずれなのか　夜間　おまえに それとも 目の前で　強いたのか。

◡ 2 ◡ 4 ◡ 6 ◡ 8 ◡ 10 ◡12 ‖

470 ὁρῶν ὁρῶντα, καὶ δίδωσιν ὄργια.

horôn horônta, kai didôsin orgia.

見ている者が 見ている者に、 そして 与える　秘儀を。

1 ◡ ◡ 2 – 3 | 1 ◡ ◡ 2 ◡ ◡ 3 ‖

2 cum caderent magnae Laomedontis opes;

～時　陥落した　大きな　ラーオメドーンの　富が。

（＝トロイアの城）

1 – 2 – 3 – 4 – 5 ◡ ◡ 6 – ‖

3 nec sic error(e) exacto laetatus Vlixes,

～なかった　これほどに　漂流を　終えて　喜ぶ　ウリクセースは、

（＝オデュッセウス）

1 ◡ ◡ 2 – 3 | 1 ◡ ◡ 2 ◡ ◡ 3 ‖

4 cum tetigit carae litora Dulichiae;

～時　触れた　懐かしい　岸に　ドゥーリキアの。

（＝オデュッセウスの領地の一）

1 – 2 – 3 – 4 – 5 ◡ ◡ 6 – ‖

5 nec sic Electra, salvum c(um) aspexit Oresten,

～なかった　これほどに　エーレクトラは　無事な　～時　見た　オレステースを、

1 – 2 ◡ ◡ 3 | 1 ◡ ◡ 2 ◡ ◡ 3 ‖

6 cuius falsa tenens fleverat ossa soror;

彼の　虚偽の　抱きながら　泣いた後　骨を　姉が。

（ソフォクレース作「エーレクトラー」のエピソード）

1 – 2 ◡ ◡ 3 – 4 – 5 ◡◡ 6 – ‖

7 nec sic incolumem Minois Thesea vidit,

～なかった　これほどに　無傷な　ミーノースの娘は　テーセウスを　見た、

（＝アリアドネー）

1 ◡◡ 2 – 3 | 1 ◡ ◡ 2 ◡ ◡ 3 ‖

8 Daedalium lino cum duce rexit iter;

ダエダルスの手になる　糸を　～時　導きとして　（彼が）全うした　道を。

（＝迷宮）

1 ◡ ◡ 2 ◡ ◡ 3 – 4 – 5 ◡◡ 6 – ‖

9 quant(a) ego praeterita collegi gaudia nocte;

それほどにも大きい　私は　昨日の　手に入れた　喜びを　夜に、

1 – 2 ◡ ◡ 3 | 1 ◡ ◡ 2 ◡ ◡ 3 ‖

10 immortalis ero, s(i) altera talis erit.

不死なるものに（私は）なるだろう、もし　もうひとつの（夜が）そのようであるなら。

1 – 2 ◡ ◡ 3 – 4 – 5 ◡ ◡ 6 – ‖

36 aut custos gregis aut maturae vinitor uvae!

～であれ 番人 羊の群の ～であれ 熟した 摘み手 葡萄の房の」。

（韻律図解 IIa） **エレゲイア the elegiac distich**

**アルキロコス作品 5 番** **⇒文例 L1**

1 ◡ ◡ 2 ◡ ◡ 3 ◡ ◡ 4 ◡ ◡ 5 ◡ ◡ 6 – ‖

1 ἀσπίδι μὲν Σαΐων τις ἀγάλλεται, ἥν παρὰ θάμνῳ,

aspidi men Saïôn tis agalletai, hên para thamnôi,

盾に サイイー族の 誰かは 意気があがる それを 藪のところで

1 ◡ ◡ 2 – 3 | 1 ◡ ◡ 2 ◡ ◡ 3 ‖

2 ἔντος ἀμώμητον, κάλλιπον οὐκ ἐθέλων·

entos amômêton, kallipon ûk ethelôn;

武具 非のうちようのない 私は捨てた 望まずして。

1 – 2 ◡ ◡ 3 ◡ ◡ 4 ◡ ◡ 5 ◡ ◡ 6 – ‖

3 αὐτὸν δ᾽ ἐξεσάωσα. τί μοι μέλει ἀσπὶς ἐκείνη;

auton d' exesaôsa. ti moi melei aspis ekeinê?

私自身は 救い出した。 なぜ 私の 気に懸かる 盾が あの。

1 ◡ ◡ 2 – 3 | 1 ◡ ◡ 2 ◡ ◡ 3 ‖

4 ἐρρέτω· ἐξαῦτις κτήσομαι οὐ κακίω.

erretô; exautis ktêsomai û kakiô.

姿を消せ、 新たに 手に入れよう もっとよいものを。

（韻律図解 IIb） **エレゲイア the elegiac distich**

**プロペルティウス『エレゲイア集』第 2 巻 14 番 1 ～ 10 行** **⇒文例 N2**

1 ◡ ◡ 2 ◡ ◡ 3 – 4 ◡ ◡ 5 ◡ ◡ 6 – ‖

1 Non ita Dardanio gavisus Atrida triumpho (e)st,

～なかった これほどに ダルダノスに関する 喜ぶ アトレウスの子は 凱旋式を、

（＝トロイア戦争の） （＝アガメムノーン）

1 – 2 ◡ ◡ 3 – 4 – 5 ◡ ◡ 6 – ‖
26 Pan deus Arcadiae venit, quem vidimus ipsi
パーン 神が アルカディアの 来た、 彼を 私は見た 自分で

1 ◡ ◡ 2 ◡ ◡ 3 – 4 ◡ ◡ 5 ◡ ◡ 6 – ‖
27 sanguineis ebuli bacis minioque rubentem.
血の色の ニワトコの 実で そして辰砂で 赤く染めているのを。

1 ◡ ◡ 2 ◡ ◡ 3 ◡ ◡ 4 – 5 ◡ ◡ 6 – ‖
28 'ecquis erit modus?' inquit. 'Amor non talia curat
「どんな あるのか 限度が」 彼は言った。「恋の神は ない そんなことを 気にする

1 ◡ ◡ 2 – 3 ◡ ◡ 4 – 5 ◡ ◡ 6 – ‖
29 nec lacrimis crudelis Amor nec gramina rivis
〜ない 涙に 残酷な 恋の神は 〜ない 草は 川に

1 ◡ ◡ 2 ◡ ◡ 3 ◡ ◡ 4 – 5 ◡ ◡ 6 – ‖
30 nec cytiso saturantur apes nec fronde capellae.'
〜ない ウマゴヤシに 飽きる 蜜蜂は 〜ない 葉に 山羊は」。

1 ◡ ◡ 2 ◡ ◡ 3 – 4 ◡ ◡ 5 ◡ ◡ 6 – ‖
31 tristis at ille 'tamen cantabitis, Arcades,' inquit
悲しげに しかし 彼は 「とはいえ あなた達は歌うだろう アルカディア人たち」 言った、

1 ◡ ◡ 2 – 3 – 4 – 5 ◡ ◡ 6 – ‖
32 'montibus haec vestris, soli cantare periti
「山々に このことを あなた達の （あなた達）だけが 歌うことに 経験を積んでいる

1 ◡ ◡ 2 ◡ ◡ 3 – 4 ◡ ◡ 5 ◡ ◡ 6 – ‖
33 Arcades. o mihi tum quam molliter ossa quiescant,
アルカディア人たち おお 私の その時には 何と 穏やかに 骨は 安らぐだろう、

1 ◡ ◡ 2 – 3 – 4 ◡ ◡ 5 ◡ ◡ 6 – ‖
34 vestra meos olim si fistula dicat amores!
あなた達の 私の いつか もし 芦笛が 語るなら 恋を。

1 ◡ ◡ 2 – 3 – 4 – 5 ◡ ◡ 6 – ‖
35 atqu(e) utin(am) ex vobis unus vestrique fuissem
さらには よかったのに あなた達の中の ひとり そしてあなた達の 〜であったなら

1 — 2 ◡ ◡ 3 ◡ ◡ 4 ◡◡ 5 ◡ ◡ 6 — ‖
547 Τοξευτής τε καὶ Αἰγόκερως, ἐπὶ Αἰγοκερῆϊ
Toxeutês te kai Aigokerôs, epi Aigokerêi
「射手」が そして 「山羊の角した者」が、「山羊の角した者」に接して

1 ◡ ◡2 ◡◡ 3 ◡ ◡ 4 ◡◡ 5 ◡ ◡6 — ‖
548 Ὑδροχόος, δύο δ' αὐτόν ἔπ' Ἰχθύες ἀστερόεντες,
Hydrochoos, dyo d' auton hyp' Ichthyes asteroentes,
「水を注ぐ者」が、 2匹の その下に 「魚たち」が 星をちりばめた、

1 ◡ ◡ 2 —3 — 4 ◡◡ 5 ◡ ◡ 6 — ‖
549 τοὺς δὲ μέτα Κριός, Ταῦρος δ' ἐπὶ τῷ Δίδυμοί τε.
tûs de meta Krîos, Tauros d' epi tôi Didymoi te.
それらとともに 「牡羊」が、「牡牛」が それに接して、 また「双子」が。

（韻律図解 Ic） **ヘクサメトロス the dactylic hexameter**
**ウェルギリウス『牧歌』10 番 21 ～ 36 行** **⇒文例 K**

1 — 2 ◡ ◡ 3 ◡ ◡ 4 ◡◡ 5 ◡ ◡ 6 — ‖
21 omnes 'und(e) amor iste' rogant 'tibi?' venit Apollo:
全員が 「どこから（生じた） 恋は この」 尋ねる 「おまえの」。来た アポッローが。

1 ◡ ◡ 2 3 — 4 ◡◡ 5 ◡ ◡ 6 — ‖
22 ' Galle, quid insanis?' inquit. 'tua cura Lycoris
「ガッルスよ、なぜ 狂っている」 彼は言う。「おまえの 大事な リュコーリスは

1 ◡ ◡ 2 ◡◡3 — 4 ◡ ◡ 5 ◡ ◡ 6 — ‖
23 perque nives alium perqu(e) horrida castra secuta (e)st. '
～抜けて 雪を 他の男を ～も抜け 恐ろしい 陣営を 追いかけていった」。

1 ◡ ◡ 2 — 3 ◡ ◡4 — 5 ◡ ◡ 6 — ‖
24 venit et agresti capitis Silvanus honore,
来た また 野の 頭の シルウァーヌスが 飾りをつけて

1 — 2 ◡ ◡ 3 — 4 ◡◡ 5◡◡ 6 — ‖
25 florentis ferulas et grandia lilia quassans.
花咲く ウイキョウ と 大輪の 百合を 揺すりながら。

1 — 2 ◡ ◡ 3 ◡ ◡ 4 ◡ ◡ 5 ◡ ◡ 6 — ‖

362 ψυχὴ δ᾽ ἐκ ῥεθέων πταμένη Ἄϊδόνδε βεβήκει,

psŷchê d' ek rhetheôn ptamenê Aidosde bebêkei,

魂は 四肢から 飛び立って 冥府へ 行ってしまった、

1 — 2 ◡◡ 3 ◡ ◡ 4 ◡ ◡ 5 ◡ ◡ 6 — ‖

363 ὅν πότμον γοόωσα, λιποῦσ᾽ ἀνδροτῆτα καὶ ἥβην.

hon potmon gooôsa, lipûs' androtêta kai hêbên.

自分の運命を 嘆きつつ 後に残して 雄々しさ と 若さを。

1 — 2 — 3 ◡ ◡ 4 — 5 ◡ 6 — ‖

364 τὸν καὶ τεθνηῶτα προσηύδα δῖος Ἀχιλλεύς·

ton kai tethnêôta prosêuda dîos Akhilleus;

彼に対し 死んでしまった 話しかけた 輝く アキッレウスは；

1 ◡ ◡ 2 ◡ ◡ 3 ◡ ◡ 4 ◡ ◡ 5 ◡ ◡ 6 — ‖

365 " τέθναθι· κῆρα δ᾽ ἐγὼ τότε δέξομαι, ὁππότε κεν δὴ

tethnathi; kêra d' egô tote dexomai, hoppote ken dê

「死ね； 死を 私は その時 受け入れる、 〜の時には

1 ◡ ◡ 2 ◡ ◡ 3 — 4 ◡ ◡ 5 ◡ ◡ 6 — ‖

366 Ζεὺς ἐθέλῃ τελέσαι ἠδ᾽ ἀθάνατοι θεοὶ ἄλλοι. "

Zeus ethelêi telesai êd' âthanatoi theoi alloi.

ゼウスが 望む 終わらせることを あるいは 不死なる 神々が 他の」

（韻律図解 Ib） **ヘクサメトロス the dactylic hexameter**

**アラートス『星辰譜』545 ～ 549 行** **⇒文例 H**

1 ◡ ◡ 2 ◡ ◡ 3 ◡ ◡ 4 ◡ ◡ 5 ◡ ◡ 6 — ‖

545 Τῷ ἔνι Καρκίνος ἐστί, Λεών ἐπὶ τῷ, καὶ ὑπ᾽ αὐτόν

tôi eni Karkinos esti, Leôn epi tôi, kai hyp' auton

その中に 「蟹」が いる、 「獅子」がそれに接して、 さらに その下に

1 ◡ ◡ 2 ◡ ◡ 3 — 4 — 5 ◡◡ 6 — ‖

546 Παρθένος, αἱ δ᾽ ἐπὶ οἱ Χηλαὶ καὶ Σκορπίος αὐτός,

Parthenos, hai d' epi hoi Chêlai kai Scorpios autos,

「乙女」が、 彼女に接している「はさみ」が そして 「さそり」 本体が、

## 韻律図解

（韻律図解 Ia） **ヘクサメトロス　the dactylic hexameter**

**ホメーロス『イーリアス』第 22 巻 355 ～ 366 行** **⇒文例 A1**

1 ⏑ ⏑ 2 – 3 ⏑ ⏑ 4 ⏑ ⏑ 5 ⏑ ⏑ 6 – ‖

355 τὸν δὲ καταθνῄσκων προσέφη κορυθαίολος Ἕκτωρ·

ton de kathathnêiskôn prosephê korythaiolos Hektôr;

彼に対して 死に瀕した 話しかけた きらめく兜の ヘクトールは

1 – 2 – 3 ⏑ ⏑ 4 ⏑ ⏑ 5 ⏑ ⏑ 6 – ‖

356 "ἦ σ᾽ εὖ γιγνώσκων προτιόσσομαι, οὐδ᾽ ἄρ᾽ ἔμελλον

ê s' eu gignôskôn protiossomai, ûd' ar' emellon

「実際 お前をよく 知れば 予感する ～（する）べきではなかった

1 – 2 – 3 ⏑ ⏑ 4 ⏑ ⏑ 5 ⏑ ⏑ 6 –

357 πείσειν· ἦ γὰρ σοί γε σιδήρεος ἐν φρεσὶ θυμός.

peisein; ê gar soi ge sidêreos en phresi thŷmos.

説得する。 実際 お前には 鉄のような 胸の中には 心が（ある）。

1 ⏑ ⏑ 2 – 3 ⏑ ⏑ 4 – 5 ⏑ ⏑ 6 – ‖

358 φράζεο νῦν, μή τοί τι θεῶν μήνιμα γένωμαι

phrazeo nŷn mê toi ti theôn mênîma genômai

心せよ しかし ～ならないよう 神々の 怒りのもとに 私がなる

1 ⏑ ⏑ 2 ⏑ ⏑ 3 ⏑ ⏑ 4 – 5 ⏑ ⏑ 6 – ‖

359 ἤματι τῷ, ὅτε κέν σε Πάρις καὶ Φοῖβος Ἀπόλλων

êmati tôi hote ken se Paris kai Phoibos Apollôn

～の日に （時） お前を パリス と フォイボス・アポッローンが

1 ⏑ ⏑ 2 ⏑ ⏑ 3 ⏑ ⏑ 4 – 5 ⏑ ⏑ 6 – ‖

360 ἐσθλὸν ἐόντ᾽ ὀλέσωσιν ἐνὶ Σκαιῇσι πυλῇσιν."

esthlon eont' olesôsin eni Skaiêisi pylêisin.

強かろうとも 滅ぼすであろう スカイア 門で」

1 ⏑ ⏑ 2 – 3 ⏑ ⏑ 4 ⏑ ⏑ 5 ⏑ ⏑ 6 – ‖

361 ὥς ἄρα μιν εἰπόντα τέλος θανάτοιο κάλυψε,

hôs ara min weiponta telos thanatoio kalypse,

このように 話している彼を 最期が 死の 包んだ、

ホラーティウスもアナクレオーンとまったく同一の並べ方ではないが、これら2つを、通称、「アスクレーピアデース風スタンザ」の中で使っている。ただし彼の場合、冒頭の－×は、必ず－－となる。

本書では「アスクレーピアデース風スタンザ」を全部、列挙する余裕がないので、ひとつだけ例示する。それは「拡大アスクレーピアデース風」the greater asclepiad と呼ばれる、すでにアルカイオスに用例のある行の、繰り返しからなる。

1　3　6　7　10　11　14　16

—×—◡◡——◡◡——◡◡—◡—‖

構造的にこの韻律を分析すれば、

—×—◡◡—◡—|

をもとにして、—◡◡— を2回、内部でさらに繰り返すことによって、拡大したものといえる。

ホラーティウスはこの行においても、アルカイオスにはない規則を付与する。すなわち単語の切れ目を必ず、

———◡◡—|—◡◡—|—◡◡—◡—‖

に置くのである。

韻律図解 VIIa・VIIb として、アルカイオスとホラーティウスを見本に掲げる。

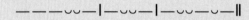

×—◡—×|—◡◡—◡—‖

韻律図解 IVa・IVb として、サッフォーとホラーティウスのサッフォー風スタンザを、さらに Va・Vb として、アルカイオスとホラーティウスのアルカイオス風スタンザを、見本に掲げる。

**●抒情詩の韻律・その他の主だったもの**

アナクレオーンの韻律は、サッフォー・アルカイオスと、基本的には同一グループとみなしてよい。典型例は次のようなものである。

1　3　6　8
—×—◡◡—◡—|

—×—◡◡—◡—|

—×—◡◡—◡—|

—×—◡◡——‖

このうち長いほう、すなわち3回、繰り返されている行には「グリュコーン風」glyconic、短いほうには「フェレクラテース風」pherecratean という名前が付されている。ともに詩人の名前に由来するが、おそらくアレクサンドリア時代の命名である。両者の違いは、行末が、短・長・で終わるか、それともそれが、長・ひとつに置き換えられているか、だけである。どちらにおいても冒頭の —× は、例外的に、×— と逆転することもある。

「グリュコーン風」は、他の、似たような韻律と組み合わされ、すでにサッフォーやアルカイオスにおいても、使用されている。この韻律は悲劇の合唱歌にあっても、最も基本的なもののひとつである。

韻律図解 VI として、アナクレオーンを見本に掲げる。

カトゥッルスがしばしば用いている「ファライコス風」phalaecian は、次のような形をした 11 音節からなる。

1　3　6　8　10　11
—×—◡◡—◡—◡——|

これは「グリュコーン風」glyconic が、そのあとに ◡—— をつけることによって延長された、とみなしうる。カトゥッルスはこの行だけを何度も繰り返し用いている。

2　　4　　6　　8
×—∪—×—∪—×|

　1　　　4　　　7　　9
—∪∪—∪∪—∪— —‖

1～2行目は同一で、構造的には、サッフォー風スタンザの1～3行目の最後の音節を、冒頭に移したら、この姿を取ることになる。3行目は9音節からなり、短音節が連続するところはない。10音節からなる4行目には、2つの箇所で短音節が連続する。

いずれのスタンザにおいても、アンケプス（×）を除けば、各位置での長短は固定されていて、他のものに置き換えられることはない。

サッフォー風スタンザの4行目、ならびにアルカイオス風スタンザの3行目さらに4行目の頭を下げるのは、印刷本の慣習である。

しかしながら（論拠をあげて詳しく説明することは本書の域を超えるので避けるが）、以上のような4行仕立てに分けて書かれるようになったのは、ヘレニズム時代以降、おそらくアレクサンドリアの校訂本に根拠があると思われる。そしてそれを受けてホラーティウスは、これらのスタンザが、もともと4行仕立てである、と理解している。

ところが実のところサッフォーやアルカイオスは、これらのスタンザの3行目と4行目を、一連の行として扱っていた。すなわち全体としてみれば、1行目と2行目は同じ行の繰り返しであって、それが3～4行目では前後に拡大される、という構成原理を有する、3行仕立てなのである。その様はとりわけアルカイオス風スタンザの場合、次のように配置すれば理解されやすいだろう。

×—∪—×—∪∪—∪—‖

×—∪—×—∪∪—∪—‖

×—∪—×—∪—×|—∪∪—∪∪—∪— —‖

ホラーティウスはサッフォー風スタンザもアルカイオス風スタンザもラテン語に移入した。その際、さらに規則を加えている。彼はどちらのスタンザにおいても（サッフォー風スタンザでは1～3行目、アルカイオス風スタンザでは1～2行目）、まれな例外を除いて必ず、5番目の音節の後に単語の切れ目を配置した。それらを今一度、図示すれば、それぞれ次のようになる。

—∪—×—|∪∪—∪— —‖

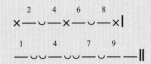

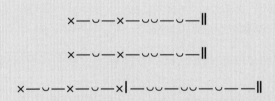

のように。こうした現象を、resolution と呼ぶ。

resolution は、アルキロコスなどのイアンボス詩人や、アイスキュロスやソフォクレースにあっては、まれに使用される、いわば例外則である。ところが中期・後期のエウリーピデースの悲劇においては、かなり頻繁に用いられる。しかもその頻度は、作品の上演年度が下るに従って、かなり規則的に増加している。その結果、作品の上演年代の推測に足りる基準となる。

またこれとは別に喜劇においては、本来、長音節がくる位置のみならず、それ以外のところでも resolution が見られる。そこで喜劇のトリメトロスは、イアンボス詩人のそれよりも、もっとルースであった、ということもできる。

韻律図解 IIIa・IIIb として、アルキロコスとエウリーピデースを見本に掲げる。エウリーピデースの場合に、resolution の複雑さが確認できよう。

**●「足をひきずる」イアンボス　scazon**

アルカイック期のヒッポーナクスが使い始め、カッリマコスによって復活させられ、カトゥッルスがラテン語で真似た、わざと奇妙さをねらった iambic trimeter は、後から二番目の音節（11 番目の音節）で、短音節ではなく長音節を用いる。

2 4 6 8 10 12
×—∪—×—∪—×— — —‖

**●抒情詩の韻律・サッフォー風スタンザとアルカイオス風スタンザ**

サッフォー風スタンザ Sapphic stanza は、次のような 4 行からなる。

1 3 5 8 10
—∪—×—∪∪—∪— —‖

—∪—×—∪∪—∪— —‖

—∪—×—∪∪—∪—×|

1 4
—∪∪— —‖

1 ～ 3 行目は最後の位置を別にすれば、まったく同一で、11 音節からなる。4 行目は短い。アルカイオス風スタンザ Alcaic stanza は、次のような 4 行からなる。

2 4 6 9 11
×—∪—×—∪∪—∪—‖

×—∪—×—∪∪—∪—‖

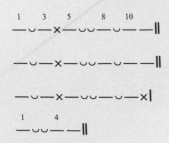

1 2 3 4 5 6

— ⏔ — ⏔ — ⏔ — ⏔ — ⏔ — — ‖

1 2 3 1 2 3

— ⏔ — ⏔ — | — ⏑⏑ — ⏑⏑ — ‖

2つのヘーミエペスの間には、必ず「切れ目」が置かれる（つまり単語の終わりと一致しなければならない）。また、後半のヘーミエペスにおいては、スポンダイオスは許されない。つまり必ず、短・短・となる。

2つのヘーミエペスからなる行を、通称、ペンタメトロス pentameter と呼んでいる（「ペンタ」は「5」を意味する pente に由来する）。しかし見て分かる通り、正確な命名ではない。このペンタメトロスは印刷本では、ヘクサメトロスより頭を下げるのが慣例である。

韻律図解 IIa・IIb として、アルキロコスとプロペルティウスを見本に掲げる。ヘクサメトロス同様、それぞれの各行について、上述の規則が当てはまることを確認されたい。

**●イアンボス、悲劇・喜劇のせりふの韻律（トリメトロス）　the iambic trimeter**

イアンボスということばは、アルキロコスのある種の詩のような作品それ自体とは別に、韻律そのものを指す用語として、短・長・の組み合わせを意味した。ただし実際には韻律上の単位（メトロン）として、その倍の長さをもって測る。すなわち、短（または長）・長・短・長・という組み合わせを単位にして、3つ、重ね合わせてできた行を、トリメトロスと称する。

× — ⏑ — × — ⏑ — × — ⏑ — ‖

×は、長短、いずれの音節が来てもよい位置を示す。

5番目の位置、もしくは、7番目の位置の後に、単語の切れ目 caesura が必ず来る。逆に、行が正確に二分されることになる6番目の位置の後では、切れ目は避けられる。

2 4 6 8 10 12

× — ⏑ — × | — ⏑ — × — ⏑ — ‖

2 4 6 8 10 12

× — ⏑ — × — ⏑ | — × — ⏑ — ‖

時折、長音節が来る位置に、短音節が2つ、代わって落ちることがある。たとえば

2 4 6 8 10 12

× — ⏑ — × ⏖ ⏑ — × — ⏑ — ‖

となる。先のように、長·のあとに「切れ目」が来る場合、この「切れ目」を masculine caesura、後のように、長・短・のあとに「切れ目」が来る場合、この「切れ目」を feminine caesura と呼ぶ。これに反して 3 番目のメトロンの終わりでは、単語の終わりがこない。すなわちここでの「切れ目」は忌避される。

② 4 番目のメトロンの終わりに、単語の終わりが来る場合、bucolic diaeresis と呼ぶ。しかもしばしば、bucolic diaeresis の手前では、スポンダイオスが避けられる傾向にある。この名前の由来は、テオクリトスに顕著なパターンであることによる。実際にはテオクリトスのみならず、ヘレニズム期のエポス全般の特徴である。これを図示すれば

1 2 3 4 5 6

— ⏕ — ⏕ — ⏕ — ⏑⏑ | — ⏕ — — ‖

となる。

③ 5 番目のメトロンではスポンダイオスはかなりまれである。原則的に避けられている、といってもよかろう。このことを逆手にとって、ヘレニズム時代の詩人たち、および彼らに影響されたラテン詩人たちは、わざと特殊効果を求めて、何行か立て続けに、この位置でスポンダイオスを使用することもある。しばしばそこでは 4 つの長音節からできているような長い単語が使われる。5 番目のメトロンがスポンダイオスになった行を spondeiazon という。

本書第 2 章から第 7 章までの間で取り上げた作品は、叙事詩であれ教訓詩であれ牧歌であれ、すべて、この韻律でできあがっている。エポスとヘクサメトロスとは、同義である、というに等しい。

韻律図解 Ia・Ib・Ic として、ホメーロス・アラートス・ウェルギリウスを見本に掲げる。それぞれの各行について、上述の規則が当てはまることを確認されたい。さらにそれに加えて、次のことがらにも注意されたい。

ホメーロスの場合（Ia）、定型句の使用。アラートスの場合（Ib）、星座の名前を順序正しく並べるとともに、韻律にのせるために、やや煩瑣な工夫がされていること。ウェルギリウスの場合（Ic）、ラテン語特有の音節の数え方。

### ●エレゲイアの韻律　the elegiac distich

エレゲイアは 2 行 1 連の繰り返しからなる。ギリシャ語で行のことをスティコス stichos と呼び、派生語として distichos（「2 行組」の意）ができた。これが英語 distich の語源である。

1 行目は、エポスの韻律であるヘクサメトロスと、細則に至るまで同一である。2 行目はヘクサメトロスの頭から数えて 2 つと半分のメトロンの長さ、換言すれば行頭から masculine caesura までの長さを 2 度、繰り返してできている。これをヘーミエペス（hemiepes「エポスの半分」の意）という。

る。その改行の原則が韻律である。「文」とは、今日、ピリオッドとかコロンで表示する、意味上の区切りである。

つまり「文末」と「行末」とは、ことなる原理で決定される。もちろん「行末」と「文末」が一致することは多い。しかし必ずそうでなければならない、ということはない。そしてもはや韻律というより修辞の領域に踏み込むことになるが、詩人たちは時折、ある文章中で重要な意味を持つ単語を、次の「行」の先頭に置いて、かつその直後で「文」を終える（これを enjambment という）。この工夫はすでにホメーロスにみられる。

「行」の終わりには、韻律上、休止がくる。したがって「行」の最後の音節はたとえ短音節であろうとも、長音節扱いとなる。

韻律を図示する際、長音節は —、短音節は ⏑、長短いずれの音節でも構わないところ（アンケプス anceps という）を × で、さらに「行」の終わりは || で表すのが慣例である。

**●エポスの韻律（ヘクサメトロス）　the dactylic hexameter**

長・短・短・となる音節群（韻律記号を使えば、—⏑⏑）をダクテュロス（dactyl）と呼ぶ。このダクテュロスを単位（ギリシャ語でメトロン metron）として、6 つ（ギリシャ語でヘクス hex）、繰り返してできた行であるから、ダクテュリコス・ヘクサメトロス、略してヘクサメトロスという名称になる。

実際には基本単位を、ダクテュロス（—⏑⏑）ではなく、長・長・で置き換えることも許される。この形をスポンダイオス（spondee ——）という。特に行末では、必ずスポンダイオスとなる。ダクテュロスとスポンダイオスは、対応可能であるから、それを —⏖ として図示すると、ヘクサメトロス全体では次のようになる。

1　2　3　4　5　6
— ⏖ — ⏖ — ⏖ — ⏖ — ⏖ — — ||

これに加えて、さらに次のような規則がある。

① 3 番目のメトロン内部の、長·のあと、もしくは、長·短·のあとに、単語の終わりが、例外はあるものの、必ずといってよいくらいに来る。このような位置を caesura（「切れ目」の意）という。caesura を | で表せば、

1　2　3　4　5　6
— ⏖ — ⏖ — | ⏖ — ⏖ — ⏖ — — ||

もしくは

1　2　3　4　5　6
— ⏖ — ⏖ — ⏑ | ⏑ — ⏖ — ⏖ — — ||

# 補遺 2　韻律

第 1 章「序論」の中の「韻律」の項で説明したように、ギリシャ語の韻律は、長音節と短音節の規則的な繰り返しでできている。韻律の種類の相違点は、長短の組み合わせの差異にある。ローマの詩人はギリシャ語の韻律をそのまま模倣したので、ラテン語の韻律も、基本的に同一である。

以下、比較的、構造が単純で、かつ代表的な韻律について解説する。なお、韻律の名称ならびに関連する術語には、カナ表記とともに、ラテン語形ではなく、英語の形を付け加える。こうした名前のあるものは歴史的にギリシャ語に遡り、そうした術語の常としてラテン語形に変えられるが、それ以外にも近代になって考案されたものが多く含まれていて、たとえラテン語の形をとって表記されることがあっても、必ずしも本当のローマ時代のことばとは限らないからである。そこで実際上の便宜からみて、英語形を知っておくのが簡単であろう。

**●音節の数え方**

長音節とは、

① 長母音、もしくは二重母音を含む音節

② 短母音であってもその音節が「閉じている」場合、すなわち当該音節が子音で終わる場合（つまり短母音の後にその音節に属する子音が来る場合）、さらに実際上分かりやすく言い換えれば、短母音の後に 2 つ以上の子音が連続している場合

を指す。

逆に短音節とは、短母音を含み、かつ音節が「開いている」場合、すなわち短母音の後に子音が来てもそれが次の音節に属する子音である場合、言い換えれば短母音の後に 2 つ以上の子音が来ない場合、を指す。

具体例を出せば、esse の最初の音節 es- は、母音 e そのものは短母音であるにもかかわらず、音節としては閉じているから長音節と数える。

以上の規則にさらに細則（例外則）がつく。たとえばラテン語特有の規則であるが、語尾の -am　-um　-em は、次に母音が来る場合、これら全体が落ちてしまう（これも母音省略 elision の一種である）。しかしその他の細則についてこれ以上の記述は、本書の範囲を超えるので省略する。

基本的に「行」の内部では、母音と母音とが衝突（連続）すること（hiatus）のないように工夫されている。そしてひとつの行の内部では、単語の境界を無視して、一連の音のかたまりとして、続けて発音される。だからたとえ「文」の終わりが行の内部に来ようとも、韻律上は、そこで途切れることなく、次の「文」の初めの音とつながっているとして扱われる。

「行」と「文」との違いは、大雑把には次のように理解してよい。詩は書物に印刷するとき、分かち書きされる。「行」とは、改行されてから改行されるまでの長さであ

種の「無声帯気音」であり、唇をしっかりと閉じ、破裂させ、その折りに息を伴って発音された。これに対し「無声無気音」、すなわち同じ無声音でも息を伴わない音であるπやpは息を抑えて、強く出すことなく発音された。したがってφおよびphは、πやpよりもいっそう強い「パピプペポ」である（英語・ドイツ語の語頭のpは息を伴う。これに対しフランス語のpは伴わない。このことを参照させる教科書もある。また帯気音（有気音）と無気音とで音素を異にする現象は、中国語や朝鮮語にもある）。

しかし次に上げる2つの理由から、「パピプペポ」ではなく「ファフィフフェフォ」をとる。

① 現代ヨーロッパ諸言語では、現代ギリシャ語をも含め、この音をfの音として発音している。
② 違う表記で違う音を表しうるならば、その方が記憶に便利である。

ただし同じ「無声帯気音」の、θ（th）ならびにχ（kh）については、ヨーロッパ語の発音も一致せず、適切なかな表記もない以上、τ（t）およびκ（k）と区別しない。ちなみに現代ギリシャ語では、θ（th）は英語のthのように舌をかむ音であり（そしてイギリス人が古代ギリシャ語のθを発音するときもそうする）、χ（kh）は、ドイツ語のchのように、喉をせばめた音である（そしてドイツ人やスコットランド人もそうする）。

**4　ギリシャ語のτυとθυ（およびそれをラテン語に翻字したtyとthy）には「テュ」を、τουとθουには「トゥー」を、ラテン語のtuには「トゥ」・「トゥー」をあてる。τ、θ、ならびにtが直後に子音を従えるときには、「ト」とする。**

例：ダクテュロス、トゥーキューディデース、カトゥッルス、メトロン

**5　「ギリシア」ではなく「ギリシャ」とする。**

「ギリシア」という表記を採用している人たちも、実際には「シ・ア」と二音節ではなく「シャ」と一音節で発音している。そもそも日本語の「シ」の音は、五十音表で「サシスセソ」と組まれていても「シャシシュシェショ」の音系列であるから、「シア」と発音する単語は（「試合」のような例を除き）日本語にはない。「イタリア」の「リア」とは違うのである。現代仮名遣いを採用する以上、表記は発音に近づけるべきである。これが第一の理由である。そして在日ギリシャ大使館も「ギリシャ」と記す。しかしここまでは趣味の差といえるかもしれない。

ところが驚いたことに、最近、一部の若い人たちが、「ギ・リ・シ・ア」と、しかも「シ」の音にアクセントを置いて、そこを高く強く発音することに気づいた。しかも彼らは、それこそが正しい発音であると思っているらしい。もしも趣味的な表記が日本語の伝統的な発音を歪めるとすれば（「ギリシャ」や「イギリス」は、「ペンキ」や「ミシン」と同じように日本語というべきであろう）、ゆゆしき事態である。

# 補遺 1　ギリシャ語・ラテン語のかな表記

ギリシャ語・ラテン語の人名・地名を日本語に表記するのはいささかやっかいな事柄である。そもそも音節文字であるカタカナを使って連続する子音をも示さなければならないところに最大の困難があるのであるが、しかしこれは大抵の外国語を転記するに際して当てはまることであろう。それを別にしてもギリシャ語·ラテン語の場合、現在、流布している書物・辞典（事典）・翻訳において、いまだ表記原則の一致を見ていない。本書では次の方針をとることにする。

**1　長母音には音引の記号「ー」をつねに当てる。**

例：ホメーロス

ギリシャ語・ラテン語の長母音は、原則として 2 モラ、すなわち短母音の 2 倍の長さに発音された。これは日本語の音引と合致する。さらにギリシャ語・ラテン語のアクセントの規則は、モラを数えることによって成立しているし、韻律は長音節と短音節との対比によってたつ。したがって単語（人名も含めて）を最初に覚える際、音節の長短も覚えるにこしたことがない。

この方法の欠点は、カタカナで表記された文字列がしばしば長くなりすぎ、ひとめで捉えがたいことであろう。そこで音引をいっさい、省略するという方針もある。しかしやってみると分かるが、これとて必ずしも口に出して発音しよいものではない。そこでひとつの単語のなかでは音引をひとつしか使わない、とか、アクセントのあるところに限る、という折衷案もある。しかしルーカーヌスをルカーヌスと書いてもさほど変わりがあるとは思えない。要は慣れであろう。それならばルカーヌスと覚えるよりルーカーヌスのほうがよくはないか？

実際、イオーニア（小アジア沿岸のギリシャの地域名）と、イオニア海（ギリシャとシチリアの間の海）のように、長短の差異によって、指示する対象が異なる場合もあるのである。

**2　二重子音の前では、促音「ッ」を使用する。**

例：アポッローン

この理由は上述の長母音と同じである。日本語にはラ行の前での促音はないから、ティブッルスの代わりにティブルルスと、文字を重ねる表記もあるが、採用しないことにする。

**3　ギリシャ語の φ およびラテン語の ph には、「ファ・フィ・フ・フェ・フォ」を当てて、「パ行」を避ける。**

例：ソフォクレース

音韻論からいえばこれは誤りである。この音（φ および ph）は唇を閉じる破裂音の一

## 図2　ギリシャ拡大図

ビザンティオン
タソス島
ランプサコス
トロイア
テッサリア
ファルサーロス
レスボス島
ペルガモン
ミュティレーネー
テオース
デルフォイ
キオス島
テーバイ
コロフォーン
メガラ
アッティカ
コリントス
アテーナイ
エフェソス
サモス島
エーリス
アルカディア
サラミス島
アルゴス
ケオス島
デーロス島
ミレトス
オリュンピアー
アイギーナ島
ナクソス島
スパルタ
パロス島
コース島
メーロス島
ロドス島
クノッソス
クレータ島

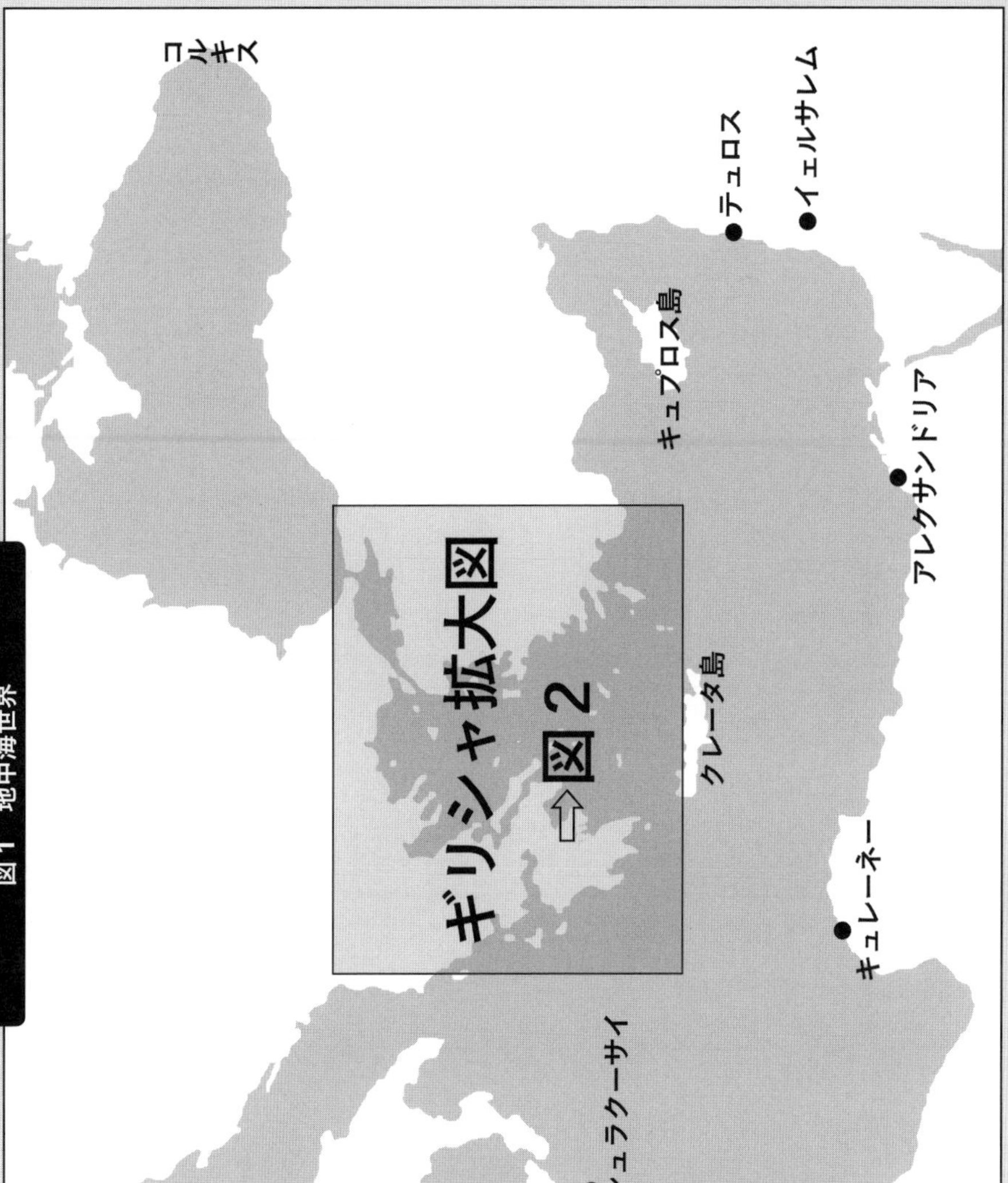
コルキス
イェルサレム
テュロス
キュプロス島
アレクサンドリア
ギリシャ拡大図
⇨図2
クレータ島
キュレーネー
シュラクーサイ
シチリア島
ローマ
ウェローナ
マントゥア
カルターゴー

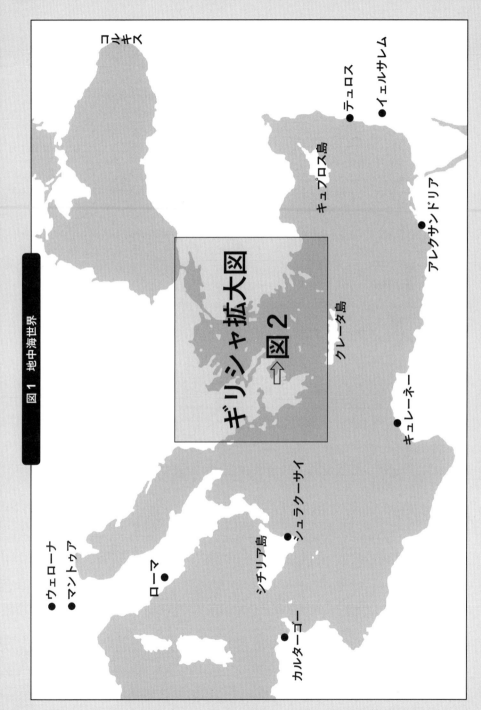

図1 地中海世界

**【マ行】**



**【ヤ行】**

【ナ行】



【ハ行】

【サ行】



【タ行】

**【カ行】**

# 索　引

詩人名については、「詩人事典」を参照。

簡詩』（全二巻）*Epistulae* と『詩論』*Ars Poetica*、ならびに『カルミナ』の第四巻が出た。その間に『世紀祭の歌』*Carmen Saeculare* が式典に際して作られた。

**マーニーリウス**　Manilius. ローマのウェルギリウスと同じ頃のエポス詩人。占星術を詩にした（⇨第 5 章 117 ページならびに第 6 章 141 ページ）。

**マールティアーリス**　Martialis. ローマ帝政期のエピグラム詩人。

**ミムネルモス**　Mimnermus. アルカイック期のエレゲイア詩人（⇨第 8 章 177 ページ）。僅かな引用断片を除き作品は散逸。ただしカッリマコス（文例 M）と、その伝統を継承したプロペルティウス（⇨第 9 章 208 ページ）に、恋を歌った、つまり大きな題材を扱わないエレゲイア詩人の祖としてひいきにされ、名を挙げられる。

**メナンドロス**　Menander（342/1-292/1B.C.）. 喜劇詩人（⇨第 15 章）。中世写本によっての伝承は絶たれたけれども、良質かつ残存部分のきわめて大きなパピルスの発見によってかなりの作品の様子が分かる（⇨ 330 ページ）。エウリーピデースの影響が認められる（⇨第 14 章 295、328 ページ）。

**メレアグロス**　Meleager. 紀元前 100 年頃、エピグラム集『花冠』をまとめた（⇨第 8 章 182 ページ）。自分自身も、恋愛を主題にしたエピグラムを作っている。

**モスコス**　Moschus. シチリアのシュラクーサイ出身、紀元前 2 世紀の学者詩人。『スーダ辞典』によれば、「テオクリトス以降、第二の牧歌詩人」と称される。テオクリトスの写本中に入れられて伝わる（⇨第 7 章 150 ページ注（4））。エピュッリオンの『エウローペー』が、唯一、完全に残存する作品である（⇨第 7 章 161 ページ）。

**ルーカーヌス**　Marcus Annaeus Lucanus（39-65A.D.）. カエサルとポンペイユスによって戦われた内戦を描いた叙事詩『内乱』（別名『ファルサーリア』）の作者（⇨第 5 章）。哲学者のセネカの甥。皇帝ネローに対するピーソーの陰謀に加担して自殺を命じられたいきさつについては、タキトゥス『年代記』第 15 巻 56 節および 70 節に読める。

**ルクレーティウス**　Titus Lucretius Carus（98 頃 -55B.C. 頃）. ローマ共和政期のエポス詩人（⇨第 6 章 138、143 ページ）。『事物の本性について』の作者。ホメーロスを先達としている（⇨ 143 ページ）。

リトスの師とも伝わるが真相は不明。ただしテオクリトスは作品7番で彼の名をあげて賞賛している。ローマのプロペルティウスやオウィディウスは、しばしば彼を自分たちのモデルとして言及する。

**プラウトゥス**　Titus Maccius Plautus．ローマの喜劇詩人（⇨第15章）。生没年を含め伝記的なことはすべて不確実。その作品は、第二次ポエニ戦争（紀元前218～201年）の終わり頃から、180年代中葉に上演された。21篇が現存する。『アンフィトルオー』*Amphitruo*、『ロバ物語』*Asinaria*、『黄金の壺』*Aulularia*、『バッキス姉妹』*Bacchides*、『捕虜』*Captivi*、『カシナ』*Casina*、『小箱の話』*Cistellaria*、『クルクリオー』*Curculio*、『エピディクス』*Epidicus*、『メナエクムス兄弟』*Menaechmi*、『商人』*Mercator*、『ほら吹き兵士』*Miles Gloriosus*、『幽霊屋敷』*Mostellaria*、『ペルシア人』*Persa*、『カルターゴー人』*Poenulus*、『プセウドルス』*Pseudolus*、『綱曳き』*Rudens*、『スティクス』*Stichus*、『三文銭』*Trinummus*、『トルクレントゥス』*Truculentus*、『旅行かばん』*Vidularia*。

**プロペルティウス**　Sextus Propertius（50B.C.頃-?.A.D.2頃）．恋愛エレゲイアの第一人者（⇨第9章）。マエケーナースをパトロンとする。伝記的資料は彼の作品しかない。

**ヘーシオドス**　Hesiodus．ホメーロスとならぶエポスの祖。紀元前700年前後か。教訓詩人（⇨第6章）。『神統記』と『仕事と日』の他に、偽作『盾』*Scutum*が中世写本で伝わる。その他『女たちのカタログ』、別名『エーホイアイ』*Ehoeae*（これはギリシャ語の「あるいはまた次のような女たちが」を意味する語群でエピソードがつながっていたことに由来する）が古来有名であって、パピルス断片もかなり多く発見されている。

**ポセイディッポス**　Poseidippus（Posidippus）．前3世紀のエピグラム詩人。『ギリシャ詞華集』によって伝えられていた作品に加えて、パピルスが発見された（第8章182ページ）。

**ホメーロス**　Homerus．『イーリアス』（⇨第2章）と『オデュッセイア』（⇨第3章）の作者。通常、前8世紀と想定されるが確証はなにもない。そもそも『イーリアス』の構成と作者ホメーロスの位置づけとは、議論が絡み合う（⇨第2章53ページ）。さらに『オデュッセイア』を『イーリアス』と同一作者の作品とすべきかどうかも議論される（⇨第3章74ページ）。

**ホラーティウス**　Quintus Horatius Flaccus（65-8B.C.）．ローマの抒情詩人（⇨第11章）。その伝記については同章末尾の「生涯」の項参照。『カルミナ』がもっとも優れた作品である。それ以前にアルカイック期のイアンボスをヘレニズム風にしたカッリマコスの『イアンボイ』を、さらにローマ風にした『エポーディー』*Epodi*（⇨第8章199ページ）を作っている。ヘクサメトロスで書かれた『風刺詩』（全二巻）*Sermones*（*Saturae*）の後『カルミナ』*Carmina*に専念し、その第一巻から第三巻を発表する。その後『書

15章)。スエートーニウスに帰される『テレンティウス伝』によれば、紀元前159年に、25歳、もしくは35歳になるまえに死亡。6篇が現存する。かっこ内は、上演年代（紀元前を省略)。『アンドロス島の女』*Andria*（166)、『義母』*Hecyra*（165; 160)、『自虐者』*Heauton Timorumenos*（163)、『宦官』*Eunuchus*（161)、『フォルミオー』*Phormio*（161)、『兄弟』*Adelphoe*（160)。

**ナエウィウス**　Gnaeus Naevius. 第一次ポエニ戦争に従軍したことが分かっている。彼の『ポエニ戦役』*Bellum Poenicum* は、ラテン語古来の韻律である「サートゥルヌス風」（詳細不明）と呼ばれるものでできていた。叙事詩にヘクサメトロスを使い始めたのはエンニウスである。

**ニーカンドロス**　Nicander. ヘレニズム期のエポス詩人（⇨第6章142ページならびに146ページ)。一伝によれば前2世紀。『有毒生物誌』ならびに『毒物誌』がある。

**バッキュリデース**　Bacchylides（510頃-450頃B.C.). 九大抒情詩人の一。合唱歌を作る。シモーニデースの甥。ピンダロスのほぼ同時代人。競技祝勝歌とディーテュランボスを記した長大なパピルスが発見されたので、特色がかなり分かるほどに読める（⇨第12章268ページ、『競技祝勝歌』13番⇨270ページ、ディーテュランボス17番⇨271ページ)。

**パルメニデース**　Parmenides（515頃-449または440B.C.).「ソークラテース以前の初期哲学者」のひとり。ヘクサメトロスで思索を表現した。

**ヒッポーナクス**　Hipponax. イアンボス詩人（⇨第8章184、186ページ)。紀元前6世紀後半か。エフェソスの人。そのイアンボス（「足をひきずるイアンボス」scazon）の韻律はトリメトロスに基づきながら、後から二番目の音節を長音節にして、わざと行末でルールを踏み外すようにこしらえてある（⇨補遺2)。カッリマコスの『イアンボイ』の祖であるように扱われている。しかしアルキロコスに比べても伝わる作品は少ない。

**ピンダロス**　Pindarus. 九大抒情詩人の一。合唱歌の詩人（⇨第12章)。中世写本を通じて伝承された作品は競技祝勝歌だけであるが、その他の合唱歌を記したパピルス断片がかなりある。おそらく紀元前518年に生まれる。残存する最後の作品は446年に上演されているから、その後に死亡。『オリンピア競技祝勝歌』（英語で *Olympian*）14歌、『ピューティア〜』（*Pythian*）12歌（うち第1番（266ページ)、第4番（276ページ)、第11番（272ページ))、『ネメア〜』（*Nemean*）11歌（うち第4番冒頭（258ページ)、第6番（263ページ)、第8番（274ページ))、『イストミア〜』（*Isthmian*）8歌がある。

**フィレータース**　Philetas. 紀元前4世紀から3世紀初頭に活躍した学者にして詩人（⇨第8章174ページ)。コース島の人。プトレマイオス二世の教師をつとめた。テオク

プース王』（⇨ 318 ページ）、『エーレクトラー』（⇨ 320 ページ）、『フィロクテーテース』(409)、『コローノスのオイディプース』（401 死後上演）。『オイディプース王』が一位にならなかったことについて（⇨第 13 章 284 ページ）。

**ソローン**　Solon. いわゆる「ソローンの改革」で知られるアテーナイの政治家。身体を担保にする負債の禁止などの「改革」の内容については、伝アリストテレース『アテーナイ人の国制』が重要な資料となる。紀元前 640 年頃に生まれ、ペイシストラトスが僭主となった 561 年よりも後に逝去。ヘーロドトスが伝えるリューディアー王クロイソスとの会見のように、「ソローン伝説」は、すでに 5 世紀にできていた。その伝記と逸話は後代のプルータルコスなどに詳しい。本書では、彼のエレゲイアのひとつについて解説してある（⇨第 8 章 187 ページ）。断片番号は $IE^2$ による。

**ティーモテオス**　Timotheus（450 頃 -360B.C. 頃）. パピルスが発見された『ペルシャ人』*Persae* を除いて残存しない。これは紀元前 5 世紀末に流行した「新しい歌」の典型とみなされる（⇨第 11 章 237 ページ）。

**ティブッルス**　Albius Tibullus（55B.C. 頃 -19B.C. 頃）. ローマの恋愛エレゲイア詩人の一（⇨第 9 章 203、206 ページ）。軍人政治家メッサッラ Marcus Valerius Messalla Corvinus（64B.C.-A.D.8）をパトロンとする。その作品と一緒に、メッサッラ・サークルの他の詩人たちの作品も「第三巻」として伝承されている。恋愛とともに田園生活への憧憬が、彼の作品に顕著である。

**テオクリトス**　Theocritus. ヘレニズム期の詩人。「牧歌」というジャンルの創始者（⇨第 7 章）。生没年不明。シチリアのシュラクーサイ出身。アレクサンドリアで活躍。プトレマイオス二世にあてた讃歌（作品 17 番）の中には、王妃アルシノエーへの言及があるから、彼女の生前（前 270 年逝去）に王家の庇護を受けていたことが分かる。カッリマコス、アポッローニオスと、おおむね同時代人であり、相互に影響関係があったことはほぼ間違いないが、詳細は憶測を越えるものではない。学者としての活躍は伝わっていない。

**テオグニス**　Theognis. 紀元前 6 世紀のエレゲイア詩人（⇨第 8 章）。メガラの人と伝わるが、このメガラが本土のメガラか、同名のシチリアの地か、すでに古代に分からなくなっていた。彼の名前で伝わる作品集には、多くの他の詩人の詩句が混入している（⇨ 190 ページ）。

**テュルタイオス**　Tyrtaeus. エレゲイアの作者（⇨第 8 章 177 ページ）。スパルタの人。紀元前 7 世紀中葉。僅かな引用断片を除き作品は散逸。

**テレンティウス**　Publius Terentius Afer. プラウトゥスに続くローマの喜劇詩人（⇨第

レゲイア：76番、エピグラム：85番)、第11章（抒情詩：5番、11番、51番)。

**クセノファネース**　Xenophanes（570頃-470B.C.頃).「ソークラテース以前の初期哲学者」のひとり。ヘクサメトロスで思索を表現した（⇨第6章134ページ)。エレゲイアも作っている（⇨第8章177ページ)。

**コイリロス**　Choerilus. 前4世紀の叙事詩人（⇨第5章116ページ)。ペルシャ戦争を題材に叙事詩を作ったが散逸。断片番号はH. Lloyd-Jones et P. Parsons（edd.）*Supplementum Hellenisticum*（Berlin 1983）による。ホラーティウスの酷評については第5章注（13）参照。

**サッフォー**　Sappho（630B.C.頃-?). 九大抒情詩人の一（⇨第10章)。独唱歌を作る女性の抒情詩人。レスボス島のミュティレーネー生まれ。断片番号は*PLF*による。本書では近年発見されたパピルス断片2点も紹介している（⇨225ページ注（4)、227ページ)。

**シモーニデース**　Simonides（557/6-468B.C.). 九大抒情詩人の一。合唱歌を作る（⇨第10章)。アッティカ沖合いのケーオス島生まれ。おもにアテーナイで活躍。一時、僭主ヒッパルコスの庇護下にある。晩年はシチリアでおくる。「競技祝勝歌」「ディーテュランボス」「葬礼歌」などの合唱歌とエピグラムで、古来評判が高いが、パピルス断片、引用断片ともにあまり多くなかった。しかしプラタイアの戦いを描いたエレゲイアのパピルス断片が発見された（⇨第8章192ページ)。断片番号は$IE^2$による（*IE*はシモーニデースについて第1版と第2版とで番号付けを徹底的に変更しているから注意が必要である)。

**ステーシコロス**　Stesichorus. 九大抒情詩人の一。合唱歌を作る（⇨第10章)。ただしすべて合唱歌であるかということに異論あり（⇨234ページ)。前6世紀前半に活躍か。シチリアのヒーメラの人。本書では『ゲーリュオネース』と『テーバイス』に言及する（⇨233ページ)。断片番号は、M. Davies and P. J. Finglass (edd.) *Stesichorus : the Poems*（Cambridge 2014）による（*PMG*および*SLG*ではない)。

**セーモーニデース**　Semonides. イアンボス詩人。紀元前7世紀中葉ないし後半と想像できるが不明。抒情詩人のシモーニデースSimonidesと、古来から混同されている。「女のリスト」（⇨第8章183ページ）は、ストバイオスの引用によって伝えられた118行だけが残存する。

**ソフォクレース**　Sophocles（497/6または496/5-406/405B.C.). 三大悲劇詩人の一（⇨第14章)。七篇が現存する。上演年はカッコに入れた悲劇以外は不詳。『アイアース』（⇨313ページ)、『アンティゴネー』（⇨322ページ)、『トラーキーニアイ』、『オイディ

**オウィディウス**　Publius Ovidius Naso(43B.C.-A.D.17). エレゲイア詩人として出発したが、エポスの『変身物語』を作った（⇨第5章）。彼の作品中、現存しているものは以下の通り。『恋愛詩集』*Amores*（⇨第9章179ページ）、『名高き女たちの手紙』*Heroides*、『恋の技術』*Ars Amatoria*（⇨第9章216ページ）、『恋の治療』*Remedia Amoris*、『変身物語』*Metamorphoses*、『祭暦』*Fasti*（⇨第9章209ページ）、『悲しみの歌』*Tristia*、『黒海よりの手紙』*Epistulae ex Ponto*、『イービス』*Ibis*。これらは『変身物語』を除き、すべてエレゲイアである。紀元後8年、アウグストゥスの逆鱗にふれ、黒海沿岸のトミスに追放された。ローマに戻ることなくその地で没する。

**カッリーノス**　Callinus. アルカイック期のエレゲイア詩人（⇨第8章177ページ）。アルキロコスと同時代か。小アジアのエフェソスの人。僅かな引用断片を除き作品は散逸。

**カッリマコス**　Callimachus. 前3世紀の多作な学者にして詩人。アフリカのキュレーネーに生まれる。生没年不明。ただしプトレマイオス二世の王妃であるアルシノエーの逝去と「神化」（270年）を歌った「抒情詩」（断片228、パピルス断片あり）を作りうる立場にあったことから、その頃すでに活躍していたこと、また、プトレマイオス三世と結婚したキュレーネーの王女ベレニーケーの髪が星座になることを歌っているから（⇨第8章195ページ）、その即位（247/6年）まで生存していたことが分かる。アレクサンドリアの「図書館」と密接に関係し、厖大な図書目録（『ピナケス』*Pinakes*）を作成した。「図書館長」であったことはない。彼の多岐にわたる作品には、『アイティア』*Aetia*（⇨第8章194ページ）、『イアンボイ』*Iambi*（⇨第8章197ページ）、「抒情詩」4篇、『ヘカレー』*Hecale*（⇨第7章162ページ）、『神々への讃歌』*Hymni*（中世写本によって伝承）、「エピグラム」がある。彼の主張の骨子については 第5章106ページ参照。

**ガッルス**　Gaius Cornelius Gallus(70/69-26B.C.). ローマの軍人政治家にして文人。内戦にあって常にオクターウィアーヌス側につく。前30年、初代エジプト総督。オクターウィアーヌスの不興をかって、26年に自殺。恋愛エレゲイア詩人として有名（⇨第9章203ページ）。ウェルギリウスは『牧歌』第10番で、彼をリュコーリスへの失恋に苦悩する詩の主人公にした（⇨第7章158ページおよび第8章206ページ）。ガッルス自身の作品は散逸した。ところがエジプトからリュコーリスという名前を含んだ、ラテン語で書かれたエレゲイアのパピルスが発見された。ラテン語のパピルスはきわめてまれである。これがガッルスのエレゲイアであるとする想定はおそらく正しい。

**カトゥッルス**　Gaius Valerius Catullus. さまざまなジャンルの詩を作った、ローマ共和政末期の詩人。84-54B.C.（いちばん受け入れられやすい推論による）。北イタリアのウェーローナ（ヴェローナ）の生まれ。レスビアという偽名を与えられた女性との恋の詩で有名であるが、他の題材もまた多い。本書での言及は以下の章に分散している。第7章（エピュッリオン：64番）、第8章（エレゲイア：66番、イアンボス：8番）、第9章（エ

名な一節は、アテーナイオスによる長い引用がある。悲劇については、岩波版『ギリシア悲劇全集』第13巻の当該項参照。

**イービュコス**　Ibycus. 九大抒情詩人の一。合唱歌を作る（⇨第10章）。独唱歌もあったかもしれない。生没年不明。サモスの僭主ポリュクラテースのもとにいたという伝承がある（僭主であった期間は紀元前533年頃から522年頃まで）。イタリア半島の南端レーギオンの人。断片番号は *PMG* および *SLG* による。

**ウェルギリウス**　Publius Vergilius Maro（70-19B.C.）. ローマのエポス詩人。『牧歌』（⇨第7章）、『農耕詩』（⇨第6章）、『アエネーイス』（⇨第5章）を作る。北イタリアのマントゥア（マントヴァ）近郊で生まれる。ポッリオー（⇨第7章155ページ注（11））の知遇を得るが、マエケーナース（⇨第4章81ページ）、さらにはオクターウィアーヌスのサークルに入る。ギリシャからの帰国の途中、ブルンディシウム（ブリンディシ）で死去。ウェルギリウスに帰されている小品群については ⇨第7章165ページ注（22）および第8章197ページ注（8）。

**エウリーピデース**　Euripides（485/4または480-407/6B.C.）. 三大悲劇詩人の一（⇨第14章）。19篇が現存する。上演年はカッコに入れた悲劇以外は不詳。ただし相対年代はかなり分かる（⇨328ページ）。『アルケースティス』*Alcestis*（438）、『メーデイア』*Medea*（431）（⇨323ページ）、『ヘーラクレイダイ』*Heraclidae*、『ヒッポリュトス』*Hippolytus*（428）（⇨323ページ）、『アンドロマケー』*Andromacha*、『ヘカベー』*Hecuba*、『ヒケティデス』*Supplices*、『エーレクトラー』*Electra*、『ヘーラクレース』*Hercules*、『トローアデス』*Troades*（415）、『タウリケーのイーフィゲネイア』*Iphigenia in Tauris*（このあとの2作ともども ⇨327ページ）、『イオーン』*Ion*、『ヘレネー』*Helena*（412）、『フォイニッサイ』*Phoenissae*（411-409の間）、『オレステース』*Orestes*（408）、『バッカイ』*Bacchae*（死後上演）（⇨325ページ）、『アウリスのイーフィゲネイア』*Iphigenia in Aulide*（死後上演）、『レーソス』*Rhesus*（すでに古代に偽作の指摘あり）、『キュクロープス』*Cyclops*（サテュロス劇）。

**エンニウス**　Quintus Ennius（239-169B.C.）. ギリシャ文化の影響の強いイタリア南部のカラブリア地方に生まれる。（大）カトーによってローマに連れてこられる。スキーピオーなど有力者との親交が伝えられる。後世は彼を「ラテン文学の父」と讃えた。その作品は引用断片を除きすべて散逸。もっとも重要な作品は、トロイアからの脱出に始まり、同時代までのローマの進展をヘクサメトロスで物語った『年代記』*Annales* である。

**エンペドクレース**　Empedocles（492頃 - ? B.C.）. 「ソークラテース以前の初期哲学者」のひとり。ヘクサメトロスで思索を表現した。アリストテレースは、ホメーロスとエンペドクレースの共通点はヘクサメトロスしかない、と喝破した（⇨第6章141ページ）。

世の教師であった。

**アラートス**　Aratus. ヘレニズム期の教訓詩詩人（⇨第 6 章）。カッリマコスより少し早いか？　教訓詩『星辰譜』の原題 *Phaenomena* は、「現れ出てくるもの、見えるもの」の意で、本書は星のみならず「天候の兆候」についての記述も含む。星に関する部分は紀元前 4 世紀の天文学者エウドクソスの著作に基づく。

**アリストファネース**　Aristophanes（445 頃 -385B.C. 頃）. アテーナイの喜劇詩人（⇨第 15 章）。11 篇が現存する。従来、付されていた題名はかっこの中に入れる。さらに上演年代を付す。『アカルネース』（『アカルナイの人々』）*Acharnenses*（425）、『騎士』*Equites*（424）、『雲』*Nubes*（423、ただし現存のテクストは後の改作を含む）、『蜂』*Vespae*（422）、『平和』*Pax*（421）、『鳥』*Aves*（414）、『リューシストラテー』（『女の平和』）*Lysistrata*（411）、『テスモフォリア祭を営む女たち』（本書で『テスモ』と略記）（『女だけの祭り』）*Thesmophoriazusae*（411）、『蛙』*Ranae*（405）、『議会に出席する女』（『女の議会』）*Ecclesiazusae*（393 あるいは 392?）、『プルートス』（『福の神』）*Plutus*（388）。

**アルカイオス**　Alcaeus（620B.C. 頃 -?）. 九大抒情詩人の一。独唱歌を作る（⇨第 10 章）。サッフォー同様、レスボス島のミュティレーネー生まれ。断片番号は *PLF* による。

**アルキロコス**　Archilochus. エレゲイアとイアンボスで名高い（⇨第 8 章）。パロス島の生まれ。詩の中でタソス島への言及多し。パロスからタソスへの植民団に加わったと想定されている。活躍年代について古来の伝承は紛糾している。おそらく紀元前 7 世紀後半か。断片番号は $IE^2$ による。

**アルクマーン**　Alcman. 九大抒情詩人の一。合唱歌を作る（⇨第 10 章）。確かなことは不明であるが、紀元前 7 世紀の後半、スパルタで活躍。すでに古代において、出生地をラコーニアーとする人と、リューディアーのサルデイスとする人との間に、論議があったことが分かる（アリストテレースの名もみえる）。二つの「乙女歌」のかなり大きなパピルス断片（古註付き）と、「宇宙の生成」を歌った彼の詩を少しずつ引用して論じた後代の著作のパピルス断片が、比較的長いものである。

**アンティマコス**　Antimachus. 紀元前 5 世紀から 4 世紀にかけて活躍した詩人。エポスならびにエレゲイアを書いたが、引用断片を除きすべて散逸。その名は同時代ならびに後代の著作でしばしば言及される（⇨第 8 章 174 ページ）。ホメーロスを「校訂」したとも伝わるから、ヘレニズム時代の学者詩人の先駆と考えられる。

**イオーン**　Ion. キオス島出身。紀元前 5 世紀にアテーナイにおいても活躍。悲劇、エレゲイア以外にも種々のジャンルの著作があったが、引用断片を除いてすべて散逸。散文で記したキオス島の歴史のうち、ソフォクレースのキオス島での行状を伝える有

# 詩人辞典

- 本書でとりあげた詩人たちの小事典である（名前だけをあげた詩人も含む）。
- ギリシャ名はラテン語形にしている。
- 作品名には、ラテン語形を併記した。
- 略語の意味は以下。

| | |
|---|---|
| *IE*$^2$ | M.L. West (ed.) *Iambi et elegi Graeci ante Alexandrum cantati*, 2nd. ed. Oxford 1989-1992 |
| *PLF* | E. Lobel et D. Page (edd.) *Poetarum Lesbiorum Fragmenta*, Oxford 1953 |
| *PMG* | D. Page (ed.) *Poetae Melici Graeci*, Oxford 1962 |
| *SLG* | D. Page (ed.) *Supplementum Lyricis Graecis*, Oxford 1974 |

**アイスキュロス**　Aeschylus（525/4(?)-456/5B.C.）．三大悲劇詩人の一（⇨第 14 章）。7 篇が現存する。上演年はカッコに入れた悲劇以外は不詳。『ペルサイ』*Persae*（472）『テーバイを攻める七人の将軍』（⇨ 297 ページ）*Septem contra Thebas*（467）『ヒケティデス』*Supplices*、『オレステイア三部作』（⇨ 301 ページ）*Oresteia*（458）（『アガメムノーン』*Agamemnon*、『コエーフォロイ』*Choephori*、『エウメニデス』*Eumenides*）『縛られたプロメーテウス』*Prometheus vinctus*（偽作か。⇨ 301 ページ注（7））。

**アガトーン**　Agathon．紀元前 5 世紀末に活躍した、ただしエウリーピデースより年下の悲劇詩人。レーナイア祭での初優勝が前 416 年で、その優勝祝賀会に舞台を設定したのがプラトーンの『饗宴』である。プラトーンはこの作品の中でアガトーンの文体模写をしている。同音反復や対句を多用した美辞麗句から成るその文体は、ソフィストのゴルギアースの影響である。女のように美しい人物として『テスモ』で揶揄される（⇨第 15 章《エウリーピデースの時代》340 ページ）。前 407 年、マケドニアのフィリッポスのもとに移住。同地で没。

**アナクレオーン**　Anacreon（570 頃 -485 頃 B.C.）．九大抒情詩人の一。独唱歌を作る（⇨第 10 章 231 ページ）。イオーニア系小アジアの都市テオースに生まれる。断片番号は *PMG* による。

**アポッローニオス**　Apollonius Rhodius．ヘレニズム期の叙事詩人（⇨第 5 章）。生没年不明。『アルゴナウティカ』（『アルゴー号冒険物語』）*Argonatica* の作者。「ロドス（島）の」という呼称の真の理由は不明。カッリマコスとの不和を伝える「逸話」によれば、論争後、腹を立てロドスに渡り、その地で厚遇され、『アルゴナウティカ』を書き直したことになっているが、本書ではその説をとらない。むしろカッリマコスに影響を受けたとする。アレクサンドリア生まれ。「図書館長」を務め、のちのプトレマイオス三

**■著者紹介**
**逸身　喜一郎（いつみ・きいちろう）**
1946年大阪生まれ。東京大学大学院人文科学研究科博士課程中退。
英国セント・アンドルーズ大学 Ph.D. 所得。東京大学名誉教授。
著者は『ラテン語のはなし』（大修館書店、2000年）、『ソフォクレース『オイディプース王』とエウリーピデース『バッカイ』』（岩波書店、2008年）、*Pindaric Metre: the ‘Other Half’*（Oxford U. P., 2008年）など。

ギリシャ・ラテン文学《ぶんがく》
——韻文《いんぶん》の系譜《けいふ》をたどる15章《しょう》

二〇一八年五月三十日　初版発行
二〇二四年八月　九　日　二刷発行

著　者　逸身《いつみ》　喜《き》一郎《いちろう》
発行者　吉田　尚志
印刷所　三省堂印刷株式会社
発行所　株式会社　研究社
〒一〇二—八一五二
東京都千代田区富士見二—一一—三
電話（編集）〇三（三二八八）七七一一（代）
（営業）〇三（三二八八）七七七七（代）
https://www.kenkyusha.co.jp/
組　版　研究社デザイン室
装　丁　Malpu Design（柴﨑精治）


ISBN 978-4-327-51001-5 C3098
Printed in Japan